D1683687

RAABE / DER HUNGERPASTOR

WILHELM RAABE

Der Hungerpastor

*Nicht mit zu hassen, mit zu lieben
bin ich da.* Sophokles

EDUARD KAISER VERLAG

Buchausstattung Karl Bauer

Alle Rechte vorbehalten
Eduard Kaiser Verlag, Klagenfurt
Druck: Ferd. Kleinmayr, Klagenfurt

Erstes Kapitel

Vom Hunger will ich in diesem schönen Buche handeln, von dem, was er bedeutet, was er will und was er vermag. Wie er für die Welt im ganzen Schiwa und Wischnu, Zerstörer und Erhalter in einer Person ist, kann ich freilich nicht auseinandersetzen, denn das ist die Sache der Geschichte; aber schildern kann ich, wie er im einzelnen zerstörend und erhaltend wirkt und wirken wird, bis an der Welt Ende.

Dem Hunger, der heiligen Macht des echten, wahren Hungers widme ich diese Blätter, und sie gehören ihm auch von Rechts wegen, was am Schluß hoffentlich vollkommen klar geworden sein wird. Mit letzterer Versicherung bin ich einer weiteren Vorrede, welche zur Gemütlichkeit, Erregung und Aufregung des Lesers doch nur das wenigste beitragen würde, überhoben und beginne meine Geschichte mit unbegrenztem Wohlwollen sowohl gegen die Mitwelt und Nachwelt, als auch gegen mich selber und alle mir im Lauf der Erzählung vorübergleitenden Schattenbilder des großen Entstehens, Seins und Vergehens — des unendlichen Werdens, welches man Weltentwicklung nennt, welches freilich ein wenig interessanter und reicher als dieses Buch ist, das aber auch nicht, wie dieses Buch, in drei Teilen zu einem befriedigenden Abschluß kommen muß.

„Da haben wir den Jungen! da haben wir ihn endlich — endlich!" rief der Vater meines Helden und tat einen langen erleichternden Atemzug, wie ein Mann, der langes vergebliches Sehnen, schwere Arbeit, viele Mühen und Sorgen getragen hat und endlich glücklich zu einem glücklichen Ziel gekommen ist. Mit klugen, glänzenden Augen sah er herab auf das unansehnliche, kümmerliche Stück Menschentum, welches ihm die Wehemutter in die Arme gelegt hatte, grad als die Feierabendglocke erklang. Eine Träne stahl sich über die hagere Backe des Mannes, und die scharfe, spitze, kluge väterliche Nase senkte sich immer tiefer gegen das unbedeutende, kaum erkennbare Näschen des Neugeborenen, bis sie plötzlich mit einem Ruck wieder emporfuhr und sich ängstlich fragend gegen die gute, hilfreiche Frau, die soviel zu seinem Entzücken beigetragen hatte, richtete.

„O Frau Gevatterin — Gevatterin Tiebus, es ist doch wirklich, wirklich einer? sagt's noch einmal, daß Ihr Euch nicht irrt — daß dem wirklich, wirklich also ist!"

Die Wehemutter, welche bis jetzt mit selbstbewußtem, lächelndem Kopfnicken der ersten zärtlichen Begrüßung zwischen Vater und Sohn zugesehen hatte, hob nun ebenfalls ihre Nase sehr ruckartig, verscheuchte mit einer unnachahmlichen Bewegung beider Arme alle Geister und Geisterchen des Wohlwollens und der Zufriedenheit, von welchen sie bis jetzt umflattert wurde, stemmte die Fäuste in die Seite, und mit Hohn, Verachtung und beleidigtem Selbstgefühl sprach sie:

„Meister Unwirrsch, Ihr seid ein Narr! Laßt Euch an die Wand malen! . . . ob es einer ist? — hat die Welt je so was gehört von solchem alten, verständigen Menschen und Hausvater? . . . ob es einer ist? Meister Unwirrsch, ich glaube, nächstens verlernt Ihr noch, einen Stiefel von einem Schuh zu unterscheiden. Da sieht man's recht, was für ein Leiden es ist, wenn die Gottesgabe so spät kommt. Ist das kein Junge, den Ihr da haltet? ist das wirklich kein Junge, kein richtiger, echter Junge? Jesus, wenn die alte Kreatur nicht das arme Geschöpf in den Armen hielte, so möchte ich ihr schon eine Tachtel um solch'ne nichtsnutzige, fürwitzige Frage stechen! Kein Junge!? Wohl ist es ein Junge, Gevatter Pechdraht — zwar keiner von den schwersten; aber doch 'n Junge wie was! Und wieso ist's kein Junge? Ist nicht der Buohnohparteh, der Napohglion wieder unterwegs übers Wasser, und gibt's nicht Krieg und Katzbalgerei zwischen heut und morgen, und braucht man etwa keine Jungen, und werden nicht etwa in jetziger gesegneter und geschlagener Zeit mehr Jungen als Mädchen drum in die Welt gesetzt, und kommen nicht auf ein Mädchen drei Jungen, und kommt Ihr mir so, Gevatter, und wollt einer gewickelten und gewiegten Perschon nichtswürdige Fragen stellen? Laßt Euch an die Wand malen, Gevatter Unwirrsch, und drunter schreiben, wofür ich Euch halte. Gebt her den Jungen, Ihr seid gar nicht wert, daß er sich mit Euch abgibt — marsch fort mit Euch zu Eurer Frau — am Ende fragt Ihr die auch noch, ob's — ein — Junge — ist!"

Unsanft wurde das Wickelkind aus den Armen des verachteten, niedergeschmetterten Vaters gerissen, und nach abermaligem Atemholen humpelte der Meister Unwirrsch in die Kammer zu seiner Frau, und die Glocken des Feierabends läuteten immer noch; wir aber wollen weder die beiden Ehegatten noch die Glocken stören — sie sollen ihre Gefühle ausklingen lassen, und niemand soll drein reden und schreien dürfen. —

Arme Leute und reiche Leute leben auf verschiedene Art in dieser Welt; aber wenn die Sonne des Glücks in ihre Hütten, Häuser oder Paläste scheint, so vergoldet sie mit ganz dem nämlichen Schein die hölzerne Bank wie den Samtsessel, die getünchte Wand wie die vergoldete, und mehr als ein philosophischer Schlaukopf will bemerkt haben, daß, was Freude und Leid betrifft, der Unterschied zwischen reichen und armen Leuten gar so groß nicht sei, wie man auf beiden Seiten oft, sehr oft, ungemein oft denkt. Wir wollen das dahin gestellt sein lassen; uns genügt es, daß das Lachen nicht Monopol und das Weinen nicht Servitut ist auf diesem rundlichen, an beiden Polen abgeplatteten, feuergefüllten Ball, auf welchem wir uns ohne unsern Willen einfinden, und von welchem wir ohne unsern Willen abgehen, nachdem uns der Zwischenraum zwischen Kommen und Gehen sauer genug gemacht wurde.

In armer Leute Haus schien jetzt die Sonne, das Glück beugte sein Haupt unter der niederen Tür und trat lächelnd herein, beide Hände offen zum Gruß darbietend. Es war hohe Freude über die Geburt des Sohnes bei den Eltern, dem Schuster Unwirrsch und seiner Frau, welche so lange darauf gewartet hatten, daß sie nahe daran waren, solche Hoffnung gänzlich aufzugeben.

Und nun war er doch gekommen, gekommen eine Stunde vor dem Feierabend! Die ganze Kröppelstraße wußte bereits um das Ereignis, und selbst zum Meister Nikolaus Grünebaum, dem Bruder der Wöchnerin, welcher ziemlich am anderen Ende der Stadt wohnte, war die frohe Botschaft gedrungen. Ein grinsender Schusterjunge, der seine Pantoffel, um schneller laufen zu können, unter den Arm genommen hatte, brachte die Nachricht dahin und schrie sie atemlos dem Meister in das weniger taube Ohr, was zur Folge hatte, daß der gute Mann während fünf Minuten viel dümmer aussah, als er war. Jetzt aber war er bereits auf dem Wege zur Kröppelstraße, und da er als Bürger, Hausbesitzer und ansässiger Meister die Pantoffel nicht unter den Arm nehmen konnte, so war davon die Folge, daß ihn der eine treulos an einer Straßenecke verließ, um das Leben auf eigene Hand, oder vielmehr auf eigener Sohle anzufangen.

Als der Oheim Grünebaum in dem Hause seines Schwagers

ankam, fand er daselbst so viele gute Nachbarinnen mit Ratschlägen und Meinungsäußerungen vor, daß er sich in seiner jammerhaften Eigenschaft als alter Junggesell und ausgesprochener Weiberhasser höchst überflüssig erscheinen mußte. Er erschien sich auch in solchem Lichte und wäre beinahe umgekehrt, wenn ihn nicht der Gedanke an den in dem „Lärmsaal" elendig verlassenen Schwager und Handwerksgenossen doch dazu gebracht hätte, seine Gefühle zu bemeistern. Brummend und grunzend drängte er sich durch das Frauenvolk und fand endlich richtig den Schwager in einer auch nicht sehr beneidenswerten und leuchtenden Lage und Stellung.

Man hatte den Armen vollständig beiseite geschoben. Aus der Kammer der Wöchnerin hatte ihn die Frau Tiebus hinausgemaßregelt; in der Stube unter den Nachbarinnen war er auch vollkommen überflüssig; der Gevatter Grünebaum entdeckte ihn endlich kümmerlich in einem Winkel, wo er zusammengedrückt auf einem Schemel saß und Teilnahme nur an der Hauskatze fand, die sich an seinen Beinen rieb. Aber in seinen Augen war noch immer jener Glanz, der aus einer anderen Welt zu stammen scheint: der Meister Unwirrsch hörte nichts von dem Flüstern und Schnattern der Weiber, er sah nichts von ihrem Durcheinander, er sah auch den Schwager nicht, bis dieser ihn an den Schultern packte und ihn auf nicht sehr sanfte Art ins Bewußtsein zurückschüttelte.

„Gib'n Zeichen, daß du noch beis labendige Dasein bist, Anton!" brummte der Meister Grünebaum. „Sei'n Mensch und'n Mann, wirf die Weibsleute 'raus, alle, bis auf — bis auf die Base Schlotterbeck dort. Denn obschonst der Deibel die Graden und die Ungraden nimmt, so ist das doch die einzigste drunter, die 'nen Menschen wenigstens alle Stunde einmal zu Worte kommen läßt. Willst du nicht? kannst du nicht? darfst du nicht? auch gut, so faß hinten meine Jacke, daß ich dich sicher aus dem Tumult bringe; komm die Trepp herauf und laß es gehen, wie es will. Also der Junge ist da? na, gottlob! ich dachte schon, wir hätten wieder vergeblich gelauert."

Durch die Weiber schoben sich seitwärts die beiden Handwerksgenossen, gelangten mit Mühe auf den Hausflur und stiegen die enge, knarrende Treppe hinauf, welche in das obere Stockwerk des Hauses führte, allwo die Base Schlotterbeck ein Stübchen, eine Kammer und eine Küche gemietet hatte, und wo also die Familie Unwirrsch nur noch über ein Gemach gebot, welches so mit Gegenständen von allerlei Art vollgepfropft war, daß für die beiden ehrenwerten Gildebrüder kaum noch der nötige Platz zum Niederhocken und Seelenaustausch übrigblieb. Kisten und Kasten, Kräuterbündel, Maiskolben, Lederbündel, Zwiebelbündel, Schinken, Würste, unendliche Rumpeleien waren hier mit wahrhaft genialer Geschicklichkeit neben-, unter-, über-, vor- und zwischeneinander gedrängt, gehängt, gestellt, gestopft und geworfen, und kein Wunder war's, wenn der Schwager Grünebaum hier seinen zweiten Pantoffel verlor.

Aber die letzten Strahlen der Sonne fielen durch die beiden niedrigen Fenster in den Raum; vor den Nachbarinnen und der Frau Tiebus war man in Sicherheit. Auf zwei Kisten setzten sich die beiden Meister, einander gegenüber, nieder, reichten sich die Hände und schüttelten sie während wohlgezählter fünf Minuten.

„Gratulabumdum, Anton!" sagte Nikolaus Grünebaum.

„Ich danke dir, Nikolaus!" sagte Anton Unwirrsch.

„Vivat, er ist da! Vivat, er lebe hoch! — nochmals, ab —" schrie aus vollem Halse der Meister Grünebaum, brach aber ab, als ihm der Schwager die Hand auf den Mund drückte.

„Nicht so laut, um Gottes willen nicht so laut, Niklas! Die Frau liegt hier gerade unter uns und hat so schon ihre liebe Not mit den Weibern."

Die Faust ließ der neue Onkel auf seine Knie fallen:

„Hast recht, Bruderherz; der Deibel hole die Graden und die Ungraden. Aber nun geh mal los, Alter, wie ist dir denn zumute? Allewege ganz und gar nicht wie sonsten? Ho ho! wie sieht denn die Kröte aus? Alles an die rechte Stelle? Nase, Mund, Arm und Bein? Nichts vermalhört? Alles in Ordnung: Strippen und Schäfte, Oberleder, Spanne, Hacken und Sohle? Gut verpicht, vernagelt und adrett gewichst?"

„Alles, wie es sein muß, Bruderherz!" rief der glückliche Vater, die Hände aneinanderreibend. „Ein Staatsjunge! Gott segne uns in ihm. O, Niklas, tausenderlei wollt ich dir sagen, aber es würgt mich zu sehr in der Kehle; alles geht rund mit mir um —"

„Laß es gehen, wie's will; wenn die Katze vom Dach geworfen ist, muß sie sich erst besinnen", sagte der Schwager Grünebaum. „Die Frau ist doch wohlauf?"

„Gott sei's gedankt. Sie hat sich gehalten wie eine Heldin; keine Kaiserin hätt's besser gemacht."

„Sie ist eine Grünebaum", sagte Nikolaus mit Selbstbewußtsein, „und die Grünebäume können im Notfall die Zähne zusammenbeißen. Auf was fürn Namen willst du den Jungen gehen lassen, Anton?"

Mit der hageren Hand fuhr der Vater des Neugeborenen über die hohe, furchenreiche Stirn und starrte einige Augenblicke durch das Fenster ins Weite. Dann sagte er:

„Getauft soll er werden auf drei Handwerksgenossen. Johannes soll er heißen wie der Poete in Nürnberg und Jakob wie der hochgelobte Philosophus von Görlitz, und wie zwei Flügel sollen ihm die beiden Namen sein, daß er damit aufsteige von der Erde zum blauen Himmel und sein Teil Licht nehme. Aber zum dritten will ich ihn Nikolaus nennen, damit er immer wisse, daß er auf der Erde einen treuen Freund und Fürsorger habe, an welchen er sich halten kann, wenn ich nicht mehr vorhanden bin."

„Das nenn' ich 'nen Satz mit 'nem Kopf von Sinn und Verstand und 'nem dicken unsinnigen Schwanz. Die Namen gib ihm, und es soll für uns alle drei Perschonen 'ne Ehre sein; aber mit den alten närrischen Todesschrullen bleib mir vom Leibe. Fett bist du nicht, und 'nen Ochsen schlägst du auch gerade nicht mit der bloßen Faust nieder; aber den Pechdraht kannst du noch manch hübsches Jährlein ziehen, du alter spintisierender Bücherhase."

Der Meister Unwirrsch schüttelte den Kopf und brachte die Rede auf anderes, und mancherlei sprachen die beiden Schwäger noch miteinander, bis es vollständig dunkel in der Rumpelkammer geworden war.

Es klopfte jemand an die Tür, und Meister Grünebaum rief:
„Wer ist mich da? Weibervolk wird nicht hereingelassen!"
„Ich bin's", rief eine Stimme draußen.
„Wer?"
„Iche!"
„'s ist die Base Schlotterbeck", sagte Unwirrsch. „Schieb nur den Riegel zurück; wir haben lange genug hier oben gesessen; vielleicht darf ich die Frau noch einmal sehen."

Brummend gehorchte der Schwager, und die Base leuchtete mit ihrer Lampe in die Kammer.

„Richtig, da sitzen sie. Na, kommt nur, ihr Helden; die Nachbarinnen sind fort. Kriecht hervor! Eure Frau, Meister Unwirrsch? Ja, die ist wohlberaten; sie schläft und Ihr dürft sie nicht stören; aber 'ne Neuigkeit soll Ihr wissen und Gott danken. Drüben über der Gasse, beim Juden Freudenstein ist's heut auch so gegangen, wie in diesem Hause; aber nicht ganz so. Das

Kind ist da — auch ein Junge, aber's Blümchen Freudenstein ist tot, und großes Wehklagen ist drüben. Lobet Gott den Herrn, Meister Unwirrsch; Ihr aber, Meister Grünebaum, macht Euch fort nach Haus. Nun, nun, Unwirrsch, steht nicht so betroffen da, der Tod tritt ein, oder geht vorbei nach Gottes Befehl. Ich bin wie gerädert und will ins Bett kriechen. Gute Nacht, Gevattern."

Die Base Schlotterbeck verschwand hinter ihrer Tür, die beiden Meister schlichen auf den Fußspitzen die Treppe hinab, und der Oheim Grünebaum hatte an diesem Abend in seiner Stammkneipe zum roten Bock viel weniger das große Wort in Politik, Stadtangelegenheiten und anderen Angelegenheiten als sonst. Der Meister Unwirrsch lag die ganze Nacht, ohne ein Auge zuzutun; der Neugeborne schrie mächtig, und es war kein Wunder, daß diese ungewohnten Töne den Vater wach erhielten und ein wirbelndes Heer von hoffenden und sorgenden Gedanken aufstörten und in wilder Jagd durch Herz und Hirn trieben. —

Es ist nicht leicht, eine gute Predigt zu machen; aber leicht ist es auch nicht, einen guten Stiefel zu verfertigen. Zu beiden gehört Geschick, viel Geschick, und Pfuscher und Stümper sollten zum besten ihrer Mitmenschen lieber ganz davon bleiben. Ich für mein Teil habe eine ungemeine Vorliebe für die Schuster, sowohl in der Gesamtheit bei ihren feierlichen Aufzügen, wie auch in ihrer Eigenschaft als Individuen. Es ist, wie das Volk sagt, eine „spintisierende Nation", und kein anderes Handwerk bringt so treffliche und kuriose Eigentümlichkeiten bei seinen Gildegliedern hervor. Der niedrige Arbeitstisch, der niedrige Schemel, die wassergefüllte Glaskugel, welche das Licht der kleinen Öllampe auffängt und glänzender wieder zurückwirft, der scharfe Duft des Leders und des Pechs müssen notwendigerweise eine nachhaltige Wirkung auf die menschliche Natur ausüben, und sie tun es auch mächtig. Was für originelle Käuze hat dieses vortreffliche Handwerk hervorgebracht! — eine ganze Bibliothek könnte man über „merkwürdige Schuster" zusammenschreiben, ohne den Stoff im mindesten zu erschöpfen!

Wer gegen die Schuster was hat, und ihre Trefflichkeit im einzelnen wie im allgemeinen nicht nach Gebühr zu schätzen weiß, der bleibe mir vom Leibe. Wer sie gar ihres oft wunderbaren Äußeren wegen, ihrer krummen Beine, ihrer harten schwarzen Pfoten, ihrer närrischen Nasen, ihrer ungepflegten Haarwülste halben naserümpfend verachtet, den möge man mir stehlen; ich werde keine Belohnung um seine Wiedererlangung aussetzen.

Ich schätze und liebe die Schuster, und vor allem halte ich hoch den wackeren Meister Anton Unwirrsch, den Vater von Hans Jakob Nikolaus Unwirrsch. Obgleich er leider recht bald nach jenem Feierabend, an welchem ihm der längst erwünschte Sohn geboren wurde, selbst für immer Feierabend machte, so hängen doch aus seinem Leben zu viele Fäden in das des Sohnes hinein, als daß wir die Schilderung seines Seins und Wesens umgehen könnten. Der Mann stand, wie wir bereits wissen, körperlich auf nicht sehr festen Füßen; aber geistig stand er fest genug und nahm es mit manchem, der sich hoch über ihn erhaben dünkte, auf. Aus allen Reliquien seines verborgenen Daseins geht hervor, daß er die Mängel einer vernachlässigten Ausbildung nach besten Kräften nachzuholen suchte; es geht daraus hervor, daß er Wissensdrang, viel Wissensdrang hatte. Und wenngleich er niemals vollständig orthographisch schreiben lernte, so hatte er doch ein dichterisches Gemüt, wie sein berühmter Handwerksgenosse aus der „Mausfalle" zu Nürnberg, und las, so viel er nur irgend konnte. Was er las, verstand er meistens auch; und wenn er aus manchem den Sinn nicht herausfand, welchen der Autor hineingelegt hatte, so fand er einen anderen Sinn heraus oder legte ihn hinein, der ihm ganz allein gehörte, und mit welchem der Autor sehr oft zufrieden sein konnte. Obgleich er sein Handwerk liebte und es in keiner Weise versäumte, so hatte es doch keinen goldenen Boden für ihn, und er blieb ein armer Mann. Goldene Träume aber hatte seine Beschäftigung für ihn, und alle Beschäftigungen, die dergleichen geben können, sind gut und machen glücklich. Anton Unwirrsch sah die Welt von seinem Schusterstuhle fast gerade so, wie sie einst Hans Sachs gesehen hatte, doch wurde er nicht so berühmt. Er hinterließ ein eng und fein geschriebenes Büchlein, welches zuerst seine Witwe in der Tiefe ihrer Lade neben ihrem Gesangbuch, Brautkranz und einem schwarzen Kästchen, von welchem später noch die Rede sein wird, aufbewahrte, gleich einem Heiligtume. Gleich einem Heiligtume überlieferte die Mutter es dem Sohne, und dieser hat ihm den Ehrenplatz in seiner Bibliothek zwischen der Bibel und dem Shakespeare gegeben, obgleich es nach Gehalt und Poesie ein wenig unter diesen beiden Schriftwerken steht.

Die Base Schlotterbeck und der Schwager Grünebaum hatten eine dumpfe Ahnung von dem Vorhandensein dieses Manuskripts, aber wirklichen Bescheid darum wußte nur die Frau des Poeten. Für sie war es das Wunderbarste, was man sich vorstellen konnte; es reimte sich ja, „wie's Gesangbuch", und ihr

Mann hatte es gemacht. Das ging über alles, was die Nachbarschaft zutage fördern konnte.

Für den Sohn waren diese zusammengehefteten Blätter ein teures Vermächtnis und rührendes Zeichen des ewig aus der Tiefe und Dunkelheit zur Höhe, zum Licht, zur Schönheit emporstrebenden Volksgeistes.

Die harmlosen, formlosen Seelenergüsse des Schusters Unwirrsch feierten naturgemäß die Natur in ihren Erscheinungen, das Haus, das Handwerk und einzelne große Fakta der Weltgeschichte, vorzüglich Taten und Helden des eben vorübergedonnerten Befreiungskrieges. Sie zeugten von einem bald gemütlichen, bald gehobenen Denken nach allen diesen Seiten hin. Ein wenig Humor mischte sich auch darein, doch trat das Pathetische am meisten hervor und mußte auch meistens das bekannte Lächeln erregen. Der wackere Meister Anton hatte so viel Donner und Blitz, Hagelschlag, Feuersbrünste und Wassernot erlebt, hatte so viel Franzosen, Rheinbündler, Preußen, Österreicher und Russen vor seinem Hause vorüberziehen sehen, daß es kein Wunder war, wenn er dann und wann auch ein wenig versuchte, zu donnern, zu blitzen und totzuschlagen. Mit den Nachbarn geriet er deshalb nicht in Feindschaft, denn er blieb, was er war, ein „guter Kerl", und als er starb, trauerte nicht allein die Frau, der Schwager Grünebaum und die Base Schlotterbeck; nein, die ganze Kröppelstraße wußte und sagte, daß ein guter Mann fortgegangen und daß es schade um ihn sei.

Auf die Geburt eines Sohnes hatte er lange und sehnsüchtig gewartet. Oft malte er sich aus, was er daraus machen könnte und wollte. Sein ganzes eifriges Streben nach Erkenntnis trug er auf ihn über; der Sohn sollte und mußte erreichen, was der Vater nicht erreichen konnte. Die tausend unübersteiglichen Hindernisse, welche das Leben dem Meister Anton in den Weg geworfen hatte, sollten den Lauf des Unwirrsches der Zukunft nicht aufhalten. Frei sollte er die Bahn finden, und keine Pforte der Weisheit, keine der Bildung sollte ihm der Mangel, die Not des Lebens verschließen.

So träumte Anton, und ein Jahr der Ehe ging nach dem anderen hin. Es wurde ein Tochter geboren, aber sie starb bald nach der Geburt; dann kam wieder eine lange Zeit nichts, und dann — dann kam endlich Johannes Jakob Nikolaus Unwirrsch, dessen Eintritt in die Welt uns bereits den Stoff zu mehreren der vorhergehenden Seiten gab, und dessen spätere Leiden,

Freuden, Abenteuer und Fahrten, kurz, dessen Schicksale den größten Teil dieses Buches ausmachen werden.

Noch ein Jahr lebte der Meister Anton nach der Geburt seines Sohnes, dann starb er an einer Lungenentzündung. Das Schicksal machte es mit ihm nicht anders als mit so manchem andern; es gab ihm sein Teil Freude in der Hoffnung und versagte ihm die Erfüllung, welche von der Hoffnung doch stets allzu weit überflogen wird.

Johannes schrie tüchtig in der Todesstunde seines Vaters, doch nicht um den Vater. Die Frau Christine aber schrie sehr um den Gatten und wollte sich lange Zeit weder durch die tröstenden Worte der Base Schlotterbeck, noch durch die philosophischen Zusprüche des weisen Meisters Nikolaus Grünebaum beruhigen lassen. Dem Sterbenden versprach der Schwager, sein Bestes zu tun für die Hinterlassenen und ihnen in allen Nöten nach besten Kräften beizustehen. Noch einmal rang Anton Unwirrsch nach Luft, aber die Luft war für ihn zu sehr mit Feuerflammen gefüllt; er seufzte und starb. Der Doktor schrieb ihm den Totenschein; es kam die Frau Kiebike, die Totenfrau, und wusch ihn, sein Sarg war zur rechten Zeit fertig, ein gutes Gefolge von Nachbarn und Freunden gab ihm das Geleit zum Kirchhof, und im Winkel neben dem Ofen saß die Frau Christine, hielt ihr Kind auf dem Schoß und sah mit starren, verweinten Augen auf den niederen, schwarzen Arbeitsschemel und den niederen, schwarzen Arbeitstisch und wollte es noch immer nicht glauben, daß ihr Anton niemals mehr drauf und dran sitzen sollte. Die Base Schlotterbeck räumte die leeren Kuchenteller, die Flaschen und Gläser fort, welche voll den Leidtragenden, den Leichenträgern und den kondolierenden Nachbarinnen zur Stärkung im Jammer vorgesetzt worden waren. Hans Jakob Nikolaus Unwirrsch kreischte in kindlicher Lust und streckte verlangend die kleinen Hände nach der blitzenden Glaskugel aus, welche über des Vaters Tische hing, auf welche jetzt die Sonne schien, und welche einen so merkwürdigen Schein über die Gedankenwelt Anton Unwirrschs gegossen hatte. Der Einfluß dieser Kugel sollte noch lange fortdauern. Die Mutter hatte sich an das Licht derselben so gewöhnt, daß sie es nach ihres Mannes Tode nicht entbehren konnte; es leuchtete weit in das Jünglingsalter des Sohnes hinein, manche Erzählung von des Vaters Wert und Würdigkeit vernahm Johannes dabei, und unlöslich verknüpfte sich allmählich in des Sohnes Geist das Bild des Vaters mit dem Scheine dieser Kugel.

Zweites Kapitel

Die Alten meinten, es sei für ein großes Glück zu achten, wenn die Götter einen in einer berühmten Stadt geboren werden ließen. Da aber dieses Glück sehr berühmten Männern nicht zuteil geworden ist, indem Bethlehem, Eisleben, Stratford, Kamenz, Marbach und so weiter vordem nicht gerade glänzende Punkte in der Menschen Gedanken waren, so wird es für Hans Unwirrsch wenig darauf ankommen, wenn er in einem Städtchen namens Neustadt das Licht der Welt erblickte. Es gibt nicht wenige gleich benannte Städte und Städtchen; aber sie haben sich nicht um die Ehre, unsern Helden zu ihren Bürgern zu zählen, gezankt. Johannes Jakob Nikolaus Unwirrsch machte seinen Geburtsort nicht berühmter in der Welt.

Zehntausend Einwohner hatte das Nest im Jahre 1819; heute hat es hundertundfünfzig mehr. Es lag und liegt in einem weiten Tal, umgeben von Hügeln und Bergen, von denen herab Wälder sich bis in die Stadtmarkung ziehen. Trotz seines Namens ist es nicht neu mehr; mühsam hat es seine Existenz durch wilde Jahrhunderte gerettet und genießt jetzt eines ruhigen, schläfrigen Greisenalters. In dem kleinen Staate, welchem es angehört, ist es immer ein Faktor, und die Regierung nimmt Rücksicht auf es. Der Klang seiner Kirchenglocken machte einen angenehmen Eindruck auf den Wanderer, der auf der nächstgelegenen Höhe aus dem Walde trat; und wenn sich gerade die Sonne in den Fenstern der beiden Kirchen und der Häuser spiegelte, so dachte derselbe Wanderer selten daran, daß nicht alles Gold ist, was glänzt, und daß Glockenklang, fruchtbare Felder, grüne Wiesen und eine hübsche kleine Stadt im Tal noch lange nicht genug sind, um ein Idyll herzustellen. Amyntas, Palämon, Daphnis, Doris und Chloe konnten sich das Leben drunten im Tal oft recht unangenehm machen. Da das Lämmerweiden und Scheren ein wenig aus der Mode gekommen ist, so fiel man sich einander gegenseitig in die Wolle, und es mangelte nicht an Scherereien allerart. Aber man freite und ließ sich freien, und kam, alles in allem genommen, doch ziemlich gemächlich durch das Leben; — daß die Lebensbedürfnisse nicht unerschwinglich teuer waren, trug wohl sein Teil dazu bei. Der Teufel hole den ganzen Geßner, wenn Obst und Most mißraten, und Milch und Honig rar sind in Arkadien!

Doch wir werden wohl noch Gelegenheit finden, über dies alles hie und da einige Worte zu verlieren, und wenn nicht, so schadet es nichts. Für jetzt müssen wir uns zu dem jungen Arkadier Hans Unwirrsch zurückwenden und sehen, auf welche Weise er sich im Leben zurecht findet.

Eine recht ungebildete Frau war die Witwe des Schusters. Lesen und Schreiben konnte sie kaum notdürftig, ihre philosophische Bildung war gänzlich vernachlässigt, sie weinte leicht und gern. In der Dunkelheit geboren, blieb sie in der Dunkelheit, säugte ihr Kind, stellte es auf die Füße, lehrte es das Gehen; stellte es für das ganze Leben auf die Füße und lehrte es für das ganze Leben das Gehen. Das ist ein großer Ruhm, und die gebildetste Mutter kann nicht mehr für ihr Kind tun.

Die nach der Gasse gelegene Stube, welche zugleich des Meisters Anton Werkstatt gewesen war, wurde unverändert in ihrem vorigen Zustande erhalten. Mit ängstlicher Sorgfalt wachte die Witwe darüber, daß nichts von ihres Seligen Arbeitsgerät verrückt wurde. Der Oheim Grünebaum hatte zwar das ganze überflüssige Handwerkszeug für einen nahmhaften Preis an sich kaufen wollen; aber die Frau Christine konnte sich nicht entschließen, irgendein Stück davon herzugeben. In allen ihren Feierstunden saß sie auf ihrem gewohnten Platz neben dem niedrigen Schustertisch, und am Abend konnte sie, wie wir wissen, nur beim Licht der Glaskugel stricken, nähen, oder das große Gesangbuch durchbuchstabieren.

Die arme Frau mußte sich jetzt sehr quälen, um sich und ihr Kind ehrlich durchzubringen; in der kleinen Schlafkammer, deren Fenster nach dem Hofe hinaussahen, lag sie manche Nacht wachend in großen Sorgen, während Hans Unwirrsch in seines Vaters großer Bettstatt von den großen Butterbröten und den Semmeln glücklicherer Nachbarskinder träumte. Der weise Meister Grünebaum tat an seinen Verwandten, was er konnte; aber das Handwerk hatte für ihn nicht den Segen, den man nach jedem Kinderfreund davon erwarten möchte; er hielt allzugern allzulange Reden im roten Bock, und seine Kunden vertrauten ihm lieber ein Paar kranke Stiefel zum Kurieren an, als daß sie ein neues Paar bei ihm bestellten. Er hielt selber mit Mühe den Kopf überm Wasser; — mit seinem Rat aber hielt er nicht zurück, sondern gab ihn willig und in großen Quantitäten; und leider müssen wir das nicht ungewöhnliche Faktum berichten, daß die Quantität meistenteils durchaus nicht im richtigen Verhältnis zur Qualität stand. Die Base Schlotterbeck, obwohl lange nicht so weise wie der Meister Grünebaum, war praktischer, und auf ihren Rat wurde die Frau Christine eine Wäscherin, welche des Morgens zwischen zwei und drei Uhr aufstand und am Abend um acht todmüde und zerschlagen nach Hause kam, um den ersten, den physischen Hunger ihres Kindes stillen und seine Träume in die Wirklichkeit setzen zu können.

Hans Unwirrsch behielt aus dieser Zeit seines Lebens dunkle, unbestimmte, wunderliche Erinnerungen und hat davon seinen nächsten Freunden Bericht gegeben. Von frühester Jugend an hatte er einen leisen Schlaf, und so erwachte er auch öfters von dem Lichtschein des Schwefelhölzchens, mit welchem seine Mutter in dunkler, kalter Winternacht ihre Lampe anzündete, um sich zu ihrem frühen Wege zu rüsten. Warm lag er in seinen Kissen und rührte sich nicht, bis die Mutter sich über ihn beugte, um nachzusehen, ob sie den kleinen Schläfer auch nicht durch das Klappern der Pantoffel erweckt habe. Dann schlang er seine Arme um ihren Hals und lachte, bekam einen Kuß und die Ermahnung, schnell wieder einzuschlafen, da es noch lange nicht Tag sei. Dieser Ermahnung folgte er entweder sogleich, oder erst später. Im zweiten Fall beobachtete er durch halbgeschlossene Augenlider die brennende Lampe, die Mutter und die Schatten an der Wand.

Merkwürdigerweise stammten diese frühen Erinnerungen fast alle aus der Zeit des Winters. Um die Flamme der Lampe war ein Dunstkreis, der Atem fuhr in einer Wolke gegen das Licht; die gefrorenen Fensterscheiben flimmerten, es war bitter kalt, und in das Behagen des sichern, warmen Bettes mischte sich für den kleinen Beobachter das Grauen der bitteren Kälte, vor welchem er sein Näschen unter die Decke ziehen mußte.

Begreifen konnte er nicht, weshalb die Mutter so früh aufstehe, während es so dunkel und kalt war, und während so tolle schwarze Schatten an der Wand vorübergingen, nickten, sich aufrichteten und sich beugten. Noch unbestimmtere Begriffe hatte er von den Orten, wohin die Mutter ging; je nach seinen Gemütsstimmungen stellte er sich diese Orte mehr oder weniger angenehm vor und vermischte damit allerlei Einzelheiten der Märchen und allerlei Bruchstücke aus den Gesprächen der erwachsenen Leute, denen er gelauscht hatte und die sich jetzt in diesen unklaren Augenblicken zwischen Schlaf und Wachen bunt und immer bunter färbten und mischten.

Endlich war die Mutter mit ihrem Ankleiden fertig, und noch einmal beugte sie sich über das Lager des Kindes. Abermals erhielt es einen Kuß, allerlei gute Ermahnungen und lockende Versprechungen, damit es stille liege, nicht heule, schnell wieder einschlafe. Die Versicherung, daß der Morgen und die Base Schlotterbeck bald kommen würden, wurde hinzugefügt; die Lampe wurde ausgeblasen, die Kammer versank in die tiefste Dunkelheit, die Tür knarrte, die Schritte der Mutter entfernten sich; — schnell war der Schlaf wieder da, und wenn Hans zum zweitenmal erwachte, saß die Base gewöhnlich vor seinem Bett, und in der Stube nebenan prasselte das Feuer im Ofen.

Die Base Schlotterbeck war, obgleich sie nicht älter war als die Frau Christine Unwirrsch, immer die Base Schlotterbeck gewesen. Niemand in der Kröppelstraße kannte sie unter einer anderen Bezeichnung, und bekannt war sie in der Kröppelstraße wie der alte Fritz, der Kaiser „Nahpohlion" und der alte Blücher; wenngleich sie sonst mit diesen drei berühmten Helden weiter keine Ähnlichkeiten hatte, als daß sie schnupfte wie der preußische König, und eine gebogene Nase hatte wie der „korsische Wüterich". Eine Ähnlichkeit mit dem Marschall Vorwärts wäre schwer herauszufinden gewesen.

Die Base war früher ebenfalls Wäscherin gewesen, aber sie war nun längst ausrangiert und ernährte sich kümmerlich durch Spinnen, Strumpfstricken und ähnliche Arbeiten. Der Magistrat hatte ihr ein kärgliches Armengeld gewährt, und der Meister Anton, dessen sehr entfernte Verwandte sie war, hatte ihr das Stübchen, welches sie ein seinem Hause bewohnte, aus Mildtätigkeit für ein Billiges eingeräumt. Eigentlich verdiente sie, ein eigenes Kapitel in diesem Buche auszufüllen, denn sie hatte eine Gabe, welcher sich nicht jedermann rühmen kann: die Gestorbenen waren für sie nicht abgeschieden von der Erde, sie sah sie durch die Gassen schreiten, sie begegneten ihr auf den Märkten, wie man Lebendige sieht und unvermutet an einer Ecke auf sie stößt. Damit war für sie nicht der geringste Hauch von Unheimlichkeit verbunden; sie sprach davon wie von etwas ganz Natürlichem, Gewöhnlichem, und es gab durchaus keinen Unterschied für sie zwischen dem Bürgermeister Eckerlein, der im Jahre 1769 gestorben war und ihr in Beutelperücke und rotem Samtrock an der Löwen-Apotheke begegnete, und dem Enkel des Mannes, welcher im Jahre 1820 die Löwen-Apotheke besaß und welcher eben aus dem Fenster sah, ohne von seinem Herrn Großvater Notiz nehmen zu können.

Selbst den Bekannten und Bekanntinnen der Base Schlotterbeck erregte die „Gabe" derselben zuletzt kein Grauen mehr. Die Ungläubigen hörten auf, darüber zu lächeln, und die Gläubigen — deren es eine gute Zahl gab — segneten sich nicht mehr und schlugen nicht mehr die Hände über dem Kopfe zusammen. Auf den Charakter des guten Weibleins selber hatte die hohe Vergünstigung keinen verschlechternden Einfluß. Die Base überhob sich nicht in ihrer seltsamen Sehergabe, sie nahm diese wie eine unverdiente Gnade Gottes und blieb demütiger als viele andere Leute, die lange nicht so viel sahen wie die ältliche Jungfer in der Kröppelstraße.

Was das Äußere anbetrifft, so war die Base Schlotterbeck mittlerer Größe, doch ging sie sehr gebückt und mit weit vorgeneigtem Kopfe. Die Kleider hingen an ihr, wie etwas, das nicht recht an seinem Platze war, und ihre Nase war, wie schon gesagt, sehr scharf und sehr gebogen. Sie hätte einen unangenehmen Eindruck gemacht, diese Nase, wenn die Augen nicht gewesen wären. Die Augen machten alles wieder gut, was die Nase sündigte; es waren merkwürdige Augen und sahen ja auch merkwürdige Dinge. Klar und leuchtend blieben sie bis in das höchste Alter — blaue, junge Augen in einem alten, alten, vertrockneten Gesichte! Hans Unwirrsch hat sie nie vergessen, obgleich er später in noch viel schönere Augen sah.

Den Wissenschaften war die Base Schlotterbeck in naiver Weise ergeben. Sie hatte einen ungeheuren Respekt vor der Gelahrtheit und vorzüglich vor der Gottesgelahrtheit; der kleine Hans verdankte ihr die erste Einführung zu allen Wissenschaften, deren er sich in kommender Zeit mehr oder weniger bemächtigte. Den Gebrüdern Grimm hätte sie Märchen erzählen können, und wenn die böse Königin der gehaßten Stieftochter die goldene Nadel in den Scheitel stieß, so fühlte Hans Unwirrsch die Spitze bis in das Zwerchfell hinunter.

Unzertrennliche Genossen waren Hans und die Base während der ersten Lebensjahre des Knaben. Vom frühen Morgen bis zum späten Abend vertrat die Geisterseherin Mutterstelle bei dem Kinde; manchen Hunger stillte sie, doch manchen Hunger lernte Johannes Unwirrsch auch durch sie kennen. Der Oheim Grünebaum brummte oft genug bei seinen Besuchen; aus solchem Weiberverkehr könne nichts Gutes kommen, der Teufel nehme die Graden und die Ungraden; Schrullen, Phantaseien und Gespensterimaginationen könnten einem Menschen nichts helfen und machten ihn nur zu einem Konfuzius und Konfusionsrat. „Dummes Zeug! und dabei bleibe ich!"

Die Base zuckte zur Antwort auf solche Anfälle nur die Achseln, und Hans kroch dichter an sie heran. Brummend, wie er gekommen war, zog der Oheim ab; — er hielt sich für einen ungemein praktischen und klaren Kopf und blies Verachtung durch die Nase, ohne zu bedenken, daß das beste Pfeifenrohr verschlämmen kann.

Hans Unwirrsch war ein frühreifes Kind und lernte das Sprechen fast eher als das Gehen; das Lesen lernte er spielend. Die Base Schlotterbeck verstand die letztere schwere Kunst sehr gut und stolperte nur über allzu lange und allzu ausländische Worte. Sie las gern laut und mit einem näselnden Pathos, welches den größten Eindruck auf das Kind machte. Ihre Bibliothek bestand in der Hauptsache aus Bibel, Gesangbuch und einer langen Reihe von Volkskalendern, welche sich seit dem Jahre Siebenzehnhundertneunzig in ununterbrochener Reihenfolge aneinanderschlossen, und deren jeder eine rührende, oder komische, oder schauerliche Historie nebst einem Schatz guter Haus- und Geheimmittel und einer feinen Auswahl lustiger Anekdoten enthielt. Für eine reizbare Kinderphantasie lag eine unendlich reiche Welt in diesen alten Heften verborgen, und Geister aller Art stiegen daraus empor, lächelten und lachten, grinsten, drohten und führten die junge Seele durch die wechselndsten Schauer und Wonnen. Wenn der Regen an die Scheiben schlug, wenn die Sonne in die Stube schien, wenn das Gewitter mit schwarzen Wolkenarmen über die Dächer griff und seine roten Blitze über die Stadt schleuderte, wenn der Donner rollte und der Hagel auf dem Straßenpflaster prasselte und hüpfte, so geriet alles das auf irgendeine Weise mit Gestalten und Szenen aus jenen Kalendern in Verbindung, und die Helden und Heldinnen der Historien schritten durch gutes und schlechtes Wetter, vollständig klar, deutlich und bestimmt vorüber an dem kleinen träumerischen Hans, der seinen Kopf in den Schoß der alten Geisterseherin gelegt hatte. Die Geschichte „vom braven Kasperl und dem schönen Annerl" gab einen Klang, welcher durch das ganze Leben forttönte; aber einen noch größeren Eindruck machte auf den Knaben das „Buch der Bücher", die Bibel. Die einfache Großartigkeit der ersten Kapitel der Genesis muß die Kinder wie die Erwachsenen, die Geistig-Armen wie die Millionäre des Geistes überwältigen. Unendlich glaubwürdig sind diese Historien vom Anfang der Dinge, und glaubwürdig bleiben sie, wenngleich jeden Tag klarer bewiesen wird, daß die Welt nicht in sieben Tagen erschaffen wurde. Mit schauerlichem Behagen vertiefte sich Hans zu den Füßen der Base in den dunklen Abgrund des Chaos: Und die

Erde war wüste und leer; — bis das Licht sich schied von der Finsternis, und das Wasser unter der Feste von dem Wasser über der Feste. Wenn Sonne, Mond und Sterne ihren Tanz begannen, Zeichen, Zeiten, Tage und Jahre gaben, dann atmete er wieder auf; und wenn die Erde Gras und Kraut und Fruchtbäume aufgehen ließ, wenn das Wasser, die Luft und die Erde sich erregten mit webenden und lebendigen Tieren, dann klatschte er in die kleinen Hände und fühlte sich auf sicherem Boden. Ganz deutlich und von unumstößlicher Wahrheit war ihm die Art, wie Gott dem Adam den Odem einblies, während dagegen der erste kritische Zweifel in dem Kindskopf entstand, als das Weib aus der Rippe des Mannes erschaffen wurde; „denn das tat doch weh!"

Doch die Tage verflossen nicht ganz allein unter Lesen und Geschichtenerzählen. Sobald Hans Unwirrsch seine Hände nicht mehr in halb unwillkürlichen Bewegungen hin und her warf, oder in den Mund steckte, wurde er sogleich von der Mutter und der Base mit dem großen Prinzip der Arbeit bekannt gemacht. Die Base Schlotterbeck war ein kunstreiches Weib, welches sich dadurch einen kleinen Nebenverdienst verschaffte, daß es für eine große Spielwarenfabrik Puppen ankleidete, eine Beschäftigung, welche dem Interesse eines Kindes nahe genug lag und wobei Hans bald und gern hilfreiche Hand leistete. Herren und Damen, Bauern und Bäuerinnen, Schäfer und Schäferinnen und mancherlei andere lustige Männlein und Fräulein aus allen Ständen und Lebensaltern entstanden unter den Händen der Base, welche wacker mit Leim und Nadel, bunten Zeugstückchen, Gold- und Silberschaum hantierte und jedem sein Teil davon gab, je nach dem Preise. Es war eine philosophische Arbeit, bei welcher man mancherlei Gedanken haben konnte, und Hans Unwirrsch stellte sich gut dazu an, wenn ihm auch die Kinderfreude an diesem Spielzeug natürlich bald verloren ging. Wer in einem Laden voll Hampelmänner aufwächst, den kümmert der einzelne Hampelmann wenig, sei er auch noch so bunt, und zappele er auch noch so sehr.

Nach Martini, welcher berühmte Tag leider nicht durch eine gebratene Gans gefeiert werden konnte, begann eine Fabrikation auf eigene Rechnung. Die Base konnte jetzt den größten Nutzen aus ihrem Talent für die plastische Kunst ziehen; sie baute Rosinenmänner auf Weihnachten und für bescheidenere Gemüter Pflaumenkerle. Der erste Bursche letzterer Art, welchen Hans ohne Beihilfe herstellte, machte ihm ein ebenso großes Vergnügen, wie dem hoffnungsvollen Kunstjünger die Preisarbeit, die ihm ein Stipendium zur Reise nach Italien verschafft.

Der Beginn des Weihnachtsmarktes war für den kleinen Bildner ein großes Ereignis. Mancherlei Gefühle beschreibt der Epiker, indem er auseinandersetzt, daß er sie nicht beschreiben könne: die Gefühle Hansens bei dieser Gelegenheit waren von solcher Art, und mit Wonne trug er die Laterne voran, während die Base auf einem kleinen Handwagen ihre Bank, ihren Korb, ihr Feuerbecken und einen kleinen Tisch zu Markte zog.

Die Eröffnung des Geschäftes in dem vor dem schärfsten Wind geschützten Häuserwinkel war allein ein wundervolles Ereignis. Das Zusammenkauern unter dem großen, alten Regenschirm, das Anblasen der Glut in dem Kohlenbecken, das Aufstellen der Handelsartikel, der erste ruhige und doch erwartungsvolle Blick in das Getümmel des Marktes, alles hatte seine herzerschütternden Reize. Der erste Pflaumenkerl, der behandelt, verkauft und gekauft wurde, erweckte einen wahren Wonnesturm in der Brust von Schlotterbeck und Kompanie. Das Mittagessen, welches ein gutwilliges Kind aus der Kröppelstraße in einem irdenen Henkeltopf brachte, schmeckte ganz anders auf dem freien Markt, als in der dunklen Stube daheim; aber das beste von allem war der Abend mit seinem Nebel, seinem Lichter- und Lampenglanz und seinem verdoppelten Lärmen, Drängen, Stoßen und Treiben.

Nicht immer konnte das Kind ruhig auf der Bank neben der Alten sitzen. Bezaubert — verzaubert trotz Kälte, trotz Regen und Schnee, unternahm es Streifzüge über den ganzen Markt, und schob als Teilhaber der Firma Schlotterbeck und Kompanie sein Kinn jeder anderen Firma mit Bewußtsein und Kritik auf den Verkaufstisch.

Um acht Uhr kam die Mutter und holte den jüngern Kompagnon des Hauses Schlotterbeck nach Haus; aber nicht ohne Widerstreben, Heulen und Zappeln ging das ab, und nur die Versicherung, daß „morgen wieder ein Tag sei", konnte den kleinen Großhändler bewegen, der Base das Geschäft bis elf Uhr allein zu überlassen.

Ein Faktum aus dieser Lebenszeit unseres Helden ist zu berichten. Für den Erlös eines selbstverfertigten Rosinenmannes kaufte er — einen andern von einem Handelshause, welches sich am entgegengesetzten Ende des Marktes etabliert hatte. Ein Zug, der von großer Bedeutung für die künftige Entwicklung des Knaben war. Hans Unwirrsch, welcher die schwarzen Kerle für andere verfertigte, wollte wissen, was für ein Spaß darin liege, solch einen Gesellen selbst zu kaufen. Er ging dem Vergnügen auf den Grund, und natürlich zog er keine Freude aus diesem allzufrühen Analysieren. Als die Pfennige von dem Verkäufer eingestrichen waren, und der Käufer das Geschöpf in der Hand hielt, kam die Reue in vollem Maße über ihn. Heulend stand er in der Mitte der Gasse, und zuletzt schleuderte er den Einkauf weit von sich und lief, die bittersten Tränen hinunterschluckend, so schnell als möglich davon. Weder die Base noch die Mutter erfuhren, was aus dem Groschen, wofür man den ganzen Markt hätte kaufen können, geworden war. —

Manche Freuden hat der Winter, doch führt er auch die größten Beschwerden mit sich. Mit sehr armen Leuten haben wir es zu tun, und arme Leute leben gewöhnlich erst mit dem Frühjahr und den Maikäfern wieder auf. Hunderttausende, Millionen, könnten jene glücklichen Tiere beneiden, welche die kalten Tage bewußtlos und behaglich durchschlafen.

Nach der heiligen Weihnacht, welche so gut als möglich gefeiert wurde, kam der Neujahrstag, und nach ihm zogen die heiligen drei Könige heran. Die Schatten vieler Gestorbenen begegneten um diese Zeit der Base Schlotterbeck in den Gassen, oder traten mit ihr in die Kirche und umschritten den Altar. Nach Mariä Lichtmeß behaupteten einige Leute, daß die Tage länger würden, aber man merkte noch nicht viel davon. Um Mariä Verkündigung jedoch war die Sache nicht mehr zu leugnen; die Schneeglöckchen hatten sich hervorgewagt, der Schnee hielt sich nicht mehr in der Welt, die Knospen schwollen und sprangen auf, die Nase der Base Schlotterbeck verlor viel von ihrer Röte; wenn die Mutter in der Frühe jetzt aufstand, so schien die Lampe nicht mehr durch einen frostigen Nebelkreis. Hans Unwirrsch schrie nicht mehr Zeter am Waschnapf, seine Füße brauchten nicht mehr mit Gewalt in die Schuhe gezwängt zu werden. Das Warmsitzen wurde nicht mehr von groben Holzbauern in die Stadt gefahren und um ein „Sündengeld" verkauft. Es kamen die Tage, wo die Sonne es umsonst gab und nicht einmal ein Schön-Dank dafür forderte. Der Palmsonntag war da, ehe man es sich versah, und das Osterfest knüpfte den Kranz, welchen das Fest der Freude, das grünende, blühende, jauchzende, jubilierende Pfingsten dem jungen Jahr auf die Stirn drückte. Die Base Schlotterbeck strickte ihre Strümpfe auf der Bank vor der Haustür, und Hans Unwirrsch beobachtete ernst und scheu den Trödler Freudenstein gegenüber, welcher seinen kleinen Moses, ein kränkliches, mageres, jämmerliches Stück Menschheit, wohlverpackt in Kissen und Decken, auf einem Rollstuhl in die Sonne schob.

Drittes Kapitel

Johannes Jakob Nikolaus Unwirrsch war in seinem fünften Jahre ein kleiner, plumper Gesell in einer Hose, welche auf Wachstum berechnet und zugeschnitten worden war. Er sah aus blaugrauen Augen fröhlich in die Welt und die Kröppelstraße, seine Nase hatte bis jetzt noch nichts Charakteristisches, sein Mund versprach sehr groß zu werden und hielt sein Versprechen. Das gelbe Haar des Jungen kräuselte sich natürlich und war das Hübscheste an ihm. Er hatte in jeder Beziehung einen ausgezeichneten Magen, wie alle die Leute, welche viel Hunger in ihrem Leben dulden sollen; er wurde mit dem größten Stück Schwarzbrot und dem vollsten Suppenteller fast noch leichter und schneller fertig als mit dem Abc. Von den beiden Weibern, der Mutter und der Base, wurde er natürlich sehr verzogen und als Kronprinz, Heros und Weltwunder behandelt und verehrt, so daß es ein Glück war, als der Staat sich ins Mittel legte und ihn für schulpflichtig erklärte. Hans setzte den Fuß auf die unterste Stufe der Leiter, welche an dem fruchtreichen Baum der Erkenntnis lehnt; die Armenschule tat sich vor ihm auf, und Silberlöffel, der Armenschullehrer, versprach an ihrer Tür der Base, daß das „Herzenskind" weder von ihm selber, noch von den Rangen, die seiner Zucht untergeben waren, totgeschlagen werden solle.

Mit dem Schürzenzipfel vor dem Auge zog die Base ab und tröstete sich erst, als ihr am Brunnen der Pastor Primarius Holzapfel, der im Jahr Achtzehnhundertfünfzehn gestorben war, in seinem schwarzen Predigerrock mit Halskrause und Bibel begegnete. Die Base hatte den Pastor und seine Eltern sehr gut gekannt. Der Vater war ein Holzhauer gewesen und die Mutter war im Spital zum heiligen Geist gestorben; der Pastor Primarius aber, von dessen Ruhm und Preis die Stadt noch voll war, hatte auf demselben Platz in der Armenschule gesessen, zu welchem Silberlöffel den kleinen Hans führte.

In einem dunklen Sackgäßchen, in einem einstöckigen Gebäude, welches einst als Spritzenhaus diente, hatte die Kommune die Schule für ihre Armen eingerichtet, nachdem sie sich so lange als möglich geweigert hatte, überhaupt ein Lokal zu so überflüssigem Zweck herzugeben. Es war ein feuchtes Loch; fast zu jeder Jahreszeit lief das Wasser von den Wänden; Schwämme und Pilze wuchsen in den Ecken und unter dem Pult des Lehrers. Klebrignaß waren die Tische und Bänke, die während der Ferien stets mit einem leichten Schimmelanflug überzogen wurden. Von den Fenstern wollen wir lieber nicht reden; es war kein Wunder, wenn sich auch in ihrer Nähe die interessantesten Schwammformationen bildeten. Ein Wunder war es auch nicht, wenn sich in den Händen und Füßen des Lehrers die allerschönsten Gichtknoten und in seiner Lunge die prachtvollsten Tuberkeln bildeten. Es war kein Wunder, wenn zeitweise die halbe Schule am Fieber krank lag. Hätte die Kommune auf jedes Kindergrab, welches durch ihre Schuld auf dem Kirchhof geschaufelt wurde, ein Marmordenkmal setzen müssen, so würde sie sehr bald für ein anderes Schullokal gesorgt haben.

Karl Silberlöffel unterschrieb sich der Lehrer auf den Quittungen für die stupenden Geldsummen, welche ihm der Staat quatemberweise auszahlte. Ach, der Arme führte seinen Namen nur der Ironie wegen; er war nicht mit einem silbernen Löffel im Munde geboren worden. Er hätte dem Kultusministerium viel Stoff zum Nachdenken geben müssen, wenn nicht diese verehrliche und hochlöbliche Behörde durch Wichtigeres abgezogen gewesen wäre. Wie kann sich die hohe Behörde um den Lehrer Silberlöffel bekümmern, wenn die Frage: welches Minimum von Wissen den untern Schichten der Gesellschaft ohne Schaden und Unbequemlichkeit für die höchsten gestattet werden könne — noch immer nicht gelöst ist? Noch lange Zeit werden die mit der Lösung dieser Frage beauftragten Herren die Volkslehrer als ihre Feinde betrachten, und es als eine höchst abgeschmackte und lächerliche Forderung auffassen, wenn böswillige, revolutionäre Idealisten verlangen: auch ein hohes Ministerium möge seinen Feinden Gutes tun und sie zum wenigsten anständig kleiden und notdürftig füttern.

In dem Spritzenhause zu Neustadt saßen rechts die Mädchen, links die Knaben. Zwischen diesen beiden Abteilungen lief ein Gang von der Tür zum Pult des Lehrers, und in diesem Gang hustete Silberlöffel auf und ab, ohne daß es irgendeinen in der jugendlichen Schar rührte. Lang, sehr lang war der Arme; hager, sehr hager war er; sehr melancholisch sah er aus, und das mit Recht. Ein anderer an seiner Stelle hätte sich in dem feuchten, kalten Räume munter und warm geprügelt; aber selbst dazu war er nicht mehr imstande. Seine schwachen Versuche in dieser Hinsicht galten nur für gute Späße; seine Autorität stand unter Null. Ein herzzerreißender Vorwurf für alle Wohlgekleideten war der Anzug dieses verdienstvollen Mannes; der Hut führte mit seinem Besitzer eine wahre Tragödie auf. Zwischen beiden handelte es sich darum, wer den andern überdauern werde, und der Hut schien zu wissen, daß er gewinnen müsse. Ein diabolischer Hohn grinste aus seinen Beulen und Schrammen. Das Scheusal wußte, daß es auch noch den Nachfolger des armen, schwindsüchtigen Mannes überleben könne; es machte sich nicht das geringste aus dem Schimmel und Schwamm des Spritzenhauses.

Hans Unwirrsch trat mit keineswegs sentimentalen Gefühlen in die Gemeinschaft und das Gewimmel der Armenschule. Nachdem die erste Verblüffung und Blödigkeit überwunden war, nachdem er sich halbwegs hereingefunden hatte, zeigte er sich nicht besser als jeder andere Schlingel und nahm nach besten Kräften teil an allen Leiden und Freuden dieser preiswürdigen Staatseinrichtung. Er orientierte sich bald. Die Freunde und Feinde unter den Knaben waren bald herausgefunden; gleichgeartete Gemüter schlossen sich an ihn, entgegenstehende Naturen suchten ihn an den Haaren aus seiner Weltanschauungsweise herauszuziehen, und im Einzelkampf wie in der allgemeinen Prügelei kam manches Leid über ihn, welches er aber als anständiger Junge ertrug, ohne sich hinter dem Lehrer zu verkriechen. Als anständiger Junge hatte er in dieser Lebensepoche gegen das weibliche Geschlecht auf den Bänken zur Rechten des Ganges im allgemeinen eine heilsame Idiosynkrasie. Er klebte den Mädchen gern Pech auf ihre Plätze und knüpfte ihnen gern paarweise verstohlen die Zöpfe zusammen; er verachtete sie höchlichst als untergeordnete Geschöpfe, die sich nur durch Geschrei wehrten, und durch welche der Lehrer mehr über die linke Hälfte seiner Schule erfuhr, als den Buben lieb war. Von ritterlichen Regungen und Gefühlen fand sich anfangs in seiner Brust keine Spur, doch die Zeit, wo es in dieser Hinsicht anfing zu dämmern, war nicht fern, und bald machte wenigstens ein kleines Geschöpfchen von der andern Seite der Schule her seinen Einfluß auf Hans Unwirrsch geltend. Es kam die Zeit, wo er eine kleine Mitschülerin nicht weinen sehen konnte, und wo er einen unbestimmten Hunger empfand, der nicht auf die großen Butterbröte und Kuchenstücke der benachbarten Straßenjugend gerichtet war; doch für jetzt steckte er frech die Hände in die Taschen der Pumphose, spreizte die Beine voneinander, stellte sich fest auf den Füßen und suchte sich soviel als möglich von der absoluten Herrschaft der Weiber zu befreien. Nicht mehr wie sonst saß er still und artig zu den Füßen der Base Schlotterbeck und horchte andächtig ihren Lehren und Ermahnungen, ihren Märchen und Kalendergeschichten, ihren biblischen Vorlesungen. Zum großen Mißbehagen der guten Alten fing er an, täglich mehr Kritik zu üben. Die Kalendergeschichten wußte er allesamt auswendig; kein Märchen konnte die Base beginnen, ohne daß Hans ihr ins Wort fiel, um Verbesserungen anzubringen oder nichtsnutzige, ironische Fragen zu stellen; gegen ihre guten Ermahnungen rückte er immer mit verwirrenden Einwänden hervor, welche die Base öfters ganz und gar aus der Fassung brachten. Hinter ihrem Rücken spielte er ihr allerlei Possen, ja er entblödete sich nicht, vor einem ausgewählten Publikum der Kröppelstraße, welches mit ihm im gleichen Alter stand, eine Vorstellung zu geben, in der er die Art der Base aufs komischste nachäffte. Kurz, Hans Jakob Nikolaus Unwirrsch hatte jetzt eine Lebensstufe erreicht, auf welcher liebende Verwandte ihren hoffnungsvollsten Sprößlingen und jugendlichen Bekannten mit finstermelancholischen Blicken und warnenden Handbewegungen eine düstere Zukunft, den Bettelstab, das Gefängnis, das Zuchthaus und zuletzt, zum angenehmen Beschluß, den schimpflichen Tod am Galgen vorhersagen. Es ist auch in diesem Falle ein Glück, daß Prophezeiungen gewöhnlich nicht in Erfüllung gehen.

Hans zog in dieser Epoche das bewegte Leben der Gasse mit seinen Einzelheiten dem häuslichen Glück, dem stillen, ungestörten Frieden der vier Wände bei weitem vor. O du schöne Zeit der schmutzigen Hände, der blutenden Nasen, der zerrissenen Jacken, der zerzausten Haare! wehe dem Mann, der dich nicht kennen lernte!

Naturgemäß hielt sich Hans jetzt mehr an den Oheim Grünebaum, als an die Mutter und die Base. Der wackere Flickschuster hatte manches, was ein jugendliches Gemüt anziehen konnte. In der Gesellschaft dieses würdigen Mannes wurde dem Neffen selten die Zeit lang.

Sehr schmutzig und vernachlässigt erschien jedem ordentlichen Weibe die Haushaltung und Umgebung des Oheims Grünebaum. In seiner Werkstatt sah es aus, als hätten die Huzelmännchen nicht wohlwollend, sondern in grimmigster Erzürnung darin gehaust. Ein tolleres Kopfüberkopfunter kann man sich nicht leicht vorstellen, und wenn jemand hätte das Suchen lernen wollen, so hätte er hier die beste Gelegenheit dazu gehabt. Der Oheim Grünebaum verbrachte aber auch den größten Teil des Tages und seiner Arbeitszeit im vergeblichen Suchen. Das Gerät, welches er eben brauchte, war fast niemals zu finden, und das Wühlen und Rumoren danach brachte keine größere Ordnung in den Wirrwarr. Dazu schrieen, pfiffen und sangen von den Wänden aus großen und kleinen Käfigen Vögel mannigfacher Art; ein Laubfrosch zeigte in seinem Glase am Fenster das Wetter an. Das politische Wetter aber zeigte sich der Meister Grünebaum selber an, indem er sich und seinen Vögeln den Postkurier für Stadt und Land mit lauter Stimme vorlas, was ebenfalls einen ziemlichen Teil seiner Arbeitszeit wegnahm. Der wackere Oheim Grünebaum schusterte nur gerade so eifrig und so lange, als nötig war, um sich und seine Vögel notdürftig zu erhalten und den Postkurier für Stadt und Land halten zu können. Seine Schoppen im roten Bock ließ er öfter ankreiden, als für einen soliden Bürger und Handwerksmeister sich's eigentlich schickte.

Für den Sohn des seligen Schwagers mangelte es dem guten Mann durchaus nicht an natürlicher Zuneigung. Mit Wohlwollen nahm er ihn auf in seinem verwahrlosten Loche und gab ihm gute Lehren über Welt und Leben, Vogelzucht und Politik nach seiner Art.

Von dem Oheim Grünebaum wurde Hans übrigens zum ersten Male darauf aufmerksam gemacht, daß man dem Lehrer Silberlöffel wenigstens doch einigen Respekt schuldig sei.

„Hannes", sagte der Oheim, „wenn ich in deiner Stelle wäre, so machte ich nicht mit die andern so'n tagtäglich heillos Spektakulum in der Schule, daß, wenn'n Mensch da vorbeigeht, er sich die Ohren zustopfen muß. Mich jammert der Magister in der Seele, und lange leben wird er auch nicht mehr. Die unglückselige, miserable Kreatur hustet sich zu Tode, und ihr gottverlassenen, inkomparablen Satans brüllt ihn zu Tode. Hier mal vors Bett, Hans, und nicht ausgewichen! was ist das mit der Schule! bist du mit bei dem Gebrüll und Getrampel und Spietakel? Junge, Junge, in deiner Stelle ging ich in mir und bedächte, daß, wer'n Menschen umbringt, 'n Mörder ist, und daß 'n toter Mensch einem sehr auf der Seele liegen kann, als was man dann nachher böses Gewissen nennt. Gehe in dich herein, Hannes, und bedenke, daß sich wohl ein Stiebel lange flicken, versohlen und vorschuhen läßt, daß aber noch kein Doktor 'nen schwindsüchtigen Schulmeister, welchem seine Schlingel also grausam mitspielen, wie ihr eurem, den Atem gerettet hat. Der Mensche jammert mich wirklich, und der Deibel nimmt die Graden und die Ungraden, also gib Achtung, Hans, daß er dich nicht mit den andern Bälgern in den Sack steckt: das Recht hat er wohl gewiß schon längst dazu."

Diese Rede machte auf Hans einen größeren Eindruck, als ihm der Oheim anmerkte. In einem günstigen Augenblick hatte dieser geredet, seine Worte waren nicht auf schlechten Boden gefallen und hatten eine bessere Wirkung als alle früheren Ermahnungen. Zum erstenmal dämmerte in der Brust des Kindes ein Gefühl, welches über den Egoismus des Kindes hinausging. Als Hans Unwirrsch am folgenden Morgen seinen Platz in dem Spritzenhause einnahm, sah er den Armenlehrer mit ganz andern Augen an; und da Silberlöffel an diesem kalten, unfreundlichen Regenmorgen noch jammervoller und hungriger als sonst aussah und noch mehr hustete, so erlosch das Gefühl nicht, sondern es wurde stärker, — Hans Unwirrsch saß zum erstenmal still in der Schule.

An dem nächsten Komplott nahm Hans nicht teil, verfiel der allgemeinen Verachtung und kriegte fürchterliche Prügel, die ihn jedoch nur in seinen guten Vorsätzen bestärkten. Der Streich wurde natürlich auch ohne ihn ausgeführt und gelang vollkommen. Es war ein Hauptstreich, und die Befriedigung der jungen Taugenichtse und Galgenstricke war groß; der arme Lehrer, dessen Brustschmerzen an diesem Tage noch stärker als gewöhnlich waren, unterlag kraftlos, und der Blick hilfloser Verzweiflung, welchen er über die rebellische Schule schweifen ließ, und welcher auch Hans Unwirrsch streifte, wurde von letzterem niemals vergessen.

Am nächsten Morgen kam der Herr Lehrer nicht in das Spritzenhaus; er sollte es niemals wieder betreten. Ein Blutsturz war in der Nacht über ihn gekommen, und zum Sterben krank lag er auf seinem Bett in seiner schlechten, kalten Stube. Ein anderer nahm seine Stelle an dem Marterpult in der Armenschule ein; Karl Silberlöffel war aufgebraucht worden wie ein Rad in der Maschine. Ein anderes Rad wurde eingesetzt; langsam drehte sich das Ding weiter, und „unsere fortschreitende Bildung und humane Entwicklung" war und blieb das Lieblingsthema manches wohlmeinenden Mannes.

Wenige Leute kümmerten sich um den abgenutzten, sterbenden Armenschullehrer; zu den wenigen aber, welche das Ihrige taten, ihm seine letzten Lebenstage zu erleichtern, gehörten der Oheim Grünebaum und die Base Schlotterbeck. An der Hand der letzteren kam Hans Unwirrsch, um seinen Lehrer sterben zu sehen, und um zum erstenmal die feierlichen Schauer zu empfinden, die das Nahen des Todes in der Seele des Menschen erregt, auch wenn er noch ein Kind ist.

Der todkranke Mann hielt lange die Hand des Kindes und sah ihm lange und tief in die Augen. Aber in dem Blicke, mit welchem er es ansah, war jetzt nichts mehr von jenem Elend zu finden, welches ihn durch sein dunkles, kurzes Leben unablässig bedrängt und ihm gnadenlos jedes freiere Aufsehen und Aufatmen verwehrt hatte. Matt war jetzt das Auge, aber still und befriedigt war es auch; der Kampf war zu Ende, noch ein Schritt, und das Land der ewigen Freiheit war erreicht. Auf seinem Sterbebette fühlte sich der Armenschullehrer zum erstenmal als ein freier Mann, der sich vor niemand mehr zu neigen und in den Winkel zu drücken brauchte. Der alte, rötliche, diabolische Hut, der hinter der Tür am Nagel hing, hatte freilich das Spiel gewonnen, aber weder er noch ein hochlöbliches Kultusministerium zogen einen großen Vorteil davon. Der eine wurde als Vogelscheuche in ein Kornfeld gestellt, und das andere blieb fürs erste, was es war.

Laut sprechen konnte der Kranke nicht, aber Hans vernahm doch, was er zu ihm sagte, und vergaß es nicht.

„Weine nicht, liebes Kind, und fürchte dich auch nicht. Du bist immer ein guter Junge gewesen und wirst dereinst auch ein guter Mann werden. Großen Hunger jeder Art wirst du auch zu erdulden haben, aber du wirst satt werden, denn endlich, endlich wird doch einmal jeder satt." . . .

Das, was der sterbende Herr Silberlöffel damals noch hinzufügte, verstand Hans freilich nicht, und die Base Schlotterbeck wußte auch nicht recht, ob der Kranke bereits in den letzten Todesphantasien liege oder nicht.

Er sagte, während seine Augen sich nach der niedern, schwarzen Decke der Stube richteten:

„Ich bin sehr hungrig gewesen. Hungrig nach Liebe bin ich gewesen und durstig nach Wissen; alles andere war nichts. Goldene Äpfel hängen lockend im Gezweig und schießen ihre Strahlen durch das Grün. Sie blenden so die Augen, die schönen, glänzenden Früchte. Die Hände habe ich ausgestreckt und habe sie mir zerrissen an den Dornen; — viele Tränen habe ich vergießen müssen um den goldenen Glanz im Grün. Im Schatten habe ich gesessen mein ganzes Leben durch, und doch war ich für das Licht geboren. Es ist hart, hart, hart, im Schatten sitzen zu müssen und Hungers zu sterben, während so schöne Augen leuchten in der Welt, während so holdselige Stimmen locken, — in der Nähe, und, ach, auch aus so weiter, weiter Ferne. Ich habe auch Hunger gehabt nach der Ferne, aber im Schatten mußte ich bleiben, auf einen kleinen Raum im Schatten war ich gebannt. Ein goldener Regen umspielte mich oft, in Schauern fielen die leuchtenden Früchte nieder um mich her und glänzten durchs Grün und durch die Morgen- und Abendröten; mir aber waren die Hände gefesselt, und nichts hatte ich als mein qualvolles Sehnen. Ich habe nichts, nichts erhalten von dem reichen Leben. Nur mein Sehnen ist mir zuteil geworden, und auch das geht nun zu Ende. So wird's dunkel vor den Augen, still vor den Ohren und im Herzen; ich werde satt sein — im Tode." —

Man begrub den Armenschullehrer Silberlöffel einige Tage vor Weihnachten, und die Armenschule unter dem Nachfolger folgte dem Sarge, der nicht mit Silber beschlagen und nicht mit Samt behängt war. Nicht über reinen Schnee, sondern durch ein schmutziges Schlackerwetter trug man den Leichnam und scharrte ihn kurz und gut ein ohne das allergeringste Gepränge.

Der Kindheit, der alles noch neu ist, drängt jeder neue Tag den vergangenen in die vollständigste Vergessenheit. Am Morgen nach dem Begräbnis des guten Lehrers spielte Hans Unwirrsch bereits wieder lustig in der Gasse und dachte für jetzt mit keinem Gedanken mehr an den toten Mann. Der Schnee, der gestern gemangelt hatte, war über Nacht reichlichst herabgefallen; es hatte kein Junge in der Stadt Zeit, an etwas anderes zu denken, als an den Schnee.

Großes Geschrei war in der Kröppelstraße, und mächtig wuchs der Schneemann zur Lust der jungen Künstlerbande und zum Ärger des misanthropischen pensionierten Stadtbüttels Murx, der wie ein podagrischer Oger in seinem Lehnstuhl am Fenster festgebannt saß und welcher den Lärm und die Lust der lieben Jugend für eine ganz persönliche Beleidigung nahm. Aber der spanische Rohrstock war pensioniert wie sein Herr und hing in grimmiger Unzufriedenheit über dem pensionierten Dreimaster an der Wand.

Unablässig wanderte das Auge des zur Ruhe gesetzten Schützers der öffentlichen Ruhe und Sicherheit zwischen dem Stock und der Straße hin und her, und in der Brust des Vortrefflichen grollte und brummte es, wie in einem dem Ausbruch nahen Vulkan: Prometheus am Kaukasus angeschmiedet, Napoleon auf Sankt Helena fühlten ähnliche Bitternisse wie der Büttel, aber ihr Beispiel tröstete ihn nicht. Lustig ging der Spektakel in der Gasse fort, und nachdem der Schneemann vollendet war, stürzte sich die Bande jugendlicher Missetäter auf Moses Freudenstein, den Sohn des Trödlers, und fing an, ihn zu waschen.

In jenen vergangenen Tagen herrschte — vorzüglich in kleineren Städten und Ortschaften — noch eine Mißachtung der Juden, die man, so stark ausgeprägt, glücklicherweise heute nicht mehr findet. Die Alten wie die Jungen des Volkes Gottes hatten viel zu dulden von ihren christlichen Nachbarn. Vorzüglich waren die Kinder unter den Kindern elend dran, und der kleine, gelbe, kränkliche Moses führte gewiß kein angenehmes Dasein in der Kröppelstraße. Wenn er sich blicken ließ, fiel das junge, nichtsnutzige Volk auf ihn, wie das Gevögel auf den Aufstoß. Gestoßen, an den Haaren gezerrt, geschimpft und geschlagen bei jeder Gelegenheit, ließ er sich auch so wenig als möglich draußen blicken und führte eine dunkle, klägliche Existenz in der halbunterirdischen Wohnung seines Vaters.

An diesem Tage aber hatte ihn sein Unstern doch mitten unter seine Peiniger geführt; und man hatte, wie gewöhnlich in solchen Ausnahmefällen, ihn in einen engen Kreis geschlossen. Was fiel dem Judenjungen ein, daß auch er den neuen Schnee sehen wollte? In der Mitte seiner Tyrannen stand Moses Freudenstein und reichte mit verhaltenen Tränen und einem Jammerlächeln die Hand, in welche jeder junge Christ und Germane mit hellem Hohngeschrei hineinspie, in die Runde. Es gab wenige Leute in der Kröppelstraße, die nicht ihren Spaß an solcher infamen Quälerei gefunden hätten. Keiner von den Gaffern in den Haustüren trat dazwischen, um der Erbärmlichkeit ein Ende zu machen. Man lachte, zuckte die Achseln und hetzte wohl gar noch ein wenig; es hatte eben wenig auf sich, wenn der schmutzige Judenjunge ein bißchen in seiner Menschenwürde gekränkt wurde. Hilfe und Rettung sollten für Moses Freudenstein von einer Seite kommen, von der er sie nicht erwartet hatte.

Hans Unwirrsch hatte bis zu dieser Stunde auch hier mit den Wölfen geheult, und was die andern taten, hatte er leichtsinnig, ohne Erbarmen und ohne Überlegung ebenfalls getan. Jetzt kam die Reihe an ihn, in die offene Hand des heulenden Judenknaben zu speien, und wie ein Blitz durchzuckte es ihn, daß da eben eine große Niederträchtigkeit und Feigheit ausgeübt werde. Es war ihm, als blicke das bleiche Gesicht des Lehrers Silberlöffel, der gestern begraben worden war, ernst und traurig über die Köpfe und Schultern der Buben in den Kreis. Hans spie nicht in die Hand des Moses! Er schlug sie weg und streckte seine Faust den Kameraden entgegen. Wild schrie er, man solle den Moses zufrieden lassen, er — Hans Jakob — leide es nicht, daß man ihm ferner Leid antue. Die Faust fiel auf die erste Nase, die sich frech näher drängte. Blut floß — ein verwickelter Knäuel! Püffe, Knüffe, Fußtritte, Wehgeheul! Wutgebrüll! Sausende Schneebälle, zerrissene Kappen und Jacken! Exaltierteste Aufregung des pensionierten Stadtbüttels! elektrisches Erzittern des spanischen Rohres an der Wand! Übereinander und Durcheinander! Untereinander und Zwischeneinander! — Hernieder in den Laden des Trödlers Samuel Freudenstein rollten Moses und Hans, schwindlig, zerschlagen, mit blutenden Mäulern und verschwollenen Augen. Auch Moses Freudenstein hatte zum erstenmal in seinem Leben einen Schlag gegen seine Peiniger zu führen gewagt. Es war eine glorreiche Stunde, und ihr Einfluß auf das Leben von Hans Unwirrsch war unberechenbar im Guten wie im Bösen. Indem er aus dem wilden Gewühl der Gassenschlacht die Stufen in den Trödelladen hinabrollte, fiel er in Verhältnisse, welche unendlich wichtig für ihn werden sollten.

Das nächste Kapitel soll uns zeigen, wer der Trödler Samuel Freudenstein war, dann werden wir bei Gelegenheit wohl auch erfahren, auf welche Weise er seinen Sohn Moses erzog, und welche Ansichten von der Welt und von dem Leben in der Welt er ihm beizubringen strebte.

Viertes Kapitel

Auf malerische Mittelalterlichkeit machte die Kröppelstraße keinen Anspruch. Sämtliche Häuser darin waren nach einem großen Brande, der während des Siebenjährigen Krieges stattgefunden hatte, mit möglichster Schnelligkeit und mit möglichst wenigen Kosten wieder aufgebaut worden. Jetzt war ein Teil der Gebäude bereits wieder so baufällig, daß ein neuer Brand vonnöten schien, um größeres Unheil durch ganz unmotiviertes Zusammenstürzen über Nacht, bei vollständiger Windstille, ohne Erdbeben und dergleichen Anstößigkeiten zu verhüten. Samuel Freudenstein bewohnte mit seinem Sohn und einer uralten

Haushälterin das wackligste Haus der ganzen Reihe, und wenn alle anderen Besitzer allerlei mehr oder weniger schwache Anstrengungen machten, ihr Eigentum vor dem gänzlichen Verfall zu sichern, so tat der israelitische Handelsmann durchaus nichts zur Erhaltung seines Hauses und noch weniger zur Verschönerung desselben. Seit dem Anfang des Jahrhunderts waren die Mauern nicht getüncht, seit dem Hubertusburger Frieden schienen die Fenster nicht geputzt worden zu sein. Auf dem Dach wuchs Moos und allerlei Krautwerk; es hatte sich mehr als ein Ziegel abgelöst und war durch keinen anderen ersetzt worden. Die Baupolizei war schlecht in Neustadt, aber Samuel Freudenstein verlangte gar keine bessere.

Dem durch die Kröppelstraße Wandelnden machte sich der Laden des Trödlers glänzend durch eine vor der Tür aufgehängte Hoflakaienlivree des Königs Hieronymus von Westfalen bemerklich. Dieser bunte Anzug diente besser als alles andere als Aushängeschild eines Trödelladens, und ein vorzüglicheres Symbolum dafür als dieses Hausratstück des Trödelkönigreiches Westphalie war schwerlich zu finden. Es war niemand in der Stadt, der diese Livree nicht kannte, und Leute, welche sie als Kinder angestaunt hatten, mußten sich ihrer noch im späten Greisenalter erinnern.

Dem Lakaien gegenüber hing am anderen Türpfosten eine schadhafte Eierkuchenpfanne, und zwischen beiden gingen die Kunden ein und aus, brachten die verschiedenartigsten Gegenstände, oder schleppten die verschiedenartigsten Gegenstände fort. Das Schaufenster gab nur einen schwachen Begriff von dem, was der Laden in seinem Innern enthielt: Damenhüte und Herrenhüte, Schulbücher, Bündel verrosteter Schlüssel, staubige Rokoknogläser und Schüsseln, ein Fächer, eine Standuhr, desolate Porzellanfiguren, Kinderpuppen, ein Zettel mit der Inschrift: Hier werden die höchsten Preise für Lumpen allerart gezahlt; — ein anderer Zettel mit der Inschrift: Allerhöchste Preise für Knochen, zerbrochenes Glas und Eisen; — ein dritter Zettel mit den verlockenden Worten: Einkauf von Gold, Silber, Juwelen und getragenen Kleidungsstücken; — — viel enthielt das Schaufenster und doch sehr wenig im Vergleich zu dem Laden selbst.

Wenn man über die Schwelle getreten und die drei Stufen hinabgestolpert war, geriet man in eine Dämmerung, in welcher man anfangs keinen Gegenstand von dem anderen unterschied, und in eine Atmosphäre, welche ebenfalls aus mancherlei un-

unterscheidbaren Düften zusammengesetzt war. Nur ganz allmählich gewöhnten sich Auge und Nase an die Lokalitäten; nur ganz allmählich erkannte man, daß der Mensch hier alles loswerden konnte, was er nicht gebrauchte oder nicht länger gebrauchte, und daß er hier vieles fand, was er gebrauchte. Ein Gegenstand mochte durch noch so viele Hände gegangen sein, noch so viele Schicksale in auf- und absteigender Linie gehabt haben, Samuel Freudenstein brachte ihn doch im gegebenen Augenblick in Bewegung und an den rechten Mann. Er konnte dem ältesten Plunder täuschend den Anschein der Neuheit geben, und seine Ansichten über die Dauer im Wechsel wären höchst belehrend und anziehend für jeden Philosophen gewesen.

Samuel Freudenstein war ein Sechziger, der wenig auf äußere Eleganz hielt, und der allein imstande wäre, den Hut des Armenlehrers Silberlöffel für eine höchst anständige Kopfbedeckkung zu halten. Er war groß, doch ging er sehr gebückt und schien an einem ewigen Frost zu leiden. Die Art, wie er seine schlotternden Glieder in seinem zerlumpten Schlafrock verbarg, konnte in den Hundstagen einem eine Gänsehaut hervorbringen. Der Mann war ein fortwährendes Zähneklappern und ein Greuel für jeden, der etwas auf ein wohlgewaschenes Gesicht und reinlich beschnittene Nägel gab. Daß er sich stets genügend rasiert habe, konnte man ebenfalls nicht behaupten, und daß er einst ein Weib gefunden hatte, und zwar ein sehr hübsches und sehr reinliches, das glaubten nicht alle, welche mit der Tatsache bekannt gemacht wurden. Es war aber doch so, und das Weib hatte ihn sogar geliebt und hatte ihn höchst ungern allein gelassen in der Welt.

Nicht immer hatte Samuel in der Dunkelheit seines Ladens in Neustadt gesessen; er hatte mehr von der Welt gesehen als sämtliche andere Neustädter zusammengenommen.

Geboren war er in jener angenehmen Gegend, wo Katze und Hund sich gute Nacht sagen, und wo Russen, Polacken und Türken einander seit undenklichen Zeiten in den Haaren liegen. Gehandelt hatte Samuel bis hinauf nach Warschau und Petersburg, und bis hinunter nach Konstantinopel. Im Jahre 1799 zog er mit Suwarow nach Italien und machte gute Geschäfte, wäre aber beinahe von dem alten Italinsky gehängt und von Massena füsiliert worden. Als vorsichtiger Mann blieb er deshalb an der nächsten Ecke zurück und ließ die kriegführenden Parteien allein weiter marschieren. Er ging nach Wien, und als ihm das Glück dort nicht wohl wollte, nach Prag, wo er in der Jüdenstadt sich sehr behaglich fühlte, und wo er jedenfalls sich für immer festgesetzt hätte, wenn nicht die große Konkurrenz gewesen wäre. Er handelte um diese Zeit mit Rauhwaren und machte ein ziemlich bedeutendes Geschäft in Füchsen von allen Farben, Mardern und dergleichen Pelztieren. Als er zum erstenmal zur Messe nach Leipzig kam, glaubte er sich gerade mitten in Abrahams Schoß setzen zu können, aber er setzte sich nebenzu und verlor in einer allzu gewagten Spekulation fast sein sämtliches Vermögen.

Die Zeiten waren für jedermann hart und wurden immer härter, aber Samuel Freudenstein gehörte zu den Leuten, die jeder Windstoß nach Belieben dreht und wendet, und das kann unter Umständen, trotz allem, was man dagegen sagen mag, ein großes Glück sein. Er verstand zu lavieren; und durch alle Gefahren, alles Kriegswetter, Krachen und Poltern rettete er sich mit seinem Päcklein, zog im Sommer des Jahres Achtzehnhundertundsechs durch das Rosentor zu Neustadt ein und wurde als Jude nach damaligem löblichen Gebrauch gleich dem eingetriebenen Schlachtvieh verzollt. Nach dieser lobwürdigen Gewohnheit konnten Zettel auf irgendeinem Steueramt in jeder beliebigen deutschen Stadt abgeliefert werden, auf welchen zu lesen stand:

„Heute am — Januar 178 — verzollt und versteuert am Kreuztor:

    I. Drei Rinder
   II. Vierzehn Schweine
  III. Zehn Kälber
  IV. Ein Jüd, nennt sich Moses Mendelssohn aus Berlin."

Die Schlacht bei Jena, welche so manche Niederträchtigkeit, so manchen Unsinn über den Haufen warf, machte auch diesem Skandal ein Ende, aber Anno Fünfzehn hätte mancher liebende Landesvater die gute, alte Sitte gern wieder eingeführt.

In Neustadt lud Samuel Freudenstein sein Bündel bei einem Glaubensgenossen ab und präsentierte demselben einen Wechsel, der sein ganzes damaliges Vermögen darstellte. Er war des umherschweifenden Lebens überdrüssig, wollte von jetzt ab das Leben auf bescheidenem Fuße anfangen, und das Städtlein gefiel ihm. Was ihm der Gastfreund über die sonstigen Verhältnisse mitteilte, befestigte seinen Entschluß, hiesigen Orts den Wanderstab abzusetzen und sich häuslich niederzulassen. Trotz dem Unglück, welches Samuel bei seinem letzten Unternehmen gehabt hatte, war der Wechsel, den er aus seiner schmierigen Brieftasche hervorwühlte, für die Neustädter Verhältnisse doch nicht so unbedeutend, und es ließ sich wohl ein neues Geschäftchen damit gründen. Die Häuser waren damals wohlfeil, der ewigen Einquartierung wegen; Samuel erhielt das beschriebene Gebäude in der Kröppelstraße fast geschenkt und richtete sich darin ein, wie ein Ohrwurm in einem leeren Schneckenhaus. Im Jahre 1815 heiratete er die Tochter des weisen und wohlhabenden Mannes, der seinen Wechsel so prompt saldiert hatte. Sein Trödelgeschäft hatte unter den Durchmärschen von Feind und Freund nicht gelitten; es hatte sich im Gegenteil sehr dadurch gehoben, denn Freund und Feind hatten mancherlei Dinge loszuschlagen, an welche sie leicht gekommen waren, welche sich aber schwer mitschleppen ließen im Tornister oder auf dem Bagagewagen. Nach dem zweiten Pariser Frieden ahnte die Kröppelstraße, daß der Jüd im Keller sein Schäflein geschoren habe, der Gastfreund aber wußte es und gab seine Tochter, das schöne Blümchen, gern an ihn ab. Wir wissen, daß Moses Freudenstein und Hans Unwirrsch fast um dieselbe Stunde im Jahre 1819 geboren wurden, und daß „das Blümchen" im Kindbett starb. Der Frauen Amme fütterte den Säugling auf, und Samuel erzog ihn auf seine Weise, welche von dem Schulplane des Spritzenhauses in mancher Hinsicht bedeutend abwich. Um die Erziehung der Juden bekümmerte sich das hohe Kultusministerium damals noch nicht; es ließ sie in dieser Beziehung ganz und gar ihren eigenen Weg suchen, und — sie fanden ihn und gingen ihn. Moses Freudenstein wußte um viele Dinge Bescheid, von welchen die Taugenichtse, die ihn in der Kröppelstraße mißhandelten, nicht das mindeste ahnten.

Daß die Kröppelstraße den Juden nicht mit den freundlichsten Augen ansah, und sich ihm gegenüber nicht auf den Standpunkt des: Liebe deinen Nächsten wie dich selbst — stellte, brauchte keine Verwunderung zu erregen, aber übertrieben war es doch, wenn die Mütter ihre hoffnungsvollen Sprößlinge vor dem Trödelladen dadurch warnten, daß sie behaupteten, man verfertige darin Würste aus dem Fleisch kleiner unartiger und unschuldiger Christenkinder und benutze dazu statt ihrer Därme ihre wollenen Strümpfe.

Auch für Hans Unwirrsch hatte einst die Idee, zu Wurstfleisch gehackt und in seinen eigenen wollenen Strumpf gestopft zu werden, nichts Verlockendes; als er aber mit Moses hinab in den dunklen Laden polterte, war er über diese Fabel längst hinaus und sah sich nur sehr neugierig in dem geheimnisvollen Raume um, in den er bis jetzt nur ganz verstohlen von der Straße aus zu blicken gewagt hatte.

Aus der Finsternis des Hintergrundes hervor stürzten der Vater Samuel und die alte Esther, um den jetzt in lautes Geheul ausbrechenden Moses in ihre Arme zu schließen, auszufragen und zu beruhigen. Verwünschungen aller Art schleuderte Esther auf den Haufen in der Gasse, und als sie gar, bewaffnet mit einem Besen, einen Angriff darauf machte, stob er entsetzt nach allen Seiten hin auseinander. Mit traurigem Kopfschütteln ließ sich der Trödler das Geschehene auseinandersetzen, aber sein Zorn machte sich nicht in lauter Weise Luft. Er hatte in seinem Leben so viele Demütigungen hinunterschlucken müssen, daß es ihm auf eine mehr oder weniger nicht ankam. Aber dem Verteidiger seines Sohnes stattete er seinen Dank fast in einer Art ab, wie er es einem erwachsenen Mann gegenüber getan haben würde, und Hans fühlte sich höchlichst geschmeichelt und schenkte ihm seine ganze Hochachtung. Er genoß in dem dunkeln Hinterzimmer eine Tasse Kaffee und ein Stück Kuchen, fand auch hier manches, was seine Aufmerksamkeit erregte, und versprach sich und der Familie Freudenstein, die angeknüpfte Bekanntschaft fortzusetzen.

Die Base Schlotterbeck war gerade nicht sehr entzückt, als sie das Geschehene vernahm. Sie hatte auch ihre kleinen Vorurteile gegen die Juden und sah nicht ein, welchen Nutzen ein solcher Umgang ihrem Pflegling bringen könne. Die Frau Christine aber erinnerte sich, daß ihr seliger Mann einst geäußert hatte: der Nachbar Freudenstein sei kein übler Mann, es lasse sich recht gut mit ihm verkehren. Die Frau Christine, welche mehr als einer wohlhabenden israelitischen Familie in der Hauptstraße die Hemden gewaschen hatte, meinte daher: die Juden seien auch Menschen und könnten recht vernünftige Leute sein. Sie hatte nichts gegen den Verkehr mit dem westfälischen Lakaien drüben, und auch der Oheim Grünebaum gab als „zivilisierter Mann" und „Philosophikus" seine Zustimmung. Die Nachbarn und Nachbarinnen schüttelten bedenklich die Köpfe, aber hinderten nicht, was das Geschick beschlossen hatte.

Nachdem sich seine Augen an die Dunkelheit des Trödelladens gewöhnt hatten, entdeckte Hans darin so viele Wunder, daß sich sein Leben erst mit dem wahren Inhalt zu füllen schien. Zu gleicher Zeit erstieg er eine zweite Stufe auf der Leiter des Wissens, sagte er dem Spritzenhaus und dem Nachfolger Silberlöffels Valet, um in die unterste Klasse der „Bürgerschule" einzutreten.

Das war ein wichtiger Schritt vorwärts und wurde als solcher gebührend anerkannt und gefeiert. Der Oheim Grünebaum hielt dabei eine seiner schönsten und längsten Reden, welche aber doch weniger Wirkung auf den Neffen machte, als ein Paar neuer Stiefel, womit er ihn beschenkte. Es waren die ersten, auf welche Hans Unwirrsch trat; in fieberhafter Aufregung hatte er ihren Bau von den ersten Anfängen an bewacht; mit Nägeln waren sie beschlagen, daß man von der Sohle fast nichts erblickte; wenn man darin einherstapfte, so hörte man den Schritt drei Gassen weit. Der Oheim Grünebaum hatte ein Meisterstück gemacht und hatte das seltene Vergnügen, daß es als solches anerkannt wurde. Ein großes Sehnen in Hansens Brust war durch die Stiefel befriedigt worden, er schritt auf ihnen mit bedeutend erhöhtem Selbstbewußtsein durch das Leben. Ein Junge mit so vielen und so dickköpfigen Nägeln unter den Füßen konnte schon seinen Standpunkt den neuen Lehrern und den neuen Schulgenossen gegenüber behaupten, und Hans behauptete ihn und trat jetzt auch erst in ein innigeres Verhältnis zu dem andern Geschlecht, welches er bis dahin so sehr verachtet hatte, insofern es nicht durch seine Mutter und die Base Schlotterbeck repräsentiert wurde.

Neben dem Trödelladen wohnte eine Frau, die sich durch eine Semmel- und Obstbude vor der Tür der Bürgerschule erhielt. Ihr Name tut nichts zur Sache; aber sie hatte eine Tochter von ungefähr acht Jahren, und das kleine Mädchen hatte eine Katze. Das Kind starb zuerst, dann starb die Katze; die Obsthändlerin ist heute auch längst tot, — sie haben keine unausfüllbare Lücke in der Welt gelassen, aber die kleine Sophie war doch Hans Unwirrschs erste Liebe.

In Abwesenheit der Mutter saß das Kind in der Obstbude an der Bürgerschule, und neben ihm saß die Katze. Beide blickten unbeschreiblich ernsthaft und verständig über die Haufen rotbäckiger Äpfel und Birnen, die Körbe mit den Pfefferkuchen und Semmeln und die Glaskästen voll verlockenden Zuckerwerks. Sich selber ließen sie niemals durch die ausgelegten Schätze verlocken. Pflichtgetreu saßen sie da, warteten auf die Kunden und besorgten den Handel ebensogut, wie die Inhaberin der Firma.

Zuerst wurde Hans natürlich durch das Obst, die Pfefferkuchen und Semmeln zu der Bude gezogen; dann übte die Katze eine bedeutende Anziehungskraft auf ihn aus; die kleine Sophie würdigte er seiner Aufmerksamkeit zuletzt, und es dauerte eine ziemliche Zeit, ehe das Verhältnis sich umkehrte. Letzteres trat erst dann ein, als der ritterliche Hans auch hier als Beschützer aufgetreten war, und dazu mangelte die Gelegenheit nicht.

Nicht Hans allein richtete seine Aufmerksamkeit auf die Katze in der Semmelbude. Auch andere jugendliche Gemüter nahmen teil an ihrem Wohl, aber noch viel mehr an ihrem Wehe. Die offenen oder geheimen Angriffe auf das ehrbare, gesittete Tier nahmen nie ein Ende, und die kleine Herrin wußte, im Kampf mit allen finstern Mächten, ihrem Jammer oft keinen Rat. An jedem Abend trug sie ihre vierbeinige Freundin auf den Armen nach Haus, und dann war auch die rechte Zeit der Wegelagerer gekommen. An jeder Straßenecke hatten Kind und Katze Leid zu bestehen, und immer neue Verfolger schlossen sich zur Begleitung an.

Bei solcher Gelegenheit zeigte sich Hans wieder als ein edles Gemüt und nahm sich der duldenden Unschuld nach Kräften an. Er trug zwar wiederum einige Beulen und blaue Flecken davon; aber das stolze Gefühl, mit welchem er die kleine Sophie sicher bis zur Kröppelstraße geleitete, war doch auch nicht zu verachten. Die Bekanntschaft war angeknüpft, und gegenseitige innige Zuneigung entstand daraus. An jedem Abend fand sich Hans an der Obstbude ein, um seine beiden Schutzbefohlenen abzuholen. Moses Freudenstein war bald der Vierte im Bunde.

Durch einen Lenz, einen Sommer und einen Winter verkehrten die Kinder so miteinander. Sie trieben alle Kinderspiele zusammen; mit seinen schönsten Blüten überschüttete sie der Frühling, der Sommer gab alle Freuden, welche er dem jungen Menschen zu geben hat. Holdselig war dies Jahr, keine Blüte, keine Frucht blieb aus. In den Herzen der Greise regten sich die ältesten fröhlichen Erinnerungen; die Schatten der Toten, welche der Base Schlotterbeck in den Gassen begegneten, schienen sich, nach den Aussagen der Base, mit den Lebendigen zu freuen. Die Jünglinge und Jungfrauen lebten ein doppeltes Leben in einer schönen Gegenwart und einer schönen, hoffnungsreichen Zukunft. Sorgenvolle Väter und Mütter warfen wenigstens auf Augenblicke die Not des Tages von sich; aber die Glücklichsten waren doch die Kinder, die vom Alter, vom Tod, von der Hoffnung und von der Sorge noch nichts wußten. Ihnen gehörte die Lust des Jahres ganz und gar.

Zu Wald und Feld führte Hans die kleine Sophie. Sie verloren sich freilich nicht weiter in die grüne Freiheit, als der Schall der Glocken der kleinen Stadt reichte; aber welch eine Unendlichkeit war ihnen gegeben! Der Inbegriff aller Dinge, die Welt, die absolute Totalität eröffnet dem Forscher nicht weitere und nicht geheimnisvollere Räume, als dem Kinde die engbegrenzte Wiese und das Stückchen Himmelblau darüber bieten.

Mit dem Hunger nach der Unendlichkeit wird der Mensch geboren; er spürt ihn früh, aber wenn er in die Jahre des Verstandes kommt, erstickt er ihn meistens leicht und schnell. Es gibt so viel angenehme und nahrhafte Sachen auf der Erde, es gibt so vieles, was man gern in den Mund oder in die Tasche schiebt. Hans Unwirrsch war jetzt in dem Alter, wo die ersten Klänge der Weltenharfe leise, leise das aufhorchende Ohr berühren; wo man im Gras sich wälzt oder still liegt und den Wind in den Blättern hört, die Wolken in der Luft schwimmen sieht und nach den fernen Bergen hinüber staunt; wo man läuft, um die Stelle zu finden, an welcher der Regenbogen auf der Erde steht, wo man mit Gras und Baum, mit dem lieben Gott, mit jedem Vogel, jeder bunten Mücke, jedem glänzenden Käfer auf du und du steht.

Ernsthaft wie in der Holzbude vor der Schule saß das kleine Mädchen am Rande des Waldes oder in der Blumenfülle der Wiese. Ihre Hände waren nie unbeschäftigt, ihre Augen waren stets für alles weit geöffnet; aber sie sprach seltener als andere Kinder, und was sie sagte, war viel vernünftiger, als anderer Kinder Worte. Die Nachbarn in der Kröppelstraße schüttelten oft den Kopf über sie und nannten sie altklug; allein das war sie nicht. Ihre Gedanken über das Rauschen im grünen Baum, über den Sonnenschein, über die weiße und über die rosige Wolke, über den stillen, blauen Himmel waren echte Kindergedanken trotz aller Vernünftigkeit. Mit ihren großen Augen sah sie fest und tief in die schöne Welt und schloß sie dann geraume Zeit, als wolle sie versuchen, wieviel sie von all der Pracht und Lieblichkeit mit sich hineinnehmen könne in die Dunkelheit, den Winter — das Grab.

Sie starb in dem Winter an einer Kinderkrankheit, die kleine Sophie. Wenn wir auf das anmutige Bild hauchen, so ist es verschwunden, als sei es nimmer dagewesen.

Auf der obersten Stufe der steilen Treppe, die zu der Wohnung der Obsthökerin führte, saßen dicht aneinander gedrängt Hans Unwirrsch und Moses Freudenstein, und die Katze Sophiens saß eine Stufe niedriger auf der Treppe. Hinter der Tür lag das kleine Mädchen, von welchem gesagt wurde, daß es noch an dem nämlichen Tage sterben müsse.

Durch ein einziges morsches und schmutziges Fenster wurde der enge Vorplatz erhellt; der Regen schlug an die Scheiben, und der Wind rüttelte daran. Mehr als einmal hatte man den Versuch gemacht, die beiden Knaben von ihrem Platze zu vertreiben; doch Hans wich weder der Gewalt, noch der Überredung, und Moses, der gern fortgeschlichen wäre, mußte seinetwegen bleiben. Die Katze miauzte von Zeit zu Zeit leise und klagend; wenn die Knaben zueinander sprachen, so geschah das auch leise und ängstlich. Sie sahen die Katze an, und die Katze sah sie an; der Tod aber lag auf der Lauer — ein lautes Wort durfte nicht gesprochen werden, der Tod konnte es nicht leiden.

Der Jude wie der Christ fühlten gleicherweise die Schwere der Stunde; jeder jedoch machte auf seine Weise seine Bemerkungen darüber.

„Hast du gehört, was der Doktor sagte zur Jungfer Schlotterbeck?" fragte Moses. „Sie macht's nun nicht lange mehr, hat er gesagt, und er hat den Kopf geschüttelt — so."

Moses Freudenstein schüttelte den Kopf, wie ihn der Doktor geschüttelt hatte, und Hans sah die Katze an und streichelte sie und schluchzte:

„Sie macht's nun nicht lang mehr!"

Die Katze aber wimmerte, als wollte auch sie sagen:

„Ja, sie macht's nun nicht lang mehr, und niemand weiß das besser als ich."

„Wohin wird sie nun gehen, wenn sie tot ist?" fragte der Jude, ohne seinen Freund dabei anzusehen. Moses schien für sich allein tief darüber nachzugrübeln, und das Grübeln schien das Gefühl in den Hintergrund zu drängen.

„In den blauen Himmel, zu den Engeln, zu dem lieben Gott geht sie!" flüsterte Hans, den Finger auf den Mund legend.

Aber Moses legte den klugen Kopf auf die Seite und blickte nach dem klirrenden Fenster, an welchem der Regen in Strömen herniederfloß.

„Mein, sie wird einen bösen Weg haben! wird sie doch sehr frieren auf dem Weg."

Hans Unwirrsch sah ebenfalls nach dem trostlosen Fenster und zog die blauroten Hände so tief als möglich in die Ärmel seiner Jacke, aus welcher er der Base und der Mutter wieder einmal ganz unbemerkt herausgewachsen war. Er konnte über das, was hinter der dunklen Tür vorging, nicht solche Fragen aufwerfen, wie der kleine semitische Dialektiker ihm zur Seite; er war zu unglücklich dazu und fror zu sehr körperlich und geistig. Er hatte mit dunkleren, verworreneren, aber auch schmerzvolleren Gefühlen zu kämpfen, als Moses Freudenstein.

Aber der schaurige Gast, der Tod hinter der Tür, achtete weder auf Grübeln noch auf Gefühl. Mit einem Satz schoß die Katze von ihrem Platze auf der Treppenstufe gegen die Tür, sie fing an, heftig daran zu kratzen, ihr Haar sträubte sich, sie schrie kläglicher als je. Jemand öffnete die Tür, um das Tier zu verscheuchen, aber blitzschnell schoß es in die Spalte, und dann — dann durfte auch Hans eintreten — die kleine Sophie verlangte nach ihm.

Das Kind wußte ganz klar, daß es sterben müsse. Die großen, ernsthaften Augen hatten einen Glanz bekommen, der nicht mehr von dieser Welt war. Sophie wehrte sich nicht gegen den Tod; sie lag ganz still und sprach auch nicht viel mehr. Mit ihren Augen nahm sie Abschied von ihrem Gespielen, und als Hans laut und bitterlich weinte, schüttelte sie nur ganz leise den Kopf und flüsterte:

„Ich habe sie gesehen — gestern — in der Nacht — die schöne große Wiese! O, Hans, wie die Sonne darauf schien — das glänzte! — und so viele, viele, viele Blumen! O, mir fehlt gar nichts mehr, morgen bin ich ganz gesund. So schöne goldene Äpfel in den grünen, grünen Bäumen. Wenn der Wind geht, fallen sie wie ein Regen von Gold herunter. Morgen bin ich auf der schönen, schönen, großen, großen Wiese — gute Nacht, Hans, lieber Hans!"

Sie schloß die Augen und schlief ein, und im Schlaf ging sie hinüber in die Ewigkeit, wo die goldenen Äpfel im grünen Gezweig hingen.

Die Katze war auf die Bettdecke der Kranken gesprungen, hatte sich ihr zu Füßen in einen Knäuel gerollt und schnurrte behaglich. Man ließ das arme Tier, wo es war; aber den weinenden Hans führte die Base Schlotterbeck fort; er sah seine Spielgefährtin nicht eher wieder, als bis sie im Sarge lag.

Als das Kind gestorben war, wollte man die Katze wegnehmen von der Decke; sie gebärdete sich jedoch wie toll, biß und kratzte und spuckte und sprang dann freiwillig herab, als die winzige Leiche aus der Bettstelle gehoben wurde. Als der Sarg geschlossen worden war und auf zwei Stühlen in der Mitte der Stube stand, legte sich das Tier unter den Sarg und wollte auch von dieser Stelle nicht weichen. Als der Sarg aus dem Hause getragen wurde, folgte ihm die Katze bis zur Haustür und sah ihm nach. Dann schoß sie wieder die Treppe hinauf, und fing an zu suchen in allen Winkeln und Ecken und wollte dies Suchen nicht aufgeben, trotz allem, was man tat, um sie davon abzubringen. Tagelang, nächtelang wimmerte sie umher, daß das roheste Gemüt im Haus und in der Nachbarschaft ein Grauen und eine Wehmut darüber ankam. Vergeblich bot man dem armen Geschöpf die besten Bissen — es nahm sie nicht an. Niemand hatte das Herz, es roh und rauh anzufassen; aber man fürchtete sich vor ihm, und jeder atmete auf, als es nach acht Tagen allmählich still wurde. Es hatte ein altes Kleidchen der Toten gefunden, darauf wickelte es sich in einem Winkel zusammen und starb vor Gram und vor Hunger. Hans Unwirrsch und Moses Freudenstein begruben es, und der Vater Samuel gab aus seinem Trödelvorrat eine bunte Schachtel zum Sarge her.

Fünftes Kapitel

Die Freundschaft zwischen dem Sohne des Schusters und dem Sohne des Trödlers, zwischen dem Christen und dem Juden, zog den ersteren immer mehr von dem Umgang mit den übrigen Altersgenossen ab. Diese betrachteten das Verhältnis nicht von der günstigsten Seite; sie hatten mancherlei daran auszusetzen, und Hans mußte viel darum leiden, innerhalb und außerhalb der Schule. Die witzigen Köpfe machten die lächerlichsten Glossen über diese merkwürdige Freundschaft. Die, welche Talent für die zeichnenden Künste besaßen, bedeckten Gartenmauern, Hauswände und Türen mit mehr oder weniger gelungenen Illustrationen der zwei Freunde; und krummnasige Abbildungen von Moses und Hans, worunter wieder andere geistreiche Bemerkungen schrieben, sah man nicht selten und auch an Orten, wo man sie nicht vermutete. Körperlich aber vergriff man sich nicht mehr an den beiden; man machte in dieser Beziehung zu böse Erfahrungen. Es war übrigens abzusehen, daß eine Zeit kommen könne, wo das Interesse an ihnen vollständig erloschen sein würde, und wo man sie ruhig ihres Weges gehen lassen würde, ohne sich weiter um sie zu bekümmern.

Wie in einer Märchenhöhle saß Hans Unwirrsch in dem Laden des Trödlers, und Samuel Freudenstein war auch in seiner Art ein Zauberer, der durch sein Hantieren, durch sein Wesen und seine Worte wohl einen mächtigen Eindruck auf sein kindliches Gemüt machen mußte. Mit dem Pinsel wie mit dem Leimtopf wußte er gleich geschickt umzugehen; Vögel, allerlei Vierfüßler stopfte er sehr naturgetreu aus und verkaufte sie in Glaskästen den Liebhabern. Er war auf einer ewigen Jagd nach Merkwürdigkeiten begriffen, saß in seinem Gewölbe wie eine Spinne in ihrem Netz und lauerte auf seine Kunden — Käufer und Verkäufer. Selten entging ihm eine römische Münze oder ein Brakteat, die den Versuch gemacht hatten, noch einmal am Weltverkehr teilzunehmen, und die vom Krämer oder vom Bauer mit Grimm und Verachtung ganz unvermutet in der Ladenkasse oder im Lederbeutel entdeckt und angehalten worden waren. Merkwürdige gläserne Pokale und Becher wußte Samuel sehr zu schätzen, er witterte sie in den dunkelsten Winkeln und Küchenschränken auf den Dörfern aus und zahlte gern dafür, was die Besitzer verlangten. Auch Ahnenbilder kaufte er gern, doch meistens mehr des Rahmens wegen. Der Stolz und die Verehrung manches Geschlechtes wurden in der Kröppelstraße auf das schnödeste mit dem Gesicht gegen die Wand gelehnt, und manchen gnädigen Herrn, manche gnädige Frau und manches gnädige Fräulein nahm der Trödler nur als Zugabe auf einen alten Sessel, wackeligen Tisch oder wurmstichigen Rokokokasten mit Achselzucken an.

Auch mit Büchern gab sich Samuel Freudenstein ab; alte Folianten in Schweinsleder waren ein wertvoller Handelsartikel, es gab keine Scharteke, die nicht zuletzt doch noch der Welt auf irgendeine Art nützlich wurde, an die der Autor einst nicht gedacht hatte. Manches Buch aber, welches der Zufall in den Trödelladen hinabwarf, sollte auf Hans Unwirrsch später eine Wirkung haben, mit welcher der Verfasser zufrieden sein konnte. — Die mannigfachen Gegenstände, welche der Laden enthielt, eröffneten dem in einfachster Ärmlichkeit aufwachsenden Knaben den Blick in unendliche Räume. Was die Schule nüchtern lehrte, gewann hier bunteste und lebendigste Gestalt; und vielerlei, von dem die Schule nichts sagte, trat ihm hier zuerst entgegen.

Der Vater Freudenstein hatte eine gewaltige Achtung vor den Wissenschaften; eine fast ebenso große Achtung, wie weiland der arme Anton Unwirrsch. Doch wenn dieser sie um ihrer selbst willen einst verehrte, so schätzte jener sie, weil er darin den Talisman glaubte gefunden zu haben, der zugleich mit dem Gelde ein Schild und eine Waffe sei für sein immer noch, ob seiner und der Väter Sünden, so vielfach bedrängtes und zurückgesetztes Volk. Das Leben, welches dem Manne so arg mitgespielt hatte, hatte ihm immer von neuem diese Lehre vor die Augen gerückt, und wie der Meister Anton beschloß er, seinen Sohn mit diesen mächtigen Verteidigungs- und Angriffswaffen genügend auszurüsten. Wie Anton Unwirrsch wollte er seinem Sohn den Weg durch die Welt freier machen, als er selbst ihn gefunden hatte; wie Anton Unwirrsch lebte er seit der Geburt seines Kindes nur in der Zukunft desselben.

„Lerne, daß dir schwitzet der Kopf, Moses", sagte er, sobald der Knabe nur irgend imstande war, ihn zu verstehen. „Wenn se dir hinhalten an Stück Kuchen und an Buch, so laß den Kuchen und nimm das Buch. Wenn du was kannst, kannst'e dich wehren, brachst'e dich nicht lassen zu treten; kannst'e an großer Mann werden, und brauchst dich zu fürchten vor keinem, und den Kuchen wirst du auch dazu bekommen. Se werden dir ihn geben müssen, ob se wollen oder nicht."

Moses Freudenstein öffnete bei solcher Ermahnung die funkelnden Augen sehr weit und kniff sie dann zu und fragte wohl:

„Und ich brauch', wenn ich lern', mich nicht lassen zu schimpfen und schlagen in der Gass'? Ich kann's ihnen heimzahlen, was sie mir tun? brauch' mich nicht zu verkriechen vor ihnen?"

„Wenn du hast Kunst und wenn du hast Geld, kannst du sie stecken alle in den Sack. Und wenn du jetzt sitzest im Winkel, kannst du denken, du bist die Katz und die Mäus tanzen vor dir und pfeifen dir zum Hohn. Laß sie pfeifen und lern; wenn der jungen Katz sind gewachsen die Krallen, kann sie spielen mit der Maus, und die Maus hat das Schlimmste davon."

„So will ich sitzen im Dunkeln und will lernen alles, was es gibt, und wenn ich alles weiß und habe das Geld, so will ich es ihnen in der Gasse vergelten, was sie mir tun."

„Ich will dir helfen zu kriegen das Geld!" sagte der Vater, und die alte Haushälterin in der Ecke kicherte und rieb sich die Hände und murmelte Segnungen und Flüche zu gleicher Zeit; jene über ihren Brotherrn, sein Kind und sein Haus, diese über die Stadt Neustadt und die Kröppelstraße samt allem, was dran und drum hing. —

Als Hans Unwirrsch die nähere Bekanntschaft von Moses Freudenstein machte, war dieser ihm in den meisten Elementarkenntnissen weit voraus und wußte außerdem in Dingen Bescheid, die den armen Hans mit Staunen und Bewunderung erfüllten. Er wußte, wie eine Kokosnuß aussah, denn der Vater Samuel hielt eine verschlossen im Schranke. Er wußte ganz genau Bescheid im Lande der Kokosnüsse und im Affenlande und knüpfte daran die Bemerkung, daß die Jungen in der Kröppelstraße auch zum Affengeschlecht gehörten, daß er — Moses Freudenstein — aber doch lieber ein Aff als ein Jung aus der Kröppelstraße sein wolle.

Es gab in dem Laden alte holländische Reisebeschreibungen vom Ende des siebenzehnten Jahrhunderts, voll der merkwürdigsten Kupfer. Vor diesen Foliobänden war Moses groß, Hans Unwirrsch aber vergaß über ihnen alles andere. Selbst die Geschichte vom braven Kasperl und dem schönen Annerl verblaßte vor den Wundern von Surinam, dem Hof des Groß-Moguls, den Elefanten und Tigern, den stolzen Kriegsschiffen der Herren Generalstaaten, die mit ihren Kanonen die wundersamen, phantastischen indischen Städte im Kupferstich begrüßten.

Aber das waren noch lange nicht alle Reichtümer, von denen Moses umgeben war. Noch ganz andere Wunder barg der Laden des Trödlers. Das Ei des Vogels Roch im Märchen Sindbads des Seefahrers ist ein Gegenstand, der wohl die Phantasie gefangen nehmen kann; aber das wirkliche und wahrhaftige Straußenei, welches einem vor der Nase liegt, und welches man mit dem Finger vorsichtig berühren darf, hat doch einen noch größeren Reiz. Der westfälische Hoflakai vor der Tür hielt alles, was er versprach; er hing Wache vor so vielen Schätzen, daß das jugendliche Gemüt durch den Reichtum fast verwirrt wurde.

Es war gut, daß Hans in dieser Epoche einen so kühlen Burschen, wie den kleinen Moses, neben sich hatte. Dieser hatte sich längst in dem Wirrwarr zurechtgefunden und ließ sich so leicht durch nichts mehr verblüffen. Er hatte die große Gabe von der Natur empfangen, in seinem Kopf sogleich alles an die rechte Stelle legen zu können. Im gegebenen Augenblick wußte er alles sofort zu finden; — ein Kind, ein wahres, rechtes, echtes Kind war er eigentlich nie gewesen.

Ein wahres, rechtes, echtes Kind blieb dagegen Hans Unwirrsch sehr lange, fast über die gewöhnliche Zeit hinaus. Auch der Verkehr mit dem israelitischen Freunde änderte daran nichts; die Phantasie behielt noch das Übergewicht über den Verstand; der Kreis, in welchem Hans wie ein jedes andere Menschenkind stand, erweiterte sich nur und füllte sich mit immer buntern, glänzenderen, lockenderen Gestalten, Bildern und Träumen.

Eines Abends trat Hans sehr nachdenklich aus der Dunkelheit des Trödlerladens hervor und stand einen Augenblick ganz geblendet im Schein der Abendsonne, der noch auf dem Pflaster der Kröppelstraße lag. Dann schoß er schnell über die Straße zum mütterlichen Hause, als ob er einen großen Gedanken so eilig als möglich hinübertragen müsse. Aber still setzte er sich neben der Base Schlotterbeck, die ihrer Gewohnheit nach um diese Zeit mit ihrem Strickstrumpf vor der Tür hockte, nieder und starrte mit offenem Munde zum Sommerhimmel hinauf.

Anfangs gab die Base weiter nicht acht auf ihn, als sie ihn aber zufällig ansah, ließ sie ihr Strickzeug in den Schoß sinken und rief:

„Hannes, was ist dir begegnet? Kind, wie siehst du aus! Junge, mach den Mund zu und gib Antwort von dir, was haben sie dir drüben angetan?"

Hans warf einen ziemlich verstörten Blick auf den königlich westfälischen Lakaien drüben, antwortete aber nicht, und die Base mußte ihn erst tüchtig an der Schulter rütteln, ehe er sich in die Gegenwart zurückfand.

„Jesus, sie haben es fertig gebracht! sie haben dem Kinde den Kopf verwirrt! O das Volk, das Volk! Hans, Hans, mein Liebling, komm zu dir und gib aus, was dir passiert ist, was sie dir getan haben!"

„Er lernt das Lateinische!" rief Hans, und jetzt sperrte die Base den Mund auf.

„Er geht zu Michaeli aufs Gymnasium!" jammerte der Junge, und die Base schlug die Hände zusammen.

„Und ich muß'n Schuster werden und'n Pechschuster bleiben!" heulte Hans, und strömend brachen die Tränen hervor.

„'n Schuster! ei sieh mal — 'n Pechschuster und weiter nichts!" rief eine ironische Brummstimme, und ein grimmer Schatten fiel auf die Base und den Knaben. Der Oheim Grünebaum stand vor den beiden, ein würdiger Vorwurf für den Pinsel eines großen Malers. Verwunderungsvolle Entrüstung malte sich, in Ermangelung eines großen Meisters, selber in allen seinen Zügen; sie trieb ihm fast die Augen aus dem Kopfe. Jedes borstige und widerborstige Haar seines Hauptes schien einen beleidigten Schuster zu bedeuten, und der ganze emporgesträubte und -gewühlte Wulst die gekränkte Würde der ehrsamen Zunft im ganzen. Im Innern des Mannes kollerte, knurrte und polterte es aufs bedrohlichste; aber nur in abgebrochenen Worten und Sätzen vermochte die gerechte Entrüstung sich Luft zu machen.

„So'n Knirps — will sich an der ganzen ehrbaren Schusterei vergreifen! — der Deibel — wenn man's nicht mit höchsteigenhändigen Ohren gehört hätte, sollte man's nicht glauben — bis dahin, daß man's — mit seinen eigentümlichen Augen gesehen hätte — hallo! — Donner und Hagel, und als wenn nicht von Adam herunter ein ganzer Schwanz von Schustern hinge — einer am andern, und diese miserablige, naseweise Kröte, das Exkrementum von die ganze achtbare und notable Reihe! — I da soll ja —"

Die Base streckte dem erzürnten Meister abwehrend beide Arme entgegen, und Hans verkroch sich angstvoll hinter ihrem Stuhl und Rock.

„Raus mit ihm, Base! Wenn ich ihn nicht überlege als Mensch, und wenn ich ihn nicht haue als Oheim, Pate und Vormund, so ist es mein Offizium als Meister von die löbliche Schusterzunft, daß ich ihm die Büchse prall ziehe. Stehe Sie beiseite, Base Schlotterbeck; ich will dem gottlosen und lasziven Lästermaul sein Urteil so gut hinten aufschreiben, daß er sich drei Tage nicht hinsetzen soll von wegen die Schriftzüge!"

„Aber Meister, was hat denn das arme Kind eigentlich gesagt, was Euch so aus Rand und Band bringt?" rief die Base, die ihr Leben in der Verteidigung ihres Lieblings geopfert haben würde.

„Was die Kreatur gesagt hat? Sie fragt noch! Daß er kein Schuster werden will, weil er die löbliche Schusterei verachtet, hat er gesagt. Daß er seinen Oheim und Paten Grünebaum für'n Pechesel und Phülister ästimiert, hat er gesagt. Der Deibel nehme die Graden und die Ungraden; ich aber, Niklas Grünebaum, will justament meinen Newö bei der Jacke nehmen. Diktus, faktus, gehe Sie mich stantepe aus der Sonne, gehe Sie mich auf die Stelle aus die angenehme Gelegenheit, Base Schlotterbeck!"

Die Base wich dem Zorn des göttlichen Schusters Nikolaus Grünebaum nicht; sie wurde allmählich ebenso hitzig als der wackere Meister. Erst mit sanft überredenden Worten, dann mit drohenden, zuletzt mit ausgespreizten Fingern und Nägeln verteidigte sie den armen Hans; und da die Nachbarschaft durch den Lärm in Scharen herbeigezogen wurde, und da der Meister Grünebaum auf Anstand hielt, und da er wußte, daß, wenn sechs, acht oder zwölf Gevatterinnen die Fäuste in die Seite stemmen, meistens ein Geschrei entsteht, welches kein Mann länger als es unbedingt nötig ist, aushält, so gab er fürs erste klein bei oder verlegte wenigstens die Fortsetzung der Verhandlung in das Innere des Hauses. Der Nachbarinnen wegen riegelte er auch die Tür zu; aber der Frau Tiebus Entrüstung und der Frau Kiebicke Verachtung drangen während einer geraumen Zeit doch hinein und ihm nach.

Der Oheim Grünebaum hielt jetzt seinen Neffen und Paten am Kragen, setzte sich auf den Arbeitsstuhl des Meisters Anton und zog den schluchzenden Sünder zwischen seine Knie, wo er ihn wie in einem Schraubstock hielt. Die Base Schlotterbeck stand kummervoll, aber machtlos daneben.

„Nun noch einmal von vorn!" rief der Oheim. „Also'n Pechschuster muß dieses unglückselige Opferlamm werden und will es nicht?! Soll mich doch wundern, ob ich aus das Stückchen Unglück den Grund herausquetschen kann, weshalb es nicht nur seine eigene schätzbare Familie, sondern auch noch dazu das ganze hochlöbliche Schustergewerk verschimpfiert!"

Er schob seinen Schraubstock zu, und laut auf heulte Hans Unwirrsch:

„Weil der Moses das Latein lernt und Herr wird über die ganze Straße und die ganze Stadt und alle Jungen darin. Und weil meine Mutter 'ne arme Witfrau ist, und weil der Herr Oheim mich auch nicht das Latein lernen lassen wird, und weil, und weil —"

„Und weil, und weil — — Base Schlotterbeck, auf Euch geht's aus. Wenn ein Mensch angefangen hat, dem Jungen Dummheiten in den Kopf zu setzen, so seid Ihr die Perschon, mit Respekt zu sagen. Was, Latein? Ich will dich Knirps belateinen! Mit dem Juden drüben ist's aus. Dir werde ich das Festkleben da drüben vertreiben! Laß mich noch einmal merken, daß du da hinüberschnüffelst, so will ich dich an der Nase fassen, daß du dein Lebtag kein Schnupptuch mehr gebrauchen sollst. Latein?! Konnte dein Vater Latein? kann ich Latein? Und wir sind doch Meister und wohlberedte Leute geworden, und wenn ich im roten Bock den Mund auftue, so klappt das weiteste Maul zu, ohne daß ich es mit Latein stopfe. Aber in dir, Junge, kommt dein Vater wieder heraus, das war auch so ein Phantastikus, und wenn er das Latein nicht konnte, so hatte er sich doch auf andere Schrullen gelegt; aber ich habe ihm auf dem Todbette versprochen, einen Menschen aus dir zu machen, und das soll geschehen. Da ist jetzt gerade der König Karl in Frankreich, der macht es grade jetzt so mit seinen geliebten Untertanen und französischen Landeskindern, wie ich es mit dir machen werde, Hans Unwirrsch: willst'e nicht, so sollst'e. Also in aller Güte, willst du nun ein Schuster werden wie deine Vorfahren oder nicht?"

Da diese letzte Frage mit einem neuen heftigen Druck des Schraubstocks verbunden an Hans gestellt wurde, so konnte letzterer nicht umhin, seine vollkommene Übereinstimmung mit den Ansichten des Oheims kund zu geben. Die Tränenfluten aber, welche das Versprechen begleiteten, nahmen ihm freilich den größten Teil seines Wertes.

Stumm hatte die Base des Meisters Wortschwall über sich ergehen lassen; als er nun aber endlich seine Meinung von der Seele los war, begann sie die Antistrophe zu singen, und das Wort ließ sie sich so wenig wie der Oheim Grünebaum nehmen.

„So! also Er ist fertig, Gevatter, und hat gesagt, was Er zu sagen hatte? Das ist ein Glück für mich, das Kind und die vier Wände. Da sollte man ja auseinandergehen vor Grauen, vor solcher Trompete. Ihr seid mir ein schöner Mann, Gevatter. Im roten Bock mögt Ihr wohl allein das große Wort haben; aber hier haben doch auch noch andere Leute darein zu sprechen. Das Kind hat nichts gesagt, was einen halbwegs vernünftigen Mann aufbringen kann, und wenn es eine fremdländische Sprache lernen will, von der Er nichts versteht, Gevatter, so braucht Er darum noch lange nicht solch einen grausamen Aufruhr zu stiften. Ihr seid wohl ein rechter Schuster? Ihr habt wohl Grund, Euch Eures Handwerks zu rühmen? Ach du lieber Gott, ja wenn man die Stiefel mit alten Lügenzeitungen flicken könnte, und wenn man die Schusterei am besten nur auf der Bierbank im roten Bock treiben könnte, so wäret Ihr wohl der Mann dazu. Seht mir doch! Er hat es wohl mit seinem Räsonnieren vors ehrbare Handwerk weit darin gebracht, Grünebaum? Sei er ganz still, — die ganze Stadt weiß ja, wie's mit Ihm bestellt ist. Keinen ganzen Stuhl im Haus, keinen heilen Rock am Leib — besehe Er sich nur in dem Spiegel und dann spreche Er die Wahrheit, ob Er ein Musterbild und Exempel von'm Schuster für die Menschheit ist. Grünebaum, Grünebaum, wenn das Kind nicht dabei stände, und ich mir davor zusammenhielte, so wollt' ich Euch den Text schon lesen; Ihr seid mir ein schöner Vormund; aber laßt nur die Christine nach Hause kommen!"

Auch die Base Schlotterbeck hatte den trefflichen Meister Grünebaum in den Schraubstock genommen, und jedesmal, wenn sie zukniff, zuckte der arme Mann nicht weniger zusammen, als vorhin Hans Unwirrsch. Er wand sich wie ein Aal, welchem die Köchin lebendig die Haut vom Leibe zieht. Sein

Selbstgefühl erlitt beträchtlichen Schaden, und als die Base notgedrungen Atem schöpfen mußte, gab es in ganz Neustadt keinen Schuster von kläglicherer Erscheinung als den Meister Niklas Grünebaum. Rückwärtsschreitend zog er sich gegen die Tür zurück, ein Bild äußerster Entwürdigung, innerlich und äußerlich.

„Himmeldonnerwetter!" brummte er, den Riegel wegschiebend und die Tür öffnend; aber das Brummwort bedeutete keinen Fluch, keine Verwünschung; es war nur eine unwillkürliche Interjektion der allerbedrängtesten Verblüfftheit. Für jetzt war der Oheim Grünebaum nicht mehr fähig, den Kampf gegen die Sprache der Römer fortzusetzen. Und dazu brachte der Postkurier für Stadt und Land an diesem selbigen Abend so wichtige, unerhörte, kuriose Nachrichten: Rewwolution in Paris! Bollinjak an die Beine aufgehängt! Fünfzigtausend Pariser niederkradätscht! Garden, Linie und Schweizer totalemang kaput gemacht! Thron von Frankreich und Navarra in die Luft geflogen! Güljottine, Marseljäse, Barrikaden! . . .

Der Politiker, Schuster, Vormund und Oheim Nikolas war wie vor den Kopf geschlagen; es kostete im roten Bock mehr als einen Extraschoppen, ehe er sich zu der Überzeugung, daß er das große politische Ereignis längst vorhergewußt und vorausgesagt habe, emporschwingen konnte. Endlich brachte er es aber doch gottlob wieder fertig, und je schwankender sein körperlicher Zustand wurde, desto mehr wuchs wieder der Glaube an seine moralische und staatsmännische Unfehlbarkeit. Er trug sein schweres Haupt in vollkommener Zufriedenheit mit sich selbst zu Bett und schlief den Schlaf des Gerechten, was Hans Unwirrsch und seine Mutter nicht taten und die Base Schlotterbeck auch nicht.

Sechstes Kapitel

Eine schöne, liebliche Nacht war auf den Tag gefolgt; über ganz Europa und seine Völker schien der Mond. Alles Gewölk war fortgetrieben und lagerte und lauerte nun auf dem Atlantischen Ozean: wer schlafen konnte, schlief; aber es konnten nicht alle schlafen.

Brautnacht und Todesnacht zugleich! Durch die Wälder spritzten die Bäche ihre silbernen Funken; die großen Ströme flossen still und glänzend. Die Wälder, Wiesen und Felder, die Seen, Flüsse und Bäche waren in voller Harmonie mit dem Mond, aber das wunderliche Pygmäenvolk der Menschen in seinen Städten und Dörfern, weit davon entfernt, in Übereinstimmung mit sich selber zu sein, ließ in jener Beziehung manches zu wünschen übrig. Wäre er nicht der „sanfte" Mond gewesen, hätte er nicht einen guten Ruf zu bewahren gehabt, er würde der Menschheit trotz allen Dichtern und Verliebten nicht geleuchtet haben. Er war sanft und schien; — zu allem andern rührte ihn vielleicht auch noch das Vertrauen der städtischen Verwaltungen, die sich auf ihn verließen und seinetwegen ihre Straßenlaternen nicht anzündeten.

Er schien mit gleicher Klarheit und Sanftmut über Europa — auf die wilde, arme Stadt Paris, wo so viele Tote noch unbegraben lagen und so viele blutige Verwundete mit dem Tode rangen, nicht anders, als auf die winzige Stadt Neustadt mit ihrem friedlichen, weiten Tal. Er guckte mild in die überfüllten Spitäler und Leichenkammern; — er guckte mild in die Reisekutsche des zehnten Karls und nicht weniger mild in die niedrige Kammer, in welcher die Frau Christine Unwirrsch mit ihrem Knaben lag.

Das Kind schlief, aber die Mutter lag wachend, konnte nicht schlafen vor dem, was sie gehört hatte, nachdem sie von ihrer schweren Arbeit so müde nach Hause gekommen war.

Es hatte ziemlich lange gedauert, ehe sie den verworrenen Bericht, den ihr Hans und die Base Schlotterbeck gaben, verstand; sie war eine einfache Frau, die Zeit brauchte, ehe sie sich in irgendeiner Sache, welche über ihre tägliche Arbeit und ihren armen Haushalt hinausging, zurecht fand. Wenn sie ein Ding begriff, so konnte sie freilich dasselbe auch ordentlich und verständig auseinanderlegen und das Für und Wider jeder Einzelheit gehörig betrachten und gegeneinander abwiegen; aber dieses Streben ihres Kindes aus der Dunkelheit nach dem Licht konnte sie kaum in seinen weitesten Umrissen verstehen.

Sie wußte nur, daß sich in diesem ihrem Kinde jetzt derselbe Hunger offenbart hatte, an welchem ihr Anton gelitten hatte, dieser Hunger, den sie nicht verstand, und vor welchem sie doch einen solchen Respekt hatte, dieser Hunger, welcher den lieben seligen Mann so gepeinigt hatte, der Hunger nach den Büchern und den Wunderdingen, welche in ihnen verborgen lagen. Die Jahre, welche hingegangen waren, seit man ihren Gatten zu Grabe trug, hatten keine Erinnerung verwischt. In dem Gemüt der stillen Frau lebte der gute Mann noch mit allen seinen Eigentümlichkeiten, deren kleinste und unbedeutendste der Tod verklärt und zu einem Vorzug gemacht hatte. Wie der gute Mann zwischen Seufzern und frohen Aufwallungen, zwischen heiterer und niedergeschlagener Stimmung in seinem Handwerk sich abquälte, — wie er in seinen seltenen Feierstunden so sehr studierte, und vor allem, wie er auf seinen Sohn hoffte, und so wunderlich hochhinauf träumte von der Zukunft dieses Sohnes: das stand der Frau Christine klar vor der Seele.

Die Mutter richtete sich von ihrem Kopfkissen empor und blickte nach dem Lager des Kindes hinüber. Der Mondschein spielte auf der Decke und den Kissen und verklärte das Gesicht des schlafenden Knaben, welcher sich nach seinem betrübten Bericht in den Schlaf geweint hatte, und auf dessen Wangen noch die Spuren der Tränen zu finden waren, obgleich er jetzt im Schlummer wieder lächelte und nichts mehr wußte von dem Kummer des Tages. Rund um die Stadt Neustadt in den Büschen und am Rande der Gewässer regte sich das Nachtgevögel; des Nachtwächters rauhe Stimme erschallte bald näher, bald ferner; die Uhren der beiden Kirchen zankten sich um die richtige Zeit und waren sehr abweichender Meinung; sehr lebendig waren alle Neustädter Fledermäuse und Eulen, die ihre Stunden ganz genau kannten und sich um keine Minute irrten; Mäuse zirpten hinter der Wand der Kammer, und eine Maus raschelte unter dem Bette der Frau Christine; eine Brummfliege, welche auch nicht schlafen konnte, summte bald hier, bald da, stieß mit dem Kopf bald gegen das Fenster, bald gegen die Wand und suchte vergeblich einen Ausweg; es knackte in der Stube der Großvaterstuhl hinter dem Ofen, und auf dem Hausboden trappelte und schlich es so schauerlich und gespenstig, daß es schwer hielt, den beruhigenden Glauben an „Katzen" festzuhalten. Die Frau Christine Unwirrsch, welche als eine ahnungsvolle Seele sonst ein scharfes, ängstliches Ohr für alle Töne und Laute der Nacht hatte und an dem Hereinragen der Geisterwelt in ihre Kammer nicht im mindesten zweifelte, hatte in dieser Nacht nicht Zeit, darauf zu horchen und die Gänsehaut darüber zu bekommen. Ihr Herz war zu voll von andern Dingen. Die Mutter fühlte die Verantwortlichkeit für das Schicksal ihres Kindes schwer auf sich lasten, und obgleich sie eine ungebildete Frau war, so war ihre Sorge darum nicht geringer, ja ihre Sorge war vielleicht noch schwerer, weil ihr Begriff von dem Verlangen ihres Kindes mangelhaft und unzureichend war.

Lange betrachtete sie den schlafenden Hans, bis der Mond am Himmelsgewölbe weiter glitt, und der Strahl von dem Bette verschwand und sich langsam gegen das Fenster zurückzog. Als endlich vollkommene Dunkelheit die Kammer füllte, seufzte sie tief und flüsterte:

„Sein Vater hat's gewollt, und es soll niemand gegen seines Vaters Willen sich setzen. Der liebe Gott wird mir armem, dummem Weib schon helfen, daß das Rechte daraus wird. Sein Vater hat's gewollt, und das Kind soll seinen Willen haben nach seines Vaters Willen."

Sie erhob sich leise von ihrem Lager und schlich, um den schlafenden Knaben nicht zu wecken, auf bloßen Füßen aus der Kammer. In der Stube zündete sie die Lampe an. Auf den Arbeitsstuhl ihres Mannes setzte sie sich noch einige Augenblicke nieder und wischte die Tränen aus den Augen; dann aber trug sie das Licht zu jener Lade im Winkel, von der wir schon vorhin erzählt haben, kniete davor nieder und öffnete das altertümliche Schloß, welches dem Schlüssel so lange als möglich den hartnäckigsten Widerstand entgegensetzte.

Als der schwere Deckel zurückgelegt war, erfüllte ein Duft von frischer Wäsche und getrockneten Kräutern — Rosmarin und Lavendel — das Zimmer. Diese Lade enthielt alles, was die Frau Christine Köstliches und Wertvolles besaß, und sorgsam nahm sie sich in acht, daß keine Träne dazwischen falle. Sorgsam legte sie die bunten und weißen Tücher zurück, jede Falte sogleich wieder glättend; vorsichtig stellte sie die Schächtelchen mit alten armseligen Spielereien, zerbrochenen, wohlfeilen Schmucksachen, vereinzelten Bernsteinperlen, Armbändern von farbigen Glasperlen und dergleichen Schätzen der Armen und der Kinder zur Seite, bis sie, fast auf dem Grunde des Koffers, zu dem kam, was sie in der Stille der Nacht suchte. Mit scheuer Hand holte sie erst ein Kästchen mit einem Glasdeckel hervor; ihr Haupt senkte sich tiefer, als sie es öffnete. Es enthielt das Liederbuch des Meisters Anton, und auf demselben lag ein vertrockneter Myrtenkranz. Wie ferne Glocken, wie Orgelklang durchzitterte es die Nacht und die Seele der knienden Frau; nicht klarer und deutlicher sah die Base Schlotterbeck die Toten lebendig, als die Frau Christine sie in diesem Augenblick sah. Sie faltete über dem offenen Kästchen die Hände, und leise bewegten sich ihre Lippen. Es fiel ihr zwar kein Gebet ein als das Vaterunser, aber es genügte.

Ein zweites Kästchen stand neben dem ersten, ein altes Ding von Eichenholz, eisenbeschlagen, mit festem Schloß, eine künstliche Arbeit aus dem siebenzehnten Jahrhundert, welche schon seit Generationen im Besitz der Unwirrsche gewesen war. Diesen Kasten trug die Frau Christine zum Tisch, und ehe sie ihn öffnete, legte sie erst in der Lade alles wieder sorgsam an seinen Platz, sie liebte die Ordnung in allen Stücken und übereilte auch jetzt nichts.

Hellen Glanz gaben die kleine Lampe und die schwebende Glaskugel, aber das altersschwache Kästchen auf dem Tische überstrahlte sie doch, sein Inhalt sprach lauter von der Köstlichkeit der Elternliebe, als wenn ihr Preis unter dem Schall von tausend Trompeten auf allen Märkten der Welt verkündet worden wäre. Das Schloß sprang auf, und der Deckel schlug zurück: Geld enthielt der Kasten! — viel, viel Geld -- silberne Münzen von aller Art, und sogar ein Goldstück eingewickelt in Seidenpapier. Reiche Leute hätten mit Recht über den Schatz lächeln können, aber wenn sie jeden Taler und Gulden nach dem wahren Wert hätten bezahlen sollen, so würde vielleicht all ihr Reichtum nicht genügt haben, den Inhalt des schwarzen Kastens auszukaufen. Mit Schweiß und Hunger war jede Münze gewonnen worden, und tausend edle Gedanken und schöne Träume hingen daran. Tausend Hoffnungen lagen in dem dunkeln Kästchen, sein edelstes Selbst hatte der Meister Anton darin verborgen, und all ihre Liebe und Treue hatte Christine Unwirrsch hinzugelegt.

Wie oft hatte sich die Frau Christine Unwirrsch hungrig zu Bett gelegt, wie oft hatte sie allen möglichen Mangel erduldet, ohne der Versuchung, die Hand nach dem schwarzen Kästchen auszustrecken, zu unterliegen! In jeder Gestalt war die Not an sie herangetreten in ihrer kümmerlichen Witwenschaft, aber heldenhaft hatte sie Widerstand geleistet. Auch ohne Schriftzeichen und Zahlenzeichen konnte sie in jedem Augenblicke Rechenschaft ablegen; — sie trug keine Schuld, wenn aus dem schwarzen Kästchen nicht die glückliche, ehrenvolle Zukunft, die der Tote für seinen Sohn erträumt hatte, emporstieg.

Länger als eine Stunde saß die Frau Christine in dieser Nacht vor dem Tisch, zählte an den Fingern und rechnete, während drüben im Hinterstübchen des Trödlerhauses ebenfalls ein Mann rechnend und zählend saß. Auch Samuel Freudenstein wachte für seinen schlafenden Knaben. Manche Rolle mit Goldstücken, manche Rolle mit Silberstücken lag vor ihm; er hatte mehr in die Waagschale des Glückes seines Kindes zu werfen, als die arme Witwe.

„Ich will ihn wappnen mit allem, was eine Waffe ist!" murmelte er. „Sie sollen ihn finden gerüstet auf allen Seiten, und er soll ihrer spotten. Ein großer Mann soll er werden; er soll alles haben, was er will. Ein Knecht war ich, er soll ein Herr sein im fremden Volk, und leben will ich in seinem Leben. Einen guten Kopf, ein scharfes Auge hat er; er wird seinen Weg gehen. Er soll gedenken an seinen Vater, wenn er ist angekommen auf der Höhe; leben will ich in seinem Leben."

Die Witwe teilte ihren kümmerlichen Tageslohn in zwei Teile. Der größte derselben fiel in das Kästchen von Eichenholz zu den andern Ersparnissen so langer, mühevoller Jahre, und einen hellen Klang gaben die schlechten Münzen. Mehr als hundert blanke Taler legte Samuel Freudenstein zu dem Vermögen seines Sohnes; niemand in der Kröppelstraße hatte eine Ahnung davon, welch ein reicher Mann der Trödler allmählich wieder geworden war.

Aus der Kammer der Witwe war der Mondschein gänzlich wieder verschwunden, als die Mutter fröstelnd zurückschlich aus der Stube. Noch immer schlief Hans Unwirrsch fest und erwachte auch nicht von dem Kuß, den die Mutter auf seine Stirn drückte. Auch die Lampe erlosch, und die Frau Christine schlief bald so sanft, wie ihr Kind.

Fast den ganzen Sommer hindurch dauerte der Kampf gegen den Oheim Grünebaum. Einen so hartnäckigen Schuster hatte die Welt lange nicht gesehen. Tränen, Bitten und Vorstellungen erweichten, rührten und überzeugten ihn nicht. Ein Mann, der es mit den sieben weisen Meistern in jeder Beziehung aufnahm, ließ sich durch zwei alberne Weibsbilder und einen dummen Jungen so leicht nicht seinen Standpunkt verrücken. Beschlossen hatte er in seiner zottigen Männerbrust, daß Hans Unwirrsch wie alle anderen Unwirrsche und Grünebäume ein Schuster werden müsse und mit höhnischem Gepfeife schlug er alle Angriffe auf seinen Verstand, seine Vernunft und sein Herz zurück. Je mehr sich die Frauen ärgerten, je hitziger sie in ihren Argumenten, je schärfer sie in ihren Worten wurden, desto melodiöser wurde der Oheim Grünebaum. Mit einer mutigen, kriegerischen Weise begleitete er gewöhnlich den Anfang jeder neuen Unterhandlung, und unter den schmelzendsten, sehnsüchtigsten Melodien brachte er sie ergebnislos zu Ende.

„Gevatter, Gevatter", rief die Base, „wenn das Kind unglücklich wird, so ist's Eure Schuld, — Eure Schuld allein! Solch ein Mensch wie Ihr, ist mir in meinem ganzen, lieben, langen Leben nicht vorgekommen."

Ob nun das Lied vom Prinzen Eugen zur Beantwortung dieser Anmahnung gesungen worden war, konnte einigem Zweifel unterliegen: der Meister Grünebaum wie „selber ein Türke!" pfiff es.

„O Niklas", rief die Schwester, „was bist du für ein Mann! Es ist ein so gutes Kind, und seine Lehrer sind so mit ihm zufrieden, und sein Vater hat's gewollt, daß er alles lernen solle, was es zu lernen gibt. Denke an Anton, Niklas, und gib dich, ich bitte dich herzlich drum."

Der Oheim Grünebaum gab sich noch lange nicht. Er drückte den Gedanken, daß die Schusterei ebenfalls ein schönes, nachdenkliches, gelehrtes Geschäft sei, und daß das Handwerk einen goldenen Boden habe, sehr bezeichnend durch die Melodie: Die Leineweber haben eine saubere Zunft, aus, ließ sich aber auf weiteres nicht ein.

„Pfeife Er nur!" schrie die Base, erbost die Arme in die Seite stemmend. „Pfeife Er nur zu, Er Narr! Ich aber sage Ihm, Er mag sich nur auf den Kopf stellen, das Kind soll doch auf die hohen Schulen und Universitäten. Sitze Er nur wie ein geblendeter Gimpel, pfeife Er nur zu. Base Unwirrsch, heule Sie nicht, tue Sie ihm nicht den Gefallen, er hat nur seine abscheuliche Lust daran. Solch ein Tyrann! solch ein Barbare; und es ist doch Ihr Kind, Base, nicht seins! Aber der liebe Gott wird schon ein Einsehen haben, lasse Sie nur die Schürze vom Auge, Base. Pfeife Er jetzt nur zu, Gevatter, aber verantworte Er nachher es auch, und überlege Er sich, was Er einst dem Meister Anton da oben sagen will!"

Es schien, als ob der Oheim Grünebaum sich dereinst bei seinem seligen Schwager durch das schöne Lied: Saß ein Eichhorn auf dem Heckendorn — verantworten wolle, wenigstens pfiff er es nachdenklich und gerührt und drehte dazu die Daumen umeinander.

„O Niklas, was für ein hartherziger Mann du bist!" schluchzte die Schwester. „Die Base hat ganz recht, du wirst es nicht verantworten können, was du an deines Schwagers Kind tust —"

„Und lieber noch'n Lumpensammler, als solch ein lumpiger Flickschuster, der dem lieben Gott seine Tage im roten Bock auf der Bierbank abstiehlt. Und solch eine Kreatur will sich dagegen setzen und hinten ausschlagen, wenn ein armes Kind über ihn hinaus will! Wenn er sich nur die Hände waschen und die Haare kämmen wollte, der Mann; ich möchte den sehen, welchem es eine Ehre wäre, ihn zum Vorbild und Muster zu nehmen. Es lebt so was weiter nicht, und so einer will andere abhalten, sich rein zu waschen und ihren Eltern Ehre zu machen. Aber ich bau' auf den Herrgott, Meister Grünebaum. Derselbige wird Euch schon zeigen, was Ihr eigentlich seid. 's ist doch wirklich 'ne Lächerlichkeit, daß ein Mensch den Vormund spielen will, der sich selber nicht bemündeln kann."

Die Melodie: Guter Mond, du gehst so stille — muß in der Tat eine sehr besänftigende Wirkung auf die menschlichen Gefühle ausüben; der Oheim Grünebaum pfiff sie schmelzend, solange die Base Schlotterbeck redete, und wie großer Zorn auch in seinem Busen kochen mochte, die Welt bekam nichts davon zu sehen. Hans Unwirrsch, mit seinem Bücherränzel aus der Schule heimkehrend, fand die beiden Frauen in sehr erregter Stimmung, mit hochroten Gesichtern, und den Oheim sehr gefaßt, gleichmütig und kühl; — er ahnte wohl, wovon wiederum die Rede gewesen war, aber selten erfuhr er etwas Näheres über die Verhandlung.

Gewöhnlich nahm der Oheim Abschied, indem er einen Choral oder sonst eine schwermütige Weise flötete und dabei den armen Hans grinsend in das Ohr kniff; Mephistopheles hätte ihn um sein Lächeln beneiden können, und die Frauen fielen nach seinem Abmarsch gewöhnlich matt und gebrochen auf die nächsten Stühle und waren für mehrere Stunden unfähig, an die menschliche und göttliche Gerechtigkeit zu glauben.

Im Kornfelde blitzte und klang die Sense: der Oheim Grünebaum hatte noch immer nicht nachgegeben. Allerlei Früchte lösten sich, ohne daß der Wind wehte, von den Zweigen und fielen herab: der Oheim Grünebaum hielt seine Meinung hartnäckiger als je fest. Silberne Fäden überspannten die Welt und schwebten durch die Luft: der Oheim Grünebaum schwebte nicht mit, sondern lachte Hohn von seinem niedrigen Dreifuß. Bunt und immer bunter färbte sich der Wald, aber des Oheim Grünebaums Ansicht von Welt und Leben hielt Farbe. Moses Freudenstein brüstete sich immer stolzer in seinem Triumphe, und Hans Unwirrsch sah immer kläglicher und trübseliger drein. Die Singvögel flöteten ihre letzten Weisen und rüsteten sich zur Abreise nach Süden: der Oheim Grünebaum flötete auch, aber er blieb im Land und nährte sich redlich, denn er war zu sehr überzeugt, daß er nicht zu entbehren sei in Neustadt, im roten Bock und in seiner Familie. Kein Deus ex machina stieg herab, dem armen Hans Hilfe zu bringen, und so blieb ihm zuletzt nichts weiter übrig, als sich selber zu helfen. Er führte einen Plan aus, der längerer Zeit bedurft hatte, um in seiner kleinen Brust zu reifen, setzte dadurch die Base und die Mutter in schwindelnde Verwunderung und brachte den steifnackigen Oheim Grünebaum vollständig aus der Fassung.

An einem Sonntagmorgen zu Anfang des Septembers hatte der Gymnasial-Professor und Doktor der Philosophie Fackler das Reich allein in seinem Haus und fühlte sich geborgen, behaglich, wie selten in seiner Studierstube. Die Frau Professorin und Doktorin befand sich mit ihren beiden Töchtern in der Kirche und bat höchst wahrscheinlich den lieben Gott um Verzeihung für die unruhigen Stunden, welche sie dann und wann dem „guten Mann", das heißt ihrem Gemahl und Herrn bereitete. Die Magd hatte sich in Privatangelegenheiten entfernt; still war das Haus, ein grauer Tag blickte freilich in die mit Tabakswolken gefüllte Studierstube, aber die freudige Seele des Professors wandelte auf blauem Gewölk mit dem Liederbuch des Quintus Valerius Catullus und schlürfte die wonnigen Minuten der Freiheit, —

> Vivamus, mea Lesbia, atque amemus,
> rumoresque senum severiorum
> omnes unius aestimemus assis.

Am See Benacus lustwandelte er im Schatten der Granatbäume und Pinien auf der glückseligen Halbinsel Sirmio, und die funkelnden Verswellen des römischen Dichters spülten jeden Gedanken an die Gegenwart und jene Lesbia, die augenblicklich in der Kirche scharf und schrill mitsang, in das Nichts hinab. Er überhörte den Klang der Haustürglocke, vernahm nicht den ängstlich leisen Schritt, der die Treppe emporstieg; er fuhr erst auf, als etwas leise an seiner Tür kratzte und klopfte. Schnell verbarg sich der lateinische Schalk Catull unter einem Haufen ernsten gelehrten Rüstzeugs, und würdig rief der Professor und Doktor der Philosophie:

„Herein!"

Niemand folgte der Einladung, und lauter wurde sie wiederholt; aber auch dieses Mal ohne Erfolg. Verwundert erhob sich der Gelehrte aus seinem Sessel, zog seinen langen Schlafrock fest um sich und ließ nun mit noch größerer Verwunderung ein winziges Bürschlein von ungefähr elf Jahren in seine Studierstube, ein Bürschlein, das an allen Gliedern zitterte, und dem die Tränen über die Backen liefen. Niemand war bei der Unterhaltung, welche dieser Besucher mit dem Herrn Professor Fackler hatte, zugegen, und die Einzelheiten des Gesprächs können wir nicht angeben. Nur das können wir sagen, daß die aus der Kirche mit den holden Pfändern der „tausend und aber tausend Küsse", ihren beiden Töchtern, heimkehrende Lesbia ihren Gatten in einer sehr vergnügten Stimmung fand. Er trug ihr nicht die Aufmerksamkeit entgegen, welche sie von ihm erwartete, sondern fuhr fort, weitbeinig in der Stube auf und ab zu laufen und zu murmeln:

„Seh einer! — ein wackerer kleiner Kerl! — er soll seinen Willen haben! — bei allen olympischen Göttern, er soll erreichen, was er will, und möge es zu seinem Heil sein!"

„Was soll zum Heil sein? wem soll was zum Heil sein, Blasius?" fragte Lesbia, ihr Gesangbuch weglegend.

„An der Ferse soll jemand genommen und in den Styx soll er getaucht werden, Beste, auf daß er gegen der Welt Bedrängnisse gefeiet sei und als Sieger aus der Männerschlacht hervorgehe."

„Du hast heute wieder deinen albernen, unverständlichen Tag, Blasius!" rief die Frau Professorin ärgerlich und sah dabei aus, als habe sie Lust, den Gemahl tüchtig durchzuschütteln. Glücklicherweise jedoch sprangen in diesem Augenblick Eugenia und Kornelia herein und hingen sich mit allerlei kindlichen Fragen und Bitten an den Papa. Dieser wies auf die Mutter und zitierte dumpf:

„Jove tonante, fulgurante, comitia populi habere nefas", zog den Rock an, setzte den Hut auf, nahm den Stock, ging aus und — stattete dem Oheim Grünebaum einen Besuch ab. Der Oheim Nikolaus Grünebaum aber hielt zu seiner eigenen „höchsten Perplexität" am Nachmittag in der Kröppelstraße eine lange, schöne Rede, zu welcher die Base Schlotterbeck einen ausgezeichneten Kaffee gebraut hatte, und expektorierte sich ungefähr folgendermaßen:

„Sintemalen denn ein Schuster ein nobles und ehrerbietiges Geschäft ist, aber dennoch so können nicht alle Menschenkinder Schuster werden, sondern es muß item noch anders Volk geben, Schneider, Bäcker, Zimmerlinge, Maurer und dergleichen, auf daß für jedes Gefühl und Sentiment gesorgt werde und kein

Sinn ohne die nötige Bedeckung bleibe. Weilen es aber auch noch andere Bedürftigkeiten in der Welt gibt und der Mensch viel nötig hat, ehe und bevor er nichts mehr nötig hat, so gibt es auch item Advokaten und Doktors mehr als zu viel und dazu Professors, Pastöre mehr als genug. Aber der Herrgott läßt's gehen, wie's will, und der Deibel nimmt die Graden und die Ungraden, was so viel heißen soll, als: ein Junge, der sich sein Geschäft aussuchen will, der soll sich sehr vorsehen und bedenken, wozu ihm die Nase steht, denn es hat sich schon mehr als einmal zugetragen, daß der Esel meinte, er könne die Laute schlagen. Aber einen Stiebel kann auch nicht jeder machen, es ist nicht so leicht, als es sich ansieht. Nun ist hier vorhanden Christine Unwirrsch, weiland Anton Unwirrschs Witfrau, und zweitens die unverehelichte Base Schlotterbeck, auch ein sehr gutes Spezifikum von gesundem Menschenverstand und natürlicher Begabung. Ferner ist gegenwärtig Meister Niklas Grünebaum, als wie ich selber, ohne Rühmens auch nicht auf den Kopf gefallen, sondern ganz adrett auf die Füße. Vor sie drei aber steht das Geschöpfe, um das es sich handelt, Hans Jakob Niklas Unwirrsch, was wenigstens sich als einen Jungen von Courage demonstriert hat und seine liebe Anverwandtschaft hinterrücks ein Bein gestellt hat. Solch ein Knirps!"

Beide Frauen erhoben hier die Hände, um des Himmels Segen auf den jugendlichen Genius, Hans Unwirrsch, herabzuflehen; aber der Oheim fuhr fort:

„Ich denke, Grünebaum, fall vom Stuhle, als der Herr Professor so mit einem Male vor mir steht! Solch ein Junge! Aber ein ästimabler, räsonabler, angenehmer Herr ist der Herr Professor, und so ist das Lange und Kurze von der Geschichte, daß ich von heute morgen um halber Zwölfe an nichts mehr damit zu tun haben will und meine Hände mir wasche."

„Woran Er sehr wohl tut, Gevatter", sagte die Base Schlotterbeck.

„Und so mag es denn gehen, wie's geht, der Deibel nimmt die Graden und die Ungraden!" schloß der Oheim.

„Niklas", rief aber die Frau Christine ärgerlich, „ich hoffe, mein Sohn wird weder grad noch ungrad mit dem Teufel zu tun haben, und gehen lassen, wie's geht, soll er es auch nicht."

„Keine Reverenzien und Übelnehmerischkeiten!" brummte der Oheim. „Also, was ich und der Herr Professor denn sagen wollen: Junge, da'n Überstudierter am Ende doch auch ein Mensch bleibt, so sollst du unsertwegen deinen Willen haben. Basta, ich hab's gesagt! die hochlöbliche Schusterei wird doch wohl nicht ein Mirakelum an dir Lümmel vorbeilassen."

In einem Tränenstrom machten sich die Gefühle der Mutter Luft, die Base Schlotterbeck zerfloß fast in freudiger Rührung; Hans Unwirrsch war später niemals imstande, sich und andern Rechenschaft zu geben über die Gefühle dieser Stunde. Wer aber auch jetzt vollkommen trocken und kühl blieb, oder tat, war der Oheim Grünebaum. Mit seinem Schusterdaumen drückte er gemütlich den Tabak in seiner kurzen Pfeife nieder, klappte bedächtig den Deckel zu, wie ein Mann, der ein gutes Werk getan hat, und sich die ihm von Rechts wegen zukommende Belohnung höchstens im Hauptbuch des Himmels gutschreiben läßt.

Er mochte aber aussehen, wie er wollte, seine Macht über seinen Neffen hatte er verloren, und niemals konnte er das Eingebüßte wiedergewinnen. Seit dem Augenblick, in welchem Hans Unwirrsch mit der eigenen winzigen Hand dem Steuer seines Lebens einen so wirkungsvollen Ruck gegeben hatte, stand er dem wackeren Meister mit vollberechtigtem Willen gegenüber, und des Meisters Erstarrung und Ratlosigkeit war um so grenzenloser, je größere Gleichmütigkeit er äußerlich zur Schau trug.

Die Geschicke mußten sich erfüllen, und Hans Unwirrsch betrat den Weg, welchen Anton Unwirrsch nicht gehen durfte. Am folgenden Mittag begegnete der verstorbene Meister der Base Schlotterbeck; er ging gebückt und mit gesenktem Kopfe, nach seiner Art, aber er lächelte zufrieden.

Siebentes Kapitel

Die Pforte, die sich nun vor unserem Hans geöffnet hatte, führte, wie jeder, welcher durch sie schritt, weiß, nicht gleich in die weiten, hohen, herrlichen Säle, wo die weißen Marmorgestalten, die aus dem Schutt der klassischen Welt ausgegraben wurden, feierlich die Wände entlang stehen. Sowohl Hans als Moses fanden das sehr bald aus, doch ersterer hatte mit dem Faktum bitterer zu kämpfen, als der letztere. Verwirrt und bestürzt stolperten beide auf der heiligen Schwelle und rutschten durch den abschüssigen Gang des Vokabulariums hinab in das grauenvolle Labyrinth der Deklinationen und Konjugationen, in welchem der Kollaborator Klopffleisch als erbarmungsloser Minotaur auf seine Opfer wartete. Aber Moses Freudenstein fand sich schnell wieder auf den Füßen, während Hans Unwirrsch noch längere Zeit kläglich auf seinem Hinterteil sitzen blieb und verloren, verraten und verkauft um sich starrte. Die schnelle Fassungsgabe, das treffliche Gedächtnis des jüdischen Knaben hoben ihn schnell über die ersten Schwierigkeiten der gelehrten Laufbahn weg, und nur mühsam und keuchend konnte Hans ihm folgen.

Doch Wille ist Werk, und Hans Unwirrsch hatte den besten Willen, seinen Freund nicht aus den Augen zu verlieren; alle Kraft setzte er daran, und der Kollaborator Klopffleisch respektierte bald den Willen seines Schülers.

Glückliche Jahre! Ach, wenn sie nur nicht so schnell vorüber rauschten, o Posthumus, liebster Posthumus!

Eben schien noch die heiße Julisonne durch die Fenster der Quinta auf unsere Köpfe, und wir schwitzten zu allem andern Schweiß dicke Angsttropfen über der zerlesenen Grammatik, während die Vögel draußen in den Bäumen uns auslachten, und die Fliege, die frei über das blaue Heft spazierte, die frech um die Nase des Magisters summte, uns ein beneidenswertes Tier dünkte! nun ist es schon Winter, Schnee liegt auf dem Boden und den Dächern und wird vom freien, lustigen Wind gegen die Fenster der Quarta gewirbelt. Der Wind und die tanzenden Flokken höhnen uns nicht weniger, als die Sommervögel und die Fliegen; es gewährt uns nur eine sehr mangelhafte Genugtuung, daß wir uns nach Herzenslust über den Cornelius Nepos aufhalten dürfen, weil er seine Vorrede mit einem grammatikalischen Fehler anfängt und Non dubito nicht mit quin konstruiert. O Posthumus, wie schnell rauschen die Jahre! Eben saßen wir noch als Tertianer wie junge Affen flegelhaft, zähnefletschend und schnatternd im Baum der Wissenschaften und fanden wenig Geschmack an den vielgepriesenen Früchten besagten Baumes: nun ist das auf einmal ganz anders geworden. Wir werden in der Sekunda mit „Sie" angeredet; weit in nebelgrauer Ferne liegt jene Zeit, wo wir selbst des Nachts in unseren Träumen nicht vor dem Rohrstock des Kollaborators Klopffleisch sicher waren; — wir haben unter den Folgen der ersten Zigarre schauerlich, aber heldenhaft gelitten; einige von uns erweitern ihre Ansicht von ihrer gesellschaftlichen Stellung und Würde dadurch, daß sie Brillen von Fensterglas aufsetzen; wir fangen an, vor den Fenstern der ersten Klasse der Mädchenschule Parade zu machen, und einen Hauptgegenstand unserer Unterhaltung bilden die Vorfälle der Tanzstunde. Grinsend stoßen wir einander unter den Tischen die Fäuste in die Seite, wenn der Korrektor Gnurrmann über einzelne Stellen und Szenen klassischer Dichtung schnell hinweg gleitet oder sie ganz überschlägt; — wir haben diese Stellen natürlich längst und gründlich studiert und halten sie für die besten im Buche, und es ist ein Wunder, wenn unser Exemplar der Odyssee nicht stets da auseinanderfällt, wo Demodokos den Phäaken zur klingenden Harfe den schönen Gesang „über des Ares Lieb' und der reizenden Aphrodite" singt. Es ist ein Glück, daß wir das andere Geschlecht in dieser blöden, bärenhaften Epoche unseres Daseins so sehr fürchten, daß das, was uns zum erstenmal so geheimnisvoll, so unverständlich wunderlich anzieht, uns zu gleicher Zeit in so respektvolle Entfernung zurückstößt. O selige Zeit, wo wir, ein Zwitterding vom Knaben und Jüngling, im Grunde genommen mit unserem Dasein nicht das mindeste anzufangen wissen und zwischen Verständigkeit und Unsinn, angenehm für uns, sehr unangenehm aber für unsere lieben erwachsenen Angehörigen, in der Schwebe hängen.

Ganz anders sieht sich Welt und Leben von den Bänken der Prima an. Selbstgefühl entfaltete sich im vorigen Stadium im reichlichsten Maße in unserer Brust; jetzt steht es in voller Blüte, wir werden sehr kitzlig im Punkt der Ehre. Der „erworbene" Charakter entwickelt sich nun immer schneller, bei manchem steht er bereits vollkommen fest. So recht zufrieden sind wir freilich nicht mehr mit unserm Zustand; das Studententum lockt in zu großer Nähe, und fester noch als unser Charakter steht in unserer Seele die Form des Bartes, den wir in Jena oder Göttingen tragen werden. Unsere Stimme schnappt nicht mehr über, wohl aber öfter unsere Ansicht von der Achtung, welche uns die Herren Lehrer schuldig sind; es kann vorkommen, daß unsere Anschauung in diesem Punkt allzusehr von der des Professors Fackler abweicht, und daß wir in schnöder Weise deshalb vom Maturitätsexamen zurückgesetzt werden.

O Posthumus, Posthumus, was würden wir darum geben, wenn wir die Jahre zwischen dem Zehnten und dem Zwanzigsten noch nicht hinter uns hätten! Sie hatten ihre Leiden und Ängste; aber wir sprechen doch am liebsten von ihnen, wenn wir grauköpfig, kahlköpfig abends im goldenen Löwen oder silbernen Lamm, im Kasino oder in der Harmonie unsere Stühle zusammenrücken, und den Staub des Berufs abschütteln oder hinunterspülen! Wir vergessen darüber die Stunde, in welcher die Frau uns daheim erwartet, wir vergessen darüber die Aktenstöße, die sich um unseren Schreibtisch türmen, die Nase, welche wir heute von einem hohen Vorgesetzten erhielten; wir vergessen darüber unsern Rheumatismus, unsere heiratsfähigen Töchter und unsern Hausherrn, der uns wieder um ein Drittel des Mietzinses gesteigert hat. Nur mit Mühe können wir bei der Nachhausekunft unserm ältesten Schlingel Eduard, welcher heute einen zwölfstündigen Karzer absaß, den gebührenden Ernst zeigen. Wir haben in demselben Karzer gesessen, und wenn seitdem die Wände nicht geweißt worden wären, so hätte unser hoffnungsvoller Sprößling mehr als eine der damaligen Lebensmaximen seines Erzeugers daran finden können. Aber die Wände sind glücklicherweise geweißt, und die Porträts des Oberlehrers Säger, welche damals unser Mitdulder Fritze Scharfnagel ebenso kühn als geistreich entwarf, sind heute durch ebenso kühne als geistreiche Karikaturen auf den Oberlehrer Dr. Scharfnagel ersetzt.

> Eheu, fugaces, Posthume, Posthume,
> Labuntur anni!

Moses Freudenstein und Hans Unwirrsch gingen ihren Weg durch die verschiedenen Klassen, aber in beiden haben wir dem Leser zwei Ausnahmen des Schülerlebens vor die Augen stellen müssen. In einer Ausnahmestellung befand sich Moses schon durch seine Nationalität und seine Religion, welche ihn hinderten, in dem Gemeinwesen des Gymnasiums gleichberechtigt mit zu „taten" und mit zu „raten"; der Sohn der Witwe aber wurde durch seine Armut gezwungen, dem fröhlichen Gewimmel fern zu bleiben. Wie früher, gingen auch jetzt die beiden Freunde aus der Kröppelstraße vereinsamt auf einem Seitenpfade und warteten auf den Stundenschlag, durch welchen sie in die Mitte des Getümmels der Welt gerufen werden sollten.

Aus dem Dachstübchen, der Polterkammer, in welche sich einst der Meister Anton am Geburtstage seines Sohnes aus dem Weibertumult rettete, hatte Hans seine Studierstube gemacht. Hier hatte er seine wenigen Bücher und sein Tintenfaß aufgestellt, hier war er ein glücklicher Herrscher im Reich der Gedanken und Träume und hielt Zwiesprache mit allen Geistern, die er heraufbeschwören konnte. Harte Kämpfe kämpfte er hier mit den Wächtern, die vor den Pforten jeder Wissenschaft liegen, und überwältigte mit Schweiß und unsäglicher Mühe das, worüber der semitische Grammatiker Moses spielend hinwegschritt.

Letzterer hatte den Vorteil, daß die Phantasie sich ihm nicht hindernd in den Weg stellte. Geradeaus ging er mit klarem Kopf und scharfen Augen; die verlockenden Wege, die seitab ins Grüne, aber auch in die wirre Wildnis führen, waren für ihn nicht da. Moses Freudenstein sah nicht, während der Doktor Fackler die schwierigen Satzbildungen des Thukydides konstruierte, hinaus auf die blauschimmernde Fläche des Jonischen Meeres, sah nicht auf der Meereshöhe die weißen Segel von Korcyra auftauchen, sah nicht die hundertundfünfzig Schiffe der Korinther von Chimerium heranschweben. Wenn der Professor von den Thraniten, Zygiten und Thalamiten, den Arten der Ruderer, sprach, so vernahm Moses Freudenstein nicht ihr Jauchzen, wie die Flotten aufeinander stießen. Er vernahm nicht den Befehlruf der Stolarchen, das Krachen der Schiffsschnäbel, das Triumphgeschrei des Siegers, das Wehgeheul des Sinkenden; er sah nicht die blaue Flut rot gefärbt, sah sie nicht bedeckt mit Trümmern und Leichen; und wenn der Professor plötzlich eine Frage an ihn richtete, so fuhr er nicht ratlos und beschämt auf, wie der arme Hans Unwirrsch, der all das eben Geschilderte sah und hörte, der aber ganz und gar vergessen hatte, daß es sich weniger um die Schlacht am Vorgebirge Leukimme und den Beginn des peloponnesischen Krieges, als um die Ansicht des Professors Fackler über die Konstruktion mit δέ handelte.

Der Professor schüttelte jedoch bei solchen Gelegenheiten nur ganz leise den Kopf, ohne eine der trefflichen Reden zu halten, die er sonst so gern von sich gab. Seit an jenem längst vergangenen Sonntagmorgen das verweinte, stammelnde Bürschlein in den zu langen Hosen und der zu engen Jacke vor ihm erschienen war, hatte er stets bei ihm einen Stein im Brette gehabt; er hatte den Knaben auf seinem Wege durch die Klassen seiner hohen Schule nicht aus den Augen verloren, und nahm vielleicht ein regeres Interesse an ihm, als an irgendeinem andern seiner Schüler. Vor Moses Freudenstein schien sich der gute Mann ein wenig zu fürchten; aber Gerechtigkeit ließ er ihm ebenfalls widerfahren.

Einen flüchtigen Blick haben wir bereits in das Hinterstübchen des Trödlerhauses geworfen; jetzt müssen wir uns näher damit bekannt machen. Es war so dunkel, wie man es nur von einem Gemach, das auf einen so schmutzigen und dunklen Hof hinaussah, erwarten konnte. Den dunkelsten Winkel in diesem Gemach nahm die alte Haushälterin ein; auf der Grenze zwischen Nacht und Dämmerung stand der Tisch und Sessel des

Vaters Samuel, und in der Dämmerung des Fensters stand Moses' Tisch und Stuhl.

Die schwarzen Haare zerwühlend, saß hier Moses, immer mehr beschäftigt, die bunte Mannigfaltigkeit des Lebens aufzulösen, und sie in die Fächer einer unbarmherzigen Logik zu ordnen. Je mehr Wissen er aufhäufte, desto kälter wurde sein Herz; mit höhnischem Spott erdrosselte er den letzten Rest warmer Phantasie, der ihm geblieben war. Nicht Werkzeug zum Nutzen und Genuß für sich und die Welt schuf er; Waffen, nur Waffen gegen die Welt schmiedete er, und keinen Augenblick der Ruhe, des Atemholens gönnte er sich bei der Arbeit.

Der alte Vater rieb hinter seinem Geldkasten frohlockend die knöchernen Hände, wenn er auf seinen Sohn blickte.

„Er wird seinen Weg gehen", murmelte er. „Er wird herausbrechen wie das Licht und wird seinen Rücken nicht beugen, wenn die rechte Zeit gekommen ist. Ich werde es erleben, daß die Gojim sich vor ihm neigen; Gott Abrahams, ich werde sitzen im Dunkeln, aber mein Herz wird lachen und sich freuen!"

Der Vater Samuel hatte seine Phantasie nicht ertötet wie Moses; sie trug ihn auch hoch hinauf, sie trug ihn weit hinaus über seine verborgene, gedrückte, dunkle Existenz, kosend wiegte sie ihn in den Traum und häufte auf das Haupt seines Kindes allen Glanz, alle Würden und Ehren der Welt. Moses Freudenstein verachtete aber seinen „halbkindischen" Vater ganz im stillen sehr, wenn er auch seine Meinung jetzt noch nicht laut äußerte.

Das Verhältnis zwischen Hans und dem Sohn des Trödlers blieb äußerlich dasselbe; aber nur Hans glaubte noch als Pylades an Orest. Moses übersah den Jugendgenossen, und da er keinen Grund hatte, ihn in irgendeiner Hinsicht zu fürchten oder zu beneiden, so ließ er sich die Zuneigung desselben gefallen, ohne aber einen bedeutenden Wert darauf zu legen. Ein schärferes Auge als das des armen Hans würde dieses bald entdeckt haben; doch Hans gab eine Illusion nicht so leicht auf wie Moses, und so hielt er auch den Glauben an diese Freundschaft fest. Manche gute Lebensstunde brachte er in dem dunkeln Hinterstübchen zu; aber so viel warmes Licht er auch aus seinem Kreise hineintrug, es konnte den dunklen Raum nicht heller, es konnte das kalte Herz des Jugendgenossen nicht wärmer machen. Zu allem andern kam noch ein ganz besonderer Reiz, durch welchen er in jedem freien Augenblick zu dem Trödlerhause hinübergezogen wurde. Seit sein Sohn wirklich auf dem Wege war, ein gelehrter Mensch zu werden, hatte Samuel Freudenstein seinen Bücherhandel erweitert. Es verging kaum ein Tag, an welchem er nicht einen Haufen alter Scharteken in Schweinsleder, Franzband oder Pappband in das Hinterstübchen schleppte und um den Arbeitstisch seines Sohnes aufhäufte. Wenn nun Moses den größten Teil dieser Bücher als unnützen Plunder verächtlich beiseite schob, so wühlte Hans mit gieriger Wonne darunter und verschlang alles durcheinander, wie es ihm in die Hände fiel. Griechische und lateinische Klassiker, Reisebeschreibungen, moderfleckige, abstruse Theologie, vergessene philosophische Traktate, moderne inländische und ausländische Dichter waren ihm gleich willkommen, wenn auch nicht gleichgeschätzt. Es gab fast keinen Tröster, über den nicht sein Geist sich aus der Gegenwart verlieren konnte, um im blauen Äther, der über den Dingen ist, träumerisch lächelnd zu schweben, bis ihn die metallscharfe Stimme des Freundes durch eine ironische Frage oder Bemerkung wieder herabzog in die dunkle Stube in der Kröppelstraße. Der sinnreiche Junker Don Quixote de la Mancha allein hob unsern Hans vergnügt über einen ganzen langen Winter hinaus, und die Schillerschen und Goetheschen Dichtungen, die hinunter in die dumpfige, dunkle Stube gerieten, waren imstande, alle Regentage des Lebens in ein olympisches Sprühen von Goldsonnenfunken zu verwandeln.

Hans Unwirrsch gehörte in dieser Epoche zu den Glücklichen der Erde. Der Oheim Grünebaum war vollständig versöhnt, und nachdem er anfangs die bekannte sauere Miene gezogen hatte, hatte er jetzt seinen Standpunkt verändert, und behauptete, in seiner eigenen Behausung sowohl, wie unter dem Dache der Frau Christine und im roten Bock: er — Nikolaus Grünebaum — sei's gewesen, welcher dem Neffen den ersten Stoß und Schub in der Laufbahn der „Gelahrtheit" gegeben habe; er — Meister Grünebaum — sei's gewesen, welcher die widerstrebende Nase des Neffen in die lateinischen und griechischen „Lexizizibus" gestoßen habe. Er fing an, fürchterlich mit seinem Hans zu renommieren, und den Professor Fackler grüßte er stets mit einem gewissen Augenblinzeln, welches nur bedeuten konnte: „Na, habe ich es Ihnen nicht gesagt? habe ich nicht recht gehabt? vernäht mich als Pechdraht, wenn dieser Junge nicht Euren ganzen Topf voll Weisheit zum Frühstück auslöffelt! und das sollte ein Schuster werden? ja, es sollte mir einer damit gekommen sein!"

Zu den Glücklichen dieser Welt gehörten auch die Witwe des Meisters Anton Unwirrsch und die Base Schlotterbeck. Sie trieben einen wahren Götzendienst mit ihrem Hans, und ergingen sich in kaum weniger ausschweifenden Träumen über seine Zukunft, als die waren, welche Samuel Freudenstein von dem Lose seines Sohnes hatte.

Es war ein Glück, daß Hans keine Anlage zum Stolz und Hochmut hatte, sie wäre sonst durch die übergroße Fügsamkeit und Demütigkeit der beiden dummen Weiblein aufs schönste zur Blüte gebracht worden. Aber hier wie bei andern Gelegenheiten zur Selbstüberhebung brachte der Gedanke an das schwarze Kästchen in der Lade der Mutter den jungen Menschen stets schnell wieder zur Besinnung.

Die Existenz dieses Kästchens war ihm bald nach seiner Aufnahme auf das Gymnasium bekannt geworden.

„Rücke heraus damit, Stine", hatte der Oheim Grünebaum gesagt. „Stelle es ihm auf den Tisch, Stinchen, daß der Knirps einsehe, was für merkwürdig anständige, verehrungswürdige und politische Personen seine Eltern gewesen sind, daß er sich nach der Decke strecke, und daß er nachher seinen Kindern davon erzähle, wie sein Vater und seine Mutter für ihn gehungert haben."

Früh fühlte Hans, daß er alle Kraft anwenden müsse, die Vorsorge seines Vaters und die Aufopferung seiner Mutter zu verdienen, und daß er keine Gelegenheit, durch eigene Anstrengung sich den Weg durchs Leben weiter zu bahnen, versäumen dürfe. Die Wege der Not verwandelten sich ihm in teuere Pflichten, wie das bei allen edleren Naturen der Fall ist. Was für schöne Tage hinter dem dunklen Vorhang auf ihre Zeit warten mochten: die Tage der Gegenwart streuten im Vorüberziehen ebenfalls ihre Blüten aus, und Hans Unwirrsch konnte sie niemals vergessen, wie großes Glück auch später ihm zuteil wurde.

Wie süß war später die Erinnerung an jene Abende, wo die rote Sonnenkugel in den Winternebel versunken war, der Schnee bleich von der Gasse in das Fenster blickte, und der Schüler nach einem in fleißiger Arbeit verbrachten Tage neben dem Stuhle der Mutter saß. Wie süß war's, beim Schnurren des Spinnrades der Mutter, beim Klirren der **Stricknadeln** der guten Base aus den eigenen Gedanken und den einfältigen Worten der beiden armen Weiblein Luftschlösser zu bauen. Wie süß war's, für jede Phantasie, für jedes Wort in klassischer oder moderner Zunge zwei so andächtige Zuhörerinnen zu haben: Lauscherinnen, die um so andächtiger wurden, je weiter sich der Redner aus ihrem Gesichtskreis entfernte, je höher er sich erhob über die Dächer der Kröppelstraße und der Stadt Neustadt.

Es war die Zeit gekommen, wo nicht bloß die Kronenträger, die Weisen, Helden und hohen Frauen der Vorwelt durch die Dämmerung der armen, niedern Stuben schritten: Hans war ein Mann der großen Welt geworden und blickte durch mehr als eine Ritze und Türspalte in den Haushalt der Weisen, Helden und hohen Frauen, die noch in Fleisch und Blut sich in Neustadt das Leben so angenehm als möglich machten, und vor deren Haustüren der arme Knabe sonst nur im Schwarm der Menge gaffen durfte, wenn sie in den Mietwagen stiegen, um zum Ball nach dem Kasino zu fahren.

Dominus Blasius Fackler, welcher als Professor und Doktor der Philosophie die Schlüssel des griechischen und römischen Olymps hielt, hatte durch seine Stellung im Staat und durch seine holdanlächelnde Gattin auch einen Einfluß auf den Neustädter Olymp und benutzte denselben bestens für seinen Schützling.

Eines Morgens nach der „Tacitus-Stunde" beschied er Hans Unwirrsch im Feiertagsgewand zu sich, gab ihm ein Glas Burgunder zur Herzstärkung, trug ihm eine für diese Gelegenheit ungemein passende Abhandlung über das Patronen- und Klienten-System bei den Alten vor, und führte ihn sodann zu dem Hause eines der honoriertesten Honoratioren der nie genug gelobten Stadt Neustadt. Mit Beben und Herzklopfen folgte ihm Hans durch die Gassen, um dann einem kahlköpfigen Herrn, welcher recht gut die Stelle des königlich westfälischen Kammerlakaien vor Samuel Freudensteins Trödlerladen hätte ausfüllen können, von dem Professor als das besprochene Individuum, das augenblicklich die meisten Talente zum Erziehungsfach in seiner Schule verrate, vorgestellt zu werden. Ein höherer Justizbeamter in einem kleinen Staat ist freilich ein gefährlich Ding; aber mit der Zeit gewöhnt man sich doch an seinen Anblick und fühlt sich wieder in seiner Haut sicher. Auch Hans Unwirrsch erhob das Haupt wieder, nachdem der erste Eindruck des Feierlichen, Erhabenen und Geheimnisvollen überwunden war. Mit Eifer suchte er die Befähigung zum Erzieher, die man an ihm loben wollte, an zwei verzogenen Rangen von sechs bis acht Jahren zu betätigen. Was für Erfolge er erzielte, braucht hier nicht erörtert zu werden; aber über andere Eindrücke, welche ihm in dem Hause des Kanzleidirektors Trüffler zuteil wurden, dürfen wir nicht schweigen.

Die Frau Kanzleidirektorin liebte einen großen Verkehr, es gab außer den beiden hoffnungsvollen Söhnen auch einige erwachsene Töchter im Hause, welche zu nicht geringeren Hoffnungen berechtigten. Sie waren die unschuldigen Urheberinnen der neuen Ahnungen, die in Hans Unwirrsch aufgingen; mit welchen neuen Ahnungen und Sensationen übrigens die Dea omnipotens, die Liebe nichts zu schaffen hatte. Die Personen in ihren modischen Gewändern, deren Fasson um ein halb Jahr von Berlin und ein Jahr von Paris differierte, waren zu sehr Geschöpfe einer andern Welt, als daß sich das Auge des staubgeborenen Hans anders als in tiefster Demut zu ihnen erhoben hätte.

Aber sie rauschten und schwebten an ihm vorüber, wenn er kam, um seine Lektionen zu geben; er vernahm ihr Klavierspiel, ihr silbernes Gelächter durch halbgeöffnete Türen, sie erschienen ihm unbeschreiblich schön, elegant, vornehm; sie eröffneten ihm den ersten Blick in jene Welt, welche so viele demütige, dumme, hungrige arme Teufel, die sich vergeblich hineinsehen, die „vornehme" nennen.

Die Töchter des Kanzleidirektors und ihr Umgangskreis waren schuld daran, daß Hans während eines gottlob nur kurzen Zeitraums Augenblicke hatte, in denen er nicht nur den Oheim Grünebaum gründlich verachtete, sondern in welchen er auch die Base Schlotterbeck zwar für eine gute, aber sehr alberne und langweilige alte Jungfer hielt.

Seltsamerweise war es Moses Freudenstein, der „Primus", welcher Hans seine Gemütsstimmung klar machte, sie natürlich aufs schärfste analysierte, und ihn dadurch zur Besinnung brachte.

„Ich will dir was sagen, Hans", meinte er, indem er mit den Augen zwinkerte und die Knie aneinanderrieb — eine Gewohnheit, die er von allen anderen Eigentümlichkeiten allein nie ganz ablegen konnte. „Ich will dir sagen, was dich jetzt so grob macht. Neidisch ist der Hans! es wird ihm eine Tür vor der Nase aufgemacht; aber niemand ruft: Treten Sie ein gefälligst, Herr Unwirrsch. Er muß stehen und zuschauen, wie die andern ihren Spaß haben in der Welt; er muß stehen, wie unsereiner. Nicht den Mund darf er auftun; und wenn er grüßt und man dankt nicht, muß er auch zufrieden sein. Mein Fräulein, darf ich um den nächsten Walzer bitten, darf er schon gar nicht sagen; — er kann nicht einmal tanzen — er wird es auch niemals lernen, aber ich werde es lernen!"

Das letzte sagte der Sprecher mit einem merkwürdigen Nachdruck und fügte bei: „Werde aber nicht tanzen mit diesen naseweisen Äffinnen, Hans Unwirrsch; — sieh mich also nicht an wie ein Bär. Ich bitte dich, friß mich nicht."

Die beiden Freunde kamen von einem Spaziergange heim und näherten sich eben der Kröppelstraße, als Moses an viele andere Auslassungen über das Volk von Neustadt diesen Schluß hing. In die dunkle Gasse fiel der Schein der Lampe durch die niedern Fenster des Vaterhauses. Hans ließ den Arm des Genossen los und eilte schneller voran. Er blickte in das Fenster, die glänzende Kugel schwebte über dem Werktisch des Vaters; in dem Lehnstuhl saß die Mutter und hielt die Hände über dem Strickzeug im Schoß gefaltet: sie schlummerte, o sie sah so müde aus, so abgearbeitet müde, müde! Die Base Schlotterbeck hatte die große Bibel vor sich liegen, fuhr mit dem Finger den Zeilen nach und nickte nach ihrer Art mit dem Kopfe. Hans Unwirrsch fuhr heftig zusammen, als Moses sich schwer ihm auf die Schulter hing und seine Nase ebenfalls gegen die trübe Scheibe vorschob. Er schüttelte ihn durch eine hastige Bewegung ab und sagte ihm kürzer als sonst gute Nacht.

Welch eine Zaubermacht lag in der schwebenden Glaskugel? Sie verklärte die Welt mit den schönsten Farben, und doch konnte sie auch jedes Ding wieder in das rechte Licht stellen. Wir können dreist unsern Hans bei ihrem Schein seine Luftschlösser bauen lassen. —

Achtes Kapitel

Der Oheim Grünebaum im Festtagshabit war eine Erscheinung, würdig, gediegen, selbstbewußt und fest. Wer zuerst nur einen flüchtigen Blick auf ihn geworfen hatte, ließ gewöhnlich diesem Blick, freudig überrascht, eine minutenlange Betrachtung folgen, eine Betrachtung, die der Oheim, je nach der beschauenden Persönlichkeit, entweder mit huldvoller Gemütsruhe gestattete oder durch ein unnachahmliches: „Na nu?" zu Ende brachte.

In seinem Sonntagshabit stand der Oheim Niklas Grünebaum an der Ecke, dem Gymnasium gegenüber, und glich insofern einem Engel, als er einen schönen langen Rock trug, welcher freilich, was den Schnitt betraf, wenig mit den Gewändern der Heiligenbilder gemein hatte. Die Taille dieses Rockes war durch den Verfertiger dem Nacken so nah als möglich gerückt, und zwei Nonplusultraknöpfe bezeichneten ihren Beginn. Deutlich zeichneten sich die Taschen in der untern Gegend der Schöße ab, und eine kurze Pfeife mit anmutig schaukelnden Quasten sah neugierig aus der einen hervor. Eine gelb- und braungesteifte Weste trug der Oheim, und Hosen von grünlich-blauer Färbung, etwas zu kurz, aber von angenehmer Konstruktion, oben zu eng, unten zu weit. Die Petschafte, welche unter dem Magen des würdigen Mannes baumelten, waren eigentlich einer seitenlangen Beschreibung würdig, und von dem Hut wollen wir deshalb nichts sagen, weil wir fürchten, dadurch über die Grenzen des gegebenen Raumes unwiderstehlich hinausgerissen zu werden.

Weshalb stand der Oheim Grünebaum an einem ganz gewöhnlichen Wochentage in seinem Sonntagsrock an der Ecke, dem Gymnasium gegenüber? Sage uns, o Muse, den Grund davon! nimm den Finger von der Nase, schönredende Kalliope, du hast den Meister Niklas genug betrachtet, wende dein göttliches Auge nach dem Schulhause und melde uns, als ein gutes Mädchen, das es nicht übers Herz bringen kann, jemanden lange zappeln zu lassen, was darin vorgeht!

Wahrlich, es war Grund zur Aufregung für mehr als eine der Personen, welche bis jetzt in diesen Blättern erwähnt wurden, vorhanden: Hans Unwirrsch und Moses Freudenstein machten an diesem Mittwoch vor dem grünen Donnerstag ihr Abiturientenexamen, und schlossen damit, wenn das Ding gut ausfiel, ihr Schülerleben.

Deshalb hatte der Oheim Grünebaum einen außergewöhnlichen blauen Montag gemacht und stand im Feierkleide an der Ecke, deshalb behauptete er mit so anerkennenswerter Hartnäckigkeit seinen Platz im Gedränge des Wochenmarktes, deshalb griff er so krampfhaft nach den Rockknöpfen der Bekannten, die unvorsichtigerweise sich nach dem Grunde seines außergewöhnlichen Aufputzes erkundigten. Den am heutigen Tage gepackten Knopf ließ der Meister nur sehr schwer wieder los. Seine Seele war voll von dem wichtigen Ereignis. Dasselbe ließ sich unter zu vielen Gesichtspunkten betrachten! Wenn das da drüben im Schulhause so ausfiel, wie man erwartete und wünschte: wem hatte die Welt dafür zu danken? Keinem andern, als dem ehrsamen Meister Nikolaus Grünebaum! — Wenn der betäubte Nachbar oder Bekannte endlich sich aus dem Griff des Meisters losgemacht hatte, so war er während der ersten Minuten durchaus nicht im reinen mit sich darüber, wer denn eigentlich examiniert werde vom Professor Fackler, ob der Oheim Grünebaum, oder Hans Unwirrsch, des Oheims Neffe?!

Um zwölf Uhr sollte das Examen beendet sein, und von Augenblick zu Augenblick geriet des Oheims Nervensystem in lebendigere Schwingungen. Er nahm den Hut ab und wischte sich mit dem Sacktuch die Stirn; er stülpte ihn wieder auf, schob ihn nach hinten, schob ihn nach vorn, nach rechts und nach links. Er nahm die langen Rockschöße unter die Arme und ließ sie wieder fallen; er schnäuzte sich, daß man es drei Straßen weit hörte. Er fing an, laut mit sich selber zu sprechen, und gestikulierte dabei sehr, zum hohen Ergötzen sämtlicher Gaffer und Gafferinnen in den Ladentüren und hinter den Fenstern der nächsten Umgebung.

Um dreiviertel auf Zwölf nahm er im nächsten Materialladen den sechsten Bittern, und es war die höchste Zeit dazu, denn er fühlte sich so schwach auf den Füßen, daß er fast dem Umsinken nahe war. Von jetzt an hielt er die Uhr, ein Familienstück, für welches ein Raritätensammler viel Geld bezahlt haben würde, krampfhaft in der zitternden Hand, und als die Glocke auf der Stadtkirche Zwölf schlug, wäre er beinahe „fertig und kaput" nach Haus gegangen, um sich zu Bett zu legen.

Er genoß noch einen Bittern; es war der siebente, und im Verein mit den andern wirkte er, und seine Folgen waren erkennbarer, als die der vorhergegangenen.

Fest lehnte jetzt der Oheim an der Hauswand; er lächelte durch Tränen. Von Zeit zu Zeit machte er abwehrende Handbewegungen, als wolle er unberufene Gefühle in ihre Schranken zurückweisen; es war ein Glück für ihn, daß um diese Stunde der jüngere Teil der Bevölkerung von Neustadt sich den Genüssen des Mittagstisches hingab, es wurden ihm viele Kränkungen und ironische Bemerkungen dadurch erspart. Er fing an, die Aufmerksamkeit der Polizei zu erregen, und sie gab ihm, mütterlich besorgt, den Rat, nicht länger zu warten, sondern nach Haus zu gehen, was zur Folge hatte, daß er sich nur noch fester an die Wand lehnte und mit mißfälligem Gegrunz, schnaufend und glucksend die Absicht aussprach, bis zum Jüngsten Gericht an dieser Ecke auf „den Jungen" zu warten. Da er bis jetzt die öffentliche Ruhe noch nicht sehr störte, so zog sich die Polizei ein wenig zurück, behielt ihn aber scharf im Auge, bereit, in jedem Augenblick hervorzuspringen und zuzupacken.

Glücklicherweise wachte mit der löblichen Sicherheitsbehörde über dem Meister Niklas auch sein Schutzengel, oder vielmehr, der kam eben von einem Privat-Geschäftswege zurück, um seine Wache wieder anzutreten. Mit Entsetzen erkannte er, wie die Sachen standen, und seiner Vermittlung war's höchst wahrscheinlich zuzuschreiben, daß drüben im Schulhause dem Professor Doktor Fackler auch ein heftiger Schreck mit dem Gedanken an die mit der Mahlzeit harrende Lesbia durch die gelehrte Seele ging. Hastig sah er nach der Uhr und fuhr von seinem Sitz empor; die anderen Herren rauschten ihm nach, secundum ordinem: die Examinanden, denen allmählich alles vor den Augen schwamm, erhoben sich ebenfalls schwindelnd, schwitzend und erschöpft, — — nur noch eine kleine Viertelstunde hatte der Oheim Grünebaum durch eigene Kraft das Gleichgewicht zu bewahren; — um drei Viertel auf Eins sank er, fiel er, schlug er dem bleichen, aufgeregten Neffen in die Arme — — — — Viktoria! gesiegt hatte Hans Unwirrsch, gesiegt hatte der Meister Grünebaum. Der eine über die Fragen der sieben examinierenden Lehrer, der andere über die sieben Bittern, — Viktoria!

Professor Fackler wollte auf den Oheim zutreten, um ihm Glück zu wünschen, unterließ es aber ganz erschrocken, als er den aufgelösten Zustand des Trefflichen erkannte; Moses Freudenstein, primus inter pares, lachte nicht wenig über die hilflosen und kläglichen Blicke, welche Hans Unwirrsch nach allen Seiten umhersandte; die gute Stunde jedoch hatte sein Herz weicher als gewöhnlich gemacht, er bot sich dem Freunde zur tätigen Hilfeleistung an, und zwischen den beiden Jünglingen wandelte der alte heitere Knabe Niklas Grünebaum lächelnd und lallend, schwankend und schluchzend der Kröppelstraße zu.

Es hatte alles in der Stube ein ganz anderes Aussehen, als sonst; ein magisches Licht hatte sich über alles ergossen. Daß die Glaskugel leuchtete, war kein Wunder, sie stand mit der Sonne auf zu gutem Fuße, um nicht an einem solchen Tage zu funkeln, als sei sie selbst eine kleinere Sonne. Wer genau hinblickte, der sah, daß in ihr sich mehr spiegelte, als er vermuten konnte: lachende und weinende Gesichter, Stücke von den Wänden, ein Stück von der Kröppelstraße samt einem Stück vom blauen Himmel, der königlich westfälische Leiblakai und der Trödler Samuel Freudenstein, welcher besagten Lakaien in seltsam hastiger Weise vom Haken riß und Laden und Tür seines Hauses schloß.

Welch ein Erwachen am Morgen nach diesem schweren und glücklichen Tage! Ein Sieger, der sein Zelt auf triumphierend behauptetem Schlachtfeld aufschlug, ein junges Mädchen, das sich gestern auf dem Ball verlobte, mögen in ähnlicher Weise wie Hans Unwirrsch nach seinem Examen erwachen. Die Nerven haben sich noch nicht beruhigt, aber man ist von dem beseligenden Gefühl durchdrungen, daß sie Zeit haben, sich zu beruhigen. Noch zucken einzelne Schauer der großen Aufregung durch die Seele, aber man fühlt sich trotzdem, ja gerade deshalb so sicher, daß es eine Wonne ist. Was bleibt von dem Glücke des Menschen, wenn man die Hoffnung vor dem Kampf, vor dem Erlangen des Wunsches und diese ersten verwirrten, unklaren Augenblicke nach ihm davon abzieht?

Summa cum laude! lächelte der Sonnenstrahl, der das Bett, in welchem Hans Unwirrsch mit halbgeschlossenen Augenlidern lag, umspielte. Summa cum laude! zwitscherten die frühwachen Sperlinge und Schwalben vor dem Fenster. Summa cum laude! riefen die Glocken, die den grünen Donnerstag einläuteten. Summa cum laude! sagte Hans Unwirrsch, als er in der Mitte seiner Kammer stand und einen Bückling machte, welcher ihm selber galt.

Er war mit seinem Anzug noch nicht ganz fertig, als die Mutter bereits hereinschlich. Sie hatte ihre Schuhe unten an der Treppe gelassen, um die Base, die ihre Schlafkammer dicht neben Hansens Kammer hatte, nicht zu wecken. Sie setzte sich auf das Bett des Sohnes und betrachtete ihn mit naivem Stolz, und ihre Blicke taten ihm bis ins Innerste wohl.

Unten wartete der Feiertagskaffee, und die Base saß am Tisch. Sie hatte ihre Schuhe oben an ihrer Türe gelassen, um den Studenten und die Frau Christine nicht zu wecken, und es gab ein kleines Gelächter wegen der wechselseitigen Vorsicht. Ein Stück Jubelkuchen war auch vorhanden, und obgleich der grüne Donnerstag nur ein halber Festtag ist, wie jeder weiß, der sich in harter Arbeit quälen muß, so stand es doch fest, daß er als ein ganzer gefeiert werden solle.

Zuerst ging man natürlich zur Kirche, nachdem Hans noch einmal vergeblich an die Türe des Trödlerhauses geklopft hatte. Seit der alte Samuel den Lakai des Königs Hieronymus vom Haken genommen und ihn somit seiner Stellung, oder vielmehr seines Schaukelns im gesellschaftlichen Leben für immer enthoben hatte, war die Tür noch nicht wieder geöffnet worden. Was hinter ihr vorging, war ein Rätsel für die Kröppelstraße, aber ein noch größeres Rätsel für Hans, der den Freund seit ihrem Heimgang aus dem Examen nicht wieder gesehen hatte, und von jedem Versuch, in das Haus drüben einzudringen, ohne Erfolg zurückgekommen war. Murx, der pensionierte Stadthüttel, der immer noch in ohnmächtiger Wut, und gichtbrüchig mehr als je, von seinem Lehnsessel aus auf die Kröppelstraße acht gab, hatte bereits den gegenwärtigen Stabschwinger und Nachfolger im Amt auf den „verflucht verdächtigen Kasus" aufmerksam gemacht; ja, der Bürgermeister hatte bereits das Haupt darüber geschüttelt. — Das stille Haus fing an, die Ruhe der Stadt mehr zu stören, als der betrunkenste Raufbold es vermocht hätte.

Aber die Glocken riefen zur Kirche, und dort schritt der Oheim Grünebaum heran, im blauen Rock, in seegrünen Hosen und gestreifter Weste, zum Schutz gegen alle bittern und süßen Verlockungen mit dem mächtigsten aller Gesangbücher bewaffnet, eine Zierde jeder Straße, durch welche er stapfte, ein Schmuck jeder Versammlung von Christen, Politikern und zivilisierten Menschen, die er mit seiner Gegenwart beehrte.

Hand in Hand ging Hans mit seiner Mutter, und an der Seite der Base schritt der Oheim, der nur da ein wenig von seinem selbstbewußten Anstand verlor, wo man um die Ecke bog, wo er gestern — wo ihn gestern seine Gefühle übermannt hatten. Ein sehr rotes Taschentuch zog er hervor, schnäuzte sich heftig, gelangte so glücklich über die böse Stelle hinweg und landete seine Würde ohne Havarie in dem Kirchenstuhl der Familie; — es ist schade, daß wir seinem Gesang nicht ein eigenes Kapitel widmen dürfen, niemals psalmierte ein Schuster mit größerer Andacht und Gewalt durch die Nase.

Von der Predigt verstand Hans an diesem Tage nicht viel, und obgleich sie ziemlich lang war, däuchte sie ihm sehr kurz. Summa cum laude! grinste sogar das steinerne Skelett an dem alten Grabmal neben dem Kirchenplatz der Unwirrsche, dieses Scheusal, welches Hans, lange Jahre über die Kindheit hinaus, nie von dem Begriff Kirche ablösen konnte. Auch die Orgel sang durch alle Pfeifen: Summa cum laude! und begleitete damit die Familie bis vor die Tür des Gotteshauses. Summa cum laude! lächelte vor allem der Professor Doktor Fackler, der mit Kornelia und Eugenia ebenfalls in der Kirche gewesen war, der es nicht unter seiner Würde hielt, mit der Verwandtschaft seines Lieblingsschülers eine Strecke weit zu gehen, und der dem Oheim Grünebaum nun nachträglich Glück wünschen konnte.

„Summa cum laude" schien auf den Gesichtern aller Begegnenden zu stehen, es war wirklich eine merkwürdige Geschichte.

Mit Gruß und Händedruck hatte der Professor sich verabschiedet, und Eugenia und Kornelia hatten die unbeholfene Verbeugung des schüchternen, errötenden Studenten mit zierlichem

Knix erwidert; — da war die Kröppelstraße wieder, und ihre Bewohner hatten bereits die Feiertagskleider ausgezogen und die Werktagskleider angelegt.

Sie arbeiteten aber noch nicht; eine große Aufregung herrschte in der Kröppelstraße; alt und jung war auf den Beinen und schrie und lief und handzappelte durcheinander.

„Holla, was ist da wieder los?" rief der Oheim. „Was hat's denn gegeben? Was gibt es denn, Meister Schwenckkettel?"

„Er hat's! es hat ihn!" lautete die Antwort.

„Der Deibel, wer hat's? was hat ihn?"

„Der Jud! der Freudenstein! Er liegt auf dem Rücken und schnappt —"

Die Frauen schlugen die Hände zusammen, Hans Unwirrsch stand starr und erbleichend, der Oheim Grünebaum aber sprach phlegmatisch:

„Der Deibel nimmt die Graden und die Ungraden! Nur immer langsam, Hans, — Donnerwetter, da ist er schon hin!"

Im vollen Laufe stürzte Hans nach dem Laden des Trödlers, dessen Tür jetzt offen stand und von einem dichten Menschenhaufen belagert wurde. Einer guckte dem andern über die Schulter, und obgleich niemand in dem dunklen Raume etwas Außergewöhnliches erblickte, so wäre doch keiner von der Stelle gewichen; die Kröppelstraße liebte solch nichtskostende Aufregung viel zu sehr.

Nur mit Mühe gelang es dem betäubten Hans, sich Bahn zu brechen. Endlich stand er in der Dämmerung des Ladens mit einem Gefühl, als sei er von der freien, frischen Frühlingsluft für ewig ausgeschlossen. Wie durch einen Nebel starrten die Gesichter des Volkes von der Treppe am Eingang auf ihn herab; eben wollte er die zitternde Hand auf den Griff der Tür, welche in das Hinterzimmer führte, legen, als sie geöffnet wurde.

Der Arzt trat heraus und rückte die Brille zurecht.

„Ah, Sie sind's, Unwirrsch", sagte er. „Es geht schlecht drinnen. Apoplexia spasmodica. Gastrischer, krampfhafter Schlagfluß. Augenblicklich alle Vorsorge getroffen. In einer Stunde wieder nachsehen. Gesegnete Mahlzeit."

Hans Unwirrsch erwiderte den letzten Gruß des Doktors nicht; denn nur dieser ging zu seinem Mittagessen, Hans aber raffte alle Energie zusammen und trat in die Hinterstube, die sich jetzt in ein Sterbezimmer verwandelt hatte. Ein durchdringender Geruch von Salmiakspiritus schlug ihm entgegen, auf dem Lager im Winkel röchelte der Kranke; der Ortsrabbiner war bereits gekommen, saß zu Häupten des Bettes und murmelte hebräische Gebete, in welche die Stimme der alten Esther von der andern Seite von Zeit zu Zeit einfiel.

Zu Füßen des Lagers stand regungslos Moses. Er stützte sich auf die Pfosten und sah auf den Kranken. Kein Muskel zuckte in seinem Gesicht, in seinen Augen zeigte sich keine Spur von Tränen, festgeschlossen waren seine Lippen.

Er wandte sich um, als Hans zu ihm trat, und legte seine kalte Rechte in die Hand des Freundes; dann aber wandte er das Gesicht sogleich wieder ab und sah von neuem auf den kranken Vater. Es war, als sei er mit dem Examentag um einen Kopf höher geworden, der Ausdruck seiner Augen war unbeschreiblich, — es war, um ein schreckliches Gleichnis zu gebrauchen, als ob der Todesengel auf das Niederfallen des letzten Sandkorns lauschte; — Moses Freudenstein war allmählich ein schöner Jüngling geworden.

„O mein Gott, Moses, so sprich doch! Wie ist das gekommen? wie ist das so schnell gekommen!" flüsterte Hans.

„Wer das sagen könnte!" sagte Moses ebenso leise. „Vor zwei Stunden noch saßen wir ruhig zusammen und — und — er zeigte mir allerlei Papiere, die wir ordneten, — wir haben seit gestern mancherlei zu ordnen gehabt — da stöhnt er plötzlich und fällt vom Stuhl, und nun — da liegt er. Der Doktor sagt, er werde nicht wieder aufstehen."

„O, wie schrecklich! Ich habe gestern so oft an eure Tür geklopft; weshalb wolltet ihr niemanden einlassen?"

„Er wollte es nicht; er war immer ein eigener Mann. Er hatte sich vorgesetzt, an diesem Tag, wenn ich mein Examen glücklich überstanden hätte, sein Geschäft für immer zu schließen. Er wollte keinen Zeugen, keinen Störer haben, als er seine geheimen Kasten und Fächer mir öffnete. Ein eigener Mann ist er gewesen, und jetzt schließt mit dem Geschäft sein Leben, — wer hätte es gedacht! freilich, wer hätte es gedacht?"

Die Stimme, mit welcher diese Worte gesprochen wurden, war klanglos und klagend; aber in den Augen schimmerte etwas, das keine Trauer und Klage war. Eine geheime Befriedigung lag in ihnen, ein verhaltener Triumph, die Gewißheit eines Glückes, welches plötzlich sich offenbart hatte, welches in solcher Fülle nicht gehofft worden war, und welches augenblicklich noch unter dem dunklen Mantel versteckt werden mußte.

Wir wollen erzählen, wie Vater und Sohn die Zeit seit dem vergangenen Tage zugebracht hatten, und wir werden uns diesen

Blick, welchen Moses Freudenstein auf den sterbenden Vater warf, erklären können.

In ebenso großer Aufregung, wie die Verwandten Hans Unwirrschs, hatte der Meister Samuel auf die Heimkehr seines Sohnes gewartet. Ruhelos irrte er in seinem Hause umher und fing ein Wühlen an, ein Aufundzuschieben von Kasten, ein Durchstöbern der vergessensten Winkel, als wolle er eine letzte Generalmusterung seines Besitztums und seiner tausendfachen Handelsgegenstände halten. Dabei sprach er fortwährend mit sich selbst, und obgleich er keinen Tropfen spirituosen Getränkes je über die Lippen brachte, schien er um die Zeit, als der Onkel Grünebaum dem Schulhaus gegenüber sich fest an die Mauer lehnte, mehr berauscht als dieser. Der große Entschluß, den er so lange mit sich herumgetragen hatte, und welcher jetzt zur Ausführung kommen sollte, machte ihn wie trunken. Gegen elf Uhr trieb er die Haushälterin Esther aus der Hinterstube und verriegelte fest auch diese Tür. Geheimnisvolle Schlüssel brachte er nun zum Vorschein, geheimnisvolle Fächer öffnete er in seinem Schreibtisch, knarrend erschloß sich eine geheimnisvolle Tür in einem geheimnisvollen Wandschrank. Es klirrte wie Gold und Silber, es rauschte wie Staatspfandbriefe und ähnliche wertvolle Papiere, und es murmelte zwischen dem Klirren und Rauschen der Vater Samuel:

„Er ist geboren in einer finstern Ecke, er wird haben Sehnsucht nach dem Licht; er hat gesessen in einem dunklen Haus, er wird wohnen in einem Palast. Sie haben ihn verspottet und geschlagen, er wird es ihnen vergelten nach dem Gesetz: Auge um Auge, Zahn um Zahn! Er ist ein guter Sohn, und er hat gelernt, was der Mensch braucht, um in die Höhe zu kommen. Er ist nicht ungeduldig geworden, sondern er ist still gesessen vor seinen Büchern hier an diesem Tisch. Er hat sein Werk getan, und ich habe getan das meinige. Er soll mich finden hier an diesem Tisch, wo er gesessen hat still sein junges Leben hindurch. Er wird nun hinausgehen, und ich werde hier bleiben; aber meine Augen werden ihm folgen auf seinem Wege, und ich werde große Freude von ihm haben. Ich bin ihm immer gefolgt mit meinen Augen, er ist ein guter Sohn. Nun ist er ein Mann geworden, und sein Vater wird nichts Geheimes mehr vor ihm haben. Sechshundert, siebenhundert — zweitausend — ein guter Sohn — der Gott unserer Väter möge ihm und seinen Kindern und seiner Kinder Kindern Segen geben."

Das Geschrei, die Segnungen und Beschwörungen Esthers

draußen und ein Klopfen an der Tür jagten den Alten aus seinen Berechnungen und Gedanken in die Höhe:

„Gott Abrahams, da ist er!"

Mit zitternder Hand schob er den Riegel zurück und faßte seinen eintretenden Sohn in die Arme.

„Da ist er! da ist er! Mein Sohn, der Sohn meines Weibes! Nun, Moses, sprich, wie ist's gegangen?"

Auf Moses' Gesicht zeigte sich keine Spur von Veränderung, er erschien kalt wie immer, und ruhig hielt er dem Vater das Zeugnis hin.

„Ich wußte es, daß sie schreiben mußten, was sie geschrieben haben. Sie werden schöne Gesichter geschnitten haben, aber sie mußten mir die erste Stelle geben. Spaß! Macht Euch nicht lächerlich, Vater, werdet nicht toll, Esther. Spaß! Sie hätten mir den sentimentalen Hans drüben gern vorgeschoben, aber es ging nicht an; ich wußte es. Bei allen albernen Göttern, Vater, was habt Ihr aber angefangen heute morgen? Gold? Gold über Gold? was ist das? was soll das? mein Gott, woher —"

Er brach ab und beugte sich über den Tisch. Dieser Anblick warf seine gewohnte Selbstbeherrschung, für einige Zeit wenigstens, völlig über den Haufen.

„Dein! Dein! Alles dein!" rief der Vater. „Ich habe dir gesagt, daß ich das Meinige tun würde, wenn du tätest das Deinige an dem Tisch da. Noch nicht alles! da — da!"

Der Alte war wieder zu dem Wandschrank gesprungen und warf noch einige klirrende Beutel auf den schwarzen Fußboden und noch einige Bündel Dokumente auf den Tisch. Seine Augen glühten wie im Fieber.

„Gewaffnet bist du und gerüstet, nun hebe dein Haupt. Iß, wenn du bist hungrig, und greife nach allem, wonach der Sinn dir steht. Sie werden es dir entgegenbringen, wenn du bist klug; du wirst ein großer Mann werden unter den Fremdlingen! Sei klug auf deinem Wege! Stehe nicht still, stehe nicht still, stehe nicht still!"

Die schwebende Kugel in dem Hause gegenüber spiegelte wider, wie Samuel Freudenstein hervoreilte und den westfälischen Lakai von dem Haken riß und ihn in die Tiefe des Trödelladens begrub; er schloß sein Geschäft damit für immer, — der Lakai hatte als Aushängeschild für manche Dinge gedient, welche mit der Trödlerei eigentlich nichts zu tun hatten; es war kein Unglück, daß es aus der Kröppelstraße verschwand.

Hätte die Glaskugel des Meisters Anton Unwirrsch doch auch das Bild Moses Freudensteins wiedergeben können, wie er in der kurzen Abwesenheit seines Vaters mit untergeschlagenen Armen vor dem so reich belasteten Tische stand! Er war bleich, und seine Lippen zuckten, er fuhr mit den Fingerspitzen über einige der aufgezählten Goldreihen, und ein leises Zittern ging dabei durch seinen Körper. Tausend blitzschnelle Gedanken überschlugen sich in seinem Gehirn, aber nicht einer dieser Gedanken stieg aus seinem Herzen empor; er dachte nicht an die Arbeit, die Sorge, die — Liebe, welche an diesem aufgehäuften Reichtum hafteten; er dachte nur daran, wie er selbst sich nun zu diesem plötzlich ihm offenbarten Reichtum stellen müsse, welch eine veränderte Existenz für ihn selbst von diesem Augenblick anheben werde. Sein kaltes Herz schlug so sehr, daß fast ein physischer Schmerz daraus wurde. Es war eine böse Minute, in welcher Samuel Freudenstein seinem Sohn verkündete, daß er ein reicher Mann sei, und daß der Sohn es dereinst sein werde. Von diesem Augenblick liefen tausend dunkle Fäden in die Zukunft hinaus; was dunkel in Moses' Seele war, wurde von diesem Augenblick an noch dunkler, heller wurde nichts; der Egoismus richtete sich dräuend empor und streckte hungrige Polypenarme aus, um damit die Welt zu umfassen.

Das Dasein des Vaters war in diesem sich überstürzenden, wild heranschwellenden Gedankensturm nichts mehr, es war ausgelöscht, als ob es nie gewesen sei. Nur an sich selbst dachte Moses Freudenstein, und als des Vaters Schritt wieder hinter ihm erschallte, fuhr er zusammen und biß die Zähne aufeinander.

Samuel Freudenstein hatte die Tür verriegelt; die Laden hatte er geschlossen, die weite liebliche Frühlingswelt, den blauen Himmel, die schöne Sonne sperrte er mit aus, — wehe ihm!

Mit den fröhlichen Klängen, den glänzenden Farben des Lebens hatte er nichts zu schaffen, sie hätten ihn nur gestört; er wollte einen Triumph feiern, zu welchem er sie nicht nötig hatte, — wehe ihm! Die graue Dämmerung, die durch die schmutzigen Scheiben der Hinterstube fiel, genügte vollkommen, um dabei dem Sohne das geheime Geschäftsbuch vorzulegen und ihm zu zeigen, auf welche Weise der Reichtum, den er vor ihm ausgebreitet hatte, erworben worden war.

Die Sonne ging unter und übergoß vor ihrem Scheiden die Welt mit einer Schönheit sondergleichen; in jedes Fenster, welches sie erreichen konnte, lächelte sie zum Abschied; aber dem armen Samuel Freudenstein konnte sie nicht Lebewohl sagen, — wehe ihm!

Es wurde Nacht, und Esther trug die angezündete Lampe in das Hinterstübchen. Die Kinder wurden zu Bett gebracht, der Nachtwächter kam; auch die älteren Leute verschwanden von den Bänken vor den Haustüren. Jedermann trug seine Sorgen zu Bett; aber Samuel und Moses Freudenstein zählten und rechneten weiter, und erst der grauende Morgen fand letztern in einem unruhigen fieberhaften Schlummer, aus welchem er wieder auffuhr, nachdem er kaum die Augen geschlossen hatte. Er erwachte nicht wie Hans Unwirrsch; er erwachte mit einem Angstruf und streckte die Hände aus und zog die Finger zusammen, als entreiße man ihm etwas unendlich Kostbares, als bestrebe er sich in tödlicher Angst, es festzuhalten. Aufrecht saß er im Bette und starrte umher, faßte die Stirn mit den Händen und sprang dann empor. Er zog die Kleider hastig an und stieg in die Hinterstube nieder, wo sein Vater noch im Schlafe lag und unruhig abgebrochene Sätze murmelte. Vor dem Bette des Vaters stand der Sohn, und seine Blicke wanderten von dem Gesicht des Vaters zu dem leeren Tisch, der vorhin so reich belastet war.

O über den Hunger, den schrecklichen Hunger, von welchem Moses Freudenstein gepeinigt, verzehrt wurde! Zwischen dem Mahl und dem Hungrigen stand ein überflüssiges Etwas, das Leben eines alten Mannes.

Wie war die Sanduhr von der Kanzel der christlichen Kirche in den Trödelladen gekommen? Sie war da und stand neben dem Bett des Greises in einem Fach an der Wand. In früheren Jahren hatte sie Moses und Hans oft als Spielwerk gedient, und sie hatten sich an dem Niederrinnen des Sandes ergötzt; nun hatte schon längst keine Hand sie mehr berührt, die Spinnen hatten ihr Gewebe um sie gezogen; es war auch ein nutzloses Ding. Was fuhr dem Sohn des Trödlers plötzlich durch den Sinn, daß er das alte Stundenglas von neuem umdrehte? Die erschreckte Spinne fuhr an der Wand hinauf; der Sand rieselte wieder nieder, und Samuel Freudenstein erwachte schreckhaft. Er zog die Decke zusammen und griff nach dem Schlüsselbund unter seinem Kopfkissen; dann fragte er fast kreischend:

„Was willst du, Moses? bist du es? was willst du? es ist ja noch Nacht!"

„Heller Tag ist's. Hat der Vater vergessen, daß wir noch nicht fertig geworden sind gestern. Es ist heller Tag; der Vater hat mir noch so viel zu sagen."

Der Vater blickte den Sohn starr an, und sah ihn wieder an. Dann fiel sein Blick auf die Sanduhr.

„Weshalb hast du umgewendet das Glas? weshalb weckst du mich vor dem Tag?"

„Spaß! der Vater weiß, daß die Zeit ist kostbar und verrinnt wie der Sand. Will der Vater aufstehen?"

Der Alte wendete sich unruhig in seinem Bette hin und her, und immer von neuem blickte er auf den Sohn, bald forschend, bald angstvoll, bald zornig.

Moses hatte sich umgewendet und ging zu seinem Schreibtisch am Fenster, aufrecht saß der Alte und zog die Knie in die Höhe. Der Sand in der Uhr rieselte nieder — nieder, und die Augen des Greises wurden immer starrer. Ob er in seinem kurzen Schlaf einen Traum gehabt hatte und nun überlegte, ob dieser Traum nicht Wahrheit sein könne; wer konnte das sagen? War es ihm urplötzlich klar geworden, daß er seinem Kinde mit einem so lange und gut verborgenen Schatz nur Finsternis und Verderben gegeben hatte?

Scheue Blicke warf der Sohn über die Schulter auf den Vater:

„Was ist dem Vater? ist er nicht wohl?"

„Ganz wohl, Moses! ganz wohl. Sei still, ich will aufstehen. Sei nicht zornig. Still, still — — auf daß du lange lebest auf Erden."

Er erhob sich und kleidete sich an. Esther kam mit dem Frühstück, aber sie hätte das Tassenbrett fast fallen lassen, als sie ihrem alten Herrn in das Gesicht sah.

„Gott der Gerechte! was ist dem Freudenstein?"

„Nichts, nichts! sei still, Esther; es wird vorübergehen."

Er saß den ganzen Morgen in seinem Stuhl, ohne sich zu regen. Nur sein Mund bewegte sich, aber ein lautes Wort kam nur einmal über seine Lippen; er wollte jetzt, daß man die Tür und die Laden wieder öffne.

„Was soll die Esther aufsperren das Haus?" fragte Moses. „Wollen wir doch erst zu Ende bringen das Geschäft von gestern, und brauchen dazu keine Gaffer und Horcher."

„Still, still, du hast recht, mein Sohn. Es ist gut, Esther. Nimm die Schlüssel unter meinem Kissen, Moses."

Die Sanduhr war wieder abgelaufen; Moses Freudenstein selber hatte den Wandschrank abermals geöffnet und kramte in den Papieren. Der Greis rührte sich nicht, aber er folgte jeder

Bewegung seines Sohnes mit den Augen und fuhr dann und wann fröstelnd zusammen. Esther hatte ihm eine alte Decke um die Schultern gelegt; er war ein Kind, das alles mit sich geschehen lassen muß.

Wieder nahm Moses einen Geldsack hervor, er glitt ihm aus den Händen und fiel klirrend auf den Boden, wobei ein Teil der Münzen über den Fußboden hingestreut wurde. In das Klirren und Klingen mischte sich ein Schrei, der das Blut erstarren machte. —

„Apoplexia spasmodica!" sagte eine Viertelstunde später der Doktor. „Hm, hm — seltener Fall bei einer solchen Konstitution!"

Neuntes Kapitel

Drei Tage nach dem ersten Anfall wiederholte sich der Schlagfluß, aber der Doktor bildete sich nichts darauf ein, daß er das vorhergesagt hatte. Ob der Kranke in dem Zeitraum zwischen den beiden Anfällen das Bewußtsein zeitweilig wieder erlangt habe, blieb zweifelhaft; Hans Unwirrsch glaubte es, aber Moses wollte es nicht zugestehen; der Doktor zuckte nur die Achseln.

In der Todesstunde des alten Trödlers war Hans nicht zugegen; aber zu seinem Grabe folgte er ihm und erschien vielen Leuten bewegter als der Sohn. Samuel Freudenstein war keine unwichtige Person in der Geschichte seiner Jugend, er betrauerte aufrichtig sein Hinscheiden.

Auf dem Heimwege von dem abgelegenen, ärmlichen Judenkirchhofe hielt er sich dicht an der Seite des Freundes, den ein so harter Verlust betroffen hatte, um ihn durch innige, teilnehmende Worte in seinem Schmerze aufzurichten; er hatte keine Ahnung davon, daß der Freund diesen Trost gar nicht nötig hatte. Finster und bleich schritt Moses an seiner Seite und stellte, während er die Worte des Trösters dann und wann durch einen Seufzer oder eine Handbewegung erwiderte, ein genaues Verzeichnis des Nachlasses vorläufig auf.

An den folgenden Tagen vervollständigte er diese Aufstellung mit Hilfe zweier würdiger Semiten, welche die Behörde in der Judenschaft zu seinen Vormündern ausgewählt hatte. Er zeigte dabei einen so scharfäugigen Überblick, daß die beiden ehrenwerten Handelsleute sich und ihn höchlichst segneten und sich ähnliche Söhne, Enkel und Urenkel wünschten.

Während man in dem Trödelladen auf diese Weise aufräumte, waren die Frau Christine und die Base eifrigst beschäftigt, ihren Hans zur großen Fahrt nach der Universität auszurüsten, sie konnten ihm nicht viel mitgeben auf die Wanderschaft; wenn sich jedoch die guten Wünsche, die in die Hemden vernäht und in die Strümpfe verstrickt wurden, alle erfüllten, so nahmen die Götter nur ihr Recht, wenn sie auch hier bösartig neidisch wurden.

Die Ausstattung füllte einen Seehundskoffer, welchen der Oheim Grünebaum nebst einer Rede hergegeben hatte, und den Lederranzen, welchen der Meister Anton Unwirrsch während seiner Wanderjahre mit so viel Nutzen auf dem Rücken geschleppt hatte. Acht Tage nach Ostern war alles in Ordnung, so weit es von den beiden Frauen abhing.

Auf einsamen Wegen in der Stadt und um die Stadt nahm Hans Abschied von allerlei Dingen, die ihm seit frühester Kindheit lieb und vertraut waren. Auch Besuche machte er bei manchen Leuten, deren Namen in diesen Blättern erwähnt und nicht erwähnt wurden, und jedermann stopfte gern seinen Beitrag in den Sack voll guter Wünsche, den er auf diesen Gängen mit sich trug.

Der Professor Doktor Fackle gab ihm eine seltene Ausgabe der Bekenntnisse des heiligen Augustin, und der Oheim Grünebaum eine kurze Pfeife, auf deren Kopf die Hoffnung abgebildet war, ein schauderhaftes Weibsbild, das sich jedenfalls selber in sehr hoffnungsreichem Zustand befand, und über welches der Oheim eine Rede hielt.

Der Trödelladen ging unter Zustimmung der beiden oben erwähnten israelitischen Berater in die Hände eines dritten Semiten über, welcher jedoch den westfälischen Lakai nicht wieder in seine früheren Funktionen einsetzte.

Auch Moses Freudenstein war bereit zum ersten Ausflug in die Welt; und wenn er weniger gute Wünsche von der Stadt Neustadt mit auf den Weg erhielt, so kümmerte ihn das nicht im geringsten; die Abrechnung über das gegenseitige Wohlwollen schloß aber doch mit einem, wenn auch nur geringen Überschuß auf seiten der Stadt ab. —

Die Osterfeiertage gingen vorüber; die Stunde des Abschieds kam, ehe man es sich versah.

Es war ein Morgen, wie man ihn sich wünscht zu allem Angenehmen und Guten: zu Hochzeit und Kindtaufen, zu Landpartien und vor allem zur Reise in die Fremde. Wenn es am Tage vorher merkwürdig schlechtes Wetter gewesen war, so ging heute die Sonne so schön auf, als wolle sie Hans Unwirrsch ein ganz besonderes Zeichen ihrer Gunst und Zuneigung geben. Der Hahn auf dem Turm der Valentinskirche glänzte wie ein junger, eben aus den Flammen aufgestiegener Phönix, und Kirche und Turm warfen ihren Schatten ungemein behaglich über den grünen Kirchplatz und die Dächer der nächsten Häuser. Noch schliefen die meisten Leute, und wenn nicht ein sehr wacher und vergnügter Hund, der in einem Bäckerladen eine frische Semmel gestohlen hatte, von einem Lehrjungen mit großem Geschrei durch die Gassen verfolgt worden wäre, so hätte man glauben können, man befinde sich in einer verzauberten Stadt. Der Hund, der atemlose Lehrling und die plätschernden Brunnen waren bis jetzt die einzigen beruhigenden Zeichen dafür, daß Senatus populusque Neustadiensis weniger verzaubert als verschlafen seien.

In der ganzen Stadt gab es nur einen Verzauberten, und dieser war freilich ebenfalls sehr wach, — und guckte seit drei Uhr in der Kröppelstraße aus einer Bodenluke — Hans Unwirrsch war's.

Die Aufregung hatte ihn aus dem Bett gejagt und die Leiter empor getrieben, welche zu seinem Lugaus hinaufführte. Nach dem Kalender sollte die Sonne um vier Uhr neunundfünfzig Minuten kommen, und es verlohnte sich schon, an einem so wichtigen Tage auf sie zu warten. Schon der Blick in den Nebel, welcher zwischen Drei und Fünf die Stadt, das Tal und die Berge verschleierte, wog das halbwache Träumen im Bett auf. Die Seele verlor sich ahnungsvoll in diesem Nebel, der die ganze Heimat verhüllte.

Als er sich an diesem Morgen senkte, und die Sonne strahlend hervorbrach, war das Herz des Jünglings so voll geworden, daß er nur mit Lebensgefahr die Leiter und die enge, halsbrechende Treppe niedersteigen konnte.

Nimm Abschied von dem alten gekitteten und vernieteten Kaffeetopf, Hans; — nimm Abschied von den henkellosen blauen Tassen. Nimm vor allen Dingen Abschied von der Glaskugel, und trotz allem Hunger nach der Ferne, wirst du dich oft sehr, gar sehr nach ihrem vertrauten Leuchten zurücksehnen. Nimm Abschied von der verweinten Mutter und von der Base, die eine so schöne Haube zu Ehren der feierlichen Stunde aufgesetzt hat. Fasse dich, mein Junge; nimm dir ein gutes Beispiel an dem Oheim Grünebaum, der als ein erfahrener Mann weiß, daß man zu einer langen Wanderung der Stärkung bedarf, und der zwischen Kauen und Schlucken recht jovial ein Wanderburschenlied summt, und dich mehr als einmal versichert, daß du froh sein kannst, aus dem Nest und Käfig herauszukommen. —

Es klopft an der Tür, — Moses Freudenstein ist's. Er könnte zwar mit Extrapost fahren, aber aus alter Freundschaft hat er sich entschlossen, mit dir, Hans Unwirrsch, das neue Leben zu Fuß zu beginnen. Sei ein Mann, Hans, fahre schnell mit dem Ärmel über die Augen, daß der Schulgenosse dich nicht auslache wegen deiner Weichmütigkeit! —

Moses Freudenstein sah die Träne im Auge des Freundes nicht, er befand sich im Geist bereits auf der Landstraße; ungeduldig schwang er den Wanderstab:

„Auf, auf, Hans! es ist die höchste Zeit, daß wir aufbrechen. Es ist nicht angenehm, in der vollen Sonnenhitze auf der Landstraße zu schwitzen."

„Na denn, Christine", rief der Oheim Grünebaum, „baue deinem Lamento den Schwanz ab und gib jetzt den Jungen frei. Habt Euch nicht, Base Schlotterbeck, Ihr seid doch sonsten ein fermes Frauenzimmer. O Weibsen, Weibsen, ihr seid mir ein paar rare Exemplare, und nun hat der Junge auch wieder an die Zwiebel gerochen. Ach, du liebster Gott, wenn das nicht über alle Fontänen geht, so will ich mir meine eigene Nase besohlen, beflecken und vorschuhen! O du grundgütiger Heiland, Herr Freudenstein, wie nannten doch die alten Griechenländer solch einen Gesang?"

„Vielleicht würden sie ihn durch das Wort Threnodie bezeichnet haben."

„Richtig! ganz recht! ich konnte mir nur nicht gleich darauf besinnen! eine Thränodie! Und jetzt ist es aus und zu Ende damit, sage ich euch; der Deibel hole euere Wasserwerke! Packe auf, Hans, und marsch! Die Weiber bleiben zurück von wegen dem öffentlichen Anstand; ich als Vormund marschiere mit bis zum Tor, und dann Gott befohlen und 'n fröhliches, fideles Wiedersehen!"

Hans Unwirrsch sackte den Tornister des Vaters auf: drei Minuten später bog er zwischen Moses und dem Oheim um die Ecke der Kröppelstraße, und ungestört konnten die beiden armen Frauen ihrem Kummer und — ihrer Freude Luft machen.

Vor der verschlossenen Tür des Trödelladens hatten sich drei alte Judenweiber, gegen welche der verstorbene Samuel dann und wann den barmherzigen Samaritaner spielte, samt der Haushälterin Esther eingefunden, um dem Sohne ihres Wohltäters ihren Segen und ihre Glückwünsche auf den Weg mitzugeben.

Wir haben schon gesagt, daß dem armen Moses wenig davon geboten wurde; aber er zeigte auch jetzt wieder, daß er selbst das wenige gründlich verachtete. Höchst mißmutig hielt er sich die Ohren zu vor dem heisern Geschrei der Alten, und mit schlecht verhehltem Ekel und Verdruß entriß er seine Rockschöße ihren Händen; — wehe ihm!

Sie ließen den Taler, den er ihnen zuwarf, liegen auf der Erde. Auf der Schwelle des Trödelladens kauerten sie, wie vier Schicksalsschwestern, die über ein großes Unglück nachsannen. Moses Freudenstein mußte sehr böse Worte zu ihnen gesprochen haben, daß sie so erschreckt, erstarrt die Hände zusammenschlugen, daß sie ihm ein Gebet nachsandten, welches zur Hälfte ein Fluch war. Wehe riefen sie über ihn, wie im Tal Achor über Achan, den Sohn Serah, gerufen wurde; — sie verglichen ihn mit Absalon, dem Sohne Davids, und manchem anderen alttestamentlichen Übeltäter.

„Hat er gelernt zu viel, ist er geworden zu klug, wird er werden ein Verräter an seinem Volk!" seufzten sie, als sie davon humpelten.

Aber da war das uralte Tor, umsponnen von uraltem Efeu. Und die Morgensonne strahlte durch den dunklen Bogen, und das inhaftierte Vagabundenpaar im oberen Stock sang hinter den grünen Ranken ganz idyllisch sein Morgenlied: „Sind wir wieder mal beisamm' gewest!" — und schien mit seinem Los ungemein zufrieden zu sein. Groß war des Oheims Verdruß über diese jubilierenden Lumpen, und in der sittlichen Entrüstung, welche ihn darob befiel, ging der letzte Tropfen Abschiedswehmut ohne Bodensatz auf.

„Wer es nicht hört, der glaubt es nicht!" knurrte er. „Jedweder moralische Mensch und honorable Handwerksmann muß jetzt an seinen sauren Schweiß und schwere Arbeit, und dies Pack und Exkrement von der sozialen Gesellschaft wälzt sich auf dem Stroh und hat sein Pläsier auf öffentliche Unkosten. Nun, ihr beiden jungen Gesellen, macht euch auf die Beine und greift aus. Hans, mein Junge, ich sage dich nicht mehr. Du bist nun allgemächlich in die Zuständigkeit der Mündigkeit angekommen, und wenn du auch bei die Gelehrten noch nicht aus der Lehre bist, so weißt du doch schonst mehr wie unsereins vons Metier. Halte den Kopf in die Höhe und sieh scharf nach rechts und links, denn jedes Ding hat zwei Seiten, die Schusterei sowohl, als imgleichen die Gelehrsamkeit. Bedanke dich nicht um das, was ich an dir getan habe, es ist nicht der Rede wert, und die

Sorgen, die du mir in die schlaflosen Nächte gemacht hast, kannst du mir doch nicht ersetzen. Ich verlange es auch gar nicht, sondern beruhige mir in meiner Gewissenhaftigkeit, was ein sehr schönes Kopfkissen ist im Kinderfreund. Also, — hier nimm 'n Schluck auf'n gesundes Wiedersehen und schreib auch, wenn du mal Zeit hast, an die Weiber, sie möchten sich sonsten bei unpassender Gelegenheit vom Tage tun. Herr Freudenstein, bleiben Sie gesund; — stecke die Pulle nur ein, Hans, du bist in die Jahre, wo man schon dir und ihr allein zusammenlassen kann. Adjes und macht's gut, ohne Schwanz und Umschweife."

Schnellen Schrittes entfernte sich der Oheim; die beiden jungen Männer sahen ihm nach, bis er verschwunden war, dann schritten auch sie fort, entgegen der jungen Morgensonne, und bald hatten sie die Stadt hinter sich.

Die Sonne hielt, was sie versprochen hatte, sie sorgte für einen schönen Tag. Auf die Gärten der Bürger folgten die frischgrünen Felder, und die Landstraße, die sich zuerst in Schlangenlinien durch die Ebene wand, stieg allmählich zu den Höhen, zu dem Wald hinan.

Noch hing der Tau an den Grasspitzen, die Lerche sang, und die Butterweiber kamen im Butterweibertrab den beiden Jünglingen entgegen. Mehr als eine der schwerbeladenen Frauen gehörte zur Bekanntschaft der Base Schlotterbeck und somit natürlich auch zur Bekanntschaft Hans Unwirrschs; große Verwunderung und helles Geschrei war die Folge von mancher Begegnung. Es war wirklich ein Wunder, wie viele Menschen dem ausmarschierenden Hans ihre Teilnahme kund zu geben hatten.

O du lustige, lustige Landstraße, was geht alles auf dir vor! Der Handwerksbursche sitzt nieder am Rande des Grabens und zieht die Stiefel aus und sieht sich die schöne Natur durch das Loch in der Sohle an, während gegenüber auf den Steinhaufen die Tochter des Vagabundenpaares drunten im Turm unbefangen ihr Kind an die Brust legt. Mit klingenden Schellen, Peitschenknall, Hallo, Geschnauf und Gestampf schwankt der weiße Lastwagen daher, und der weiße Spitzhund ist entweder sehr ärgerlich oder sehr spaßhaft gestimmt; jedenfalls würde er zerspringen, wenn er seinen Gefühlen nicht Luft machte. Was hat der Hase auf der Landstraße zu tun? Dort! dort! Galopp mit angelegten Löffeln, quer über den Weg. Es soll Unglück, Ärgernis und Kummer bedeuten, — dreimal ein Vivat für ihn, und sechsmal ein Vivat für den Schalk, der das schnurrige Omen in jener unvordenklichen Zeit, als die Leute noch dumm waren, unter die Leute brachte!

Aber die Höhe des Weges ist erreicht; da ist der knospende Wald, und alle ausgewachsenen Bäume schütteln im leisen Morgenwinde altväterlich gutmütig die Häupter über das vorwitzige Gesindel der Sträucher und Büsche, welches die Zeit nicht erwarten konnte, welches über Nacht grün geworden ist.

Natürlich standen Hans und Moses am Rande des Waldes still und blickten zurück auf den Weg, auf das Heimatstal und die Stadt Neustadt. Keine Spur mehr vom Nebel, nach keiner Seite hin! Alles klar und licht und frisch und sonnig! man konnte die Ziegel auf den Dächern drunten im Tal zählen; — es schlägt eben Sechs, und es ist so wunderlich, damit Abschied auch von den Glocken nehmen zu müssen.

Wie verschieden waren die Gedanken der beiden jungen Männer, welche an demselben Baumstamm lehnten! Licht und Schatten sind nicht so verschieden wie das, was durch die Seelen von Hans Unwirrsch und Moses Freudenstein zog. Der eine der Jünglinge hielt das Haupt gesenkt und bedeckte die Augen mit der Hand, der andere sah scharf hinab und lächelte.

In einer langen Reihe wechselnder Bilder zog die Kinderzeit vor Hans vorüber. Alle die Gestalten, die ihm auf seinem Lebenswege bis jetzt entgegengetreten waren, glitten vorüber, und es fehlte niemand unter ihnen; nicht der Lehrer Silberlöffel aus der Armenschule, nicht die arme kleine Sophie, welche doch beide schon so lange tot waren.

Auch Moses hatte seine Toten drunten im Tal; aber er verscheuchte jeden Gedanken daran, und für die Lebenden hatte er nichts als jenes feine, böse Lächeln. Er haßte die Stadt Neustadt, und hielt den guten Professor Fackler für einen albernen Pedanten. Der Professor Fackler würde aber auch die Art, wie sein früherer klügster Schüler den träumenden Hans durch eine spöttische Bemerkung aus dem Traum emporriß, für höchst unpassend erklärt haben.

Aber es war geschehen, — ein Blick, ein Wort, und die Bilder der Kindheit, der ersten Jugend, verflüchtigten sich, die Gestalten lösten sich auf; Hans Unwirrsch hörte wieder die Lerche in der Luft, den Finken im Walde und vor allem das scharfe Lachen des Freundes neben sich. Noch ein Blick hinab ins Tal, und dann vorwärts — hinein in den Wald, hinein in die weite Welt, das neue Leben.

Bald war die weiteste Grenze früherer Wanderungen und Ausflüge überschritten, unbekannte Täler durchwanderte man, unbekannte Höhen wurden erstiegen, unbekannte Kirchtürme lugten bald rechts, bald links hervor. Da mußte wohl das drückende Gefühl des Abschieds mehr und mehr schwinden und dem wonniglichen Gefühl der Wanderfreiheit Platz machen.

Nicht vor jedem Wirtshause, das ihnen am Wege mit langem Arm winkte, hielten die beiden fahrenden Schüler an, aber mancher Lockung konnten sie doch nicht widerstehen; die heißesten Mittagsstunden verbrachten sie jedoch wieder in einem Walde, abseits von der Landstraße. Auf dem weichen Rasen lagerten sie, und während Moses in seinem Taschenbuch allerlei Berechnungen anstellte, fiel Hans über einer Taschenausgabe des Virgil in einen Halbschlaf, in welchem er das ferne Posthorn für die römische Tuba nahm, die der Reiterei der Bundesgenossen das Zeichen zum Vorrücken gab. Aufgerüttelt starrte er sehr verblüfft um sich und wußte während mehrerer Minuten nicht, wo er sich befand, — er hatte zuletzt ganz fest geschlafen und von dem berühmten Schäferstudenten Chrysostomo und der schönen Marcella geträumt. Moses Freudenstein aber beglückte ihn mit einer Vorlesung über die Träume und ihr Verhältnis zum Gangliensystem; — er war über seine finanziellen Verhältnisse wieder einmal im reinen und daher zu allen Bosheiten und philosophischen Deduktionen aufgelegt. Im Laufe des Nachmittags wurde er sehr lebendig und nahm dadurch aufs innigste an den Schwärmereien und Entzückungen seines Gefährten teil, daß er sie auf die schändlichste Weise durch die verständigsten und trockensten Bemerkungen über den Haufen warf oder zu werfen suchte.

So hatte Hans Unwirrsch Augenblicke, in denen er mit dem Freund, Reisegefährten und Studiengenossen gar nicht harmonierte, wo er sich sogar über ihn ärgerte und ihn von seiner grünen Seite soweit als möglich wegwünschte; aber diese Augenblicke gingen stets sehr schnell vorüber, und nachdem am Abend im Wirtshaus einige naseweise Gesellen den Versuch gemacht hatten, den klugen Moses an seiner Adlernase zu ziehen und nur durch das energische Verhalten des guten Hans davon abgehalten worden waren, wurde das freundschaftliche Verhältnis zwischen den beiden angehenden Studenten fernerhin kaum durch einen Mißton gestört. Am Morgen des dritten Tages ihrer Wanderung standen sie wiederum auf einer Anhöhe am Rande eines Gehölzes und sahen in ein Tal hinab, in welchem eine andere kleine, aber viel- und hochgetürmte Stadt lag; und Moses, der nicht nur die alten Sprachen inne hatte, sondern auch einige neue, deklamierte mit ironischem Pathos:

> „Ma quando il sol gli aridi campi fiede
> Con raggi assai ferventi, e in alto sorge,
> Ecco apparir Gierusalem si vede,
> Ecco additar Gierusalem si scorge,
> Ecco da mille voci unitamente
> Gierusalemme salutar si sente."

Zehntes Kapitel

In dem abgelegensten und wohlfeilsten Winkel der hochbelobten Universitätsstadt bezog Hans ein Stübchen, und es war nicht ganz Zufall, daß sein Hausherr ein Schuster war. Das Fenster des beschränkten Raumes gewährte eine treffliche Aussicht auf zwei fensterlose hohe Brandmauern und das schwarze Dach eines Speichers. Hätte nicht über dieses Dach ein Stück von einem bewaldeten Bergrücken gesehen, so würden die grauen Wände des Zimmers, welche der Antezessor in heiteren und melancholischen Stimmungen mit Fratzen und lasziven, satirischen und philosophischen Streckversen beschmiert hatte, ein viel reicheres Feld sinniger Betrachtungen geboten haben.

Es war ein Loch, nehmt alles nur in allem; aber Hans Unwirrsch verlebte auch hier glückliche Stunden, und das griechische Wort, daß Olymp und Tartarus jedem Erdenflecke gleich fern und gleich nah seien, bewährte sich auch hier wieder.

Moses Freudenstein hatte sich einen behaglicheren, poetischeren Aufenthaltsort aufsuchen können, war aber dadurch den unsterblichen Göttern nicht näher gerückt, daß er in dem höher und freier gelegenen Teil der Stadt wohnte und über einen anmutigen, mit Gebüsch und Springbrunnen gezierten Platz auf die alte, prächtige gotische Hauptkirche sah. Dagegen zeigte sich bald, daß in der unansehnlichen Puppe, die in der Kröppelstraße in einem Winkel eingesponnen gehangen hatte, ein recht hübscher, buntfarbiger, munterer, epikuräischer Schmetterling verborgen gewesen war. Die Metamorphose ging so schnell vor sich, der ausgekrochene Papillon regte so unbefangen, sicher und gewandt die glänzenden Flügel, daß selbst Hans Unwirrsch ihn nur schwer mit dem verstaubten Neustädter Kokon in Verbindung bringen konnte. Moses Freudenstein entwickelte in den meisten Dingen des äußeren Lebens einen guten Geschmack, zeigte sich den feinen Genüssen des Daseins in keiner Weise abgeneigt, richtete sich in seinem Eckzimmer am Domplatz sehr elegant ein, und setzte den guten Hans durch die über Nacht ihm angeflogene Lebenserfahrung nicht wenig in Erstaunen. —

Schon am Tage nach ihrer Ankunft hatten sich beide Jünglinge immatrikulieren lassen und versprochen, data dextra jurisjurandi loco, die Gebote der „hohen Mutter" halten zu wollen und alles zu vermeiden, was der Mama mißliebig sein möge.

In das Album der theologischen Fakultät wurde natürlich der biedere Name Hans Unwirrsch, juvenis, eingetragen; — Moses Freudenstein, juvenis, dagegen ging zu den Philosophen, mit der Absicht, viel mehr als nur Philosophie zu studieren.

Durch den Rest des Inhalts des schwarzen Kästchens, ein Stipendium und einige Empfehlungsschreiben des Professors Fackler war Hans Unwirrsch vor dem leiblichen Hunger fürs erste geschützt; den geistigen Hunger suchte er nun auch mit Anspannung aller Fähigkeiten zu befriedigen.

Wir können unseren beiden Freunden natürlich nicht Schritt für Schritt auf ihrem Wege durch den großen Wald der Wissenschaften folgen, wir können nur sagen, daß beide im Verlauf ihrer Studienjahre zu den Füßen mancher Lehrer niedersaßen, und daß sie, mittelbar oder unmittelbar, reiche Erfahrungen sammelten, jeder nach seiner Art.

Rührend war die ehrfurchtsvolle Scheu, welche Hans diesen mehr oder weniger berühmten, bekannten oder berüchtigten Lichtern und Spiegeln der Weisheit entgegentrug; wahrhaft diabolisch aber die Art und Weise, in welcher Moses bei jeder passenden und unpassenden Gelegenheit diesem Glauben an die Autorität ein Bein zu stellen suchte.

In seinem behaglich ausgestatteten Zimmer am Domplatz hatte sich der Sohn und Erbe des Trödlers bald mit Haufen von Büchern aus allen Fächern des Wissens umgeben; und ohne sich in dilettantischer Vielleserei zu verlieren, baute er sich ein ziemlich originales System objektiver Logik auf das vollkommenste auf. Aus der Philosophie Friedrich Wilhelm Hegels konnte er „manches gebrauchen" und machte den Freund Hans öfters sehr verwirrt und unbehaglich dadurch, daß er ihn und alles, was er mit sich trug, irgendeiner verruchten Kategorie unterordnete. Mit Eifer besuchte er daneben allerlei juristische Kollegien, und vorzüglich eingehend beschäftigte er sich mit dem Staatsrecht: der Macchiavell und der Reineke Fuchs waren in dieser Epoche zwei Bücher, die selten von seinem Arbeitstisch kamen. Zur Erholung gab er dem theologischen Jugendfreund Unterricht im Hebräischen, von welcher Sprache er mehr wußte, als der ordentliche Professor, der darüber „las".

Auf das Hebräische folgten gewöhnlich Disputationen über Gott und die Welt, Physik und Metaphysik, sowie auch über das „deutsche Vaterland", seine inneren und äußeren Verhältnisse.

Moses Freudenstein stand natürlich dem deutschen Vaterland ebenso objektiv gegenüber wie allem anderen, worüber sich reden ließ. Über seine Stellung ließ er sich ungefähr folgendermaßen aus:

„Ich habe das Recht, nur da ein Deutscher zu sein, wo es mir beliebt, und das Recht, diese Ehre in jedem mir beliebigen Augenblick aufzugeben. Wir Juden sind doch die wahren Kosmopoliten, die Weltbürger von Gottes Gnaden, oder wenn du willst, von Gottes Ungnaden. Seit der Erschaffung bis zum Zehnten des Monats Ab im Jahre Siebenzig eurer Zeitrechnung haben wir eine Ausnahmestellung inne gehabt, und nach der Zerstörung des Tempels ist uns dieselbe geblieben, wenn auch in etwas veränderter Art und Weise. Durch lange Jahrhunderte hatte diese Ausnahmestellung ihre großen Unannehmlichkeiten für uns; jetzt aber fangen die angenehmen Seiten des Verhältnisses an, zutage zu treten. Wir können ruhig stehen, während ihr euch abhetzt, quält und ängstet. Die Erfolge, welche ihr gewinnt, erringt ihr für uns mit, eure Niederlagen brauchen uns nicht zu kümmern. Wir sind Passagiere auf eurem Schiff, das nach dem Ideal des besten Staates steuert; aber wenn die Barke scheitert, so ertrinkt nur ihr; — wir haben unsere Schwimmgürtel und schaukeln lustig und wohlbehalten unter den Trümmern. Seit man uns nicht mehr als Brunnenvergifter und Christenkindermörder totschlägt und verbrennt, sind wir viel besser gestellt, als ihr alle, wie ihr euch nennen mögt, ihr Arier: Deutsche, Franzosen, Engländer. Einzelne Narren unter uns mögen diese günstige Stellung aufgeben und sich um ein Adoptivvaterland zu Tode grämen à la Löb Baruch, germanice Ludwig Börne; mein Freund Harry Heine in Paris bleibt trotz seines weißen Katechumenengewandes ein echter Jude, dem alles Taufwasser, aller französische Champagner und deutsche Rheinwein das semitische Blut nicht aus den Adern spült. Weshalb sollte er deutsche Schmach und Schande nicht mit einem Anhauch von Wehmut verspotten? Jede Dummheit und Niederträchtigkeit, die man diesseits des Rheins begeht, ist ja ein Gottessegen für ihn!"

Wie Hans Unwirrsch während solcher Auseinandersetzung auf dem Stuhle hin und her rutschte, wie er vergeblich versuchte, den Redner zu unterbrechen, ist kaum zu beschreiben. Und wenn Moses endlich eine Pause machte, um Atem zu schöpfen, zog Hans doch keinen Vorteil daraus; er war ebenso atemlos wie der Redner und brachte kaum einige klägliche Interjektionen und das Wort „Egoismus" heraus.

Egoismus?! Moses Freudenstein hatte das Wort natürlich sogleich aufgefangen und ging mit frischer Kraft ins Zeug:

„Egoismus? Du nennst das so; aber beschau nur die Sache näher. Die Philosophie der Geschichte nicht weniger, als die Philosophie des Individuums gibt mir recht. Ich sage übrigens ja gar nicht, daß der Vorteil unserer gegenwärtigen Stellung darin bestehe, daß wir bei euren Haupt- und Staatsaktionen schadenfroh oder achselzuckend mit dem bekannten Spiel des Daumens als Zuschauer im Circus maximus sitzen. Wir können auch für irgendeine schöne, hohe Sache, zum Beispiel Schicksal, Ehre und Glück der deutschen Nation in die Arena hinabsteigen und Elend und Tod dafür auf uns nehmen. Unser Vorteil besteht gerade auch darin, daß wir mit einem freieren, geistigeren animus in solches Elend, in solchen Tod gehen. Ihr kämpft und leidet pro domo; wir opfern uns für einen reinen Gedanken; — was sagst du dazu, mein Sohn Johannes?"

Nun wäre es selbst für einen schnellern Geist schwierig gewesen, auf diese Rede alles das kurz und bündig zu erwidern, was darauf gehörte. Von Hans Unwirrsch war es nicht zu verlangen, und Moses Freudenstein durfte nach Herzenslust mit den Augen zwinkern, Hände und Knie aneinander reiben. Wenn aber Hans den Wortschwall gehörig verdaut hatte, wozu er öfters mehrere Tage, jedenfalls aber eine Stunde nötig hatte, ermangelte er nicht, seine Einwendungen und seine Verwahrungen gegen solche Sophismen gehörig vorzubringen, worauf er durch die talmudistische Spitzfindigkeit natürlich von neuem in eine gelinde Betäubung versetzt wurde.

Das oft so närrische und triviale Treiben unserer deutschen Universitäten ist nur allzuoft mit Begeisterung beschrieben worden; Hans und Moses wurden wenig davon berührt; das, was die Mehrzahl sich unter einem „Studenten" vorstellt, war keiner von beiden.

Nach dem ersten Semester bereits sah Hans Unwirrsch ein,

daß er mehr für die praktische als für die theoretische Theologie bestimmt sei, und wenn er einst als Kind in seiner Mutter Stube der Base Schlotterbeck erbauliche Predigten gehalten hatte, so erbaute er jetzt sich selber nächtlicherweise, erboste aber dadurch nicht wenig seinen Stubennachbar, einen Mediziner, der meistens sehr spät und sehr betrunken nach Hause kam. Es war für den Redner nicht gerade angenehm, statt durch das Schluchzen einer höchlichst gerührten Zuhörerschaft durch ein ärgerliches Klopfen des Stiefelknechtes an der dünnen Wand akkompagniert zu werden und dumpf dazwischen allerlei böse Wünsche für den „wahnsinnigen Bonzen" zu vernehmen.

Am liebsten hielt Hans daher seine Predigten im Freien. Längst hatte er den Weg zu dem Berge, den er von seinem Fenster aus erblickte, gefunden. Dort unter den schattigen Bäumen und vorzüglich unter einer hohen Eiche auf einer engen Waldwiese richtete er seine Kanzel auf, predigte er den Vögeln; und es war ein ganz ander Ding, wenn der Kuckuck, als wenn der Mediziner die Responsen sang.

Unter der großen Eiche war der Prädikante vor noch einem anderen Freudenstörer sicher; vor dem berühmten Professor Vogelsang nämlich.

Dieser ehrwürdige Herr war nicht immer, ja sogar sehr selten mit der Art zufrieden, in welcher Hans die gegebenen Themata behandelte. Er — der Professor — fand in den Reden des Schülers viel zu viel „Poäsie", viel zu viel Naturschwärmerei; er witterte sogar stellenweise einen Duft von Pantheismus, der seiner orthodoxen Nase im höchsten Grade widerlich war; aber er hatte gut reden, er war nicht der Abkömmling einer so langen Reihe nachdenklicher, grübelnder Schuster, und über seine Wiege hatte wahrlich nicht die wundersame schwebende Kugel, die auch über Jakob Böhmes Tisch hing, ihr Licht ergossen.

Finke und Specht im Walde waren duldsamer als der Professor, das Eichhorn sah von seinem Zweig nicht so grimmig herab, wie der Professor von seinem Katheder; und wenn der Prediger in der Wildnis an den Rand des Holzes vortrat und die Aussicht über Tal, Stadt, Berg und Ebene bis zur blauesten Ferne sich vor ihm entfaltete, so lag in dem Sonnenschein, der das alles überstrahlte, selber etwas so Pantheistisches, daß es dem Professor nicht zu verargen war, wenn er niemals solch einen Berg bestieg, und von der weiten Welt und den Wundern, die außerhalb seiner vier Wände lagen, nur mit Geächz, Geseufz und Gestöhn sprach. —

In den Kollegien, die der Professor Gingler über praktische Pastoralklugheit hielt, träumte Hans viel Angenehmes und Idyllisches von einer künftigen Dorfpfarre unter Blumen, Kornfeldern und frommen Bauern. Der näselnde Vortrag in den Mittagsstunden war ganz geeignet, dabei allerlei Phantasien über Trösten der Kranken, Kindtaufen, Hochzeiten sich hinzugeben; Hans mußte die Enttäuschungen, die er später erfuhr, als er in Grunzenow das Ideal mit der Wirklichkeit verglich, dann auch hinnehmen.

In die dornigen Wüsteneien der Kasuistik führte ihn der Doktor und Professor Mundrecht, und in diesem Kolleg traf er stets mit einem eifrigen Hospitanten, dem Philosophen Moses Freudenstein zusammen, welcher bereits so viel Fetzen seines besseren Selbstes an den Büschen hatte hängen lassen, daß ihm der Geistesglanz dieses helleuchtenden Kirchenlichtes wenig mehr schaden konnte.

Die Jahreszeiten wechselten nach altgewohnter Weise; vorwärts strebten beide jungen Männer, jeder in seiner Art, mit nie erlöschendem Hunger nach dem Wissen. Beim Beginn jeder Ferien schnürte Hans seinen Ranzen mit hoher Freude zur Fahrt nach der Heimat und steuerte derselben, manchmal auf einem kleinen Umwege, aber immer mit dem nämlichen Behagen entgegen. Und jedesmal trat er mit lichterm Haupt und mit erweitertem Herzen in den kleinen, engen Kreis der treuen, beschränkten Menschen, die er hinter sich zurückgelassen hatte, die er aber nicht verachtete, wie Moses sie verachtete. Letzterer kehrte während seiner Studienzeit nicht nach Neustadt zurück; das Nest mit all seinen Erinnerungen war ihm sehr zuwider. Fest verriegelte er sich in den Ferien in seinen Zimmern und kam beim Wiederbeginn der Vorlesungen jedesmal skeptischer und sarkastischer in betreff dessen, was ‚alma mater' ihren Kindern zu bieten hatte, oder bieten wollte, zum Vorschein.

So kam endlich für Hans und Moses das letzte Halbjahr ihrer Universitätszeit heran. Um Michaelis sollte Hans in der Heimat das Examen als Kandidat der Gottesgelahrtheit machen, und da er das Seinige getan hatte, so sah er diesem kritischen Moment, trotz des Professors Vogelsang und anderer schwer zu befriedigender Gemüter mit ziemlicher Gelassenheit entgegen.

Zu Anfang desselben Semesters schrieb Moses eine famose Doktordissertation über „Die Materie als Moment des Göttlichen", und verteidigte seine Meinungen darüber, indem er die These ganz allmählich umdrehte und das Göttliche zu einem

Moment der Materie machte, vor einer zahlreichen Versammlung in klassischem Latein. Das Schriftstück, sowie die Disputation erregten vielen Lärm, und viel Staub wurde durch dieselben aufgewirbelt; der isrealitische Schlaukopf aber grinste nicht wenig durch den Dunst, der von den Häuptern der Pneumatomachoi (Geisttotschläger), wie der Schurke seine ehrwürdigen Lehrer nannte, aufstieg. Als Doctor philosophiae stieg aber auch Moses Freudenstein aus dem Dunste der Aula empor; sein Ruf war groß in den letzten Tagen seiner studentischen Laufbahn, und soweit er nicht berühmt war, war er berüchtigt; — von Hans Unwirrsch sprach niemand, und durch seinen Abgang fühlte sich niemand bedrückt und niemand erleichtert.

Bis jetzt hatte Moses auf alle Fragen, was er inskünftige mit seinem Leben zu beginnen gedenke, nur durch ausweichende Redensarten geantwortet, oder er hatte auch wohl die fabelhaftesten Pläne mit treuherzigstem Ernst dem guten Hans zur Begutachtung vorgelegt. Nach seiner Promotion erklärte er eines Abends ganz beiläufig:

„Ah, ehe ich's vergesse, Hans; übermorgen gehe ich nach Paris: heute nachmittag hab' ich den Paß von der französischen Gesandtschaft in ** erhalten. Fall nicht vom Stuhl, mein Junge! siehst du irgend etwas außergewöhnlich Interessantes an meiner Nase? was starrst du mich so an?"

Hans Unwirrsch machte wirklich ein verwunderungsvolles Gesicht; wenn der Professor Vogelsang auf seinem Katheder plötzlich das Lied: „Mein Lebenslauf ist Lieb und Lust!" angestimmt hätte, würde ihn Hans auf ungefähr gleiche Weise angeblickt haben. Erst als Moses ihm den Paß unter die Nase hielt, glaubte er, was er vernommen hatte.

„O Moses, Moses, was willst du dort?" rief er endlich, und Moses antwortete:

„Das Schwimmen will ich dort lernen. Wir Deutsche sind seltsame Fische; eine Quabbenart mit ungeheuren Geistesflossen, mit denen sich ein ungeheuerliches Geplätscher machen läßt. Wenn nur nicht die Pfützen, in denen wir unser jämmerliches Dasein hinbringen, so seicht, so eng wären! Was ist Deutschland anderes als ein Strand, von welchem sich die Flut zurückgezogen hat? Ich danke dafür; ich habe die Ahnung des großen Meeres noch nicht verloren und bin so gottverlassen und unpatriotisch, mich danach zu sehnen. Ich will einmal weiteres Wasser für meine Flossen suchen, Hänschen. Was meinst du, wenn du den Ausflug nach Sodom und Gomorrha mitmachtest, frommer Hans?"

„Über Sodom und Gomorrha steht das Tote Meer", sagte Hans, der sich allmählich wieder beruhigt hatte und sehr nachdenklich dasaß. „Moses, wenn deine ersten Vergleiche richtig waren, so hast du das durch dein letztes Wort umgestoßen."

„Bravo!" lachte Moses. „Sei nur ruhig, du sanftes theologisches Gemüt, ich will dich deinem behaglichen Sumpf nicht entreißen; aber jetzt komm mit mir, wir wollen auf den Schrecken eine Flasche Wein trinken, — ich stehe sie."

Moses Freudenstein „stand" wirklich die Flasche Wein, und dies Faktum wäre vielleicht für mehr als einen von denen, welche die Ehre seiner Bekanntschaft genossen, das sicherste Zeichen davon gewesen, daß er ein außergewöhnliches Vorhaben in seinem Busen bewege.

Am bezeichneten Tage stieg er wirklich in den Postwagen und fuhr ab gen Westen, und sehr bewegt blieb Hans auf den Stufen der Tür des Posthauses zurück. Er konnte es törichterweise noch immer nicht fassen, daß die beiden Wege, welche so lange nebeneinander hergelaufen waren, sich jetzt vielleicht für alle Zeit getrennt hatten.

Eine große Lücke war in Hans Unwirrschs Leben entstanden, und schwer, schwer vermißte er trotz allen seinen unliebenswürdigen Eigenschaften diesen „Freund", welcher die Existenz des Jugendgenossen wahrscheinlich noch vor dem ersten Pferdewechsel vergessen hatte. Er zog sich noch mehr als sonst aus dem Leben zurück und verbrachte seine Tage in angestrengter Arbeit; er verfiel in einen trüben, ungesunden Zustand, aus welchem er erst gegen Ende des Semesters durch einen Brief gerissen wurde, der ihm zeigte, daß in seinem Dasein noch größere Lücken entstehen konnten.

Dieser Brief kam vom Oheim Grünebaum, und Hans fand ihn, an einem grauen Abend von einem langen Spaziergang heimkehrend, auf seinem Tisch.

Wenn der Oheim Grünebaum schrieb, so schrieb er wenig anders als er sprach.

Der Brief lautete folgendermaßen:
    Liebwertester Nevö!
    Teuerster Bruder Studio!

Wenn Du, wie nicht zu erwägen steht, von wegen Deines seligen Vaters in Erfahrung gebracht haben wirst, daß der Mensch nicht ewig lebt allhier auf dieser Erde, sondern, daß des Menschen Leben seine Zeit währet und er schon zufrieden sein muß, wenn er nicht schon vor der Zeit abfährt und nach dem Kirchhof abgefahren wird, und sintemalen und alldieweilen Du nun mit Respekt zu sagen ein angehender Pastore bist und in Gottes Wort erzogen bist und sonsten ein verträgliches Gemüt und patibeles Temperament hast, so erhoffen wir, als wie ich, Deine Mutter und die Base Schlotterbeck, daß Du dieses Schreiben Dir nicht zu sehr zu Herzen nehmen wirst. Denn mit Deiner Mutter steht es schlecht! Wir haben länglich geschwiegen, weil es leise anging, und wir vermeinten, es sollte besser werden, ehe wir Dir Nachricht von das Malör gäben, aber nun ist's aus und am Ende, schlechter kann's nicht werden und wir vermelden es Dir hiermit, Du mußt den Bündel auf den Buckel laden und als ein geistlicher Mensche zeigen, daß Du den Trost nicht bloß für andere in der Tasche trägst und mit's Schnupptuch herfürziehst. Habe Dir also nicht zu schrecklich und unvernünftig über das, was in diesem selbigen Brief Dir zukommt. Deine Mutter, der guten Seele ist es denn doch wohl zu gönnen, daß sie einen sanften Tod hat und sich nicht allzu elend und langweilig hin quälen muß, ehe ihr der Odem stille steht. Aber der Doktor sagt, es kann nicht sein, und sie wird noch viel Drangsal leiden, ehe und bevor der liebe Gott sie zu sich nimmt. Du mußt Dich also darin finden, mein Junge, laß es gehen, wie's geht, ich sage nichts weiter. Die Frau hat aber grausame Sehnsucht nach Dir und wenn Du abkommen kannst von Deine Gelehrsamkeit und Deine Herren Lehrerprofessors Dich loslassen wollen, so wäre es uns sehr angenehmlich, wenn Du Dein Wanderbuch so schnell als möglich hierher fisieren lassen wolltest. Deine Mutter hat es wohl um Dich verdient, daß sie Trost an Dir hat in ihre letzten Tage und große Schmerzen, denn sie hat die zurückgetretene Gicht, und das Wasser und Waschen hat ihr den Dampf angetan, was was Schreckliches ist. Mache Dich also somit auf die Wanderschaft und komm eilends hierher, wo wir in großer Not Deiner erwarten.

Sonsten ist noch alles wie sonst, aber es ist nicht viel Pläsier mehr in der Welt und in den Zeitungen auch nicht mehr. Es waren ganz andere Zeiten, als ich und Deine Mutter noch solch jung Volk waren, wie Du anjetzo, und Dein Vater auch ein jung Blut und Deine Mutter freiete, welches mir ist wie heute, und kann noch nicht daran glauben, wenn ich bedenke, daß der Anton schon so lange tot ist, und wenn ich die Christine, will sagen, Deine Mutter ansehe, wie sie daliegt.

Komm also schnell und behalte bis dahin in guten Gedanken Deinen geliebten Oheim und Paten

Niklas Grünebaum
Schuhmachermeister."

Der Blitz, welcher zu den Füßen Hans Unwirrschs einschlug, betäubte ihn nur auf kurze Zeit, er stand auf den Füßen und horchte auf den feierlich verrollenden Donner. Hans, der so leicht vor jeder rauhen Berührung zurückwich, wich nicht, als sich die Hand des Unglücks nun wirklich grimmig gegen ihn ausstreckte. Er packte seine Zeugnisse und wenigen Habseligkeiten mit Überlegung zusammen und zog sofort von der Universität nach dem alten Neustadt, zum Sterbebett der Mutter.

Elftes Kapitel

Es war ein melancholischer Weg durch das herbstliche Wetter. Auf der ganzen Länge seines Pfades begleitete den armen Wanderer der Wind, der kalte, grämliche, greinende, stöhnende Oktoberwind. Den Wäldern riß er ein gut Teil des Schmuckes, mit welchem er im Frühling und Sommer so oft schmeichlerisch getändelt hatte, höhnisch ab. Auf der Landstraße jagte er dichte Staubwolken empor, und über die Stoppeln der Felder fuhr er mit einem heulenden Gezisch, welches keinem lebenden Wesen, außer der Krähe behagen konnte. Nur das Geklapper der Dreschflegel in nahen und fernen Dörfern konnte als tröstliches Zeichen genommen werden, daß noch nicht alles für die Erde verloren sei, und daß der Triumph, welchen der Wind auf den leeren Feldern feiere, nur ein trüglicher sei.

Aber für den einsamen Wanderer in den Staubwolken der Landstraße ging dieser Trost verloren, er konnte wenig darauf achten, und bedrückt und bedrängt aufs tiefste zog er einen Fuß dem andern nach.

Er war niedergeschlagen, er war traurig, und wäre es auch ohne den bösen Brief des Oheims Grünebaum gewesen. Mit aller Kraft hatte er gestrebt, das zu lernen, was von der hohen Wissenschaft, der er sich ergeben hatte, sich lernen ließ, und er mußte sich sagen, daß dies im Grunde wenig genug war. Er fühlte tief das Unzulängliche dessen, was ihm die Herren von ihren Kathedern doziert hatten, aber er fühlte noch etwas anderes, und das war das, was der Professor Vogelsang und die meisten übrigen Mitglieder der hochpriesterlichen, ehrwürdigen Fakultät nicht gelten lassen wollten, weil sie es nicht lehren konnten.

Er befand sich auf dem Wege, um das geliebteste Wesen sterben zu sehen; der Dunkelheit schritt er entgegen, und Dunkelheit ließ er hinter sich zurück. Nun schien der Hunger nach dem Wissen tot, aber die Gefühle waren noch lebendig und drängten sich empor und um sein Herz zusammen; sie wurden zu dem bittersten Schmerz, welchen der Mensch erdulden kann. In diesem Augenblick unterschied sich nichts in dem drängenden Gewühl: der Schmerz um die Mutter, Enttäuschung, Sorge und Furcht vermischten sich; und wunderlicherweise klangen dazwischen scharf und schneidend längst vergessene Worte auf, welches Moses Freudenstein einst gesprochen hatte.

Immer der Wind! Er jagte den ganzen Tag dunkles Gewölk über den grauen Himmel, doch fiel kein Regentropfen herab. Er wühlte in den Hecken um die verwilderten, unordentlichen Gärten, wo die vertrockneten Sonnenblumen und Stockrosen kläglich die Köpfe hingen. Er rüttelte an den Fenstern des Dorfwirtshauses, wo Hans sein Mittagsmahl einnahm, und umbrauste das Haus und wartete grimmig auf den Wanderer, der sich für einen kurzen Augenblick ihm entzogen hatte. Er hatte sein Wesen um den Reisewagen, der unter dem Schlagbaum anhielt, und schlug den Mantelkragen dem Kutscher so um die Ohren, daß der kaum das Wegegeld hervorbringen konnte. Durch das Fenster warf Hans einen gleichgültigen Blick auf diesen Wagen; aber im nächsten Augenblick sah er doch schärfer hin. Der Ledervorhang an der Seite des Wagens war zurückgezogen worden, ein junges Mädchen sah heraus und blickte die traurige Landstraße hinab. Der Wind hob den schwarzen Schleier von dem schwarzen Trauerhut und hatte nicht mehr Mitleid mit dem bleichen, traurigen Mädchengesicht darunter, als mit jedem andern Ding, welches ihm in den Weg kam. Aber auf Hans Unwirrsch machte dieses Gesichtchen einen desto größeren Eindruck. Der Kummer begrüßte den Kummer, und der Schmerz, der zu Fuß die Landstraße beschritt, neigte sich vor dem Schmerz, welcher im Wagen durch die Staubwolken rollte. Dieses kindliche, abgehärmte Gesicht paßte ganz zu der Stimmung, in welcher Hans sich befand; er hätte gern mehr gewußt von diesem ihm jetzt noch unbekannten fremden Schicksal.

Aber der Kopf des Mädchens zog sich zurück, und an seiner Stelle erschienen ein grauer Schnauzbart und eine alte Militärmütze. Ein Schnapsglas wurde voll in den Wagen hineingereicht und kam sehr rasch leer wieder zum Vorschein; auch der Kutscher hatte es möglich gemacht, sich trotz des heftigen Kampfes mit seinem Mantelkragen ebenfalls durch einen Trunk, der nicht unmittelbar aus der Quelle kam, zu stärken. Hoho! Vorwärts! Die Pferde zogen an, mit seiner Staubwolke rasselte das alte Gefährt davon, der Wind war hinter ihm her, wie der Schweißhund auf der Fährte, und es war mehr als merkwürdig, daß er, als Hans nun auch hervortrat aus dem Haus zum goldenen Hirsch, ihn ebenfalls triumphierend ärgerlich in Empfang nahm und ihn dem Wagen nachblies.

Zu allen seinen übrigen Gedanken hatte Hans nun noch das Bild des lieben Gesichtchens auf seinem Wege durch den dunklen Nachmittag. Es kam ihm immer von neuem vor die Seele, er konnte nichts dagegen tun. So zog er fort und hielt nicht eher wieder an, bis die Dämmerung dichter wurde, und das Städtchen, in welchem er Nachtquartier nehmen mußte, erreicht war.

Dämmerung war freilich den ganzen Tag über gewesen, und der Abend konnte an der Beleuchtung der Welt wenig ändern. Aber nun sank die Nacht herab und machte gemeinschaftliche Sache mit dem Winde, und wenn der Teufel als Dritter zum Bunde getreten wäre, so hätte er die Sache nicht viel schlimmer machen können.

Es war nicht des Windes Schuld, wenn die alten, schiefen Häuser des Landstädtchens, in welches Hans jetzt einzog, am andern Morgen noch aufrecht standen. Die Lichter schienen in den Stuben hinter den Fenstern zu flackern, und die wenigen Menschen, die sich noch in den Gassen befanden, arbeiteten schräg vor- oder zurückgelehnt dem Sturme ihren Weg ab. Haustüren flogen mit donnerndem Krachen zu, Fensterladen mit Geprassel auf, und der einzige Glaser im Ort hörte mit ganz einzigem Vergnügen auf jedes helle Klingen und Klirren in der Ferne.

Wenn aber der Wind das Städtchen im allgemeinen doch stehen lassen mußte, so konnte er noch viel weniger dem Wirt zum Posthorn was anhaben. Auf kurzen wohlgerundeten Beinen stand er fest und unbewegt vor seinem Torweg unter seinem knarrenden Schild und gab seine Befehle in Hinsicht auf eine Kutsche, die eben von zwei Knechten unter einen Schuppen gezogen wurde. An dem Fleischkoloß, dem Posthornwirt, strandete der hagere Theologe Hans Unwirrsch im wörtlichsten Sinne des Wortes; halb erstickt und halb erblindet, wurde er in den Torgang hineingeblasen und fuhr mit voller Gewalt gegen den Bauch des Posthalters, doch auch dieser Anprall brachte den Block nicht aus dem Gleichgewichte.

Der Posthornwirt war dabei glücklicherweise ein Mann, welcher die zwingende Gewalt der Umstände zu würdigen wußte: er nahm den Anfall nicht so grob auf, wie man hätte erwarten sollen. Er forderte den herangeschleuderten Gast nicht auf, sich zu allen Teufeln zu scheren; er machte sogar eine halbe Schwenkung, um ihm Einlaß in sein Haus zu gewähren, und folgte ihm nur mit einigen leise geschnauften Bemerkungen:

„Verfluchte Steuerdirektion! — Immer langsam über die Brücke! — Nicht zu scharf um die Ecke! — Donner, grad auf den vollen Magen!"

Als er aber in der trüberhellten Gaststube den Fremdling, welchen der böse Wind ihm ins Haus geweht hatte, erkannte, verschwand der letzte Schatten des Mißmutes aus seinem runden Gesicht, und ganz vergnügt reichte er seine breite Pfote zum Gruße hin.

„Ah, Sie sind's, Herr Studente! wieder einmal eingesprungen in den Ferien? Das freut mich! 's ist wie man sagt: das muß ein böser Wind sein, der einem nichts Gutes herbläst."

Hans entschuldigte nach besten Kräften die ungestüme Begrüßung in dem Hausflur; doch der Wirt sah ihn jetzt nur lächelnd und mitleidig an und blies über die Hand, als wollte er sagen: eine Feder! eine Feder! nichts als eine Feder! — er sagte aber: „Lassen Sie's gut sein, Herr Unwirrsch, ich stehe schon meinen Mann. Legen Sie Ihren Ranzen ab; — haben ihn wohl wie gewöhnlich den ganzen Tag auf dem Rücken geschleppt? Du liebster Gott!"

Da war die Frau Wirtin, ebenso wohlbeleibt wie der Herr des Hauses! Da war der Frau Wirtin Töchterlein, aber diesmal gottlob noch nicht in einem schwarzen Schrein, sondern sehr lebendig und ebenfalls von wohltuender Fülle. Und sie begrüßten den armen, traurigen Hans, dessen gutes Herz und winzigen Geldbeutel sie von manchen früheren Ferien her kannten und mit der gehörigen Achtung behandelten. Sie fragten ihn aus, ehe er zu Atem gekommen, und wußten den betrübten Grund, der ihn jetzt nach der Heimat rief, ehe er den Ranzen und den Ziegenhainer abgelegt hatte. Und da sie ein gutes Mahl und einen guten Trunk für die beste Panacee gegen alle Übel hielten, so stieg er, der Wirt, in den Keller, während die Wirtin sich mit ihrem Töchterlein in die Küche begab, und jetzt konnte Hans Unwirrsch den ersten Blick auf die übrigen Gäste werfen.

Es waren nur zwei vorhanden. Im Winkel am Ofen war ein Tisch gedeckt, und daran saßen sie: ein alter, schnauzbärtiger Herr in einem langen militärischen, bis an das Kinn zugeknöpften Rock, und ein junges, blasses, kränklich aussehendes Mädchen in Trauerkleidung. Das Mädchen hielt die Augen niedergeschlagen; aber der alte Herr fixierte den Theologen so fest und unbefangen, daß letzterem dabei ganz unbehaglich zumute wurde und er sehr froh war, als der dicke Wirt wieder in der Gaststube erschien und seine undurchsichtige Gestalt zwischen den scharfäugigen Schnauzbart und den Tisch schob, an welchem Hans Platz genommen hatte.

Eine volltönende Stimme hatte der Herr Wirt und stellte seine Fragen nicht so leise, wie Hans gewünscht hätte; etwas schwerhörig war der Herr Wirt und verlangte die Antworten so laut als möglich. Und als die Frau Wirtin mit Schüsseln und Tellern und der Wirtin Töchterlein mit Messer und Gabeln kamen, wollten auch sie das Ihrige wissen. Der Schnauzbart brauchte nicht den Horcher zu spielen, um alles Wissenswürdige über den Schwarzrock zu erfahren.

Wenn nun der Mensch, der viel Schmerzliches zu ertragen hatte, dazu seit langer Zeit keine freundlichen, teilnehmenden Stimmen um sich her gehört hat, so wird er, wenn nun endlich solche Stimmen mit Fragen und Bedauerungen ihm zu Ohren und zu Herzen dringen, auch mitteilsamer, so verschlossen er sonst sein mag. Hans Unwirrsch aber war, wie wir wissen, nicht verschlossen; er hielt mit seinen Leiden und Freuden nicht hinter dem Berge, und da er nichts zu verschweigen hatte, gab er den gutmütigen Wirtsleuten unverhohlenen Bericht, wie die Welt mit ihm gefahren sei, und er mit der Welt.

Der militärische alte Herr hatte alles bald weg, was an einem so hungrig aussehenden, jungen, schwarzröckigen Theologen Interessantes sein konnte. Er kannte seinen Namen, er wußte, daß er aus der berühmten Stadt Neustadt sei, er hatte in Erfahrung gebracht, daß ein gewisser Oheim Grünebaum immer noch bei guter Gesundheit sei, und daß eine ebenso gewisse Base Schlotterbeck immer noch die Toten in den Gassen umherwandeln sehe. Daß der Theologe eine alte Mutter in der Stadt Neustadt habe, und daß diese Mutter an böser, schmerzhafter Krankheit darniederliege und vielleicht sterben müsse, das alles vernahm der graue Schnauzbart, und das junge Mädchen vernahm es auch, und zwar mit Teilnahme, wie es schien, denn sie hatte das Gesicht erhoben und nach der Stelle gerichtet, wo der Theologe saß. Das Gesicht war gut, aber nicht schön; schön waren die Augen, mit welchen sie jedoch den Theologen nicht sehen konnte, wohl aber den breiten Rücken des Herrn Wirtes zum Posthorn. Der Herr Wirt verdeckte sowohl ihr die Aussicht, als auch dem jungen Mann, den er mit so großem Eifer ausfragte.

Wie der Wind draußen sich ärgerte und seine Wut auf das unzweideutigste kundgab! Er lief um das Haus wie toll, rüttelte an jedem Fenster, in welches seine Mitverschworene, die Nacht, die grämliche Herbstnacht, menschenfeindlich, lichtfeindlich hineinsah. O, wie ärgerten sich Wind und Nacht über die Reisenden, die jetzt so sicher vor ihnen waren; wie ärgerten sie sich über den dicken Wirt zum Posthorn und die Wirtin und der Wirtin rosige Tochter! keine Häscher, deren Opfer sich in eine heilige, unverletzliche Freistatt gerettet hatten, konnten sich mehr ärgern.

Wer aber schnarrte in diesem Augenblick mit Nachdruck die Worte: „Unverschämter Judenjunge!" . . .?

War es der Wind oder war's die Nacht?

Nein, es war der ältliche militärische Herr mit dem Schnurrbart, und wenn ein Zweifel übrig bleiben konnte, daß er mit dieser wohlwollenden Bezeichnung unsern Freund Moses Freudenstein meinte, dessen Namen soeben von Hans Unwirrsch genannt worden war, so zerstreute er diesen Zweifel sogleich, indem er hinzusetzte:

„Ein naseweiser, vorwitziger Judenbengel, wenn's der Schlingel ist, dem ich neulich in Paris meinen Standpunkt mit Nachdruck habe klar machen müssen; — nicht wahr, Fränzchen? Moses Freudenstein, ja, der Name war's. Rücken Sie doch mal näher, Herr Kandidate; kommen Sie zu diesem Tisch; der Abend ist ganz dazu geschaffen, daß die Leute zusammenrükken, und es wird mich freuen, Ihre nähere Bekanntschaft zu machen und etwas weiteres über besagten Moses zu hören."

Sehr verwundert über die plötzliche Unterbrechung hatten sich die Wirtsleute nach dem Sprecher umgedreht, und sehr erregt über den unvermuteten Angriff auf den Freund hatte sich Hans erhoben.

Ohne alle Schüchternheit hub er die Verteidigung seines Moses Freudenstein auf der Stelle, vom Platze aus, an; aber der alte Herr winkte begütigend:

„Na, na; nur immer Schritt! Rechten, linken! rechten — jetzt hat der Wind erst mal wieder das Wort. Hören Sie nur, wie er draußen rasaunt. Das ist ein Wetter, wo selbst den Pastoren die Lust vergeht, sich zu zanken. Rücken Sie herüber, Herr Kandidate, zu einem Glas Punsch; und nehmen Sie's nicht übel, wenn ich schon wieder etwas Unpaßliches gesagt habe; — 's muß wohl so sein, denn mein Fräulein Nichte hier zupft mich sehr am Rockschwanz."

Vielleicht wär's der jungen Dame jetzt ganz angenehm gewesen, wenn der Herr Wirt immer noch zwischen ihr und dem Theologen gestanden hätte; aber die Aussicht war nunmehr frei, und nichts hinderte unsern Hans, sich durch einen Blick zu bedanken bei dem errötenden Kinde, welches den grauen Schnauzbart am Rockschoß gezupft hatte.

„Immer heran, Herr Kandidate! immer heran! Gewehr über, — marsch — halt! Rücke zu, Franziska; — du wirst dich doch nicht vor dem Schwarzrock fürchten? Herr Wirt, was meinen Sie zu einem zweiten Aufgebot dieses angenehmen und gesunden Getränkes?"

Der Wirt meinte, daß das Getränk dem Wetter und der Zeit ganz und gar angemessen sei, und bereitete es auf einen Wink. Ehe Hans Unwirrsch so recht wußte, wie es zugegangen war, saß er an der Seite des alten Kriegers, dem bleichen Fräulein gegenüber und vor dem dampfenden Glase.

„So ist's recht, Herr Kandidate", sagte der Schnauzbart. „Ich wußte es ja, daß Sie einen abgedankten Landsknecht nicht um ein lumpiges Wort oder zwei mit der Nase auf den Tisch stoßen würden. Ihr Wohlsein, Herr Kandidate; und da ich nun allgemach Ihren Namen, Umstände und so weiter in Erfahrung gebracht habe, so sollen Sie über uns auch nicht im Dunkeln tappen. Ich bin der Leutnant außer Dienst Rudolf Götz, und dies Kind ist meine Nichte Franziska Götz, deren Vater vor kurzem in Paris gestorben ist, und welche ich von dort abgeholt habe, um sie meinem dritten Bruder, der ein großes juristisches Tier ist, zu überliefern, das arme Dinge!"

Die letzten Wort brummte der Leutnant nur ganz leise und setzte sogleich sehr laut hinzu:

„Da wir somit wissen, woran wir gegenseitig sind, verhoffe ich, daß es heut abend ohne Spektakel im Quartier abgehen wird. Prosit, Herr Kandidat, Ihr habt heute einen guten Marsch gemacht, und darauf gehört ein guter Trunk."

Hans tat dem Leutnant Bescheid und fand bald heraus, daß die Stimme und der Schnurrbart in gar keinem Verhältnis zu den Augen, der gutmütigen Nase und dem fröhlichen Mund standen. Er fand, daß kein Grund zu der Befürchtung, die Theologie sei hier in die Gewalt und Tyrannei eines bramarbasierenden Eisenfressers gefallen, vorhanden war. Er fand auch, daß große innere Verderbnis dazu gehöre, um in der Gegenwart dieser Franziska das Rauhe nach außen zu kehren.

Ein angenehmes Bild war's, dieser alte Soldat zwischen den beiden betrübten jungen Leuten. Große Lust hatte er unbedingt, sehr vergnügt zu sein; aber da das nun doch so recht nicht angehen wollte, spielte er nach besten Kräften den Tröster.

„So ist's in der Welt", sagte er über den Rand seines Glases weg, „eben fährt oder trabt man auf der Landstraße aneinander vorüber und denkt nicht aneinander, und dann sitzt man auf einmal behaglich und streckt die Beine unter einen Tisch. So ist's auch bei uns; eben steht man im Viereck und hat rechts und links seine Nebenmänner, seine besten Freunde, bei sich und kann sich auf sie verlassen. Man sieht ganz ruhig zu, wie die zwei Zwölfpfünder drüben auffahren und die Partie beginnen. Sst, sst — die Kugeln ziehen böse Striche durchs Bataillon; aber euch tut's nichts und euern Nebenmännern auch nicht. Drüben denken sie, jetzt sei ihre Zeit gekommen — da ist die Kavallerie — Trab — Galopp — ihr seht sie herankommen mit Gestampf und Gebrüll wie das Donnerwetter, — Feuer also! es kracht euch um die Ohren, und es ist euch so konfus im Sinn, daß ihr nicht einmal Prosit sagen könnt, wenn der Teufel niest. Aber ihr steht fest, so schwarz es euch vor den Augen werden mag — das ist das richtige Gedrängele, und ihr stolpert über allerlei, was zappelt oder still liegt. Es quietscht und heult und ächzt euch zwischen den Beinen; aber 's ist einerlei, ihr steht so fest als möglich, wenn ihr auch nichts dafür könnt. Zurück müssen die Hunde und tun's auch richtig. Durch den Pulverdampf seht ihr nichts als die Pferdeschwänze, und jeder macht, daß er hinkommt, woher er gekommen ist, und der Wind bläst den Qualm nach — ja Teufel, wo sind aber eure Nebenmänner? Fremde Gesichter habt ihr zur Seite, und eine fremde Hand reicht euch die Flasche: Da sauf, Kamerad, auf die Arbeit! — Drei Schritte geht das Bataillon vor, daß die Toten und Verwundeten aus der Reihe kommen. Die Kerle ringsum dampfen vor Schweiß, und da und dort träufelt einem das Blut aus der Nase oder sonst woher. — Der Boden ist schlüpfrig und zerwühlt genug, und es ist ein Stank wie aus der Hölle; aber die guten Freunde sind fort, und ihr dürft euch noch nicht einmal umgucken, denn Ruhe geben die Karnaljen drüben am Walde noch lange nicht; die werden noch oft genug herankommen bis Sonnenuntergang, um ihr Abendbrot zu verdienen und den Namen Waterloo in die Weltgeschichte 'rein zu bringen. Da ist nun meine Nichte Franziska, die hat auch ihren Nebenmann aus dem Gesicht verloren, und hier ist der Herr Pastor mit einem Gesicht wie ein schwarzer Kater, der in den Essigtopf fiel, und hier bin ich — auch 'ne arme Waise. Ich sage euch, junges Volk, wem es erst öfters in den Feldkessel regnete, der lernt den Deckel auflegen, und wer schon mehr als einen guten Kameraden von der Seite verlor, der lernt Ade sagen. Die weichsten Herzen haben's gelernt, im Elend nur dreimal trocken über zu schlucken, und sind dabei doch die besten und treuesten Kreaturen geblieben. Kopf in die Höhe, Fränzel; tu's Deinem alten Onkel zuliebe, Kopf in die Höhe, Hans Unwirrsch! wenn solch junges Blut die Nase durch den Staub zieht, was sollen dann wir Alten tun?"

Franziska drückte die harte, haarige Hand, die ihr der Soldat hinhielt, zärtlich an ihre Brust; sie sah ihn an, und, obgleich ihre Augen feucht schimmerten, lächelte sie doch und sagte:

„O, lieber, guter Oheim; ich will alles tun, was du willst. Ich sehe es wohl ein, daß es unrecht von mir ist, deine Liebe durch solchen Trübsinn zu erwidern; du mußt Nachsicht mit mir haben, — du hast mich recht verwöhnt durch deine Liebe."

Der Alte nahm die kleine, schwache Hand, die er in seiner breiten Tatze hielt, auf und betrachtete sie ganz aufmerksam.

„Armes Kind, armes Kind", murmelte er. „So verlassen und umhergetrieben, wie ein kleiner Vogel, der aus dem Nest gefallen ist: — und dieser Theodor und sein Weib — und die Kleophea — — ach es ist ein Jammer! Armes Vögelchen, armes Vögelchen, — und ich alter Vagabund habe nicht den jämmerlichsten Winkel, in welchen ich es aufnehmen könnte."

Er schüttelte lange den Kopf, knurrend und seufzend; dann schlug er auf den Tisch:

„Lustig, Herr Kandidate. Also Sie kennen jenen Moses Freudenstein, der jetzt mit achtmalhunderttausend andern Tagedieben die Pariser Gassen unsicher macht? Das ist ja eine schöne

Bekanntschaft und paßt eigentlich zu Ihnen wie eine Haubitze zu gelben Erbsen."

„Es sollte mir sehr leid tun, wenn Moses, wenn er es wirklich ist, Ihr Mißfallen wirklich so sehr verdient hätte, Herr Leutnant", antwortete Hans. „Wir sind zusammen aufgewachsen, wir sind Schulfreunde und Universitätsfreunde; und er kann sich außerdem kaum seit einem halben Jahre in Paris befinden. Ich hoffe, es ist ein Irrtum; ich hoffe es von ganzem Herzen!"

Der Leutnant ließ sich nun ganz genau die Persönlichkeit des armen, guten Moses beschreiben und nickte leider bei jeder Einzelheit mit dem Kopfe, indem er seine Nichte fragend dabei ansah.

„Er ist es. Er ist's so sicher wie ein Kolbenschlag. Ist's nicht der Halunke, Fränzchen? Ich will Ihnen die Geschichte kurz erzählen, um dem Ding ein Ende zu machen. Da meines Bruders Tod sehr schnell erfolgte, so war meine Nichte hier für einige Zeit sehr verlassen in dem Satansnest, und was das heißen will, das weiß ich schon von Anno Vierzehn und Fünfzehn her, wo ich aber mit mehreren dort auf Besuch war. Armes Kind, armes Kind! Was das heißen will, in dem Gewühl dort verlassen zu sein —— Herr Kandidate, sie zupft mich schon wieder! ich bitte dich, Fränzel, gib Ruhe; laß mich erzählen."

„Ich möchte es lieber nicht, Onkel", flüsterte das junge Mädchen. „Du hast die Sache auch schlimmer genommen, als sie war; jener Herr —"

„War eine Kanaille, die zu Brei verrieben werden mußte; — nein, zupfe mich nicht, Fränzel."

Franziska warf einen flehenden Blick auf Hans Unwirrsch, und dieser hatte sich selten auf einem Stuhl so unbehaglich gefühlt, und dazu erfuhr er jetzt nicht, in welche Beziehungen sein Freund Moses zu der jungen Dame und zu dem alten Krieger getreten war. Obgleich ihn die Ungewißheit tief beunruhigte und der Zweifel an dem Freunde ihm wie mit spitzigen Nadeln in das Herz drang, so hätte er doch um alles in der Welt nicht den Kummer des bleichen Mädchens durch heftige, zudringliche Fragen vermehren können. Nur das wurde ihm klar, daß ein Spiel des Zufalls den angenehmen Moses in das Haus geführt haben mußte, in welchem Franziska Götz nach dem Tode ihres Vaters hilflos, einsam und schutzlos lebte, und daß sein Betragen nicht von der ritterlichsten Art gewesen war. Auf einem der Boulevards hatte dann eine heftige Szene zwischen dem Leutnant Götz und Mr. Freudenstein stattgefunden, und eine eingewurzelte Abneigung gegen den armen Moses hatte ersterer sicherlich in das deutsche Vaterland heimgebracht.

Mißtönig erschallte vor den Fenstern des Posthorns ein anderes Horn durch den Sturm. Der Nachtwächter rief die zehnte Stunde ab, und die kleine Gesellschaft trennte sich. In herzlicher Weise nahm der Leutnant von dem Theologen Abschied und forderte ihn nochmals auf, den Kopf über dem Wasser zu halten und den Hals, wenn es sein müsse, mit Gesundheit zu brechen. Auch Franziska Götz mußte auf seinen Befehl dem jungen Mann die Hand zum Lebewohl geben und tat es ganz natürlich und ungeziert. Früh mußten der Leutnant und das Fräulein am andern Morgen abfahren, um den Eisenbahnstrang, der jetzt bereits nach der großen Hauptstadt im Norden führte, zu erreichen. Hans Unwirrsch konnte länger schlafen; nach Neustadt ging noch keine Eisenbahnlinie, und die Stadt trug eigentlich auch gar kein Verlangen danach, in solcher Weise der übrigen Welt zugänglicher gemacht zu werden. Wenn Hans sich vornahm, noch einmal am Wagen den beiden Reisenden eine glückliche Fahrt zu wünschen, so war das sein guter Wille, und wenn er die Zeit verschlief, so war das Schicksal, welches den guten Willen nicht zur Tat werden ließ, schuld daran.

Er verschlief richtig die Zeit, nachdem er sich die halbe Nacht hindurch schlaflos auf seinem Lager hin und her gewälzt hatte. Die lange Wanderung und der Wind, welcher über das Dach fuhr und um die Ecken pfiff, der Brief des Oheims Grünebaum und der starke Punsch des Leutnants Rudolf Götz, Herr Moses Freudenstein in Paris und die bleiche, traurige Franziska ließen ihn nicht schlafen. Er stand auf und zündete das Licht an, um es wieder auszublasen; er konnte nicht die geringste Ordnung in seine Gedanken bringen, und wenn ihm sonst seine Phantasie in bedrückten Stimmungen zu Hilfe gekommen war, um ihn mit allerlei heitern und lieblichen Bildern aus der Vergangenheit zu trösten, oder ihm den magischen Spiegel der Zukunft mit Lächeln und neckischem Winken vorzuhalten, so trieb sie ihm jetzt nur gespenstische Schatten um das Haupt und verhüllte ihm die Nähe und die Ferne in der drohendsten Weise.

Zwölftes Kapitel

Sie waren gegangen; er aber wußte nicht, wer sie waren, und was sie ihm werden sollten. Dort am Ofen stand der Tisch, an welchem sie gesessen hatten, und die Wirtin setzte den Kaffee darauf und rückte den Stuhl zurecht für Hans Unwirrsch. Der Wirt kam von seinem Morgengang durch Hof und Garten zurück und brachte noch einen Gruß von den beiden Reisenden.

Ehe Hans den Kaffee trank, sah er noch einmal aus dem Fenster auf die Straße. Keine Spur mehr von ihnen.

Sie waren fort, und auch der Wind hatte sich gelegt. Der Himmel war fast noch grauer als gestern, aber kein Lüftchen regte sich mehr.

Der Posthalter fühlte die Verpflichtung, seinen Gast zu erheitern, und erzählte die merkwürdigen, lustigen und traurigen Vorkommnisse des Fleckens; aber Hans konnte nur halben Ohres darauf hören; — — sie waren fort, und er hielt es zuletzt auch nicht mehr aus in der dumpfen Wirtsstube. Er mußte ebenfalls fort, er mußte frische Luft schöpfen. Er bezahlte also seine Rechnung und ging ab, begleitet von den besten Segenswünschen des Posthornes. Er durchschritt den verschlafenen Flecken, ohne nach rechts und links zu blicken; erst als er sich wieder auf der Landstraße befand, sah er auf und umher, und hätte fast den Wind von gestern zurückgewünscht. Es war ein Glück für den Wanderer, daß der Weg hinter dem nächsten Dorf in einen weiten Tannenwald führte. War's darin auch noch dunkler als zwischen den freien Feldern, so wirkte doch der frische Duft des Harzes kräftigend auf Sinn und Seele. In diesem Tannenwald ließ Hans Unwirrsch wenigstens die beunruhigenden Gedanken an den Jugendgenossen zurück, denn als er wieder aus der Dämmerung des Forstes hervortrat, erhoben sich am Horizont jene Höhen, hinter welchen die Heimatstadt lag, und vor dem Bild der kranken Mutter mußte nunmehr alles andere zurückweichen, selbst das Bild der lieben jungen Dame, die ihm gestern abend gegenübergesessen hatte.

Ununterbrochen wanderte Hans Unwirrsch fort; er gönnte sich keine Rast mehr. Mit unwiderstehlicher Gewalt trieb es ihn vorwärts; um die zweite Stunde des Nachmittags stand er am Rande jenes Waldes, von welchem man Neustadt zu seinen Füßen liegen sieht.

„O Mutter! Mutter!" seufzte Hans, die Hände der Stadt zustreckend. „Ich komme, ich komme. Ich bin ausgezogen in großer Hoffnung, und ich komme heim in großem Schmerz und mit vielem Zweifel. O liebe, liebe Mutter, willst du dein Kind auch verlassen? Du kannst das nicht. Weh mir, daß ich nicht dort unten geblieben bin, weh über die falsche Sehnsucht, die mich über diesen Berg und Wald so trügerisch hinausgelockt hat. Was bringe ich heim, was mir und dir Ersatz bereiten könnte, für das aufgegebene, verlorene, ruhige, friedliche Glück, in welchem meinem Vater die Tage verflossen sind?"

Nun kam ihm der schreckliche Gedanke, die Mutter sterbe, während er hier oben zögere, und er lief die Höhe hinunter, bis ihm der Atem ausging, und er sich im gemäßigten Gang ein wenig faßte.

Nun schritt er durch das alte Tor, und nun durch die Gassen der Stadt. Aus manchem Fenster blickte man ihm nach, manch ein Bekannter begegnete ihm und grüßte ihn; er aber konnte auf niemand achten. Er befand sich in der Kröppelstraße, er stand vor dem väterlichen Hause; er kniete am Bett der Mutter und wußte nicht, ob seit dem Augenblick, wo er am Rand des Gehölzes stand, eine Minute oder ein Jahrhundert vergangen sei. Auch über das, was in den ersten Momenten nach dieser Heimkehr gesprochen wurde, konnte er keine Rechenschaft ablegen. Es wurde auch vielleicht nichts gesprochen.

Jetzt las er von dem Gesichte, in den zerstörten Zügen die furchtbaren Leiden der Mutter, und weinte bitter. Jetzt flüsterte er ihr zu, daß er da sei, daß er niemals wieder fortgehen wolle, daß auch sie ihn nicht verlassen dürfe. Und dann bemühte sich die Kranke mit matter Stimme ihn zu beruhigen, und er fühlte eine Hand auf seiner Schulter und richtete sich endlich empor.

Die Base Schlotterbeck stand hinter ihm; an ihr hatte sich nichts verändert, und leise ermahnte sie ihn, sich zu fassen und die Kranke nicht zu sehr aufzuregen.

Da war auch der Oheim Nikolaus Grünebaum, sehr weich und scheu; der Oheim Grünebaum, der da wußte, daß alles seine Zeit hat, und daß alles auf die gehörige Weise betrachtet und behandelt und besprochen werden muß.

Jetzt machte der Oheim Anstalt, seine Gefühle in wohlerwogener Rede kund zu geben; aber die Base legte sich nach dem ersten bedenklichen Räuspern ins Mittel und führte ihn halb durch Überredung, halb mit Zwang aus der Tür, wobei er wenigstens noch über die Schulter zurückrief:

„Rege ihr nicht auf, Hans. Geh human mit ihr um; betrage

dir als ein filialer Sohn und gefaßtes Gemüte, der Doktor hat es uns streng verordnet."

Als Mutter und Sohn allein waren, sagte die Mutter:

„Du mußt es mir vergeben, Hans, daß ich dich von deiner Arbeit hab' abrufen lassen; aber ich hatte solch ein großes Sehnen nach dir, daß es nicht anders ging. Du bist immer mein Trost gewesen, nun mußt du es auch jetzt sein. Ich habe ein groß gewaltig Verlangen nach dir gehabt."

„O Mutter, liebe Mutter", rief Hans Unwirrsch, „sprich nicht so, als sei an meinem Glück und Wohlergehen mehr gelegen, als an dem deinigen. O wenn du wüßtest, wie gern ich alles, was ich durch meine Arbeit in der Fremde errungen habe, hergeben würde, wenn ich dir dadurch nur den kleinsten Teil deiner Schmerzen verscheuchen könnte! Aber es wird auch besser werden, bald wirst du wieder gesund sein. O Mutter, du weißt nicht, wie nötig ich dich habe; keine Weisheit, die auf Erden gelehrt werden kann, kann das uns geben, was uns ein Wort und ein Blick der Mutter gibt."

„Sieh, sieh den Jungen", rief die Frau Christine. „Will er über die alte Waschfrau lachen. Solch ein gelehrter Herr! Aber es ist schon gut, Hans; — Hans, weißt du wohl, daß du deinem seligen Vater immer ähnlicher wirst? Der konnte sich auch so haben, wenn sich die Sonne einmal ein bißchen hinter der Wolke verkroch. Er war auch so'n Gelehrter, wenn er auch nicht studiert hatte, und ich habe mich oft über den Mann wundern müssen. Den einen Tag war er so hoch in den Lüften, wie 'ne Lerche, und am anderen Tag war er auf der Erde, wie die Schnecke. Wirst auch schon wieder ins Blaue aufsteigen, Hans, sorge dich nur nicht um mich; ich hab' dem lieben Herrgott nichts vorzuwerfen, er hat's wohl mit mir gemacht, ein glückselig Leben hat er mir gegeben, und was er mir jetzt auferlegt, nun dazu kann er nichts; das ist am Ende jedem bestimmt, und es wird wohl niemand darum wegkommen."

Hans fühlte sich sehr gedemütigt am Lager dieser armen, einfältigen Frau, die so große Qualen erdulden mußte, und welche doch so heldenmütig sprechen und trösten konnte. Wenn auch der Schmerz um den drohenden Verlust heftiger wurde, so verflog doch die schwächliche Mißstimmung der vorigen Tage.

Neben dem Lager der sterbenden Mutter bereitete er seinen Arbeitstisch. Da saß er und schrieb, indem er zugleich den Schlummer der Kranken bewachte. Das Konsistorium hatte ihm die Examinationsaufgaben zugestellt, er begann dieselben mit einem Eifer, den er gänzlich in sich erloschen geglaubt hatte. Es war eine seltsame, traurig-glückliche Zeit.

Welch ein Licht am Abend und in der Nacht die Glaskugel des Meisters Anton über den Tisch und durch das Gemach warf! Niemals vorher und niemals nachher gab sie solchen Schein.

In dem Glanz sah die Frau Christine ihr ganzes Leben wie in einem Zauberspiegel. Sie sah sich als Kind, als junges Mädchen und fühlte auch so. Die Eltern und der Eltern Eltern kamen und gingen; sie sah sie so deutlich und lebendig, wie nur die Base Schlotterbeck dieselben sehen konnte. An ihre Kinderspiele und alle ihre Freundinnen dachte die Frau Christine, und das Licht der Kugel war wie Mondenschein, Sonnenaufgang und Sonnenuntergang, oder wie der klare Mittag. Die kranke Frau hatte so vieles vergessen, und nun war es auf einmal wieder da, und nichts davon war verloren gegangen, — man konnte sich wohl darüber verwundern. Die kranke Frau mußte oftmals die Augen schließen, weil die Gestalten und bunten Bilder in zu großer Fülle aus der fernen Zeit herüberschwebten; — jetzt kam es ihr recht in den Sinn, wie viel, wie unendlich viel sie doch in ihrem Leben erlebt hatte. Da war ihr Anton, der wohl öfters geklagt hatte, daß er so still und so in der Dämmerung sitzen müsse, und daß er gar nicht daran denken dürfe, wie so viele Menschen über Berg und Tal führen und über das weite Meer, und wie man fremde Länder entdecke und wie soviel Gewimmel und Lärm in der Welt sei; — die Frau Christine dachte dieser Klagen, wie sie auf ihrem Schmerzensbett lag, und nickte mit dem Kopf und schüttelte ihn und lächelte. Der närrische Anton, hatte er nicht Spektakel und Aufregung genug in seinem Leben? Gab es darin nicht genug Hin- und Herrennen. Da war zum Beispiel der Hochzeitstag, wo die Christine zum allerletztenmal als Mädchen tanzte und Anton so stattlich aussah in seinem Bräutigamsrock. War das nicht ein helles Leben, und war das nicht ein größer Ding, als über die See zu fahren nach den Affenländern? Und was mußte man nicht erleben in der Franzosenzeit, als die Anna, welcher der Bruder Niklas sich beinahe versprochen hätte, mit dem Husaren fortging. Das war Anno Sechs, und es war doch merkwürdig, daran zu denken, welchen Kummer damals Anton um die schwere Zeit hatte, und wie jetzt niemand mehr an die Welschen dachte, so wenig wie der Bruder Niklas jetzt an die Anna. Da war die Base Schlotterbeck, die hatte das alles miterlebt und konnte auch die Toten sehen; aber an so vieles gedenken, wie die Frau Christine, konnte sie doch nicht, denn sie hatte kein Kind geboren, und ihr Sohn konnte später nicht am Tisch sitzen, ein so gelehrter Mann, und konnte nicht über seine Bücher herübersehen und mit den Augen winken. O, wie viel, wie viel ließ sich denken beim Leuchten der Wunderkugel; da war's wahrlich keine Kunst, auch unter den allerbösesten Schmerzen ruhig zu liegen und in Geduld auf das letzte Stündlein zu warten!

Wir haben früher beschrieben, wie Hans als kleines Kind in seinem Bette lag in der Winternacht und die Mutter, welche sich zu ihrer frühen Arbeit rüstete, belauschte. Wir haben davon gesprochen, wie er sich allerlei geheimnisvolle, seltsame Vorstellungen von den Orten machte, wohin sie ging, wie er die Schatten an den Wänden tanzen sah und genau acht gab, was daraus werde, wenn die Lampe ausgeblasen wurde. Nun mußte er als erwachsener Mensch sich ganz ähnlichen und doch ganz andern Gefühlen hingeben. Mancherlei hatte er erfahren und vieles gelernt; es wäre kein Wunder gewesen, wenn er verständigere Stimmungen in diese Stunden hineingetragen hätte; aber wie die Mutter sich über die Rückkehr ihrer Jugenderinnerungen wunderte, so hatte er Grund, sich über die Rückkehr dieser Gefühle zu wundern.

Während er beim Licht der Glaskugel die Blätter seiner Bücher umwandte und von Zeit zu Zeit nach dem Lager der Kranken hinübersah, dachte er daran, wie die Mutter jetzt wieder sich zum Fortgehen rüste, um ihn allein in der Dunkelheit zu lassen. Wie er sie damals oft mit Tränen bat, zu bleiben, so hätte er sie auch jetzt bitten mögen. Oft überkam ihn die große Angst, die er vor so langen Jahren gefühlt hatte, wenn die Lampe ausgeblasen, der Tritt der Mutter verhallt war, und der Schlaf ihm nicht sogleich die Augen zudrückte. Er hörte den Schnee am Fenster rieseln, wie damals; wie damals rief der Nachtwächter die Stunden ab, wie damals flimmerte der Mond durch die gefrorenen Scheiben, wie damals knarrten und knackten die alten Gerätschaften, wie damals regte sich geisterhaft die nächtliche Welt.

Wenn die Mutter in solchen Augenblicken schlief, so konnte er sich nur dadurch aus dem ängstlichen Gewühl retten, daß er an den schwierigsten Teilen seiner Aufgabe so angestrengt als möglich fortarbeitete, und nicht immer gelang das. Wenn aber die Mutter wachte, so brauchte er nur die Feder niederzulegen und die treue Hand der Kranken zu nehmen: er bekam dann den besten Trost, den es für ihn geben konnte. Wenn etwas später Einfluß auf seine Handlungen, seine Pläne, seine Ansichten und sein ganzes Leben hatte, so waren es die leisen Worte, die ihm in diesen Stunden zugeflüstert wurden.

„Sieh, liebes Kind", sagte die alte Frau, „in meinem schlechten Verstande hab' ich mir immer gedacht, daß aus der Welt nicht viel werden würde, wenn es nicht den Hunger darin gäbe. Aber das muß nicht bloß der Hunger sein, der nach Essen und Trinken und einem guten Leben verlangt, nein, ein ganz ander Ding. Da war dein Vater, der hatte solch einen Hunger, wie ich meine, und von dem hast du ihn geerbt. Dein Vater war auch nicht immer zufrieden mit sich und der Welt; aber nicht aus Mißgunst, weil andere in schöneren Häusern wohnten, oder in Kutschen fuhren oder sonsten dergleichen: nein, er war nur deshalb bekümmert, weil es so viele Dinge gab, die er nicht verstand, und die er gern hätte lernen mögen. Das ist der Männer Hunger, und wenn sie den haben und dazu nicht ganz derer vergessen, die sie lieb haben, dann sind sie die rechten Männer, ob sie nun weit kommen oder nicht — 's ist einerlei. Der Frauen Hunger aber liegt nach der andern Seite. Da ist die Liebe das erste. Der Männer Herz muß bluten um das Licht, aber der Frauen Herz muß bluten um die Liebe. Um das müssen sie auch ihre Freude haben. O Kind, mir ist es viel besser geworden als deinem Vater, denn ich habe viel Liebe geben können, und viel, viel Liebe ist mir zu meinem Teil geworden. Er war so gut gegen mich, solange er lebte, und dann hab' ich dich gehabt, und nun, wo ich meinem Anton nachgeh', sitzest du neben mir, und was er haben wollte, ist dir zuteil geworden, und ich habe dazu geholfen, ist das nicht ein glückselig Ding? Du mußt dich nicht so sehr härmen um deine dumme Mutter, du machst mir sonsten nur das Herz schwer, und das willst du doch nicht, hast es ja nie getan."

Der Sohn verbarg sein Gesicht in die Kissen der Kranken; er vermochte nicht zu sprechen, nur das Wort: Mutter! wiederholte er schluchzend; es war aber alles, was ihn bewegte, darin zusammengefaßt. —

Aus dem Hause trat Hans Unwirrsch während seines jetzigen Aufenthalts in Neustadt wenig hervor. Die Nachbarn begrüßte er alle in der Stube der Base Schlotterbeck, nur wenige Besuche stattete er ab. Wo er aber erschien, wurde er freundlich aufgenommen, und der Professor Fackler hielt ihn so fest, daß er sich endlich nur mit Gewalt losreißen konnte.

Der Professor nahm merkwürdigerweise jetzt ein großes Interesse an dem Doktor Moses Freudenstein und holte den unruhigen Hans auf das genaueste über ihn aus.

„Also nach Paris ist der talmudistische Spitzkopf gegangen? Ich sage Ihnen, Unwirrsch, der Bursch hat mir während seiner Schulzeit mehr Verlegenheiten bereitet, als ich mir habe merken lassen. Wir können jetzt darüber sprechen; seine Einwürfe und Schlüsse, sein Frage- und Antwortspiel haben mir oft den hellen Angstschweiß auf die Stirn getrieben. Na, Gott behüte Sie, Johannes, und gebe Ihnen Kraft, das Unglück zu Hause zu tragen. Wir nehmen den innigsten Anteil daran, und wenn wir Ihnen in irgendeiner Beziehung nützlich sein können, so kommen Sie nur zu mir oder meiner Frau. Eheu, das menschliche Leben ist trotz aller guten Dinge ein Jammertal!"

Auf was sich der letzte Stoßseufzer so recht eigentlich bezog, bleibt unklar für uns, wenn auch nicht für Hans Unwirrsch, welcher der festen Meinung war, daß er der Krankheit seiner Mutter galt, und tiefgerührt für diesmal Abschied von dem guten Professor nahm. —

Der Oheim Grünebaum fand in dieser Zeit natürlich zum öftern Gelegenheit, sich in seiner ganzen Größe zu zeigen. Er ging und kam fortwährend, und das Haus in der Kröppelstraße war keinen Augenblick von ihm sicher. Jetzt trat er so plötzlich in die Tür, daß die Kranke erschreckt in ihrem Bette zusammenfuhr, jetzt verdunkelte sein würdiges Haupt so plötzlich das Fenster neben Hansens Arbeitstisch, daß Hans jach emporschoß von seinem Sitz, um die Erscheinung anzustarren. Ohne die Base Schlotterbeck wäre der Oheim recht lästig geworden, aber diese sorgliche Seele organisierte zuletzt einen förmlichen Wachtdienst, und mehr als ein Kind der Kröppelstraße war beauftragt, ein warnendes Zeichen zu geben, wenn der Meister Grünebaum um die Ecke bog. Erschallte der Alarmruf, so stand auch jedesmal die Base an der Tür, um den Oheim aufzufangen und ihn schlau heimzuschicken, oder ihn unter Umständen in ihr eigenes Stübchen zu führen. Dorthin wurde dann auch Hans beordert, um des Oheims Tröstungen und Ratschläge in Empfang zu nehmen.

„Also es geht ihr noch immer nicht besser? Sehre unangenehm, sehre betrübt! Aber so geht's in der Welt, und wenn's beim einen auf den schlechten Tabak ankommt, so liegt's beim andern an der Pfeife. Wir müssen alle dran; — aberst wie?! Da sitzt nun die Base, ein hinfällige, miserable Perschon, pure Knochen in einem ledernen Beutel, und wenn Sie's mir nicht übel nimmt, Jungfer Schlotterbeck, so muß ich sagen, daß ich die letzten zwanzig Jahre durch von Tag zu Tag vermeint habe, daß Sie mir ausgehen wird wie 'n Dreierlicht. Aber nun liegt die Schwester, so doch eine merkwürdig robuste Frau war, auf'n Tod, und Sie, Base, Sie glimmt fort, als ob sich das ganz von selbst verstünde, und am Ende kann Sie auch mir noch nach meinem Tod in die Gassen herumlaufen sehen, als 'n Geist in 'nem weißen Hemd und mit drei Paar alten Stiebeln unter jedem Arm. Ich traue ihr jetzt alles zu. — Ach Gott, Hans, was ist der Mensch? Was hat er alles auszustehen in seinem Leben! So großen Hunger —"

„Und so sehre großen Durst!" warf die Base ein.

„Auch diesen, Jungfer Schlotterbeck!" fuhr der Oheim würdig, aber schon etwas verschnupft fort. „So großen Hunger und — Durst, daß kein Engel, der es nicht probiert hat, es glaubt. Was tut der Mensch, wenn er in seine verständigen Jahre gekommen ist?"

„Manchmal sauft er dann!" brummte die Base drein.

„Er hungert und begehrt alles mögliche, was zu hoch für ihn hängt", schnarrte der Oheim wütend. „Wer unbescheiden ist, verdient nichts zu kriegen; wer aber bescheiden ist, der kriegt ganz gewiß nichts. Da war dein Vater, Junge, der hatte einen pudelnärrischen Hunger und einen unbescheidenen dazu; er wollte ein Schuster und ein Gelehrter zu gleicher Zeit sein. Was ist daraus geworden? Nichts! Nun ist hier dein lieber Oheim Niklas, der war mit zu großer Bescheidenheit begabt und wollte nichts als sein täglich Brot —"

„Und den roten Bock und die politische Zeitung!" fuhr die Base wieder dazwischen. „Und da er lieber im roten Bock saß als auf dem Arbeitsschemel, und da er lieber den Vögeln vorpfiff, als seine Arbeit tat, und lieber den Postkurier als das Gesangbuch las, so kommt er nun her und fragt, was daraus geworden ist, und will sich noch wundern, wenn es wiederum heißt: Nichts!"

„Jungfer Schlotterbeck", erwiderte der Oheim, „Sie kann jedem Esel imponieren, nur mir nicht! Für diesmal habe ich genug von Ihr, und ich wünsche Ihr einen guten Abend. Da sollte man ja die ganze Kröppelstraße verschwören! Geh hin zu deiner Mutter, Hans, grüße sie von mir und bestell ihr meine Entschuldigung, daß ich sie für diesmal nicht sehe, von wegen Aufgeregtheit und mangelhafte Selbstbeherrschung. Ich bedanke mir,

Base Schlotterbeck, für die angenehme Unterhaltung und wünsche, wenn's möglich ist, ein sanftes Gewissen und eine gute Nachtruhe!"

Die Base umgab in dieser traurigen Zeit unsern Hans womöglich noch mit mehr Liebe und sorglicher Aufmerksamkeit als sonst. Das Wunderbare, das sich in ihre Tröstungen mischte, konnte nicht stören. Diese Erscheinungen der Abgeschiedenen, von denen sie wie von etwas Wirklichem sprach, hatten nichts Schreckhaftes, nichts Verwirrendes; — stundenlang konnte Hans Unwirrsch sitzen und zuhören, wie die Base der kranken Mutter von ihren Phantasmen sprach, und wie die Mutter bei mancher Einzelheit nickte und sich an lang Vergangenes und Vergessenes erinnerte.

Den guten Meister Anton sah die Base jetzt sehr häufig, und die schlimmsten Schmerzen der Kranken sänftigten sich, wenn die Base von ihm berichtete. —

Es war ein sehr strenger Winter. Weder die Base noch die Mutter, welche doch schon so manchen Winter erlebt hatten, erinnerten sich eines ähnlichen. Wenn Hans, halb gezwungen, einen Gang ins Freie machte, um einmal gesunde Luft zu schöpfen, so war es ihm zumute, als werde das alles ringsumher in Ewigkeit so tot, so starr, so kahl und bleich bleiben; als sei es unmöglich, daß in wenig Wochen die Bäume wieder grün würden. Mehr als einmal brach er mechanisch einen Zweig ab, um die festgeschlossenen braunen Blattknospen vorsichtig aufzuwickeln und sich zu vergewissern, daß der Frühling wirklich nur schlafe und nicht tot sei.

Der Schnee zerfloß aber zu seiner Zeit, und die ausgefrorenen Wasser brachen triumphierend ihre Bande. Hans Unwirrsch vollendete seine Arbeiten und legte eines Abends die Feder nieder, trat leise zu dem Bett seiner Mutter und flüsterte, indem er sich niederbeugte und sie küßte:

„Liebe Mutter, ich hoffe, das ist gelungen."

Da zog die Mutter mit den beiden kranken Händen das Haupt des Sohnes zu sich hernieder und küßte ihn ebenfalls. Dann schob sie ihn sanft von sich und faltete die Hände. Sie bewegte die Lippen, aber Hans konnte nicht alles verstehen, was sie sagte. Nur die letzten Worte vernahm er:

„Wir haben es fertig gebracht, Anton! Nun kann ich zu dir kommen!" — — —

Im Anfang des neuen Frühjahrs kam der Sonntag, an welchem

Hans seine Prüfungspredigt halten sollte. Es war ein Tag, an dem die Sonne wieder schien.

Ein Glas mit Schneeglöckchen stand neben dem Bett der Kranken, und feierlicher als heute hatten die Kirchenglocken nie geklungen. Im schwarzen Chorrock beugte sich der Sohn über die Mutter, und sie legte ihm die Hand auf das junge Haupt und sah ihn lächelnd und mit glänzenden Augen an. Tief, tief blickte Johannes Unwirrsch in diese Augen, die mehr sagten, als hunderttausend Worte gesagt haben würden; dann ging er, und die Base und der Oheim folgten ihm. Die Mutter wollte es so, sie wollte allein sein.

Da lag sie still und hatte keine Schmerzen mehr. In Gedanken verfolgte sie ihr Kind durch die Gassen über den Markt, über den alten Kirchhof zu der niederen Tür der Sakristei. Sie vernahm die Orgel und schloß die Augen. Nur noch einmal öffnete sie sie verwundert und sah nach der Glaskugel über dem Tische; es war ihr, als habe dieselbe plötzlich einen hellen Klang gegeben, und als sei sie durch den Klang erweckt worden. Sie lächelte und schloß die Augen wieder, und dann — — — —

Und dann? Es kann niemand sagen, was darauf folgte; aber als Hans Unwirrsch heimkehrte aus der Kirche, war seine Mutter gestorben, und alle, die sie sahen, sagten, daß sie einen glückseligen Tod gehabt haben müsse.

Dreizehntes Kapitel

Vergeblich hatte die Frau Tiebus, die auch noch lebte, aber längst ihrer stumpfen Augen wegen aus einer Hebamme eine Totenfrau geworden war, einen hartnäckigen Angriff auf die Leiche in der Kröppelstraße gemacht. Mit Hilfe des Oheims Grünebaum hatte die Base Schlotterbeck diesen Angriff abgewehrt; sie hatte es sich nicht nehmen lasesn, die sterblichen Reste ihrer alten Freundin selber zu waschen und mit dem Totenhemd zu bekleiden.

Die Schreiner hatten die Frau Christine in den Sarg gelegt, und der Sarg war zugeschlagen worden; an der Seite ihres Gatten hatte die Frau ihre Ruhestätte gefunden, und es war nun so, wie sie es sich oft, oft vorgestellt hatte, wenn sie am Sonntagnachmittag nach der Kirche auf dem Kirchhof unter dem

Fliederbusch saß und auf den Hügel sah, welcher den Meister Anton deckte, und auf das Plätzchen daneben.

Das war alles in Ordnung, und mehreres andere war ebenfalls so gut als möglich geordnet. Da in dem ärmeren Stadtteil von Neustadt augenblicklich niemand so reich war, um das alte Haus in der Kröppelstraße zu kaufen, so wurde es an einen Maurer vermietet, mit der Bedingung, daß die Base Schlotterbeck von dem Anwesen in jeder Weise als Hausmeisterin anerkannt werde. Der wenige Hausrat war entweder verkauft oder dem wackeren Oheim Grünebaum zur Nutznießung übergeben, oder von der Base zur Aufbewahrung an sich genommen worden. Unter letzteren Dingen befanden sich alle die Sachen des armseligen Nachlasses, die Hans Unwirrsch um keinen Preis weggegeben hätte, und von welchen er jetzt mit fast ebenso süßschmerzlichen Gefühlen Abschied nahm, wie von der Base und dem Oheim.

Zum andernmal nahm Hans Abschied von Neustadt! Er ging in die weite Welt, und wann er wiederkam, konnte er diesmal nicht so sicher bestimmen, wie damals, als er zum erstenmal die Berge überschritt, um mit Moses Freudenstein nach der Universität zu ziehen. Längst hatte er eingesehen, daß bei jedem Kirchturme, der aus den Kornfeldern und Obstbäumen des Vaterländchens hervorguckte, längst ein Pastor in guter Gesundheit mit seiner Pastorin und wenigstens einem halben Dutzend Kindern saß, und Hans war nicht der Mann dazu, auch nur in Gedanken den behaglichen geistlichen Herrn auf seinem eigenen Friedhof zu begraben und seine Frau zur Witwe, seine Kinder zu Waisen zu machen. Neidlos zog er an den fettesten und anmutigsten Pfarren vorüber ins Hauslehrertum.

Die erste Stelle erhielt Hans durch Vermittlung des Professors Fackler. Das Empfehlungsschreiben desselben führte ihn auf das Gut eines Landedelmannes, eines Herrn von Holoch, wo er sehr gut aufgenommen wurde, und wo für ihn auf die magere Zeit des Studententums zwei sehr nahrhafte Jahre folgten, in denen sein äußerer Mensch zusehends an Fülle gewann, zum großen Vergnügen der Hausfrau, die sich selbst eines rundlichen Aussehens erfreute, und deren Stolz es war, alles, was mager ins Hoftor kam, fett wieder herauszulassen. Es war diese Dame noch eine Gutsfrau vom alten Schlage, die es nicht unter ihrer Würde hielt, ihren Knechten und Mägden dann und wann eigenhändig den Brei zu kochen und auszuteilen. In allen guten Dingen ging sie ihren Haus- und Hofleuten mit dem besten Beispiel voran, stand früh auf und kroch spät ins Bett, spielte mit dem ersten Verwalter, dem Pastor und dem Strohmann Whist und hatte nichts dagegen, wenn sich die Hunde in ihrem Zimmer umhertrieben und auf den Kissen ihres Kanapees ihren Mittagsschlaf hielten.

Der Herr des Hauses spielte nicht Whist; aber er war ein gewaltiger Jäger vor dem Herrn, und sein Wald und seine Jagd waren sein höchster Stolz. Ein Studierzimmer besaß er von einem alten verrückten Vetter her, der auf dem Gut zu Tode gefüttert worden war. An Regentagen verfertigte er darin Fischnetze, in welcher Kunst er es zu einer großen Geschicklichkeit gebracht hatte; zu anderer Zeit wurde es von der gnädigen Frau zu allerlei wirtschaftlichen Zwecken gebraucht, und mancherlei wurde darin aufbewahrt, was mit der Wissenschaft und dem Studium nur in losester Verbindung stand. Als der Kandidat Unwirrsch kam, wurde es demselben übergeben, und er fand ebenfalls bald, daß der Vetter in der Tat ein höchst origineller Vetter, ein ganz verrückter Vetter gewesen sein müsse: seine auf diesem protestantischen Gutshofe, mitten im nüchternen, verständigen Norddeutschland zurückgelassene Bibliothek bestand aus lauter Schriften über die — immaculata conceptio, und kein Autor in Folio, Quart und so weiter war darunter, den der Vetter nicht durch die tollsten, seltsamsten und kuriosesten Randbemerkungen verziert hatte. Eine ungemeine Belesenheit auf diesem merkwürdigen Felde zeigte der Vetter; sehr sarkastisch und bissig konnte er sein, aber es gab auch keinen Unsinn in den Bänden, den er nicht durch eine doppelte Dosis Verschrobenheit überbot. Des Kandidaten Augen, die beim ersten Anblick der Bücherreihen einen eigentümlichen Glanz erhalten hatten, verloren diesen Glanz auf der Stelle, nachdem sie die Titel überflogen und in einige der Bücher hineingeblickt hatten. Wehmütig und enttäuscht wandte sich Hans ab; rotbäckig war der Apfel, doch faul war er auch. —

Aber Hans Unwirrsch war ja auch nicht hierher gerufen worden, um die kitzlige Frage, die der Welt bereits so viel Kopfzerbrechen bereitet hatte, zu lösen; seine Aufgabe bestand darin, den Stammhalter Derer von Holoch mit den höheren Kulturanforderungen des neunzehnten Jahrhunderts bekannt zu machen und den guten, gesunden Jungen zu lehren, was er eben lernen konnte. Mit Eifer unterzog er sich dieser Aufgabe und unterwies daneben noch ein kleines, ebenfalls sehr gesundes Fräulein in einigen harmlosen Wissenschaften, als da sind

Orthographie, Geographie und dergleichen. Beide Kinder erwiesen sich als dankbare, treuherzige Schüler, und es war recht traurig, daß das kleine Mädchen später in einer übelberatenen Ehe elend zugrunde ging, und daß der Sohn als Sekondeleutnant in der Residenz an der Rückenmarksschwindsucht starb, ohne sein Geschlecht legitim fortzupflanzen.

Wenn des Vetters bändereiche Bibliothek sich als ein bloßes Schaugericht zeigte, so war dem Herrn Hauslehrer dagegen jetzt Gelegenheit gegeben, sich ein gutes Stück von der hochedlen Wissenschaft der Landwirtschaft anzueignen, und der Gutsherr verfehlte nicht, ihn einzuweihen in die hohen und tiefen Geheimnisse, deren Meister er war. Auch der Pfarrer des Dorfes hielt dem Kandidaten manche nützliche Vorlesung über Feld-, Garten- und Wiesenbau, über Vieh- und Kinderzucht, Behandlung der Frau als Gattin und selbständiges, eigenwilliges Wesen, und sonst alles, was zum christlich-germanischen Hausstand und Regiment gehört. Der gute Mann stand arg unter dem Pantoffel, der Gutsherr nicht weniger, und vieles lernte Hans Unwirrsch, wenn die beiden Herren über der Abendpfeife — in Abwesenheit ihrer besseren Hälften natürlich — ihre Herzen gegeneinander ausschütteten, die junge kandidatliche Unschuld mit naivem Vertrauen in ihre geheimen Freuden und Leiden einweihten und ihr den reichen Schatz ihrer Erfahrungen offenbarten.

Aber nicht weniger vertraut wendeten sich bald auch die beiden Damen in allerlei kleinen Angelegenheiten, Nöten und Intrigen an den Hauslehrer, und oft flog dieser gleich einem Federball zwischen den beiden Parteien hin und her, ohne es jedoch im geringsten zu ahnen.

Es war ein gemütliches Stilleben. Die Verwalter, die sich durch ungeheure Wasserstiefel vor der übrigen Menschheit auszeichneten, waren ehrliche Naturen, denen man eine kleine Grobheit nicht übelnehmen konnte; — es gab auf dem Gute nur ein einziges Wesen, welches das Vertrauen, das Hans Unwirrsch ihm entgegentrug, schändlich mißbrauchte. Dieses schlechte Wesen war die Mamsell, die zu den korpulentesten und häßlichsten ihrer Art gehörte, und in unverantwortlicher Weise den armen Hans in die allergrößte Verlegenheit setzte, indem sie sich heftig in ihn verliebte. Großes Leiden brachte sie über den Herrn Hauslehrer; aber nachdem sie an einem heißen Mittage in der grünen Erbsenzeit den Versuch gemacht hatte, die Ophelia in einem stehenden Gewässer, welches die Gutsbewohner euphemistisch einen Teich nannten, in welchem aber kein Huhn ertrinken konnte, zu spielen, mußte sie den Hof verlassen, nachdem sie von zwei Knechten aus dem Sumpf hervorgezogen worden war und sich gewaschen hatte. Ihre Nachfolgerin nahm sich entweder ein gutes Beispiel daran, oder war bereits über solche Versuchungen hinaus; sie störte den Frieden nicht. Wie aber der Prinzipal und leider auch der Herr Pastor die Geschichte ausbeuteten, wollen wir nicht beschreiben, um die Gefühle der Leserin zu schonen.

Zwei Jahre Hauslehrertum sind eine Zeit, in der man manches lernen, erfahren und vergessen kann. Hans Unwirrsch lernte in ihnen, sein Leben bis zum Tode der Mutter wie einen schönen, stillen Traum zu betrachten, an dessen Einzelheiten man sich während der Arbeit des Tages mit wehmütiger Lust erinnert; er erfuhr, daß es sehr viele und sehr verschiedenartige Menschen in der Welt gibt, und er vergaß vollständig, daß er einmal einem Leutnant Rudolf Götz begegnet war, der seine Nichte von Paris abgeholt und sie an vornehme Verwandte in der großen Hauptstadt abliefern wollte.

Im zweiten Jahr von Hans Unwirrschs Aufenthalt auf dem Gut des Herrn von Holoch erschien daselbst eine reiche Erbtante, auf welche die Familie viel Rücksicht zu nehmen hatte. Diese Dame war ebenso hager, wie jene entsetzliche Haushälterin wohlbeleibt war, und der arme Hans mißfiel ihr in demselben Grade, wie er der Mamsell gefallen hatte. Diese Dame war ebenso gebildet, wie sie hager war und erklärte den Herrn Hauslehrer für einen unpolierten Tölpel, der selbst nicht erzogen sei und darum vollständig der Berechtigung ermangele, andere zu erziehen. Sie examinierte nicht nur den Junker Erich, sondern auch den Kandidaten Unwirrsch, und dies Examen fiel freilich sehr kläglich aus. Gegen alles Achselzucken, Gebrumm und Geseufz des wackeren Gutsherrn, gegen alle Einwendungen der braven Gutsfrau, welche mit ihrem Hauslehrer und seiner Erziehungsmethode sehr wohl zufrieden waren, behauptete sie energisch ihren Standpunkt; und da von ihrer Gnade und Ungnade viel für den Junker Erich abhing, so kam Hans Unwirrschs Aufenthalt auf Bocksdorf plötzlich zu einem betrübten Ende. Die Erbtante nahm es auf sich, den Junker Erich in der kleinen Residenz, wo sie eine ziemlich große Geige spielte, zum Edelmann der Zukunft ausbilden zu lassen; der Kandidat Unwirrsch erhielt die Erlaubnis von ihr, sich nach einer neuen Stellung umzusehen. Er erhielt eine solche vermittelst eines

Zeitungsinserates bei einem wohlhabenden Fabrikanten, welcher im Magdeburgischen irgendeinen übelriechenden Stoff fabrizierte, den man wieder in andern Fabriken zur Herstellung anderer Fabrikate sehr notwendig brauchte.

Die Stunde des Abschieds kam; der Herr von Holoch schob seine Fuchsmütze hin und her und seufzte:

„Und es wäre doch besser gewesen, wenn ich die alte Schachtel hätte abziehen lassen und nicht Sie, Herr Kandidat. Gott behüte Sie, Sie sind ein wackerer Kerl, und wir werden Sie sehr vermissen. Ohne meine Frau hätte die Alte ihren Willen auch nicht durchgesetzt; aber — die Weiber, die Weiber. O, Unwirrsch, darüber können Sie noch nicht mitsprechen; aber wenn Sie's gelernt haben, so denken Sie an mich!"

Mit aller Gewalt wollte der gute Herr dem abziehenden Hans eine Lieblings-Jagdflinte zum Angedenken aufdringen und konnte durchaus nicht begreifen, weshalb ein Kandidat der Gottesgelahrtheit eine verwunderungswürdige Figur spiele, wenn er als bewaffneter Mann also durch die Welt ziehen wolle. Die schönen Pantoffel, die das kleine Fräulein ihrem Lehrer zum Abschied gearbeitet hatte — auf jeden derselben war ein Hase gestickt — nahm er mit Dank an und war sehr gerührt darüber. Sehr gerührt war auch die gnädige Frau, welche einen großen Sack mit Lebensmitteln und Delikatessen für den Abziehenden füllte, und ihm mit fast mütterlicher Sorge allerlei gute Ratschläge und Gesundheitsregeln mit auf den Weg gab. Das Pastorenhaus fühlte den Abschied bitter, das ganze Dorf Bocksdorf schien teil daran zu nehmen; sogar die Hunde des Gutshofes zeigten sich sehr aufgeregt und umschnüffelten und umwedelten mit kläglichem und ausdrucksvollem Winseln den Proviantsack; auch der Junker, der sich schon mit halbem Geist im Kadettenhaus befand, vergoß einige Tränen.

Der Gutsherr selber fuhr den scheidenden Hausgenossen ein gut Stück Weges bis hinein in die goldene Au. Dort in einem lustigen Wirtshaus bestellte er noch ein großartiges Mahl, und wenig fehlte daran, daß Candidatus theologiae Hans Unwirrsch sich einen kleinen Rausch zeugte. Dann kam die Post herangerasselt, und der Schwager blies: Frisch auf, Kameraden. Der Herr von Holoch, der nunmehr einen wirklichen und wahrhaftigen kleinen Rausch hatte, nahm noch einmal Abschied in fröhlicher Rührung und schrie noch aus dem Fenster dem Wagenmeister nach, ja recht acht zu geben auf den jungen Menschen und das unerfahrene Wort Gottes. Hans Unwirrsch aber fuhr dahin und fiel, wie sehr er sich auch dagegen wehren mochte, in einen unruhigen Schlaf, in welchem ihm träumte, daß er von der gnädigen Tante in die Bibliothek des Vetters auf ewige Zeiten eingesperrt sei, um sich die Bildung, die ihm fehlte, daraus anzueignen.

Ein Stück Weges auf der Post — ein Stück Weges auf der Eisenbahn — ein Stück Weges auf einem Feldwege! damit ging der Tag dahin, und es kam der Abend heran.

Auf dem Feldwege zog Hans zu Fuß neben einem Karren her, der sein Gepäck trug, und da er mit dem elenden Gaul, welcher den Karren zog, Schritt halten mußte, so hatte er Muße, sich gehörig zu sammeln und sich auf alles Gute und Böse, was ihn an seinem neuen Aufenthaltsorte erwartete, vorzubereiten.

Mancherlei Omina sandten ihm auch diesmal die Götter. Es flog ein Rabe zu seiner Rechten, es lief wiederum ein Hase über den Weg, es begegnete ihm nicht ein altes Weib, sondern zwanzig kamen ihm entgegen. Eine Glücksspinne kroch über seine Hand, und als der Blaukittel, der zu der Mähre gehörte, endlich mit dem Peitschenstiel eine Rauchwolke als „Kohlenau" bezeichnete, mußte der Wanderer niesen, was bei Heiden und Christen als ein glückliches Zeichen gilt, aber in diesem Fall, da der Qualm schuld daran war, doch auch sehr bedenklich erscheinen konnte. Alles in allem genommen, machte der schwarze, hohe Schornstein inmitten der Dampfwolke keinen angenehmen Eindruck auf Hans, und die Aschenhaufen zu beiden Seiten des Weges, welcher ebenfalls immer schwärzer wurde, schienen ihm nichts zur Erhöhung des landschaftlichen Reizes beizutragen.

An einer langen Mauer lief der Weg jetzt hin zu einem weiten Tor; — Hans Unwirrsch war an seinem neuen Aufenthaltsort angelangt. Alles war auf dem Hofe an seinem rechten Flecke, und das Wohnhaus des Fabrikanten, welches links von dem Fabrikgebäude mit demselben einen rechten Winkel bildete, hatte Fenster und Türen, wie es sich gehört; mehr ließ sich aber auch nicht darüber sagen.

Die Wolken, die sich den ganzen Nachmittag über immer mehr zusammengezogen hatten, ließen sich jetzt leise und feucht zur Erde herab. Schwarze Gestalten liefen über den Hof des Geschäftsanwesens; aus Röhren, die aus den Mauern der Fabrik guckten, zischte weißer Dampf; in dem Wohnhause wurde auf einem Fortepiano etwas Musik gemacht, doch nicht ausreichend, um eine halbe Stimme zu übertäuben, welche sich sicherlich einbildete, angenehm zu sein. Auf den Treppenstufen der Haustür drängten sich drei blödaussehende Knaben, sämtlich mit den Zeigefingern im Munde, zusammen, und mit wahrem Präzeptorblick erkannte Hans in ihnen sogleich seine Zöglinge. Dann trat ein Herr hervor, welcher statt des Zeigefingers eine Zigarre im Munde hatte und sich durch einen roten Fez mit blauem Quast glänzend und vorteilhaft von der in Grau und Schwarz getuschten Umgebung abhob; dieser Herr winkte dem Kandidaten, näher zu treten, und forderte ihn etwas kurz auf, nicht in dem Regen stehen zu bleiben: es blieb kein Zweifel übrig, daß dies der Mann war, der einen Hauslehrer für hundertundfünfzig Taler bar und eine angenehme und freie Station gesucht hatte.

Hans Unwirrsch fand, daß er sich wirklich auch in dieser Vermutung nicht getäuscht hatte. Er wurde etwas steif, aber nicht unfreundlich aufgenommen und den Damen des Hauses vorgestellt. Nicht die Hausfrau, sondern die Schwägerin der Hausfrau gab sich hold-verschämt als die musikalische Verbrecherin zu erkennen; die Hausfrau, eine sehr stämmige Dame, erklärte die Musik für ihre schwächste Seite und verletzte ihre Schwägerin durch die Bemerkung, daß sie nie begriffen habe, wie ein Frauenzimmer, welches schon so lange über das Tanzen hinaus sei, sich aus so was noch was machen könne.

Recht real zeigte sich somit die Hausfrau und stach um so vorteilhafter von der Schwägerin ab, welche auf den lieblichen Ruf Fräulein ging und dazu den Namen Eleonore führte; — Fräulein Eleonore schwärmte für das ganze übrige Haus mit und fabrizierte Gefühle, Träume und Seufzer weit über den Bedarf hinaus.

Kalt und klar stand der Herr der Erwerbsanstalt als ein unstreitig sehr nützliches Glied der großen menschlichen Gesellschaft inmitten seiner schwarzen, dampfenden, zischenden, ächzenden, knarrenden, geschäftlichen Welt. Auch er hielt den Lärm seiner Maschinen für die beste Musik, und in bezug auf Poesie hatte er abgeschlossen mit einem „Buch der Toaste und Gelegenheitsgedichte", das er als lebenslustiger Kommis und junger Sünder erstanden hatte. Jetzt war die Zeit längst vorüber, wo es ein Genuß war, durch witzsprühende Improvisationen und geistreiche Trinksprüche zu glänzen. Stumm trank er jetzt sein Glas aus, und stumm füllte er es wieder, und seine Geschäftsfreunde achteten ihn deshalb nur um so höher.

Kurz und bündig setzte er dem Kandidaten Unwirrsch auseinander, was für Leute er aus seinen Söhnen zu machen wünsche.

„Gute Geschäftsmänner sollen sie werden", sagte er, „aber bis sie alt genug sind, um in die Lehre genommen zu werden, wird's nichts schaden, ihnen ein wenig von dem, was ihr Herren die Humanoria nennt, beizubringen. Die Zeit schreitet mächtig fort, und wir Kaufleute und Fabrikanten haben uns wahrhaftig nicht über sie zu beklagen; sie nimmt uns gern mit, wenn wir nur wollen. Der Mensch muß sich jetzt in mehr Dingen zurecht finden lernen, als in unserer Väter Tagen — also trichtern Sie nur, Herr Präzeptor, trichtern Sie! ich will schon Halt rufen, wenn ich denke, es ist genug und die edlern Organe werden unter Wasser gesetzt. Die Praxis ist doch die Hauptsache —"

„Und davon versteh' ich leider sehr wenig, sehr wenig", sagte Hans mit einer Vornehmheit, welche ihm Moses Freudenstein gewiß nicht zugetraut haben würde.

Der Fabrikant lachte und klopfte ihn auf die Schulter. „Dafür hab' ich Sie auch nicht engagiert. Setzen Sie nur Ihren Trichter an, lieber Herr, und füllen Sie auf; — Bildung ist eine schöne Gegend, und etwas Latein kann gar nicht schaden. Wissen Sie, es gibt so viele Fremdwörter in der Welt und dergleichen. Latein ist auch eine sehr schöne Gegend und gar nicht zu verachten, aber immer mit Maß, immer mit Maß. Na, trichtern Sie nur, ich will die Augen schon offen halten."

Hans Unwirrsch zuckte die Achseln und fing an zu „trichtern", und ließ es sich sauer werden, die hundertfünfzig Taler, sowie die freie und angenehme Station durch die Allotria, die er lehren konnte, zu verdienen. Über seine Zöglinge hatte er sich übrigens nicht zu beklagen; es waren aufgeweckte, muntere Knaben, welche schnell auffaßten und begriffen. Die materielle Verpflegung in diesem Hause ließ auch wieder nichts zu wünschen übrig, und der Fabrikant gab der Nachbarschaft sehr stattliche Mittags- und Abendmahlzeiten, von denen der Hauslehrer nicht ausgeschlossen wurde. Die Hausherrin konnte grob sein, wurde aber eigentlich doch nie beleidigend. Jeder tat pünktlich seine Pflicht, man stand früh auf und ging früh zu Bett; man gähnte nur am Abend nach getaner Arbeit, wenn man das Recht dazu hatte.

Was die Gegend betraf, die der Prinzipal ebenfalls eine „schöne" nannte, so hatte Hans noch niemals eine so platte gesehen, und man konnte nicht sagen, daß die Neuigkeit eines solchen Anblicks einen großen Reiz für ihn gehabt hätte. Die Aussicht blieb überall dieselbe, man sah von jedem Standpunkt aus zwei oder drei Dörfer, zehn bis zwanzig hohe Schornsteine, zehn bis zwanzig Windmühlen und hie und da einige zerrissene Fichtenbestände. Kornfelder gab es wenige; aber sehr schöne Zuckerrüben wuchsen bis über den fernsten Horizont hinaus, trugen jedoch auch nichts zur Verschönerung der Landschaft bei. Auf engen Pfaden wandelte zwischen dieser nutzbringenden Vegetation der, welcher spazieren ging; und nichts in der Nähe und in der Ferne hinderte ihn, sich geistig in die wundersamsten paradiesischen Gegenden der Erde zu versetzen: wenn der Unglückliche Phantasie besaß, so hatte sie den weitesten Spielraum, um sich zu entfalten.

Schwer sank das Leben auf Hans Unwirrsch herab. Er erwachte des Morgens und verwunderte sich gar nicht, alles noch auf seiner Stelle zu finden. Er, der immer in der Einsamkeit und Stille gelebt hatte, fing an, hier wie ein lebendig Begrabener zu leiden; Ketten, von deren Existenz er bis jetzt keine Ahnung gehabt hatte, fühlte er nun an Händen und Füßen, und ihr Geklirr fing an, ihn in tiefster Seele zu ängstigen. Wenn er sein unruhig Herz aus den schwarzen Mauern der Fabrik auf die Feldwege trug, schritt er, der sonst die Kunst des Schlenderns aufs höchste ausgebildet hatte, so hastig hin, als ob er einem Gefängnis entflohen sei und die Verfolger hinter sich höre. Es mußte so herrlich sein und so nutzbringend, inmitten eines strebenden Gewühls der Intelligenzen zu leben. Dort allein, wo alle Grade und Schattierungen der menschlichen Gesellschaft auf dem Kampfplatz vertreten waren, in den großen Städten, konnte man den Menschen und das, was über dem Menschen ist, recht erkennen lernen. In der Öde und Abgeschiedenheit lernte Hans Unwirrsch seinen Freund Moses begreifen; aber die Maschen des Netzes, welches ihn gefangen hielt, lagen dicht und unzerreißbar um seine Glieder, und je mehr er zappelte, desto erstickender zogen sie sich um ihn zusammen. Er konnte seine Stellung nicht verlassen. Durch einen guten, sichern Kontrakt hatte ihn der Prinzipal auf drei lange Jahre gebunden, und nur er — der Prinzipal — konnte diesen Kontrakt aufheben. Trichtern mußte Hans Unwirrsch, wenn nicht die Götter sich ins Mittel legten und ihn aus der selbstverschuldeten Knechtschaft erlösten. Daß dieses geschah, mußte der Befreite für ein hohes Glück nehmen, obgleich es die Folge sehr trauriger Ereignisse war.

Es brach in der Gegend gegen Mitte des Herbstes eine böse Krankheit aus, die viel Ähnlichkeit mit dem Hungertyphus hatte. Sehr viele Leute starben daran, sehr viele trugen ein lebenslängliches Siechtum davon, und sehr, sehr viele der Überlebenden fanden sich, wenn die Leichen aus den Häusern geschafft waren, in der drückendsten Not und Armut. Auch der ärmste Mensch kann zuletzt den Hunger und die Sorge nicht mehr ertragen, und leider macht er dann keine schriftlichen Eingaben an die Behörden, sondern er schlägt mit der Faust an die Tür der Leute, welche noch etwas zu essen haben. Letzteres geschah denn auch diesmal an dieser Stelle. Das Murren des Arbeitervolkes wurde zur Meuterei; man demolierte ein wenig und warf sehr viele Fenster ein, man sprach davon, daß es nützlich sein würde, verschiedene Leute lebendig zu braten. Aus der nächsten Garnisonstadt rückte natürlich eine Infanteriekompagnie heran, um die Ruhe wieder herzustellen. Es kam zu einem Zusammenstoß; drei der unglücklichen Fabrikler wurden erschossen, mehrere erhielten Schuß- und Stichwunden. Die arme Eleonore lag tagelang in den bösesten Krämpfen; aber die Prinzipalin schnob Wut, wie jene sanfte Agnes, die nach der Ermordung des Kaisers Albrecht des Ersten das Kloster Königsfelden baute, nachdem ihr das Blut der Unschuldigen bis an die Waden gestiegen war. Auch der Prinzipal war sehr erbost, und mit ihm geriet Hans jetzt auf eine Art aneinander, welche die Lösung des Kontraktes, die Kündigung desselben auf Ostern zur Folge hatte. Es war aber auch dem Prinzipal nicht zu verdenken, wenn er mit einem Menschen, der, in Betracht solcher Vorkommnisse, solche zugleich abgeschmackte und schändliche Ansichten offenbarte, nicht länger unter einem Dache leben wollte. Aber es war schon recht — was konnte man von solch einem Hungerleider von Hauslehrer anders erwarten, als daß er die Partei der Hungerleider nehme? Wie konnte „das" eine eigene Meinung haben, selbst — wenn es darum gefragt wurde?

Einen trübseligen Winter verlebte Hans Unwirrsch. Vergeblich bot er wiederum seine Dienste in den Zeitungen an, vergeblich schrieb er an die wenigen Bekannten, welche er besaß. Es war, als ob die Welt fürs erste vollständig mit Präzeptoren versorgt sei, — auf die Anerbietungen antwortete niemand, und die Bekannten wußten auch keinen Rat. Dazu war große Ebbe in der Kasse des Kandidaten. Wo so viel Elend ringsumher die Hände ausstreckte, da konnte Hans Unwirrsch nicht die Taschen zuknöpfen. Er gab, was er hatte, und behielt kaum etwas

Nennenswertes für sich selber übrig. Ein Proletarier wandelte er unter den Proletariern, und die Felder waren kahl, und Schnee lag in den Furchen, und graue Nebel verhingen den Horizont nach allen Seiten.

Seine Stellung in dem Hause seines jetzigen Brotherrn wurde von Tag zu Tag unerträglicher, und es wurde Februar, ohne daß sich ihm eine freundlichere Aussicht eröffnet hätte. Aus der Heimat schrieb der Oheim Grünebaum gar kuriose Klagebriefe, und die Base Schlotterbeck litt an den Augen und konnte nicht schreiben. Die beiden alten Leute waren auch hart bedrängt, und von Neustadt aus hatte Hans keine Hilfe zu erwarten, und Trost konnten sie ihm auch nicht geben.

Wir haben von den Fichtenholzungen gesprochen, welche hie und da die Einförmigkeit der Ebene unterbrachen. Eine derselben war das gewöhnliche Ziel der Spaziergänge des Hauslehrers. Wenn die Sonne schien, und wenn kein Schnee lag, so schritt man dort mitten im Winter wie in einem wunderlich gut erhaltenen Stück Frühling. Kein entblätterter Laubholzbaum störte die Täuschung; aber auch kein singender Vogel vervollständigte sie. Eine Landstraße lief durch dieses Gehölz, und auf dieser Landstraße trabte das Glück in der Gestalt eines ältlichen, schnauzbärtigen, etwas rotnasigen Reiters heran, während Hans Unwirrsch in bangem, wehmütigem Sinnen auf einem Stein am Wege saß und keine Ahnung davon hatte, wie nahe die Wendung seines Schicksals sei.

Vierzehntes Kapitel

In so tiefe Gedanken war Hans Unwirrsch versunken, daß er von dem sich nahenden Hufschlag nichts vernahm. Um so erschreckter fuhr er empor, als der Reiter seinen Gaul dicht vor ihm anhielt und den Träumer mit einem lauten Hallo begrüßte.

„Holla, mein Söhnchen, sind wir es denn wirklich? Sitzen wir denn leibhaftig auf dem Stein am Weg, wie ein Schneider mit Leibweh? Wacht heraus! Präsentiert's Gewehr! Trrrrrbumbum; guten Abend, Herr Kandidate, ich bin's!"

Mit weit aufgerissenen Augen stand Hans da, ohne doch recht zu wissen, wer sich da so sehr verwunderte, ihn hier unter den Fichten zu treffen. Der Reiter tat auch nichts, den Armen aus seiner Verwirrung zu reißen; außer daß er ihm fortwährend lächelnd oder vielmehr grinsend in das Gesicht sah. Die Mähne seines Pferdes legte er dabei gemütlich zurecht, und erst, als er damit fertig war und nun eine ähnliche Handhabung mit seinem Schnurrbart begann, ging dem Hauslehrer ein Licht auf.

Das war ja der alte Herr aus dem Posthorn zu Windheim! Es war kein Zweifel, das war jener alte Herr, der so gern Punsch trank und jene junge, liebe Dame in Trauerkleidung zu den Verwandten bringen wollte! Das war der alte Herr, welcher Moses Freudenstein in Paris gesehen hatte und so schlecht von ihm sprach! Es war kein Zweifel! Kein Haar fehlte in dem langen Schnurrbart, kein Knopf an dem bis zum Hals zugeknöpften, langen, etwas schäbigen Rock!

Er mußte auch wohl merken, dieser alte Herr, daß es in der Erinnerung des Theologen klar werde, denn er rüstete sich zum Absteigen und sagte:

„Na, rücken Sie nur zu auf Ihrem Steine; ich bin's wirklich, und — hier bin ich."

Er war abgestiegen und schüttelte dem Kandidaten die Hand:

„Guten Abend, Schwarzrock; man sagt wohl: was sich liebt, das trifft sich; aber zuweilen trifft sich auch das, was einander braucht. Rücken Sie auf zu dem Stein, und du, alte Mähre, halt dich ruhig, ich habe mit diesem Jüngling einige Worte zu reden. Angenehmes Biwak hier, wenn die Sonne drauf scheint; man sollte den grauweißen Klumpen dort im Graben kaum noch für Schnee halten; — also, Sie suchen eine Stelle, Herr Johannes Unwirrsch, Kandidat der Theologie?"

Wiederum zeigte Hans alle Zeichen der Verwunderung und des Staunens, und dazu murmelte und stotterte er, daß er nicht wisse, daß er nicht begreife, daß er nicht imstande sei, kurz, daß ihn diese Begegnung und diese Frage im höchsten Grade überrasche.

„Gott, was für Augen kann deine Eule machen!" rief aber der Leutnant Götz, der jetzt ein zerknittertes Zeitungsblatt aus der Brusttasche zog. „Steht es hier nicht unter Butter, Käse, verlaufenen Hunden und ehrlichen Findern? Hier — ein junger Mann in den besten Jahren, sucht auf diesem Wege eine Lebens- — nein, das ist ja eins von den verfluchten Heiratsgesuchen! — aber hier, was steht da schwarz auf weiß?"

Der Leutnant hielt dem Kandidaten richtig sein Inserat unter die Nase, und Hans bekannte, daß er der Johannes Unwirrsch sei, welcher eine Stelle als Hauslehrer wohl gebrauchen könne.

„Und jetzt habt Ihr höchstwahrscheinlich schon sechs für eine gefunden, und ein, zwei Dutzend junge, reiche Witwen mit nur einigen Unmündigen reißen sich um Euch, und Ihr habt der jüngsten geschrieben, daß Ihr zu Ostern kommt — he, Pfäfflein?"

Hans Unwirrsch erklärte halb entrüstet, halb kläglich, daß weder eine reiche, noch eine alte Witwe, noch sonst wer nach seinen Dienstleistungen Verlangen getragen habe, daß die Sache ihm übrigens durchaus nicht lächerlich vorkomme.

„Und so sitzen Sie denn hier an der Landstraße und warten auf die Güte Gottes? Das ist recht von Ihnen, das gefällt mir! — wer weiß, was alles zwischen Sonnenaufgang und Untergang hier vorüberkommen kann!"

„Habe ich Sie doch getroffen, Herr Leutnant", antwortete Hans. „Ich habe es nicht vergessen, daß Sie einst so freundlich gegen mich waren. Oft habe ich an jenen Abend, Sie und Ihr Fräulein Nichte gedacht."

„So?!" sagte der Leutnant. „Ei! Hm! — Nun, ich denke Ihnen beweisen zu können, daß auch ich Sie nicht vergessen habe; aber zuerst möchte ich Ihnen gern eine Frage vorlegen. Haben Sie etwas dagegen, mir zu erzählen, wie es Ihnen seit jenem Abend, wo wir zuerst die Füße unter einen Tisch stellten, ergangen ist und wie Sie leben? Offen gestanden, Sie sehen mir aus, als ob es jetzt nicht weniger als damals in Ihre Suppe regne. Erzählen Sie; ich gebe Ihnen mein Ehrenwort, daß ich im Grunde augenblicklich ebensowenig zum Scherz aufgelegt bin, wie Sie."

Hans Unwirrsch sah dem alten Herrn ins Gesicht und fand, daß wohl etwas Wahres an der letzten Behauptung desselben sein möge. Da er übrigens auch jetzt noch nichts in seinem Leben zu verbergen hatte, so besann er sich nicht lange und gab heute Bericht darüber, wie einst im Posthorn zu Windheim. Er erzählte alles, was man bereits wußte, und der Leutnant hörte aufmerksam zu, ohne ihn nur ein einziges Mal zu unterbrechen; aber es war, als ob er sich vorgenommen habe, seinen jungen Bekannten aus einer Verwunderung in die andere zu stürzen: denn als Hans endlich zu Ende war mit der Aufzählung seiner Erlebnisse, schlug ihn jener mit großer Gewalt auf das Knie und rief:

„Vortrefflich! Ausgezeichnet! So mußte es kommen! Also es geht Ihnen miserabel? Na, das freut mich unendlich. Geben Sie mir Ihre Hand; — also es geht Ihnen hundsübel? Das ist mir eine wahre Beruhigung! Kandidate, ich habe eine Stelle für Sie!"

„O Herr Leutnant..."

„Ruh im Glied! Sie verwundern sich, und das nicht ohne Grund. Auch mir kommt es jetzt noch verwunderlich vor, daß wir zwei beide hier auf diesem verflucht kühlen Stein sitzen und einander so nötig haben wie die liebe Luft. Es ist keine kuriose Geschichte, daß wir einst im Posthorn zu Windheim zusammen saßen, und es ist keine kuriose Geschichte, daß ich später mit keinem Gedanken an den jungen Pfaffen, der mir damals seine Geschichte über einem Glase Grog erzählte, gedacht habe; aber eine kuriose Geschichte ist's, daß ich vor acht Tagen in Kummer und Sorge im russischen Hof in ** sitze und denke an das arme Mädel — dummes Zeug, und denke an den langen Theodor, das heißt meinen Herrn Bruder, den Geheimen Rat, und wie er für seinen Jungen einen Präzeptor sucht, unverdorben, demütig und in der Furcht des Herrn ergeben der Gebieterin, der Gräfin von Savern, welches sagen will, daß auch meine Schwägerin nicht allzuviel an ihm auszusetzen finde. Sitze da und sehe durch den Rauch meiner Pfeife die Welt so erbärmlich und jämmerlich, wie man nur wünschen kann, an, und denke, daß die Billardkugeln besser dran sind, als die Menschen, die sich auch von allen möglichen Tölpeln und Lümmeln umherstoßen lassen müssen, aber mit Gefühl.

Ich zerreibe mir die Stirn, doch es will kein vernünftiger Gedanke heraus. Herrgott, meine ich, Rudolf, du alter Knabe, du bist doch mit vielen Menschen in der Welt zusammen gekommen: existiert denn keine einzige Kreatur auf dem ganzen Erdboden, welche du — dahin — schicken könntest, daß das arme Kind; —— na ja, hier ist der Wisch! Ich gucke erst hinein, um meinen Ärger vollzumachen; und dann ist's mir, als ob mich jemand mit der Nase aufs Blatt stoße und sage: Da! hörst du's, alter Schwede, was sagst du nun? was sagst du zu der Etappenstraße? — Johannes Unwirrsch! — will eine Stelle als Hauslehrer haben! — ich stülpe meinen Gedächtniskasten um — da ist's und — hier bin ich. Ich fahre noch in derselben Nacht auf der Eisenbahn nach **, marschiere nach ***. Dort miete ich diese vierbeinige Schwindsucht und reite vor den goldenen Schnabel in dem Nest, dessen Kirchturm dort hinter dem Wald zu sehen ist! Da mache ich Quartier und rekognosziere wie ein Lützower: Kohlenau? richtig, es gibt es hier herum. Kohlenmeier? schon recht, so heißt der Kerl beim Schornstein. Kandidatus Johannes

Unwirrsch? Denke ich, das alte Weib in der Wirtsstube wird verrückt bei dem Namen; alles andere Gesindel spitzt die Ohren und drängt sich heran. Nun geht's los; — ich muß schöne Geschichten hören: —— da hast du nochmals meine Hand, mein Junge; ich mach dir meine Honneurs von wegen des süßen Duftes, welchen du in dieser Gegend von dir gelassen hast. Ich lasse mir den Burschen, der allhier in so gutem Geruch steht, genau beschreiben, und das Konterfei trifft mit dem Schwarzrock aus dem Posthorn aufs beste zusammen. Da sattle ich wieder, und ich habe nur noch die Angst, daß das Nest schon ausgenommen ist, und mein Vogel in einem fremden Käfig sitzt; dort komme ich um die Ecke und gucke auf und sehe was Schwarzes am Weg hocken. Sollte dir der liebe Gott so wohlwollen, daß du das Geschäft schon hier abmachen kannst? fährt mir durch den Sinn, und richtig, es ist so — er ist es. Und wenn er auch wiederum aussieht wie die Klagelieder Jeremiä, ist mir sehr wohl zumut, und nun, Kandidate, tun Sie einem alten, herrenlosen Hunde und heimatlosen Bettelmann seinen Willen und schreiben Sie an den Geheimen Rat Götz — Hochwohlgeboren — und vergessen Sie nicht, auf den Brief Amtssache zu setzen und das Wort zu unterstreichen, von wegen — ahm — von wegen der Schwägerin und der Kleophea. Schreiben Sie dem Mann, ich hätte Sie empfohlen. Hier ist die vollständige Adresse; schreiben Sie gleich, wenn Sie nach Haus kommen. Sie werden jedenfalls bald Antwort erhalten; auch ich werde von mir hören lassen, und somit ist alles gesagt, was augenblicklich zu sagen war. Lassen Sie sich noch einmal ansehen, geben Sie mir noch einmal Ihre Hand, und nun — leben Sie wohl und bleiben Sie gesund, Ihr Sie liebender Rudolf Götz, Leutnant außer Dienst und so weiter."

„Aber ich weiß ja eigentlich noch gar nicht —"

„Schreiben Sie an den Rat, daß Sie Hans Unwirrsch heißen und eine Stelle als Hauslehrer suchen."

„Aber Herr Leutnant —"

„Man merkt doch, daß es noch nicht völlig Frühling ist. Da, sehen Sie, lieber Junge, eben nimmt die Sonne dort von der höchsten Fichte Abschied; es ist zu Ende für heute, und meine Rosinante wird auch ungeduldig. Wohlauf, Kameraden, wohlauf aufs Pferd! Herrgott, wie ist dem Menschen leicht, wenn du ihm ein Stück Sorge aus dem Tornister genommen hast. Auf Wiedersehen, Kandidate!"

Schon saß der Leutnant im Sattel, den Zügel hatte er auf den Sattelknopf gelegt, beide Zeigefinger in die Ohren gestopft, und so ritt er dahin, woher er gekommen war. Hans Unwirrsch gab es auf, ihm nachzurufen; er sah ihm nur nach und war in diesem Augenblick selbst zu der Frage, ob er wache oder träume, nicht fähig. Wie festgewurzelt stand er und hielt das Papierstück mit der Adresse des Geheimen Rats Götz in ** in der Hand, und der Leutnant Götz winkte von der Ecke des Weges noch einmal zurück. Dann war er verschwunden, und nun war es in der Tat mehr als fraglich, ob er wirklich da vor dem Stein am Wege gehalten und auf dem Stein gesessen hatte. Ebenso zweifelhaft war's, ob die Sonne wirklich heute so warm geschienen habe; frostig und dunkel war's nun auch unter den Fichten; mit dem Licht auf den Stämmen und in den Wipfeln waren alle Frühlingsgefühle erloschen. Grau war der Himmel über dem Walde, Hans knöpfte seinen Rock zu und ging ebenfalls.

Vor dem Walde lag das Feld traurig kahl, und der Schnee lag immer noch in den Furchen; die Sonne hatte ihn an diesem einen Nachmittag nicht auflösen können, aber der rote Strich am westlichen Horizont war wie ein Zeichen, das sie gemacht hatte, um ihr angefangen Werk nicht zu vergessen. Aus dem hohen Schornstein von Kohlenau quoll wie gewöhnlich die schwarze Rauchwolke und wälzte sich langsam über den grauen Himmel gegen den Schein im Westen; auf dem schmalen Feldwege schritt Hans hastig fort, die Nase hoch in der Luft und den Hut weit im Nacken; allein wie er sich auch abquälte, jetzt brachte er noch keinen Zusammenhang zwischen jenen Abend im Posthorn zu Windheim und die heutige Unterredung im Fichtengehölz. Alle Einzelheiten jenes Abends rief er sich zurück; jedes Wort, welches damals gesprochen wurde, war ihm wichtig, weil er dadurch das Rätsel des heutigen Tages glaubte lösen zu können. Er löste es jedoch nicht; nur die Gestalten des alten Soldaten und des jungen Mädchens, die allmählich so ziemlich in seiner Erinnerung erloschen waren, waren wieder klar geworden, und vorzüglich das Bild Franziskas stand in lebenskräftigen Farben vor seiner Seele. Er kam heim und wurde auf die gewohnte Art halb gleichgültig, halb abweisend empfangen; unwillkürlich fühlte er nach dem Papierstück, welches ihm der Leutnant gegeben hatte. In seinem unbehaglichen Zimmer war das Feuer erloschen, als er nach dem Abendessen hinaufstieg. Er fühlte die Kälte nicht, er saß am Tisch nieder, legte das Blatt mit der Adresse vor sich hin und begann sein Grübeln von neuem. Als die Fabrikglocke zwei Uhr schlug, hatte er das Schreiben an den Geheimen Rat Götz fertig und kroch im halben Fieber ins Bett; als er aber am andern Morgen aus einem tiefen Schlaf erwachte, fühlte er sich erleichtert, wie seit langer Zeit nicht. Während des Ankleidens fielen ihm freilich noch einige gute Sätze ein, die er dem Briefe hätte anfügen können; allein, da das Siegel einmal aufgedrückt war, so behielt er sie für sich, und der Bote des Prinzipals nahm das inhaltsvolle Schreiben um zehn Uhr mit zur nächsten Poststation. Hans Unwirrsch sah dem Mann und der ledernen Tasche nach bis zum Hoftor; dann seufzte er tief auf, wie ein Mann, der eine schwere Last niedergesetzt hat; darauf nahm er sich vor, nun gar nicht mehr zu denken an den Kerl, an die Tasche, an den Brief und an den Leutnant Rudolf Götz, sondern sich ganz seinen Zöglingen zu widmen. Die armen Jungen hatten gegründete Ursache, sich über ihren Lehrer zu verwundern, er trichterte mit einer Krampfhaftigkeit, daß ihnen der Kopf brummte; und der Prinzipal, der, wie wir wissen, scharf Achtung gab, sagte zu seiner Gemahlin:

„Der arme Teufel, er fängt doch an, mir leid zu tun. Alle Mühe gibt er sich, das muß man ihm lassen; aber behalten kann ich ihn nicht. Was hilft mir alle Gelehrsamkeit, wenn sie solche frivolen Grundsätze zutage fördert! Das Volk zieht die Kappen nicht tiefer vor mir als vor ihm: je eher der Mensch also geht, desto besser ist's für uns beide."

Vierzehn Tage vergingen, vierzehn Tage voll wechselnden Februarwetters, und Hans Unwirrsch dachte, seinem Vorsatz zuwider, sehr, sehr häufig an seinen Brief und den Leutnant Götz. Zwischen der Fabrik und der Poststation wanderte der Briefsack hin und her, aber kein Schreiben fiel für den Präzeptor heraus. Jeden Abend legt sich Hans bedrückter zu Bett, und jeden Morgen erwachte er hoffnungsleerer. Wenn die Witterung es irgend erlaubte, wanderte er zu den Fichten, mit dem Gefühl, als werde ihn dort das treffen, was er neben dem hohen Schornstein mit so nervösem Bangen so vergeblich erwartete. Aber niemand saß, wenn er aus dem Gebüsch trat, auf dem Stein: Immer bedrückter und hoffnungsloser kehrte Hans von den Fichten heim. An den Prinzipal kam in der ledernen Brieftasche ein Brief von dem neuen Präzeptor, der seine demnächstige Ankunft meldete.

Der achtundzwanzigste Februar fiel auf einen Sonntag, und es regnete an diesem Sonntage fast ununterbrochen. Die nächste Kirche war eine Stunde von Kohlenau entfernt, und der Weg dahin war bei solchem Wetter mit so großen Beschwerden verbunden, daß der Pastor an solchen Tagen seine Predigt so ziemlich für sich und seinen Küster allein hielt. Auch Hans Unwirrsch hatte sich von derartigem Wetter öfters abhalten lassen, die schönen Reden anzuhören; aber in seiner jetzigen Stimmung zog er den schlimmsten Weg dem ruhelosen Stillsitzen im Hause vor. Unter seinem Regenschirm watete er kläglich durch die aufgeweichten Felder, und die durchnäßten Meisen und Spatzen in den tröpfelnden Hecken zogen die Köpfe unter den Flügeln hervor und blinzelten ihm mit spöttischem, aber leisem Gezirp nach. So grau der Himmel war, so grau war die Predigt; kläglich erklang der Gesang der sechs andächtigen Christenleute, welche die andächtige Versammlung bildeten, und doch verließ der Hauslehrer von Kohlenau nur ungern die Kirche, als der Gottesdienst zu Ende war, und der Heimweg war fast noch schlimmer als der Herweg.

Eine Stelle gab's auf diesem Pfade, die vorzüglich Lust hatte unvorsichtige Wanderer mit Haut und Haar zu verschlingen; und als Hans hügelab auf sie zutrabte, vernahm er in der Tiefe ein großes Geplatsch und Gefluche und erblickte richtig ein unglückliches Menschenkind im Kampf mit den unsauberen Geistern des Abgrundes. Ein Postbote im blauen Rock mit rotem Kragen war's, und ein Glück war's, daß Hans ihn vom Versinken rettete, denn einen rekommandierten Brief, gerichtet an den Kandidaten Unwirrsch, trug er in der Tasche, und dieser Brief war von dem Geheimen Rat Götz. Seine Sterne und den Zufall, der ihm den Rest eines solchen Weges erspart hatte, preisend, verschwand der blaugerockte Mann, mit aller Münze, die Hans bei sich geführt hatte, im Nebel und Regen; — Hans Unwirrsch aber stand am Rande des Abgrundes und hielt das Schreiben in zitternder Hand, und der Regen trommelte auf seinem Regenschirm. Es dauerte eine geraume Zeit, ehe er sich soweit gefaßt hatte, daß er das Siegel erbrechen konnte.

Wenig mehr stand in dem Brief, als daß sich der Herr Kandidat am achten März, mittags um zwölf Uhr weniger fünfzehn Minuten — pünktlich und persönlich dem Geheimen Rat vorstellen möge; aber auch dieses wenige genügte, um die schwerste Last der Ungewißheit von der Brust des armen Hans abzuwälzen. Tief auf atmete der Befreite, und dann setzte er seinen Weg fort; er schwebte jetzt über den Dreck, und nach seiner Heimkehr verwendete er den Nachmittag dazu, seine Habseligkeiten zusammenzupacken. Gern überließ er seinem Nachfolger das Zimmer mit der schönen Aussicht auf den Schornstein, und wünschte ihm von Herzen, daß er sich wohler darin fühlen möge, als er — Hans Unwirrsch — sich darin gefühlt hatte. Der Prinzipal freute sich, wie er sagte, herzlich über die gute Aussicht auf eine neue angenehme Stellung, welche sich dem Herrn Kandidaten eröffne; die Prinzipalin zeigte sich von ihrer liebenswürdigsten Seite; die Schwägerin, die von allen Seiten liebenswürdigst war, fing an, für den abziehenden Präzeptor einen Geldbeutel in Seide und Perlen zu arbeiten, beglückte damit aber erst den folgenden jungen Pädagogen zum heiligen Christ. Die Knaben nahmen von ihrem jetzigen Lehrer nicht ohne Rührung Abschied; auf der Landstraße befand sich Hans Unwirrsch nun eher wieder, als er es sich vorgestellt hatte.

Seinen Koffer hatte er zurückgelassen, nachdem der Buchhalter versprochen hatte, denselben später auf Order nach jedem beliebigen Ort zu spedieren; mit einer leichten Reisetasche wanderte Hans aus, seinem weiteren Schicksal entgegen.

Ein leichter Frost hatte den Boden gefestigt; man blieb nicht mehr darauf kleben, sondern schritt frei und elastisch darüber hin. Die Spatzen und die Meisen saßen auch nicht mehr kümmerlich und kläglich in den Hecken; lustig flogen sie umher, und die Sonne schien in den Nebel, der sich senkte, eine Reihe guter Tage versprechend.

Da war der Fichtenwald mit seinem morgendlichen, aromatischen Duft, und der Kandidat nahm den Hut ab, als er in den heiligen Schatten trat, setzte ihn aber der Kühle wegen wieder auf.

Da war der Stein am Wege, und auf dem Stein — auf dem Stein saß wahrhaftig was, das sich erhob, militärisch grüßte und im fröhlichen Baßton sprach:

„Guten Morgen, Herr Kandidate!"

Ein Wunder mußte geschehen an diesem Morgen, Hans Unwirrsch hatte es bei jedem Schritt erwartet und vorgefühlt. Jetzt war es da, und erschien zuletzt gar nicht einmal als ein Wunder, sondern als ein ganz natürlicher Vorgang. Der Leutnant Rudolf Götz wenigstens fand durchaus nichts Verwunderungswürdiges an diesem abermaligen Zusammentreffen an dieser Stelle. Der wackere Soldat hatte natürlich Kenntnis von dem Briefe seines Bruders, und da er sonst nichts Wichtiges zu tun hatte, machte er sich auf, den Präzeptor von Kohlenau abzuholen, um ihn an den Bestimmungsort abzuliefern.

Diese Wendung gab er selber der Sache, und Hans nahm sie gläubig an; der Gute ahnte ganz und gar nicht, daß der alte Krieger einen sehr bestimmten Zweck dabei hatte, gerade diesen Präzeptor in das Haus seines Bruders zu bringen; aber da wir teilweise diese Geschichte auch dieses Zweckes wegen erzählen, so wird es nicht nötig sein, daß man an dieser Stelle mehr davon erfahre als der Kandidat.

Eine umsponnene Flasche, die Hans bereits kannte, reichte der Leutnant dem jungen Theologen zum Willkommen und zum Wahrzeichen, daß die Begegnung im Fleisch und in der Wirklichkeit vor sich gehe; dann erkundigte er sich sehr teilnehmend nach dem Befinden des Jünglings, und dann schlug er vor, daß man weiterwandere.

Nun wagte es Hans auch, sich nach dem Befinden der Nichte zu erkundigen, worauf der Alte mit Gebrumm meinte, daß es ihr leidlich gehe, daß es ihr aber noch viel besser gehen könne, und daß man im Grunde in einer Lumpenwelt lebe. Der Kandidat dachte an den Oheim Grünebaum, der das letztere ebenfalls öfters mit demselben Worte, aber eigentlich ohne genügenden Grund verkündigte, und sah mit Mitgefühl auf das arme Pack, das ihm und seinem Reisegenossen begegnete. Wahrlich, manch eine zerlumpte Kreatur hielt den Präzeptor an und nahm Abschied von ihm, mit Tränen oder einem Kratzfuß; — Hans Unwirrsch hatte eine große und nette Bekanntschaft in dieser schönen flachen Gegend.

Aber der Wald ging zu Ende, hinter dem Walde lag das Dorf Plackenhausen und in dem Dorf das Wirtshaus zum Schnabel, vor dessen Tür dem Leutnant schwach wurde, und er einiger geistigen Anregung und eines Frühstücks bedurfte. Nachdem dasselbe eingenommen war, und Hans auch von den Wirtsleuten einen gerührten Abschied genommen hatte, behauptete der Leutnant, daß ein Frühstück ihn stets am Marschieren hindere, und es fand sich vor der Tür ein Gefährt auf zwei Rädern, das von einem Roß gezogen wurde, und in welchem zwei Herren behaglich nebeneinander sitzen konnten. In diesem Fuhrwerk setzten der Soldat und der Theologe ihre Fahrt bis zur Stadt ** fort, wo sie um Mittag anlangten. Dann führte sie die Eisenbahn weiter bis zur letzten Station vor der großen Allerweltsstadt, die von nun an der Aufenthaltsort Hans Unwirrschs sein sollte. Auf der letzten Station aber verließen die beiden Reisenden den Zug, auf Wunsch des Leutnants, welcher behauptete: es sei besser, in das neue Leben zu Fuß einzuwandern, da man dem Geist dadurch Gelegenheit gebe, sich zu beruhigen, und da er — Rudolf Götz — noch eine Geschichte zu erzählen habe, welche er am besten im Marschieren von sich geben könne. Dem Präzeptor war dieser Vorschlag höchst angenehm, mit Vergnügen sah und hörte er den Dampfzug fortschnauben, rasseln und klappern, mit Behagen atmete er die scharfe Luft des nahenden Abends ein. Ungemein belebend und kräftigend hatte bereits die Reise und die Gesellschaft des Leutnants auf ihn gewirkt; Kohlenau mit dem grämelnden Herrn im roten, blauquastigen Fez, Kohlenau mit der harten Prinzipalin und der weichen Schwägerin, Kohlenau mit seinen Aschenhaufen und Kohlenhaufen, seinen Rädern und Rollen, seinem Gezisch und Gesause, seinem Schornstein und seinen Dämpfen und Dünsten, Kohlenau war hinter ihm versunken, als wäre es nie dagewesen.

Fünfzehntes Kapitel

Von mancherlei Dingen hatten die beiden Reisenden auf ihrer Fahrt bis jetzt gesprochen. Wieder hatte der Leutnant seinen Begleiter, wenn auch wie einen Schwamm, so doch immer auf die unverfänglichste Weise ausgepreßt. Der alte Schlaukopf hatte den Kandidaten gleich einem Buche durchblättert, und die Notizen, die er sich dabei gemacht hatte, schienen ganz und gar befriedigend ausgefallen zu sein, denn jetzt klappte er — um diesen Vergleich fortzuführen — das Buch zu und seufzte behaglich, während er mit dem Begleiter in die stille, kalte Abendlandschaft hineinschritt.

Es war zwischen vier und fünf Uhr nachmittags, und die Sonne ging, dem Kalender nach, erst um fünf Uhr fünfzig Minuten unter. Ein bläulicher Nebel lag über der Ferne, ein zarter Hauch überzog die grünen Spitzen der jungen, keimenden Saat. Still war's auf der Landstraße, still auf den Feldern, still lagen die fernen Dörfer im Duft, nur das dumpfe Geroll des forteilenden Bahnzuges vernahm man noch aus der Weite, aber auch es verhallte, die weiße Wolke verschwand im Dunst des Horizontes; nun war es ganz still.

„Also, Freund", sagte der Leutnant zu Hans, „mit Ihnen wären wir fertig, jetzt wird es nötig sein, daß Sie auch von mir und dem, was daran bummelt, eine nützliche Erkenntnis gewinnen, und daß Sie etwas über das Haus erfahren, zu welchem ich Sie führe. Wer weiß, ob Sie den Quartiermacher nachher nicht tausendmal zum Henker wünschen! Ja, sehen Sie mich nur an, schütteln Sie nur den Kopf; für Wanzen, Flöhe und dergleichen

Ungeziefer wird nicht garantiert. Doch zur Sache! Wir waren unserer drei Brüder Götz. Ich bin der älteste, Theodor, der Geheime Rat, ist der zweite — der arme Felix war der jüngste und ist leider zuerst kaputt gegangen, das Fränzchen ist seine Tochter; doch von der ist jetzt nicht die Rede. Unser Papa war zu der Zeit geboren, als der Siebenjährige Krieg seinen Anfang nahm, um die Mitte des achtzehnten Jahrhunderts; ich bin 1782 geboren und also jetzt ein rüstiger Sechziger, Theodor ist ein starker Fünfziger, und Felix kam um Vierundneunzig ans Licht: er hatte den Teufel im Leib, und der Satan hat ihn auch geholt. Unser Alter war Justizbeamter eines jetzo glücklich mediatisierten Grafen am Harz; es war ein grillenhafter, kränklicher Herr, der seine Frau, unsere Mutter, vor der Zeit zu Tode quälte und uns mancherlei erdulden ließ; dazu unmenschlich gelehrt, und seine Bibliothek war weit in die Runde berühmt! Uns hätte er nur allzugern ebenfalls zu solchen trübseligen Vielwissern, von denen er ein bejammernswertes Exemplar war, erzogen, aber es gelang ihm nur beim Theodor. Ich ging im Jahre 1798 auf die Forstschule, und Theodor bezog seiner Zeit die Universität, um die Juristerei zu studieren. Felix hatte damals eben das Laufen gelernt. Wir kamen, obgleich die Welt voll mächtigen Spektakels war, ziemlich ruhig in das neunzehnte Jahrhundert hinüber; ich erhielt eine hochgräfliche Unterförsterstelle, Theodor sah als Auskultator sich den Einzug der Franzosen in der Hauptstadt an, Felix saß auf einem Gymnasium, bis man ihn von demselben fortjagte. Ich glaube, Theodor kümmerte sich am wenigsten darum, was damals aus dem deutschen Lande geworden war; ich ging nach dem achtzehnten Oktober Anno Sechs mit nach Ostpreußen und war bei Eylau und allem, was daranhängt. Leutnant wurde ich bald, zog mit York nach Rußland und hatte die Wacht vor dem Hauptquartier zu Tauroggen. Daran will ich noch auf meinem Todbett mit Vergnügen gedenken, — habe sonst wenig Vergnügen in der Welt gehabt. Von dem, was darauf geschehen ist, will ich nicht weiter sprechen, jedes Kind weiß davon zu erzählen. Ich war bei manchem lustigen Tanz, bis wir von der Weichsel an die Elbe kamen. Um seine lieben Verwandten konnte man sich im Tumult wenig bekümmern, seit langer Zeit hatte ich weder von dem Alten, noch von den Brüdern Nachricht. Steh' ich am 22. Juni 1813 an der Elbe, vielleicht eine Stunde oberhalb Aken, auf Vorposten und denke an nichts Gutes und nichts Schlimmes, und der Abend ist still genug. Unser Feuer ist niedergebrannt, und wer nicht wacht, der schläft. Ich höre das Wasser rauschen, manche Stunde lang, ohne daß was passiert, bis auf einmal alles auffährt und alert in die Höhe springt; — drüben am andern Ufer! ... es ist, als ob jeder Frosch auf das Horn da drüben horcht. Und dazwischen knackt und knattert es nach der bekannten Melodie. ‚Da sind die Freiwilligen am Werk!' meinen meine Leute, und unser Hornniste fragt an, was er ihnen zum Trost blasen soll. ‚Den alten Dessauer, Kerl!' sage ich, und der Kerl trompetet, daß ihm fast das Horn und die Backen platzen. ‚Verflucht, die Schufte sind tüchtig hinter ihnen!' meinen unsere Leute, und sie können recht haben, denn wir wissen, daß drüben wenige der unsrigen und viele von den Vivelamperörs und den Westfälingern sind. Da platscht es in den Strom, und wir stehen mit den Kuhfüßen in Anschlag, um auf alles gerüstet zu sein. Bescheid im Lande müssen sie wissen, sie haben die seichte Stelle gut gefunden und halb watend, halb schwimmend kommen sie an, und von drüben pfeifen uns die blauen Bohnen um die Ohren. Das Horn meldet sich auch wieder, es bläst den Jägerruf der Freiwilligen, und da sind sie, und wir drängen uns an die schwarzgeräucherten, bärtigen, zerlumpten, lausigen Teufelsjungen, und der Mond scheint auf alles herab und amüsiert sich göttlich. Nun wissen wir, woran wir sind; versprengte Reiter Colombs sind's, und wir erfahren die ganze Prostemahlzeit. Bei Werbzig bei Köthen hat der Westfälinger, General von Hammerstein, den Rittmeister verräterisch und heimtückisch überfallen, aber der Colomb war ihm zu schlau und ist besser davon gekommen, als die Lützower bei Kitzen. Seine lustigen Burschen haben ein fideles Ende für diesmal gemacht und dem Feinde die Plempe zu guter Letzt noch mal tüchtig durch die Fressage gezogen. Dann ist das Hauptkorps auf und davon und ist mit einer Subtraktion von Vierzehn glücklich bei Aken über die Elbe gekommen. Aber zur Seit ist hier und da ein Häuflein abgesprengt, und solch eins fällt uns hier mit Jubilation und Hurra in die Arme und über unsere Feldkessel und Flaschen her. Drüben ist's wieder ruhig, und keine Katze wagt sich übers Wasser; wir sind ganz unter uns und haben Zeit, einander genauer ins Gesicht zu sehen. Da ist ein blutjunges Bürschlein unter den reitenden Rattenfängern, wie ein Zigeuner zerzaust, und ich falle aus den Wolken, als die Kreatur die Hand an den Tschako legt und sagt: ‚Herr Leutnant, ich melde mich als das Jüngste aus dem Nest — columba Colombi ein Freiwilliger des Herrn Rittmeisters von Colomb!' — Ich packe den Burschen und ziehe ihn zum Feuer und dann in den

Mondenschein; ich bin starr; unser Felix ist's und kein anderer! Spricht der Bengel lateinisch, so zieh' auch ich gelehrt vom Leder und rufe: ‚Et tu Brute! o du Teufelsjunge, wo kommst du her, und was hat der Alte dazu gesagt?' — ‚Ja, der Alte, wer fragt in solcher Zeit nach dem Alten? — frage den Theodor drum', ruft der Naseweis, ‚ich bin aus dem Hinterfenster ohne Abschied ausgerückt.' — Und so war's. Ich hörte in der nächsten halben Stunde noch von manchem tollen Streich; dann waren die wilden Gesellen wieder in den Sätteln, und fort ging's in die Nacht; ich sah den Felix erst in Paris wieder, im folgenden Jahr."

Hier hielt der Erzähler inne und schüttelte melancholisch den Kopf. Der Theologe hatte mit gespanntester Aufmerksamkeit dieser Schilderung aus vergangenen wilden Tagen zugehört.

„Welch eine Zeit!" rief er jetzt unwillkürlich; aber der alte Krieger sagte:

„Eine ganz vortreffliche Zeit, wie alle Zeiten, in denen man einen großen Hunger nach irgend etwas hat, von dem man weiß, daß man es durch Mühen und Arbeit erlangen kann. Ihr jungen Leute habt keinen Begriff davon, wie wohl dem Fisch ist, der sich im Netz abgezappelt hat und aus ihm kopfüber in sein Element hinunterschlägt! Doch davon ist nicht die Rede, sondern von den drei Gebrüdern Götz. Deren ging jeder seinen besonderen Weg, und da jeder Weg um die besondere Ecke ging, so verloren wir einander bald aus dem Gesicht. Es ist fast ein Wunder, daß ich wenigstens mit dem Theodor so — ahm — wieder zusammengekommen bin. Dieser gute Knabe war während der Kriege ruhig hinter seinem Schreibpult sitzen geblieben, und er hatte recht daran getan, denn man hätte ihn im Felde höchst wahrscheinlich sehr wenig gebrauchen können; es hat sich ausgewiesen, daß er stärker von Begriffen als von Nerven war. Er ist ewig ein Jammerbild gewesen, und jetzt — ahm Kandidate — na, ich sage nichts, aber was man sonst in einer Bude auf dem Jahrmarkt für seine Groschen sieht, das werdet Ihr gratis zu sehen kriegen. — Also mein Theodor saß hinter seinem Schreibtisch und schrieb sich zum Assessor; ich blieb, was ich war. Leutnant bei der Infanterie. — O du mein Je, ich wollt's nicht besser haben; nach all dem lustigen Lärm wollt' mir nichts anderes mehr behagen, und ich dachte dazu, mit Geduld kommst du vielleicht doch noch in die Höhe, wenn du dich nicht allzuschnell dem Trunk ergibst. 's ist aber nichts daraus geworden; es wird auch manch besserer Kerl in den Winkel geschoben. Dem lieben Theodor ist's dagegen herrlich ergangen. Sie haben ihn wohl gebrauchen können, und allzu steifnackig ist er auch nicht gewesen; da hat er sein täglich Brot schon gefunden und auch noch was dazu, nämlich seine Frau. Die kam aus einem gar frommen und gottseligen Nest und einem hochadligen, hieß mit Namen Aurelie von Lichtenhahn, und ist heute noch sehr fromm, sehr adlig und meines Bruders Weib. Sie zeugten zuerst meine teure Nichte Kleophea, und ich habe es immer für eins der größten Wunder gehalten, daß sie das fertig gebracht haben. Verliebt Euch nicht in das Wettermädel mit dem heiligen Namen, junger Pfaff; — bei allem, was blitzt und kracht, die Dirne paßt in jede Schilderei der Verführung des heiligen Antonius. Mein Fränzchen — na ja, Ihr werdet schon sehen, Kandidate! Nach der Geburt Kleopheas gab's lange Jahre weiter nichts. Keiner denkt an was Arges und mein lieber Theodor vielleicht am wenigsten, da erscheint — sieben Jahre sind's jetzt her — meine Schwägerin ganz unvermutet abermals in der Zeitung: diese Nacht, mit Gottes gnädigem Beistand wurde — gesunder Knabe — und so weiter, und so weiter. Es muß wohl auf ganz natürliche Weise zugegangen sein, denn die Welt ist darum nicht umgekippt, wenngleich sich auch ein Teil davon recht verwundert hat. Aimé heißt der Knabe, und Sie, Hans Unwirrsch, sind auserwählt, ihm das Abc beizubringen, und ich gratuliere dazu; das übrige besorgt die Mutter, wozu ich Ihnen ebenfalls gratuliere. — Daß meine Nichte Franziska jetzt in dem Hause des Geheimen Rats Theodor wohnt, haben Sie bereits erfahren; sie ist die Tochter meines Bruders Felix, und da Sie das Kind nun ganz von selber genauer kennen lernen werden, so will ich von ihr weiter nicht sprechen, sondern nur über ihren Vater das Nötige rapportieren. Da geht auch eben der letzte Schnitzel der Sonne zum Henker, und so ist die Zeit recht passend und angenehm dazu. Von uns drei Brüdern hatte Felix jedenfalls die wenigste Ähnlichkeit mit dem Vater, welchem Theodor in jeder Hinsicht am meisten ähnelte. Wenn ich es auch zu weniger als nichts auf der Welt gebracht habe, so kann ich wenigstens stellenweise ein vernünftiger Mensch sein, Felix aber war's höchstens nur durch Zufall. Ein tollköpfiger, prächtiger Bursche war er, und selbst die, welchen er seine Streiche spielte, konnten ihm nicht gram werden. Ich hab' ihn als Unterförster in meinem Walde das Schießen gelehrt und manches andere Stück der edlen Jägerei. Ich hatte den Knaben so lieb wie meinen Augapfel, und auch er hing an mir, soviel das ihm bei seinem leichten

Sinn möglich war. Hätte ihn der Alte im Walde gelassen, wer weiß, ob nicht alles gut abgelaufen wäre; aber der Alte holte ihn eines Tages selber zurück und brachte ihn in einer festgeschlossenen Kutsche nach Ilfeld auf die Schule und gab ihn da in grimmige Zucht. Wenn nur die Welt dann nicht selbst aus Rand und Band gegangen wäre! Das war nichts für den jungen Falken, still zu sitzen hinter dem Gitter und in das grüne Tal hinab und zu dem blauen Himmel empor zu gucken und auf das Jägerhorn zu hören. Das Jägerhorn erklang eben durch die ganze Welt und rief alle jungen Falken heraus: Felix Götz hätte sich den Kopf an dem Gitter zerstoßen, wenn es ihm nicht gelungen wäre, es zu zerbrechen. Aus einer Schule hatte man ihn fortgejagt, von Ilfeld entfloh er bei Nacht und Nebel, und der erste Trupp freiwilliger Reiter, auf welchen er stieß, nahm ihn gern und willig auf und gab ihm ein ledig Pferd. Da hatte er, was er wollte. Ich habe schon erzählt, wie er mit den Colombschen ritt, über die Elbe versprengt wurde und in unsere Beiwacht fiel, wie der Stein vom Monde. Ich habe auch gesagt, daß wir uns nicht eher wieder sahen, bis Paris genommen war, und nun muß ich hinzufügen, daß das Wiedersehen meinerseits gar nicht so recht erfreulich war. Der Feldzug in Frankreich hatte dem tollen Felix nicht gut getan; liederlich und heruntergekommen sah er aus, und Drangsale und Entbehrungen waren nicht allein schuld an seinem Aussehen. Ich nahm ihn natürlich tüchtig ins Gebet, aber leider sah ich ein, daß ich nicht der rechte Mann dazu sei, und daß für jetzt wenig an dem Unheil zu ändern sei, und zu einem gemütlichen Gedankenaustausch hatten wir auch nicht die gehörige Zeit, denn der große Tumult riß uns wieder auseinander, wie er uns zusammengebracht hatte. Mit dem Donnerwetter bei Waterloo war der Krieg zu Ende; ich marschierte in eine kleine Garnisonstadt, deren Name nichts zur Sache tut; Theodor schrieb immer noch Akten, und Felix — Felix schien vollständig überflüssig in Europia geworden zu sein. Es waren größere Akteurs von der Bühne abgetreten und wußten nunmehr nichts mehr mit ihrer Zeit zu beginnen: Felix schlug die Zeit tot mit Sünden. Bis der Alte starb, lag er dem auf der Tasche, und alle Versuche, die Theodor und ich machten, dem Jungen wieder zu einer nützlichen Existenz zu verhelfen, schlugen fehl. Zum letztenmal redeten wir bei unseres Vaters Begräbnis auf ihn ein; er aber ging mit seinem Erbteil, welches gleich dem unsrigen nicht sehr bedeutend war, zum zweitenmal nach Paris, und als er dort binnen kurzem aufs Trockene kam, als richtiger Glückssoldat nach Amerika, wo seine Spur sich für Jahre verlor. Ich saß in meiner Garnison und zählte die Pappeln an den Teichen und Wegen des verlorenen Nestes. Man wollte mich im Steuerfach anstellen, aber dazu hatte ich keine Lust; — in den Wald wäre ich lieber zurückgegangen, doch da war jedes Loch vernagelt und auf keine Weise in das Gehege zu kommen. Ich vegetierte also fort wie der Schwamm im Dunkel, zog auf die Wache mit Gähnen, trank mehr, als einem Menschen, der mal eine Nichte zu versorgen haben soll, gut ist, drillte Rekruten mit Ekel, zählte Pappelbäume und spielte Schach, kurz, tat alles, was man unter besagten Umständen in unserem Stande sich wissenschaftlich beschäftigen nennt. Die alten Kameraden verloren sich allmählich aus dem Regiment; blutjunges, naseweises Gesindel rückte ein und machte einem das Leben noch saurer. Die Frauenzimmer an den Fenstern mokierten sich über den graukÖpfigen Leutnant, der eigene Hund verlor den Respekt vor einem, und zuletzt wunderte man sich im Kriegsministerium gar noch, wenn man sich dem stillen Suff ergab und dann und wann den Anstand verletzte in der so überaus anständigen Zeit. Es schneiete, es regnete, es gab auch Sonnenschein, während welchem die Sümpfe um das holde Städtlein anfingen zu stinken. Eins war mir so egal wie das andere, und als das Jahr Achtzehnhundertunddreißig kam, wo's wieder anfing lebendig in der Welt zu werden, wunderte ich mich sehr, daß ich selber noch lebendig war. Aber wie es auch nunmehro in der Welt rumoren mochte, uns schien man in unserm Winkel total vergessen zu haben. Wie die Spinnen hinterm Spiegel saßen wir; was für Bilder durch den Spiegel selber gingen, ging uns nichts an, und so war's jetzt fast noch schlimmer als vorher. Die Franzosen hatten natürlich nach gewohnter Weise den Tanz angefangen, in Belgien ging's lustig los, in einigen kleinen deutschen Vaterländern folgte man dem guten Beispiel: einige jüngere Kameraden liefen Tag für Tag hinaus auf die Heerstraße, um den Kurier ankommen zu sehen, der den Marschbefehl bringen sollte. Sie mochten sich die Hälse ausrecken, so lang sie wollten, aus dem Sommer wurde Herbst, ohne daß es jemandem eingefallen wäre, uns unsern wissenschaftlichen Beschäftigungen zu entreißen. Es wäre auch schade darum gewesen! Nun sitze ich gegen das Ende des Oktobers eines Abends, ein Glas zur Linken und die Karte der Türkei vor der Nase, um mit dem Bleistift dem General Sabalkanskoi nachzuziehen. Draußen heult der Wind, und zwar nicht nach Noten. Ich denke an mancherlei, was mit Diebitsch nichts zu tun hat: an den Alten, der nun längst von seinen Hämorrhoiden erlöst ist, an die Brüder, an die Schlacht bei Leipzig, deren Jahrestag wir neulich dadurch feierten, daß wir auf höheren Befehl Kommandos ausschickten, um die Freudenfeuer auszulöschen. Denk' auch noch dazwischen, wozu solch ein alter Hund wie ich wohl eigentlich gut sein möge, als plötzlich mein Bursch vor mir steht und hinter ihm ein Mann im Mantel, der viel kalte Luft mit ins Quartier bringt. ‚Herr Leutnant' — will der Bursche rapportieren, aber der Fremde schnauzt ganz à la militaire: ‚Abtreten!', und verwundert winke ich meinem Kerl zu gehen. Er geht, und der andere bleibt. Ich will eben die gewohnten Phrasen machen: Mit wem habe ich die Ehre, und so fort, aber der Fremde nimmt sich, wie es in solchen Fällen heißt, selber die Freiheit, schlägt mich auf die Schulter und ruft: ‚Alter Mensch, du bist doch recht grau geworden!' Er wirft den Mantel ab und — Felix Götz war über mich gekommen, wie an der Elbe Anno Dreizehn; ich aber griff die Lampe vom Tisch und beleuchtete wiederum die Erscheinung. Es dauerte geraume Zeit, ehe ich mich von ihrer Wirklichkeit überzeugt hatte, ehe ich es glauben konnte, daß dieser durchwetterte Mann mein Bruder sei. Er war es aber, und es blieb kein Zweifel übrig. Nach einer Viertelstunde saßen wir vor vollen und geleerten Flaschen und erzählten uns wie damals an der Elbe unsere Schicksale. Beim Hauptmann von Kapernaum, Felix hatte mehr zu erzählen als ich; und Hauptmann ließ er sich auch titulieren, und ein peruvianischer Hauptmann oder ein kolumbanischer war er. Wir hatten zwischen unsern Pappeln, Teichen und Viehweiden von Bolivar, von der Schlacht bei Karabobo und der Schlacht bei Pinchincha gelesen, Felix aber hatte mit dem großen Mann aus einem Napf gegessen, und seine Schlachten hatte er mitgeschlagen. Und verheiratet war er auch, und zwar mit einer deutschen Kolonistentochter aus irgendeinem Fiebernest an irgendeinem scheußlichen Krokodilenfluß, und die Frau saß jetzt mit einem kleinen Mädchen in Paris, und der Capitano ging in Angelegenheiten, von denen er nicht sprechen durfte, nach Polen. — Als der Morgen graute, saßen wir beiden Brüder noch zusammen, und in den Tabaksqualm konnte sich eine Pionierkompagnie mit Schaufel und Hacke hineingraben. Die ganze Nacht durch hatte es geregnet, und es regnete immer noch, als es Fünf schlug und Felix aufsprang, mir die Adresse seines Weibes auf einen Zettel schrieb und versicherte, daß er nunmehr keinen Augenblick weiter zögern dürfe, da um ein Viertel auf Sechs die Post weiter gehe — nach Polen. Das war auch nicht anders als damals, als er mit den Colombischen Reitern aus unserm Biwak ritt. Ich brachte ihn zur Post, sah ihn abfahren und kam betäubt und halb benebelt durch alles, was ich in der Nacht vernommen hatte, zurück ins Quartier. Ich schrieb an die unbekannte Schwägerin und erhielt nach einiger Zeit wiederum einen Brief, den nur ein gutes, aber sorgenvolles Weib geschrieben haben konnte; in diesem Briefe wurde mir meine Nichte Franziska für künftige Zeiten anempfohlen. Aber aus Polen kamen zu Anfang des Dezembers die merkwürdigsten Nachrichten. Revolution in Warschau — Chlopicki Diktator — Schlacht bei Praga — Skrzynecki — Paskewitsch — noch ist Polen nicht verloren; — — ich wußte jetzt, weshalb Felix Götz so schnell auf der Post weiter mußte; der wilde Gesell wußte besser auf dem theatro mundi Bescheid, als wir in unserer Vergessenheit. Ich glaube, er hat manchen unserer früheren Alliierten auf dem Gewissen, aber ich bin auch fest überzeugt, daß er nicht schlechter darum schlief. Erst nach dem Malheur bei Ostrolenka kam er zurück, klopfte krank, zerlumpt und blutend an meine Tür in der Nacht vom siebenten auf den achten Januar Achtzehnhundertzweiunddreißig. Das war schuld daran, daß ich meinen Abschied nahm, um ihn nicht zu erhalten; doch darüber sprech' ich nicht gern. Er ging nach Paris zurück zu seinem armen Weib und Kind, und ich habe mich seitdem als halber Bettler und ganzer Vagabund so gut und jämmerlich als möglich durch die Welt geschlagen. Anno Sechsunddreißig war ich in Paris, und kam grad recht zum Begräbnis meiner Schwägerin. Felix war noch mehr auf dem Hund als ich. Er gab Fechtstunden, und ich hab' ihm durch ein paar Jahre dabei geholfen und ihm und mir sein Quantum ‚eau de vie‘ täglich zugemessen und seinem Kinde die deutsche Sprache gelehrt. Ich vergeb's mir heute noch nicht, daß ich endlich ging, als ich glaubte, ihn nunmehr wieder fest auf die Füße gestellt zu haben. Als ich fort war, hat natürlich das alte Lied sofort von neuem angefangen; der Teufel der Liederlichkeit hatte ihn zu fest gepackt und gewann die Bataille. Vor fünf Jahren ist der Bruder Felix gestorben; ich habe sein Kind aus der Fremde heimgeholt, und nun hab' ich erst recht gespürt, was es ist, wenn der Mensch kein eigen Dach hat, um solch ein verlassen Würmchen darunter zu bergen. Zum Theodor hab' ich das arme Fränzchen bringen müssen, und wenn ich es nicht zu lieb hätte, könnte ich schon damit zufrieden sein. Sehet dorthin, Kandidate!"

Und Hans sah auf, sah, daß es Nacht, dunkle Nacht geworden war, fühlte, daß es bitter kalt geworden war. Über der Erzählung seines Begleiters hatte er alles um sich her vergessen, hatte er vergessen, wieviel er für sich selber von dem nahen Ziel der Reise zu hoffen und zu fürchten habe.

Die Landstraße hatte sich an einem ziemlich unbedeutenden Hügel emporgewunden, und auf der Höhe derselben vollendete der Leutnant seinen Familienbericht, stand still und deutete mit ausgestrecktem Arm in die Ferne.

Nacht war's und still, kein Zweig der kahlen Bäume zu beiden Seiten des Weges regte sich. Schwarz war der Himmel, sternenleer war er, und von der zunehmenden Mondsichel war keine Spur mehr zu erblicken. Vor dem Hügel lag die Ebene, wie sie hinter ihm sich dehnte; aber mit Staunen und Schrecken starrte Hans auf den feurigen Schein vor ihm und horchte auf das dumpfe Rollen und Summen, welches aus einer unendlichen Tiefe dicht zu seinen Füßen zu kommen schien.

„Das ist die Stadt!" sagte der Leutnant Götz. „In einer halben Stunde sind wir an den Barrieren und in einer Stunde im Grünen Baum bei den Neuntötern."

Hans achtete jetzt nicht auf die letztere mysteriöse Versicherung; der ungewohnte, überraschende Anblick nahm alle seine Sinne und Gefühle gefangen und verwirrte ihn dergestalt, daß er nach Luft schnappte wie jemand, der in einer windstillen Straße in Gedanken gegangen ist und den an der Ecke plötzlich der Sturm mit vollen Backen anbläst.

„Das ist die Stadt!" wiederholte er, „das ist die Stadt! Ich habe davon geträumt, aber das ist doch noch anders als der Traum!"

Er blickte schnell zur Seite. Die Idee war ihm gekommen, sein Gefährte habe ihn verlassen, sei in die Erde gesunken, und er — Hans Unwirrsch — stehe allein dem drohenden Untier da unten gegenüber. Es war das Gefühl, welches die gefangenen Sklaven hatten, wenn das dunkle Tor hinter ihnen zugefallen war und der unentrinnbare Kreis der Arena mit seinem zerstampften Sande, seinen Blutlachen, seinem Gebrüll, Hohngelächter und Geheul sich vor ihnen dehnte. Es war eine große Beruhigung, als er statt eines hunderttausendstimmigen: Recipe ferrum! doch noch die ehrliche Stimme seines Begleiters neben sich vernahm.

„Wenn Sie genug von dem kuriosen Ding haben, so lassen Sie uns weiter marschieren. Es ist hier oben längst nicht so behaglich wie im Grünen Baum", meinte der Leutnant, den Arm des jungen Mannes nehmend.

Abwärts trabten die beiden Wanderer, und nach fünf Minuten befanden sie sich wieder auf ebenem Boden. Felder, Gärten und Gartenmauern zu beiden Seiten! — Sie kamen durch ein kleines Gehölz, dann in eine Wüstenei von Häusern, die man abzubrechen schien, die aber erst aufgebaut wurden. Fertige Häuser standen ungemütlich und frostig zwischen Pfahlgerüsten und unvollendeten Mauern oder auf kahlen Flecken. Selbst der Lichterschein, der aus diesen Häusern in die Nacht hinausfiel, hatte nichts von Gemütlichkeit und Behaglichkeit. Dies tolle Durcheinander mit seinem Geruch nach Kalk und frischbehauenen Balken schien kein Ende nehmen zu wollen, bis es auf einmal — so plötzlich ein Ende nahm, daß Hans Unwirrsch über den neuen Anblick abermals in die größte Verwirrung geriet. Die Menschen und die Laternen auf ihrem Wege hatten sich von Minute zu Minute vermehrt, jetzt standen die zwei Reisenden vor einem Tore des Teiles der Stadt, der, wie der Leutnant sich ausdrückte, fertig war. Soldaten auf Wache! Laternenreihen, die ebenfalls auf Wache zu sein schienen!

Sie standen eher vor dem Grünen Baum, als Hans es vermutet hatte. Und die Tür des gastlichen Gebäudes stand offen, und auf dem hellerleuchteten Hausflur stand der Wirt und ohrfeigte einen sehr jugendlichen und sehr hoffnungsvollen Ganymed, der vor der Tür der Gaststube die Zungenspitze vorwitzig in die Nektarschale des Zeus steckte, vulgo in das Glas Punsch, welches der Herr Oberst von Bullau bestellt hatte.

Aber die geballte Faust des Wirtes zum Grünen Baum öffnete sich, es öffneten sich die drohenden Falten seines Gesichts, der Knabe Louis entfloh seinem Griffe, und das Geheul des Knaben verklang in der Tiefe des Hauses. Nimmer wurde ein müder Wanderer unter einem Schenkenzeichen freudiger begrüßt, als der Leutnant Rudolf Götz unter dem Schilde des Grünen Baumes. Der Grüne Baum und der Leutnant Götz kannten einander seit langer Zeit, und Hans Unwirrsch zog ebenfalls Vorteil aus diesem freundschaftlichen Verhältnis.

„Das Nest beisammen, Lämmert?" fragte der Leutnant.

„Jeder Vogel auf seinem Zweig!" antwortete der Wirt in ordonnanzmäßiger Positur, beide Hände an den Hosennähten.

„Bullau?"

„Auf seinem Zweig im Baum."

„Schön! Stoff?"

„Propre!" antwortete der Wirt, den Zeigefinger langsam und bedeutungsvoll über die Lippen ziehend.

„Sehr schön! Ich gehe in das gewohnte Loch, und hier, der Herr Kandidat, erhält das Zimmer nebenan."

„Zu Befehl, Herr Leutnant!" antwortete der Wirt, mit einem Seitenblick auf unsern Hans, eine Glocke ziehend. „Johann, der Herr Leutnant auf sein Zimmer, der andere Herr auf Numero Dreizehn, Licht — schnell — marsch!"

Treppauf marschierte mit dem Lichte Johann der Hausknecht, den der Leutnant ebenfalls seit längerer Zeit zu kennen schien. Die beiden Reisenden folgten ihm; der Wirt aber sah ihnen nach, goß langsam den Punsch, welcher für den Oberst von Bullau bestimmt gewesen war, die eigene Gurgel hinab und bündelte alle seine Verwunderung und alle seine Ideen über Hans Unwirrsch und das Erscheinen desselben im Grünen Baum zusammen in dem ausdrucksvollen Wort: „Putzig!"

Sechzehntes Kapitel

Hans Unwirrsch stand noch längere Zeit betäubt in der Mitte des ihm angewiesenen Gemaches und sah auf die trübe Kerze, die Johann auf den Tisch gestellt hatte, bis ihn ein großes Wassergeplätscher nebenan aus seiner Betäubung emporschreckte. Der Leutnant Götz schnaufte und schnob gleich einem Walfisch in seinem Waschnapf, und nun — wusch sich auch der Theologe. Eben war er mit der Toilette fertig, als auch schon sein Begleiter den Kopf in die Tür steckte:

„Angenehmer Ort, nicht wahr? — etwas schmal, niedrig und dunkel, aber — sehr angenehm, Kandidate. Lag hier nach der Schlacht bei Friedland vier Wochen in der Gesellschaft von Ratten, Mäusen, alten Besen und Stiefeln versteckt. Sehr duftig und sehr angenehm. Haben ein wenig gelüftet seit dem Jahre Sieben. Lämmert senior, Vater von Lämmert junior, Unteroffizier in unserm Regiment. Patriotische Gemüter drinnen — französische Spürnasen draußen, Rettung — Tugendbund — Aufruf an mein Volk — Leipzig — Waterloo — Viktoria! Äußerst angenehm! Kommen Sie, wenn Sie im Wichs sind, man wartet drunten auf uns; wir sind gemeldet."

Mehr denn bloß erwartungsvoll folgte Hans seinem Führer die Treppe hinab, und unten an der Treppe stand bereits Herr

155

Lämmert, der Wirt, salutierte abermals und riß mit Nachdruck eine Tür auf, hinter welcher es sehr laut war.

Daß die in dem Gemach anwesenden Herren rauchten, sah man, aber die anwesenden Herren selber sah man anfangs nicht. Selbst die Gasflamme über dem Tische und die beiden Lichter auf ihm ließen sich kaum ahnen. Magisch tauchte aber ein Neuntöter nach dem andern aus dem Nebel auf, und es waren lauter ältere Herren, deren jeder ein Glas mit irgendeinem behaglichen Getränk vor sich stehen hatte, und die sämtlich die beiden Eintretenden mit einem aufgeregten Gegrunze begrüßten. Präses der Gesellschaft schien ein alter Herr mit schneeweißem Bart zu sein. Hans Unwirrsch wurde ihm zuerst vorgestellt und erfuhr, daß der würdige Alte mit der kolorierten Nase der Oberst und Oberneuntöter von Bullau sei, und daß der Leutnant Götz einst in dem Regimente desselben gestanden habe. Wir aber berichten jetzt, wer die Neuntöter eigentlich waren, was sie wollten, woher sie ihren Namen genommen hatten, und ob sie denselben mit Recht führten.

Jedes Mitglied der Gesellschaft hatte einst mittelbar oder unmittelbar mit dem Wehrstande in Verbindung gestanden; jedes Mitglied fühlte mehr oder weniger den Trieb der Geselligkeit und hatte ihn zu befriedigen gesucht, obgleich nicht jedes Mitglied unbeweibt und somit unbehütet, unbeaufsichtigt durch das Leben wandelte oder humpelte. Jedes Mitglied der Gesellschaft hatte das Recht, zu rauchen und spirituöse Getränke jeder andern Feuchtigkeit vorzuziehen, selbst dem funkelnden Tropfen im Auge der besseren Hälfte daheim, wenn besagtes Auge schmerzlich sich auf den Nagel richtete, an welchem der Hausschlüssel — gehangen hatte.

Jedes Mitglied hatte das Recht zu lügen und Gäste einzuführen, die fähig waren, bis zu einem gewissen, aber ziemlich weit hinausgeschobenen Punkte, jedwede Erzählung für verbriefte, besiegelte und beschworene Wahrheit zu nehmen.

Jedwedes Mitglied hatte das Recht, an jedem Gesellschaftsabend ein gewisses Quantum Blut zu vergießen, doch durften nach Paragraph acht der Statuten nicht mehr als neun Leichen auf den — Erzähler kommen. Davon der schöne Name des Klubs!

Nicht alle Mitglieder der Gesellschaft waren festeingesessene Bewohner der Stadt. Der Oberst von Bullau zum Beispiel brachte einen großen Teil des Jahres auf seinem Gute Grunzenow zu, andere der Herren und Vögel waren in kleinen Städten und Ortschaften der Umgegend zu Hause; aber wen Geschäfte, Reiselust, Vergnügen oder ein zusammengedrücktes Zwerchfell zur Hauptstadt führten, der suchte unter allen Umständen das alte Nest im Grünen Baum auf und war gewiß, einen Kreis wackerer Jugend- und Kampfgenossen an dem runden Tisch beisammen zu finden.

Nachdem der Oberst von Bullau den Kandidaten einer kurzen, aber eingehenden Untersuchung unterzogen hatte, entließ er ihn für dieses Mal mit dem Prädikate „dienstfähig", und Hans wurde von dem Leutnant jetzt auch den anderen Herren vorgestellt.

Zuerst machte er seinen unbeholfenen Diener vor einem rotgesichtigen, vollwangigen, apoplektischen Neuntöter, dessen Haupteigenschaften ein inniges Wohlwollen und Wohlbehagen und ein merkwürdiger Husten waren. Wohlbehagen, Wohlwollen und Husten schienen in seinem Innern im immerwährenden Kampf zu liegen und erschütterten seinen respektablen Bauch wechselweise. Dieser Herr hatte einst der Artillerie angehört und erzählte an diesem Abend eine sehr interessante Geschichte von einer feindlichen Kanonenkugel bei Bar sur Aube, die so verständig in die Mündung seiner — des Erzählers — eigenen Kanone geflogen sei und sich so regelrecht auf die Pulverladung gesetzt habe, daß — „das herauskam was ich ein richtiges Fangballspiel nenne. Paff, wir schickten sie ihnen wieder, und da sie uns allbereits das Schwanzende zugekehrt hatten, so hatten sie das Schlimmste davon, und der Spaß kostete sie elf Beine, welche wir nachher auf einem Haufen fanden, als wir zur Strecke kamen."

„Elf — elf Beine!?" fragte der Oberst von Bullau, die Augenbrauen bedenklich in die Höhe ziehend. „Lauter rechte, oder lauter linke, Kamerad?"

„Sechs rechte und fünf linke, Kamerad!" antwortete ohne Zögerung der Artillerist, und war gerettet.

„Macht sechs Mann!" summierte der Oberst, und alle Neuntöter gestanden der Geschichte „nach Adam Riese" ihre Meriten zu.

Neben dem dicken Artilleriekapitän saß auf seinem Ast ein Vogel mit einem in der Tat unheimlichen Ausdruck im linken Auge, und einem diabolischen linken Vatermörder, der triumphierend gradauf stand, während sein rechter Genosse schlaff und geknickt herabgesunken war. Dieser Herr nahm nur mit der linken Seite Notiz von dem Kandidaten, als solcher ihm vorgestellt wurde; er erzählte an diesem Abend durchaus keine Geschichte, aber er war selbst eine. Zum Finanzfach gehörte er, und der Leutnant Götz flüsterte seinem Schützling ins Ohr, der Kamerad Schwappler sei heute „links" und werde morgen „rechts" sein; seine — Schwapplers — Ansicht von der Behandlung der Organisation des Menschen bestehe darin, daß man dieselbe am besten dadurch bilde und erhalte, wenn man in allem, was sie betreffe, einen Wechsel von rechts nach links und umgekehrt eintreten lasse; heute sei der Kamerad links, knöpfe seinen Rock nach links zu und sein ganzes Wesen dito, morgen sei er rechts. Er nenne das sein „Debet" und „Kredit".

Hans Unwirrsch betrachtete das Phänomen mit Staunen, und schweigend sah ihn der Steuerrat mit dem linken Auge an, schlürfte er seinen Grog mit dem linken Mundwinkel, blies er aus dem linken Mundwinkel dichte Tabakswolken.

Einem sehr mißvergnügten Neuntöter wurde Hans vorgestellt und einem sehr fröhlichen, der aber nur einen Flügel oder einen Arm hatte. Das Abendessen, welches der Leutnant Götz für sich und seinen geistlichen Begleiter bestellt hatte, war jetzt angekommen, und mit nicht geringem Appetit folgte Hans der Einladung seines Führers und „hieb ein"; der eben erwähnte fröhliche Herr aber hielt es sofort für seine Pflicht, den Kandidaten durch eine recht appetitliche Geschichte zu erfreuen und zum Angriff zu ermuntern.

„Bouillon und Beefsteak?" sagte der fröhliche Herr, einen Blick auf Hans, die Schüsseln und Hansens Teller werfend. „Ist mir sehr zuwider — sehr! Unbehagliches Gefühl, wenn einem ein geliebtes Glied seines eigenen geliebten Körpers als Bouillon und Beefsteak vorgesetzt wird. Was denken Sie, Herr Pastore, wer von dem, was in diesen Ärmel gehörte, satt geworden ist?"

Hans wagte schüchtern seine Meinung dahin auszusprechen, daß es „Würmer" gewesen seien, welche diesen Genuß gehabt hätten, und er fühlte sich sehr erleichtert, als der fröhliche Herr die noch vorhandene Faust schwer auf den Tisch fallen ließ und rief:

„Richtig, ganz recht! Ins Schwarze getroffen, Herr Schwarzrock."

Messer und Gabel legte der Herr Pastor aber nieder, als der fröhliche Herr jetzt fragend hinzusetzte:

„Aber was für Würmer?" und die Frage selber beantwortete: „Die vier Würmer meines Bauern zu Niederkrayn an der wütenten Neiße, wo alles aufgefressen war, bis auf meinen Arm, den mir der Feldscherer abgesägt hatte. Es ging uns hart an, aber was konnte es helfen, — ich kriegte die Brühe und die andern den Braten. Der Mensch tut vieles, was er nicht lassen kann."

Der Kandidat der Theologie, Johannes Unwirrsch, tat auch, was er nicht lassen konnte; er legte Löffel, Messer und Gabel nieder, sah den fröhlichen Herrn mehrere Augenblicke starr und bleich an, wischte den kalten Schweiß von der Stirn und goß auf das Gewühl und Rumoren in seinem Innern sehr schnell hintereinander drei Gläser Wein, die ihm bei seinem aufgeregten Zustande baldigst zu Kopfe stiegen. Der fröhliche Herr spürte, wie wir leider sagen müssen, nicht die mindesten Gewissensbisse über die Wirkung seiner Erzählung, der Leutnant Götz war abgestumpft gegen ihre Wirkung, und die übrigen Herren hatten ihr Abendbrot längst hinter sich und in Sicherheit gebracht.

Sehr viel lernte Hans an diesem Abend, und nicht alles auf seine Kosten. Die Haare standen ihm seit der Bouillongeschichte noch öfter zu Berge, aber er erkannt doch auch, daß die Neuntöter im Grunde recht wackere, anständige, ehrliche Gesellen waren.

Immer mehr trat es hervor, daß der Leutnant Rudolf Götz ein sehr angesehenes Mitglied des Vereins war und es zu sein verdiente. Er log fabelhaft und war übrigens der einzige, der heute die gesetzmäßige Leichenzahl überschritt und dadurch dem allgemeinen Gegrunz, Oho, Aha und Hurra verfiel.

Nach zehn Uhr erhoben sich diejenigen der alten Knaben, welche am meisten mit dem Podagra zu schaffen hatten, und nach elf Uhr befanden sich Bullau, Götz und der Kandidat Unwirrsch allein an dem runden Tische, der in seiner Mitte einen klaffenden Spalt hatte, welcher, wie der Oberst schmunzelnd gegen Hans bemerkte, jedenfalls entstanden war, weil selbst der Tisch das Bedürfnis fühlte, das Maul aufzureißen über das, was er an jedem Abend zu hören kriegte.

Der Oberst von Bullau, der Leutnant Götz und der Kandidat Unwirrsch litten bis jetzt noch nicht an der Gicht, und nichts hinderte sie, noch einige Augenblicke vergnüglich beisammen zu bleiben, wenngleich vor Hansens Augen die Umgebung sich nicht mehr in den bestimmtesten Umrissen präsentierte. Da war ein lebensgroßes Porträt des Marschalls Vorwärts an der Wand, und immer bedrohlichere Blicke warfen Durchlaucht auf den Theologen. Da stand auf dem Ofen in der Ecke die Büste des weisen, aber mopsnasigen Mannes Sokrates, die — immer sehr verwundert, sich hiesigen Ortes zu finden, — in diesen Augenblicken mit wahrhaft beängstigendem Ausdruck der Mißbilligung von ihrer Höhe in den Dampf hinuntersah. Der Philosoph war schuld daran, daß der Kandidat Unwirrsch für ein „letztes" Glas Punsch herzlich dankte: Hans fühlte es innig, daß dieses „letzte Glas" unbedingt der Giftbecher für ihn sein würde.

Aber jetzt erst erfuhr der Oberst von Bullau ganz genau, wer der Gastfreund der Neuntöter eigentlich sei und wie es komme, daß er mit dem Leutnant Götz komme.

„I, verflucht!" sagte der Oberst von Bullau, als er erfuhr, daß der Herr Kandidate jener Präzeptor sei, welchen der Kamerade Götz so lange für das Haus seines Bruders gesucht habe. Weiter sagte jedoch der Herr Oberst nichts; — Hans Unwirrsch durfte zu Bett gehen und ging. Was die beiden alten Kriegsmänner weiter sprachen und taten, nachdem Hans schlaftrunken, unter der Aufsicht und Beleuchtung des Hausknechtes treppauf geschwankt war, können wir nicht verkünden. Jedenfalls gingen sie noch nicht zu Bett. —

Obgleich zuerst ein unbekannter, aber höchst bösherziger und schadenfroher Geist großes Vergnügen daran fand, erst das Fußende des Lagers des Kandidaten bis an die Zimmerdecke emporzuheben und darauf das Kopfende, fiel Hans zuletzt doch in einen tiefen, schweren Schlaf, der ihm weder erfreuliche noch drohende Bilder vorgaukelte. Nicht eine der fabelhaften Geschichten, die er im Klub der Neuntöter vernommen hatte, drückte ihn als Alp, und als er erwachte, war es heller Tag, und der Leutnant Götz stand vor seinem Bett, frisch, scharf, fidel, als sei auch um ihn kein Gespenstertanz in der Nacht aufgeführt worden.

„Na, junger Mensch, heute stehen Sie noch unter meinem Kommando", sagte der Leutnant. „Zu den Waffen also! Marsch aus den Federn! Morgen um diese Zeit sollt Ihr die Mundwinkel nach Belieben herunterziehen dürfen, heute aber aufwärts mit dem Riecher! Die Jugend kann die Nase nicht hoch genug heben, was man auch dagegen sagen mag. Marsch in die Kleider, Sie schwarzgebundenes Prachtexemplar aus unseres Herrgotts Regimentsbibliothek!"

Wir wollen und können nicht auf allen Wegen, welche der Leutnant an diesem Tage unsern Freund führte, mitgehen; wenngleich es sehr respektable und anständige, in jeder Beziehung anständige Wege waren. Nicht nur durch Kneipen und Konditoreien führte den Theologen der Kriegsmann. Er schleifte ihn durch das Arsenal und verschiedene Waffensammlungen, ließ aber mit Verachtung freilich die Bibliothek zur Seite liegen. Dagegen schien er sehr gern bunte Bilder in den Fenstern der Kunstläden, sowie in den Museen zu sehen, und entwickelte dabei die eigentümlichsten Kunstansichten. Die antiken Bildsäulen erklärte er für prachtvolle Kreaturen und „ganz außerordentlich dienstfähig", führte jedoch im Grunde seinen Begleiter nur deshalb in die Galerie der Skulpturwerke, um ihm ein ziemlich unanständiges Basrelief zu zeigen, auf welches ihn selber höchst frivolerweise der Herr Oberst von Bullau aufmerksam gemacht hatte.

Am Abend fand sich Hans Unwirrsch, wirbelig von allen Erlebnissen des Tages, plötzlich wieder im Grünen Baum vor einem nahrhaften Abendessen. Den fröhlichen Herrn fand er aber glücklicherweise nicht und durfte somit das Seinige in Frieden genießen.

Nach dem Abendessen erklärte der Leutnant, daß er nunmehr bereit sei, seinen Schützling in — die Oper zu führen, und sämtliche anwesende Neuntöter erklärten die „Idee" für sehr unzurechnungsfähig und sehr lächerlich. Der Leutnant führte jedoch seinen Kandidaten ohne weitere Diskussion der Frage aus dem trauten Nest der biederen Vögel hinweg, und letztere entließen das „bunte und schwarze Tuch" mit einer knatternden Abschiedssalve der bemerkenswertesten Bemerkungen und der anzüglichsten Anzüglichkeiten.

Don Juan! — — — Wenn der Mensch mit Mühe und Not in dunkeln, engen Stuben, hinter wackelnden Tischen in Kälte und Hunger, großem Hunger, aufgewachsen ist, und es endlich — endlich zum Kandidaten der Theologie gebracht hat; wenn der Mensch dazu noch gar Johannes Unwirrsch heißt und so viel im Innern und so wenig nach außen hin erlebt hat, dann ist es ein merkwürdig Ding, wenn er, zum erstenmal in ein großes Schauspielhaus tretend, sich diesem Bruchstück menschlicher Unsterblichkeit gegenüber findet.

Der prächtige Saal, die Menschen, die Lichter berauschten den Theologen mehr, als das der Wein am vergangenen Abend vermochte. Wie war es möglich, daß solch ein reiches farbenprächtiges Leben rauschen konnte, ohne daß Tausende, Hunderttausende, Millionen eine Ahnung davon hatten?

Wer hat nie das tiefschmerzliche Gefühl des Versäumthabens kennen gelernt? Hans Unwirrsch empfand es in diesem Augenblick wieder einmal recht sehr, wenn auch nur auf eine flüchtige Minute.

„Laßt Euch nicht verführen durch das närrische Gewimmel", sagte der Leutnant, der beide Arme auf die Brüstung der Loge im dritten Rang stützte und dabei aussah, als ob er sehr gern in die Tiefe hinabgespuckt haben würde. „Das muß man kennen, um es zu würdigen, Herr Kandidate. Das imponiert nur das erstemal; wartet nur auf die Musik; vor ihr ist dieses Gekribbel, Gekrabbel und Affenspiel wie Schaum, der verfliegt, wenn man dagegenbläst. Es hat nichts auf sich mit diesem Flitter! Da ist die Ouvertüre, nun sind wir alle tot und nichts, und lebendig ist allein Wolfgang Amadeus Mozart."

Der Vorhang ging auf: Leporello greinte und grinste. Don Juan lästerte, Donna Anna erschien in Verzweiflung, Wut und im Nachtrock auf der Bühne, der Komtur wurde erstochen, um später im Lapidarstil den Wüstling zu überzeugen, daß es sehr gefährlich sei, Leute von rachgierigem Gemüt, mit denen man nicht auf dem besten Fuß steht, zum Souper einzuladen. Wenn der Komtur im letzten Akt eine für Sandstein oder Marmor etwas ungewöhnliche Lebendigkeit zeigte, so saß Hans Unwirrsch wirklich wie versteinert dabei da und erwachte nicht eher zum Bewußtsein seiner selbst, bis der lebenslustige, heitere junge Spanier kopfüber in den feurigen Pfuhl gestürzt und der Vorhang niedergerollt war.

Das Rauschen und Durcheinander der sich erhebenden und drängenden Menge trieb auch den Kandidaten empor, aber der Leutnant zog ihn am Rockschoß wieder auf die Bank herab.

„Bleiben Sie sitzen, Unwirrsch", sagte er, „ich liebe es nicht, im Wirbel aus solcher Musenbude herausgeschoben zu werden. Ich bin gern der letzte im Theater, obgleich den Menschen dabei ein Gefühl überkommen kann, als ritte er der Letzte von einem Schlachtfelde. Es ist aber ein nützlich Gefühl auf all den Spektakel."

Sie blieben sitzen, und so wurde es allgemach leer um sie her; sie sahen die Lampen erlöschen und zuletzt den gewaltig funkelnden Kronleuchter; sie gingen nicht eher, bis der Logenschließer und der wachthabende Soldat ihre Blicke mit Winken verbanden.

„Nicht wahr, das gehörte dazu?" fragte der Leutnant, als sie auf der Gasse standen, und Hans konnte nur fröstelnd mit dem Kopfe nicken.

„Etwas Warmes darauf!" sagte der Leutnant dann aber auch. „Rechtsum! gradaus! Rechten, linken. Sie wollen lieber heimgehen? haben etwas Kopfweh? Dummes Zeug! Ich hab's Ihnen ja schon gesagt, morgen können Sie mit sich anfangen, was Sie wollen; heute aber trage ich die Laterne. Hier sind wir, nehmen Sie sich in acht, daß Sie nicht auf der Treppe stolpern."

In eine bekannte Weinstube nicht weit von dem Theater führte der Leutnant den Theologen, und vermischte auf dem Wege dahin allerlei Melodisches aus der eben gehörten Oper mit allerlei Hindeutungen auf die Annehmlichkeiten und Zuträglichkeiten von Kaviar und Rüdesheimer.

Nicht wenig wunderte sich der Kandidat der Theologie, als er in dieser Weinstube den Komtur ohne eine Spur von Mehlstaub im Gesicht an einem Tisch mit dem Verführer seiner reizenden Tochter sitzen sah. Ohne den Leutnant würde Hans nimmer darauf gekommen sein, daß es diese beiden behaglichen Herren mit dem prachtvollen Appetit waren, die ihm vorhin die Seele halb aus dem Leibe gesungen hatten. Manch ein unscheinbares Individuum zeigte der Leutnant seinem jungen Freunde in dem weiten Gemache und raunte ihm den Namen desselben in das Ohr, worauf Hans mehrfach besagtes Individuum beinah mit Andacht betrachtete. Mehrere sehr durstige und berühmte Künstler wurden ihm gewiesen und auch einen der größesten Geister im Lande, einen geliebten, berühmten, lyrischen Dichter sah er mit ehrfurchtsvollem Schauder und tiefer Rührung, und zwar von einem ganz neuen Gesichtspunkt aus: der Poet litt an einem furchtbaren Katarrh, trank Eierpunsch und wurde Punkt elf Uhr von einem schrillstimmigen, lumpenhaften Dienstmädchen nach Haus beordert: „Frau Doktorn läßt eine Empfehlung bestellen und sie habe nicht länger Lust, allein wach zu sitzen und auf Herrn Doktor zu warten!"

„Mi fa pietà Masetto!" sang seltsamerweise diesmal nicht Zerline, sondern der Komtur im kläglichsten komischen Baß, und der Lyriker wickelte einen sehr bunten Schal um den Hals und wurde von dem kategorischen Aschenbrödel abgeführt. Hans Unwirrsch hörte ihn draußen unter dem Fenster vorüberniesen und las von diesem Moment an die Lieder des geweihten Sängers mit gänzlich veränderten Gefühlen.

In diesem Lokale verwandelte sich auch der Leutnant aus einem Erzähler in einen Zuhörer, mit hoch emporgezogenen Augenbrauen saß er hinter seiner Flasche und Zigarre und gab acht auf die Umgebung.

Es war ein immerwährendes Kommen und Gehen, die Kellner stolperten übereinander in hastiger Verrichtung ihres Dienstes. Fast das ganze Opernpersonal männlichen Geschlechts fand sich allmählich zusammen, doch auch viele andere Herren kamen.

„Je später der Abend, desto schöner die Leute! Da kommt Theophile!" rief plötzlich Don Giovanni, als sich die Tür wieder einmal öffnete. „Da ist Stein. Hierher, hierher, Doktor! der Dichter soll mit dem König gehen —"

„Welches hier wohl so viel heißen will, als: der Kritiker soll mit dem Sänger trinken", sagte lächelnd der als Doktor Stein bezeichnete Herr, indem er seine eleganten Handschuhe auszog.

Der Leutnant Götz hatte eben seinen Platz verlassen, um in einem Nebenzimmer einen Bekannten aufzusuchen, dessen Stimme er durch all den Lärm gehört hatte; Hans Unwirrsch, der jetzt allmählich Lust bekam, die Augen ganz zu schließen, richtete sie nochmal auf seine Umgebung; sah auf den fremden Herrn am Nebentisch anfangs sehr flüchtig, dann aber wie erstarrt zwischen Freude und Schrecken.

War es möglich? War es eine Täuschung oder Wahrheit? War er es, oder war er es nicht? ... Kein Zweifel, er war's trotz Bart und allem andern.

Zitternd vor Aufregung erhob sich der Kandidat und trat zu auf den Herrn, der ihm jetzt den Rücken zuwandte. Leise berührte er seinen Arm; und jener drehte sich um und sah dem Theologen voll ins Gesicht.

„Moses! Moses Freudenstein!" murmelte Hans Unwirrsch, beide Arme ausbreitend zur Umarmung; jener jedoch trat einen Schritt zurück und schien einen Augenblick in seiner Erinnerung zu suchen, während seine Augenbrauen sich zusammenzogen und seine Lippen fest sich schlossen. Aber er schien schnell, wenn auch nicht freudig überrascht, zu einem Entschluß gekommen zu sein. Er faßte fest beide Hände des Kandidaten und zog ihn dicht zu sich heran.

„Ei, du bist es, Hans? Bist du es? Welch ein Zusammentreffen! Sprich nicht so laut! O wie ich mich freue! Nenne meinen alten Namen nicht mehr, ich will dir später sagen, warum nicht. Jetzt bin ich der Doktor Theophile Stein. Mach mir hier keine Szene, Freund! alle die Narren sehen auf uns! Nachher — morgen, nachher!"

Moses Freudenstein schob den bestürzten Jugendfreund von sich und wandte sich wieder zu den andern Herrn. Sie schienen ihn über den Auftritt und den drolligen Schwarzrock auszufragen; er flüsterte ihnen etwas zu, und nun sah jedermann mit einem gewissen wohlwollenden Lächeln auf den armen Hans.

Noch einmal trat Moses zu dem Freund und sagte leise und eindringlich:

„Geh zu deinem Tisch zurück. Errege kein Aufsehen, es hängt viel für mich davon ab. Sei ein guter Kerl, Hans, wie du es immer gewesen bist. Mach uns hier keine Szene!"

Von allen Seiten wurde jetzt der Doktor Theophile Stein gerufen. Er schien ein sehr beliebter und bekannter Charakter zu sein. Wie der Kellner in Shakespeares Heinrich dem Vierten mußte er nach allen Seiten hin. „Gleich! Gleich!" antworten. Bald war er von einer ganzen Schar der Anwesenden umgeben; jedermann horchte mit lachendem Mund auf seine Aussprüche. Witzig, scharf zufahrend im höchsten Grade waren diese Aussprüche; niemand schien ihm auf irgend einem Felde Stand halten zu können; — nichts, nichts, nichts in dem Wesen des Mannes erinnerte mehr an den dunkeln Laden in der Kröppelstraße, an den königlich westfälischen Lakai! Hans war zu seinem Tisch zurückgewichen und strich immer von neuem die Haare aus der Stirn; es war ihm fast unmöglich, an das zu glauben, was er sah und hörte.

Jetzt kam der Leutnant Götz zurück und sagte, indem er neben Hans sich wieder niederließ:

„Ah, da ist ja auch der Doktor Stein! Ein merkwürdiges Menschenkind, Herr Kandidate. Ist erst vor kurzem in hiesiger Stadt angelangt — Literat — Journalist — Buch über den Weltgeist oder dergleichen. Ein fabuloses Mundwerk. Wenn ich nur wüßte, wo ich das Gesicht schon gesehen habe! Kann nicht sagen, daß mir der Mensch so außerordentlich gefalle, aber die andern haben ohne Frage den Narren an ihm gefressen."

Hans saß auf glühenden Kohlen; er wußte, wo der Leutnant seinen Moses Freudenstein, der sich jetzt Theophile Stein nannte, gesehen hatte; er mußte es sagen, und doch durfte er es nicht, denn plötzlich richteten sich die schwarzen Augen des Jugendgenossen mitten aus dem Gewühl auf ihn. Den Finger legte Moses auf den Mund und schüttelte den Kopf. Der arme Hans befand sich in ungemütlicher Kollision der Pflichten, aber die Kröppelstraße ging nochmals aus dem Kampfe in der Brust des Theologen als Siegerin hervor, das Posthorn zu Windheim unterlag. An diesem Abend erfuhr der Leutnant noch nicht, wer der interessante Fremdling war; Hans aber versprach sich fest, dem Zwiespalt in seinem eigenen Innern so schnell als möglich ein Ende zu machen; er beruhigte sich endlich in dem Gedanken, daß es zu gegebener Zeit leicht sein müsse, diese beiden edlen Charaktere einander entgegenzuführen und vorgefallene kleine Zwistigkeiten auszugleichen.

Seit der Doktor Theophile erkannt hatte, daß Hans ihn nicht an den Leutnant verraten werde, widmete er sich gänzlich dem eigenen fröhlichen Kreise, ohne weitere Notiz von dem Jugendgenossen zu nehmen. Als aber der Leutnant sich zum Abschied gerüstet hatte und zuerst aus der Tür gegangen war, fühlte der Kandidat plötzlich eine Berührung, Moses stand neben ihm und drückte ihm eine Karte in die Hand; dann sprang er zurück, küßte wie zärtlich die Fingerspitzen gegen den Freund, und Hans befand sich einen Augenblick später auf der Gasse an der Seite des Leutnants Götz, der heute auch übermüdet zu sein schien und an der Kammertür im Grünen Baum schnell Abschied von seinem Begleiter nahm.

Lange betrachtete der Kandidat in seiner Kammer die Karte mit der Adresse des Jugendfreundes. Schwer wog sie auf seiner Seele, obgleich sie zart und zierlich genug war.

Siebenzehntes Kapitel

Fast die ganze Nacht hindurch mußte Hans Unwirrsch auf alle die Turmuhren horchen, deren Glockenklänge bis zu seinem Kopfkissen drangen. Stimmen von jeder Art vernahm er, wie er wachend lag. Zwölffach rief ihm die große Stadt jede verrauschte Viertelstunde ins Ohr. Aus der Nähe wie aus der Weite kamen die Klänge; — erst die dumpfe, ganz nahe Glocke, dann die feine, die in der Ferne bimmelte und viele Ähnlichkeit mit der Passagierglocke eines Bahnhofes hatte. Auf das feine, ferne Stimmchen das sonore Dröhnen von dem Nikolausturm; und so fort, so fort, eine Uhr und Glocke der anderen dicht auf dem Nacken folgend.

Es war ein eigen Ding, zu liegen in dem fremden Haus, der fremden Stadt, der fremden Welt, die nächtlichen Stunden zählend, und das vergangene Leben im Geist zu wiederholen, um die wirren, tollen Erlebnisse der Gegenwart nur irgendwie damit verknüpfen zu können.

An diesem Morgen brauchte der Leutnant Götz „seinen Präzeptor" nicht aus den Federn aufzujagen: vollständig gerüstet fand er ihn, und bereit, — wie derselbe Leutnant sich ausdrückte, „einen breiten Buckel zu machen für alles, was man ihm auflegen mochte."

Dreimal ging der Leutnant Götz um den Kandidaten der Gottesgelahrtheit herum und betrachtete ihn mit Wohlgefallen.

„Wie auf der Bühne", sagte er, als er zum drittenmal seinen Kreis vollendet hatte. „Was ist die Theologie ohne schwarze Hosen? Was ist ein Präzeptor ohne Frack? Donner und Hagel! — famos! Etwas aus der Mode, aber sehr anständig! Freundchen, wenn diese beiden schönen schwarzen Schwänze dem Bruder Theodor nicht gefallen, — so — so kann's nur an dem blauen Taschentuch liegen, das vielleicht etwas zu naseweis für die feine Frau Schwägerin zwischen ihnen — ich meine den Frackschößen — hervorguckt."

Schnell schob Hans das Taschentuch so tief als möglich in den Abgrund der Tasche, der Leutnant aber rief:

„Lassen Sie hängen! lassen Sie dreist hängen! Deshalb habe ich's wahrhaftig nicht bemerkt! Was geht Sie der Theodor und die Kleophea an; wenn nur —"

Der Alte brach ab; Hans Unwirrsch erfuhr jetzt nicht, was sich an dieses „wenn nur" schließen sollte. Um fünfzehn Minuten nach elf Uhr war er mit dem Leutnant auf dem Wege zum Hause des Geheimen Rats Götz.

Den Ratschlag des alten Kriegers, sich vor dem Ausmarsch durch einen Kognak zu stärken, hatte Hans fest abgelehnt, und der Leutnant hatte gesagt:

„Alles in allem genommen, mögen Sie recht haben; mein Herr Bruder hat eine ziemliche Nase und möchte durch dieselbe einen ungerechtfertigten Argwohn in sich hineinziehen. Vorwärts!"

Schief hatte Hans den kandidätlichen Frack über dem klopfenden Herzen zugeknöpft. Aus dem Fenster des Grünen Baums hatte der Oberst von Bullau spaßhaft ironisch mit einem weißen Taschentuch gewinkt; lächelnd, aber ohne Ironie sah die Sonne vom Himmel auf den Präzeptor herab. Das Wetter ließ heute weniger zu wünschen übrig, als die Stimmung des Leutnants. Auf dem ganzen Wege sprach oder brummte er vielmehr mit sich selbst; die Mütze hatte er tief in die Stirn gezogen, die Hände schien er in den Taschen seines Oberrocks geballt zu haben. Wie er kurz angebunden war, war durchaus nicht zum Entzücken, und recht ordentlich fuhr der Präzeptor zusammen, als der übellaunige Führer plötzlich schnarrte: „Verflucht, da sind wir ja schon!"

167

Sie hatten erst die lebensvolle, lärmvolle Geschäftsstadt hinter sich gelassen, hatten dann ein stilleres Viertel, vornehmeres Viertel durchwandert und gelangten jetzt durch einen Teil des Parkes zu der letzten Häuserreihe eines noch vornehmeren Viertels, welche sich den Park entlang zog, und von ihm durch Fahr- und Reitwege getrennt war. Durch kleine, aber selbst in dieser frühen Jahreszeit zierlich gehaltene Gärten gelangte man zu den Häusern dieser Straße; und vor einem eleganten eisernen Gartentor stand jetzt der Leutnant still und deutete grimmig auf das elegante Gebäude jenseits des runden Rasenfleckens und des leeren Springbrunnenbeckens.

Grimmig zog der Leutnant die Glocke des Gartentores, Sesam tat sich auf, um den Rasen und das Brunnenbecken schritten die beiden Herren. Drei Treppenstufen — eine reich geschnitzte Tür, die sich ebenfalls von selbst zu öffnen schien — ein dämmeriger, vornehmer Flur — bunte Glasscheiben — die Töne eines Fortepianos — ein kreischender Papagei irgendwo in einem Zimmer — ein Bedienter in Grün und Gold, welchem Hans Unwirrsch in der Verwirrung auf den Fuß trat, und der es verachtete, von den gestammelten Entschuldigungen Notiz zu nehmen — eine geöffnete Tür — ein Fräulein in Violett — ein melodisch vergnügter, überraschter Ausruf und ein helles Gelächter des Fräuleins — drei Viertel auf Zwölf!

„Der Onkel! der schreckliche Onkel, der Onkel Petz! O welch ein Glück! Onkelchen Grimmbart, vor allen Dingen einen Kuß, mon vieux!"

Das Fräulein in Violett hing so plötzlich am Halse des bärbeißigen Alten, daß er den Kuß dulden mußte, und ihn, wie es schien, etwas weniger mißgestimmt erwiderte. Dann machte er sich aber schnell aus den schönen Armen los, schob das Fräulein in Violett zurück und wandte sich an seinen schwarzen Hans:

„Dies ist meine Nichte Kleophea; meine Nichte mit dem frommen Namen und dem bösen Herzen. Hüten Sie sich vor ihr, Herr Kandidate."

Der Herr Kandidat trat der jungen, schönen Dame nicht auf den Fuß, in achtungsvollster Ferne verbeugte er sich vor ihr, und sie erwiderte seinen Gruß durchaus nicht unfreundlich. Das wechselnde, holdselige Licht ihrer Augen machte einen großen Eindruck auf Hans, trotz der Warnung seines treuen Eckarts.

„Wollen Sie mir den Herrn nicht gleichfalls vorstellen, Onkel Rudolf?" fragte Kleophea lächelnd. „Meinen Namen und meinen

Charakter haben Sie nach Gebühr kund gemacht; Sie wissen, daß in meinem bösen Herzen Sie das lichteste und behaglichste Winkelchen innehaben. Nun seien Sie billig und —"

„Herr Johannes Unwirrsch aus Neustadt, Kandidatus der Gottesgelahrtheit — ein junger Mensch, wohlgeschickt, verzogene Rangen von beiden Geschlechtern zur Räson zu bringen, — ein Jüngling, der meine ganze Billigung besitzt."

„Das ist sehr übel für Sie, Herr Kandidat", sagte das Fräulein. „Was mein Onkel billigt, das wird in diesem Hause — Jean, ich bitte Sie um alles in der Welt, starren Sie uns nicht so geistreich an, gehen Sie doch; vielleicht existiert irgendwo doch noch eine nützliche Beschäftigung für Sie! — wird in diesem Hause sehr oft, ungemein oft nicht in seinem vollen Wert erkannt. Aber Sie gefallen mir, und ich will Sie unter meinen allerleichtsinnigsten Schutz nehmen, Herr Kandidat Umquirl."

„Unwirrsch! Kandidatus Theologiae Unwirrsch!" schnarrte der Leutnant.

„Bitte um Verzeihung! Also Sie, Herr Kandidat, sind der duldsame Herr, den wir für unseren lieblichen, engelhaften Aimé so lange vergeblich gesucht haben? O wie interessant, Herr Rumwisch!"

„Unwirrsch! zum Henker!" rief der Leutnant. „Ist dein Vater zu Hause, Mädchen?"

Kleophea nickte. „Marsch!" kommandierte der Alte; Jeans hasenhaft aufgesperrte Augen und imponierender Backenbart erschienen, als Kleophea, Hans und der Leutnant die Treppe hinaufstiegen, von neuem auf dem Flur, und ihr entrüsteter Besitzer wartete mit Ungeduld auf den Wagen der gnädigen Frau, welcher die Nachricht, daß der Hauslehrer in der Begleitung des Herrn Leutnants Götz angelangt sei, jedenfalls sehr interessant sein mußte.

An der Seite des Kandidaten stieg Kleophea die Treppe hinauf. Der Oheim stieg ihnen brummend nach.

Zwölf Stufen! Mit der dreizehnten wandte sich die Treppe nach rechts, und als Hans oben auf dem Korridor sich nach dem Leutnant umsah, war dieser verschwunden. Der Kandidat stand mit Kleophea allein, und das Fräulein amüsierte sich sehr über den verblüfften Herrn Hauslehrer.

„Ja, wo ist er? wo mag er geblieben sein?" lachte sie. „Kennen Sie ihn von dieser Seite noch nicht? Er hat Sie hierher abgeliefert und ist verschwunden wie ein alter, schnauzbärtiger Zauberer. Der Zauberwagen ist zu einer leeren Nußschale geworden, die Rosse haben sich als Mäuse verkrochen; geben Sie nur das Umsichblicken auf, Herr Unwirrsch. Der Alte wird höchstwahrscheinlich meine Cousine Franziska aufgesucht haben. Sie sind jetzt auf sich und mich allein angewiesen; — hier ist das Zimmer meines Papas, ich werde mir ein Vergnügen daraus machen, Sie vorzustellen. Ohne Schmeichelei, Sie gefallen mir recht gut, und ich hoffe, daß wir beide in diesem Hause uns das Leben nicht allzu sehr verbittern werden."

Da sie ihn bei den letzten Worten ansah, so war Hans außer stande, sich vor ihr zu hüten, wie ihm der Leutnant so eindringlich anempfohlen hatte. Diese braunen Augen besaßen eine Zaubermacht ersten Ranges, und wenn Circe in nur irgend ähnlicher Weise geblickt hatte, so war es kein Wunder, wenn Gryllus lieber ein Schwein in ihrem Dienst, als ein Koch im Dienst des Odysseus sein wollte.

Aber die Tür öffnete sich. Durch einen eleganten Salon führte Kleophea den Kandidaten in ein anderes Gemach voll Bücher- und Aktenschränke. Drei Verbeugungen machte Hans Unwirrsch gegen einen umfangreichen, mit grünem Tuch überzogenen Tisch, der auch mit Büchern und Akten bedeckt war. Ein Herr saß hinter dem Tische und erhob sich bei dem Gruß aus seinem Sessel, wuchs lang, lang, immer länger — dünn, schwarz, schattenhaft — empor und stand zuletzt lang, dünn und schwarz, zugeknöpft bis an die weiße Halsbinde, hinter seinen Akten da, gleich einem Pfahl mit der Warnungstafel: An diesem Ort darf nicht gelacht werden.

Kleophea lachte aber doch.

„Der Herr Kandidat Unwirrsch, Papa", sagte sie; wieder verbeugte sich Hans, und der Geheime Rat Götz räusperte sich, schien es sehr zu bedauern, aufgestanden zu sein, blieb jedoch, da er einmal stand, stehen, und fuhr mit dem rechten Arm schnell nach dem Rücken, was in jedem andern als dem Kandidaten die Vermutung erregt haben würde, jetzt drücke er auf eine Feder, oder drehe eine Schraube, oder ziehe an einem Faden.

Was er aber auch an den beiden Knöpfen am Hinterteil seines Frackes vornehmen mochte, die Folge davon war eine schlechte Nachahmung einer der sechs theologischen Verbeugungen.

„Der Herr Kandidat Unwirrsch", wiederholte Kleophea ihre Vorstellung, während der Papa in einem wirklichen geheimen Rat zu überlegen schien, in welcher Weise er den Präzeptor empfangen sollte. Jetzt entschloß er sich und sagte:

„Ich sehe den Herrn, habe ihn auch bereits seit zehn Minuten erwartet, heiße denselben aber auch jetzt noch willkommen. Ist mei—ne Frau, deine Mutter zu Haus, liebe Kleophea?"

„Nein, Papa."

„'sehr leid! Herr Kandidat, ich hoffe, daß ein längeres, näheres Zusammenleben uns auch näher zusammenführen wird. Kleophea, wann wird mei—ne Frau, deine Mutter nach Haus kommen?"

„Ich kann es nicht sagen, Papa. Du weißt, daß sich selten darüber etwas Genaues bestimmen läßt."

Es schnurrte jetzt in dem Geheimen Rat, und er räusperte sich bedenklich: Hans Unwirrsch hielt es für gelegen, seinen festen Willen kund zu geben, sich so nützlich als möglich zu machen und seinem schweren, aber auch segensreichen Werke mit allen Kräften obzuliegen. Er sprach dem Rate seinen besten Dank aus für das Vertrauen, welches er in einen unbekannten Mann gesetzt habe, und gelobte freiwillig, es in keiner Weise zu täuschen.

Der Geheime Rat hatte wieder hinten an seinen Mechanismus gedrückt und war langsam in seinen Sessel, hinter seine Aktenhaufen hinabgesunken. Zweifelhaft konnte es sein, ob er über die Worte seines neuen Hauslehrers tief nachdenke, oder ob er dieselben gar nicht gehört habe; aber wahrhaft magisch war's, wie er wieder in die Höhe fuhr, als plötzlich der grüngoldne Lakai im Zimmer stand und anzeigte, daß die gnädige Frau soeben nach Haus gekommen sei und auf der Stelle den neuen Lehrer sehen und sprechen wolle.

„Gehen Sie, Jean, und sagen Sie mei—ner Frau, ich würde ihr den Herrn Kandidaten sogleich vorstellen. Liebe Kleophea, willst du nicht vorangehen zu deiner Mutter?"

Jean verbeugte sich und ging; Kleophea zuckte die Achseln, lächelte und ging ebenfalls. Als sie beide fort waren, geschah ein Wunder, — der Geheime Rat faßte den Kandidaten am Knopf, zog ihn dicht zu sich heran und flüsterte ihm zu:

„Es ist mein Wunsch, daß Sie in diesem Hause bleiben, Sie gefallen mir, soweit sich Ihre Personalakte bis jetzt übersehen ließ, sehr gut. Ich wünsche, daß Sie auch meiner Frau gefallen mögen. Tun Sie das Ihrige dazu, und nun kommen Sie."

Durch den schon erwähnten Salon führte der Geheime Rat jetzt den Kandidaten zu dem gegenüberliegenden Zimmer, an dessen Türe noch einmal eine merkliche Veränderung über den Mann kam. Die Federn in seinem Innern schienen plötzlich ihre

Spannkraft zu verlieren, das Räder- und Zugwerk versagte seinen Dienst, die ganze Gestalt schien kleiner zu werden, — der Herr Geheime Rat klopfte an die Tür seiner Gemahlin und schien Lust zu haben, vorher durch das Schlüsselloch zu sehen, oder doch an demselben zu horchen. Einen Augenblick später stand Hans Unwirrsch vor der Herrin des Hauses.

Eine stattliche Dame in Schwarz mit Adlernase und Doppelkinn — ernst wie eine sternenlose Nacht; auf einem dunkelfarbigen Diwan, hinter einem dunkelfarbig behängten Tische! Feierlicher Eindruck des ganzen Gemaches! Jeder Stuhl und Sessel ein Altar der Würde. Ernst, keusch, feierlich und würdig Wände, Plafond und Teppiche, Bilder und Vorhänge — alles in stattlicher Ordnung und Gesetztheit bis auf den siebenjährigen kaffeegesichtigen, geschwollenen, kleinen Schlingel, der beim Anblick des Präzeptors ein entsetzliches, widerliches, wütendes Geheul erhob und mit einer Kinderpeitsche Angriffe auf die Beine des Kandidaten Unwirrsch machte!

„O Aimé, welch ein Betragen!" sagte die Dame in Schwarz. „Komm zu mir, mein Liebling, rege dich nicht so schrecklich auf. Kleophea, willst du nicht dem Kinde das Peitschchen fortnehmen?"

Kleophea zuckte wiederum mit den Achseln:

„Ich danke, Mama. Aimé und ich —"

Die gnädige Frau, mit der Hand winkend, rief:

„Schweig nur; ich weiß schon, was jetzt kommen wird. Sieh, mein Püppchen, was ich dir für deine Peitsche gebe!"

Einer Bonbontüte konnte das liebliche Kind nicht widerstehen, es gab sein Marterinstrument in die Hände der Mutter, die dadurch alles erhielt, was ihr noch zur letzten Vollendung ihrer imponierenden Erscheinung fehlte.

Mit der Peitsche in der Hand widmete sich jetzt die Geheime Rätin gänzlich dem neuen Hauslehrer. Sie unterwarf ihn einem strengen Examen und erbat sich die allergenaueste Auskunft über die „Führung" seines Lebens. Moral und Dogma des jungen Mannes, dem ein so kostbares Juwel anvertraut werden sollte, waren ihr sehr wichtig, und nicht ganz ging's bei einigen Einzelfragen ohne Stirnrunzeln ab. Im ganzen jedoch fiel das Examen zugunsten des Examinanden aus, und der Schluß war sogar recht befriedigend.

„Ich freue mich, hoffen zu können, daß Ihr Wirken in diesem Hause ein gesegnetes sein werde", sagte die gnädige Frau. „Sie werden finden, Herr Kandidat, daß der Herr Sie unter ein streng christliches Dach geführt hat. Sie werden finden, daß der Samen des Heils in dem Herzen dieses kleinen, sensitiven Engels bereits ausgestreut ist. Unter meiner speziellen mütterlichen Aufsicht werden Sie zur Entfaltung aller schönen Blüten in diesem jungen Herzen nach Kräften beitragen, und der Herr wird Ihr Werk uns zum Segen gereichen lassen. Demütigen und einfältigen Herzens werden Sie unter uns wirken und sich durch kein weltliches Lächeln und Spötteln (hier traf ein Blick und ein imaginierter Peitschenhieb die schöne Kleophea) beirren lassen. Aimé, mein süßes Blümchen, du darfst jetzt dem Herrn Kandidaten die Hand geben."

Das süße Blümchen mußte die Aufforderung jedenfalls falsch verstanden haben. Statt dem Herrn Kandidaten die Hand zu geben, zeigte es ihm etwas anderes und brach von neuem in jenes vorhin erwähnte Mark und Bein durchdringende Geschrei aus; und als der Hauslehrer es wagte, sich ihm zu nähern, stieß es mit den Füßen nach seinen Schienbeinen, so daß er schmerzlich bewegt zurückwich, und nur aus der Ferne die Hoffnung aussprach, daß Aimé und er bald vertrauter miteinander werden würden.

„Ich hoffe es auch", sagte die gnädige Frau. „Ich hoffe, daß Sie alles aufbieten werden, sich die Liebe und Zuneigung meines Knaben zu erwecken. Durch ein kindlich einfältiges und demütiges Wesen läßt sich leicht die Liebe eines Kindes erlangen. O, welch einen Schatz lege ich in Ihre Hände, Herr Unwirrsch!"

Der Geheime Rat hatte während der ganzen Verhandlung nicht ein einziges Wort gesprochen. Was er im Innern seines Busens bewegte, ward in keiner Weise kund; der gute Mann hatte gelernt, in Gegenwart seiner Gemahlin stille in dem Herrn zu sein.

Kleophea war ganz verschwunden. Was sie hinter dem Fenstervorhang, hinter dem sie sich versteckt hatte, trieb, blieb ebensosehr ein Geheimnis, wie die Gefühle des Papas. Die Gefühle des Herrn Hauslehrers waren nicht die angenehmsten. Mit Unbehagen sah er in die Zukunft und gestand sich seufzend, daß auch Kohlenau seine Reize gehabt habe. Er fühlte sich von einer Luft umgeben, die den Schweiß beförderte, ihn aber auch zurückhielt. Mit nicht allzuheißem Dank dachte er an den Leutnant Rudolf Götz, der ihm die Ehre und das Vergnügen verschafft hatte, in diesem Hause Erzieher zu sein. Das rätselhafte Verschwinden des Mannes im wichtigsten Augenblick und auf der Treppe konnte auch nicht zu seinen Gunsten gedeutet werden; Hans Unwirrsch fing an, den Leutnant Rudolf Götz für einen arglistigen Charakter zu halten; der getreue Eckart verwandelte sich in einen heimtückischen Irrwisch, der mitten im Sumpf erlosch. Hans Unwirrsch sank unter den Blicken der Geheimen Rätin Aurelia, Geborener von Lichtenhahn, langsam aber sicher in die Tiefe, und weder hinter dem Fenstervorhang noch hinter dem Rücken des Geheimen Rats kam eine helfende Hand hervor.

Von einer andern Seite streckte sich die Hilfe bringende Hand aus.

„Wo ist Franziska?" fragte die gnädige Frau. Kleophea hinter dem Vorhang wußte es nicht; der Geheime Rat wußte es ebenfalls nicht.

„Bitte, Herr Unwirrsch, wollen Sie die Güte haben, die Glocke zu ziehen?" sagte die gnädige Frau, und Hans Unwirrsch suchte mit den Blicken den Zug. In dem Augenblick aber, wo er ihn gefunden hatte, öffnete sich bereits die Tür, die aus dem Salon in das Gemach der gnädigen Frau führte, und eine kleine, unscheinbare Gestalt im grauen, unscheinbaren Kleide glitt mit gesenkten Augen in das Gemach; — Hans Unwirrsch klingelte nicht. An Franziska Götz hatte er während der letzten halben Stunde nicht gedacht.

„Da bist du ja, Franziska," rief die Geheime Rätin. „Meine Nichte, Fräulein Götz, Herr Unwirrsch!" fügte sie kurz hinzu und sah dabei womöglich noch stattlicher, aber auch noch viel gletscherhafter aus. „Laß dem Herrn Kandidaten sein Zimmer anweisen, Kind; wir haben ihn unter unsere Hausgenossen aufgenommen."

Franziska Götz verneigte sich stumm, und als sie unhörbar an Hans vorüberglitt, hob sie die Augen zu ihm empor, um sie blitzschnell wieder zu senken.

„Folgen Sie dem Fräulein, Herr Kandidat", sagte die gnädige Frau, die Peitsche weglegend. Hans machte ihr abermals eine Verbeugung, von welcher diesmal keine Notiz genommen wurde; er verbeugte sich vor dem Geheimen Rat, der wenigstens ein klein wenig auf seinen Mechanismus drückte, und da der Fenstervorhang sich jetzt leise bewegte, so machte Hans auch dem eine Verbeugung; dann folgte er dem Fränzchen des Leutnants Rudolf und erlaubte sich, auf dem Korridor tief, aber doch vorsichtig aufzuatmen.

Da stand auch wieder der majestätische Bediente, dessen Backenbart immer mehr anzuschwellen schien, je länger man ihn betrachtete. Über seine Achselschnüre sah er mit legitimer Verachtung auf den „neuen Hauslehrer" und gab nur zweifelhafte Geneigtheit kund, den ungentilen Hungerleider zurechtzuweisen.

Fräulein Franziska Götz sah aber auch zweifelhaft auf den Mann in Grün und Gold, wandte sich dann an Hans und sagte leise:

„Wenn Sie die Güte haben wollen, mir zu folgen, so werde ich Ihnen Ihr Zimmer zeigen."

Sanft war ihre Stimme, zärtlich und mild, „ein köstlich Ding an Fraun", wie der alte König Lear sagte, und auf den Hacken drehte sich Jean bei ihrem Klang und schritt davon, mit ungebogenen Knien, sehr auswärts und sehr überzeugt, daß er seine Stellung zu wahren wisse.

„O mein Fräulein, wie seltsam führt uns das Schicksal wieder zusammen, und wie sehr habe ich demselben dafür zu danken!" rief Hans; das Fräulein aber legte den Finger auf den Mund und flüsterte:

„Ich habe meinen Onkel Rudolf gesehen — habe ihn gesprochen — — — er hat mir von Ihnen erzählt. O mein armer, treuer, lieber Onkel Rudolf!"

Sie schwieg, aber Hans Unwirrsch sah eine Träne an ihren Wimpern; er wagte es nicht mehr, sie anzureden, sondern folgte ihr stumm in das zweite Stockwerk des Hauses. Im Innersten seiner Seele sagte er: „Gottlob!" Er mußte wohl Ursache dazu haben.

„Hier ist Ihr Gemach", sagte Franziska, eine Tür aufschließend. „Mögen Sie frohe und glückliche Stunden darin verleben. Es ist mein herzlichster Wunsch und auch der meines Onkels Rudolf, welcher Sie sehr gern zu haben scheint."

„Wie danke ich Ihnen, wie dem Herrn Leutnant! Und es ist alles so unverdient, was der Herr Leutnant an mir getan hat! Es ist so traumhaft, wie er mein Geschick in die Hand genommen und mich in dieses Haus geführt hat."

„Er hat oft von Ihnen gesprochen seit jenem Abend, an welchem wir in jenem Wirtshaus zusammentrafen. Ich war damals sehr bekümmert, sehr unglücklich. O der gute Onkel Rudolf! auch mein armes Leben hat er geführt. Ach, wenn Sie ihn ganz, ganz kennten, Herr Kandidat!"

„Ich hoffe, ihn nach seinem vollen Wert kennen und schätzen zu lernen!" rief Hans. „Bei längerem Aufenthalt in diesem Hause —"

Wie erschrocken legte Franziska wieder den Finger an den Mund.

„In diesem Hause dürfen Sie nicht so viel von dem Onkel Rudolf reden!" sagte sie. „Die Tante liebt ihn nicht. Es ist recht traurig."

„Ah!" seufzte Hans Unwirrsch, und im nächsten Augenblicke hatte ihn des Leutnants Fränzchen allein in seinem neuen Aufenthaltsort gelassen; er konnte sich ihn genauer betrachten und aus dem Fenster sehen, nachdem er die vier Wände und die Gerätschaften gemustert hatte. Die blautapezierten Wände, die vier Stühle, der Tisch, der Kleiderstock, das kleine Sofa und der kleine Kanonenofen hatten nichts Außergewöhnliches an sich; der Blick aus dem Fenster dagegen war nicht so leichthin abgetan.

Jetzt sprang der Brunnen inmitten des Grasplatzes und spielte lustig im Sonnenschein mit einer glänzenden Messingkugel. Da war das zierliche Eisengitter, welches das geheimrätliche Besitztum von dem Spazierweg der großen Stadt schied. Es war etwas Wunderbares für Hans Unwirrsch, auf diesen Weg und sein Gewühl von Wagen, Reitern und Fußgängern hinabzublicken und vergeblich zu warten, daß der bunte Strom sich verlaufe. Und da war jenseits des Weges für Rosse und Fußgänger der waldähnliche Park und die schnurgeraden Alleen, in die man hineinsah wie in einen Guckkasten. Und wie mußte das alles sein, wenn erst die Bäume grün waren! Wahrlich, diese Hoffnung auf dieses Grün konnte allein schon einigen Trost im Grau der Gegenwart gewähren.

Der Hausknecht vom Grünen Baum brachte jetzt mit einem Gruß des Herrn Leutnants Götz die Reisetasche des Kandidaten und entriß denselben dadurch seinen Fensterbetrachtungen. An den Faktor zu Kohlenau mußte der zurückgelassenen Habseligkeiten wegen geschrieben werden; aus dem Taschenexemplar des griechischen Neuen Testamentes, das Hans auf den Tisch legte, fiel die Karte, auf welcher fein in Stahl gestochen zu lesen war:

Dr. Theophile Stein,
Hedwigstr. 25, 2 Tr.

Hans Unwirrsch hatte keine Zeit mehr, zu träumen; er mußte überlegen, so gut ihm das bei dem Durcheinander der Gestalten und Verhältnisse in seinem Innern möglich war. Moses Freudenstein und Franziska Götz, Franziska und die gnädige Frau, die gnädige Frau und Kleophea, der Geheime Rat, Jean in Grün und Gold; — bellum omnium contra omnes, und Hans Unwirrsch, Candidatus theologiae und Präzeptor mitten dazwischen! Es war ein Zustand, in welchem der Mensch wohl berechtigt war, nach der Stirn zu greifen, wie jemand, der mit verbundenen Augen längere Zeit im Kreise gedreht wurde, und der nach abgenommener Binde sich durchaus nicht fest auf den Füßen fühlt und noch weniger weiß, was er von seiner Umgebung denken soll.

Auch Hans Unwirrsch fühlte das unabweisbare Bedürfnis, einige Federn seines Wesens schärfer anzuspannen und einige Schrauben desselben anzuziehen. Er las ein Kapitel des Neuen Testaments und darauf eine Seite in einer Taschenausgabe des Epiktet. Nachher konnte er mit größerer Fassung dem stattlichen Jean unter die Augen treten, als dieser ihn zum Diner hernieder entbot und die Bemerkung fallen ließ, daß es anständig sei, mit weißen Handschuhen dabei zu erscheinen.

Zum erstenmal aß Hans Salz und Brot mit seiner neuen Lebensgenossenschaft. Wieder hatte er viele Fragen nach seiner Präexistenz zu beantworten, und es zeigte sich, daß in seiner Präexistenz viele der Dinge, welche auf die Tafel kamen, noch nicht vorgekommen waren. Die gnädige Frau blieb auch jetzt eine Geborene von Lichtenhahn, der Geheime Rat blieb, was er war; Kleophea lächelte und zuckte die Achseln, Aimé war sehr unaimable, und Fränzchen saß zu unterst am Tisch neben dem Kandidaten Hans Unwirrsch.

Achtzehntes Kapitel

Der neue Hauslehrer orientierte sich nun in dem Hause des Geheimen Rates Götz, so gut es angehen wollte. Den Leutnant bekam er richtig nicht wieder zu Gesicht, und so war er im Anfang vollständig auf sich allein angewiesen. Daß das Regiment des Hauses in den Händen der gnädigen Frau lag, mußte auch dem Befangensten bald klar werden; in seinem Kollegio mochte der Geheime Rat eine Autorität sein, in seinem Heimwesen war er es jedenfalls nicht.

Mit starker Hand führte Aurelia Götz, Geborene von Lichtenhahn, das Zepter, nicht allein der Sitte, und ließ selten etwas über sich kommen. Bis an die Grenzen des Reiches Kleopheas gebot sie unumschränkt; Reunionskriege über jene Grenzen hinaus waren jedoch immer erfolglos gewesen, und so herrschte zwischen Mutter und Tochter das, was man in der Politik einen bewaffneten Frieden nennt.

Kleophea erschien dem Hauslehrer als ein Wunder, und sie war es auch in mancher Beziehung. Außergewöhnlich schön, war sie auch außergewöhnlich talentreich. Sie zeichnete und malte vortrefflich, doch am liebsten Karikaturen, sie spielte Klavier und sang, wenngleich ihre Stimme nicht zu den klangvollsten gehörte; sie sprach und schrieb mehrere Sprachen, am liebsten aber die französische. Sie las viel, überschlug aber auch viel, doch nie das, was junge Damen lieber überschlagen sollten. Eine ihrer schrecklichsten Waffen gegen die Mama war, daß sie imstande war, in einem vollen Gesellschaftszimmer höchst unbefangen Bücher und Schriftsteller zu zitieren, die einen ganzen Teetisch in die Luft sprengen konnten. In einem Damentee, und noch dazu in einem frommen, den Boccaccio und den Decamerone zu nennen, mußte freilich auf die Mama wirken wie ein Flintenschuß auf eine Schneealpe. Es kam eine Lawine herunter, aber verschüttet wurde weiter nichts als einige Tassen Tee. Das schöne Haupt der Sünderin ließ sich nicht so leicht verschütten; die glänzenden Augen leuchteten munter durch alle eisigen, stäubenden Wirbel, und es befand sich in dem entsetzten Zirkel keine Matrone, die nicht ein Fräulein, das sich in solcher Weise bloß geben konnte, zu vielen andern Dingen fähig hielt. —

Wie zornig nach jedem solchen Vorfall die Geheime Rätin Götz sein mochte und wie sehr sie Recht dazu haben mochte: Recht behielt sie nicht. Kleophea war eine gewandte Dialektikerin, fast so gewandt in der großen Kunst wie Moses Freudenstein. Mit tausend allerliebsten Bosheiten schlug sie die Mutter aus allen ihren Verschanzungen, und es gab keinen Engel im Himmel, der das Verhältnis zwischen der Geheimen Rätin Götz und dem Fräulein Kleophea Götz gebilligt hätte.

Kleophea haßte ihre Mama schon des Namens wegen, welchen sie in der Taufe von derselben erhalten hatte. Von frühester Jugend an hatte sie gegen diesen Namen Opposition gemacht, und viel, sehr viel in ihrer jetzigen Charakterentwicklung war aus diesem Namen und der Opposition dagegen abzuleiten.

Die Geheime Rätin war sehr kirchlich gesinnt und hatte in ihrem Boudoir einen sehr zierlich geschnitzten Betschemel aufgestellt, an welchem Kleophea in ihrer Kindheit so oft und so lange hätte knien müssen, daß sie es jetzt fast für ihre Pflicht hielt, sich an demselben und allem, was damit zusammenhing zu rächen. Sie wurde im vollsten Sinne das enfant terrible des Hauses, und daß unter so bewandten Umständen die Schrauben am und im Mechanismus ihres Vaters vor ihren vorwitzigen Fingern sicher seien, war eigentlich nicht zu verlangen. Der Geheime Rat hatte noch weniger Einfluß auf die Tochter, als die Geheime Rätin; der Unterschied zu seinem Nutzen lag nur darin, daß er, der Vater, nicht so sehr darauf bestand, eine Autorität auszuüben. Seine Frau hatte ihn das gelehrt.

Um ihren Bruder kümmerte sich Kleophea durchaus nicht. Sie erklärte ihn für eine „ekelhafte kleine Kröte", und er durfte kaum sich in ihre Nähe wagen. Sie war die einzige im Hause, welche die Tyrannei des kränklichen, verzogenen Kindes nicht duldete, wodurch sich freilich das Verhältnis zur Mutter nicht besserte.

Ganz eigentümlicher Art aber war das Verhältnis der Tochter des Hauses zu der darin aus Barmherzigkeit aufgenommenen armen Verwandten. Anfangs war ihr Kleophea mit großer Freundlichkeit entgegengekommen; eine Bundesgenossin glaubte sie gewonnen zu haben, hatte sich darauf gefreut, mit ihr zusammen den Schelm spielen zu können, und fühlte sich um so mehr enttäuscht, als sie das Fränzchen nach der ersten Stunde ihres Zusammenseins für ein „Lamm" erklären mußte. Nun versuchte sie es, ein Sklavin aus der Cousine zu machen, und dieses gelang ihr wenigstens zum Teil. In allen Dingen, bei denen es nicht auf das Weh anderer abgesehen war, unterwarf sich das stille Fränzchen vollständig der schönen, munteren Kleophea; doch zu keinem der vielen Streiche, die das Hauswesen dann und wann in Verwirrung brachten, bot Franziska Götz ihre Hand und Hilfe. So war sie bald Vertraute, bald das Gegenteil, so wurde sie jetzt geliebkost und verhätschelt, um im nächsten Augenblick schnöde kühl beiseite geschoben zu werden. Je nachdem die Wolken am Himmel des Hauses wechselten, je nachdem der Barometer der Mädchenlaune stieg oder fiel, wurde des Leutnants Fränzchen aus dem Winkel hervorgeholt oder in denselben zurückgetrieben. Immer gut, sanft und freundlich blieb des Leutnants Fränzchen, und nur ein scharfes Auge konnte den oft so leidvollen Ausdruck ihrer Züge erfassen.

Von der Tante wurde die Nichte nicht ganz so gut behandelt, als man hätte wünschen sollen. Die Geheime Rätin hatte mit ihren beiden Schwägern nie auf dem besten Fuße gestanden;

weder Felix noch Rudolf paßten in den Kreis ihrer Anschauungen; sie hielt sie beide für „gemeine Naturen", im besonderen aber Felix für einen „geächteten, gottlosen Freibeuter und Jakobiner", — und Rudolf für einen „leichtsinnigen Bettler und unsittlichen Vagabonden". Dessenungeachtet hatte sie die Waise gern in ihr Haus aufgenommen; die Stadt sprach davon, und man konnte auch selber davon sprechen. Es war Christenpflicht, der Verlorenen eine hilfreiche Hand zu bieten; es war Verwandtenpflicht, den Versuch zu machen, „das bejammernswerte, verwahrloste Geschöpf" den anständigen Kreisen der Gesellschaft zu erhalten. Es gab keine Frau in der ganzen Stadt, die ihre Pflichten genauer kannte, als die Geheime Rätin Götz; aber ein so großer, sittlicher Vorzug das auch sein mochte, Franziska fühlte sich darum nicht glücklicher in der Temperatur dieser Pflichten, denn kühl, sehr kühl war diese Temperatur — —

Den süßen Aimé durfte der Präzeptor nur unter den Augen der Mama unterrichten, und der Lehrer schwitzte dabei mehr als der Schüler. Manches hatte die Geheime Rätin an dem armen Hans auszusetzen; seine Lehrmethode, seine Ansichten erschienen ihr oft im höchsten Grade tadelnswert, und daß er nicht schon jetzt ein Nervenfieber bekam, hatte er nur der ungemeinen Zähigkeit seiner Nerven zu danken.

Der größte Trost für den Präzeptor lag in dieser Epoche in der Gefräßigkeit seines Zöglings. Sehr oft überarbeitete, das heißt, überaß sich Aimé, und an den Tagen, an welchen er dafür büßte und sich etwas zu voll fühlte, fühlte sich sein Lehrer verhältnismäßig erleichtert. An einem solchen Tage fand er auch Gelegenheit und Zeit, von der Karte Gebrauch zu machen, die ihm der Doktor Theophile Stein in die Hand gedrückt hatte, und die ihm schon so viele Sorgen gemacht hatte, der schiefen Stellung wegen, in welche er durch sie sowohl dem Leutnant Götz, als auch der Hausgenossin Franziska gegenüber kam. Der Gedanke, daß Moses Freudenstein am meisten zur Lösung dieses für einen Menschen, wie Hans, so bedenklichen Knotens beitragen könne, kam ihm natürlich auch allmählich wieder in den Sinn.

Wie ein Maikäfer, der einem Knaben entwischte, aber noch den Faden, an dem er gehalten wurde, am Beine trägt, flog Hans aus. Das wonnige Gefühl der Freiheit und Selbständigkeit, mit welchem er quer durch den Park und durch die ersten Straßen der Stadt schritt, wich jedoch mehr und mehr, je weiter er in dem Gewühl vordrang. Als er vor dem eleganten, modernen

Gebäude in der Hedwigstraße, in welchem der Doktor Stein den zweiten Stock bewohnte, stand, fühlte er sich wieder bedeutend beklommen, starrte geraume Zeit nach den Fenstern hinauf und hätte viel darum gegeben, wenn der Moses oder Theophilus aus einem derselben hätte heraussehen und rufen wollen: „Na, alter Kerl, was stehst du da und gaffst? Es ist richtig, es ist meine Bude, komm herauf und salve!"

Da aber niemand aus dem Fenster sah, als eine alte Dame im ersten Stock und diese sehr bedrohlich, so blieb für Hans zuletzt doch nichts weiter übrig, als in das Haus einzutreten und die Treppe hinaufzusteigen. Er nahm es für ein günstiges Zeichen, daß jene alte, grimmige Dame nicht auch aus einer Tür guckte, als er über die Wachstuchdecke ihrer Hausregion schritt oder vielmehr auf den Zehen schlich. Er hätte nicht gewußt, was er antworten sollte, wenn sie ihn gefragt hätte, was er suche und ob sie nach der Polizei schicken solle. Ohne Fährlichkeiten erreichte Hans das zweite Stockwerk und die Tür, an der ein Porzellantäfelchen den geänderten Namen seines Jugendfreundes verkündete.

Er klopfte, fuhr aber mit höchst charakteristischem Ruck des Oberkörpers zurück, als nicht Moses, sondern eine frische, jugendliche Weiberstimme „Herein" rief. Er starrte nochmals das Schildchen mit dem Namen an: es war ganz richtig — Dr. Theophile Stein! Wie lange er noch seine Zweifel hin und her gewogen hätte, wenn die Tür nicht von drinnen geöffnet worden wäre, können wir nicht sagen. Aber sie wurde geöffnet, und eine hübsche junge Dame mit sehr schwarzem Haar und einem etwas aufgestülpten Näschen blickte auf den Korridor hinaus und auf den schwarzen Theologen.

Sie lachte sehr über den letzteren, gab aber der Kürze der Zeit wegen keinen Grund dafür an. Hinter diesem heitern Fräulein tauchte das Gesicht Theophiles auf, und zwar mit etwas ärgerlich verlegenem Ausdruck; er schien das Gebaren der jungen Dame für unpassend zu halten und suchte sie in das Zimmer zurückzuziehen. Als er jedoch den Mann erkannte, der geklopft hatte, zuckte er die Achseln und lächelte:

„Ah, du bist's, Hans. Komm herein! Du durftest auch ohne Anklopfen hereintreten!"

Er flüsterte dann der jungen Dame etwas sehr ernst, fast böse ins Ohr, diese aber zuckte wiederum die Achseln — fast wie Kleophea Götz — und lachte, ohne viel auf die Worte des Doktors zu achten. Sie hüpfte zurück ins Zimmer, griff ein zierliches, rosiges Hütchen von einem Stuhl, setzte dasselbe vor dem Spiegel auf und warf zum größten Schrecken des Kandidaten der Theologie Johannes Unwirrsch aus Neustadt diesem durch denselben Spiegel eine Kußhand zu, was der Doktor Theophile Stein wieder sehr mißbilligte. Den Zipfel eines schönen großen Manteltuches reichte das Fräulein dem Kandidaten Unwirrsch und deutete ihm durch lebendige Zeichen an, daß sie ohne seine spezielle Hilfe nicht imstande sei, dieses Tuch um ihre hübschen Schultern zu legen. In seine Verlegenheit und in die weiten Falten des Schals verwickelte sich der Kandidat natürlich so sehr, daß die Heiterkeit des Fräuleins ihren Höhepunkt erreichte. Der Doktor Theophile machte der Sache dadurch ein Ende, daß er dem unbeholfenen Theologen den Umhang entriß und den Ritterdienst selber versah. Nun verbeugte sich das Fräulein sehr tief und feierlich vor beiden Herren, um jedoch in demselben Augenblick in ihre vorherige Lustigkeit zu verfallen.

Wieder küßte sie die Hand gegen den Kandidaten Unwirrsch, und merkwürdigerweise rief sie ihm, obgleich er ihr gar nicht vorgestellt worden war, von der Tür aus zu:

„Bon jour, monsieur le curé!"

Zierlich wie ein Vogel entschlüpfte sie, und der Doktor Stein folgte ihr auf den Gang hinaus. Noch längere Zeit vernahm Hans ein helles Gelächter, während er sich in dem Zimmer seines Jugendfreundes umsah.

„Famos!" sagte er unwillkürlich beim ersten Blick, und dieser Studentenausruf war ganz und gar an seinem Platze. Im reichsten Maße entfaltete Moses Freudenstein den Luxus des gebildeten Mannes. Die Unordnung, die im Gemache herrschte, war nur scheinbar; jedes Möbel stand da, wo es stehen mußte, um zur Bequemlichkeit beizutragen. Bei einem zweiten Blick schüttelte der gute Hans freilich den Kopf; manches gefiel ihm bei näherer Betrachtung doch nicht ganz, einige Bilder und Statuetten erregten sogar seine höchste Mißbilligung; — die Reste eines üppigen Frühstücks auf dem Tische beunruhigten sein Schicklichkeitsgefühl viel weniger, als die Tizianische Venus, welche sich auf ihrem Ruhebett so breit machte.

„Traître, va!" rief die helle Stimme auf dem Gange, und einen Augenblick später trat Moses in das Zimmer zurück und begrüßte nun den Jugendgenossen aufs freundlichste.

„Da bist du also endlich, altes Haus!" rief er. „Du hattest an jenem Abend, wo du aus der Wolke tratest wie ein griechischer

Gott, versäumt, mir deine Karte zu geben, ich würde dich sonst jedenfalls selbst aufgesucht haben, denn ich brenne vor Neugier, zu erfahren, wie du in jene Weinstube und in diese Stadt kommst. Setze dich, Alter; hoffentlich hast du noch nicht gefrühstückt."

Hans dankte sehr für alle leibliche Nahrung; sein Herz war zu voll. Über die alten Erinnerungen vergaß er alles andere, für diesen Augenblick gewann Moses den alten Einfluß über ihn in seinem ganzen Umfange zurück. Übrigens ließ ihm der Freund auch gar nicht Zeit, seine Ideen zu ordnen.

„Es würde mir sehr leid tun, wenn ich dich eben gestört hätte", hub Hans an.

„Gestört? In diesem Nest der Langeweile? Keineswegs. Du bist mir willkommener als irgend jemand."

„Wahrscheinlich eine Verwandte von dir?"

„Des südlichen Teints, der schwarzen Locken und Augen wegen? Du irrst dich, Schlaukopf. Es ist eine Tochter Frankreichs — echtes Pariser Vollblut, das heißt, es ist eine — eine arme Waise, eine kleine Putzmacherin, que sais je, der ich in Paris allerlei Gefälligkeiten erwiesen habe, und die hierher gekommen ist, um bei den Damen hiesiger Stadt ihr Glück zu machen. Denke nicht zu schlecht von mir, du frommes Blut."

Weshalb sollte Hans darum schlechter von dem Freunde denken, weil dieser sich einer armen Waise in bedrängten Umständen hilfreich angenommen hatte? Eifrig sprach er ihm seine ganze Billigung aus und setzte hinzu, daß er etwas anderes auch gar nicht von dem Jugendgenossen erwartet habe. Moses Freudenstein freute sich sehr, die Meinung des Theologen getroffen zu haben, und das Gespräch wandte sich zu wichtigeren Dingen.

Obgleich nun eigentlich Hans die meisten Fragen zu stellen hatte, und obgleich Moses Freudenstein von Rechts wegen hätte Antwort darauf geben müssen, so drehte letzterer sogleich das Verhältnis um: Moses fragte, und Hans antwortete.

„Nun sage, alter Knabe, wie ist's gekommen, daß du der Kröppelstraße untreu wurdest? Weshalb haben sie dich nicht zum Stadtpfarrer von Neustadt gemacht, die Philister? Was treibst du hier in Babylon? wo wohnst du? wie lebst du?"

Hans berichtete, daß er Hauslehrer im Hause des Geheimen Rats Götz sei, und der Freund sah hoch auf.

„Dort! da?! Diable! Hans, weißt du, daß du ein beneidenswerter Gesell bist? Wahrhaftig, ich bin überzeugt, daß dieser Mensch sein Glück gar nicht kennt. Unter demselben Dache mit der schönen Kleophea zu leben; Hans, Hans, manch einer würde viel darum geben, wenn er sich an deiner Stelle befände!"

Mit einem tiefen Seufzer bemerkte der Hauslehrer, daß er nicht einsehen könne, worin hier das große Glück bestehe, und immer heiterer wurde der Freund.

„Per Bacco! ein köstlicher Kerl bist du immer gewesen, Hans, und du bist es noch. O, wenn du wüßtest, wie dankbar ich dir dafür bin, daß du gerade in diesem Hause deine Erziehungsexperimente machst. Ich darf dich doch besuchen?"

„Gewiß, gewiß — ich freue mich so sehr darauf! Erinnerst du dich wohl noch der Abende, die wir in deines Vaters Hinterstübchen und später auf der Universität zubrachten? Du hast mir oft den Angstschweiß auf die Stirn getrieben; aber es waren doch schöne Zeiten."

„O ja", seufzte Moses, „sehr schöne Zeiten. Aber die Gegenwart ist auch etwas wert. Ich werde gewiß bald an deine Tür klopfen, Hans!"

Nun schob aber plötzlich der Präzeptor seinen Stuhl zurück und sah den Freund an:

„Moses, du hast schon eine Bekannte in dem Hause des Herrn Geheimen Rats, und diese Kunde hat mir lange schwer auf der Seele gelegen. O, weshalb hast du niemals an mich geschrieben? Es war sehr, sehr unrecht von dir. Ich habe dich deshalb auch nicht zur Verteidigung aufrufen können — gottlob, daß ich es jetzt kann. Weshalb ist der Leutnant Rudolf so erzürnt auf dich, und was hast du seiner Nichte, Fräulein Franziska, welche jetzt in dem Hause ihrer Verwandten wohnt, getan?"

„Leutnant Götz? Fräulein Franziska Götz?" fragte Moses ganz verwundert.

„Jawohl, jawohl! im Posthorn zu Windheim haben sie deinen Namen genannt, und sehr böse hat der Herr Leutnant über dich gesprochen. Viel hätte ich darum gegeben, wenn ich damals deine Adresse gewußt hätte. O, es war sehr unrecht von dir, daß du mir niemals schriebst."

Nun erzählte Hans, wie einst der Leutnant Götz behauptete, den Doktor Freudenstein in Paris zu kennen; und Moses zog die dunkeln Brauen zusammen und warf sehr finstere Blicke auf den armen Hans. Aber er war Herr über sein Mienenspiel, glatt ward seine Stirne, und nach einigen Augenblicken lächelte er wie gewöhnlich. Ruhig ließ er Hans ausreden und sagte dann:

„Also das ist es? Sieh, Hans, dir gegenüber muß ich mich verteidigen, so gut ich es kann. Einem andern würde ich wohl nicht das Recht zugestehen, solche Fragen an mich zu stellen. Ich bin sehr jung in die Welt hinausgeworfen worden, und weil ich immer nur auf die eigene Kraft angewiesen war, so war's kein Wunder, wenn ich zuletzt einen sehr übertriebenen Begriff von derselben bekam. So mußte ich denn natürlich mein Lehrgeld bezahlen, wie jedes andere unglückliche Menschenkind. Obgleich ich als Doktor der Philosophie nach Paris ging, gab's noch vielerlei zu lernen. Aber die echte Philosophie lernt sich nicht auf den Schulbänken; wer davon das seinige kapieren will, tut wohl, sich auf einen Eckstein zu setzen, das Maul aufzusperren und zu warten, bis die Weisheit zu Wagen, zu Pferd oder zu Fuß vorbeikommt. So hab' ich in Paris wie anderwärts gesessen, und allerlei Volk habe ich kennen gelernt. Viel Lehrer habe ich gehabt und wie gesagt, viel Lehrgeld bezahlt, ein gut Teil von dem letzteren an den Papa der jungen Dame, welche du vorhin erwähntest. Der Mann war ein Trunkenbold und — ein — Stück von einer Kanaille; ein Charakter, der jedem lebhaften, jugendlichen Geiste gefährlich werden mußte. Er hatte viel erlebt und wußte gut davon zu erzählen, wenn er nicht betrunken war; er ernährte sich dadurch, daß er Fechtstunden gab und ein eigentümliches Talent besaß, in den Cafés der Boulevards und den Schenken der Barriere junge Leute an sich zu ziehen; und da er die Fechtstunden in seiner Wohnung hielt, so kam jeder sowohl mit der Tochter wie dem Vater in Berührung. Die edleren Naturen unter uns bedauerten das arme, kummervolle Kind; die Taugenichtse gebärdeten sich nach ihrer Art gegen sie. In seinen nüchternen Momenten war der Chevalier — so nannte man den Mann — ein grimmiger Wächter der Ehre seines fünften Stockwerks und seines Kindes; aber er war selten nüchtern, und die arme Franziska war dann völlig auf sich selbst angewiesen. Da hat sie mir leid getan, und ich habe mich ihr genähert; ohne ihr Wissen habe ich sie oft vor dem Hunger und vielleicht auch manchem andern Unheil geschützt. Ohne mich würde der Teufel ihren Vater noch viel früher geholt haben, als es geschah. Der alte Freibeuter starb im Delirium tremens, und das Kind war ganz verlassen; auch da habe ich mich des unglücklichen Mädchens angenommen, bis der Herr Onkel aus Deutschland kam, um es heimzuholen. Ich war ein Jude, Hans Unwirrsch, und ich habe meinen Lohn dafür genommen. Das Fräulein meinte, ich habe meine Grenzen überschritten; — als ich mich wehrte, wurde ich beleidigt und geschmäht. Es war die alte Geschichte vom Lohn der Welt; — der jungen Dame will ich übrigens nicht den mindesten Vorwurf machen; sie war stets ein Engel und wird es hoffentlich auch jetzt noch sein. Deinen Leutnant habe ich kaum zu Gesicht bekommen; ich werde kein Wort mehr über diese Geschichte verlieren; — dreist kann ich dem Fräulein Franziska unter die Augen treten."

Moses schwieg und sah wieder finster auf den Freund; unruhig rückte dieser auf seinem Stuhl hin und her; jetzt sprang er auf und lief durch die Stube. Sollte er dem Freunde glauben oder dem Leutnant? Er wußte keinen Rat; hätte er gesehen, auf welche Weise er während seines Umherlaufens von Moses beobachtet wurde, er würde dem Leutnant geglaubt haben; so aber blieb ihm nichts übrig, als mit einem tiefen Seufzer dieses Blatt für jetzt umzuschlagen.

„So setze dich doch, Hans!" rief endlich der Jugendgenosse. „Glaube mir, diese Sachen kümmern mich mehr als dich. Ich hatte schwerer daran zu tragen, und es ist nicht recht von dir, daß du die erste Stunde unseres Wiedersehens auf solche Weise trübst."

„O, Moses! Moses!"

„Nenne mich nicht Moses! ich heiße Theophile — Theophile Stein; — ich habe dem Glauben meiner Väter entsagt und bin Christ, katholischer Christ!"

Hans Unwirrsch setzte sich jetzt wirklich, und zwar auf den nächsten Sessel. Gründlicher waren noch niemals seine Gedanken von einem Punkt auf den andern gewendet worden. Es dauerte Minuten, ehe er sich soweit gefaßt hatte, daß er stammeln konnte:

„Du, du? Du, Moses Freudenstein? Du Katholik? Du Christ?"

Theophile, wie wir den Sohn des Trödlers aus der Kröppelstraße von jetzt an immer nennen dürfen, nickte, indem er sich in seinem Sessel wiegte.

„Ich bin katholischer Christ. Ich, Theophile Stein, Doktor der Philosophie, demnächst vielleicht außerordentlicher Professor der semitischen Sprachen an hiesiger Universität. Mein Leben ist wilder gewesen, als das deinige, Hans Unwirrsch, so bin ich auch dem Untergang dann und wann näher gewesen, als du, aber unschätzbare Weisheit habe ich aus den Strudeln und Wirbeln, aus dem Abyssus, mit emporgebracht."

„Und du glaubst? Du glaubst? Du bist gläubig zur katholischen Kirche übergetreten?"

„Zur allein selig machenden", sagte Theophile. „Ich, der Sohn

Samuels, des jüdischen Trödlers, habe es vollbracht im Besitz meiner gesunden fünf Sinne und bei vollständigem geistigen Bewußtsein. Ich hab's gewagt mit Sinnen, wie Herr Ulrich von Hutten, der Ketzer, sagen würde."

„O Moses, Moses!"

„Theophile, liebster Freund! Theophile Stein. Der Moses aus dem Trödelladen, der Moses aus der Kröppelstraße ist tot und begraben und wird nicht wieder auferstehen."

„Du, der Skeptiker? Der Zweifler? Ich fasse es nicht!" rief Hans in halber Verzweiflung.

„Lieber Alter", sagte Theophile, „so schnell läßt sich das auch nicht begreifen. Du kennst allzu wenig von meinem Leben, um dir auf der Stelle ein Urteil über mich und meinen Weg bilden zu können. Es findet sich aber wohl noch Gelegenheit, wo du klar sehen wirst. Ich rechne dann auf deine Billigung. Jetzt laß uns auch über diesen Punkt schweigen; ich habe längst damit abgeschlossen."

Wortlos und wie vernichtet saß Hans Unwirrsch da. Was er vernommen hatte und die Art, wie er es vernommen hatte, gefiel ihm gar nicht. Er konnte seines Unbehagens in keiner Weise Herr werden.

Wieder lenkte der Doktor Stein das Gespräch auf das Haus des Geheimen Rates, er nahm ein ungemeines Interesse an allem, was dasselbe betraf. Über Kleophea erfuhr er allmählich alles, was Hans von ihr, ihrem Wesen und Sein wußte.

„Ich bin dem Mädchen hier und da in der Gesellschaft begegnet", sagte Theophile. „Diese holde Spötterin mit dem biblischen Namen wird überall in einer Weise besprochen, die mich sehr reizt, ihre nähere Bekanntschaft zu machen. Du mußt mich in dem Hause vorstellen, Hans."

„Ich?!" fragte der Hauslehrer der Frau Geheimen Rätin Götz mit einem solchen Ausdruck kläglichster Hilflosigkeit, daß Theophile hell auflachte.

„Armer Kerl, ich vergaß! Nun, ich werde dich besuchen und — nous verrons. Was das stille Veilchen anbetrifft, das da im Verborgenen blüht — die andere junge Kreatur —"

„Fräulein Franziska!" rief Hans. „O, Mo — Theophile, ich bitte dich, sprich nicht in solchem Ton von ihr!"

„Nein, nein; entschuldige mich, lieber Junge. Du kennst ja meine Art. Jenes arme Kind hat freilich mehr Anspruch auf meine Achtung und Teilnahme, als irgend jemand! Was, du willst schon gehen?"

„Meine Zeit ist abgelaufen, und über das Wichtigste willst du doch nicht mit mir sprechen. So lebe denn für jetzt wohl. O Moses — Theophile — wie anders habe ich dich wiedergefunden!"

„Aus Knaben werden Männer, Hans. Du lebst immer noch, sozusagen, außerhalb deiner Zeit, sitzest still und hörst nur ein großes Sausen und Brausen in der Ferne. Ich dagegen arbeite mitten im Sturm, und es ist so oft ein schwieriges Ding, sich dabei auf den Füßen zu halten. So lebe denn wohl für jetzt. Wir werden uns bald wiedersehen. Wenn du mir einen Gefallen erweisen willst, so sprich für jetzt daheim nicht von mir. Lebe wohl, Alter."

Hans ging und wäre jedenfalls an diesem Tage ein schlechter Lehrmeister gewesen; aber glücklicherweise wurde seine Kunst nicht in Anspruch genommen, Aimés Verdauungsbeschwerden gestatteten noch immer nicht die kleinste geistige Anstrengung. In seine Stube stieg der Präzeptor hinauf und schloß die Tür hinter sich ab. In seine beängstigenden Gedanken mischten sich scharf die Töne von Kleopheas Stimme und Fortepiano. Die junge Dame sang mit großer Bravour eine italienische Arie; aber der Gesang mißfiel dem Hauslehrer, wie der Religionswechsel seines Jugendfreundes.

Neunzehntes Kapitel

Es blieb für die nächste Zeit alles, wie es war. Der Hauslehrer tat seine Pflicht so gut als möglich; die gnädige Frau fand immer mehr heraus, daß er leider doch auch einen recht versteckten und heimtückischen Charakter besitze; Kleophea fand einen neuen Namen für Franziska, nannte sie l'eau dormante und zeichnete Karikaturen über Hans, von denen mehrere in seinen Besitz übergingen, die er stets sogleich unter den übrigen Gedenkblättern und Zeichen seines Lebens aufhob. Franziskas Schritt über den Boden blieb so unhörbar wie vorher, und ihr freundlich-sorgenvolles Gesicht wurde selten durch ein Lächeln erhellt; von dem Leutnant kam weder Gruß noch Botschaft, er war und blieb verschwunden. Von dem Geheimen Rat war in des Geheimen Rates Hause am wenigsten die Rede. Hans beklagte ihn von Tag zu Tag mehr und beneidete den armen Mann nicht um die Grandezza, mit welcher er auf seinen armen Hauslehrer herabsah. Jean, der Bediente, war ein freierer Mann als sein Herr, der sich aus den Ketten der häuslichen Tyrannei nur in den jammervollsten, stupidesten Bureaukratendünkel, der je von einer freien Seele verlacht wurde, flüchten konnte.

Es sah um diese Zeit wunderlich aus in der Seele des Kandidaten der Gottesgelahrtheit, Johannes Unwirrsch aus der Kröppelstraße. Inmitten des Getriebes, nach welchem er sich so gesehnt hatte, stand er; niedergestiegen war er, und das große Brausen hatte sich aufgelöst in einzelne Stimmen und Töne, und mehr gelle und böse Stimmen als liebliche vernahm er um sich her.

Und die Anzeichen des wiederkehrenden Frühlings mehrten sich. Der Himmel wurde blauer, das Gras um den Springbrunnen grüner; auch über die Wipfel des Parkes lief ein freudiger Schein, und die Vögel wurden lustiger und lauter darob. Kleopheas Klagelieder über die Langweiligkeit und Nüchternheit des Winters schlugen um in Frühlingsbetrachtungen, die sich in mehr als einer Hinsicht von den Ergüssen der lyrischen Gedichtsammlungen unterschieden und nicht ganz zu den pensées musicales über das erste Veilchen paßten, die das Fräulein an ihrem Flügel so kunstfertig absang. Sie tadelte gern, denn es ist viel leichter, geistreich zu tadeln, als geistreich zu loben. Zu allen andern Bedrängnissen hatte sich Hans sehr gegen den Zauber zu wehren, welchen das schöne Mädchen auf ihn ausübte.

Franziska war stiller als je.

Doktor Theophile Stein machte dem Hauslehrer des Geheimen Rates Götz seinen ersten Besuch.

Von Tag zu Tag hatte ihn Hans erwartet; doch er kam erst im Anfang des April, und Jean, der Bediente, hatte seine Karte erst in das Zimmer der gnädigen Frau gebracht, ehe er den Besuch zu dem Zimmer des Präzeptors geleitete.

Hans empfing den Jugendfreund mit sehr gemischten Gefühlen; aber seine Gegenwart übte bald den alten Einfluß aus und zerstreute die Wolken, die sich um das Bild jenes Moses aus der Kröppelstraße zusammengezogen hatten.

Sehr gewinnend und liebenswürdig war der Doktor Stein; er spottete nicht mehr über die Unbeholfenheiten und Eigentümlichkeiten des armen Hans; sondern er behandelte sie jetzt mit einem gewissen gutmütigen Humor, den Hans niemals an ihm gekannt hatte, und der ihm unendlich wohl tat. Nach der Heimat und den Bekannten von Neustadt erkundigte sich der elegante Doktor aufs eingehendste, und die Weise, wie er über die Mutter des Freundes, ihr Leben und ihren Tod sprach, konnte nicht inniger und teilnehmender sein. Er erkannte alte Bücher in der kleinen Bibliothek des Jugendgenossen wieder und erinnerte sich des Tages, an welchem er seinen Namen und das Wort des Chrysostomus vor eine theologische Abhandlung vom Ursprung des Bösen gesetzt hatte: Pono sedem meam in Aquilonem et ero similis Altissimo. Als er aber bemerkte, daß er dadurch die Rede auf seinen Übertritt zum Christentum lenkte, brach er schnell ab und fing an, allerlei Fragen zu stellen, die anfangs nur auf das Leben des Freundes im allgemeinen Bezug hatten, dann aber allmählich sich immer fester und bestimmter auf das Leben des Hauslehrers des Geheimen Rates Götz bezogen. Und sehr aufmerksam und sehr zerstreut zu gleicher Zeit war der Doktor Stein während der Fragen. Keine Antwort mußte er sich wiederholen lassen, und doch horchte er auf jedes Geräusch im Hause, auf alle Schritte und alles Türklappen. Als Kleophea anfing zu singen, erhob er sich schnell, setzte sich aber ebenso schnell wieder und fragte:

„Das ist nicht die Tochter des Chevaliers? des Kapitän Götz?"

„Nein, es ist Fräulein Kleopheas Stimme."

„Ah!"

Er horchte einige Augenblicke, um dann seine Fragen von neuem aufzunehmen, und gab Hans wiederum mehrfachen Grund zur Verwunderung. Nach der Bauart des Hauses erkundigte er sich, nach der Lage und Einrichtung der Zimmer des ersten Stocks, nach den Bildern an den Wänden und nach der Bedienung in der Küche. Die Lieblingsneigungen der Geheimen Rätin waren ihm nicht gleichgültig und ihre Abneigungen noch weniger. Über Aimé verlangte er ebenfalls eingehende Auskunft, ebenso über den Herrn des Hauses. Endlich war er zu Ende, klappte innerlich sein Notizbuch zu und brachte durch einen sehr feinen Schluß den armen Hans zu der festen Überzeugung, daß er diese vielen Fragen nur aus Interesse an dem Schicksal und jetzigen Leben des Jugendgenossen gestellt habe.

„O lieber Hans", schloß er, „nicht vielerlei, aber viel hast du erlebt. Wer weiß, ob dir nicht der glücklichere Weg von den Göttern vorgezeichnet wurde? Du bist am Ufer geblieben, und die Wellen haben dir gnädig mitgespielt. Ich habe mich weiter hinausgewagt in die See, weil ich mich für einen tüchtigeren Schwimmer hielt; aber mit mancher harten Felsenkante habe ich auch Bekanntschaft machen müssen. Du wirst Geduld mit mir haben müssen, wenn ich mich dann und wann nicht mehr gleich in deinen Anschauungen zurechtfinden sollte."

Wer konnte dem widerstehen? Innig gerührt drückte Hans dem Freunde beide Hände, begleitete ihn mit Tränen im Auge die Treppen hinab und würde ihn noch weiter begleitet haben, wenn er nicht durch den Blick des olympischen Jean zurückgescheucht worden wäre.

An der Mittagstafel richtete die gnädige Frau ihre großen Augen auf den Hauslehrer.

„Sie haben heute einen Besuch gehabt, Herr Unwirrsch!"

„Ein Jugendfreund — der Doktor Stein —" sagte Hans, sich verbeugend.

„Ich weiß", sprach die Dame, und Kleophea richtete ihre großen Augen fast noch forschender auf den Hauslehrer, als die Mama.

„Man spricht augenblicklich viel von diesem Herrn in der Stadt", fuhr die Geheime Rätin fort. „Er soll sehr begabt sein, soll große Reisen gemacht haben. Wie kommen Sie zu dieser Bekanntschaft, Herr Unwirrsch?"

Das Herz trat, wie man sagt, dem Kandidaten auf die Zunge. Zum erstenmal durfte er in diesem Hause sprechen, ohne unterbrochen zu werden; er erzählte alles, was er von Moses Freudenstein zu erzählen wußte. Er rühmte sein gutes Herz, seinen scharfen Verstand, seine Gelehrsamkeit. Er wurde sehr warm in seiner Apologie und bemerkte leider nicht, welch ein Schrekken des Leutnants Fränzchen überkam, als sie erfuhr, wer heute das Haus betrat, in dem sie Schutz gesucht hatte. Mit größtem Interesse vernahm die Frau des Hauses, wer der bekannte, ja berühmte Doktor Theophile Stein sei; — Kleophea war gleichgültig oder schien so, der Geheime Rat war wie gewöhnlich nur körperlich anwesend.

Von der munteren französischen Waise erzählte Hans nichts, da ihn der Doktor noch beim Abschiede bescheiden und scherzhaft gebeten hatte, ihrer nicht zu erwähnen.

Am folgenden Tag erschien Franziska nicht bei Tische; sie war unwohl. Eine ganze Woche lang mußte sie das Bett hüten, und Hans hatte zum erstenmal Gelegenheit, zu bemerken, welch eine Lücke durch ihre Abwesenheit in dem Kreise entstand, der ihn umgab. Sie hatte neben ihm gesessen an der Tafel, und er hatte sich wohl und sicher in ihrer Nähe gefühlt. Kleophea stieß ihn ebenso sehr ab, wie sie ihn anzog; die andern standen ihm kalt, fremd, feindlich gegenüber. Halb unbewußt war das Gefühl gewesen, welches ihn mit dem Fränzchen verband; nun das Fränzchen nicht da war, trat es klar ins Bewußtsein.

Alles, was der Leutnant Götz über seine Nichte dem Kandidaten mitgeteilt hatte, rief sich dieser ins Gedächtnis zurück; — plötzlich kam ihm der Gedanke, daß seine Tischrede über Moses Freudenstein schuld an der Krankheit des armen Kindes sein könnte, und dieser Gedanke trieb ihm so sehr alles Blut gegen das Herz, daß er kaum zu atmen vermochte. Er glaubte fest, daß seine Hilf- und Ratlosigkeit, seine Unruhe und Angst ihren Höhepunkt erreicht hätten, wurde aber an demselben Morgen noch eines bessern belehrt.

Jean steckte den Kopf in sein Gemach und meldete mit Herablassung: die gnädige Frau wünsche den Herrn Hauslehrer zu sprechen und lasse ihn bitten, so schnell als möglich in ihr Zimmer herabzukommen.

Nun war Hans in diesem Augenblick zu aufgeregt und sorgenvoll, um bei dieser Botschaft die gewohnte Beklemmung zu empfinden. Er vervollständige schnell seine Toilette und stieg die Treppe hinab. Obgleich er nicht an der Tür horchte, vernahm er doch, daß die gnädige Frau nicht allein war. Man sprach drinnen sehr lebhaft, Kleophea lachte, es mußten fremde Herren zugegen sein. Hans klopfte, aber sein Klopfen wurde überhört. So wagte er es denn einzutreten, tanquam cadaver blieb er jedoch auf der Schwelle stehen: neben der gnädigen Frau, und dem Sessel Kleopheas gegenüber, saß sein Freund Theophilus Stein, alias Moses Freudenstein, den kleinen Aimé auf dem Knie schaukelnd, im lebhaftesten Gespräch. Ein anderer älterer Herr im schwarzen Frack, mit langem, grauem, nach hinten gekämmtem Haar saß daneben, lächelte und liebkoste das glattrasierte behägliche Kinn mit dem goldenen Stockknopf.

Man hatte unbedingt von dem Kandidaten der Theologie Unwirrsch gesprochen; das ging aus der Art hervor, wie man sich nach ihm umwandte und wie man ihn ansah.

„Ach, da ist er ja — der Hungerpastor!" rief der Doktor, und gab somit zum erstenmal unserm Hans offiziell den Titel, welchen wir diesem Buche vorgesetzt haben. „Sehen Sie ihn an, gnädige Frau, so pflegt er immer auszusehen, wenn er vor einer Unbegreiflichkeit steht. Komm zu dir, Johannes, ich bin es in Fleisch und Blut!"

Selbst die gnädige Frau ließ sich herab, zu lächeln, ehe sie mit gerunzelter Stirn ihrem Hauslehrer winkte, die Tür nicht allzuweit über die Grenzen des Anstandes hinaus offen zu halten. Hans trat näher und durfte sich ebenfalls setzen.

Der Herr mit dem Christusscheitel, der weißen Halsbinde und dem goldenen Stockknopf wies sich als der außerordentliche Professor der Ästhetik Doktor Blüthemüller aus, und es frappierte ihn, daß der Herr Kandidat bis zu dieser Stunde noch nicht das mindeste von ihm und seiner Wirksamkeit vernommen hatte. Mit Fug und Recht nahm auch er deshalb gar keine Notiz weiter von Hansens Anwesenheit, sondern ließ sein Licht, das heißt den merkwürdigen Schein seiner Hornlaterne, auf die andern fallen.

„Der Herr Doktor Stein hat uns manche Einzelheiten aus Ihrem Leben erzählt, welche uns sehr amüsiert haben, Herr Unwirrsch", sagte die gnädige Frau. „Es war sehr unrecht von Ihnen, daß Sie uns nur die äußere Schale Ihrer früheren Existenz zeigten."

Nun hätte Hans viel auf diese Worte entgegnen können; aber es kam ihm ein Gefühl, als würde er seiner Mutter Grab entheiligen, wenn er sich in dieser Gesellschaft über solchen Vorwurf rechtfertige. Er sagte nur kurz:

„Ich danke dem Doktor Stein für alles Gute, das er von mir gesprochen hat. Es gehört viel Geist dazu, über ein Leben, wie das meine, etwas Geistreiches zu sagen."

„Von einem Idyll verlangt man gerade nicht, daß es sehr geistreich sei", erwiderte Theophile. „Und dein Leben ist ein Idyll, Johannes, und ich wiederhole, was ich schon gesagt habe: du bist einer der Glücklichsten dieser Welt."

Mit großem Unbehagen sah Johannes auf den Redner; Kleophea zuckte die Achseln, der außerordentliche Professor der Ästhetik rückte seinen Sessel so, daß er dem Hauslehrer den Rücken zukehrte, wandte sich zu der gnädigen Frau und brachte das Gespräch vom Besonderen auf das Allgemeine.

Er sprach von der Kunst, schön zu leben, und redete sehr schön darüber, aber so ganz schulmäßig, daß dem Kandidaten, welcher den Sinn dessen, was der Mann sagen wollte, erst aus der sonderbarsten Terminologie heraushülsen mußte, öfters der Verstand still stand.

Nachdem der Professor Doktor Blüthemüller seinen Sack ausgeschüttet hatte, öffnete die Dame vom Hause den ihrigen.

Die Geheime Rätin schwärmte sehr für den Weg der Heiligen Gottes und für die alt-italienischen Bilder mit ihren himmelwärtsblickenden Jungfrauen, Märtyrern und Donatoren. Sie schwärmte für die beseligten Künstler, welche diese Bilder in Tempera und Öl gemalt hatten, und Professor Blüthemüller stimmte ihr in Ekstase bei und verriet nicht, was für gottverlassene, heillose Kanaillen und Halunken die Maler sowohl wie die Donatoren öfters waren. Er machte es eben wie andere Leute; die Seite der Geschichte, welche er nicht gebrauchen konnte, ließ er im Dunkel liegen, und seine Kollegiengelder als außerordentlicher Professor bezog er ja dafür, daß er nur die eine Seite der Medaille zeigte. Wenn dann auch ein anderer gelehrter Mann von einem andern Lehrstuhl aus in den geschichtlichen Sumpf schlug, so tat er das vor einem andern Publikum und in einem andern Auditorium, und es war nicht jedermanns Sache, die beiden Seiten zusammenzulegen.

Wenn wir es nicht gewiß sagen können, so wollen wir doch zur Ehre der Menschheit annehmen, daß es nicht Perfidie war, als der Doktor Theophile Stein seinen Jugendfreund fragte: ob er bereits das Museum der Stadt besucht und die Bilder, von denen die gnädige Frau spreche, gesehen habe? — Hans Unwirrsch hatte das Museum besucht; er hatte die Bilder gesehen, und leider sagte er auch, auf die an ihn gestellte Frage, was er von ihnen dachte und hielt. Wir werden uns gefälligst hüten, das Urteil des unerfahrenen jungen Mannes nachzusprechen, wir können nur sagen, daß der Doktor Theophile, wenn er seine Frage aus boshafter, vorbedachter Absicht gestellt hatte, seinen Zweck vollständig erreichte. Es wurde sehr dunkel auf der Stirn der gnädigen Frau, eine schwüle Atmosphäre schien plötzlich das Gemach zu füllen; es blitzte, und wenn es nicht donnerte, so hatte das seinen Grund nur darin, daß solches Getön in der guten Gesellschaft, wenn zwei fremde Herren zugegen sind, nicht zum guten Ton gehört.

Eine treffliche Abhandlung über die Präraffaeliten gab nun der Doktor Stein dem kleinen Kreise zum besten und zeigte seine Belesenheit, Kunsterfahrung und Weltkenntnis aufs glänzendste. Geistreiche Blicke warf er nach allen Seiten hin aufs Leben; und die große Kunst, mittelmäßige oder gar alberne Gedanken anwesender Leute, von denen man etwas zu erlangen wünscht, brillant aufzupolieren und sie ihnen dann als ihr eigenstes Eigentum mit einer Verbeugung zurückzugeben, verstand er vortrefflich. Er wußte Bescheid um den Fang alles möglichen Getiers und fing zuerst die Frau Geheime Rätin Götz, geborene von Lichtenhahn; aber während er den einen Fang auf das Land zog, ließ er die goldenen Schuppen, die purpurnen Flossen, die noch frei umherspielten, nicht aus dem Auge.

Kleophea Götz, die bis jetzt von allen — den Hauslehrer nicht ausgenommen — am schweigsamsten dagesessen hatte, regte sich nun und sagte zu Hans Unwirrschs gewaltigem Schrecken:

„In einer Beziehung muß ich dem Herrn Kandidaten recht geben; — auch ich finde jene Bilder, von welchen vorhin die Rede war, unbeschreiblich scheußlich und chinesisch. Die griechische, lustige, nackte Götterwelt —"

„Kleophea!" ächzte die gnädige Frau.

„Was kann ich dafür, liebste Mama? Ich liebe meine Verwandten und Freunde. Ich rühme sie gern vor den Leuten und bin stolz auf ihre Schönheit und vergnügt über ihre Heiterkeit. Da ist ein anbetender Knabe, von dem ich glaube, daß er seinen Ball wiederfangen will. Der Bube ist mein Bruder, wie — wie Aimé, und ich würde ihn ebenso gern auf dem Schoß halten, Herr Doktor."

Der Herr Doktor ließ den holden Aimé sanft von seinem Knie herabgleiten und lächelte ein wenig verlegen.

Die junge Dame neigte sich gegen ihre Mutter, die einem Krampfanfall nahe war. Der Kandidat Unwirrsch kroch sehr in sich zusammen; eifrigst polierte der Professor Blüthemüller sein Kinn; das schöne, intelligente Gesicht des Doktors Theophile Stein schien in diesem Augenblicke einer jener Statuen anzugehören, welche Kleophea zu ihren Verwandten und Freunden rechnete. Kein Muskel regte sich darin, aber es war ein schönes, intelligentes Gesicht; parteilos, wie aus gelb-weißem Marmor gebildet, ließ es sich sowohl von Kleophea wie von ihrer Mutter ruhig — ansehen.

„So führen Sie doch den Knaben fort, Herr Kandidat!" keuchte nach einer ängstlichen Pause die gnädige Frau. „Führen Sie ihn ein wenig in die freie Luft, in den Garten, — diese Atmosphäre hier ist erstickend."

Noch leiser keuchte sie: „Abscheulich! empörend!" doch was sie noch sagte, und was Kleophea darauf erwiderte, was der Professor Blüthemüller lispelte, und was der Doktor Stein sprach, ging für Hans in dem Gezeter unter, das der liebliche Knabe Aimé erhub, als er von seinem Lehrer mit einiger Gewalt hinausgeleitet wurde.

Nach weitern fünf Minuten nahmen die beiden Herren Abschied; — dann zeterte auch die Frau Geheime Rätin los; dann eilte Kleophea rauschend durch den Korridor und schlug so heftig die Tür ihres Gemaches zu, daß die arme Franziska erschreckt von ihrem Kissen emporfuhr. Dann mußte sich Kleophea an ihr Klavier — geworfen haben und fuhr mit Trillern und Läufen die Tasten hinauf und hinab wie eine Göttin des Wirbelwindes.

Am Rande des Parkes traf Hans, den widerwilligen Aimé an der Hand führend, noch einmal mit dem Professor Blüthemüller und dem Doktor zusammen.

„Für dieses Mal sind wir glücklich entkommen, Hans!" rief lachend der letztere. „Ein eigentümliches Haus; aber die Damen sind entzückend — jede in ihrer Art! Welch ein reizendes Kind, Freund; es scheint eine große Neigung zu dir zu haben. Ich könnte dich darum beneiden."

„Ich habe mit dir zu sprechen — viel, sehr viel!" sagte Hans nicht mit der gewohnten Freundlichkeit.

„Immer zu deinen Diensten, Alter!" lächelte der Doktor. „Wann willst du mich besuchen? . . . Wir werden uns übrigens auch wohl noch öfters in jenem Hause dort sehen!"

„Ich werde zu dir kommen", sagte Hans.

„Und ich werde dich mit Sehnsucht erwarten", erwiderte Theophile, Abschied nehmend.

Fünfzig Schritte weiter ab murmelte er zwischen den Zähnen: „Die Frage ist nur, ob du mich fürs erste zu Hause treffen wirst, lieber Hans!"

Den Arm des Professors nehmend, rief er lachend:

„Kommen Sie, Kollege. Allons dîner. Ich bin Ihnen unendlich verbunden für den Führerdienst, den Sie mir heute geleistet haben. Das Mädchen ist herrlich!"

„Und eine treffliche Partie", sagte der Professor Blüthemüller und kostete ein imaginäres Glas Madeira.

Hans, das Handgelenk Aimés krampfhaft festhaltend, sah den zwei Herren nach. Das war alles, was er tun konnte, und wir können leider nicht leugnen, daß er etwas stupide dabei aussah.

Zwanzigstes Kapitel

Es geschah so, wie es sich der Doktor Theophile Stein vorgestellt hatte: Hans klopfte einige Male an seine Tür, erhielt aber keine Antwort oder die, daß der Herr Doktor nicht zuhause sei, und kehrte jedesmal mißmutiger und niedergeschlagener in seinen unbehaglichen Käfig zurück. Er fand sich in diesem Gefängnis jetzt gegen jedermann in einer falschen Stellung, selbst gegen Franziska Götz.

Des Leutnants Fränzchen war noch stiller als zuvor aus ihrem Stübchen zum Vorschein gekommen, und wenn in ihrem Verhalten gegen die übrigen Hausbewohner keine Veränderung eingetreten war, so fühlte Hans um so tiefer und schmerzlicher, daß ihr Wesen ihm gegenüber nicht mehr das vorige war. Und er kannte den Grund davon genau, und konnte sie doch nicht fragen, ob das wahr sei, was Moses Freudenstein von ihrem Vater erzählt habe. Er hatte nicht das Recht, diese Frage zu stellen; tragen mußte er die Last, die auf seinem Herzen von Tag zu Tag schwerer wurde. Nun drückte und ängstigte ihn die Gegenwart des Mädchens um so mehr, je mehr Frieden und Ruhe ihm bis dahin ihre Nähe gebracht hatte; seine Aufmerksamkeit aber mußte sich in einem noch höheren Grade auf die arme Nichte des Leutnants Rudolf richten. Er war jetzt sozusagen gezwungen, auf sie mit ängstlicher Spannung zu achten; und bald überhörte er nicht mehr den leisen Fußtritt hinter seinem Rücken, und kein Ton der süßen Stimme ging mehr in den grellen Dissonanzen dieses Hauses für ihn verloren.

Die glänzende Kleophea verlor in dem Maße an Einfluß auf den Kandidaten Unwirrsch, wie Franziska ihn gewann. Ihre Pracht, ihre Schönheit, ihr funkensprühender Geist, ihr Widerstand gegen das ungesunde Wesen des Hauses hörten auf, den dummen Hans zu verblenden. Das, was ihn zuerst so magisch angezogen hatte, stieß ihn auch ab; er erkannte immer mehr, daß nicht jeder Glanz echt ist, und die Opposition der jungen Dame erschien ihm bald fast ebenso unberechtigt wie das, wogegen sie gerichtet war. Er fing an, auch Kleophea zu bedauern, doch aus einem andern Grunde, als Franziska. Oft konnte er den Gedanken nicht los werden, daß jenem herrlichen Wesen all die geistigen und körperlichen Vorzüge dereinst zum größten Elend gereichen würden.

Der Doktor Theophile Stein wiederholte seinen Besuch in dem Hause des Geheimen Rates Götz. Er kam diesmal ohne den Professor Blüthemüller, und der Kandidat Unwirrsch wurde nicht zu seiner Begrüßung in den Salon beordert. Auch dem Herrn des Hauses war der Doktor von sehr einflußreicher Seite empfohlen worden, und er empfing ihn demgemäß, da auch die Gattin dazu das Haupt neigte, mit all der Wärme, deren seine so ungemein tropisch angelegte Natur fähig war.

Die Lebhaftigkeit, welche dem Gemahl abging, ersetzte die Geheime Rätin vollkommen. Da Kleophea nicht zugegen war, — sie besuchte eine Freundin — konnte der Doktor ohne Schaden eine tiefinnere Übereinstimmung mit den Meinungen der Hausherrin kundgeben und tat es, ohne zu erröten. Er errötete auch nicht, als Franziska in das Zimmer trat und beim Anblick des Besuchers zusammenfuhr und totenbleich wurde. Ganz unbefangen blieb er bei der Vorstellung und sprach ganz kühl davon, daß er bereits die Ehre gehabt habe, in Paris mit dem gnädigen Fräulein zusammenzutreffen.

Überraschung und Staunen der Geheimen Rätin, ruckartiges Aufschnellen und Aufhorchen des Geheimen Rats waren die Folgen dieser Erklärung. Dann kam ein Durcheinander von Fragen, welchem Theophile mit melancholisch gesenktem Haupte und sehr fein auswich, während Franziska mit zusammengepreßten Lippen halb bewußtlos vor Schmerz und Zorn dastand.

„Es waren leider sehr trübe Verhältnisse, unter denen wir uns kennen lernten", flüsterte der Doktor. „Die Krankheit, der Tod des Vaters des gnädigen Fräuleins — die Verlassenheit des gnädigen Fräuleins in der ungeheuren, erbarmungslosen Stadt — o, mein Fräulein! "

Franziska Götz wankte zur Tür und hielt sich auf dem Wege an den Möbeln, um nicht zur Erde zu sinken. Der Oheim sah ihr mit offenem Munde nach, die Tante rief scharf ihren Namen; aber sie hörte diesmal nicht darauf. Theophile betrachtete mit großem Interesse die Blumen des Teppichs zu seinen Füßen, was ihn jedoch nicht hinderte, einen schrägen Blick sowohl auf die gnädige Frau, wie auf die hinter dem Fränzchen sich schließende Tür zu werfen.

„Welch eine Szene? was ist das?" rief die Geheime Rätin. „Herr Doktor, ich glaube, Sie sind uns einigen Aufschluß über diesen wunderlichen Vorgang schuldig. Was kann das Mädchen haben? Wann und unter welchen Umständen haben Sie meine Nichte in Paris getroffen? Theodor, ich bitte dich, die Tür zu verriegeln. Sprechen Sie, sprechen Sie, Herr Doktor, Sie spannen mich auf die Folter!"

Mit beiden Händen wehrte Theophile, während Theodor die Tür verriegelte, den Verdacht ab, ein solches Verbrechen an der Menschheit und eine solche Grausamkeit gegen eine solche Dame begehen zu wollen; daß er aber der Aufregung durch eine schnelle Darlegung der Tatsachen ein Ende gemacht habe, können wir auch nicht sagen. Er sprach, wie tief er es bedaure, dem Fräulein so schmerzliche Erinnerungen zurückgerufen zu haben. Er trug allen Verhältnissen Rechnung und sah deshalb auch dem Geheimen Rat tief bewegt in die gläsernen Augen. Um so merkwürdiger war es, daß ihm sein Bericht zuletzt so glatt von der Zunge ging; es würde ein gänzlich falscher Ausdruck sein, wenn wir sagen wollten, daß er ihn herauswürgte. Er erzählte sehr gut, der Doktor Theophile Stein, und seine sonore Bruststimme war ganz dazu geeignet, alle Nuancen ins Tragische aufs zarteste hervorzuheben. Dazu wurde über Wahres, Halbwahres und Falsches stets das rechte Licht gegossen; — es gab keinen größeren Meister in der Kunst des Helldunkels als den Doktor Theophile Stein.

Der Geheime Rat Götz und seine Gemahlin erfuhren dieselbe Geschichte, welche Hans Unwirrsch vernommen hatte; doch das Kolorit war in jeder Beziehung ein anderes. Der Doktor Theophile Stein nahm den größten Anteil an diesem Familienunglück. Schmerzlich empfand er nach, was die gnädige Frau um das Leben und Sterben ihres Schwagers empfinden mußte. Von dem Geheimen Rate, der sehr in sich zusammengesunken war und die Augen mit der Hand beschattete, nahm er wenig Notiz; er überließ die Bemerkungen, welche direkt an denselben zu richten waren, seiner Gattin und konnte nichts Besseres tun.

Sehr oft unterbrach die gnädige Frau den melancholischen Bericht Theophiles, um ihren Gemahl zu fragen: wer nun recht gehabt habe? ob sie — Aurelie geborene von Lichtenhahn — das nicht immer gesagt habe? usw. usw.

Dann versicherte sie ihn, daß das Maß ihrer Geduld gefüllt bis zum Rande sei, daß der Herr Schwager Rudolf ihr Haus nicht wieder betreten solle, daß sie das unglückselige Geschöpf, die Franziska, nicht auf die Straße stoßen wolle, daß sie aber dafür dereinst im himmlischen Jerusalem eine ganz außergewöhnliche Belobung und Belohnung zu erwarten habe.

Sie wurde sehr heftig und sehr bissig, die Frau Geheime Rätin Götz; — sie besann sich keinen Augenblick, sehr verächtlich und wegwerfend von der Familie ihres Mannes zu sprechen. Sie wußte eine Menge Züge aus dem Leben der beiden Brüder ihres Gatten, welche sie mit hexenmäßiger Zungenfertigkeit durcheinander quirlte und in die klangvolle, klagende Erzählung des Doktor Theophile hinein sprudelte. Der Abenteurer und der Bettler wurden beide nach Gebühr gewürdigt, und die Tochter des Abenteurers bekam auch ihr Teil.

Es mußte für den Geheimen Rat Götz eine wahre Erlösung

sein, als der Doktor endlich den Armensarg des armen Felix durch die Barrière d'Aunay gebracht und ihm im Armenviertel des Père-Lachaise die klägliche Grube gegraben hatte.

„O, so hat mir Rudolf das nicht erzählt!" stöhnte der Geheime Rat. Er ließ die Hand von der Stirn sinken, und wer ihn jetzt sah, mußte eingestehen, daß der Mann noch nicht ganz Maschine war; aber er mußte ihn deswegen bedauern.

„Und dies ist die Wahrheit!" rief die gnädige Frau. „Der Herr Leutnant Götz betritt mein Haus nicht wieder!"

Ein Rauschen und ein Triller draußen! ein Klopfen an der Tür.

„Kleophea?" rief die Mutter. „Theodor, schieb den Riegel zurück. Ich glaube, wir haben genug vernommen. Herr Doktor, Sie haben sich ein großes Verdienst um unser Haus erworben. Ich danke Ihnen herzlich dafür."

„Ein trauriges Verdienst", seufzte Theophile, die Hand aufs Herz legend; Kleophea hüpfte in das Gemach.

Sie brachte Sonnenschein mit sich und Jugendlust; ihre Augen leuchteten, ihre roten Lippen lachten, sie berührte den Boden kaum mit den Füßen. Sie begrüßte den Doktor mit solcher allerliebsten Ironie; sie war so voll kleiner, boshafter Geschichten und wußte dieselben so gut zu erzählen. Sie war außergewöhnlich gut gelaunt und deshalb auch außergewöhnlich aufgelegt, die Gefühle ihrer Nebenmenschen durch kleine, anmutige, perfide Anspielungen zu verletzen, und äußerte eine große Wißbegierigkeit in Hinsicht auf gewisse mosaische Gebräuche und Gesetzesvorschriften. Es fand sich jedoch, daß ihr der Doktor Theophile mehr gewachsen war als die Mama; er ließ sich nicht so leicht aus dem Gleichgewicht bringen und konnte schon seiner anmutigen Gegnerin einen Zug vorgeben.

Er sprach sehr pathetisch über das Judentum. Die außerhalb der Bibel liegende Geschichte und Überlieferung desselben ist unendlich reich an Zügen individuellen Heldentums, stoischer Todesverachtung, reich an Zügen von Standhaftigkeit und Glaubensstolz, wie sie kaum ein anderes Volk aufzuweisen hat. Theophile Stein wußte von der Heroen- und Märtyrer-Historie seines Volkes den besten Gebrauch zu machen, und wenn schon die Seelen der Weiber durch Anekdoten leicht zu fesseln sind, mußte man es doch dem Doktor lassen, daß er die Kunst, Geschichten zu erzählen, bis zur Meisterschaft ausgebildet hatte. Er brachte sogar Kleophea zum aufmerksamsten Lauschen, und nachdem er zum Schluß und besonders für die gnädige Frau sich in seinen seraphweißen Konvertitenmantel drapiert hatte, konnte er mit einer demütig stolzen Verbeugung sich empfehlen und mit den Erfolgen seines Besuchs zufrieden sein!

Er war, was er sein wollte, — Hausfreund! Von jetzt an konnte er, ohne Schaden an seinem seelischen und körperlichen Wohlbefinden zu leiden, den Besuch des Kandidaten Hans Unwirrsch annehmen. Er war der festen Überzeugung, daß ihm derselbe nicht mehr gefährlich sein könnte; er beherrschte die öffentliche Meinung des Hauses des Geheimen Rates, und fühlte sich stark genug, nötigenfalls den armen Hans, so wie das Fränzchen, seine andere kleine Pariser Bekanntschaft, vor die Tür zu setzen.

Nun war der Frühling in seiner ganzen Pracht gekommen; das Getümmel auf dem Spazierwege vor den Fenstern des Geheimen Rates Götz hatte sich verdoppelt und verdreifacht. Die Kinder der armen Leute liefen mit nackten Füßen umher, und die Kinder der besseren Stände mit nackten Beinen. Der Park war grün, und es gab seltsamerweise sogar Nachtigallen darin; aber Hans Unwirrsch zog nicht den Trost heraus, den er davon gehofft hatte, und welcher auch allenfalls darin hätte liegen können.

Fränzchen! — Fränzchen Götz! — wie ein lieblicher Ton von jenem fernen, fernen Göttereiland, welches den Haß, den Neid, den Eigennutz und die hundert gleichen praktischen Weltlichkeiten nicht kennt, klingt uns dieser Name ins Ohr und ins Herz. Aber tiefe Wehmut überfällt uns zugleich, daß wir von solcher Stelle aus ihm lauschen und ihn nachsprechen müssen, und von derselben Wehmut wußte der Kandidat Hans Unwirrsch zu sagen. Ach, es war eine Trostlosigkeit sondergleichen, sich diesen süßen Namen innerhalb dieser kalten, bösen, im Katakombenstil bemalten Mauern, immer, immer wiederholen zu müssen. Wie mochte es kommen, daß Hans Unwirrsch in dieser öden Gegenwart den Namen Fränzchen mit allen teuren Erinnerungen immer fester verknüpfte? Er konnte nicht an den Mondenschein seiner Kinderjahre gedenken, ohne daß das Bild Franziskas darin emporstieg.

In alles — in die geheimsten Winkel seines Herzens drängte sie sich. Es war unmöglich, an die Base Schlotterbeck, ja an den Oheim Grünebaum zu denken ohne Franziska, des Leutnants Rudolf Götz Nichte. Sie saß in der niederen, dunkeln Stube zu Neustadt unter der magisch leuchtenden Glaskugel, sie saß zu

Neustadt auf dem Kirchhofe im Sonnenschein neben dem Grabe der Mutter und des Vaters.

Fremd! fremd! fremd! das Weltmeer hätte zwischen dem Kandidaten Unwirrsch und der Nichte des Leutnants rollen mögen, sie würden dadurch nicht weiter getrennt worden sein. Sie grüßten sich stumm, wenn sie einander in den Gängen des Hauses begegneten, sie nahmen stumm ihre Plätze nebeneinander ein; der giftige Schatten des Sohnes des Trödlers Samuel Freudenstein aus der Kröppelstraße lag zwischen ihnen. —

Hans suchte den Doktor Theophile wieder in dessen Wohnung auf und zum zweiten Male begegnete ihm die französische Waise, die dem Doktor so vielen Dank schuldig war. Sie kam die Treppe herab, dem Kandidaten entgegen, und schritt diesmal mit gebeugtem Haupte an ihm vorbei. Sie hüpfte und lachte nicht mehr, sie stützte sich schwer auf das Geländer der Treppe und trug das Haupt sehr gesenkt. Sie sah sehr bleich aus, und ihr Äußeres hatte viel von der früheren Eleganz verloren. Hans Unwirrsch nahm sich vor, den Doktor um den Grund dieser Veränderung zu fragen, vergaß es jedoch, da er so viele andere Fragen zu stellen hatte.

Theophile beantwortete alle Fragen, die Hans an ihn richtete, und tat ihm den Gefallen und ließ sich ins Gebet nehmen; aber die Art und Weise, wie er sich verantwortete, ließ für ein frommes, redliches Gemüt doch viel zu wünschen übrig.

Hans hielt es für seine Pflicht, ihn mit ernsten Worten über sein Auftreten im Hause des Geheimen Rates zur Rede zu stellen, worauf der Doktor Stein antwortete, daß er — Theophile — in keiner Weise die Grenzlinien des Anstandes und der Bildung zu überschreiten gedenke, sich jedoch nur eines gewissen elektrischen Lichtes in seinem eigensten Innern zur Beleuchtung des Weges bedienen könne.

Hans rügte in halber Verzweiflung die Indelikatesse des Freundes, sich in das Haus zu drängen, in welchem Franziska Götz Schutz gesucht habe. Theophile fühlte sich bewogen, darauf zu versichern, daß das Fräulein, welches vordem seine — Theophiles — Gegenwart, Hilfe und Dienstfertigkeit in der Pariser Mansarde nicht von sich gewiesen, — ja, sie ohne Scheu angenommen habe, im Kreise so liebender Verwandten nichts „Unrechtes" von ihm zu „befahren" habe.

Als der Kandidat Unwirrsch lauter als gewöhnlich rief, daß er berechtigt sei, an der Liebe und Neigung der Verwandtschaft gegen das junge, arme Mädchen zu zweifeln, zuckte der Doktor nur die Achseln und hielt sich für berechtigt, aus christlicher Liebe zu schweigen; aber er rieb dabei einmal wieder die Knie aneinander nach der Art Moses Freudensteins.

Der Doktor Theophile Stein schwieg auch in den ersten Augenblicken, nachdem Hans von dem schillernden Stern Kleophea zu reden angefangen hatte; — ein eigentümliches Gesicht machte der Herr Doktor aber dazu.

„Ei seht das Pfäfflein", dachte er. „Für so schlau hätte ich es gar nicht gehalten." Laut sagte er:

„Liebster Freund, was willst du? Das Mädchen ist schön, ist geistreich, wird von der ganzen Stadt als ein Wunder angesehen: weshalb soll ich Vorzüge, die von jedermann anerkannt werden, nicht auch nach Gebühr schätzen? Ist denn Lieben ein Verbrechen, darf kein Schwarzer glücklich sein?"

„Aber es ist ein gefährliches Spiel, was du mit dem Fräulein treibst. Trotz ihres scharfen Geistes ist sie dir nicht gewachsen. Mo — Theophile, nimm es mir nicht übel, es kommt mir immer von neuem der Gedanke, du habest in diesem Hause nichts zu suchen. Ich kann das Gefühl nicht los werden, du müssest irgend ein großes Unglück über diese Menschen bringen."

„Du ahnungsvoller Engel du!" lachte der Doktor. „Deine Sorgen zeugen von einem höchst vortrefflichen Herzen, und übel will ich's dir nicht nehmen, wenn du ihnen Ausdruck verleihst. Ich will dich sogar dafür belohnen, Gleiches mit Gleichem vergelten, und ungeheuer offen gegen dich sein. Du hast von deinem Standpunkt aus ganz recht, wenn dir manches an mir mißfällt. Mit Recht bist du im Unklaren über den innersten Grund meines Übertrittes zum Katholizismus. Ist es nicht so?"

Hans nickte mit einem Nachdruck, wie er ihn selten kund gab.

„So öffne deine Ohren, mein Sohn, um zu hören, und deinen Mund, um deine Billigung auszusprechen: die heilige Macht des — Hungers hat mich dazu getrieben."

Hans Unwirrsch griff nach seinem Hut.

„Der Hunger nach dem Ideal!" seufzte Theophile, und Hans Unwirrsch setzte seinen Hut wieder nieder.

„Ich wünsche vortragender Rat im Kabinett Seiner Majestät des Königs zu werden!" schloß Moses Freudenstein aus der Kröppelstraße zu Neustadt, und Hans Unwirrsch erhob sich und griff nach der Stirn, als ob er von einem plötzlichen Schwindel ergriffen werde.

„Ich bin ganz offen, Hans. Es ist meine Absicht, mich um die Neigung und späterhin um die kleine Hand des Fräuleins Kleophea Götz zu bewerben, — die Wasserflasche steht hinter dir."

„Moses! Moses!" rief Hans Unwirrsch.

„Ja, nenne mich nur Moses. Bei allen schönen Erinnerungen, welche sich an diesen Namen knüpfen, beschwöre ich dich, deinen — Einfluß in diesem Hause nicht gegen den Freund deiner Jugend zu wenden. Bedenke, wie wenig du vom verworrenen Lauf der Welt erfahren hast, und wie schwierig es ist, recht zu richten. Das Schicksal hat uns erfreulicherweise wieder zusammengeführt; nur sind die Gegensätze, welche in unserer Jugend bereits in uns vorhanden waren, etwas schroffer herausgebildet. Lege immer, wenn ich dir in einem falschen Lichte erscheinen mag, die Hand aufs Herz und frage dich ja recht, ob du tief genug in den Gang meines Lebens eingeweiht seiest, um gegen mich auftreten und zeugen zu können."

Das war bewunderungswürdig gesprochen. Ohne den Gedanken an das Fränzchen würde der Kandidat der Theologie Johannes Unwirrsch an demselben Abend noch ein Eisenbahnbillett in der Richtung nach Neustadt und der Kröppelstraße gelöst haben.

Einundzwanzigstes Kapitel

Der Sommer war frostig und regnicht, eine mit dem Doktor Stein verabredete Badereise wurde von der Familie aufgegeben; man blieb zu Hause, um grämlich und langweilig auf den triefenden, tröpfelnden Park und die kotigen Spazierwege hinauszusehen, oder um mit Theophile, dem Professor Blüthemüller und einer langen Reihe ähnlicher Bekannten und Freunde beiderlei Geschlechts die Tage in gewohnter winterlicher Weise hinzubringen. Kleophea wäre ohne den Doktor Theophile in einem solchen Sommer verloren gewesen; sie würde erst ihre Mama, dann den Aimé und zuletzt sich selbst umgebracht haben. Theophile aber erzählte ihr jetzt, wenn die Mama nicht anwesend war, Pariser Geschichten und erhielt sie sowie die beiden lieben Angehörigen dadurch am Leben.

In Fränzchens Verhältnis zu Hans war keine Veränderung eingetreten; sie gingen um einander herum und fühlten sich sehr unbehaglich. Der Leutnant Rudolf ließ sich nicht blicken;

im Grünen Baum, wo sich Hans erkundigte, wußte niemand Bescheid von ihm zu geben; ob Franziska Nachricht oder Briefe von ihm erhielt, blieb für Hans unklar. Wenn es der Fall war, so mußten sie ihr jedenfalls wenig Trost geben.

Um die alten Leute in der Heimat nicht zu beunruhigen, hatte er immer an sie gemeldet, daß es ihm gut, sehr gut gehe, daß er nach seinem Wunsche in einer großen Stadt, unter vielen Menschen und in einem vornehmen Hause lebe und dergleichen mehr. Aber es ging ihm nicht gut! Er konnte nicht heraus aus dem verzauberten Kreis, den das Schicksal um ihn her gezogen hatte. Er fühlte, daß die Zeit nicht fern sei, wo er Moses Freudenstein hassen, wo er Franziska Götz — lieben werde, und er befand sich auf einer ewigen Flucht vor seinen eigenen Gedanken. Es ging dem armen Hans Unwirrsch gar nicht gut.

Unter den strengen Augen der Geheimen Rätin unterrichtete der Hauslehrer nach wie vor den Sohn des Hauses und duldete schrecklich. Er fing allmählich an, auch körperlich sich unwohl zu fühlen, litt an Schwindel und Kopfweh und wurde von Tag zu Tag mehr zum Hypochonder. Er litt am Herzen und wußte es, aber mehr und mehr bildete er sich auch ein, an der Lunge zu leiden, fragte jedoch wenig danach. Er hatte keinen Hunger mehr nach irgendeinem Dinge; nur dem Fränzchen hätte er sein ganzes Herz klar darlegen mögen, und dann — dann? Einerlei! Der Tod war ja Ruhe, und Ruhe, Ruhe wünschte sich Johannes Unwirrsch, den Moses Freudenstein den „Hungerpastor" genannt hatte.

Es war ein Sonnabendnachmittag in den letzten Tagen des Augusts, und es hatte wieder einmal vom frühesten Morgen an unaufhörlich geregnet.

Am Fenster seines Stübchens saß Hans, dessen Kopfweh heute heftiger als gewöhnlich war, und der Gott dankte, daß er heute keine Lektionen mehr zu geben hatte. Der Zögling befand sich im Zimmer der Mutter und zerfetzte zu den Füßen des Doktor Stein ein schönes Bilderbuch, welches dieser Herr ihm mitgebracht hatte. Der Doktor Stein hatte für Aimé sehr häufig irgendein Spielzeug oder dergleichen in der Tasche; er wußte, daß es in der Diplomatie nichts Großes und nichts Kleines gibt.

An diesem Sonnabendnachmittag, an welchem Kleophea Götz trotz der geistreichen Unterhaltung Theophiles mürrisch war und blieb, an diesem Tage, an welchem der Kandidat Unwirrsch von seiner baldigen Auflösung fest überzeugt war, an welchem es nicht nur draußen, sondern bis tief in seine Seele hinein regnete, an diesem Sonntagnachmittag erhielt der Kandidat Unwirrsch von der Post ein Paket aus Neustadt, künstlich geschnürt und nicht nur mit Siegellack, sondern auch zu größerer Vorsicht mit Pech verpicht, ein Paket, das Jean mit Ekel und Verachtung auf den nächsten Stuhl neben der Tür fallen ließ.

In diesem Paket befanden sich ein Paar neuer Stiefel von Rindshaut, ein Schächtelchen mit halbwelken Blumen, ein Brief von der Base Schlotterbeck und ein Brief von dem Oheim Nikolaus Grünebaum.

Des Oheims Schreiben aber ging folgendermaßen seinen Weg:

„Hochzuverehrender Nevö,
insbesondere geliebter Herr Theologus Cantidatiä
Studio und Hauspräzeptor, Wohlgeboren!

Insbesondere von wegen dem nassen Sommer, das ewige Geregne, dem Dreck und die verwandtschaftliche Liebe und Affektion übersende ich ein Paar Stiebeln mit doppelte Sohlen und dem Wunsch, daß sie mit Gesundheit verrissen werden möchten. Lieber Hans! es freut mich sehr zu vernehmen, daß Du noch bei Kräften bist, und ich danke für die gütigst zum Präsent geschickte Weste und Dabacksbeutel mits Porträt vom Mohrenkönig. Mir gehts hundeübel und elend, man wird älter mit jedem Tag, der Magen will nicht mehr fort, und die Augen sind auch nichts mehr wert, und auf der Brille habe ich mir vorgestern hingesetzt, weswegen ich von wegen diesem Brief um Verzeihung bitte, wenn er nicht zu lesen sein sollte. Dein Vater hats ganz recht gemacht, daß er früh abgefahren ist aus diesem Jammerthal. Was will der Mensch drin, wenn er sich den letzten Zahn an seiner trockenen Brotrinde ausgebissen hat und der Podagra in seine Zehen murxst, welches mich darauf bringt, daß der Nachbar Murx auch erlöst ist, und ich habe sein Spanisches erstanden in der Auktion. Lieber Hans, sonsten gehts gut und wir sind ganz fidel, aber der alte Bieräugel im rothen Bock hats Geschäft abgegeben an seinen Sohn, so das Haus verputzt hat innerlich und auswendig und Dapeten eingeklebt hat und Bilder in goldem Rahmen aufgehängt hat und'n großen Spiegel, weswegen das Bier schandhaft und die Gemütlichkeit zum Henker ist, und der Alte aus natürlichem Kummer mitn Strick in die Tasche umgeht und sich nachm passenden und haltenden Nagel für sich umsieht. So sind wir in die Traube gezogen, aber das ist aus die Gewohnheit und dem Wege und wenn man alt geworden ist, so bleibt man am liebsten beis Gewohnte. Mit die Politik ists auch das alte nicht mehr. Da müßte man ja den Postkurier mitn französischen Wörterbuch verstudiren! bitt' ich Dir! Wars mir aber doch sehre angenehm, Deine Ansicht von denen Konstitutionen zu vernehmen, so sie uns versprochen haben für den vielen Kontributionen, so sie in die Befreiungskriege aus die Nase gezogen haben, und halten nun nicht Wort. Ich bleib aber dabei, der Deibel nimmt die Graden und die Ungraden, und, lieber Hans, was nun die Base Schlotterbeck anbetrifft, so hat sie immerdar noch ihre Tücken, Schrullen und Spitzfindigkeiten, aber missen möcht ich ihr doch um keinen Preis in die Welt. Eine Perschon ist sie, und im Sack hat sie mir, aber wenn sie mir stramm hält, so hält sie mir doch auch warm und ich wüßte nicht, was ich ohne ihr anfangen sollte hier in Neustadt. Das ist'n gefährlich Ding ihr vor die Hausthür zu kommen, wenn sie sie schonsten verriegelt hat und im Bett ist. Gnade Gott — der Schnabel ist ihr dann nicht zugewachsen, und man möchte gewißlich wohl lieber als einer von ihre Geister, denn in Fleisch und Blut anklopfen und ihr die Treppe herunterkommen hören.

Lieber Hans, der Hauszins so Du uns in Güte lässest in unsere Gebrechlichkeit, geht noch immer druf, aber wir wollen Dir die Lujedors aus die ewige Seligkeit überschicken, wenn sie uns hereingelassen haben. Du kannst Dir darauf verlassen! Wir haben es uns ganz feste vorgenommen.

Die Stiebeln sind mit Schenie gearbeitet und haltbar, wenn Deine Brincipalität Dir darin trapfen hört, sage nur dreiste, Dein Oheim Niklas Grünebaum sei der Mann zu so was, und damit Gott befohlen.

Lebe wohl und grüße bald von Dir Deinen alten betrübten Oheim

Niklas Grünebaum."

Der Brief der Base Schlotterbeck lautete:
„Lieber Sohn!
Wenn ich nur wüßte, was Dir wäre und wie Dir zu helfen wäre! Du schreibst zwar, es ginge Dir recht gut und schickst mir aus gutem Herzen eine warme Jacke für den Winter; aber dem ist nicht so, es geht Dir nicht zum Besten. Das mit dem Moses Freudenstein, daß er ein Christ geworden ist und seinen Namen umverändert hat, und soviel in Eurem Haus ein- und ausgehet, solches will mir nicht in den Sinn. Es gefällt mir gar nicht, und die alte Esther, die auch in ihrem Elend noch lebt,

ist gestern abend vor mein Fenster gehumpelt gekommen und hat angeklopft und sich schlimm gehabt und gesagt: der Moses sei ein böser Mensch und es gehe nicht gut mit ihm aus. Sein Vater sei um seinetwillen gestorben, und er sei ein schlechter Mensch und sie habe es nie geglaubt, daß es also sei, bis zum Tode des alten Samuel. Sie hat gebeten, ich möge Dich warnen vorm Moses und seinen glatten Worten, er sei ein falscher Mensch bis in das Mark von seine Knochen.

O lieber Sohn, Du weißt, es kommen auch noch andere Leute vor mein Fenster, oder ich begegne ihnen in den Gassen, oder sie stehen vor den Häusern und sehen aus, als warteten sie auf Jemanden, wo denn einer im Haus von ihrer Familie sterbet und zu ihnen kommt. Deine Mutter und Dein Vater sind oft da gewesen in der letzten Zeit, und haben sehr betrübt ausgesehen und mit den Köpfen geschüttelt. Da weiß ich nun, daß es schlecht um Dich steht und gräme mich, weil ich nicht weiß, wo es Dir fehlt. Bitt' Dich also von Herzen, lieber Johannes, Du wolltest Dich recht fest stellen gegen alle Anfechtungen und den Moses keine Macht über Dich gewinnen lassen, trotzdem Ihr so gute Freunde gewesen seid in Euerer Jugend. Der Herr Professor Fackler, der jetzt recht alt und kümmerlich wird und seine Eugenie hat gefreit, aber die andere ist noch zu haben, hat dasselbe gesagt. Er hat noch darzu gewelscht in lateinischer Sprache, aber ich habe nur das Deutsch verstanden, und er hat den Moses auch nicht recht leiden können, da er ihn noch unter der Rute hatte und Du solltest ihm aus dem Wege gehen.

Es regnet hier dieses Jahr sehre und bitte Dich, Du mögest mir schreiben, ob das bei Euch auch so ist. Aber ich habe keine Langeweile, wenn ich am Fenster sitze und denke an die alte Zeit und wie das Leben hingeht und wie wir zusammen auf dem Christmarkt saßen. Mit Deines Oheims Arbeit hats nie viel auf sich gehabt und jetzt noch weniger, aber ich komme schon aus mit dem Mann und je älter er wird, desto stiller sitzt der Mensch und selbsten der Niklas Grünebaum. Nun denk ich mir auch, wen Du wohl heiraten wirst, wenn Du erst ein Pastore bist, ich möchte sie wohl noch sehen die junge Frau. Der Maurer zahlt die Miete schlecht, denn es geht ihm schlecht bei das nasse Wetter. Wir behelfen uns wie es geht. Lieber Sohn Johannes, Geld kann ich Dir nicht schicken von Deinem Eigentum, aber ich schicke Dir einen Strauß von Deiner Eltern Grabstelle. Ich habe sie im Regen gepflückt und das wird sie wohl frisch halten auf dem langen Wege. Es ist wunderlich doch, die Blumen fahren so weit und noch gar auf der Eisenbahn und ich sitze und kann nur die Gedanken fahren lassen. Dir entgegen. Meister Grünebaum möchte auch wohl die Eisenbahn sehen, aber wenn sie nicht zu uns kommt, so wirds ein übel Ding darum sein. Lieber Sohn Johannes, schreibe mir bald, und wenn der Moses Freudenstein mit dem fremden Namen darnach fragt, was sie in Neustadt von ihm denken, so sage ihm nur grad heraus, was ich Dir geschrieben habe, und Du, lieber Sohn, hüte Dich vor ihm und gedenke an Deine getreue Base Schlotterbeck.

Nachschrift: Des Oheims Stiebeln trage nur ja bei dem feuchten Wetter, sie mögen wohl schon einen Schnupfen und sonstige Verkühlungen abhalten.

Nicht zu vergessen, empfiehl mich Deiner Herrschaft und sage ihnen, ich machte ihr mein Kompliment und sie möchten aus gutem Herzen für Dich sorgen, da Du eine Waise bist und immer nicht selber auf Dich Acht gibst. Sei nochmals gegrüßt von

Deiner Base."

Die beiden Briefe waren im Original nicht so leicht zu lesen, wie sie hier im Druck erscheinen. Nicht alle Buchstaben drin standen auf der rechten Stelle, und nicht jedem Worte sah man's an, was es bedeuten sollte. Die Buchstaben lagen durcheinander wie ein Wald, in welchem der Orkan gehaust hatte; es war keine Kleinigkeit, sich durch diese Wildnis zu arbeiten; noch dazu wenn man körperlich unwohl war und durch manchen Passus der Briefe tief gerührt und bewegt wurde. Als Hans endlich den Kopf aufrichtete, war es ihm dunkel vor den Augen, und die herankommende Dämmerung trug nicht die Schuld allein davon. Eigentümliche Lichter zuckten durch den grauen Schleier, der vor den Augen des Kandidaten lag; er mußte den Kopf mit beiden Händen fassen, es war ihm, als wolle er zerspringen, und dumpf dröhnte es vor seinen Ohren, als werde dicht neben ihm eine große Glocke angezogen. Er wollte sich aufraffen, um das Fenster zu öffnen, vermochte es aber nicht; — er war ernstlich krank, so krank, daß sich alle übeln Gefühle in das tote Nichts der Bewußtlosigkeit auflösten, um dann in das geisterhafte, grausame Spiel des Phantasierens überzugehen.

Hans Unwirrsch hatte eine Gehirnentzündung und war in der Tat während mehrerer Tage dem Tode nahe genug; aber er hatte auch Visionen während dieser Krankheit, die nicht zu teuer durch alle Schmerzen, die er dulden mußte, erkauft wurden.

Der Herrin des Hauses war dieser Zufall, welcher den Hauslehrer betraf, natürlich im höchsten Grade unangenehm und unbehaglich. Sie fühlte sich im Grunde ihrer Seele nicht verpflichtet, diesen fremden Menschen mit solcher gefährlichen Krankheit im Hause zu behalten. Aber unangenehm war's ihr anderseits der Welt wegen, von ihren innersten Gefühlen Gebrauch zu machen und ihn aus der Tür zu werfen und nach dem Krankenhause bringen zu lassen. Sie hatte einen Charakter zu bewahren, und sie war eine fromme Dame. Sie mußte also zulassen, was sie nicht ändern konnte, und fand wiederum eine große Hilfe an dem Doktor Theophilus Stein, der sich bereit erklärte, den Kranken unter seine besondere Obhut zu nehmen, und in betreff seiner alles Nötige zu besorgen.

Der Doktor Theophilus Stein gehörte zu den Visionen Hans Unwirrschs!

Es war am zweiten Tage nach dem Ausbruch des Fiebers, als sich Theophilus am Bett des kranken Jugendgenossen allein befand; — allein und unbeachtet wie er glaubte. Er war draußen auf dem Gange mit einer spöttischen Verbeugung an Franziska Götz vorübergeschlüpft und beugte sich nun über das Lager des Kandidaten. Auf Wunsch der Geheimen Rätin war er gekommen, um nachzusehen, „was der junge Mann mache".

Er hatte den Arzt zu dem Kranken hinaufbegleitet; der Arzt hatte bedenklich den Kopf geschüttelt, ein neues Rezept geschrieben und war gegangen. Theophile war geblieben, obgleich er eigentlich keinen Grund dazu hatte. Nachdem er einen Augenblick dem Kranken in die fieberglühenden Augen geblickt hatte, wandte er sich ab und sah sich mit einem mitleidigen Lächeln im Zimmer um. Er war sehr neugierig und schnüffelte gern um und in anderer Leute Sachen und Angelegenheiten, wenn es ohne Schaden und Unannehmlichkeiten geschehen, oder gar Nutzen bringen konnte. Die Sachen und Angelegenheiten des Kandidaten Unwirrsch hatten für ihn natürlich noch ein besonderes Interesse.

So musterte er denn die kleine Bibliothek, zog das eine oder das andere Buch hervor, warf einen Blick hinein, lächelte und stellte es wieder an seine Stelle. Er hielt es nicht unter seiner Würde, in den Kleiderschrank zu gucken; — zuletzt wandte er sich zu dem Schreibtisch.

Theophile hielt es für keine Indiskretion, in Schubladen zu

schauen, welche offen standen, und in Briefe, welche geöffnet da lagen. Er hob den welken Blumenstrauß, den die Base Schlotterbeck auf den Gräbern von Anton und Christine Unwirrsch gepflückt hatte, an die Nase und warf ihn dann mit Verachtung wieder hin. Er fand den Brief des biederen Oheims Grünebaum und studierte ihn mit Behagen. Dann nahm er das Schreiben der Base auf; — er fühlte sich angenehm gerührt und gekitzelt durch diese Laute aus jener längst abgetanen Welt, und zog einen Stuhl an den Tisch, um sich seinen gemütlichen Empfindungen mit Bequemlichkeit hingeben zu können. Er gähnte, als er den Brief der Base öffnete; aber er schloß den Mund gleich darauf, nachdem er die ersten Zeilen entziffert hatte. Schnell drehte er sich nach dem Kranken um und erhob sich halb vom Stuhl, den Brief in der Hand zusammenknitternd. Hans Unwirrsch stöhnte tief, aber er lag jetzt mit geschlossenen Augen, Theophile konnte seine Lektüre ungestört beenden.

Er las, biß sich auf die Unterlippe und lachte; er sah nicht, daß der Jugendfreund die Augen von neuem geöffnet hatte und ihn mit dem starren, unheimlichen Blick des Fiebers anstarrte.

„Wie toll! wie närrisch! wie albern!" sagte Theophile, das Schreiben mit Bedacht wieder glättend.

„Lächerlich originell!" sagte er, die Arme auf der Brust kreuzend. „Aber der Tölpel könnte endlich doch unbequem werden, es wird das Beste sein, ihn aus dem Hause zu schaffen. Wir wollen sehen; — nimm dich in acht, liebster Hans; jedes Übermaß muß gefährlich werden, selbst ein Übermaß von Gemüt."

Er stand auf und schob den Stuhl ziemlich heftig zurück. Wieder trat er an das Bett des Kranken. So völlig geistig gebunden glaubte er den armen Hans, daß er es für gänzlich unnötig hielt, sich irgendeinen Zwang aufzuerlegen; aber er irrte sich: Hans sah klar, ganz klar, erschrecklich klar. Zwischen Sein und Nichtsein, Bewußtsein und Bewußtlosigkeit kam ihm die Erkenntnis gleich einem Blitz. Er sah die Augen des Mannes, der vor ihm stand, leuchten wie die eines bösen Geistes, der sich an einem Unglück weidet. Die ganze Herzlosigkeit dessen, den er einst seinen Freund nannte, offenbarte sich in diesen Augen, diesem Lächeln. Hans Unwirrsch fühlte zum erstenmal in seinem Leben, was der Haß sei; er haßte die schlüpfrige, ewig wechselnde Kreatur, die sich einst Moses Freudenstein nannte, von diesem Augenblick an mit ganzer Seele. Er hätte laut aufschreien mögen, aber seine Zunge war nicht in seiner Gewalt; er hätte aufspringen mögen, um diesen Moses Freudenstein mit den Fäusten und Zähnen zu packen, allein sein armer Körper war eine bewegungslose Masse, über die er keine Macht hatte. Aber mit dem Auge konnte er ihn erreichen! — Theophile Stein fuhr zusammen und zurück; er lächelte nicht mehr; — Johannes Unwirrsch versank abermals in die Phantasien des Fiebers, doch die Gewißheit nahm er in sie mit hinüber, daß er sich einen unversöhnlichen Feind erworben habe.

Als er von neuem aufwachte, war manch ein Tag vergangen. Zwei andere Gesichter und Gestalten sah er neben seinem Schmerzenslager. Zu Füßen des Bettes saß der Geheime Rat Götz, gelblichbleich, müde und kummervoll, ganz ohne Mechanik; aber als ein gebeugter Mann, der teilnehmen konnte an fremdem Elend! Und neben ihm, — neben ihm, mit der Hand auf seiner Schulter stand — Franziska — das Fränzchen, mitleidig und mild, und mit Tränen in den Augen, des Leutnants Rudolf liebliches Fränzchen!

Und dieses Fränzchen hatte keine Ahnung davon, wie scharf der Kranke auch in diesem Augenblick sah. Es war doch sonst so ziemlich Herrin über seine Gesichtszüge, zum Beispiel der Herrin des Hauses gegenüber bei manchen bösen Gelegenheiten; aber in dieser Stunde gab es sich nicht die geringste Mühe, sie zu beherrschen.

Es erschrak auch sehr, das Fränzchen, und errötete tief, als es plötzlich bemerkte, daß Hans Unwirrsch wache und sehe. Hans mußte die Augen schließen, und als er sie wieder öffnete — er konnte die Zeit nicht recht angeben — waren auch diese beiden Gestalten nicht mehr da. Sie hatten der alten, rohen Wärterin aus dem Hospital Platz gemacht; aber es schadete nichts.

Die Sonne war aufgegangen in Hans Unwirrschs Seele; er wußte, daß er nicht sterben werde, und er wußte ein noch viel Wichtigeres; er hatte erkannt, weshalb der vagabundierende Bettelleutnant Rudolf Götz ihn in dieses Haus, in so großes Ärgernis und unbehagliches Wesen gebracht hatte!

Nach allen Seiten hin nahmen die bösen Geister die Flucht. Segen über den Leutnant Rudolf Götz! Gottes Segen über des Leutnants Fränzchen! Es war großer Jubel in der Seele des Kandidaten Johannes Unwirrsch, und es schadete auch nichts, daß ihm noch einmal die Sinne vergingen; es war alles gut.

Die Fieberphantasien wiederholten sich nicht; es kamen die Tage der Genesung. Weder Franziska noch der Doktor Theophile Stein zeigten sich ferner in dem Zimmer des Kranken; aber der

Geheime Rat Götz zeigte sich öfters, und zwar von einer sehr guten Seite. Er war an dem Bette seines kranken Hausgenossen ein ganz anderer Mensch, als in seiner Studierstube oder gar in den Gemächern seiner Gemahlin. Hans, der geglaubt hatte, das Haus und seine Bewohner durch und durch zu kennen, erfuhr erst durch seine Krankheit, daß ihm doch noch manches da verborgen geblieben sei.

O über die einsamen, nachdenklichen, grübelnden Stunden der Genesung!

Es kam der Tag, an welchem der Herr Hauslehrer, sehr hager und etwas schwindelig, die Treppe wieder hinab in den Salon stieg, um der gnädigen Frau und Kleophea für alle bewiesene Güte seinen Dank abzustatten. Diese Sache war sehr schnell abgetan. Ein paar kalte Worte der Geheimen Rätin, einige Anspielungen auf die vielen Unannehmlichkeiten, welche durch diesen „accident" im Hauswesen hervorgerufen worden waren — und das in dieser Beziehung Nötige war besprochen! Kleophea sagte gar nichts; Aimé aber schien das Wiedererscheinen seines Lehrers für eine persönliche Beleidigung zu nehmen.

Am folgenden Tage hatte die gnädige Frau eine zweite Unterredung mit dem Kandidaten und drückte den Wunsch aus, bis zum Tage des heiligen Christfestes das bestehende Verhältnis zu lösen. Sie sprach ihre Meinung dahin aus, daß sie die Einwirkung des Herrn Kandidaten auf ihren Sohn für nicht allzu segensreich erachten könne, und dagegen konnte Hans nicht das geringste einwenden. Betäubt wankte er in sein Zimmer hinauf und murmelte nur den Namen:

„Franziska!"

Zweiundzwanzigstes Kapitel

Es hatte sich sehr vieles während der Krankheit des Kandidaten Unwirrsch zum Schlimmern verändert. Wie sich die Verhältnisse im Hause des Geheimen Rats Götz weiter ineinander verschoben hatten, erkannte er nur allmählich; aber daß es Herbst geworden war in der Welt, sah er mit Schrecken auf den ersten Blick. Der Rasen und die Wege unter den Bäumen des Parkes waren bereits mit den abgefallenen Blättern bedeckt, der Park selbst fing an, einem verschossenen Teppich mit sehr vielen Motten drin zu gleichen; es war fast ein Glück zu nennen, daß Hans keine Zeit hatte, sich darum zu bekümmern.

Der Doktor Theophile hatte das Spiel der schönen, geistvollen Kleophea gegenüber vollständig gewonnen, Kleophea liebte diesen Mann mit aller Leidenschaft, deren eine Natur wie die ihrige fähig war.

Der Geheime Rat war, seit Hans wieder auf den Füßen stand, so unnahbar wie früher für ihn geworden; seine Frau hatte gesprochen, und er — er fügte sich dieser höhern Macht. Hans sah ein, daß dieser Mann die seinem Hause drohende Gefahr nicht abwehren könne, und daß eine Warnung jedenfalls nichts helfen, vielleicht sogar noch schaden und die Sache verschlimmern werde. Bei der gnädigen Frau hatte Theophile so trefflich vorgearbeitet, daß von dieser Seite auch nicht das geringste zu erwarten war; und Kleophea, die stolze, prächtige Kleophea würde sicher jeden Versuch der Einmischung in diese, ihre eigensten, innersten Angelegenheiten mit tiefster Verachtung zurückgewiesen haben. Sie hatte viel zu oft mit Theophile über den „Hungerpastor" gelacht, um sich nun von demselben warnen zu lassen. Falschheit und freche Selbstsucht, bejammernswerte Schwäche, störrige Dummheit und frömmelnde Hoffart, Leichtsinn, Überhebung, Übermut, Spott und Hohn auf allen Seiten; — o es war wahrlich eine Welt, um darin Hunger zu empfinden, Hunger nach der Unschuld, der Treue, der Sanftmut, der Liebe.

O Fränzchen, Fränzchen Götz, welch ein sanftes, süßes Licht umstrahlte deine holde Gestalt in diesem fratzenhaften Gewimmel! Wo anders konnte Friede, Schutz und Ruhe sein, als bei dir? O Fränzchen, Fränzchen, wie konnte es doch geschehen, daß du dem armen Hans so seltsame Schmerzen bereitetest? wie konnte es doch geschehen, daß du um ihn so seltsame Schmerzen zu ertragen hattest? Wie konntet ihr beide euch gegenseitig so sehr quälen und noch dazu so ganz gegen den Willen und die gute Absicht des Herrn Leutnants a. D. Rudolf Götz?

Ach, der Herr Leutnant Rudolf war auch nicht im Rat der Vorsehung angestellt, er hatte mit sich selber oft die liebe Not: das Geschick hat seinen eigenen Lauf, und jede Prüfungszeit will ihr Ende auf ihrem eigenen Wege finden.

In den ersten Tagen des Oktobers folgten auf langen, widerlichen Regen einige Tage, in denen die Natur über ihre Mißlaunigkeit Reue zu empfinden schien und sich bestrebte, durch verdoppelte Liebenswürdigkeit sich wieder angenehm zu machen. Die Sonne brach durch die Wolken, für sechsunddreißig kurze Stunden zeigte sich das Jahr in seiner matronenhaften Schönheit, und wer den holden Augenblick benutzen konnte und wollte, mochte — sich beeilen; denn so ganz ist doch eigentlich selten irgendeiner Reue zu trauen.

Die gnädige Frau gab ihrem Eheherrn den Befehl, für einen oder zwei Tage Urlaub zu nehmen, und entführte ihn, wie den teuern Aimé nach dem nicht allzu fernen Landgute einer befreundeten Familie, die über den längst angekündigten Besuch höchst wahrscheinlich sehr erfreut war.

Kleophea hatte sich nicht mit entführen lassen; sie haßte das Land gründlich und jene landbebauende Familie fast noch mehr. Und so wenig sie Sinn für Naturschönheiten besaß, so wenig Geschmack fand sie an dem heiratsfähigen Erstgeborenen jener achtbaren Familie, der das schöne Mädchen mit seinen glänzenden, gesunden, aber leider etwas glotzenden Augen und seinen schüchternen, meistens mißlingenden Konversationsversuchen bis zum Tode langweilen konnte. Kleophea Götz, die nicht gewohnt war, über ihre Grillen, Launen, Wege und Gänge Rechenschaft zu geben, blieb daheim, sah ihre Eltern mit einem Seufzer der Befriedigung abfahren, litt den Nachmittag an Migräne, ließ den Doktor Theophile abweisen und fuhr am Abend mit einer ihr befreundeten Familie in die Oper, wo sie den Doktor Theophile nicht abweisen konnte. Mit heftigem Kopfweh kam sie nach Hause und schloß sich in ihr Zimmer ein, nachdem sie seltsamerweise vorher ihrer Cousine einen Kuß gegeben und sie ein „armes, gutes Kind" genannt hatte. Sie mußte wirklich eine unruhige Nacht gehabt haben, denn am andern Morgen kam sie sehr spät und sehr abgespannt und nervös zum Vorschein. Als sie von Fränzchen mitleidig auf den Sonnenschein aufmerksam gemacht wurde, erklärte sie, daß sie nichts darnach frage, und nannte die Cousine ein „einfältiges Ding, welches keinen Willen habe, außer zum Leiden". Dabei weinte sie, setzte sich aber im folgenden Augenblick an den Flügel, um sich in ein Gewirbel der gellendsten Arien zu verlieren. Gegen Mittag wurde sie fast ausgelassen heiter, und während des Mahles forderte sie Hans auf, zu gestehen, daß er in der ersten Zeit ihrer Bekanntschaft erschrecklich in sie verliebt gewesen sei, daß sein ehrbarer Charakter allmählich aber das Richtige gefunden und sich jetzt zum „sanften Fränzchen" gewandt habe. Sie hatte sehr heiße Wangen und lachte sehr laut über die Verwirrung, in welche sie ihre Tischgenossen stürzte. Sie sprach mit sehr unkindlichem Achselzucken von ihrer Mutter, nannte ihren Vater einen „armen Wurm" und ihren Bruder einen „Wurm", ohne Beiwort. Sie forderte ihre Cousine auf, zu gestehen, daß dieses Haus eine „Hölle" für sie sei, und den Kandidaten bat sie, offen zu sagen, daß er behaglichere Orte zum „Atemholen" kenne. Sie zeigte sich über alle Beschreibung heftig gegen den aufwartenden Diener und jagte ihn hinaus, um zu gestehen, daß sie ein sehr „unartiges Mädchen", und daß Franziska ein „armer Liebling" sei. Sie trank auf das Wohl von Hans und Fränzchen, und bat, daß man Nachsicht mit ihr haben möge. Dann bekam sie von neuem die Migräne und verriegelte sich abermals in ihrem Zimmer. Gegen fünf Uhr, als es bereits dämmerig wurde, ging sie aus.

Hans saß den Nachmittag über an seinem Fenster, ohne imstande zu sein, etwas Vernünftiges vorzunehmen. Er schlug ein Buch auf, legte es aber wieder fort, stopfte mit geheimem Zittern die Pfeife, die er von dem untersten Grunde seines Koffers heraufholte; sie ging ihm jedoch bald wieder aus, als wisse auch sie, daß in diesem Hause nicht geraucht werden dürfe. Auf das Gewimmel der drunten vorbeiziehenden Reiter, Fußgänger und Wagen sah er wie gewöhnlich hinunter und versuchte seine Aufmerksamkeit auf den alten, schnauzbärtigen Leierkastenmann mit der Waterloo-Medaille zu richten; aber auch das wollte nicht recht gehen. Alles zog ihn immer wieder in das Innere des Hauses zurück, und von einer unwiderstehlichen Macht wurde er gezwungen, auf die leisesten Laute in den Gängen und auf den Treppen zu horchen.

Ihr leichter Fußtritt? . . . Nein, nein, es war nur das Schleichen der Kammerkatze, die samt dem betreßten Jean beauftragt war, ein scharfes Auge sowohl auf den Herrn Hauslehrer, wie auch auf Fräulein Franziska zu haben, um über jeglichen Vorfall später genauen Bericht geben zu können.

„Ihre süße Stimme?" Torheit; es war ein altes Weib draußen in der Allee, das geräucherte Heringe den Liebhabern anbot.

Ach, wenn Seufzer die Welt verbessern könnten, sie wäre längst keiner Verbesserung mehr fähig. O, wie oft und wie sehr Kandidat Unwirrsch an diesem ungesegneten Nachmittag seufzte! Er starrte auf seine Stubentür und dachte an alle jene behaglichen Märchen, in denen die Fee stets zur rechten Stunde ungerufen und gerufen kommt. Als sie nicht kam und er sich hundertmal gesagt hatte, daß er ein Narr sei, ging er zum fünfzigsten Mal zum Fenster zurück, um wieder in das lustige Leben drunten hinabzustarren. Er legte die Stirn an die Fensterscheibe und stand wieder lange so; aber auf einmal fuhr er schnell zurück und sah schärfer hin. Ein Schatten glitt durch das bunte Gewühl, ein schwarzer, bleicher Schatten. Unter den Bäumen hervor kam langsam ein ärmlich gekleidetes, hageres junges Weib und stand still, dem Hause des Geheimen Rates Götz gegenüber und sah zu den Fenstern desselben empor. Hans aber erkannte dieses Weib; obgleich er es nur zweimal gesehen hatte, und obgleich es sich seit der Zeit sehr verändert hatte.

Es war die kleine, einst so lustige Französin, die er in der Wohnung des Doktors Stein getroffen hatte, und es war, als ob ihre Augen in schmerzlichster Hilflosigkeit ihn, ihn, Hans Unwirrsch, suchten. Es überkam ihn so seltsam bange; — er hatte nach seinem Hute gegriffen und befand sich auf der Treppe, ehe er sich Rechenschaft über diese Gefühle geben konnte. Er trat aus dem Hause und schritt schnell um den Springbrunnen und den Rasenplatz, er schritt über den Fahrweg zu den Bäumen des Parkes; aber da war der schwarze Schatten verschwunden, und vergeblich sah Hans sich suchend nach ihm um. Hatte ihn seine Phantasie wieder einmal in die Irre gelockt? Er stand einen Augenblick in Zweifeln; aber die Sonne schien, die Luft war so erfrischend. — er kehrte nicht in das Haus zurück, sondern ging langsam weiter unter den Bäumen. Natürlich verließ er bald die breiten Wege, wo die meisten Leute gingen. Die gewundenen, einsamen Pfade, welche sich durch das Gebüsch zogen, suchte er auf, diese Pfade, auf denen alle die, welche mit gesenktem Haupte gehen und gerne ohne einen Grund stehen bleiben, am häufigsten zu finden sind. Aber es gab an diesem Tage kaum einen gänzlich verödeten Weg. Sie waren alle draußen — alle! Da waren die Leute, welche zu Mittag gegessen hatten, und die, welche zuviel zu Mittag gegessen hatten, und die, welche gar nicht zu Mittag gegessen hatten. Da waren die Leute, welche fahren konnten, und die, welche auf Krücken gehen mußten. Da waren die altklugen Kinder, welche es unter ihrer Würde hielten, durch den Reifen zu springen, und die kindischen Greise, welche gern durch den Reifen gesprungen wären, es jedoch nicht konnten und statt dessen nun den jungen Mädchen verliebte Blicke nachsandten. Es war sehr schwierig, eine noch unbesetzte Bank zu finden.

Ein kurzer Weg führte ihn zu jenen romantischen Wasserflächen, jenen fettig grünen Kanälen, die den entferntern Teil des Parkes verschönen und das Herz jedes Liebhabers des Mikroskops und der Infusionstiere mit Entzücken füllen müssen; jedenfalls aber in jedem neuen Frühling wahrhaft pharaonischen Froschscharen ein fröhliches und melodisches Dasein möglich machen.

Hier war ein Plätzchen, wo keine Liebespaare sich hinsetzten, eine Bank vor einer tiefern Wasserstelle, aus der man schon öfters einen Leichnam ans Land gezogen hatte, eine recht versteckte Bank, an einem recht feuchten und dumpfigen Orte, eine Bank, welche man selbst in dieser Jahreszeit, wo schon so manche Bäume und Büsche ihre Blätter verloren, nicht leicht auffand. Man bekam sie ganz plötzlich zu Gesicht, indem der schmale Weg sich um ein dichtverwirrtes, dorniges Gesträuch wand, um an dem Wasser zu enden; und es fehlte weiter nichts, als ein schwarzer Pfosten mit einem schwarzen Arm, der in die regungslose, sumpfige Flut wies, um den kläglichen, unbehaglichen Eindruck vollständig zu machen. —

Mit gesenktem Haupte folgte Hans dem engen Wege und trat hinter dem Gebüsch hervor, blieb aber starr und erschreckt stehen; dicht vor ihm auf der halbverrotteten Bank saß das, was er gegen seinen Willen suchte, was ihn vorhin aus dem Hause des Geheimen Rates Götz gezogen hatte, — das Schattenbild des kleinen französischen Mädchens, welches einst so hell in Theophiles Zimmer gelacht hatte über seine Unbeholfenheit.

Jene Französin war es unzweifelhaft, und doch war von ihrer früheren Erscheinung kaum noch etwas übrig geblieben. Sie schien krank, recht krank zu sein, sie trug noch Handschuhe, aber sie waren zerrissen wie ihre kleinen, einst so hübschen Zeugstiefelchen; der Schal, in welchen sie sich fröstelnd gehüllt hatte, war abgenutzt und verblichen.

Und sie erkannte den Kandidaten Unwirrsch auf der Stelle, denn schnell erhob sie sich, zog ihren Schal zusammen und griff hastig nach dem Taschentuch, welches auf der Bank neben ihr lag. Mit angstvollem, etwas theatralischem Zorn sah sie auf den Kandidaten Unwirrsch.

„Ah, ce monsieur!"

Sie wollte an ihm vorüber, aber er trat ihr in den Weg und hielt den verächtlichen Blick ihrer schwarzen Augen ruhig aus.

„Monsieur, Ihr Freund ist eine canaille!" rief sie, die Hand ballend. „Lasse Sie mik vorbei, — wolle Sie?!"

„Mein Fräulein", sagte Hans Unwirrsch sanft und traurig, „der Doktor Theophile Stein ist mein Freund nicht. Hören Sie mich, mein Fräulein!"

„Ick will Sie nicht mehr hör! ick will Sie nix seh! ick will nix mehr seh von der Welt, als ma figure in dies hier Wasser!"

Das wurde mit einer Heftigkeit, einer Wildheit gerufen, daß Hans unwillkürlich ihren Arm faßte, um sie vom Sprung in den Sumpf zurückzuhalten; sie aber riß sich los, lachte bitter, um dann mit beiden Händen das Gesicht zu bedecken und ebenso bitter zu weinen.

„Mein Fräulein", rief Hans, „Sie haben harte Worte gegen mich gesprochen, Sie haben mich tief betrübt. Ich bin mir keiner Schuld gegen Sie bewußt, und ich will Ihnen helfen, wenn ich es kann; — ich wiederhole es Ihnen: ich bin nicht der Freund des Doktors Stein; — ich bin es nicht mehr!"

Sie ließ langsam die Hände sinken und sah abermals dem Kandidaten in die Augen.

„Auch Sie klagen den an, welchen Sie eben nannten? Nennen Sie mir den Teil seiner Schuld, den ich auf mich zu nehmen habe!" sagte Hans leise, und sie — sie musterte ihn vom Kopf bis zu den Füßen, und dann — es war so seltsam! — dann überflog ein schwaches Lächeln ihre kummervollen, kranken Züge:

„Sie sind nicht sein Freund?" fragte sie.

„Ich bin es nicht mehr, und es ist ein großer Schmerz für mich."

Jetzt faßte die Französin die Hand des Kandidaten, und ihre Finger waren wie Eisen.

„Monsieur le curé, ick bin ein armes Mädchen und ganz allein in die fremde Land. Ick bin krank und ein leichtsinnlich Geschöpf. Ick habe geabt ein ganz klein Kind, aber es ist tot; — ick bin ganz allein gelassen in die fremde Land! O monsieur, das ist eine böse slekte Mensch, und wenn Ihr nick seid seine Freund, so verzeihe Sie mir, was ick eben gesackt — je n'ai plus rien à dire!"

Hans verstand ihr gebrochenes Deutsch sehr schlecht und ihr schnelles Französisch gar nicht, aber ihre Bewegungen, ihr Mienenspiel vervollständigten das, was zum Verständnis fehlte. Er führte sie zu der Bank zurück, und sie ließ ihm ihre Hand, als er sich neben sie setzte und ihr sanft und beruhigend zusprach. Es war fünf Uhr, die Sonne sank eben hinter die Bäume, aus den Teichen stieg der weißliche Nebel; es wurde kalt und grau, — es war die Stunde, in welcher die schöne Kleophea Götz ihr elterliches Haus verließ.

So gut er es vermochte, erzählte Hans dem französischen Mädchen das Nötige über sein Verhältnis zu dem Doktor Stein, und dann erfuhr er allmählich die traurige Geschichte ihres Lebens und die häßliche Rolle, welche Moses Freudenstein aus der Kröppelstraße darin spielte.

Henriette Trublet war nicht dazu gemacht, auf den geradesten Wegen durch das Leben zu gehen, und es war sehr wahrscheinlich, daß der Doktor Theophile in dieser Hinsicht wenig an ihrem Schicksal veränderte. Sie trug ein abenteuerliches Köpfchen auf den Schultern, und glaubte nur an den Augenblick. Sie war die Gehilfin einer Modistin zu Paris gewesen, und so hatte sie Theophile kennen gelernt und gewonnen. Geliebt hatte sie ihn eigentlich nicht, aber er hatte ihr gefallen, und die Pariser Freunde des Doktors, seine Art, das Leben zu genießen, sagten ihr zu. Sie war die schillernde Schleife an einem sehr bunten, lustigen Kranze, und als derselbe, wie es zu geschehen pflegt, zerriß, und der Doktor Theophile nach Deutschland zurückgegangen war, bekam sie bald die Sehnsucht nach dem Doktor. Sie hatte mancherlei wunderliche Geschichten gehört von dieser armen guten „Allemagne". Die Leute waren da so ehrlich, und so musikalisch, und so blond; — sie waren wohl auch ein bißchen zurück in der Zivilisation und etwas einfältig, aber es war doch ein ganz ander Ding, als um die albernen, langen Engländer. Und sie holten alle ihre Hüte und Hauben, und ihre künstlichen Blumen und ihren Champagner aus Paris, diese guten Deutschen; und jedes hübsche, kluge Kind der „Belle France" mußte sein Glück dort bei ihnen machen trotz allem Nebel, Eis und Schnee, trotz allen Wölfen und Eisbären, Erlkönigen, Nixen und sonstigen Ungeheuern. Eines Morgens fand sich Henriette auf dem Straßburger Bahnhof ein mit einem Lederkoffer und ungemein vielen und verschiedenartigen Schachteln und Schächtelchen, — und gute Reisegesellschaft zum Rhein fand sie auch, — allons enfants de la patrie gen Homburg, Baden-Baden usw. — où le drapeau, là est la France, ubi bene, ibi patria! Und eines andern Morgens vernahm der Doktor Theophile Stein ein leises Klopfen an seiner Tür und ein leises Kichern vor seiner Tür; Henriette Trublet hatte ihn wiedergefunden.

Soweit war alles in der Ordnung, und keines von beiden hatte dem andern etwas vorzuwerfen; aber nun, unter einem andern Himmelsstriche, gestaltete sich das Verhältnis anders. Die arme Henriette, verlassen, rat- und hilflos, fand sich ganz in die Hände Theophiles gegeben; sie wurde zu einem verachteten, mißhandelten Spielzeug, und der flüchtige, farbige Staub, der ihre leichtsinnigen Schmetterlingsflügel bedeckte, war bald abgewischt und verblasen. Der Doktor Stein hatte jetzt einen Ruf zu bewahren, und wenn er schwach genug war, um die kleine, arme Pariserin nicht von sich stoßen zu können, so war er doch stark genug, sie so tief hinabzudrücken und niederzuhalten, daß sie ihm dienen und gehorchen mußte, aber in keiner Weise imstande war, seinen Plänen und Hoffnungen hinderlich in den Weg zu treten. Durch seine Schuld und Intrige wurde sie gehindert, von ihren kunstfertigen Händen Gebrauch zu machen. Nur wenn sie ganz von ihm abhängig war, konnte er seine Tyrannei ganz ausüben an ihr. Als er ihrer überdrüssig war, hielt er sie auch für gänzlich gebrochen und ganz ungefährlich; er verschloß ihr daher auch ohne Bedenken die Tür und überließ sie ihrem Schicksal. Im Krankenhause gebar sie ein Kind gegen Mitte des Septembers, und am zweiten Oktober starb dieses Kind. Es war ein böser Platz, diese Bank an dem regungslosen, grünlichen Wasser, auf welcher der Kandidat Unwirrsch am vierten Oktober die arme Henriette Trublet sitzend fand.

Traître — va!

Dreiundzwanzigstes Kapitel

Henriette Trublet hatte ihre Geschichte erzählt und dem Kandidaten Unwirrsch war heiß und kalt dabei zumute geworden. Es war aber sein Unglück, daß er sich von so ganz gewöhnlichen Dingen so sehr aufregen ließ, und daß es ihm so schwer wurde, jedes dritte Vorkommnis lächerlich zu finden oder unbedeutend. Betäubt saß er da, bis die Französin plötzlich aufsprang, leidenschaftlich mit dem Fuße aufstampfte und rief:

„O, er hat bös an mir gehandelt, aber ick will mir rächen, wie ick kann. Ick will doch in sein Weg treten, und wär's in der letzte Stund. Und ick will zu ihr — ick will! Ick will sagen der schöne Mademoiselle, wer es ist — le juif! le misérable! Er soll nicht habe seine Willen —"

„Kleophea!" rief Hans. „Mein Gott, ja, ja, auch das! Fräulein, Fräulein, Sie wissen um das? o, mein Kopf schwindelt — ich, wir, Sie müssen zu ihr, sie muß dies wissen. Nein, nein, und abermals nein, sie soll nicht in seine Hände fallen: wir müssen sie retten, und geschähe es selbst gegen ihren Willen."

„Ick aben wohl gewußt, daß er nachgeht der schöne junge Dam', dort in der Haus am Park; ick bin gewesen viel giftig gegen sie — pauvre petite. Ick aben gesteht vor ihre Fenster und gelacht, o mon Dieu und mein Herz hat mir geblutet. Es war sehre bös, es war sehre slekt — pauvre coeur, ick will ihr retten von diese Mann! — Venez, monsieur le curé!"

Kalt und dunkel war der Abend, das schöne Wetter war ganz und gar vorbei, und der Wind fing an, den Nebel über den Teichen zu bewegen und die Zweige zu schütteln. Er fing an zu stöhnen und zu seufzen wie an jenem Tage, an dem Hans von der Universität zum Sterbebett der Mutter zog. Es rauschte in der Weite, und es ächzte in der Nähe, die Lichter und Laternen in der Ferne zwischen den Bäumen schienen hin und her geworfen zu werden wie das Gezweig. Der feurige Schein der großen Stadt am schwarzen Himmel war wie das Hauchen des schrecklichsten, letzten Abgrundes.

Aus einem fernen Vergnügungslokal trug der Wind die Töne einer Tanzmusik her, stückweise — in Fetzen. Dicht an der Seite des Kandidaten schritt Henriette Trublet, und er gab ihr seinen Arm, als sie erschöpft hinter seinem hastigen Schritt zurückblieb. Immer häufiger und heller blitzten die Gaslaternen durch die Bäume — da war die Straße, und dort das Haus des Geheimen Rates Götz.

Die beiden Wanderer standen einen Augenblick still.

Nur ein einziges Fenster war erhellt.

„Das ist nicht ihr Licht! da wohnt sie nicht!" sagte die Französin.

Hans Unwirrsch schüttelte den Kopf; er konnte den Namen Franziska in dieser Begleitung nicht aussprechen. O über dieses erhellte Fenster in der unruhvollen, wilden, finstern Nacht! Friede und Ruhe; — Gottes Segen über das Fränzchen! Der Kandidat neigte sein Haupt gegen den dämmerigen Schein in der Höhe, und dann faßte er sanft die Hand des armen Geschöpfes, das beim Austritt aus dem Dunkel der Bäume sich wieder von seiner Seite zurückgezogen hatte.

„Kommen Sie, pauvre enfant, — wir gehen einen guten Weg!" sagte er.

Sie gingen durch den kleinen Garten, und Hans zog die Türglocke. Sie mußten eine geraume Zeit warten, ehe es Jean gefiel, zu öffnen. Endlich kam er und verwunderte sich sehr über die Begleiterin des Hauslehrers, aber noch mehr über den Nachdruck, mit welchem Hans den Äußerungen seiner Verwunderung ein Ende machte.

„Ist das gnädige Fräulein zu Hause?"

Jean starrte, starrte und schwieg; aber im nächsten Augenblick griff die Faust des Kandidaten in seine Achselschnüre:

„Weshalb antworten Sie nicht? Melden Sie mich auf der Stelle bei dem Fräulein, — dem Fräulein Kleophea!"

Diese unerhörte Frechheit brachte den eleganten Jüngling für einige Augenblicke ganz aus dem gewohnten lümmelhaften Gleichgewicht; als er sich endlich besann, kannte aber auch seine Entrüstung keine Grenzen. Und die Haushälterin erschien und die Kammerjungfer der gnädigen Frau; das kleine Küchenmädchen sah im Hintergrunde scheu um eine Ecke, die arme Henriette zog sich aus dem Lichte der Flurlampe so tief wie möglich in die Dunkelheit zurück. Hans wollte vor Aufregung und Unmut unter all den unverschämten, zweifelhaften Blicken fast vergehen, mit erhobener Stimme wiederholte er nochmals seine Frage nach Kleophea. Da beugte sich über das Geländer der Treppe Franziska Götz. Sie trug ihre kleine Lampe in der Hand.

„Das gnädige Fräulein sind nicht zu Hause", schnarrte Jean. „Übrigens verbitte ich mir —"

„Malheur à elle!" rief die Französin.

„O Herr Unwirrsch, was ist geschehen? was ist mit meiner Cousine?" rief das Fränzchen herniedersteigend.

„Ist sie nicht zu Hause? Wir müssen sie sprechen; — o mein Gott, wohin ist sie gegangen?"

„Sie hat es nicht gesagt; sie verließ in der Dämmerung das Haus."

„So müssen Sie hören, so müssen Sie uns raten! Ja, vielleicht ist es noch besser so."

Auch Franziska sah verwundert auf die Fremde, dann sagte sie:

„Wenn ich Ihnen — meiner Cousine nützlich sein kann; — o mein Gott, sie wird ohnmächtig!"

Die Französin schüttelte den Kopf:

„Nein, nein, es geht vorüber — ce n'est rien!"

„Kommen Sie auf mein Zimmer! Was ist geschehen? was haben Sie mir zu sagen? O wie bleich Sie sind, — stützen Sie sich auf meinen Arm."

Die Französin schüttelte wieder den Kopf, sie wich vor der

stillen, lieblichen, unschuldigen Erscheinung scheu zurück und wandte sich an Hans:

„Wenn die andere nicht ist da, was soll ick in diese Haus? Sage Sie es mir, monsieur le curé. Ick will nix eintret in diese Haus, ick will geh."

„Nein, nein — bleiben Sie, Fräulein Henriette", rief Hans; aber die Fremde zog ihr Tuch fester um sich und reichte dem Kandidaten die Hand:

„Adieu, monsieur le curé, Sie ist ein ehrlich Mann." Sie wandte sich gegen das Fränzchen, neigte das Haupt und flüsterte leise und langsam:

„Priez pour moi! — Vous!"

Franziska legte ihr die Hand auf die Schulter:

„Ich will Sie aber nicht so fortgehen lassen. Sie sind unglücklich und krank; und Sie haben diesem Hause eine böse Nachricht zu bringen. Kommen Sie, stützen Sie sich auf meinen Arm, o kommen Sie, Herr Unwirrsch; — Kleophea wird gewiß bald zurückkehren."

Sanft leitete das Fränzchen die arme Henriette die Treppe hinauf und winkte dem Kandidaten, zu folgen, während die Dienstboten die Köpfe zusammensteckten und hämisch die Achseln zuckten.

Zum erstenmal betrat Hans Unwirrsch das Gemach, welches Franziska in dem Hause ihres Onkels bewohnte, und sein Herz erzitterte sehr, als er über diese Schwelle schritt.

Auf dem Tische lag ein offenes Buch und eine weibliche Arbeit; — von jenem Stuhl hatte Fränzchen sich erhoben, und jetzt saß dort das fremde, leichtfertige, junge Weib, — es konnte nicht Wirklichkeit sein, es war eine Phantasie, eine der Fieberphantasien der letzten Zeit!

Nein, nein, das war des Fränzchens sanfte, süße Stimme, und das Fränzchen hatte die Hand auf die Schulter der armen Henriette gelegt, welche das Gesicht verbarg, zitternd und schluchzend. Feines Pariser Französisch sprach Fränzchen Götz zu der armen Henriette Trublet, aber Hans, der die Sprache nur aus den Büchern kannte, wußte doch, was sie sagte. Und die Fremde hatte bei den ersten Lauten ihrer Muttersprache die tränenvollen Augen erhoben, und erzählte zum zweitenmal ihre traurige Geschichte.

Franziska sah im Verlauf derselben immer angstvoller auf den Kandidaten; sie hielt sich mit zitternder Hand an dem

Tisch, an welchem sie lehnte, und als die Pariserin geendet hatte, rief sie:

„O Herr Unwirrsch, und Kleophea?! Kleophea! wo ist Kleophea? Wenn sie doch käme — jetzt, jetzt!"

Sie ging zu dem Fenster und öffnete es. Der Wind riß ihr den Flügel fast aus der Hand, die Lampe flackerte vor seinem wilden Eindringen; die Gasflammen am Rande des Parkes wurden in ihren Glasgehäusen hin und her getrieben, sie warfen rote, unsicher zuckende Lichter auf den Weg, aber der Weg war leer, und ein Wagen, dessen Rollen unerträglich lange in der Ferne blieb, fuhr vorüber, ohne anzuhalten.

„Und ihr Vater, ihre Mutter! was ist zu tun, o was ist zu tun, Herr Unwirrsch?"

Hans sah nach seiner Uhr.

„Es ist Neun", sagte er. „Beruhigen Sie sich, Fräulein Franziska. Sie wird gewiß nicht lange mehr ausbleiben; wir müssen sie in Geduld erwarten; es ist alles, was wir tun können."

Fränzchen hatte sich zu der Fremden gewendet; trotz ihrer Angst und Aufregung hatte sie doch noch Trost genug für die arme Henriette. Hans stand am Fenster und lauschte auf die leisen Worte der beiden Frauen, auf die laute Stimme des Sturmwindes. Durch das flackernde Licht, welches die Gaslaternen gaben, glitt dann und wann eine Gestalt, es fuhr noch manch ein Wagen vorüber, aber Kleophea Götz wollte noch immer nicht kommen.

Franziska schürte das Feuer im Ofen. Sie öffnete die Tür und erbat sich von der Wirtschafterin, deren Ohr und Auge abwechselnd sich seit geraumer Zeit am Schlüsselloch befunden hatten, Tee und etwas zu essen für die hungrige, halb ohnmächtige Fremde. Je weiter die Nacht vorschritt, desto größer wurde ihre Angst.

Gierig aß und trank Henriette Trublet, sah darauf mit starren, gläsernen Augen sich nochmal im Zimmer um und ließ dann das Haupt auf die Brust sinken; — sie schlief.

Es war der Schlaf der tiefsten Erschöpfung.

„Die Arme, die Unglückliche!" seufzte Franziska. „Welch eine Nacht! welch eine entsetzliche Nacht!"

Sie sah zu ihm herüber:

„O helfen Sie mir, wir wollen sie auf dem Diwan niederlegen! Horch — wovon redet sie?"

Die Fremde murmelte im Schlaf, — vielleicht den Namen ihrer Mama — vielleicht den Namen ihrer Schutzheiligen. Sie merkte es nicht, als Hans sie in die Arme faßte und sie zu dem kleinen Sofa trug, wo ihr das Fränzchen die Kissen zurechtrückte und sie mit ihrem Mantel und Tuch bedeckte.

Es schlug elf Uhr; Kleophea Götz war immer noch nicht nach Haus gekommen.

„Welch eine Nacht! welch eine Nacht!" murmelte Fränzchen. „Was sollen wir tun? Was können wir tun?"

Sie fuhr plötzlich empor und streckte abwehrend beide Hände aus.

„Wenn sie fortgegangen wäre, um nie mehr heimzukehren? Wenn sie an diesem Abend das Haus ihrer Eltern für immer verlassen hätte?! Nein, nein, der Gedanke wäre allzu schrecklich!"

„Sie kann nicht so verblendet gewesen sein; es ist unmöglich!" rief Hans. „Das wäre wirklich zu schrecklich, — es ist unmöglich!"

„Diese tödliche Angst!" murmelte Franziska. „Ist das Regen?"

Es war Regen. Anfangs schlugen nur vereinzelte Tropfen gegen die Scheiben; aber bald war es wieder das alte Rauschen und Plätschern. In Stößen trieb der Sturm die Schauer über das Land, den weiten Park und die große Stadt.

„Ihre Mutter würde trotz allem diese Verbindung mit diesem — diesem Doktor Stein niemals zugegeben haben", sagte Franziska. „Sie sieht den Doktor zwar gern in ihrem Salon! aber sie ist eine stolze Frau und glaubt die Zukunft Kleopheas bereits in ganz anderer Weise geordnet zu haben. Sie hat kurz vor ihrer Abreise in ihrer Art von jener glänzenden Partie gesprochen; — o es wäre freilich das Äußerste, wenn meine Cousine in ihrem Widerspruchsgeiste einen solchen Schritt getan hätte. Horch — wieder ein Wagen — Gottlob, da ist sie!"

Sie horchten wieder, und einen Augenblick später schüttelte Hans den Kopf, und Fränzchen sank gebrochen auf einen Stuhl; Henriette Trublet schlief fest und tief.

Fränzchen stand wieder auf von ihrem Stuhl; sie schritt zu dem Kandidaten, sie legte ihre zitternde Hand auf seinen Arm und flüsterte kaum hörbar:

„Lieber Herr Unwirrsch, ich habe Ihnen ein großes Unrecht angetan. Können Sie mir verzeihen? wollen Sie mir vergeben? ich habe schwer, schwer dafür gebüßt. Es hat mich viele, viele Tränen und wache Nächte gekostet. O verzeihen Sie mir dieses Mißtrauen; verzeihen Sie mir um meines Oheims willen."

Hans Unwirrsch schwankte auf den Füßen vor diesem Worte.

„O Fräulein — Franziska", stammelte er, „nicht Sie, nicht Sie haben mir unrecht getan. Wir sind beide im Wirrsal dieser Welt gefangen gewesen. Böse Mächte haben ihr Spiel mit uns getrieben, und wir konnten uns nicht gegen sie wehren! Das ist doch ganz einfach und klar!"

„Es ist so", sagte das Fränzchen. „Wir haben uns nicht wehren können."

Es war längst Mitternacht, und Kleophea war noch immer nicht gekommen. Hans und Fränzchen saßen neben der schlafenden Fremden und sprachen mit leiser Stimme zueinander. Ach, sie hatten sich so viel zu sagen.

Sie sprachen nicht von Liebe, — sie dachten gar nicht daran. Sie sprachen einfach davon, wie sie gelebt hatten; und alles, was so verworren geschienen hatte, löste sich so leicht; und alles, was so dunkel und drohend gewesen war, wurde licht und einfach und klar tröstlich, oft durch ein einziges Wort.

Von ihrem Vater erzählte Franziska Götz, und ganz anders sprach die Tochter davon, als der Leutnant Rudolf Götz oder gar der Doktor Theophile Stein. Der Tochter Auge leuchtete, als sie erzählte, wie ihr Vater so stolz und tapfer gewesen sei, und wie er auf so manchem Schlachtfelde sein Blut für die Freiheit vergossen habe. Von ihrer Mutter erzählte das Fränzchen, wie sie so lieblich und gut gewesen sei, wie sie soviel Angst, Unruhe und Not in ihrem wechselvollen Leben erlitten habe, ohne je zu klagen, und wie sie endlich im Jahre Achtzehnhundertsechsunddreißig nach langem Krankenlager an der Schwindsucht gestorben sei. Das gute Fränzchen erzählte, wie tief der Tod der Mutter den Vater gebeugt habe, und wie er nach dem Begräbnis eigentlich nie mehr freudig das Haupt erhoben habe. Sie erzählte, wie der gute Onkel Rudolf zu diesem Begräbnis gekommen sei, auch als ein alter invalider Kriegsmann mit einem kleinen Bündel und einem dicken Knotenstock. Sie wußte von der wunderlichen Haushaltung der beiden Brüder in Paris, und wie so viele andere Kriegsleute aus allen Nationen, Deutsche, Franzosen, Polen, Italiener und Amerikaner kamen und gingen und alle dem Fränzchen so gut waren, viel zu erzählen. Sie erzählte von den Fechtstunden, welche die beiden Brüder gaben, und wie sie den jungen Schülern von der polytechnischen Schule und den Studenten aus dem „quartier latin" in einem Hofe vor der Barriere das Pistolenschießen lehrten.

Mit gesenktem Haupt erzählte sie dann, wie der gute Onkel Rudolf endlich das Heimweh nach Deuschland bekommen habe;

wie er fortgereist sei, und wie darauf so böse Zeiten kamen; Zeiten voll Elend und Kummer, böse, böse Zeiten. Mit kaum vernehmbarer Stimme erzählte Franziska Götz, wie es ihrem Vater immer schlimmer erging, und wie seine Hilfsquellen immer mehr versiegten, und wie er seinen Trost immer häufiger in der Betäubung durch starke Getränke gesucht habe, und wie sich allmählich so viele schlechte und tückische Menschen an ihn gedrängt hätten.

Endlich sprach Franziska Götz noch leiser von dem Doktor Theophile, wie der in demselben Hause mit ihnen wohnte, und wie der die Schwäche des unglücklichen Vaters in so abscheulicher Weise auszubeuten trachtete. Von ihrer grenzenlosen Verlassenheit sprach Fränzchen, und Hans Unwirrsch zerbiß die Lippen und umspannte in der Einbildung die Kehle Moses Freudensteins aus der Kröppelstraße mit seinen zwei braven Fäusten, um ihm die Seele aus dem Leibe zu drücken.

Von dem Tode ihres Vaters erzählte Franziska, und wie in ihrer höchsten Not der Onkel Rudolf wiedergekommen sei, um sie zu retten.

Einen Brief des Onkels Theodor zeigte Franziska dem Kandidaten, und da war es wieder höchst merkwürdig, wie der Geheime Rat Götz ganz anders schreiben konnte, als er aussah und sprach.

Der Leutnant Rudolf Götz war sehr arm, hatte keine Heimat, in die er das verwaiste Kind des Bruders führen konnte; und jetzt erst erfuhr Hans recht, wie der gute Alte lebe; wie er nomadisch, schier „omnia sua secum portans" umherschweife, und nur im Winter festes Quartier nehme bei irgendeinem gleichaltrigen Kriegsgenossen, und mit Vorliebe bei dem Herrn Obersten von Bullau hinten an der Ostsee in Grunzenow.

Der Leutnant Rudolf konnte die Waise nur abholen von Paris, ein sicheres Dach konnte er ihr nicht anbieten. Da war der Brief des Onkels Theodor, den die Geheime Rätin Götz nicht diktiert hatte, und der auch nicht unter ihren Augen geschrieben worden war, sondern nur unter einem seiner Aktendeckel; und auf diesen Brief hin hatte der Leutnant seine Nichte in das Haus seines Bruders Theodor gebracht.

„Und da hatte ich das Glück, Sie in dem Posthorn zu Windheim zu treffen", rief Hans. „Ich wanderte zu meiner Mutter Sterbebett, und der Herr Leutnant nannte den Moses einen Schuft, und der Sturmwind — und Sie, o Fräulein Franziska, ...

mein Gott, mein Gott, und es ist eine Wahrheit und Wirklichkeit, daß wir hier sitzen und auf Fräulein Kleophea warten!"

Sie fuhren beide bei diesem Namen zusammen und sahen nach den schwarzen Fenstern, an welchen immer noch der Regen niederfloß, an welchen immer noch der Wind rüttelte. Sie hofften nicht mehr auf die Heimkehr der Unglücklichen.

Die Französin regte sich im Schlaf und rief ängstlich den Namen Theophile. Franziska legte sanft und sorglich mit barmherziger Hand den Mantel wieder über die Schultern der Verlassenen, und nahm dann ihren Sitz von neuem ein.

Sie sprachen weiter von jenem Abend ihres ersten Zusammentreffens, und Fränzchen erzählte, wie der Kandidat dem Onkel Rudolf so gut gefallen habe, und wie er öfters während der Reise von ihm gesprochen habe. Hans erzählte von seiner Mutter Tode, von dem Oheim Grünebaum und der Base Schlotterbeck, und suchte aus seiner Brieftasche den jüngsten Brief der letzteren hervor, um ihn dem Fränzchen zu zeigen. Er erzählte, wie auch der Doktor Theophile diesen Brief gelesen habe, als er — Hans Unwirrsch — im Fieber gelegen habe; er erzählte, wie ein schrecklicher Blick und Blitz ihm den Doktor Theophile in seiner ganzen Bosheit und Falschherzigkeit gezeigt habe.

Nun schloß Fränzchen ein Kästchen auf und wies dem Kandidaten eine ganze Reihe von Briefen des Onkels Rudolf — alle fast so unleserlich wie die Schreiben des Oheims Grünebaum, und die letzten alle von Grunzenow an der Ostsee datiert. In Grunzenow, auf des Herrn von Bullau Gute, lag der Leutnant in großen Schmerzen seit dem Sommer nun doch an der Gicht darnieder, und das Fränzchen gestand mit Tränen in den Augen, daß sie dem armen Onkel nur fröhlich, heiter und zufrieden geschrieben habe, und daß sie um alles in der Welt nicht anders habe schreiben können. Da hätte Hans wieder und immer wieder die kleine, tapfere, segensreiche Hand küssen mögen; aber er wagte es nicht, und es war auch so am besten. Zürnend über sich selber aber bereute er tief die Segenswünsche, die er zu gewissen Zeiten dem verloren gegangenen Leutnant nachgeschickt hatte. Tief bereute er sie, zumal er jene Briefe des Leutnants las, in denen der alte Kriegsmann kläglich gestand, daß er lieber dem Teufel seine Großmutter entführen, als noch einmal einen Präzeptor nach seinem — nicht des Teufels — Wunsche in das Haus seiner „gnädigen Frau Schwägerin" einführen und schmuggeln wolle.

„Sie hatten an jenem Abend seine ganze Seele gewonnen, Herr Unwirrsch", sagte Fränzchen. „Er sprach so viel von Ihnen auf unserer Reise hierher, und ich — ich habe Sie auch nicht so ganz vergessen in den Jahren, die dann folgten. Ach, ich hatte viel Zeit und ein großes Bedürfnis, aller derer zu gedenken, welche mir je freundlich entgegengetreten waren. Ach, Herr Unwirrsch, wir haben beide in diesem Hause nicht glücklich leben können, aber mein Los ließ sich doch am schwersten tragen. Ich habe oft, oft einen gar bitteren Hunger nach einem freundlichen Gesicht, nach einem freundlichen Wort gehabt. Ich wäre gern fortgegangen, um in irgendeiner Weise mein Brot selber zu verdienen, aber das wollte die Tante ja nicht leiden. Doch Sie wissen ja das alles, Herr Unwirrsch; — was sollen wir noch darüber sprechen? Es ist auch unrecht, in diesem Augenblicke nur an uns selber zu denken."

„Es ist nicht unrecht", rief Hans mit ungewohnter Heftigkeit. „O Fräulein Franziska, wir dürfen wohl in dieser Stunde von uns selber reden; die harte, kalte Welt hat uns auf den innersten Punkt unseres Daseins zurückgedrängt, — wir dürfen von uns selber reden, um uns selber zu erretten. Diese Nacht wird vergehen, ein neuer Tag wird kommen. Was wird er uns bringen? Wie wird es morgen in diesem Hause aussehen? Ich werde gehen müssen; aber Sie — Sie, Fräulein Franziska, was werden Sie tun und leiden? O Franziska — Fräulein Fränzchen, schreiben Sie morgen an den Herrn Onkel, den Herrn Leutnant; oder — oder lassen Sie mich an ihn schreiben! Bleiben Sie nicht hier; bleiben Sie nicht in diesem Hause; seine Luft ist tödlich; — o Fränzchen, Fränzchen, lassen Sie mich an den Herrn Leutnant schreiben!"

Franziska schüttelte sanft das Haupt und sagte:

„Ich muß bleiben. Wenn ich früher nicht gehen konnte, so darf ich es jetzt gar nicht. Ich bin nicht froh in diesem Hause gewesen, aber es hat mir doch Schutz verliehen, und der Onkel Theodor —— o, nein, könnte ich jetzt den armen Onkel Theodor verlassen? Jetzt schwindelt mir freilich mein Kopf; aber bleiben muß ich — ich täusche mich nicht, es wird so recht sein, und ich will nichts Unrechtes tun. Lieber Freund, ich darf nicht an den Onkel Rudolf schreiben, daß er mich von hier fortnehme, und Sie dürfen es auch nicht. Ich weiß, es wird so recht sein."

Hans Unwirrsch wagte es, — er küßte die kleine, milde, treue Hand, die sich so scheu und doch in so unbesiegbarer Macht gegen ihn ausstreckte. Heiße Tränen liefen ihm über die Wangen.

Ja sie hatte recht! Sie hatte immer recht! Segen über sie! Wie ein schönes, liebliches Wunder saß sie in dieser stürmischen Nacht, dieser Nacht des Elends und Verderbens, neben dem fremden Mädchen und legte die reine, unschuldige Hand auf die heiße, fieberhafte Stirn desselben; ja, ja, barmherzig und von großer Güte war sie, und bleiben mußte sie in diesem trostlosen Hause; das war gewiß recht so!

Zwei Uhr war längst vorüber.

„Lassen Sie uns jetzt scheiden, lieber Freund", sagte das Fränzchen. „Sie ist nicht heimgekommen, — sie hat ihr Geschick auf sich genommen; Gott mag sich ihrer erbarmen und sie schützen auf ihrem Weg. Lassen Sie uns jetzt scheiden, lieber Freund; ich will über diese Arme hier wachen, und morgen früh wollen wir alles andere weiter besprechen."

„Morgen früh", sagte Hans. „Es ist mir, als würde diese Nacht nie zu Ende gehen. Ich fürchte mich vor diesem Morgen, denn trotz aller Zweifel weiß ich, daß er kommen wird. Ach, Fräulein Fränzchen, es ist eine lange, und doch eine kurze, kurze Nacht gewesen. Schrecklich war sie, und doch voll Süßigkeit. Gott segne Sie, Franziska, — o, was soll ich Ihnen sagen, — wie werden wir sein, wenn der neue Tag gekommen ist?"

Franziska senkte tief das Haupt und reichte stumm dem Kandidaten Unwirrsch die Hand. Sie schieden voneinander in Sorgen und Seligkeit. Sie konnten den Segen, welchen ihnen beiden diese finstere, unheimliche Nacht brachte, noch nicht ganz fassen. Sie schieden voneinander, und ihre Herzen klopften laut.

Vierundzwanzigstes Kapitel

In graue Nebel gehüllt kam der Morgen. Die entblätterten Wipfel des Parkes tauchten auf im Dunst und feinen Regen; zerrissenes Gewölk fing sich in dem Gezweig, und aus dem Gezweig tröpfelte es unaufhörlich. Gekommen war der Morgen unbemerkt, wie so vieles in der Welt. Weder Hans noch Fränzchen hatten auf den ersten trüben Schein im Osten geachtet. Der Morgen war da, ehe sie es vermuteten, und sie erhoben beide ihre Häupter und traten fröstelnd beide an ihre Fenster, um die Schatten weichen zu sehen.

Sie atmeten tief auf und begrüßten dankbar das graue Licht; es brachte ihnen die vollste Überzeugung, daß ein ganz neues und süßeres Leben für sie begonnen habe. Sie waren nicht mehr allein in einer Umgebung, die nur im Bösen auf sie achtete; — viel, viel hatten Hans und Fränzchen in der Nacht, in der Kleophea Götz ihr Vaterhaus verließ, gewonnen. —

Früher als sonst wurde es an diesem Morgen in den untern Räumen des Hauses lebendig. Die Haushälterin, der vornehme Jean, die Köchin und die Kammerjungfer befanden sich in einer nicht gelinden Aufregung seit gestern abend und waren zu jedem andern Ding als zum Horchen an den Türen und zum Austausch ihrer Gefühle und Empfindungen unfähig. —

Um sieben Uhr erwachte die Französin aus ihrem todähnlichen Schlaf, und es dauerte eine lange Zeit, ehe sie vollständig begreifen konnte, wo sie sich befinde, wie sie in diesen Raum gekommen sei. Als ihr alles wieder klar geworden war, fing sie heftig an zu weinen und wollte vor dem Fränzchen niederknien, und Fränzchen war darüber sehr erschrocken und litt es nicht, aber es fürchtete sich nicht vor dieser Fremden und vor dem, was die Leute im Hause und die Leute vor dem Hause sagten und sagen würden. Liebevoll sprach Fränzchen mit der armen Henriette Trublet von Dingen, von denen sie meinte, daß das verlassene Mädchen nicht darüber weinen werde, von ihrer Jugend, von der schönen, großen, lebendigen Stadt Paris, von den springenden Wassern zu Saint Cloud und den elyseischen Feldern; und als das französische Blut wieder etwas schneller und wärmer durch die Adern lief, sprach sie ernst und eindringlich von der Zukunft. Nun fing Henriette von neuem an, die Hände zu ringen, und schluchzte und sagte, daß sie heimgehen wolle in ihr Vaterland und gut sein und recht arbeiten und sich durch ihre Arbeit nähren nach Gottes Willen. Und Fränzchen Götz legte in ihre leeren Hände all ihre weltlichen Schätze, und dann — dann klopfte „monsieur le curé" an die Tür, und Fränzchen Götz erschrak wieder sehr und drückte der Französin mit flehentlicher Gebärde die Hand auf den Mund. Die Französin konnte jedoch nicht schweigen; in gebrochenem Deutsch bat sie den Kandidaten Unwirrsch, doch ebenfalls dem „Engel vom Himmel" zu sagen, daß sie — Henriette Trublet, die schlechte, böse, leichtsinnige Henriette, das Geld nicht nehmen könne, und noch weniger das goldene Kettchen mit dem Kranz, das Granat-Armband und den silbernen Fingerhut und die silberne Schaumünze der Republik Bolivia.

Hans aber sah auf das Fränzchen, und das Fränzchen sah ihm in die Augen; Hans Unwirrsch schüttelte den Kopf gegen das französische Mädchen zum Zeichen, daß er in dieser Sache ein schlechter Mittelsmann sei. Seines Vaters ehrwürdige und merkwürdige Taschenuhr zog er hervor und legte sie zu den Schätzen Franziskas, ebenso eine Börse, in welcher sich fünf harte Taler und wenig kleine Münzen befanden.

Es war sehr schlimm für Henriette, daß sie den beiden schon soviel zu danken hatte, es ward ihr um so schwieriger, sich gegen ihren Willen zu wehren, und sie vermochte es auch zuletzt nicht mehr. Sie wurde gezwungen, alles zu nehmen, und mit zitternden Händen nahm sie es.

Um acht Uhr trat Henriette Trublet wieder hervor aus dem Hause des Geheimen Rates Götz. Hans und Franziska geleiteten sie bis ans Gitter, das den Garten von der Straße schied, um sie wenigstens vor den Worten der Dienerschaft zu schützen. Vor ihren Blicken konnten sie sie nicht schützen.

Mit gesenktem Haupte war die Fremde gegangen, jetzt hob sie es empor, — ihre ganze Gestalt schien sich aufzurichten, wie unter dem Antrieb eines festen, unerschütterlichen Entschlusses. Sie neigte sich vor Hans und Fränzchen und sagte:

„Der gute Gott wird euch vergelt, was ihr habt getan an mir. Ick will gedenk an euch immer und immer. Ick will geh und nicht werd müd; — ick will sie such und find und gedenk an dieser Nackt und euch. Malheur à lui!"

Es war, als ob sie sich von jemand mit Gewalt losrisse, sie lief hastig über den durchweichten, schmutzigen Fahrweg, sie sah zurück von den ersten Bäumen des Parkes: dann war sie verschwunden in dem dichten Nebel. Und wenn jetzt Kleophea Götz ein Fenster geöffnet hätte, um den Kandidaten Unwirrsch und Franziska nach ihrer Art zu grüßen, so hätten beide sich für eben erweckte Nachtwandler gehalten und keinem ihrer Sinne, keiner ihrer Empfindungen und Urteile mehr getraut.

Aber Kleophea sah nicht neckisch und spöttisch aus dem Fenster; nur Jean und die Wirtschafterin fuhren etwas verlegen aus der Haustür zurück, als Hans und Fränzchen sich umwandten.

Hans und Fränzchen hatten nicht achtzehn Stunden so bittersüße Dinge geträumt; — es war kalt, bitter kalt, und es fing wieder an zu regnen. Der Morgen war eine Wahrheit, und der Nebel war eine Wahrheit; eine Wahrheit war der Schatten, der im Nebel verschwand, und der Stadtbriefträger, welcher eilig herankam, seine Ledertasche öffnete und dem Kandidaten Unwirrsch einen Brief reichte, den Kleophea geschrieben hatte und welcher die Adresse ihres Vaters trug.

Er schien, der Schwere nach zu urteilen, ein Doppelbrief zu sein, und mußte, dem Poststempel zufolge, am vorigen Abend in den Briefkasten geworfen sein. Er brannte wie Feuer in der Hand des Kandidaten, und Franziska wich scheu vor ihm zurück, wie vor einem gefährlichen Tier.

Sie gingen wortlos in das Haus zurück und fanden auf dem Flur die gesamte Dienerschaft mit der Milchfrau und dem Semmelträger in gespannter Erwartung versammelt.

Hans winkte ruhig dem Bedienten:

„Kommen Sie mit uns, Jean, wir haben mit Ihnen zu reden und Ihnen einen Auftrag zu geben."

Jean verbeugte sich mit ungewohnter Höflichkeit und Dienstwilligkeit, warf der Kammerjungfer über die Schulter einen vielsagenden Blick zu und hielt es diesmal nicht unter seiner Würde, dem „Schulmeister" und der „Jungfer Nichte" die Treppe hinauf in den Salon zu folgen, um anzuhören, was sie ihm zu sagen hatten.

Es war unbehaglich kalt in dem weiten Gemache. Gespenstisch schien der graue Tag und durch die niedergelassenen Vorhänge, gespenstisch war der offene Flügel mit den durcheinander geworfenen Notenheften Kleopheas. Gespenstisch war das zerbrochene Steckenpferd Aimés, welches auf dem Teppich lag, und vor allem andern gespenstisch war auf dem Ölgemälde über dem Flügel der Kopf des Pharisäers, der dem Heiland den Zinsgroschen lauernd entgegenhielt.

„Wir haben Ihrer Herrschaft schnell eine Nachricht zu geben, Jean", sagte Hans. „Wieviel Zeit werden Sie gebrauchen, um einen Brief dort abzuliefern?"

Jean sah einen Augenblick nach der Decke und meinte sodann, daß er mit Hilfe guter Pferde bis ein Uhr der gnädigen Frau alles, was man nur wünsche, überbringen oder mündlich berichten könne, und daß er trotz des unangenehmen Wetters den Auftrag mit Vergnügen übernehmen werde. Daraufhin ersuchte ihn Hans, für Wagen und Pferde zu sorgen und sich bereit zu halten.

Um neun Uhr fuhr Jean ab mit einem Paket, welches das Schreiben Kleopheas und einen Brief Franziskas enthielt; — um vier Uhr nachmittags konnten die Eltern von ihrem Ausflug zurück sein.

Gegen Mittag klärte sich der Himmel ein wenig auf, die vornehme Welt fuhr spazieren, und zu einem Teil derselben waren bereits dumpfe, verworrene Gerüchte von den Vorgängen im

Hause des Geheimen Rats Götz gedrungen. Die Nachbarschaft zur Rechten und Linken beobachtete hinter den Vorhängen und Blumentöpfen neugierig bedauernd oder auch wohl recht schadenfroh das Haus, und aus den vorüberrollenden Wagen wurden wunderliche Blicke auf es geworfen. Das war doch noch einmal etwas, worüber sich sprechen ließ! Hans und Fränzchen zeigten sich nicht mehr an ihren Fenstern; — Fränzchen lag fröstelnd zusammengekauert auf ihrem kleinen Diwan und hatte das Gesicht in den Kissen verborgen und ein Tuch über den Kopf gezogen; Hans schrieb an die Base Schlotterbeck und verwandte viel Fleiß auf das Malen der Buchstaben, damit die gute Alte sie lesen könne.

Er schrieb:

„Liebe treue Seele!

Es ist keine Zeit in meinem Leben gewesen, in welcher ich mehr an das Vergangene habe denken müssen, als in den letzten Wochen und Tagen. Es war recht schwarze Nacht um mich her geworden, und viel Angst und Kummer habe ich erdulden müssen. Da hab' ich wohl wieder einmal des Vaters leuchtende Glaskugel in der Finsternis aufhängen müssen und habe mich in ihren frommen, milden Schein gerettet, und alle Menschen bedauert, die in solcher Zeit das nicht können. Ach, liebe Base, Ihr und die Esther habt wohl recht gehabt mit dem Moses, und was Ihr, liebe Base, in Eurer ängstlichen Seele gedacht und gesehen habt, das kann ich Euch leider nicht mehr anfechten. Ich bin krank gewesen und in Sorgen, und Moses Freudenstein hat sich als falsch erwiesen. Ein großes Unrecht hat er auf sich geladen, und ein großes Unglück hat er über das Haus gebracht, in welchem ich jetzt bin. Er ist tot für mich, und ich bedaure ihn tief, ich trage schweres Leid um ihn.

Viel habe ich in der vorigen Nacht über die vergangene Zeit nachgedacht und darüber, wie es gekommen ist, daß also Verachtung aus der Freundschaft werden mußte. Ich habe mich wie durch einen dunklen Irrgarten bis zu den Häusern unserer Väter in der Kröppelstraße zurückgetastet und habe mit Seufzen gefunden, was ich suchte. Der Hunger, der uns beide, den Moses Freudenstein wie den Hans Unwirrsch, ausgetrieben hat in die Welt, hat den Moses zu dem gemacht, was er ist. Und eine bittere Lehre ist es mir. Nach dem Wissen sind wir ausgezogen und nach dem Glück: in dunkeln, armen Hütten sind wir geboren und aufgewachsen, und der Glanz, welcher durch die Spalten und Ritzen der niedern Dächer fiel, hat uns gelockt. Es ist so wunderlich, wie ich so lange Zeit gemeint habe, wir gingen denselben Weg diesem Glanze nach; aber es ist nicht so gewesen. Von unseren Wiegen an haben sich unsere Wege geteilt, ich sehe es jetzt ganz klar, und das Herz blutet mir darum. Böse Geister standen um die Wiege des armen Moses, nur gute um die meinige. Er ist seinen Weg mit offenen, klaren, scharfen Augen gegangen; ich bin wie träumend vorwärts geschritten. Sein Hunger ist überall befriedigt worden, was er wünschte, hat er immer erlangt; auch in dieser Stunde noch hat er, was er will. Das war nicht gut, und das ist jetzt schrecklich! Mein Hunger ist nicht gestillt, wie der seinige; ach, ich habe so oft nicht gewußt, was ich wollte, und weiß es auch jetzt oft noch nicht. Es ist ein wundersam Ding um des Menschen Seele, und des Menschen Herz kann sehr oft dann am glücklichsten sein, wenn es sich so recht sehnt. Der arme Moses hat sich nie gesehnt; er hat nur gerechnet, und seine Exempel sind immer richtig aufgegangen; das Herz blutet mir darum. — Wenn ich bei der Base wäre, so wollten wir die kleine Blechlampe durch des Vaters gläserne Kugel scheinen lassen, am Abend, wenn die Laden vorgesetzt sind; und wir wollten zuerst von meinem Vater und meiner Mutter und den Gräbern auf dem Kirchhofe sprechen, und dann wollte ich der Base alles sagen, wie es mir ums Herz ist, und wollte nichts verschweigen, so aber kann ich der Base nur schreiben, daß sie keine Sorgen mehr um mich zu haben braucht. — Über den Moses darf ich ihr augenblicklich nichts sagen; es ist zu viel Bitterkeit in meinem Herzen, und alles noch zu verworren umher: — ich will der Base sobald als möglich wieder Nachricht geben."

Noch ließ der Kandidat Unwirrsch den Oheim Nikolaus durch die Base Schlotterbeck grüßen und versprach auch ihm demnächst ein ausführliches Schreiben; dann schloß er und verblieb der beiden Alten getreuester Johannes Unwirrsch und — ja und! als er erschrocken wieder auffuhr, wußte er nicht, wie lange er geschlafen hatte.

Wer kennt nicht diesen Schlaf nach einer qualvoll aufgeregt durchwachten Nacht, diesen Schlaf, der über uns kommt und uns überwältigt, ohne daß er uns Erquickung bringt? Wer kennt nicht diesen Schlaf, der uns in der kürzesten Zeit, wenn er uns nicht das Bewußtsein ganz nimmt, das Gehirn mit verworrenen Bildern füllt, wie die längste Nacht es nicht vermag?

Bald glänzte hell die schwebende Kugel, bald war es Tag, bald Dämmerung, bald Nacht. Straßen, Plätze, Kirchen, dunkle und helle Stuben und Kammern, grüne Bäume und beschneite Felder schoben sich durcheinander. Der Weihnachtsmarkt und die Schulstube des Armenlehrers Silberlöffel waren da und waren nicht da — kindische Freude und kindische Angst wechselten fortwährend. Seinen Stab schwang der Zauberer Traum im Kreis, bis er ihn dann wieder deutend auf eine andere Stelle hielt. Ein Knabe war Hans Unwirrsch, und ein Knabe war Moses Freudenstein, und mit Händen und Füßen verteidigte Hans den Moses gegen die Knaben der Kröppelstraße. Hinunter in die Finsternis des Trödelladens aus dem Schnee und Getümmel der Gasse! Blutend und zerschlagen die Treppe hinunter in die Arme des Meisters Samuel! Aber der Meister Samuel war ja tot, und Moses stand mit verschränkten Armen neben dem Lager des Toten, und die Sanduhr war abgelaufen. Die kleine Sophie war auch gestorben, — war sie es nicht? wie kam auch sie in den Keller des Trödlers und legte den Finger auf den Mund, so ernst und so schön? War das die kleine tote Sophie, welche sagte, daß das Schöne, das Wahre, das Gute nicht sterbe in der Welt? War es die tote Sophie, welche sagte, daß der Mensch durch die Sehnsucht lebe? Hans Unwirrsch hatte doch die kleine Sophie so gut gekannt, er hatte sie in ihrem Sarge gesehen gleich einem Püppchen aus Wachs; war sie es wirklich, die so groß, schön und ernst zwischen ihm und dem Doktor Theophile Stein, der einst Moses Freudenstein war, stand?

„Franziska! Fränzchen!" rief Hans Unwirrsch, und mit diesem Ruf erwachte er.

Es regnete augenblicklich nicht mehr; aber der Tag war darum nicht heller geworden; es schien sogar, als würde er noch immer dunkler, als senkten sich die Wolken immer tiefer und erdrückender herab.

Es wurde Mittag, und man brachte ihm zu essen; er zwang sich, etwas hinunterzuschlingen. Als er aber die Uhr Eins schlagen hörte, legte er Messer und Gabel nieder, denn jetzt mußte Jean an seinem Bestimmungsorte angelangt und der Brief Kleopheas in den Händen der Eltern sein. Vielleicht befanden sich die Eltern bereits auf dem Heimwege, und der vornehme Jean saß mit verschränkten Armen neben dem Kutscher, und der Kutscher wußte auch schon, was zu Hause vorgegangen war, zog die Backen ein und pfiff, und der Himmel war so grau, und der Weg so schlecht, und die Wolken zogen so niedrig über die Felder hin. Auch an Aimé und sein Betragen während dieser Fahrt mußte der Kandidat Unwirrsch denken. Er war in keiner

Weise mehr Herr über seine Phantasie, und sie zog ihn immer, immer wieder fort aus dem Stübchen Franziskas, wie er sich auch dagegen wehrte.

Gegen zwei Uhr brannte das Feuer im Studierzimmer des Geheimen Rats und im Gemach der gnädigen Frau; zwischen Drei und Vier kam die Herrschaft heim.

Hans Unwirrsch stand an seinem Fenster und sah den kotbespritzten Wagen des Geheimen Rates heranfahren, und Jean saß wirklich neben dem Kutscher auf dem Bocke, als ein Mann, der sich seines Wertes bewußt war. Hans wunderte sich, daß er in diesem Augenblick auf die Mienen des Bedienten achten konnte, aber es war so.

Im Hause wurden Türen geöffnet und zugeschlagen; der Wagen hielt, die Dienerschaft stürzte heraus, Jean sprang herab, um den Schlag zu öffnen und den Aussteigenden behilflich zu sein. Der Geheime Rat Götz trat zuerst hervor, ihm folgte seine Gemahlin tief verschleiert; sie führte den Knaben an der Hand und trat schnellen und schallenden Schrittes zuerst in das Haus, ohne die herbeigeeilte Nichte zu beachten. Der Geheime Rat stand einen Augenblick, wankend wie ein von einem plötzlichen Schwindel Ergriffner, vor seiner Tür; er stieß den Arm Jeans zurück und griff nach der Hand Franziskas. Auf das Fränzchen stützte er sich, als er langsam und unsicher die Treppenstufen emporstieg; und so begegnete er in dem Hausflur dem Kandidaten, an welchem ebenfalls die gnädige Frau gleich einem Sturmwind vorbeigefahren war.

Dünn, schwarz und schattenhaft trotz seines Pelzes sah der Geheime Rat auch jetzt aus; aber ach, das Federwerk in seinem Innern war nun ganz und gar in Unordnung, und heftig mußte Hans darüber erschrecken, wie über alle Maßen unglücklich und hilflos der Geheime Rat umhersah. Er reichte dem Hauslehrer die Hand, die wie im Fieber zitterte, und sagte, er freue sich, den Herrn Kandidaten so wohl zu sehen, und es sei ein recht unangenehmes Wetter heute. Und als in diesem Augblicke die Glocke der gnädigen Frau, im heftigen Affekt angezogen, durch das Haus gellte, fuhr er zusammen, faßte den Arm Fränzchens fester und flüsterte:

„Mein armes Kind, arme Kleophea! es konnte ja nicht anders kommen, — arme Kleophea."

Mit Tränen in den Augen stand Hans Unwirrsch am Fuße der Treppe und sah dem Fränzchen nach, wie sie den gebrochenen Mann stützte und führte.

Fünfundzwanzigstes Kapitel

Wenn es regnete, als wir den zweiten Teil unseres Buches schlossen, so regnet es nicht weniger, indem wir den dritten Teil desselben anfangen. Wer etwas einem Regenschirm nur irgend Ähnliches sein nannte, spannte es auf und schritt darunter her, ohne sich zu schämen. Alle Hunde ließen die Ohren hängen und zogen die Schwänze zwischen die Hinterbeine, alle ausgehängten Mietzettel an den Fenstern drehten und wendeten sich im Winde und zeigten bald ihre Vorderseite, bald ihre Rückseite. Man zählte den sechsten Oktober, und es war neun Uhr morgens; an der Ecke der Grinsegasse erschien das ungesegnete Individuum, das bei solchem Wetter eine Wohnung suchte, Herr Johannes Unwirrsch, Kandidat der Theologie aus Neustadt und der Kröppelstraße.

Den Kragen des Überrockes in die Höhe geklappt, den Hut in die Stirn gedrückt, den aufgespannten Regenschirm nach dem Nacken zu gesenkt, die Nase suchend, forschend, hoch in der Luft, wurde er herangeblasen, und alle Dachrinnen der Grinsegasse begrüßten ihn lustig plätschernd. Es war durchaus nicht angenehm, bei solchem Wetter vor die Tür gesetzt worden zu sein und eine andere Tür suchen zu müssen.

Unser Herr! Die Betonung dieser beiden Worte unterliegt den verschiedenartigsten Abschattungen. Anders sprechen sie die Leute einer gewissen Partei aus, anders die Frommen, anders die Bedienten, anders die bedrängten Familien größerer Städte, die auf der Grenze zwischen „Kaum genug" und „Fast zu wenig" ihre pekuniären Umstände dadurch zu verbessern sich bemühen, daß sie einen heimatlosen Junggesellen anlocken, einfangen und ihm ein möbliertes oder unmöbliertes Zimmer ihrer Wohnung veraftermieten. „Unser Herr" ist jener Zugvogel, der, ohne ein eigenes Nest zu besitzen, kommt und unterkriecht, wo und wie es ihm seine Mittel erlauben, und der verschwindet, wie er gekommen ist, nur wenige und schlechte Spuren hinter sich lassend. Die bedrängte Familie wird diesem oft sehr unsoliden Vogel gegenüber eigentlich nur durch die Frau des kleinen Beamten und Handwerkers oder die Frau an und für sich, die „redliche Witwe", kurz und gut die „Madam" repräsentiert. Sie ist es, der die Folgerungen der Spekulation zufallen. Sie ist es, die dafür sorgt, daß Unser Herr im Winter grad am Erfrieren vorbeirutscht; sie ist es, die seine Vorräte beaufsichtigt und sich mit demselben Recht seine Haushälterin nennt, mit welchem jene deutschen Kaiser aus dem Hause Habsburg, die Lothringen, Elsaß und so weiter und so weiter verjubilierten, sich „allezeit Mehrer des Reichs" nannten. Sie ist es endlich, die auf Verlangen an jedem Morgen jenes unergründbare Gebräu bereitet, welches Unser Herr unter dem Namen „Kaffee" am liebsten aus dem Fenster gösse.

Unser Herr hat seinen Mietzettel ins Auge gefaßt, die Lage der Dinge und den Inhalt seines Geldbeutels erwogen; er ist zu einem Entschluß gekommen und tritt in das Haus. Über die Köpfe unzähliger Kinder weg steigt er vorsichtig zu dem Stockwerk empor, in welchem er seine künftige Heimat zu finden hofft, und gelangt auf einen nicht sehr hellen Vorplatz mit vielen Türen, an denen die Visitenkarten der verschiedenartigsten Existenzen kleben. Aufs Geratewohl zieht der Heimatlose einen Glockenstrang und wartet vergeblich einige Minuten auf Antwort. Er zieht eine andere Glocke neben einer andern Tür, und erhält auf seine Frage, ob hier eine Wohnung zu vermieten sei, — von einem Rüpel eine grobe verneinende Antwort. Unser Herr mag die dritte Glocke ziehen, und nach einigem Zögern entschließt er sich dazu. Diesmal taucht eine Weiberhaube in der Dämmerung auf; die Frage wird wiederholt, und die Antwort lautet bejahend. Unser Herr seufzt aus tiefster Brust und folgt der Dame, die ihn bittet, einzutreten. Er tritt aus der Dämmerung in das Tageslicht, und seine Persönlichkeit wird blitzschnell vom Kopf bis zu den Füßen einer ungemein scharfen Kritik unterworfen. Fällt die Kritik befriedigend aus, so wird Unser Herr in die zu vermietenden Gemächer eingeführt. Man erlaubt ihm, sich einige Minuten umzusehen, und man beantwortet seine Fragen nach dem Mietzins mit einem gewissen unbeschreiblichen Lächeln, das sich wie Goldschaum um eine unverschämt bittere Pille legt. Auf die Frage: Kann ich gleich einziehen? folgt ein bejahender Knix, und auf den Seufzer: Ich werde diese Wohnung nehmen! ein zweiter Knix und eine phantasievolle Schilderung aller möglichen Bequemlichkeiten und Annehmlichkeiten, die Unseren Herrn, der „das kennt", sehr kalt läßt. Aber Unser Herr ist nun wirklich Unser Herr geworden, und hat das Recht, sich die Möbel und die Bilder an den Wänden genauer anzusehen. Die Möbel lassen sehr viel von dem, was man von ihnen verlangen kann, zu wünschen übrig; die Bilder bestehen in einigen grell kolorierten Lithographien weiblicher Gestalten in schlechten Goldrahmen. Sehr lustig gekleidet sind diese Schönheiten, sie streicheln entweder Schoßhündchen oder zerpflücken Blumen, oder beschäftigen sich mit Melancholie und starren über ein sehr blaues Meer, und wenn Unser Herr nur den winzigsten Funken guten Geschmacks in sich trägt, sagt er:

„Aber Madam, ich möchte bitten, diese Kunstwerke von den Wänden zu entfernen."

Die Madam ärgert sich zum ersten Mal über Unsern jetzigen Herrn. „Unserem vorigen Herrn gefielen die Bilder sehr gut", sagt sie etwas schnippisch; „aber die Jungfer soll sie fortnehmen, ganz wie's beliebt."

„Ich bin Ihnen sehr verbunden", sagt Unser jetziger Herr und fügt hinzu: „Da hält soeben eine leere Droschke; ich werde jetzt meine Sachen holen; in einer halben Stunde bin ich zurück. Ach so, — welche Hausnummer?"

„Zweiundzwanzig!" sagt die Madam. „Sie werden bei Ihrer Rückkehr alles in der besten Ordnung finden. Bitte, stoßen Sie sich nicht; die Tür ist etwas niedrig."

Unser Herr, der sich bereits gestoßen hat, zieht den Hut wieder von der Nase in die Höhe, stürzt die Treppe hinunter, wirft sich in die angeschrieene Droschke und rasselt davon. Madam sieht ihm aus dem Fenster nach, bis das Fuhrwerk um die Ecke verschwindet, und tritt dann zurück in die Mitte des Zimmers. Mit einem Wiegen des Kopfes, das für Unsern Herrn nicht viel Gutes bedeutet, berechnet sie, welcher Vorteil aus ihm zu ziehen sei, und grübelt nach über seine schwachen Seiten. „Unser Herr liebt meine Bilder nicht", schreit die Madam, „bah! Karl, Karl, komm herein, wir haben wieder einen Herrn."

Karl, der Gemahl, erscheint scheu und schäbig auf der Türschwelle, **begleitet von einem ganzen Haufen Kinder;** und ein verwirrtes Getöse und der wiederholte Ruf: wir haben wieder einen Herrn! wir haben wieder einen Herrn! erfüllt den Raum.

Es lebe Unser Herr, der Kandidat Hans Unwirrsch aus Neustadt! er fand in der Grinsegasse das, was er suchte, eine Dachstube zu einem merkwürdig billigen Preise, und zog auf der Stelle ein, ohne von seinem Rechte, bis zum Schluß des Jahres im Hause der Geheimen Rätin Götz zu bleiben, Gebrauch zu machen. Darüber werden wir mehr sagen müssen, wenn wir ihn glücklich **unter Dach gebracht haben.**

Eine **sehr taube, redliche Wittib** war's, die das Gelaß, dessen Luxus und Glanz mit den Mitteln des Kandidaten übereinstimmte, zu vermieten hatte; und nicht gefahrlos war der Weg zu ihr. Ein einziges Fenster erhellte den Verschlag, aber die Aussicht über die Dächer war vortrefflich. Das Mobiliar konnte freilich nur auf einen zynischen Philosophen einen angenehmen Eindruck machen; auf Hans Unwirrsch wirkten jedoch der Stolz, mit welchem die taube Alte darauf blickte, und die Reinlichkeit wohltuend. Er seufzte nur ganz gelinde, als er den Mietvertrag, der ihn zum zeitweiligen Herrn von Bett, Tisch und Stuhl machte, abschloß und dadurch Besitz ergriff, daß er einen Efeuzweig mit drei oder vier grünen Blättern, den er bis jetzt in der Hand getragen hatte, auf den Tisch niederlegte. Wenn das Gefühl, sein eigener Herr zu sein, nicht ganz ohne eine Beimischung von Wehmut war, so war es doch recht erquicklich. Schon der Gedanke, daß der grüngoldene Jean in diese Tür sein freches Gesicht und seinen Backenbart nicht ohne ausdrückliche Erlaubnis schieben dürfe, war etwas wert. Als die Einrichtung vollendet war, jedes Ding seinen Platz hatte, und der Kandidat sich auf seinen Stuhl vor seinem Tische niederließ, überkam ihn ein Behagen, das er seit seiner Studienzeit nicht mehr gekannt hatte. Der Zugwind, der durch das schlecht verwahrte Fenster zischte, war Hauch der Freiheit; alle Bequemlichkeiten und Opulenz von Bocksdorf, Kohlenau und dem Hause des Geheimen Rates Götz konnten ersetzt werden durch das stoische frohe Frösteln, das er hervorbrachte. Wie sich die Verhältnisse im Hause des Geheimen Rats weiterentwickelt hatten, können wir jetzt erzählen, da der Kandidat, wenn nicht warm, so doch trocken sitzt, und der Regen machtlos über seinem Kopfe auf dem Dache trommelt.

Die Glocke, die so gellend durch das Haus schallte, als der Vater Kleopheas in sein Zimmer wankte, verkündigte der Hausgenossenschaft sehr bestimmt die Stimmung, in welcher sich die Mutter befand. Krämpfe und Ohnmachten waren die erste Folge des Briefes Kleopheas gewesen; während der Fahrt nach der Stadt hatte die gnädige Frau im apathisch-brütenden Stumpfsinn in ihrer Wagenecke gelegen; nach der Heimkehr brach die Leidenschaft des Weibes in wilder Furienhaftigkeit hervor. Die Geheime Rätin wütete, und es war gefährlich, in ihre Nähe zu kommen, was fast alle Glieder des Hausstandes nacheinander erfuhren. Selbst der Gedanke an die „Welt" war zuerst nicht imstande, ihr die wünschenswerte Selbstbeherrschung wiederzugeben; obgleich der Schmerz und Zorn der Dame sich im Grunde nur um diese „Welt" drehten. Nicht das Geschick, in welches sich die Tochter gestürzt hatte, sondern der „éclat", den das abscheuliche Begebnis machen mußte und ohne Zweifel bereits machte, trieb die Mutter fast in den Wahnsinn. Sie suchte nach jemand, an welchem sie ihren Grimm auslassen konnte, und sie fand zwei für einen.

Da war das Fränzchen, welches anhören mußte, was man ihm sagte, und da war der Hauslehrer, der Kandidat Unwirrsch, welchem man sogar ins Gesicht schreien konnte, daß durch seine Schuld der schändliche Verräter, der Doktor Stein, der Jude, in das Haus gekommen sei. Die Geheime Rätin war fähig, dem armen Hans die ganze Schuld an dem gräßlichen Skandal aufzuladen, und, vom medizinischen Standpunkt aus betrachtet, war dieses ein großes Glück für sie. Hans Unwirrsch wehrte sich diesmal nach Kräften, bis er einsah, daß es unmöglich sei, diesem Weibe gegenüber, und noch dazu im jetzigen Moment, einen Rechtsstandpunkt behaupten zu wollen. Er ließ das Unwetter über sich ergehen, in dem Gedanken, wie das Fränzchen so unendlich viel schlimmer dran sei als er.

Zerschlagen an allen Gliedern, verwirrt in allen Sinnen, mit dem Gefühl, plattgedrückt, auseinandergerissen und zu einem Knäuel gewickelt zu sein, verließ Hans das Gemach der gnädigen Frau und stieg in sein Zimmer hinauf, um in der Abenddämmerung seinen Koffer zu packen. Am andern Morgen schon mußte er das Haus verlassen, und bis zum andern Morgen sah er außer dem Bedienten niemanden mehr von der Hausgenossenschaft. Auch das Fränzchen nicht. Er schlief wenig in der Nacht und war früh wach und angekleidet. Um acht Uhr erschien Jean mit der Meldung, daß der Herr Geheime Rat ihn zu sprechen wünsche, und ohne Verzug stieg er zu der Studierstube desselben hinab.

Er klopfte an und trat ein, obgleich ihn niemand dazu einlud, und als er eingetreten war, stand er einige Augenblicke verdutzt an der Tür, weil er glaubte, es befinde sich auch niemand im Zimmer.

Da stand der gefräßige Riesenpapierkorb, in den schon soviel nutzlos beschriebenes Papier hinabgeworfen worden war. Da standen die vielen rechtsgelehrten Bücher in langen, dürren Reihen in Schränken und Fächern. Da stand der grünbeschlagene Riesenschreibtisch mit seinen berghohen Aktenhaufen, und hinter diesen Aktenhaufen sah Hans, als er sich auf den Zehen erhob, den Geheimen Rat sitzen, im schwarzen Frack, mit weißer Halsbinde, wie gewöhnlich. Und die Arme des Mannes lagen auf dem Tisch, und der Kopf lag auf den Armen; es war ein Kopf mit recht dünn gesäten grauen Haaren: ein trübseliges Haupt, welches der Kandidat Unwirrsch tief bedauern mußte.

Hans trat einige Schritte näher; der Geheime Rat erhob das Gesicht, doch der Ausdruck desselben war so überwacht, so kummergeschlagen, nichtssagend, daß Hans nicht glauben konnte, von seiner Gegenwart im Zimmer sei bereits Kenntnis genommen worden.

Er trat noch einen Schritt heran und sagte:

„Herr Geheimer Rat, ich bin's; — ich bin gekommen, Abschied von Ihnen zu nehmen und Ihnen — Ihnen — zu — zu —"

Er wußte eigentlich nicht, was er sagen sollte, und es war ihm nicht unangenehm, als ihm das Weiterreden erspart wurde. Der Geheime Rat erwachte aus seiner Erstarrung und erhob sich aus seinem Sessel, wie ein von unten auf Geräderter, der eine Stunde auf dem Rade gelegen hat, sich erheben würde. Mit einer Gebärde der Hilflosigkeit, die Hans niemals vergaß, sank er auch sogleich wieder zurück und seufzte:

„Ja, Sie gehen fort, ich weiß es. Sie haben auch recht. Was wollen Sie in diesem Hause? es läßt sich nicht gut darin atmen. O Herr Unwirrsch!"

Er legte die Hand auf die Augen; Hans stand jetzt dicht neben ihm und sah, daß er einen Brief geschrieben und denselben vor sich liegen hatte. Das Licht, an welchem er ihn zusiegelte, brannte noch. Wieder schien er in das vorige Brüten zu versinken, und es folgten einige peinliche Augenblicke, in denen dem Ex-Hauslehrer nichts einfiel, was er hätte sagen oder tun können. Diese Augenblicke waren jedoch nicht von langer Dauer; der Vater Kleopheas faßte plötzlich, ganz überraschend, die Hand des Kandidaten und sagte mit einer Innigkeit, welche ihm der Chef seines Kollegiums gewiß nicht zugetraut hätte, und welche von seiner Gemahlin ebenso gewiß ihm nicht zugetraut worden wäre:

„Unwirrsch, Herr Unwirrsch, es tut mir sehr leid, daß Sie gehen — gehen müssen. Ich — wir haben Ihnen dieses Haus nicht zu einer behaglichen Stätte gemacht. Wir haben ja selber kein behagliches Dasein darin geführt. Ich danke Ihnen für die treuen Dienste, die Sie meinem Sohne haben leisten wollen; ich danke Ihnen dafür, daß Sie nicht früher fortgegangen sind; ich danke Ihnen für die Art, in der Sie gestern unser Haus vertreten haben — meine Nichte Franziska hat mir alles referiert, und ich danke Ihnen von Herzen dafür. Meine Nichte Franziska wird es ebenfalls sehr bedauern, daß Sie uns verlassen, und mein Bruder Rudolf auch. Herr Unwirrsch, Sie können keinen Begriff davon haben, wie schwer das rasche, inkorrekte Vorgehen meiner Tochter auf meiner Seele liegt. Aber sie ist von frühester Jugend an eigenwilligen Sinnes gewesen, und unsere Zucht hat zur bitteren Frucht gebracht, was im Temperament ausgesäet lag: ich habe nicht das Recht, meinem armen Kinde zornige Vorwürfe auf den Weg nachzusenden, wir müssen nun die Noxa tragen, wie wir können. Sie ist nach Paris gegangen, Herr Unwirrsch; sie notifizierte es uns gestern; ich habe in vergangener Nacht und heute am Morgen wieder an sie geschrieben, um ihr meinen Segen zu ihrer Heirat zu geben. Ich konnte nicht anders handeln, Gott schütze sie! Wenn der Mann, der sie uns entführt hat, seine mir, beiläufig gesagt, völlig rätselhaften Intentionen klarer dargelegt haben wird, wird sich das weitere finden; aber wie ich die Sache ansehe, wird er sodann mit meiner Frau verhandeln müssen, da unser Vermögen von ihr stammt. Ach, Herr Unwirrsch, ich bin ein kranker, schwacher Mann und habe meine Welt aus den Bücherreihen dieser vier Wände machen müssen. Wozu soll ich Ihnen das zu verbergen suchen, was Sie wahrscheinlicherweise schon längst erkannt haben? Sie werden da draußen nicht über den schwächlichen Narren spotten, sondern Sie werden den Mann bedauern, der so vielen Kummer in seinem Leben hat niederschlucken müssen. Leben Sie wohl, lieber Unwirrsch, meine besten Wünsche begleiten Sie. Und wenn Sie eine glücklichere Stätte und weisere, stärkere Leute gefunden haben, so gedenken Sie — nein, so vergessen Sie, was Sie hier erfahren haben, vergessen Sie vor allem mich einsamen, verlassenen Mann."

„O, nicht einsam — nicht verlassen!" rief eine weiche, innige Stimme, und an der Stelle des tiefbewegten Kandidaten vorüber glitt Franziska Götz zu dem gebeugten Oheim und umfaßte ihn weinend mit beiden Armen.

„Nicht einsam und verlassen, mein lieber, lieber Onkel. Sage das nicht, es soll nicht so sein. Denke daran, wie nötig wir einander haben; wir wollen fest, so recht fest zusammenhalten, also sprich nicht von Einsamkeit und Verlassenheit."

Der Oheim legte ebenfalls den Arm um das Fränzchen.

„Bist du es, armes Kind?" sagte er. „Ja, du bist gut und geduldig; aber dein Anblick muß mir ja der bitterste Vorwurf sein; — wie unbehaglich und traurig haben wir auch dein junges Leben gemacht! Und du bist ganz hilflos und kannst diesen Ort mit keinem andern vertauschen."

„Ich will es auch nicht! ich möchte es auch nicht; um keinen Preis in der Welt!" rief Fränzchen. „Bei dir ist jetzt meine Stelle,

Onkel, und wenn du mich nicht von dir stößest und mich bösherzig in das Gouvernantentum hinausjagst, so — so wirst du mich wohl bei dir behalten müssen."

Sie lächelte bei den letzten Worten durch ihre Tränen, und der Oheim küßte die kleine Hand, die er zwischen seinen dürren, kalten Schreibefingern hielt. Es war wunderlich anzusehen.

Man sprach nun noch davon, daß der Brief an Kleophea sogleich abgehen solle, sobald sie ihre Adresse angegeben haben würde, und dann sprach man von den Plänen des Kandidaten Unwirrsch. Der Geheime Rat zahlte dem Kandidaten das unermeßliche Salarium für das letzte Semester aus, und es war Hans sehr angenehm, daß dies in der Gegenwart Fränzchens geschah; denn sie konnte daraus ersehen, daß der ausgewiesene Hauslehrer trotz seiner Ausweisung fürs erste noch nicht den kläglichen Tod des Verhungerns in Aussicht habe. Hans Unwirrsch erklärte, daß es nicht seine Absicht sei, sich sogleich nach einer neuen Stellung als Präzeptor umzusehen, sondern daß er den Winter über als ein freier Mann in dieser Stadt leben und — ein Buch schreiben wolle.

Mit Erröten sagte er das letztere, und er sagte es eigentlich auch nur für Fränzchen, was denn auch lieblich überrascht auf- und den Kandidaten ansah.

„Ich habe so vieles erlebt", fuhr Hans fort, „aber es sieht bunt in mir aus, und es wird die höchste Zeit, daß ich mich zusammennehme und mich besinne. So will ich denn bis zum Frühling eine Stube mieten und still sitzen und zusehen, was daraus werden mag. Was ich schreiben möchte, wüßte ich wohl schon, aber wie es herauskommt, weiß nur der Himmel."

Fränzchen nickte lächelnd und drückte die Hand auf das Herz, um sie dann mit feuchten Augen dem alten, einfältigen Hans zu reichen. Auch der Geheime Rat Götz reichte ihm die Hand, indem er sich zum zweitenmal aus seinem Sessel erhob, und wünschte ihm zu seinem Vorhaben in praesenti casu und in allen späteren Angelegenheiten das beste Glück. Das Haus verließ Hans Unwirrsch recht gern; aber diese beiden Menschen verließ er mit gar schwerem Herzen. Das Dienstpersonal hätte ihn gern durch seine auf dem Hausflur aufgestellten Reihen Spießruten laufen lassen; leider ließ er sich aber angrinsen, ohne die gewünschte ärgerliche Notiz davon zu nehmen.

Er schritt über den knirschenden Kiesweg an dem Rasenrundstück und dem wasserleeren Springbrunnen vorüber, den er so oft von seinem Fenster aus mit der glänzenden Messingkugel hatte spielen sehen — dann spannte er jenseits des zierlichen eisernen Gartentors seinen Regenschirm auf und sah unter demselben hervor auf das Haus zurück. Er gedachte jenes Morgens, an welchem der Bettelleutnant Rudolf Götz ihn in diese Tür geschoben hatte, und er gedachte daran, wie er den Mann so oft dafür verwünscht hatte. Jetzt verwünschte er ihn nicht mehr; — mit heißer Dankbarkeit gedachte er des Leutnants Rudolf. Er pflückte noch einen kleinen Efeuzweig, der sich durch das eiserne Gitter wand; dann ging er weiter, sein eigener Herr zwar, aber nicht mehr der Herr seines Herzens. Er ging, suchte und fand die Wohnung in der Grinsegasse, legte den Efeuzweig auf den Tisch, an welchem er sein „Buch" schreiben wollte, zum guten, glücklichen und gesegneten Zeichen. Was daraus werden würde, konnte in der Tat nur der Himmel wissen, das war aber auch genug.

Sechsundzwanzigstes Kapitel

Es war ein eigentümliches Gefühl, nach so langen Jahren der pharaonischen Dienstbarkeit endlich wieder einmal sein eigener Herr zu sein und einen Raum, vierzehn Schuh lang und zehn breit, sein unbestrittenes Reich und Eigentum nennen zu dürfen. Was liegt alles in den wenigen Worten: sein eigener Herr sein! Wie viele Millionen und Abermillionen mehr oder weniger geplagter, mehr oder weniger denkender Wesen sprechen diese Worte mit tiefen Seufzern aus! Wie viele Millionen Menschen aus allen Ständen und Lebenslagen gelangen nie dazu, auch nur für die kürzeste Zeit ihre „eigenen Herren" zu werden; wie viele sinken alt und grau, müde und gebrochen ins Grab und werden mit ihren Ketten begraben, wie Christoph Columbus mit den seinigen. Wie viele gehen aber auch ins Grab, die sich ihr Leben lang für frei gehalten haben, und die doch mit Banden beladen waren, tausendmal stärker und schwerer als alle die, welche sie vielleicht ihren Untergebenen und Abhängigen mit Bewußtsein auflegten. Es ist ein trauriges Thema, und manches ließe sich darüber sagen; aber wir wollen lieber den Mund halten, da wir uns die letzte Zeit hindurch doch schon genug und übergenug mit traurigen Dingen beschäftigen mußten. Es ist ein zu gutes Ding, diese Dachstube mit der trefflichen Aussicht auf die Fenster so mancher andern Dachstube, mit den drei wackligen Stühlen, dem spartanischen Bett, mit dem rotbraunen Tisch von Tannenholz und mit dem freien Mann Hans Unwirrsch vor diesem Tische!

Nachdem Hans von seinem Gemache Besitz ergriffen und die sehr taube Vermieterin sich mit den besten Wünschen für „Glück und Wohlergehen im neuen Loschi" entfernt hatte, nachdem der Koffer angelangt war und seine Stelle im Winkel erhalten hatte, sah Hans noch einmal aus dem Fenster in das Regenwetter, verriegelte sodann vorsichtig die Tür, zählte auf den Tisch die fabelhafte, unermeßliche, unendliche Summe von hundertfünfundzwanzig Talern und stand vor diesem unerschöpflichen Schatz eine lange Zeit in andächtigster Betrachtung. Jedes Silberstück verwandelte sich zu einem mächtigen Baustein des Luftschlosses, das er aufführte, und mit den Papierscheinen ließ sich prachtvoll das Dach eben dieses Luftschlosses decken. Es war nach den Zeiten der Gebundenheit eine Wonne, sich um das Verwaltungsfach der leiblichen Nahrung selber kümmern zu müssen; es war ein unbeschreibliches Vergnügen, im strömenden Regen auszugehen und eine Flasche Tinte, ein halbes Ries Schreibpapier und die nötigen, außerseelischen Federn für das literarische Bedürfnis einzuziehen. In größter Aufregung verging darüber der Tag, und mit der Dämmerung kam die Zeit des ruhigeren Nachdenkens.

Seine Tür hatte Hans Unwirrsch von neuem verriegelt; in seinem neuen Aufenthaltsorte hatte er sich jetzt so ziemlich orientiert; sein äußeres Leben hatte er so ziemlich geregelt; jetzt, wo es sehr still um ihn her geworden war, wo die Lichter der gegenüberliegenden Dachstuben in sein Zimmer schienen und er durch ihren Schein in der hereinbrechenden Nacht auf und ab ging, — jetzt mußte er sich mit der Unordnung und Verwirrung, die in der Welt seines Inneren herrschten, beschäftigen, und als es acht Uhr schlug, da hatte er längst erkannt, daß er sich nicht sogleich niedersetzen könne, um das Manuskript des „Buches vom Hunger" zu beginnen.

Während dreier Tage hielt sich der Kandidat Unwirrsch auf seiner Stube eingeschlossen, verkehrte nur durch eine möglichst enge Türritze mit seiner Wirtin und erregte in der Brust der guten Frau die merkwürdigsten Besorgnisse über den Geisteszustand ihres neuen Herrn und sein Verhältnis zu den staatlichen Gewalten. Die gute Frau konnte freilich nicht ahnen, daß der Kandidat Unwirrsch während dieser drei wunderlichen Tage den Gewinn und Verlust des letzten Jahres seines Lebens überschlug und das Fazit zog, daß er mit Gewinn aus diesem Zeitraum hervorgeschritten sei.

Die Jugend mit ihren bunten Träumen lag jetzt freilich hinter ihm; es war manche Blüte in seiner Seele geknickt worden, es war manch heller Schein der Welt verblaßt, aber wenn auch die weißen und roten Blütenblätter verweht waren, so reifte langsam manche gute Frucht. Nicht alles in der armen, irrenden Welt war falsches Schimmern und Flimmern; und das größte, tiefste Sehnen war immer noch nicht gestillt, und das war das Allerbeste.

Es überkam den Hungerpastor eine vollkommen romantische Stimmung, jene ganz polizeiwidrige Stimmung, in der man bittere, bittere Tränen vergießt, wenn man in ihr das erhabene, feierliche, lustige Buch aufschlägt, die Abenteuer des sinnreichen Ritters Don Quixote von La Mancha, welche Miguel Cervantes de Saavedra „geübt in Trübsalen" im Gefängnis begonnen und in Armut und Elend, behaftet mit der Wassersucht, vollendet hat.

Es war eine liebenswürdige Prinzessin, die war in ein uneinnehmbares verzaubertes Schloß mit himmelhohen Mauern, dessen Eingang harte Wächter und böse Dämonen bewachten, gebannt. Und es war ein junger Ritter, der hatte die Prinzessin durch ein Wunder und eine Spalte in der Mauer gesehen und hatte auch ihre süße Stimme vernommen. Da war er auch verzaubert worden. Er wurde freilich nicht festgebannt, er durfte umhergehen und laufen, wie es ihm beliebte, und wenn er hätte nach Amerika auswandern wollen, so hätte ihm auch das freigestanden; aber er ging nur um den Turm, in dem das Fräulein im dunkeln Winkel saß und — Geduld hatte. Während dieser Ritter mit seiner Sehnsucht im Herzen seinen eigenen Weg ging, mußte er auf die Fußstapfen vieler anderer achten, und er sah: „wie der eine einhergeht auf dem weiten Felde des Ehrgeizes, der andere auf dem Schleichwege der knechtischen, niederträchtigen Schmeichelei, wieder ein anderer den Weg der heuchlerischen Betrüger." Er sah, wie der Menschen Pfade weit hinausliefen in die Welt, und er wurde besser, treuer und mannhafter, indem er seinen Kreis um das Zauberschloß mit der sanften, lieblichen Prinzessin beschritt. Es war kein enger Kreis, — es hatte alles Raum darin, was im Menschen und um ihn Echtes, Wahres und Schönes aufwächst. Allein schon die Überzeugung, daß das Fräulein im Turm erlöst werden müsse, dehnte den Ring bis in die Ewigkeit aus und bewahrte vor Engherzigkeit und jeg licher Verkümmerung. Daß das zu schaffende Manuskript des Hungerbuches mit in den Kreis gehöre, schien keinem Zweifel zu unterliegen; wie es aber damit wurde, sollte der Paladin baldigst erfahren.

Am Abend des dritten Tages nach Hans Unwirrschs Einzug in die Grinsegasse besserte sich das Wetter, und man konnte ohne Regenschirm ausgehen. Der Kandidat trat hervor, um frische Luft zu schöpfen, und natürlicherweise führte ihn sein Weg nach der Parkstraße, vorüber an dem Hause des Geheimen Rats Götz. Das Haus sah heute in der Dämmerung nicht anders aus als sonst zu dieser Tages- und Jahreszeit, aber dem unter den Bäumen hinschleichenden Hans schien es so tot und ausgestorben, daß es nicht auszusagen war. Der Mut sank ihm sehr; — vor einer Stunde noch hatte ihm in seiner Dachstube die hochfliegende Phantasie vorgemalt, wie der treue Ritter den bösen Mächten das Spiel abgewann und das verzauberte, rosige Fräulein hervorführte aus dem dunkeln Kerker in den Sonnenschein unter die Rosenhecken, die singenden Bäume, zu den murmelnden Quellen und Brunnen. Nun waren die Gartentür und die Haustür in der Parkstraße fest verschlossen, und wenn man den Glockenstrang zog, erschien Jean, der Pförtner, welches nicht angenehm war. Und die Rosenhecken standen leer, von den singenden Bäumen war gar nicht die Rede, der Springbrunnen war mit Stroh umwickelt, und das Abonnement für den lustigen Strahl war für dieses Jahr abgelaufen.

An den Fenstern des Hauses war niemand zu erblicken, Kleopheas Flügel war verstummt; es war ein recht trauriges Gefühl, in der Dämmerung zu stehen, und nichts zu hören, als plötzlich den „sprechenden Vogel", nämlich den Papagei, der mit abscheulich kreischender Stimme seine Gegenwart kundgab und sich sehr wohl zu befinden schien.

Hans wich in einen Nebenweg des Parkes zurück; als er aber in die Nähe jener Bank kam, auf der er Henriette Trublet gefunden hatte, kehrte er schnell um und eilte fröstelnd heim mit der festen Überzeugung, daß es auch an diesem Abend vergeblich sein werde, das Manuskript zu beginnen. Mit Seufzen zündete er seine Lampe an und legte nach einer guten Stunde den ersten Bogen des „Buches" weg, nachdem er nichts als drei große Kreuze auf das unschuldige Papier gemalt hatte.

Er schrieb an die Base Schlotterbeck und den Oheim Grünebaum.

Der ersteren teilte er jetzt ziemlich ausführlich alles mit, was in den letzten Tagen geschehen war, und es konnte nicht fehlen, daß der Brief ziemlich melancholisch ausfiel. An den biederen Oheim richtete er ein munteres Schreiben, über dessen Ton er sich nachher selber verwunderte. Am folgenden Tage nahm er den Bogen mit den drei Kreuzen von neuem vor und schrieb eine Seite, die ihm am Morgen sehr gefiel, welche er jedoch am Abend wieder zerriß. Am zwanzigsten Oktober zerriß er den ersten Bogen des Manuskriptes und fand sich in einer Stimmung, welche nicht zu den „schönsten Hoffnungen für die Zukunft" berechtigte. Er zählte auch seinen Geldvorrat nach, und allmählich dämmerte die Überzeugung in ihm, daß ein Hauptflügel seines Luftschlosses dem Einsturz nahe sei, und daß dem Fundament des Gebäudes gar nicht recht zu trauen sei.

Er hatte es sich so schön ausgemalt, über den Hunger in der Fülle und zugleich über den Frühling im Winter zu schreiben und als ein freier Mann Gold- und Silberfäden aus dem schwarzen Tintenfaß zu ziehen. Nun fror ihn, und er hatte begründete Ursache, die Ehrlichkeit seiner Wirtin seinem Holzvorrat gegenüber in Zweifel zu ziehen. Die Schneeflocken konnten aus dem grauen Gewölk über Nacht herabtanzen und wirbeln und somit ihr Teil zur Verwirklichung der behaglichen Phantasie beitragen; aber die tanzenden, wirbelnden Gedanken wollten sich nicht bändigen und auf dem Konzeptpapier fesseln lassen. Es mußte die Zeit kommen, wo der „Hungerpastor" einsah, daß es nichts half, die Gedanken zu jagen, wenn man von ihnen gejagt wurde.

Es war ein nebliger Nachmittag, am Himmel über den Dächern konnte man nicht eine scharf gezeichnete Wolkenbildung ausfindig machen und in ihrem langsamern und schnellern Zuge verfolgen. Mit bänglichen Gefühlen hatte Hans wieder in seinen Geldbeutel geblickt, kein Gott half ihm fort über die jammervolle Gewißheit, daß er nicht ein Millionär sei, wie er vor vierzehn Tagen geglaubt hatte.

Er saß am Fenster, stützte den Kopf mit der Hand, starrte auf die Wäsche, die vor den Fenstern gegenüber trocknen sollte, und grübelte nach über des Erdballs Ärgernisse. In Wahrheit, es ging schlecht mit Hans, und der Gedanke, daß er für die Freiheit vollständig untauglich sei, erwies sich als sehr peinigend. Was hatte der Kandidat in der gewünschten Freiheit begonnen? Drei Tage lang hatte er Luftschlösser gebaut, dann hatte er an jedem Morgen bis tief in den Tag hinein geschlafen; sehr billigen Tabak hatte er zu sehr scheußlichem Kaffee geraucht, und nun hatte er den ersten Bogen seines „Buches" zerrissen. Am einundzwanzigsten Oktober hielt Hans Unwirrsch die Idee, durch seine Hungerpredigten ein berühmter Mann und der Befreier des Fränzchens zu werden, für unpraktisch, töricht und albern, ohne daß ihm ein Verleger seinen Standpunkt klar gemacht hatte. Der harte Knöchel des Briefträgers, welcher an seine Tür pochte, riß ihn aus Betrachtungen empor, die nicht heitere genannt werden konnten.

Aber mit dem Briefträger pochte wieder das Schicksal an seine Tür. Zum zweitenmal rief der Oheim Niklas Grünebaum als heiserer Unglücksrabe seinen Neffen zu einem Sterbebett, und folgendermaßen schrieb er:

„Hochverliebtester Herr Nefö!
Hochzuverachtender Herr Kandidatus!
Mein lieber Junge!

Wenn ich nicht wüßte, daß Du als Pastor in guter Hoffnung und gottesfürchtiger Mensche nicht übelnehmerischer Natur wärest, und es nicht Deinem Oheim entgelten ließest, so täte ich Dir dieses nicht schreiben. Wir haben Deine Briefe erhalten und uns sehr darüber gefreut und uns noch sehrer darüber verwundert, und ich kann's nicht klein kriegen, daß Du so von so ein nobles Haus, gutes Futter und Verpflegung abgegangen bist, aber da die Base sagt, es sei recht, so ist's mir auch recht, und Du mußt es am besten wissen, über welchen Leisten Du passest, und ich bin auch wie vor dem Kopf geschlagen von wegen die Base, weilen ich vorgestern gedacht habe, sie geht mir unter den Händen kaput, und wenn sie jetzt auch noch pustet, so ist es doch mit ihrem neunten Leben alleweil bald zu Ende und ein anderes gibt es nicht für keine Katze und ist auch nicht zu pretentieren allhier auf dieser Erde. Liebster Hans, Du weißt es, was es für eine Perschon war, und wie sie einem die Leviten lesen konnte und wie sie bockbeinigt gegen einen ansprang, wenn einer nicht wollte, wie sie. Sie konnte eine grausame Kreatur und Tyrann sein, als was den Hausschlüssel anbetrifft und den Spirituohsa und was sonsten des Menschen Herz erfreuet. Ich will ihr auch keine Eloschen halten, denn es stößt mir fast das Herz ab, aber ein honettes Frauenzimmer war sie und ein mächtig gescheites, hat mir auch redlich in aller Not und Verlegenheit beigestanden, und ich könnte nicht betrübter um ihr sein, wenn sie eine Fenus wäre, welches sie nicht ist und kein

Mensche behaupten kann. Liebster Hans, Nevö und Patenkind, habe ich Dir zu Deiner Mutter gerufen, so muß ich Dir auch anjetzo herbitten, von wegen daß der Tod auf keinen wartet und die Alte, wie ich aus Experientz weiß, gar nicht. Der Doktor sagt, es ist Altersschwäche, und es mag wohl auch so sein, aber was es auch sein mag, lange hält der Schuh nicht mehr, und was ein erfahrener Meister ist, weiß, daß bei jedem Stiebel der Momang kommt, wo das Flicken nichts mehr hilft und die ganze löbliche Gilde dem Ausreißen nicht steuern kann, wenns auch der verehrungswürdige Publikus und hohe Adel noch lange nicht glauben und an ein neues Paar will.

Liebster Hans, ich fange eine neue Reihe an, weilen mir mein Gefühl überwältigt, welches nicht zu verwundern ist, denn es ist ein Jammer, wenn man sieht, wie der Deibel die Graden und die Ungraden holt und die Wackersten zu allererst. Sie hat es gut mit mir gemeint, wenn sie mir unter dem Daumen gehalten, und ich weiß nicht, was ich anfangen soll; wenn sie mir nicht mehr mit Pauken und Bosaunen meinen Lebenswandel vorenthält und mir in Deh- und Wehmut hinein schändiret, schimphiret und tribuliret. Ich gebe keinen Pfennig für ihr Leben, aber für hunderttausend dreidoppelte Lujedors wäre es mir nicht feil. Lieber Hans, da Du keine feste Stellung und Kondition und Prinzipalität nicht mehr hast und kein Mensche sich um mich bekümmern braucht, und Du Dir auch um keinen Menschen, und wenns Dich nicht ans Beste und an Moses und die Propheten ermangelt, so komme zu uns und tröste die arme alte Seele, ehe sie zu ihre Geister geht, die ihr und uns allewege soviel kujonirt haben hier in Neustadt. Sie verlangt fast so sehr nach Dir, als weißt Du Deine Mutter damals, wo ich Dir von Universitäten abrief. Wir sein allesamt merkwürdig neugierig, Dich nochmals mit leiblichen Augen zu sehen und mit der Base Schlotterbeck pressirts, und ich brauche nicht mehr zu sagen.

Seit Tagen bin ich nicht mehr vors Haus gekommen, sondern habe die Alte abgewartet. Es gibt auch sonsten noch gute Seelen, die sie nicht verlassen wollen, aber der Oheim Niklas Grünebaum nimmt es mit allen in die Anhänglichkeit und angenehmliche Dankbarkeit und Weißwassichschicklichkeit auf, vorzüglich mit das Weibervolk, und da wiederum vorzüglich mit denen Alten, so der Base schon längst mit Teen und Giftgebräude die Eingeweide aus dem Leibe drangsaliert hätten, wenn iche nicht wäre, was man kennen muß, um es zu glauben und nicht doll zu werden!

Also, wertester Nevö und Neffe, tus der guten Seele und Deinem geplagten und schickanirten unglückseligen Oheim und Vormund zu Gefallen und versüße sie ihre letzten Stunden durch Deine geistliche Gegenwart und Tröstungen. Was mündlich noch zu sagen wäre, will ich anjetzo noch für mich behalten, da ich mir doch schon über diesen Brief verwundere, weil er so lang ist und woran Du meine Betrübnis abmerken kannst, und weilen ich Tag für Tag bei der Base sitze und nicht herauskomme aus dem Loch.

Verbleibe in guter Gesundheit und mache Dir keine Sorgen wegen meiner.

Es grüßt Dir in großer Beklemmung Dein Oheim

Niklas Grünebaum,
Schuhmachermeister.

Postskriptus: Bringe mich ein Pfund Luisianaknaster mit. Allhier ist keinem Menschen und Kaufmann mehr zu trauen und dem Bier gar nicht. Die Menschheit verschmiert alle guten Dinge. Ich glaube fest, sie erfinden alleweile zu viel und wenn das so fortgeht, so wird es nach hundert Jahren einen schönen Brei geben. Der einzige Trost ist, daß wirs nicht erleben.

In großer Jammerhaftigkeit Dein Oheim

Niklas G."

Es dauerte seine Zeit, ehe sich Hans die ganze Bedeutung dieses Schreibens klar gemacht hatte. Es dauerte seine Zeit, ehe er aus der Erstarrung, der er verfallen war, erwachte. Er mußte diesem Briefe so gut folgen wie einst jenem, welcher ihn zum Sterbebett seiner Mutter rief. Um ein gutes Stück Liebe wurde sein Leben wiederum ärmer, und wieder wurde eine Stelle dunkel, wo bis jetzt Licht gewesen war. Daß er sobald als möglich reisen mußte, begriff er; aber die Überzeugung, daß er jetzt aus dieser Dachstube in dieser Stadt nicht auf dieselbe Weise fortgehen könne, wie einst aus jener Studentenstube, kam auch. Er ließ jetzt mehr hinter sich zurück, als damals auf der Universität. Seine Seele war gefesselt an das Haus in der Parkstraße, und gerade weil er durch so unübersteigliche Schranken von demselben ferngehalten wurde, erschien ihm der Gedanke, noch weiter fort zu gehen, um so schrecklicher. Auf welche Weise sollte er das Fränzchen von diesem Schlage des Schicksals benachrichtigen? Verlassen durfte er die Stadt nicht, ohne daß sie Kunde davon erhielt, aber wie — wie sollte das geschehen?

Er zerrieb sich die Stirn, und mit erneuetem Kummer machte er sich die bittersten Vorwürfe, das Vertrauen, welches der Leutnant Rudolf in ihn gesetzt hatte, so wenig gerechtfertigt zu haben. Wir müssen leider gestehen, daß es einen Augenblick gab, während welchem Hans Unwirrsch fest entschlossen war, dem kläglichen Ruf des Oheims Grünebaum nicht zu folgen, die Base Schlotterbeck nicht auf ihrem Sterbebett zu trösten, sondern zu bleiben, wo er war, und fernerhin um das verzauberte Schloß und das ebenso verzauberte Manuskript im Kreis herumzulaufen. Aber dieser Augenblick ging gottlob blitzschnell vorüber, die bösen Geister entflohen, und Hans wußte, was er zu tun habe. Er schrieb einfach, und nur vom Standpunkt der Frau Geheimen Rätin aus unmotiviert, an den Geheimen Rat Götz, wie man an einen Mann schreibt, von dem man glaubt, daß er noch Interesse an einem früheren Lebensgenossen haben könne. Diesen Brief ließ er noch an demselben Abend in den nächsten Briefkasten gleiten und rüstete sich sodann zur Reise. Er wußte, daß jetzt Fränzchen über sein Verbleiben Kenntnis erhalten werde, und seine Seele durfte sich nun ganz der alten Heimat zuwenden. Die leuchtende Kugel, die in seiner Eltern Stube gehangen hatte, hatte ihr ganzes Licht zurückgewonnen, und in alle Tiefen seines Herzens fiel ihr milder Schein. Die taube Wirtin wurde von der bevorstehenden Reise in Kenntnis gesetzt, und um fünf Uhr am andern Morgen befand sich Hans Unwirrsch auf dem Wege nach Neustadt, das heißt, er stand gerüstet, aber fröstelnd in der Dunkelheit vor dem eisernen Gartengitter in der Parkstraße und nahm stummen Urlaub von dem Hause des Geheimen Rates Götz. Der Bahnzug, den er benutzen mußte, ging erst um halb Sechs ab. Fränzchen Götz schlief noch und träumte. Sie hörte ein Rauschen in ihrem Traum, gleich dem des Meeres, und jemand, den sie nicht kannte in ihrem Traum, sagte, es sei auch das Meer.

Siebenundzwanzigstes Kapitel

Auf dem Bahnhofe läutete bereits die Glocke zum Einsteigen, als der Kandidat Unwirrsch atemlos im vollen Lauf anlangte, ein Billett löste und sich in einen Waggon und auf den Schoß einer dicken, gegen die Kälte wohlverwahrten Dame, die sich späterhin als Menageriebesitzerin auswies, stürzte. Mit mehr als sittlicher Entrüstung wurde er abgeschüttelt und zurückgestoßen und flog gegenüber auf einen Herrn von mürrischem Aussehen, der die Frage an ihn stellte: ob er etwa als Gummielastikum in Hinterindien aus einem Baum geflossen sei, und ob er einen polizeilichen Erlaubnisschein für solches „Gehopse" aufweisen könne? Nachdem noch die trübe Laterne an der Decke des Wagens in bedrohliche Berührung mit seiner Stirn gekommen war, fand er endlich einen unbehaglichen Platz zwischen zwei robusten Fräuleins, die einen merkwürdig durchdringenden Wilden-Tier-Geruch an sich hatten und deren eine auf dem Schoß einen wohlverhüllten Kasten mit einem vor Frost schnatternden Titi oder Eichhornäffchen hielt. Anderes wunderliches Volk in Schnürenröcken, Troddelmützen und mit eigentümlich verwelschtem Jargon füllte die andern Abteilungen des Wagens und setzte die wenigen gewöhnlicheren Leute, die dazwischen eingeschachtelt waren, durch vagabundenhaft geniales Gebaren und Räsonieren in Verwunderung.

In eine bessere Gesellschaft hätte der Kandidat Unwirrsch in seiner jetzigen Stimmung vom Schicksal nicht geworfen werden können. Es war unerträglich, und um so unerträglicher, als es sich baldigst zeigte, daß die Gesellschaft der Tierbändiger bis zum Abend nicht los zu werden war. Sie fuhr desselben Weges wie Hans, um irgendwo einen großen Jahrmarkt oder eine Messe durch ihre Gegenwart zu vervollständigen; es galt, sich in Geduld zu fassen.

Es war auch nicht sehr angenehm für den Kandidaten Unwirrsch, zu erfahren, daß der Kasten mit den Klapperschlangen glücklich unter seinen Sitz geschmuggelt sei. Er war bald soweit herunter, daß er sich kaum noch gewehrt haben würde, wenn ihm die andere junge Dame das Stinktier zur sorgsamen Verpflegung in die Arme gelegt hätte. Daß das Wetter nicht ganz so ungemütlich war wie die Reisegesellschaft, kam unter diesen Umständen kaum in Betracht. Mit den Händen auf den Knien saß Hans, ohne sich zu rühren, und der Zug klapperte durch den Tag mit solcher Hast, als ob ihm selber daran gelegen sei, die Fahrt zu Ende zu bringen und seiner jetzigen Last ledig zu werden. Der afrikanische Löwe brüllte in seinem Behälter, der asiatische Leopard heulte, und der deutsche Kandidat der Gottesgelahrtheit dankte seinem Schöpfer, als er endlich am Abend um sechs Uhr die Station erreichte, von der aus man auf der Post weiter nach Neustadt fuhr.

Aber die Post ging erst am folgenden Morgen ab, und Hans

Unwirrsch war gezwungen, einen unruhigen Schlaf in einem zu kurzen Wirtshausbett zu schlafen. Er erwachte früh und wußte kaum noch etwas von der gestrigen Fahrt und Reisegesellschaft; das Gefühl der Nähe der Heimat hatte sich ganz und gar seines Wesens bemächtigt, und der Gedanke, daß er in einigen Stunden den heiligen Boden, auf welchem er jung und glücklich gewesen war, in welchem seine Eltern schliefen, nach so manchem unruhvollen Jahre wieder betreten solle, verscheuchte alles andere. Am Fenster seines Zimmers stand Hans, sah auf den Marktplatz des kleinen Städtchens hinaus und erwartete den Tag mit melancholischem Frohlocken. Gestern während der Fahrt hatte er wohl Zeit gehabt, der alten Freundin seiner Jugend, der alten, guten Base Schlotterbeck in Angst und Schmerz zu gedenken, und darin wenigstens hatte ihn der Lärm umher nicht gestört; — nun dachte er an diesem Morgen zwar immer noch an die Base, aber in anderer Weise als gestern. Er hatte keine Sorge und Angst mehr um sie; die Gestalt der treuen Hüterin stand so klar und ruhig vor seinem Geiste, daß er fest überzeugt war, die Base sei gar nicht so krank, oder sei doch nicht mehr so krank, als wie der Oheim schrieb. Er fühlte sein Herz ganz frei und leicht, und dem Briefe des biedern Oheims Niklas traute er nicht recht mehr; die Base Schlotterbeck konnte nicht mehr so krank sein, wie es der Oheim kläglich ausmalte.

Zu Fuß hätte der Kandidat auswandern mögen, der Heimat entgegen, aber er bezwang sich in anbetracht der aufgeweichten Wege und setzte sich auf die Post. In jedem einsteigenden Mitpassagier glaubte er einen Bekannten aus alter Zeit zu entdecken, und es berührte ihn fast schmerzlich, daß es zuletzt doch nur fremde Gesichter waren, die ihn umgaben. Unter dem letzten Schlagbaum vor seiner Vaterstadt bezwang er sich nicht mehr, sondern stieg aus und überließ seinen Platz jedem beliebigen blinden Passagier, den der Schwager an seiner Stelle aufnehmen wollte.

Zu Fuß schritt er weiter, und auf die aufgeweichte Landstraße schien die Sonne so schön, wie man es zu dieser Jahreszeit von ihr verlangen konnte.

Wie das Bekannte am Wege sich nun bei jedem Schritt vorwärts mehrte, wie die Türme des guten Städtchens auftauchten, wie der Kandidat Hans Unwirrsch still stand auf der letzten Höhe und seiner Erregung kaum Herr werden konnte, kann wohl jeder sich vorstellen und nachempfinden.

Da war die Mauer des Kirchhofs, an welcher der Weg vorüberführte. Über die Mauer heraus sahen die schwarzen Kreuze, die Köpfe der Trauerurnen und die kahlen Zweige der Bäume und Büsche. Über die Mauer hinein sah der heimkehrende Hans. Eine frisch gegrabene Grube erblickte er ziemlich dicht vor sich, die Gräber seiner Eltern waren jedoch durch eine Erhöhung des Bodens seinen Augen entzogen. Die Tür des Gottesackers war verschlossen, und der Wanderer zog fürder, nachdem er das Haupt gegen den Ort geneigt hatte, wo sein Vater und seine Mutter, die kleine Sophie, der Armenschullehrer Silberlöffel und so viele, viele andere schliefen. Und dann kam ihm der Gedanke, für wen wohl dieses neue Grab bestimmt sein möge? Es machte ihm Sorge, dieses neue Grab! er hätte gerade jetzt niemanden aus der Stadt Neustadt missen mögen. Es war so traurig, daß jemand begraben werden sollte, den er vielleicht gekannt hatte, — begraben in dem Augenblick seiner Heimkehr.

Er schritt schneller weiter in diesen Gedanken, und der alte Torbogen, unter dem einst der Oheim Grünebaum stand und ihm und dem Moses Freudenstein nachsah, als sie zur Universität zogen, warf seinen Schatten auf ihn. Er dachte an Moses Freudenstein, solange der Schatten über ihm lag, dann trat er in die sonnenhelle Gasse, und die Glocke auf dem Valentinsturm schlug drei Uhr; der Klang duldete es nicht, daß er augenblicklich noch länger an jenen Mann dachte, der sich jetzt Theophile Stein nannte.

Nun sah er mancherlei Leute, die er wohl kannte, aber niemand erkannte ihn. Es hatte sich wenig in Neustadt verändert.

Jetzt zog es ihn so sehr nach seinem Hause in der Kröppelstraße, daß er nicht aufblickte, aus Furcht, nun von jemand erkannt und festgehalten zu werden. Schnell schritt er dicht an den Häusern hin, bis er um die letzte Straßenecke bog, die das niedere Dach, unter welchem er geboren war, seinen Blicken entzog. Nun ging er sehr langsam und verwunderte sich über die Kinder, die sich vor seiner Haustür versammelt hatten und auf den Flur starrten. Noch einige Schritte, und er sah über ihre Häupter weg auch in die Tür und sah vier Lichter um einen Sarg brennen. Die Base Schlotterbeck war gestorben und ließ ihn durch den Oheim Grünebaum grüßen und ließ ihm noch manches andere durch den Oheim bestellen; der Sarg war schon am Morgen zugenagelt worden, und das Begräbnis war auf vier Uhr nachmittags festgesetzt. Die Grube, die Hans Unwirrsch auf dem Friedhof gesehen hatte, war eben für die gute, alte Base Schlotterbeck bestimmt; es war alles in der Ordnung zugegangen, aber Hans konnte doch nicht begreifen, daß es so sein müsse.

Da war der Oheim Grünebaum. Er erkannte den Neffen nicht, und es dauerte geraume Zeit, ehe es ihm klar wurde, wer der Herr war, der solchen Anteil an ihm und der Jungfer Schlotterbeck nahm. Es mochte viele Leute geben, die den Oheim für einen Schuster hielten, der sich um die meisten seiner fünf Sinne getrunken hatte, aber sie taten ihm unrecht. Der Oheim hatte viel Durst in seinem Leben gehabt und ihn oft gestillt, aber er hatte auch „ein Herz im Leibe", und das hatte ihm „jetzo den Dampf angetan". Der Oheim Nikolaus Grünebaum war ein hinfälliger, halb kindischer Greis geworden; er saß im Winkel und winselte und verlangte nach der Base.

Es waren noch andere Leute zugegen: der Maurer mit seiner Familie, viele Nachbarn und Nachbarinnen, die dem Leichenkuchen zugesprochen hatten und sich jetzt halb verlegen, halb zudringlich um den Herrn Kandidaten drängten, um die Verstorbene zu rühmen und ihre Meinung dahin auszusprechen, daß es gut sein würde, wenn der Himmel nun auch baldigst den Meister Grünebaum zu sich nähme. Hans zog halb mit Gewalt den guten Oheim aus dem kläglichen Gewirr, das er nicht aus dem Hause bannen konnte. Er führte ihn sorglich gleich einem guten Sohn die Treppe hinauf in das Gemach, in welchem einst Anton Unwirrsch und der Oheim an Hansens Geburtstag zusammen gesessen hatten, welches dann des Schülers Studierstube geworden war und wo zuletzt des Oheims Bett stand. Hier setzte der Neffe den Alten nieder, setzte sich zu ihm und tröstete ihn, so gut er es vermochte, und hier kam der Oheim allmählich wieder zu klarerem Bewußtsein der Vorgänge der letzten Tage.

Sanft und schmerzlos war die Base eingeschlafen, nachdem sie vorher noch dem Oheim aufgetragen hatte, wenn Hans ankäme, ihm zu sagen, daß sie ihn sehr, sehr lieb gehabt habe, daß er immer in ihren Gedanken gewesen sei, daß er nimmer aus ihren Gedanken kommen könne, und daß sie im ewigen Leben für ihn bitten wolle, daß es ihm gut gehe in seinem Erdenleben. Ferner ließ sie vermelden, sie wisse ganz genau, daß das, womit ihr Hans sich jetzo plage, gut ausgehen müsse, doch könne sie nicht sagen, auf welche Art.

„Ja, mein Junge, wir haben viel über dich konversieret", sagte der Oheim Grünebaum. „Wir hatten ja die gehörige Zeit dazu, und gingen in allen Nähten auf, wenn die Rede auf dir kam.

Wenn wir uns tüchtig gekatzebalgt haben, so haben wir doch in Punkto deiner in ein Loch geguckt, was ich nicht gedacht hätte, wenn ich dir in deine unschuldige Jugend übers Knie legte. O liebster Hans, ich hätte auch nie geglaubt, daß'n Schuster so knickebeinig werden könne, als wie ich anjetzo. 's ist aus mit dem Meister Grünebaum, und wenn du nicht für die Base zur rechten Zeit gekommen bist, so bist du's für mich, was an und für ihm auch'n Trost ist. Ach, die Base, die Base! Solch 'ne kuraschierte Perschon mit solchem Instinkt für Klocke Zehn und 's richtige Zubettgehen! Ich kann nicht auskommen ohne die Base, und drunten haben sie ihr vernagelt, und hier sitze ich nun noch und kann's mir nicht vorstellen. Jetzt gibt's keinen mehr in der Welt, der mit einem ein vernünftiges Wort reden kann! Der Anton und die Christine sind tot, und die Freundschaft ist auch immer mehr auf der Bank zusammengerückt, und die besten sind zuerst heruntergerutscht. Ich will mir auch begraben lassen, Hans; ich will dich nicht länger auf'm Halse liegen. Du bist zwar 'n guter Kerl und ein geistlicher Pastor, aber du hast auch deine Wege, und verliebt bist du auch, wie die Base noch zu allerletzt herausspintisiert hat; wir wollen derohalben Adjes sagen am Wegweiser, Bruderherz, und 'n letzten Schluck nehmen aufs vergnügte Wiedersehen in die große Herberge, wo Meister, Altgesell, Gesell und Junge die Füße unter einen Tisch strecken."

Vergeblich suchte Hans den alten Oheim zu ermuntern und aufzurichten. Er wollte von keinem Trost hören und schüttelte zu allen Ermahnungen nur den Kopf. Er war jetzt in seiner Niedergeschlagenheit ebenso steifnackig und widerborstig wie sonst.

„Der Deibel nimmt die Graden und die Ungraden", sagte er. „Erst hat er die Base Schlotterbeck bei der Jacke genommen, und jetzt stellt er mir das Bein, aberst, was dem einen recht ist, das ist dem andern billig. Komm, Hans, ich höre, sie werden ungeduldig da unten; wir wollen ein Ende mit der Alten machen, daß sie zur Ruhe kommt." —

Es gaben merkwürdig viele Menschen der Base Schlotterbeck das Geleit zu der Grube, die Hans auf dem Friedhofe gesehen hatte, und Hans führte den Oheim Grünebaum dicht hinter dem Sarge.

Die Stadt wußte bereits, daß der Kandidat Unwirrsch angelangt sei, und richtete ihre Augen auf ihn, während der Leichenzug sich durch die Straßen wand. Manch alter Bekannter schloß sich dem Grabgefolge an, und auf dem Kirchhofe hielt der Hilfsprediger von der Valentinskirche eine wohlmeinende Rede über die Tote, den Oheim Grünebaum und den jungen geistlichen Kollegen. Nach dem Begräbnis kamen viele, um den beiden Leidtragenden die Hände zu schütteln, und darunter befand sich mehr als einer, der mit Hans auf der Schulbank vor dem Armenlehrer Silberlöffel und dem Professor Fackler gesessen hatte.

Nun waren der Oheim und Johannes wieder zu Hause und hatten sich des Maurers und seiner Familie dadurch für eine Zeit wenigstens entledigt, daß sie die Tür des Stübchens der seligen Base verriegelten. Der Oheim setzte sich in den Lehnstuhl der Base, um vor Kummer und Ermüdung einzuschlafen; der Kandidat Unwirrsch, zum erstenmal seit seiner Heimkehr sich selber überlassen, konnte zum erstenmal versuchen, es zu fassen, daß dies das Haus sei, in welchem er geboren wurde, in welchem die leuchtende Kugel hing, in welchem er eine so stille, so reiche Jugend verlebte.

Er sah sich um in der Stube der Base und erkannte jeden Gegenstand wieder; auch die Glaskugel des Vaters war am Platz, und ein Strahl der Abendsonne fiel darauf. Der alte Mann in dem Sorgenstuhl mußte wirklich der Oheim Grünebaum sein, und das war die Kröppelstraße — kein Zweifel, kein Zweifel daran! Und drüben das alte, verfallene Haus mit der engen, niedern Tür und dem eisernen Arm und Haken an der Tür! Alles wie es war, nur daß der königlich westfälische Lakai fehlte, und der hatte ja schon gefehlt, als Hans noch ein ganz junger Mann und ein angehender Student war.

Nun war die alte Zeit ganz und gar wieder lebendig geworden; Hans Unwirrsch sah so viele Geister in der Kröppelstraße, wie die Base Schlotterbeck nur jemals gesehen haben mochte. Sie stiegen herauf und gingen vorüber; sie kamen zurück und versanken, um näher oder ferner wieder emporzusteigen. Immer mehr, immer mehr drängten sich heran; — fast erdrückend war diese „Fülle der Gesichte", man konnte wohl darüber sich und die gegenwärtige Stunde vergessen. Eine Bewegung des Oheims riß endlich den Kandidaten Unwirrsch in die Wirklichkeit zurück. Es war Dämmerung, der Oheim Grünebaum war aus dem Armstuhl in die Höhe gefahren und rief mit seltsam unheimlicher Stimme:

„Alle Schuster 'ran! Immer herein, immer herein, wer's Letzte von's Spiel sehen will! Base Schlotterbeck, sie hat doch recht gehabt: lustig gelebt und selig gestorben, und auf den Rest kann ich mir nicht mehr besinnen. Bist du noch da, Hans, so komme her und gib mir die Hand. Wir sind gute Kameraden und Verwandte gewesen, aber besser wär's vielleicht doch gewesen, wenn du 'n Schuster geworden wärest, wie alle andre Grünebäume und Unwirrsche, und kein Pastore. Base Schlotterbeck, ich grüße ihr, 's ist mir alleweile ein Kompliment und eine Ehre, in ihre frivole und angenehme Gesellschaft zu sein. Wenn du was an Vatern und Muttern zu bestellen hast, Hans, so rücke 'raus damit, 's ist, wie ich's sagte, ich sage dir Valet, und der Deibel — nein, na du weißt's ja. Gehab dir wohl, mein Junge, und habe dir nicht. Ich wünsche dir alles mögliche Pläsier und sage Amen, und der Stiebel ist fertig! Amen, und der Stiebel ist fertig!"

Hans sprang entsetzt herzu und rief nach Licht und um Hilfe. Der Maurer mit seiner Familie pochte an die verriegelte Tür; Hans öffnete mit zitternder Hand. Man beleuchtete den Oheim Grünebaum, und der Onkel Grünebaum war so gut gewesen wie sein Wort; er war der Base Schlotterbeck nachgegangen, das aber, was er an Körper und sonstigem Eigentum auf der Erde zurückließ, wollte nicht viel bedeuten.

Vergeblich wurde der Arzt herbeigerufen, der Oheim Nikolaus Grünebaum war tot, und keine menschliche Kunst konnte ihn wiedererwecken. Nachdem er sich so viele Jahre hindurch mit der Base gekatzbalgt hatte, fraß ihm der Tod derselben das Herz ab. Ein widerhaarigerer Schuster hatte seit lange nicht den Atem aufgegeben, und jeder, welcher den Mann näher gekannt hatte und nun von seinem Verscheiden hörte, fuhr mit der Hand durch die Haare, zog die Achseln in die Höhe und sprach seine Meinung dahin aus, daß es ein Verlust nicht bloß für das menschliche Herz sondern auch für das menschliche Auge sei. Hans Unwirrsch wurde sehr bedauert, und mehrere Leute boten ihm ihren Beistand in dieser traurigen Zeit an, und der Maurer zeigte ihm an, daß er geneigt sei, jetzt, wo die beiden Alten tot seien, das Haus in der Kröppelstraße gegen ein nicht Unbilliges an sich zu bringen. —

Und wieder stand Johannes auf dem Gottesacker, doch dieses Mal ganz allein. Das kleine Grabgefolge, das dem Oheim die letzte Ehre angetan hatte, hatte sich verlaufen; Hans hatte dem Totengräber versprochen, ihm den Schlüssel des Kirchhofes ins Fenster zu reichen, — Hans Unwirrsch stand allein, und der Schlüssel wog schwer in seiner Hand.

In dem gelben, zerwühlten Boden zu seinen Füßen lagen jetzt alle, die einst, jedes in seiner Art, so treu, freundlich und fest zwischen ihm und der harten, kalten Welt der Wirklichkeit gestanden hatten. Unter den Hügeln lagen die Wächter seiner Jugend, und er, den einst ein so mächtiges Sehnen aus ihrem Kreise weggetrieben hatte, er stand jetzt und sehnte sich wieder, doch nicht mehr in die Ferne. Der rostige Schlüssel in seiner Hand zog ihn fast zur Erde nieder; es war kein Gewicht der Welt dem seinigen zu vergleichen. Hinter der Pforte, welche dieser Schlüssel öffnete, war alles vollendet, und Hans Unwirrsch hatte Lust, den andern nachzusteigen in die Tiefe.

Da aber trat aus dem Dunkel und der Bedrängnis, die ihn umgaben, eine lichte Gestalt, diese hielt ihn zurück, und um ihretwegen sagte er, daß seine Zeit noch nicht gekommen sei. Einen letzten Blick warf er über die Gräber, dann ging er fort und schloß die Pforte des Kirchhofes hinter sich, wie er es versprochen hatte. Er gab den Schlüssel, der so rostig war, obgleich er doch soviel gebraucht wurde, in der Wohnung des Totengräbers einem lachenden, hübschen Kinde, welches versprach, ihn an den Vater abzuliefern. Wie er den Rest des Tages und die Nacht verbrachte, konnte er später nicht sehr genau angeben; — er saß in dem Stübchen der Base Schlotterbeck, in dem Lehnstuhl, in welchem der Oheim Grünebaum gestorben war, und sah die Lampe, die ihm in seiner Kindheit geleuchtet hatte, durch die gläserne Kugel scheinen. Er sah sie langsam erlöschen und sah den Morgen über dem Hause dämmern, das einst der Trödler Samuel Freudenstein mit seinem Sohn Moses bewohnt hatte.

In den folgenden Tagen besuchte er alle Orte, an die sich eine Kindheitserinnerung knüpfte, und viele Menschen, die ihm einst nahegestanden hatten, besuchte er auch. Der Professor Fackler war jetzt auch ein alter Mann und ebenfalls ein wenig kindisch; er konnte den Namen des Kandidaten Unwirrsch nicht behalten, und an Moses Freudenstein erinnerte er sich gar nicht. Seine Frau war gestorben, aber auch das vergaß er dann und wann und redete seine jüngste Tochter mit dem Vornamen der Gefürchteten an. Auf der Schwelle eines ärmlichen Judenhauses sah Hans auch Esther, die Haushälterin des Trödlers Freudenstein. Sie war das älteste Weib der Stadt, grade hundert Jahre alt. Der Segen des Herrn war bei ihr, ihr Geist war noch scharf und klar; in welcher Weise sie gegen Hans über Moses, den Sohn Samuels, sprach, darüber redete Hans niemals.

Das Haus in der Kröppelstraße wurde versteigert und dem Maurer für bare dreihundert Taler zugeschlagen. Fünfzig blanke bare Taler wurden gelöst aus der fahrenden Habe der Base Schlotterbeck und des Oheims Grünebaum, aber die Glaskugel wurde nicht verkauft. Hans Unwirrsch hatte soviel Geld niemals auf einem Tische zusammen gesehen, aber auch niemals hatte ihn ein Haufen so angewidert und so unglücklich gemacht Mußte es ihm doch zumute sein, als ob er alle seine süßesten und liebsten Erinnerungen zu Gelde gemacht habe; und von welcher Seite er auch den Mammon ansehen mochte, und wie vernünftig und verständig er sich auch die Sache vorstellen mochte, seine Gefühle blieben dieselben.

Es kam der Tag — ein schneedrohender Novembertag war's —, an dem Hans Unwirrsch nichts mehr in seiner Vaterstadt zu schaffen hatte. Er konnte gehen, wann es ihm beliebte, und eine große Öde ließ er hinter sich zurück. Für die Gräber auf dem Kirchhofe hatte er nach Kräften gesorgt; Abschied hatte er von den Toten und den Lebenden genommen, der Advokat gab ihm das Geleit zum Posthause und sah ihn abfahren, kehrte frierend heim und dachte eine Viertelstunde nachher nicht mehr an ihn. Als die Post sich mühsam zu den Höhen hinaufarbeitete, fing es wirklich an zu schneien, und durch das runde Fenster an der Hinterwand des Wagens sah Hans seine Heimat im Dunst und Nebel versinken. Er war allein im Wagen und hatte Zeit und Gelegenheit zum Nachdenken, aber er war nicht dazu imstande. Nur verworrene Bruchstücke von allerlei Erlebnissen, Gedanken und Bildern durchfuhren seinen Geist. Körperlich und geistig durchgerüttelt und durchgeschüttelt erreichte er am Mittag die Eisenbahnstation und kroch als der erste in einen leeren Waggon, der jedoch nach einigen Augenblicken voll wurde. Es stiegen verschiedene Damen und Herren ein, die der Kandidat Unwirrsch bereits kannte. Der Kasten mit dem Titi langte an, die beiden jungen Damen mit dem Wilden-Tier-Geruch waren nicht verloren gegangen, und die Krone des Ganzen erschien, die Herrin der wandernden Horde, die dicke Madam mit der männerhaften Stimme und dem ausgezeichneten Pelzrock. Nichts von alledem, was die Herreise so gemütlich für Hans machte, fehlte auf der Rückreise, und da die Gesellschaft schlechte Geschäfte auf ihrer Razzia gemacht und dazu den Waschbären an der Schwindsucht verloren hatte, so war ihre Stimmung womöglich noch heiterer und liebenswürdiger, als bei der ersten Begegnung.

Mitten in der Nacht langte Hans in der Grinsegasse an und fand in seiner Wohnung nicht alles in der richtigen Ordnung. Es wurde viel Kinderwäsche darin getrocknet, und sehr böse Dünste herrschten darin. Mit grimmigem Kopfweh behaftet saß Hans auf dem Rande seines Bettes, während die taube Wirtin das Gemach zu einem Aufenthaltsort für Menschen machte; aber die Karte, die der Oberst von Bullau für den Kandidaten zurückgelassen hatte, vergaß sie natürlich und erinnerte sich erst am andern Morgen daran.

Als am andern Morgen Hans die Karte erhielt, fuhr er freilich hoch empor von seinem Stuhl und überhäufte die gute Frau mit Fragen nach dem, welcher sie gebracht, wann er sie gebracht, und was er gesagt habe.

Die Wirtin erschrak nicht wenig vor der Heftigkeit, mit welcher diese Fragen gestellt wurden. Sie berichtete: es sei vor acht oder vierzehn Tagen ein alter Herr mit einem weißen Schnauzbart gekommen, der arg über die Treppe und die Dunkelheit auf der Treppe geschimpft und sich böse am Waschfaß vor der Tür die Knie zerstoßen habe. Die Kinder hätten vor Angst sehr geschrien, er aber habe jedem ein Viergroschenstück geschenkt und sich dann nach dem Herrn Kandidaten erkundigt und habe dabei sehr grimmig ausgesehen. Als er vernommen habe, daß der Herr Kandidat verreist sei, habe er wieder geflucht und habe die Karte auf den Tisch geworfen und gesagt, wenn der Kandidat Unwirrsch heimkomme, möge er in den Grünen Baum gehen, da werde er das weitere erfahren. Darauf habe sie, die Wirtin, ihre Lampe anzünden und dem Alten die Treppe hinab leuchten müssen, obgleich es heller Tag gewesen sei. Auf der Straße habe er gesagt, sie möge sich zum Teufel scheren, und die ganze Grinsegasse habe sich über diesen Herrn verwundert, und das sei auch zum Verwundern gewesen.

Nach dem Grünen Baum! o Fränzchen Götz!

Achtundzwanzigstes Kapitel

„Der Herr Oberst von Bullau?" fragte Lämmert, der soldatische Wirt des Grünen Baumes, als Hans, nüchternen Magens, ganz außer Atem vor ihm erschien, und sehr phlegmatisch wiederholte er:

„Ja, der Herr Oberst von Bullau!"

„Ist er nicht hier gewesen? hat er keine Bestellung für mich hinterlassen?" rief Hans, der ebenso heiß erschien, als der Wirt kühl war.

„Sie sind der Herr Kandidat Unwirrsch und sind hier einmal mit dem Herrn Leutnant Götz eingekehrt?"

„Jawohl; — ich bitte Sie —"

„Wenn Sie der Herr Kandidat Unwirrsch sind, so sind Sie der Mann; allein aber — der Herr Oberst von Bullau sind nicht mehr hier."

„Aber er hat vielleicht eine Bestellung für mich hier zurückgelassen! ich bin doch hierher beschieden!"

Von neuem betrachtete Lämmert den Theologen vom Kopf bis zu den Füßen und sagte mit Gelassenheit:

„Vielleicht wissen die Herren im Nest etwas davon, und wenn der Herr Kandidat heute abend zur bekannten Zeit einfliegen will, so wird es ihm und den Herren angenehm sein."

Hans Unwirrsch konnte trotz der Versicherung des Wirtes den Gedanken, heute abend die Gesellschaft der Neuntöter zu genießen, nicht so angenehm finden. Er sah befangen auf den Wirt, und der Wirt sah unbefangen auf ihn und meinte:

„Wenn der Herr Kandidate etwas Herz- und Magenstärkendes zu sich nehmen wollten, so würde das an diesem kalten Morgen und bei solcher Gesichtsfarbe nicht von Übel sein."

„Ja, ich will kommen. Ich muß wohl. Es wird wohl nichts anderes übrig bleiben!" seufzte Hans, Lämmerts menschenfreundliche Anlockung überhörend. Er nahm Abschied von dem Wirt zum Grünen Baum, und wenn derselbe vorhin seinem Herzen nicht Luft gemacht hatte, so tat er es jetzt.

„Sehr putzig!" sagte er, dem Kandidaten Unwirrsch kopfschüttelnd nachblickend: „Solch ein Vogel fehlte uns grade noch."

Er trat in sein Haus zurück, um irgendeinem nachlässigen Kellner an den Kopf zu fahren, und Hans Unwirrsch eilte, immer noch nüchtern, nach dem Park, der Parkstraße und dem Hause des Geheimen Rates Götz.

Da war es wieder, dieses Haus! unverändert, frostig-elegant. Und scheu schlich Hans vorüber und sah nach dem Fenster des Zimmers, welches er selber bewohnt hatte, und sah nach einem andern Fenster. Die wahnsinnige Hoffnung durchfuhr ihn, es müsse jemand an die Scheibe klopfen, um ihn hereinzurufen; aber da es nicht geschah, sagte er sich, daß es nicht geschehen werde, und schlich vorüber, durchkreuzte den Park, kam wieder in die Stadt zurück und suchte die Expedition der meistgelesenen Zeitung auf, um ein Inserat abzugeben.

Er zeigte der Haupt- und Residenzstadt und — dem Fränzchen in dem Hause in der Parkstraße den Tod der Base Schlotterbeck und des Oheims Grünebaum an. Dann trank er in einer Konditorei Kaffee; dann aß er irgendwo, mit dem dumpfen Gefühl, dreihundert Taler zu besitzen, zu Mittag, und dann ging er nach Haus und erwartete den Abend. Er war sehr müde und dachte nicht daran, das Manuskript des Hungerbuches von neuem zu beginnen. An die Toten dachte er und an das Fränzchen, und dann stieg er auf den Tisch, um einen Nagel in die Decke zu schlagen. An diesen Nagel hing er die Glaskugel, bei deren Schein sein Vater Schuhe und Gedichte gemacht hatte, in deren Schein seine Mutter saß und ihre Wiegenlieder sang, in deren Schein die Base Schlotterbeck auf ihrem niedrigen Schemel kauerte und ihre Märchen erzählte. Vieles hatte er als Kind, vieles als Jüngling in dem zerbrechlichen Dinge gesehen; nun saß er als Mann dabei und sann nach über das, was sich verändert hatte, und das, was geblieben war. Dann stand er auf und ging ruhiger nach dem Grünen Baum, um von irgendeinem der Neuntöter zu erfahren, was ihm der Oberst von Bullau zu sagen habe.

Er hatte seinen Weg einem heftigen Winde abzukämpfen; aber glücklich langte er zuletzt doch an seinem Bestimmungsorte an und stand in der Tür jenes Gemaches, in welchem man ihm einst so viele und so merkwürdige Geschichten erzählt hatte. Alles noch ganz so, wie es damals war; — der weise Heide Sokrates auf dem Ofen und der alte Schwede Lebrecht Blücher an der Wand! Tabaksdampf zur Genüge, anmutige Dünste von Punsch, Grog und andern heißen und kalten Erquickungen; — ein halb Dutzend Neuntöter um den runden, grinsenden Tisch, und der einarmige Herr mit der „wackern" Geschichte von der wütenden Neiße und dem ausgehungerten Bauernhaus auf dem Präsidentenstuhl!

„Der Herr Kandidatus Drumwisch!" rief Lämmert in den Qualm hinein, und wer dem hilflosen Hans den Rücken zuwandte, drehte sich um, wedelte den Rauch vor den Augen weg und stierte auf den Kandidaten.

„Holla", rief der einarmige Herr, „eintreten! Tür zumachen! abtreten, Lämmert — alles in der Ordnung. Hierher, Herr Pastore!"

Da war der Vogel, der bald rechts, bald links war; da war der joviale Vogel mit dem seltsamen Husten; da waren noch verschiedene andere Vögel, die der Kandidat Unwirrsch bis jetzt noch nicht kannte, denen er aber nunmehr vorgestellt wurde, und zwar als ein „junger Mann, der imstande sei, mehr zu halten, als er verspreche, und der einmal einen recht brauchbaren Feldprediger abgeben werde".

Sie begrüßten ihn allesamt nach der Art der Neuntöter, und jeder sammelte feurige Kohlen nicht auf dem Haupte des Kandidaten, sondern unter seinen Füßen.

„Sie sind der Mann meines Herzens", sagte der einarmige Herr. „Setzen Sie sich doch; ein Glas Grog sollen Sie auch haben. Setzen Sie sich; Sie sehen wahrhaftig aus, als ob Ihnen etwas Warmes sehr gut bekommen würde."

„O, Herr Hauptmann", rief Hans, „Sie werden mir Nachricht von dem Herrn Oberst von Bullau und dem Herrn Leutnant Götz geben können! Ich bitte Sie, sagen Sie mir, was mir die beiden Herren sagen lassen. Ich habe so viel Böses und Trauriges in der letzten Zeit erlebt, daß ich kaum noch weiß, wie ich mich dagegen wehren soll. Es ist nicht etwas Warmes, was ich bedarf. Gestern abend bin ich aus meiner Geburtsstadt hierher zurückgekehrt; ich habe dort meine letzten Verwandten begraben; — ich bitte Sie, teilen Sie mir mit, was Sie mir zu sagen haben."

„Aber mein Junge!" rief der einarmige Herr, „wahrhaftig, bei meiner Seele! kommen Sie, setzen Sie sich. Sie sehen in der Tat jämmerlich aus, und da mag der Spaß aufhören. Was haben Sie denn? was ist Ihnen begegnet? Ich für mein Teil habe Ihnen weiter nichts zu sagen, als daß Sie hinbeordert sind."

„Hinbeordert? wohin? zu wem?"

„Nun, alle Teufel, nach Grunzenow zum Kameraden Götz. Der Oberst wollte Sie auf der Stelle mit sich nehmen und hat nicht wenig räsoniert, als er Sie nicht in Ihrem Bau fand. Er hat mir aufgetragen, Sie zu ihm zu schicken; das ist aber auch alles, was ich Ihnen sagen kann. Sie tun vielleicht ein gutes Werk an dem Kameraden Götz, wenn Sie sich sobald als möglich auf die Beine machen; der arme Teufel scheint sehr fest zu sitzen und in großer Not zu sein wegen des kleinen Mädchens, seiner Nichte, die er vor einigen Jahren aus Paris holte. Sie werden die Verhältnisse besser kennen, als ich oder irgend jemand hier im Nest. Da war das Fräulein in dem Hause des Geheimen Rates Götz, welches neulich mit dem Juden durch die Lappen ging, und noch manche andere Dinge. Wir haben allerlei darüber gehört; aber wir halten es nicht für anständig, in den Familientopf der Kameraden zu schnüffeln, wenn das Ding ernst und nicht mit einem schlechten Witz abzumachen ist. Gehen Sie nach Grunzenow zu dem alten, braven Burschen; wer weiß, was für einen Trost er von Ihnen erwartet."

„Morgen, morgen!" rief Hans, und der Hauptmann gab ihm die Hand, welche nicht nach der Schlacht an der Katzbach den Weg alles Nahrhaften und Delikaten gewandelt war.

„So ist's recht! Sie sind ein wackerer Knabe und gefallen mir ganz merkwürdig, und etwas Warmes sollen Sie trotz allem trinken, und dann rücken Sie heraus mit Ihrem eigenen Elend. Wir haben alle hier um den Tisch unser Teil Trübsal im Ranzen, und ich glaube, mehr als einer läßt manchmal innerlich das Maul hängen, wenn er mit Lachen auf den Tisch schlägt. Auf Ihr Wohl, Herr Kandidate, und nun geben Sie Ihr Ungemach von sich, — Feuer!"

Hans sah ein, daß es vergeblich sein würde, sich gegen die gemütliche Teilnahme der Neuntöter zu wehren. Er erzählte deshalb in kurzen Worten von seiner Fahrt nach Neustadt und dem Tode der Base und des Oheims. Als er zu Ende war, tranken sämtliche anwesenden Neuntöter auf das Wohl der Base und des Oheims und stießen ihnen zu Ehren die Gläser mit Gekrach auf den Tisch. Sie hatten auf diese Weise schon manchem Kameraden die „letzten Honneurs" gemacht; es blieb Hans nichts übrig, als sich im Namen der Base Schlotterbeck und des Oheims Grünebaum zu bedanken. Die Sache hatte nichts Lächerliches und Possenhaftes an sich; — der Kandidat Unwirrsch sprach seinen Dank für die Ehre mit Tränen in den Augen aus. —

„Na, Sie rücken sehr auf Ihrem Stuhle, junger Mann", sagte der einarmige Hauptmann von der wütenden Neiße. „Es wäre auch unrecht, Sie hier festhalten zu wollen; machen Sie, daß Sie fortkommen, und gehen Sie nach Grunzenow. Der Mensch kann gesund von manchem Schlachtfeld marschieren, und wenn er ein gut, treu Angedenken für die behält, welche darauf verfaulen müssen, so wird's ihm niemand übel nehmen, wenn er daneben an das kommende Quartier denkt, ob's trocken, behaglich und wohlverproviantiert sein wird. Bestes Glück für die Zukunft, Herr Kandidate, marschieren Sie auf Grunzenow und grüßen Sie die beiden alten Kameraden, Schwerenöter und Neuntöter dort: wir wären alleweile noch auf dem Zweig; aber der Kamerad Öchsler sei weggeblasen worden, und wir hätten ihm vorgestern das Geleit gegeben."

Um den Tisch ging Hans, und jeder Neuntöter schüttelte ihm die Hand. Lämmert gab ihm das Geleit bis zur Haustür, nachdem er ihm eigenhändig in den Überrock geholfen hatte.

„Es ist mich eine kuriose Ehre, Herr Pastore", sagte er. „Ich werde mich freuen, Sie bei Kräften und bei besserer Witterung wiederzusehen. Meine gehorsamste Empfehlung an den Herrn Leutnant und den Herrn Oberst."

Auch dem Herrn Wirt zum Grünen Baum drückte Hans die Hand und merkte erst zu Hause, welch ein schwerer Gegenstand ihm unterwegs fortwährend gegen den Schenkel geschlagen hatte. Eine wohlverpichte Flasche alten Rums war's, gewickelt in einen Bogen weißen Papiers mit dem Vermerk von Lämmerts Hand:

„Zur Erquicklichkeit und Tröstung
unterwegens!"

Nach Grunzenow! nach Grunzenow! Alle Ermattung war verschwunden, alle Steifheit aus den Gliedern gewichen. Mit weiten Schritten durchmaß Hans Unwirrsch beim Schimmer der schwebenden Kugel sein Gemach und überlegte. Der Gedanke, mit dem Leutnant Rudolf Götz über das Fränzchen und über das Haus des Geheimen Rates zu reden, stand so hell in seiner Seele, daß alles übrige davor mehr oder weniger in die Dunkelheit zurückwich. Ja, das war das Rechte: nach Grunzenow, nach Grunzenow zu dem Leutnant Rudolf! Dort war Rat und Hilfe; von dort aus mußten sich alle diese Wirrnisse lösen. So leicht ums Herz wie in dieser Stunde war's dem Hungerpastor lange nicht gewesen!

Noch an demselben Abend wurde die taube Wirtin von der neuen Reise in Kenntnis gesetzt, und sie legte eine schickliche Verwunderung darob an den Tag. Hans Unwirrsch suchte von neuem sein Reisegepäck zusammen, und am folgenden Tage um Mittag folgte er bereits dem Rufe des Leutnants Rudolf Götz, nachdem er noch einen vergeblichen Versuch gemacht hatte, den Geheimen Rat Theodor Götz zu sprechen. Schnöde wurde er von Jean, dem Bedienten, abgewiesen, unter dem Vorgeben, der Herr sei nicht zu Hause. Die Karte, die er zurückließ, gelangte ebenfalls nicht an den Ort ihrer Bestimmung, Jean steckte sie aus alter Anhänglichkeit an den früheren Hauslehrer an den Spiegel seiner eigenen Kammer, wo sie neben einer Pfauenfeder und einem Billet-doux der Köchin ein verfehltes Dasein fristete.

Nordostwärts lag diesmal der Weg des Kandidaten Unwirrsch,

und mit welcher Hast sich auch die Räder des Dampfwagens drehen mochten, sie rissen den hungrigen Hans doch nicht schnell genug vorwärts. Er sehnte sich allzusehr nach Grunzenow und dem alten gichtbrüchigen „Bettelleutnant", der dort dem Oberst von Bullau „auf der Tasche lag."

Seiner diesmaligen Reisegesellschaft wußte er sich später in keiner Weise zu entsinnen; nur das wußte er, daß sich die Leute mit dem Titi und dem Klapperschlangenkasten nicht darunter befanden.

Was hatte er alles dem Leutnant zu berichten? Was konnte der Leutnant zu diesem und jenem sagen? Wie mochte der Leutnant über sein Verhalten im Hause des Geheimen Rates denken?

Und dazwischen fuhren dann wieder die Gedanken an die beiden Särge und Gräber zu Neustadt, an den schweren Schlüssel, den er auf dem Kirchhof in der Hand gehalten hatte, an das alte Haus in der Kröppelstraße, das nun einem andern gehörte, obgleich er darin geboren und seine ganze Verwandtschaft darin gestorben war.

Wahrlich, die Gedanken wirbelten schneller im Kreis, als sich die Räder um ihre Achse drehen konnten. Weder Kälte noch Hunger fühlte Hans auf dieser Fahrt, und die erquickliche und tröstliche Flasche des wackern Wirtes zum Grünen Baum hatte er in der Grinsegasse vergessen, ohne mehr an sie zu denken, als an das Manuskript des Buches vom Hunger. Wohl aber dachte er viel an jenen Abend im Posthorn zu Windheim, wo er den Leutnant Götz und das Fränzchen zum erstenmal in seinem Leben sah. Dann auch an die betrübten Tage in Kohlenau und jenen Tag, an dem er im Fichtengehölz saß, auf das gute Glück wartete und den Herrn Leutnant um die Waldecke traben sah. An jene Wanderung nach der großen Stadt dachte er, jene Wanderung, während welcher er zuerst ausführlich die Geschichte der drei Brüder Götz und des Fränzchens vernahm. Als die neue Nacht kam und die vor den Fenstern des Wagens vorübergleitende Landschaft sich den Blicken entzog, dachte er an jenen Hügel, auf dem er mit dem Leutnant Rudolf stand und bänglich hinabsah auf das feurige Leuchten und auf die Bewegung der Hunderttausende horchte.

Als der Zug hielt, war er ziemlich besorgt über den Empfang, den ihm der wackere Leutnant Rudolf in Grunzenow bereiten werde, und ängstliche Träume quälten ihn die Nacht hindurch in seinem ungemütlichen Gasthofzimmer. In diesen Träumen stellte der Leutnant ein scharfes Examen mit ihm, dem Kandidaten, an, und dieses Examen fiel nicht ganz zu seinen Gunsten aus.

Am folgenden Morgen verfiel der erwachte Träumer wieder der Post, und zwar sehr früh am Tage. Der Wind auf dem Posthofe war widerlich zudringlich, und die Atmosphäre in der Passagierstube war widerlich ohne Beiwort. Es schwebten vereinzelte Schneeflocken in der Luft, und es waren alles in allem genommen Gründe genug für den reisenden Menschen vorhanden, sich unbehaglich zu finden; den Kandidaten Unwirrsch fror, aber er fühlte sich gehoben und bot männlich jeder Unverschämtheit der Menschen wie der Witterung Trotz. Er setzte sich fest auf seinem Sitze, als der schwerfällige Räderkasten aus dem Posthofe rumpelte. Viele verkümmerte, schmutzige Städtchen, Flecken und Dörfer sah er, und eine wechselnde Reisegesellschaft aus allen Ständen sah er auch. Langgelockte Männer in schwarzen Kaftans stiegen ein und aus unterwegs und dufteten nicht angenehm. Hans sprach hebräisch mit ihnen.

Lang war die Fahrt, und die Schneeflocken in der Luft mehrten sich, man blieb stellenweise im Schlamm stecken und arbeitete sich mit Energie wieder heraus. Auf polnisch und auf deutsch wurde arg geflucht und ein Jude von den Vorspannbauern durchgeprügelt.

Weiter arbeiteten sich die müden Gäule durch endlose Nadelholzwaldungen, bis gegen Mittag ein kleines Städtchen in öder, unfruchtbarer Heidegegend erreicht wurde. Bis hierher „ging die Post", aber weiter ging sie nicht; die königliche Post- und Eisenbahndirektion wußte nichts von Grunzenow, dem Oberst von Bullau und dem Leutnant Götz.

Im kniehohen Schmutz versank der Kandidat Unwirrsch auf dem Forum dieses hochpreislichen Gemeinwesens, als er aus dem Postwagen stieg, und großes Aufsehen erregte seine Erscheinung sowohl unter den Eingeborenen, die einen Kreis um den Postwagen schlossen, als auch unter denen, welche die den Marktplatz umgebenden Häuser bewohnten.

Freudenstadt hieß der Ort; doch woher und weshalb er grade diesen Namen empfangen hatte, das hatte noch kein der vaterländischen Geschichte kundiger Mann enträtseln können. Selbst der Steuerinspektor, der am hiesigen Platze geboren und eine Autorität in allen Dingen, welche denselben betrafen, war, sah hierin nicht klar und gestand seufzend seiner Gattin, die nicht am Platze geboren war, zu, daß Freudenstadt jedenfalls kein

Aufenthaltsort für gebildete Menschen und geistig strebende Naturen sei.

Aus der innabilis unda des Marktes rettete sich der Kandidat Unwirrsch mit Mühe und Gefahr auf eine höher gelegene Stelle, von welcher aus er sich nach dem Wege gen Grunzenow erkundigen konnte; und das versammelte Volk umdrängte ihn und öffnete die Mäuler, um ihm die gewünschte Auskunft zu geben. Aber das Schicksal, das dem Menschen nicht immer wohl will, hatte es gefügt, daß die Frage nicht in dem rechten Augenblick gestellt worden war. Zwölf Uhr schlug's auf dem Kirchturm von Freudenstadt, und sämtliche anwesende Bewohner von Freudenstadt schlossen mit einem Ruck die zur Antwort geöffneten Kau- und Schluckorgane, drehten sich mit einem Ruck auf den Hacken und gingen davon — ohne Antwort, ein jeglicher zu seinem Mittagessen. Mit offenem Munde aber stand Hans Unwirrsch da und sah ihnen nach; der Eindruck, den diese Pünktlichkeit auf ihn machte, war wahrhaft überwältigend; und wenn die alten, schiefen Giebelhäuser sich ebenfalls umgedreht hätten und abmarschiert wären zum Essen, so würde das kaum noch seine Bewunderung erhöht haben.

Die alten, schiefen Häuser blieben jedoch an ihrem Platz und sahen den Kandidaten an. Er aber faßte sich und schritt um die Hälfte des Marktvierecks vorsichtig durch den Schlamm auf ein Gebäude zu, welches, dem Schilde nach zu urteilen, ein Gasthof sein mußte, und das sich als der „Polnische Bock" auswies. Er trat ein und fand auch hier jedermann am Werke. Sie aßen alle, und niemand hatte Zeit, dem Fremdling auch nur einen Blick zu schenken.

Der Name des Oberst Bullau erlöste die Geister wenigstens für einen Augenblick aus den Banden der Materie und brachte den Mastikationsprozeß momentan zum Stillstande.

Der Hand des Wirtes zum Polnischen Bock entfiel bei diesem Namen der große Löffel, und mit offenem Munde sah er auf den Kandidaten, der dastand wie Aladin, nachdem er die Wunderlampe gerieben hatte und der Geist erschienen war, um zu fragen, was dem Herrn gefällig sei.

Von seinem Sitze in der Mitte seines Hausgesindes erhob sich der Wirt zum Polnischen Bock, ein Mann, der dem Oheim Grünebaum höchst wahrscheinlich sehr gut gefallen haben würde.

„Der Herr Oberst von Bullau? Ob ich den kenne? Jawohl kenne ich ihn. Sakerment! Da kann der Herr weit 'rum fragen in der Stadt, ehe er einen findet, der den Herrn Oberst von Bullau nicht kennt. Es ist in der ganzen Stadt kein Hund, welcher den nicht mit Achtung bewedelt. Solch ein höflicher, angenehmer und niederträchtiger Herr! ein nobler Herr, — kommt nicht selten in den Polnischen Bock. Ja, wenn der Herr zum Herrn Obersten von Bullau will, weshalb hat er denn das nicht gleich gesagt? Toffel, Trine, Louis, dieser Herr ißt in der Honoratiorenstube zu Mittag, derenweilen angespannt wird! Wir haben unsern besondern Wein für den Herrn Oberst, und Sie sollen ihn kennen lernen."

Fast gegen seinen Willen wurde Hans von den kräftigen Händen seines Wirtes in die Honoratiorenstube geschoben, wo bereits einige unverheiratete Freudenstädter aus den schreibenden Ständen ebenfalls die Hände zum leckerbereiteten Mahle erhoben und kaum aufsahen vom löblichen Werke. Über das, was man sprach, können wir, ohne uns an unserm Leser zu versündigen, fortschlüpfen; — um ein Uhr hielt ein offenes, bedenklich aussehendes Fuhrwerk vor der Tür, und um zehn Minuten nach Eins fuhr Hans über ein noch bedenklicheres Pflaster durch die Hauptstraße von Freudenstadt dem Tore zu, das gen Grunzenow führte. Seine demütigsten Komplimente an den Herrn Obersten von Bullau hatte ihm der Wirt aus dem Polnischen Bock mitgegeben. —

Kahle Felder, steinige Heiden und Nadelholzwaldungen lösten sich wieder im anmutigsten Wechsel ab, aber des Kandidaten Unwirrsch Herz schlug hoch, und hoch trug er seine Nase in der Luft. Es kam ein Wehen von Norden her ihm entgegen, und der Freudenstädter Mann, der neben ihm saß und die beiden Gäule lenkte, sagte: das sei der Seewind, und weiterhin werde man schon das Salz auf der Zunge merken.

Die See! die See!

Dem Meere fuhr Hans Unwirrsch entgegen, und wie nach so manchem andern Dinge hatte er sich nach dem Meere gesehnt.

Bezaubert war der Weg, und bezaubert waren die schrecklichen, verwahrlosten Dörfer am Wege. Ein gewisses unbeschreibliches Bangen erfüllte die Seele des Kandidaten, und dieses Bangen galt nicht allein dem grimmig-lustigen Obersten von Bullau und den Fragen, welche der Leutnant Rudolf Götz stellen mochte: die See trug auch ihre Schuld an diesem Schauern.

Nun wechselte Buchenwald mit den Tannenwäldern, viel gebrochenes, kahles Gezweig bedeckte den Boden, und der Fuhrmann fing an, von dem „großen Wind vor acht Tagen" zu sprechen. Durch kahles, hügeliges Land wand sich der Weg, und der Fuhrmann wies auf wunderlich aufgeschichtete Steinblöcke, die auf der Höhe dunkel sich gegen den grauen Himmel abhoben.

„Da sind in der Heidenzeit von den Riesen viele Menschen und Könige geschlachtet worden", berichtete er.

Das Rauschen der Wälder verhallte im Rücken, leise zischte der Wind durch das trockene Heidekraut auf den Hügeln, unbekannte Vögel schwangen sich im Kreise in den Lüften, und der Fuhrmann nannte sie Möwen.

Der Fuhrmann stopfte sich eine Pfeife, aber Hans stellte sich aufrecht in den Wagen, um sogleich durch einen Stoß desselben belehrt zu werden, daß er seine Gefühle beherrschen und sich jedenfalls wieder setzen müsse.

Wiederum eine kahle Höhe und darüber hinaus ein dumpfes Geräusch — nicht Wind und Wald, sondern die See, — die Stimme der See!

„Wenn der Herr jetzt ausstiege, so würde er ein gutes Werk an seinen gesunden Gliedern und meinen Pferden tun", sagte der Fuhrmann. „Es geht ein gutes Stück jetzt durchs Moor, und der Sturm vor acht Tagen hat sein Teufelsspiel getrieben. Es geht gradaus der See nach, und der Herr kann nicht fehlen, wenn er die Ohren offen hält, dort rechts auf dem Fußsteig, 's ist der gradeste Weg auf Grunzenow. Unsereins muß sehen, wie er durchkommt."

Mit großer Bereitwilligkeit kam Hans dem Wunsche des Fuhrmannes nach und sprang aus dem Wagen. Er hatte doch nur mit Mühe still gesessen, und es war viel besser, zu Fuße rasch diesem Rauschen und Brausen entgegenzueilen.

Eine Viertelstunde schritt er rasch auf dem angegebenen Fußpfade vorwärts, und lauter und lauter erklang die Stimme des Meeres. Einen letzten Hügel hatte er zu erklimmen; als er oben stand, keuchend, atemlos, da lag es vor ihm, das Meer, da breitete es sich in der fahlen Beleuchtung des Abends, und der Nebel verschlang den Horizont und rollte über die Wasser heran gegen den öden Strand, auf dem tiefer unten zur Rechten rötlich die Lichter aus den Hüttenfenstern von Grunzenow schimmerten.

So hatte sich Hans das Meer nicht vorgestellt. Unermeßlich im hellen Tage, blitzend im höchsten Glanz, den Irdisches geben konnte, war es ihm in seinen Träumen erschienen; — nun war auch das anders, ganz anders, aber er mußte doch die Hand aufs Herz drücken, und der Atem stockte in seiner Brust.

Neunundzwanzigstes Kapitel

Mit dem Nebel kam die Nacht schneller über das Land, und fast gleich einem Kinde, das sich fürchtet, lief der Kandidat hügelab über Kiesgeröll und knirschenden Sand gegen die Lichter, die ihm zuletzt allein noch die Lage von Grunzenow andeuteten. Er geriet bald in die Atmosphäre von Teer und Tran, die das Fischerdorf umgab, und kam einige Male dem Rauschen des Strandes so nahe, daß er scheu zur Seite wich und Schaumspritzen im Gesicht zu verspüren vermeinte. Endlich erreichte er die ersten Hütten des Ortes und verwirrte und fing sich mehr als einmal in Netzen, die zum Trocknen ausgespannt waren; von lebenden Wesen war aber ringsum nichts zu sehen. Die See sang eintönig ihre Weise, und ein Hund bellte hinter einer Tür. Nach einigem Zögern klopfte der Wanderer an eins der Fenster, blickte natürlich zugleich in das Gemach und sah, daß er eine ganze seefahrende Familie sehr erschreckt habe. Ein halbes Dutzend Kinder drängte sich schüchtern um eine mütterlich aussehende Frau, ein alter, weißhaariger Mann sah von einer großen, aufgeschlagenen Bibel verwundert in die Höhe, ein jüngerer Mann in hohen Schifferstiefeln hatte sich von seinem Stuhl erhoben, und nur ein uraltes Mütterlein spann ruhig am Ofen fort.

„Wer will da was?" rief der jüngere Mann in seiner Mundart. Er öffnete das Fenster, und Hans grüßte sehr höflich, indem er seine Frage nach dem Gutsherrn an den Mann brachte. Nicht sehr höflich erwiderte der Fischer den Gruß, aber sehr dienstfertig zeigte er sich und erschien sogleich vor der Tür seines Hauses, um den Fremden zurecht zu weisen. Mit seiner kurzen Pfeife im Munde setzte er sich, ohne ein Wort weiter zu verlieren, in Bewegung und trabte, ohne sich nach dem Fremden umzusehen, in die Nacht hinein. Um manche Hausecke bog er, und über manchen Gegenstand, der im Wege lag und den er recht gut kannte, Hans Unwirrsch aber nicht, trat er weg. Stolpernd, zwischen Fallen und Aufstehen, folgte ihm der Kandidat und fühlte sich sehr erleichtert, als sein biederer, aber wortkarger Führer, nachdem der Weg ein wenig hügelauf geführt hatte, plötzlich stehen blieb und, wahrscheinlich mit der Pfeifenspitze, auf eine unregelmäßige Schattenmasse deutend, sagte:

„Da!"

„Wo?" fragte Hans, allein seine Frage verhallte in der Nacht, und nur die See gab Antwort darauf, aber eine ungenügende. Der Führer in den Schifferstiefeln hatte seine Pflicht getan und hatte sich umgedreht, wie ein Freudenstädter beim Klange der Eßglocke. Er war abgetrabt ins Dunkle mit seiner Pfeife und seiner bunten Zipfelmütze, und kein Hallo und Holla brachte ihn zurück.

Vorsichtig tastete Hans seinen Weg gegen die nächtlich schwarzen Massen, auf die des meerkundigen Mannes Pfeifenspitze gewiesen hatte. Er geriet richtig vor ein großes, aber geschlossenes Hoftor mit der Stirn, und ein Hundegebell, wie die Welt es noch nicht gehört hatte, brach los, als er den Klopfer fand und ihn gegen die eichenen Bohlen fallen ließ. In allen Tonarten machte das entrüstete Vieh sich Luft; und ein Mann, der etwas auf seine Waden hielt, durfte mit Unbehagen dem Konzert horchen.

Nach einigen Minuten bänglichen Harrens fuhr jemand mit der Peitsche unter die vierbeinigen Randalisten, die nunmehr zu heulen anfingen. Es fluchte jemand gräßlich, und ein schwerer Schritt näherte sich dem Tor. Der Riegel rasselte, das Schloß kreischte, Lichtschein fiel in die Nacht hinaus, aber es war zweifelhaft, ob dieses Licht von der Laterne oder von der Nase ihres Trägers ausging. Gleich einer Königin im Purpur saß die Nase in dem verwetterten Gesicht, welches jetzt aus dem Hoftor blickte und den Kandidaten Unwirrsch in der Dunkelheit suchte.

„Werda?" schnarrte eine Stimme, die ganz zu der Nase paßte. „Kein Gottesgeschöpfe zu sehen? doch — da — hierher, Mann, was soll's? wo juckt's Euch? was beliebt dem Herrn?"

Hans gab kund, wer er sei, und wie er auf Wunsch und Befehl des Herrn Obersten von Bullau und des Herrn Leutnant Götz hier erschienen sei und angeklopft habe.

„Warten! rapportieren!" sagte der Mann mit der Laterne und schlug die Tür dem Kandidaten vor der Nase zu. Von neuem erhoben die Hunde ihre Stimme, und Hans fand den Empfang zum mindesten ungewöhnlich. Die Zeit wurde ihm sehr lang während der folgenden Minuten. Aber nun ließen sich jenseits der Mauer und des Tores mehrere Stimmen vernehmen, abermals wurde die Pforte aufgerissen, abermals hielt der Mann mit der glühenden Nase seine Laterne in die Nacht hinaus, und der Oberst von Bullau im grünen, bepelzten Jagdrock und in hohen Wasserstiefeln griff zu, faßte den Kandidaten, zog ihn ins Tor und rief:

„Richtig, er ist's mich! bei Nacht und Nebel! — Mann Gottes, das gefällt mir gar nicht übel, — herein mit Euch. Willkommen in Grunzenow, wo kommt das Menschenkind so spät her? wie seid Ihr gekommen? zu Fuß, zu Wagen, oder auf einem Besenstiel?"

Hans berichtete kurz, wo er den Wagen verlassen habe, und in dem nämlichen Augenblick vernahm man das Rollen desselben im Dorfe.

„Sehr schön", rief der Oberst, „herein mit Euch, Kandidate! Grips sorge für die Karete im Dorf! Marsch, mein Söhnchen, der Leutnant hüpft in seinem Stuhl wie auf einem Senfpflaster. Ihr seid mir ein schöner Hahn, Herr Kandidate, der Alte hat's gut mit Euch im Sinne, er wird Euch schön den Text lesen."

Über den, wie es schien, ziemlich umfangreichen Hof führte der Oberst von Bullau seinen Gast in das Haus, Schloß oder Kastell von Grunzenow, in dem es dann auch wild genug aussah. Die Dienerschaft, die in der großen steinernen Halle erschien, hätte dem Jean in der Parkstraße jedenfalls unsägliches Entsetzen in die zarten Knochen gejagt, denn grimmige Kerle waren es. Jagd- und Fischergerätschaften aller Art hingen an den Wänden, und hier und da dazwischen ein altes Porträt längst vermoderter männlicher oder weiblicher Bullaus. Hunde waren im Überfluß vorhanden, sie lagen, gähnten und knurrten in der Halle, sie sahen aus geöffneten dunkeln Türen, sie schlichen hinter dem Kandidaten Unwirrsch die Treppe hinauf. Und eine solche Treppe hatte Hans auch noch nicht gesehen. Man hätte hinauf reiten können, und es ging die Sage, daß ein Bullau des Dreißigjährigen Krieges das Stücklein wirklich ausgeführt habe. Des Obersten dröhnender Baß rollte durch den Korridor und erweckte die Echos des Hauses Grunzenow bis in die tiefsten Keller.

„Hurra, Götz, wir haben ihn, er ist's wirklich, aber mager und gelb wie ein getrockneter Flunder und knielahm wie ein Gaul mit der Flußgalle! Tillenius, hier ist der Kollege Schwarzrock; wenn's jetzt kein Leben auf Grunzenow geben wird, so mag der Teufel dazwischen fahren, ich geb's auf!"

Eine Tür wurde von einem Gesellen aufgerissen, der, wie alles in diesem Hause, ein Drittel Seemann, ein Drittel Förstersmann und ein Drittel Kriegsmann zu sein schien. Ein Schub von der Hand des Obersten beförderte den Gast in die Mitte des Gemaches, wo der Leutnant Rudolf Götz und ein greiser geistlicher Herr vor einem mit Karten und Gläsern bedeckten Tisch saßen.

„Da ist er!" rief der Leutnant, den Versuch machend, sich aus seinem hochlehnigen Sessel zu erheben.

Mit einem Schmerzensseufzer sank er zurück, seine Beine waren in Kissen und Decken wohlverpackt, und sein linker Fuß ruhte schwer auf einem niedern Schemel. Der Leutnant hatte sich sehr verändert, er war viel älter geworden in kurzer Zeit, und Hans mußte wohl über sein Aussehen erschrecken.

„Wie geht es meinem Kinde, meinem Fränzchen?" rief er mit zitternder Stimme. „Ich will es wissen, ich will es wissen!" schrie er und schlug heftig mit seinem Krückstock auf den Boden. Der Pfarrer von Grunzenow, Ehrn Tillenius, erhob beschwichtigend die Hände.

„Ja, ja, ich will es wissen!" schrie der Leutnant. „Hier sitze ich Jammermann und lasse mir von der Sorge das Herz abfressen; — gib mir deine Hand, Hans, — so, nun heraus mit allem, was in dir steckt!"

Hans Unwirrsch stand vor Schmerz auf einem Beine, — wenn die Füße des Leutnants noch gelähmt waren, so konnte man das von seiner Faust nicht mehr behaupten; dieser Griff hatte nichts, gar nichts mit dem Chiragra zu schaffen. Wenn der Kandidat auch nicht mit der Absicht, alles zu sagen, was er wußte, nach Grunzenow gekommen wäre, so hätte er unter diesem eisernen Griff doch beichten müssen, und zwar alles, was der Leutnant verlangen mochte.

Glücklicherweise hielt der Konfrater es für seine Pflicht und Schuldigkeit, dem jungen Amtsbruder zu Hilfe zu kommen.

„Aber Leutnant", sagte er, „seid doch kein Wüterich. Welch einen Randal Ihr macht! laßt doch den jungen Herrn zu Atem kommen! und Hunger und Durst wird er auch haben. Alles der Reihe nach; Oberst, Ihr könnt mich auch dem Herrn Kandidaten vorstellen, — alles der Reihe nach."

„Ja, alles der Reihe nach, Pastor, Ihr habt recht!" rief der Oberst von Bullau. „Also Herr Kandidate, mir kennt Ihr von die Neuntöttersch her, den Leutnant kennt Ihr auch, und hier habt Ihr unseren Feldprediger und Freund in diesem Leben und

279

unsern Trost fürs andere, Josias Tillenius, derweilen mein Pastor in Grunzenow, ein Mann, geschickt in vielen Dingen und welcher es mit jedem Superndenten aufnehmen kann. Also — Ehrn Josias Tillenius — Ehrn Hans Unwirrsch und umgekehrt Nun gebt Euch einen Kuß; da ist Grips mit dem Rapport aus der Küche."

Einen Kuß gaben sich die Theologen zwar nicht, aber die Hände schüttelten sie einander herzhaft. Das Äußere des Grunzenower Pastors gefiel dem Kandidaten recht wohl — „und zweiundachtzig Jahre ist der Mann alt; sehen Sie es ihm an?" sagte und fragte der Oberst.

Auf festen Füßen stand der alte Josias; seine Augen waren noch scharf und klar, ein wenig rötlich schimmerte freilich sein Gesicht, aber die Haare waren desto weißer. Ein echter Schifferpastor war dieser alte Josias Tillenius und konnte schon einen tüchtigen Sturmwind aushalten; er paßte ganz zu dem wetterfesten Oberst von Bullau und dem Leutnant Rudolf Götz. Es war ein Kleeblatt, wie man selten ein ähnliches unter einem Dache beisammen finden konnte, und die Wirtschaft war auch sonderbar und toll genug.

Nun setzte Grips, das Faktotum, nachdem die Spielkarten beiseitegeschoben worden waren, einen Rindsbraten auf den ungedeckten Tisch, stellte andere Schüsseln daneben und klapperte unbeholfen, aber gastesfroh mit Tellern, Messern und Gabeln. Alle anwesenden Hunde hoben die Nasen so hoch als möglich.

„Fallt zu!" kommandierte der Oberst. „Ruhe im Glied, Rudolf! der Bursch schießt mich nicht eher los, bis er geladen hat. Schiebe den Flaschenkorb heran, Grips, und fülle die Gläser . . . Herr Kandidatus Unwirrsch, ich heiße Ihnen willkommen auf Hof Grunzenow, tun Sie mich ganz, als ob Sie zu Hause wären, zieren Sie sich nicht, und ein langes Leben und gute Gesundheit — Prosit!"

Trotz seiner Fahrt und seines Marsches hatte Hans so wenig Appetit wie der Leutnant Götz, dem er gegenüber saß und der ihn nicht aus den grollenden Augen ließ. Die beiden andern Strandbewohner sprachen jedoch den guten Dingen auf dem Eichentisch mit Behagen zu, und die Hunde erhielten die Knochen. Grips räumte sodann den Tisch ab und brachte die Pfeifen der Herren.

„Nun der Reihe nach", sagte der Oberst. „Kandidatus der Gottesgelahrtheit Unwirrsch, wo steckten Sie, als ich Ihnen in Ihrem

Neste vergeblich aufsuchte und mich die Schienbeine auf Ihrer Treppe zerstieß?"

„Ich befand mich in meiner Heimatstadt, wo ich meine beiden letzten Verwandten begrub", antwortete Hans.

„Hm!" brummte der Oberst, eine dichte Rauchwolke ausblasend; der Leutnant aber legte die Pfeife nieder und sagte:

„Wen haben Sie verloren, Unwirrsch?"

Hans gab einen kurzen Bericht von dem Tode und dem Begräbnis der Base Schlotterbeck und des Oheims Grünebaum. Aufmerksam hörten die drei alten Knaben von Grunzenow zu und schüttelten bedächtig die Häupter. Nach Schluß des Berichtes sagte der Oberst:

„Ich glaube, Rudolf, daß er in diesem Punkte entschuldigt ist, weil er seinen Posten verlassen hat."

„Auch meine Meinung!" sagte der Pastor. „Ehre Vater und Mutter —"

„Base, Oheim und die übrige Sippschaft", fiel der Oberst ein, „auf daß es dir wohl gehe et ceterum. Vorwärts, Leutnant, inquiriere mich ihn weiter, das Gros steckt noch im Defilé."

„O Unwirrsch", rief der Leutnant Götz kläglich, „ich habe mich in Ihnen getäuscht, ich habe mich sehr in Ihnen getäuscht. Weshalb hatte ich Sie mit so vieler Mühe in das Haus meines Bruders — meiner Schwägerin hineingebracht? Ich konnte es Ihnen doch nicht unter die Nase reiben, daß Sie mir auf mein Fränzchen, mein armes Fränzchen, achten helfen sollten. Was haben Sie getan? was haben Sie mir da genützt? Sie haben den Wolf in das Haus gelassen, ohne mir Nachricht davon zu geben, und dann haben Sie sich ohne jede Gegenwehr fortjagen lassen und haben den Staub von Ihren Schuhen geschüttelt. Ich hielt Sie für einen guten, harmlosen Gesellen, an welchem das Fränzchen eine Stütze und einen Trost finden könnte, aber Sie haben sich schier noch mehr mißhandeln lassen als das Fränzchen. Sie sind mir ein schöner Patron! Hier sitze ich auf meinem Marterstuhl und höre von gar nichts, und das Kind schreibt mir ihre armen lieben Briefe und lügt darin wie gedruckt; das ganze Leben im Hause ihrer Tante ist wie ein einziges Christfest; — zum Henker, eine schöne Bescherung ist's in der Tat! Drei Millionen blaue Teufel, Herr, habe ich Ihnen nicht schon damals in Windheim gesagt, daß Ihr Freund, den Sie so herausstrichen, eine Kanaille sei? Wie konnten Sie es dulden, daß er mit meinem Fränzchen dieselbe Luft in demselben Hause atmete? Die Gicht soll mir auf der Stelle in den Magen steigen, wenn das nicht das

Schlimmste ist, was mir passieren konnte. Und sie hat es ertragen und wird nur im stillen geweint haben, und ich armseliger Tropf muß hier fest liegen und erfahre nicht das geringste davon, und dieser Herr konnte sich einen Gotteslohn um das Fränzchen und mich erwerben, wenn er bloß das Maul aufsperrte und gleich einem Mann auftrat. Bewahre, er läßt Gott einen guten Mann sein, — wozu hat er auch sonst Theologie studiert? Was geht's ihn an, was aus der bettelhaften Nichte des alten, abgedankten, verschollenen Bettelleutnants wird? Als die Blase platzt, und der Jude mit dem saubern Fräulein Kleophea durchbrennt, da salviert sich natürlich auch mein Herr Präzeptor, und durch eine alte Zeitung erfährt der Leutnant Götz zu Grunzenow von dem, was im Hause seines Bruders vorgegangen ist; es wird's keiner glauben, dem ich es nicht auf mein Ehrenwort versichere. Das Fränzchen schreibt einen Brief voll Tränenflecke, Gedankenstriche und Kleckse und meldet, der Onkel Theodor befinde sich nicht wohl — was ich wohl glaube! — die Tante — zum Teufel mit ihr! — die Tante halte sich meistens in ihrem Zimmer eingeschlossen, und der Herr Kandidat Unwirrsch habe gleich nach Kleopheas Eskapade das Haus verlassen. Und ich liege hier wie ein Klotz und kann dem armen Wurm, meinem Fränzchen, nicht zu Hilfe kommen, zapple mich ab, bis es dem Obersten zu viel wird, und er das Elend nicht mehr mit ansehen kann. Also packt er auf und rückt bei Nacht und Nebel auf Kundschaft aus; als er dann wieder auf den Hof reitet, schüttelt er einen leeren Sack aus. Sie haben ihn fein abgeführt vor der Haustür der Geheimen Rätin Götz, und die Neuntöter haben nur das gewußt, was die ganze Stadt wußte, und der Kandidat Unwirrsch —"

„War nicht zu Hause", sagte der Oberst.

„Ja, er war nicht zu Hause, aber jetzt haben wir ihn hier fest, und ausquetschen will ich ihn wie eine Zitrone!" schrie der Leutnant. „Sage für dich, was du zu sagen hast, Hans Wischlappen. Du hast mich aussprechen lassen und sollst wenigstens auch aussprechen."

Hans sah von einem der drei Insassen des Hauses Grunzenow auf den andern, und so sehr es ihn auch drängte, seinem Herzen Luft zu machen, so konnte er doch durchaus keinen Anfang finden.

Der Pastor Tillenius nahm nunmehr seine Pfeife aus dem Mund und sprach:

„Wäre es nicht besser, wenn der Herr Kollege dir seine Enthüllungen privatim machte, Götz? Wenn man die Sache von der rechten Seite betrachtet, so scheint's mir, daß der Oberst und ich ziemlich überflüssige Beisitzer in diesem Falle sind."

„Nein, nein", rief der Leutnant. „Ihr beide kennt diese Verhältnisse so gut wie ich selbst. Ich habe euch oft genug meine Jammerlieder darüber vorgesungen; ihr bleibt hier und hört an, was der Herr Kandidat zu sagen hat; ich jetziger Krüppel kann ohne euren Rat und eure Hilfe ja doch nichts tun."

„Gebe er dem Herrn Leutnant einen Fidibus, Grips", sagte der Oberst. „Und dann schere er sich zum Tempel hinaus. Vorwärts!"

„Marsch!" kommandierte Grips sich selber und marschierte ab.

„Herr Leutnant", hub der Kandidat Unwirrsch an, „ich wußte es, daß Sie in ähnlicher Weise zu mir sprechen würden. Ich habe mich auf dem ganzen Wege hierher damit getragen, und habe es auch tief bedacht, was ich Ihnen erwidern könnte. Ach, Herr Leutnant, dieses Jahr ist das schwerste meines Lebens gewesen, und Sie, Herr Leutnant, Sie haben mich hineingestoßen in alle Wirbel und Wirrnisse, mit denen ich kämpfen mußte, mit denen ich noch kämpfe. Ich bin Ihnen zufällig auf der Landstraße begegnet, und Sie haben Gefallen an dem armen, unerfahrenen Studenten gefunden; Sie haben später den ebenso unerfahrenen Hauslehrer da vorgeschoben, wo Sie selber nichts vermochten. Sie haben wenig daran gedacht, was aus mir werden würde. Sie wollten um Ihrer Nichte willen einen Vermittler zwischen sich und das Haus Ihres Bruders stellen, und wenn dieses Mittelglied die ihm zufallende Rolle vielleicht gar nicht ahnte, so war das um so besser. Ach, Herr Leutnant, wir sind beide nicht zu Diplomaten gemacht, wir haben nicht das geringste am Lauf der Dinge geändert, und das Schicksal hat böse Geister aufsteigen lassen, an die keiner von uns beiden gedacht hat. Sie haben mir vorgeworfen, Herr Leutnant, daß ich dem Doktor Theophile Stein nicht entgegengetreten sei; das ist zum größten Teil Ihre Schuld, denn Sie haben mir meine Rolle gegeben, ohne sie mir zu deuten, und haben mich in fremde Verhältnisse geschoben, ohne die meinigen zu kennen. Bei unserm ersten Begegnen sprachen Sie harte Worte über denjenigen, welcher sich später Theophile Stein nannte, aber was Sie dazu trieb, haben Sie mir nicht erklärt. Und jener war mit mir aufgewachsen und erzogen; ich hielt ihn für meinen Freund und konnte ihn nicht auf das flüchtige Wort eines Fremden hin verleugnen, zumal, da er fern war und sich nicht verteidigen konnte. Als ich erkannte, daß er falsch, treulos, ein Egoist und Verächter des Göttlichen und Menschlichen sei, habe ich ihn aus meinem Herzen gerissen, und sein Name ist ein leerer Schall für mich geworden. Schwer, schwer habe ich für meinen Glauben an ihn gelitten. Sie, Herr Leutnant, tragen die Schuld daran, daß mich das Fränz — Ihre Nichte für ebenso falsch und heuchlerisch wie den Moses Freudenstein halten mußte. Sie haben mich elend und unglücklich über alles Maß gemacht, denn Sie hatten mich in eine Lage gebracht, in der ich mich nicht verteidigen konnte, in der ich es dem Zufall überlassen mußte, den stummen, trüben Vorwurf der Gemeinheit und Treulosigkeit von mir zu nehmen. Wie ich in dem Hause Ihres Bruders gelitten habe, kann ich nicht sagen; Sie aber sind gewiß nicht berechtigt, mehr Rechenschaft von mir zu verlangen, als ich Ihnen geben will."

In dieser Rede zeigte Hans Unwirrsch aus der Kröppelstraße, daß seine Lehrjahre nicht nutzlos vorübergegangen waren. Er stand wie ein Mann vor dem Leutnant Rudolf Götz, und der Eindruck seiner Worte auf diesen sowohl, wie auf die beiden andern Herren war merkwürdig und dem Sachverhalt angemessen.

Jetzt hatten alle drei ihre Tonpfeifen weggelegt und starrten auf den Redner, wie auf etwas ganz und gar Neues.

Der erste, der sich von seiner Verwunderung erholte, war der Oberst von Bullau.

„Potz Blitz, Rudolf", rief er, „da rieche drauf! Davon kannst du mich manches gebrauchen und in die Tasche stecken. Tillenius, Mann, nächsten Sonntag soll dieser Jüngling uns eine Predigt halten. Donner und Wetter, Herr Kandidate, das geht Sie ja recht glatt ab, und ich glaube, einigemal haben Sie den Nagel richtig auf den Kopf getroffen. Alert, Götz, so was kann nicht ungerochen hingehen! — was hast du ihm nun wieder drauf zu antworten, Kamerade?"

Der Leutnant zog einen Seufzer aus seinem tiefsten Innersten hervor und sagte, ohne den gesenkten grauen Kopf emporzuheben:

„Ich will mit Wissen keinem Menschen ein Unrecht antun, und wenn es mir doch passiert ist, so will ich ihn gern um Verzeihung bitten. Jetzt bin ich wirblig und konfus im Kopf und muß mich erst besinnen auf das, was ich noch zu sagen habe. Gib mir die Hand, Hans, und erzähle mir morgen genau, wie es dir in meines Bruders Hause ergangen ist, du wirst mit einem alten, kranken Burschen Geduld haben; — o das Fränzchen! mein Fränzchen!"

Hans ergriff mit tiefer Rührung die jetzt so zitternde Hand, die ihm entgegengestreckt wurde. Er drückte sie heftig, — er hatte ja dem Alten noch so viel zu sagen. Er hatte ihm zu sagen, daß er ihm auf den Knieen danken müsse für all die Unruhe, Sorge, all den Zwiespalt, Kummer und Schmerz, die er auf seine Seele geladen habe. Er hatte ihm zu sagen, daß er, der hungrige Hans Unwirrsch, seinen schönsten, edelsten Hunger, sein schönstes, edelstes Sehnen ihm, dem alten, treuen Eckart, Rudolf Götz, verdanke. Er hatte ihm soviel von sich und dem Fränzchen zu erzählen, aber es ging gleichfalls noch nicht an; der Augenblick dazu war noch nicht gekommen.

Der Schifferpastor Tillenius sah kopfschüttelnd auf den Leutnant, der dem Augenblick und der Gesellschaft gänzlich entrückt zu sein schien; dann sagte er zu Hans:

„Sie werden von Ihrer Reise müde sein, Herr Amtsbruder. Grips soll Ihnen Ihr Zimmer anweisen. Ich hoffe, wir werden gute Freunde, wenn Sie länger hier verweilen. Der Wind, der über die See kommt, macht die Haut hart und rauh; aber dem inwendigen Menschen kann er weniger anhaben, als man glaubt. Geben Sie mir Ihre Hand zur guten Nacht; ich will auch heim in mein Nest. Sie schlafen ja wohl zum erstenmal beim Rauschen des Meeres? — geben Sie Achtung auf Ihre ersten Träume: es ist ein eigen Ding, sich von den Wellen in den Schlaf singen zu lassen."

„Schlaft wohl, Tillenius", rief der Oberst. „Ich empfehle Euch Eurer Haushälterin. Nehmt einen Kerl mit einer Laterne vom Hofe mit, und haltet Euch rechts bei dem Graben; — Vorsicht ziert den Mann, selbsten wo er den Weg schon seit vierzig Jahren kennt."

„Gute Nacht, Rudolf", seufzte der alte Pfarrer, dem Leutnant sanft die Hand auf die Schulter legend. „Richte den Kopf auf, mein Alter; morgen gibt's einen heitern Tag."

„Wir wollen es wünschen!" sagte Götz. „Grips, rolle mich in mein Loch. Gute Nacht, ihr Herren! gute Nacht, Hans Unwirrsch, mein Junge; du hast mir eine harte Nuß mit ins Bett gegeben. Halte dich selber an das Wort des Pastors und laß dich sanft in den Schlaf singen."

Ehrn Josias Tillenius, der Pfarrer von Grunzenow, war abgehumpelt; Grips hatte den Leutnant Götz in seinem Rollstuhl zur Tür hinausgeschoben; jetzt griff der Oberst von Bullau ein Licht von der Tafel auf und sagte:

„Ich werde Sie selber Ihr Zimmer zeigen, Herr Kandidat; nochmalen heiße ich Ihnen von Herzen willkommen auf Grunzenow. Wenn's Ihnen etwas wüste scheint, so nehmen Sie's nicht für ungut, wir leben hier wie im Felde und halten uns das Weibervolk soviel als möglich vom Leibe. Also gucken Sie mich nicht zu genau in die Ecken, 's ist eine Wirtschaft von Kriegsleuten und Mannsleuten.

Hans Unwirrsch folgte dem Kastellan von Grunzenow durch den langen gewölbten Korridor in das Gemach, das er bewohnen sollte. Der Oberst setzte das Licht auf den Tisch, schüttelte seinem Gast nochmals die Hand, und Hans war allein. Er horchte, wie der schwere soldatische Schritt seines braven Wirtes verhallte, er horchte, wie noch mehrmals Türen in der Entfernung krachend zugeschlagen wurden; er horchte nach dem Fenster hin, fuhr mit der Hand über die Stirn und sah auf und umher, doch nicht in die Ecken, wie es ihm der Oberst geraten hatte.

Das Zimmer war nur auf das Notwendigste eingerichtet, die Stühle, der Tisch, der Schrank von dunklem Eichenholz hätten ein modernes Haus wahrscheinlich zum Einsturz gebracht; von den Wänden hingen Fetzen einer uralten Ledertapete. Das Bett war von spartanischer Einfachheit; aber auch in diesem Gemach verbreitete ein uralter holländischer Ofen eine wohltuende Wärme. Auf dem Tischchen neben dem Bett stand zum Nachttrunk eine Flasche Bordeaux, die jedoch der Herr Kandidat mit Abneigung betrachtete. Er schritt zu den Fenstern und fand zwischen beiden eine Tür, die auf einen kleinen Balkon führte, der mit einer kugelfesten Brüstung von Stein umgeben war. Im kalten, schneidenden Nachtwind stand er, bezaubert von dem, was er sah, und was er hörte. Zur Linken lag das schweigende Dorf, in welchem jetzt kein Licht mehr glimmte; vor ihm dehnte sich der kahle Strand, über den sich in den letzten Abendstunden eine leichte Schneedecke gelagert hatte, und der sich im weiten Bogen im Dunst und Nebel verlor. Über Dorf und Strand aber hinaus bewegte sich das Meer, beleuchtet vom Monde, der, verschleiert vom Gewölk, sich dem Untergang zuneigte.

Dann verging diese erste Nacht, die er in dem alten Herrenhause verbrachte, ruhiger, friedlicher und stiller, als er geglaubt hatte. Er hörte das Meer in den tiefsten Schlaf hinein; aber er hörte es nicht dräuend und Unheil verkündend. Die Geister der Wasser verliehen ihm keinen klaren, bestimmten Traum, wie es ihm der Pastor Tillenius verheißen hatte. Als er erwachte, war es Morgen, und was ihn weckte, war nicht der Wogenschlag an Fels und Düne, sondern Grips, der mit der Faust an seiner Tür trommelte und dienstlich meldete, daß das Frühstück auf dem Tische stehe.

Dreißigstes Kapitel

Wochen gingen nun vorüber, in denen der Kandidat Unwirrsch das Meer, das Dorf Grunzenow, den Oberst von Bullau und den Pastor Josias Tillenius genauer kennen lernte, und in denen er dem Leutnant Rudolf Götz hundert und aber hundert Fragen zu beantworten hatte. Bis in die kleinsten Einzelheiten gab er dem Alten Bericht von seinem Hauslehrertum im Hause des Geheimen Rates Götz, und verschwieg ihm nichts, als das, was sein eigenstes hohes und teures Geheimnis war, und über welches er bis jetzt mit keinem andern Menschen sprechen konnte und mit sich selbst kaum zu sprechen wagte. Er erzählte aber dem Leutnant doch so viel von dem Fränzchen, als er immer verlangen mochte. Es war ein unerschöpfliches Thema, und dem invaliden Krieger ging oft vor Rührung die Pfeife darüber aus; aber weder der Leutnant Rudolf noch Hans wußten zu sagen, wie man dem Kinde helfen könne, da es den Onkel Theodor nicht verlassen wolle. Der Oberst und der Pastor wußten auch keinen Rat bei so bewandten Umständen; sie schüttelten nur die Köpfe, und dadurch ist nur selten ein Ding besser geworden in der Welt.

Die Alten sind übrigens in solchen Umständen schlimmer daran als die Jungen. Obgleich Hans Unwirrsch so wenig Rat wußte als der Leutnant, so konnte er doch mit der Hoffnung auf die Zukunft am Ufer des Meeres spazieren gehen; während die Gedanken des alten Invaliden, die sich am höchsten erhoben, immer nach kurzem Fluge auf dem kleinen Kirchhofe niedersanken, auf welchem die Leute von Grunzenow ihre eigenen Toten und die fremden, die das Meer ihnen an den Strand trieb, begruben.

Hans Unwirrsch lernte das Meer in den verschiedenartigsten Stimmungen kennen; er sah es in der Ruhe und sah es im Zorn; er sah es — in tristitia hilaris, in hilaritate tristis. Wie ein Kind griff er nach dem bunten Spielzeug, dessen die See überdrüssig geworden war; er sammelte Muscheln, aber er sammelte auch Gedanken. Der Oberst von Bullau machte ihn mit der Natur des wilden Erdstriches bekannt; der Pfarrer Tillenius lehrte ihn die Menschen kennen, welche diese öde, unfruchtbare Scholle bewohnten, nur von dem lebten, was sie der See abrangen, und die der stete, harte, gefahrvolle Kampf mit dem grimmiglaunischen Element so ernst, schweigsam, rauh und ausdauernd machte.

In dem Pastorenhaus wurde der Kandidat ein täglicher Gast; er fand daselbst einen sehr alten und einfachen Haushalt unter der Leitung einer ebenso alten Haushälterin. Er fand den alten Josias sehr in Tabaksdampf gehüllt, sehr in seinem Schlafrock verwickelt, eifrigst uralte Folianten nach uralter Theologie durchwühlend, um, wie er sagte, „im Gange" zu bleiben. Der Greis hatte viel gesehen und erlebt in seiner Jugend, da er als Feldprediger mit gegen die Franzosen auszog im Jahre Siebenzehnhundertdreiundneunzig. Er war ein ehrlicher, guter Mann, der es wohl meinte, und der jedem Menschen, vor allem jedoch dem Patronatsherrn von Grunzenow, gefallen mußte. Bullau und Tillenius hatten zusammen an einem Wachtfeuer gelegen; sie rückten nachher an einem Feuerherde zusammen. Der Gutsherr fühlte sich so behaglich an dem Ofen im Pfarrhause, wie der Pastor an dem des Gutshofes, und der wandernde Leutnant Rudolf Götz vervollständigte das Kleeblatt und die Behaglichkeit und wurde sehr vermißt, wenn ihn sein unruhiges Blut in die Weite getrieben hatte. Der Oberst verließ seinen Stammsitz am Meere nur, um von Zeit zu Zeit den Neuntötern in ihrem Nest im Grünen Baum einen Besuch abzustatten; Josias Tillenius aber hatte in dieser Beziehung schon längst mit der Welt abgeschlossen. Wenn die beiden Freunde nicht anwesend waren, genügten ihm die Leute des Dorfes, der Anblick der See, seine Pfeife und seine Erinnerung; wenn sie wiederkehrten, genügte ihm das, was sie von dem fernen Weltgetümmel zu erzählen wußten. Ein beschaulicherer Philosoph und Pastor hatte noch niemals am Meer in seiner Studierstube gesessen und Weisheit gelernt aus dem einförmigen Rauschen der Wellen. Wie in einen Spiegel sah Hans Unwirrsch in das Leben dieses Greises, den seine Kollegen weiter hinten im fetten, fruchtbaren Lande den „Hungerpastor" nannten und ihm somit denselben Namen im Ernst gaben, welchen der Doktor Theophile Stein einst im Salon der Geheimen Rätin Götz seinem Jugendfreunde im Scherz beigelegt hatte.

„Mein lieber Sohn", sagte der Alte, „ich bin ein ungelehrter Mann; und wenn ich heute aufgerufen würde, mein Examen vor dem hochehrwürdigen Konsistorio zu bestehen, so würde man mir wohl nicht erlauben, Gottes Wort hier am Wasser zu predigen. Die Bücher dort machen mir Kopfweh und viele Sorgen; ich bin ihnen nicht gewachsen, und wenn ich den Kampf gegen sie aufnehme, so ziehe ich regelmäßig den Kürzern. Es ist auch so lange, lange her, als ich auf der Schulbank saß, und ich bin allmählich ein solch alter Bursch geworden, daß es gar kein Wunder ist, wenn ich mich verhaspele, und wenn mir der Atem entgeht. Ich bin da stecken geblieben in der Wissenschaft, wo andere erst anfangen, und als ich Zeit gewann zum Lernen, da hatte mich das wilde Leben allbereits untauglich dazu gemacht. Ich habe alle Begeisterung, Sturm und Drang, so der Mensch fühlen kann, in meinem Herzen gefühlt; ich habe aber auch allen Menschenjammer gesehen und in mir gespürt. Nun fahren mir die Erinnerungen immerdar zwischen die Buchstaben und Zeilen, stellen dem Aufmerken ein Bein, schütteln die Gedanken durcheinander, und es ist keine Abhilfe, als daß ich herauswakkele aus dem Loch und auf irgendeiner Ofenbank oder einer Bank vor der Hüttentür im Dorfe Posto fasse; oder den Möwen zusehe, die um den Strand fahren oder über die Wellen schießen. Sehet, Herr Kandidat, Ihr seid ein junger Mensch und fallet dazu in eine ganz andere Zeit, aber es gleicht sich manches auf Erden, was es nicht glaubt. So ist es mit unsern Wegen in der Jugend. Der meinige ist durch grimmiges Wetter, Mord und Tod gegangen, der Eurige gehet in der Stille fort; aber auf diesen verschiedenen Wegen haben wir viel gleiche Gedanken gehabt, und wenn Ihr, Herr Kollege, einmal so alt wie ich geworden seid: wer weiß, ob dann die Ähnlichkeit nicht noch viel größer ist. Wir haben uns beide recht gesehnt auf unserm Wege: nach dem Wissen, nach der Welt, nach der Liebe. Mir hat der Krieg die Bücher aus der Hand geschlagen, und die Welt habe ich gesehen, aber zerstampft von Mann und Roß und Wagen und übergossen mit rotem Blut und geschändet von der Brandfackel; meine Liebe aber (hier lüftete der Alte das schwarze Käppchen), meine Liebe, — nun, deren sterbliches Teil habe ich begraben dahinten im Lande auf einem grünen Kirchhof; es ist lange her. Nun sehne ich mich nach Ruhe, und der Liebe unsterbliches Teil wird mir den Tod süß machen, wie es mir das Leben sanft und alle Arbeit gering und leicht gemacht hat. Sie haben wohl recht dahinten im Lande, wenn sie mich den Hungerpastor nennen; ich habe großen Hunger gelitten im Leben; nun der Tag sich neiget, danke ich dem Herrgott in Demut dafür. Erst am Abend erfährt der Mensch so recht, was ihn unter den Mühen des Tages aufrecht erhalten hat. Ihr seid jung, Herr Konfrater, und seid einen stilleren Weg gewandelt als ich; aber auch auf einem kurzen und stillen Wege kann man viel erfahren. Euch hat nicht eine wilde Zeit von den Büchern weggerissen; es hat Euch niemand gehindert, Euren Durst nach dem Wissen zu stillen, und wenn Ihr auch nicht vom Werk abgelassen habt und nicht von ihm ablassen könnt, so habt Ihr doch das Glück und die Ruhe nicht darin gefunden. Und Euer Sehnen in die weite Welt, in der Menschen buntes Spiel und Treiben hat auch Euch hinausgetrieben, — Ihr habt wohl Stoff gesammelt zu vielen schönen Predigten; aber — ein traurig Wesen war's doch. Ihr habt Euren Jugendgenossen in seinem Hunger seinen Weg gehen lassen; Ihr habt sonst Kleinliches und Nichtiges gesehen und erfahren; der Tod hat Euch die letzten Verwandten genommen, und was der eine Mensch leicht trägt und abschüttelt, das wird dem andern Menschen zu einer schweren Last, die ihn zu Boden drückt, und die er nicht von sich werfen kann. Du hast das Recht, betrübt zu sein, Johannes, obgleich du nicht von den Schlachtfeldern der Menschheit kommst, und nicht von dem Grabe der Braut; — — soll ich nun von dem letzten Sehnen, in welchem im Grunde jeglicher Hunger wurzelt, zu dir reden?"

Hans konnte nicht sprechen; er nickte nur und hielt in seiner Hand die Hand des Greises, aber der Pastor Josias Tillenius, der so schweren Kampf mit der Bibliothek seiner Vorgänger im geistlichen Amt zu Grunzenow kämpfte, und doch so viel, viel mehr wußte, als in all den halbvermoderten Scharteken zu finden war, — der Pastor Tillenius konnte seine Rede nicht zum Schluß bringen. Es klopfte jemand hastig an das Fenster; Grips mit seiner Laterne stand draußen im Schnee und kalten Abendwind und entbot beide geistliche Herren zum Gutshofe mit dem Anfügen: es müsse wohl etwas Absonderliches passiert sein in der Zeitung, denn der Herr Oberst und der Herr Leutnant seien in merkwürdiger Emotion, seit Christof mit ihr von Freudenstadt gekommen sei. Seit der Geschichte von Anno Fünfzehn habe er — Grips, so etwas nicht erlebt.

Fragend sahen sich Hans und der Pastor von Grunzenow an.
„Was mag es sein? was ist geschehen?"
„Es soll mich wundern", meinte Ehrn Tillenius. „Die beiden

alten Freunde treiben in ihrer Einsamkeit eine seltsame alte Soldatenpolitik, es wird jedenfalls irgendeine kriegerische Wolke an ihrem Horizont aufgestiegen sein. Es ist nur schade, daß die Zeitung gewöhnlich erst dann nach Grunzenow gelangt, wenn die Welt um acht oder vierzehn Tage älter und klüger geworden ist. Lassen Sie uns aber gehen, Johannes; ich bin gerüstet, und Geduld gehört im Grunde nicht zu den Haupttugenden der beiden Veteranen da oben."

Mit der Laterne schritt Grips gravitätisch den geistlichen Herren voran durch den Schnee. Es war ziemlich stürmisch, die See brauste gewaltig, der Schnee stäubte um die Wanderer und um die Hütten des Dorfes, — es war eine böse Nacht geworden. Hans befand sich in sehr erregter Stimmung, er konnte nicht glauben, daß es eine politische Neuigkeit sei, die auf Schloß Grunzenow angelangt war. Er hatte ein dumpfes Vorgefühl, daß etwas sich ereignet haben mußte, was auch von tief eingreifender Wirkung auf sein eigenes Leben war. Allerlei verworrene Gedanken und Fragen schossen ihm durch den Sinn, während er den alten Pastor Tillenius sorgsam durch den Schnee führte; aber den Gedanken, daß eine Nachricht aus dem Hause in der Parkstraße gekommen sei, wurde er nicht los, und es fand sich, daß dem so war. —

Die Hände auf dem Rücken, schritt der Oberst von Bullau in dem Gemache, welches wir bereits kennen, auf und ab. In seine Decken gewickelt, saß der Leutnant Rudolf Götz in seinem Rollsessel, und das Zeitungsblatt, das Christof von Freudenstadt gebracht hatte, lag vor ihm auf dem Tische.

Beide alte Herren waren sehr ernst; der Leutnant seufzte von Zeit zu Zeit tief und schwer, und der Oberst hielt von Zeit zu Zeit in seinem Marsche an, um kopfschüttelnd auf den Freund und Kameraden zu blicken. Er knurrte auch von Zeit zu Zeit mitleidig, der Oberst von Bullau, und brummte: „Na, na!" oder „Schwerenot!" oder „Kopf in die Höhe!" oder „Brust heraus!" oder dergleichen. Endlich blieb er sogar stehen, um sich durch ein herzhaftes „Kreuzhimmeldonnerwetter!" mit dem Zusatz Luft zu machen: „Wenn man die Popen braucht, so sind sie nie vor der Front zu haben!"

Es war ein Glück, daß einige Minuten später Grips den beiden geistlichen Herren die Tür öffnete.

Der Leutnant Götz sah auf, und Hans Unwirrsch wußte nunmehr, daß er in seinen Ahnungen recht gehabt hatte; die Zeitungsnachricht betraf das Haus des Geheimen Rates — betraf Fränzchen.

„Was ist denn vorgefallen, Bullau?" fragte der Pastor den Oberst leise.

„Es steht in der Zeitung — Geburts- und Todesnachrichten!"

„Um Gottes willen, was ist's? Was steht in der Zeitung? wer ist geboren oder gestorben?"

„Armer Teufel!" seufzte der Oberst von Bullau. „Sein Bruder natürlich — Herzschlag — um stille Teilnahme bittet die trauernde Witwe, Aurelie Götz, Geborene von Lichtenhahn."

Der Pastor war bereits an der Seite des Leutnants und drückte ihm die Hand; Rudolf Götz hat das Zeitungsblatt schon dem Kandidaten Unwirrsch gereicht:

„Lies! lies!"

Hans suchte in seiner Aufregung längere Zeit vergeblich in den Spalten des Blattes, endlich fand er die Anzeige und las:

„Den 10. Dezember 18 . . Gestern morgen entschlief unerwartet schnell an den Folgen eines Herzschlages mein teurer Gatte, der Geheime Rat Theodor Friedrich Ferdinand Götz, Ritter usw. usw. Ich weine, doch nicht wie jene, welche den Herrn nicht gefunden haben. Ich weine, doch nicht wie jene, welche den Herrn nicht suchen wollen.

Aurelie Götz, Geborene von Lichtenhahn."

„Du mußt Trost annehmen, Rudolf", sagte der Oberst. „Wird dem armen Kerl fidel zumute sein! Er hat wenig Freude in seinem Leben gehabt. Nun hat ihm die Geschichte — der Kummer um seine Tochter den Rest gegeben, — es ist klar; — er wird einen guten, festen Schlaf haben nach seinem trübseligen Schreiberleben. Richte den Kopf auf, Kamerad, du hast noch an andere Dinge zu denken."

„Mein Kind, mein Fränzchen! was ist aus meinem Fränzchen geworden? Was soll aus meinem Fränzchen werden?" rief der Leutnant. Er stand trotz seiner Gicht plötzlich auf den Füßen, aber der Schmerz warf ihn sogleich wieder in den Sessel zurück.

„Vom zehnten Dezember ist die Todesanzeige, heute schreiben wir den neunzehnten, was kann das Kind in der kurzen Zeit passiert sein?" sagte der Oberst. „Heute abend noch packt der hier gegenwärtige Hans Unwirrsch, ein junger Mensch, auf welchen man sich verlassen kann, seinen Tornister. Wir haben Grips und den Schlitten, wir haben die Post in Freudenstadt und dann die Eisenbahn. Was aus deinem Kinde werden soll? Nach Grunzenow wird's vom Kandidaten Unwirrsch geholt. Es hat ja nun keinen Grund mehr, sich dagegen zu wehren, wenn es sich vor dem Schweinestall, dem Meer und dem kahlen Strande nicht allzusehr fürchtet. Und daß es willkommen ist auf Grunzenow, wie der Frühling und der Sonnenschein, das brauche ich doch beim Donnerwetter nicht mehr zu sagen! Was sagst du, Rudolf, und du, alter Feldpope, so nett und anmuselig hätten wir uns unser Alter auf Grunzenow gar nicht vorgestellt! Aber Gott verläßt kein ausrangiert Dragonerpferd, also noch viel weniger solche drei saubere Burschen und Haupthähne wie wir. Gebt den Toten eine Salve übers Grab, und laßt die Lebendigen reiten. Da, schlag ein, Kamerad Götz, wir wissen's, wie wir's gegeneinander halten! Gib dem jungen Schwarzrock stantepe deine Ordersch und deinen Segen und schicke ihn mich aus nach unserm Kinde; es soll ein Glückstag für uns alle werden, wenn es durch das alte Tor von Grunzenow einfährt."

„Ich weiß wahrlich, wie wir's gegeneinander zu halten haben, lieber Alter", sagte der Leutnant Götz, dem zwei große Tränen in den eisgrauen Bart liefen. „Was meinst du, Hans Unwirrsch, willst du mein Kind ablösen von seinem schweren Posten und es nach Grunzenow holen?"

Hans Unwirrsch antwortete nicht, er stand wie vom Blitz gerührt; er stand, ohne sich zu regen; wortlos stand er da.

Der Pastor Tillenius faßte ihn am Arm und schüttelte ihn ein wenig.

„Wachet auf, ihr Christenleut! — der Leutnant hat eine Frage an Euch gerichtet, Hans, gebt Antwort, — sagt, ob Ihr besorgen wollt, was er verlangt. Wie ist Euch, Freund Johannes?"

Der Kandidat fuhr mit der Hand über die Stirn und trat näher an den Sessel des Leutnants heran.

„O, Herr Leutnant", sagte er, „ich habe Ihnen an jenem Abend, als ich Ihnen Rechenschaft gab über meinen Aufenthalt in dem Hause Ihres Bruders, nicht alles gesagt, nicht alles sagen können. Nun muß ich sprechen, ehe ich Ihren Auftrag annehmen kann. Sie haben so vieles, vieles nicht bedacht, als Sie kamen, um meine Schritte auf einen bestimmten Weg zu lenken. Sie haben auch daran nicht gedacht, daß die Seelen der Menschen sich in der Bedrängnis leichter zusammenfinden, fester zusammenhalten als sonst. Es ist geschehen und kein Widerstand mehr dagegen; — ich sollte eine Hilfe für Ihre Nichte sein, nun liebe ich das Fränzchen, ich liebe es in alle Ewigkeit; all mein Halt in der Welt ist bei Ihrem Fränzchen, und ich kann es nicht nach Grunzenow holen, wenn Sie es jetzt nicht noch einmal von mir fordern!"

Der Pastor Josias Tillenius beschattete die Augen mit der Hand, aber lächelte; der Oberst von Bullau lachte gutmütig und brummte: „So mußte es kommen! Guck einer, — o du liebster junger Himmel!" Der Leutnant Rudolf Götz wußte eigentlich nicht recht, ob er lachen oder weinen, segnen oder fluchen sollte.

„O du meine Güte!" sagte er zuletzt. „Das ist freilich der Pfropfen auf die Flasche! . . . Bullau, Tillenius — was sagt Ihr dazu?"

„Ich trinke einmal auf den Schrecken!" meinte der Oberst, aber der alte Pastor von Grunzenow beugte sich zu dem Leutnant nieder, legte ihm die Hand auf die Schulter und sagte:

„Ich ließe ihn sein Fränzchen holen; er soll mein Adjunkt auf der Hungerpfarre werden; ihre Kinder sollen unsere Gräber in Ordnung erhalten."

„So komm her, Hans Unwirrsch, und gib mir die Hand wie ein Mann, sieh mir in die Augen und sprich frei, ob mein Kind sich gern und willig von dir hierher führen lassen wird!"

Der Kandidat beugte sich über den Stuhl des Greises, und was er sagte, verstand weder der Oberst von Bullau noch der Pastor Tillenius, aber der Leutnant legte ihm die Hand auf das Haupt und sagte fast ebenso leise:

„So geh, sag ihr, was du zu sagen hast und hole sie. Gesegnet sei euer Weg." —

An diesem Abend geleitete nicht Grips den Pastor Tillenius zu seiner Pastorei. Hans Unwirrsch führte den Greis und trug die Laterne.

„Sieh, mein lieber Junge, ich wußte wohl, daß du das auf der Seele trugest. Man braucht nicht grad in allem Weltgewühl sich umzutreiben, um die Herzen der Menschen kennen zu lernen. Man erfährt viel, wenn man am Strande sitzt, dem Spiel der Wellen zusieht und zuhört und an das denkt, was einem selber begegnet ist im Leben, oder was das Häuflein Menschentum in den umliegenden Hütten angeht. Was ich früher vernommen hatte, was du am Abend deiner Ankunft dem guten Leutnant Rudolf erzähltest, das genügte mir, um daraus meinen Schluß aufzubauen. Nun bist du aber gebannt in diese Wüste, an dieses öde Ufer, Hans Unwirrsch; — was ist aus deinen glänzenden Träumen und Hoffnungen geworden?"

„Wirklichkeit! Wirklichkeit!" rief Hans. „O mein Gott, was sind alle Träume und Hoffnungen gegen diesen Weg, den wir jetzt zusammen gehen!"

„Halt einmal, Johannes", sagte der Alte. „Der Wind nimmt einem wirklich den Atem, und die See scheint auch immer toller zu werden. Hier ist ein Winkel, wo du mich ein wenig ausruhen lassen mußt, mein Kind."

Sie traten an die Mauer eines kleinen Hauses, aus dessen Fenstern kein Licht schimmerte, das ganz unbewohnt zu sein schien.

„Der Erblasserin dieses Hauses habe ich nicht lange vor deiner Ankunft die Grabrede gehalten", sprach der Pastor. „Ach, es ist nicht immer eine leichte Sache, auf der Hungerpfarre zu Grunzenow zu sitzen! Eine stattliche, brave Familie wohnte in dieser Hütte, — Vater und Mutter und sechs Söhne. Der älteste Sohn ging mit einer Hamburger Brigg an den Gallapagosinseln verloren, der zweite ist auf einem englischen Schiff im Opiumkriege von einem chinesischen Pfeil getroffen worden, und der Vater ertrank mit den vier letzten Söhnen im vorigen Jahre im Angesichte des Dorfes. In Stärke und Geduld hat sich, mehr wie jeder andere, der Mann zu wappnen, dem die Wogen des Meeres in die Worte rauschen, die er zu den Schiffern und Fischern von seiner Kanzel spricht. Das Volk, das mit dem Pflug und der Sichel auf das Ackerfeld und die Wiese zieht, ist ein anderes, als das, welches im zerbrechlichen Boot stets über seinem feuchten Grabe schwebt. Viel Liebe muß der Prediger am Meer beweisen können und viel vom eigenen Glück muß er verleugnen können für die Hütten um seine Kirche. Es ist nur der heiligste Hunger nach Liebe, der den Menschen für solche Erdstelle stark genug macht. Nun laß uns gehen, mein lieber Sohn."

Hans Unwirrsch legte die Hand an das Gemäuer der unbewohnten Hütte; er hatte sein Herz dem Fränzchen Götz vermählt; er vermählte seine Seele jetzt dem hungrigen Strande von Grunzenow.

„Nun geleite mich heim und dann geh und schlafe wohl, mein Kind", sagte Ehrn Tillenius, „es wird die Zeit kommen, wo dich die wildeste Musik der Wasser nicht erweckt. Ich werde dich morgen früh wohl nicht sehen; so laß uns denn für jetzt Abschied nehmen. Grüße dein Fränzchen auch von dem alten Josias; bringe es uns bald; wir wollen ihm eine freundliche Stätte zu bereiten suchen. Es soll sanft ausruhen an dem wilden Strande von Grunzenow."

Einunddreißigstes Kapitel

Mit Tagesanbruch hielt der Schlitten auf dem Gutshofe zu Grunzenow. Der Sturm hatte sich gelegt, aber der Schnee lag ziemlich hoch.

„Einen angenehmen Weg werdet Ihr nicht haben", sagte der Oberst von Bullau, seinem Gast die Hand zum Abschied reichend. „Na, Grips und die Gäule wissen, wie sie sich zu benehmen haben. Alles in Ordnung? nichts vergessen? brennt die Pfeife? Na, dann in Gottes Namen vorwärts, ganze Batterie. Laßt mir nicht allzu lang auf Euch warten, junger Schwarzspecht."

Der Leutnant lag soweit als möglich aus dem Fenster, schwang seine alte Soldatenmütze und wiederholte in größter Aufregung dem abreisenden Hans eine Reihe von Verhaltungsmaßregeln, die aber alle damit endeten, daß er ihm unnötigerweise befahl, auf sein Mädchen zu achten wie auf seinen Augapfel.

„Fahr zu und mach ein Ende daran!" schrie der Oberst. „Ein Vivat fürs Fränzchen — und abermals — und nochmals — Hoch!"

Sämtliche Gutsleute schrien mit, und sämtliche Hunde erhoben ihre Stimme. Der Schlitten klingelte aus dem Hoftor und bog ein auf den Weg nach Freudenstadt; nicht die Kälte des Wintermorgens allein war's, was die Tränen in das Auge des Kandidaten lockte. Er hatte seit so langen Jahren keine rechte Heimat gehabt, nun war eine solche für ihn gefunden — es war kein Wunder, daß sein Herz sich heftig bewegte, als der Turm von Grunzenow hinter den Dünenhügeln verschwand, als die Stimme der See allmählich schwächer und schwächer wurde und zuletzt verhallte, und Grips, der Schlitten und die beiden schwarzen Gäule für jetzt von dem Zauberschloß am Meer allein übrig geblieben waren. —

Wir wollen die Reise des Kandidaten dieses Mal nicht beschreiben. Sie war beschwerlich genug, und mancherlei Hindernisse versperrten den Weg zu der nächsten Eisenbahnstation hinter Freudenstadt. Hier war die Straße durch den Schneefall unfahrbar gemacht, dort zerbrach ein Rad des Postwagens, und erst am Abend des zweiten Reisetages bekam Hans Unwirrsch die feurige Dunstwolke über der großen Stadt von neuem zu Gesicht. Als der Zug in der Halle hielt, die Lokomotive zischend ihre Dämpfe ausgespien hatte, und Hans aus dem Gedränge der Reisenden seinen Weg ins Freie gefunden hatte, war es zu spät, um an dem heutigen Tage noch einen Besuch in dem Hause der Geheimen Rätin Götz abzustatten und das verzauberte Kind aus dem Drachenloch herauszuholen.

Mit der Reisetasche über der Schulter lief aber der Kandidat durch den verschneiten Park und an dem Hause vorüber. Es hatte kein Zauberer aus dem Lande Afrika die Wunderlampe gerieben und dem Genius der Lampe befohlen, das Gebäude mit der schönen Prinzessin aufzunehmen und in der Mandschurei niederzusetzen. Das Haus stand noch auf dem alten Fleck, aber nicht ein Fenster daran war erleuchtet; es war, als ob mit dem Herrn der letzte Schimmer von irgendwelcher Lebendigkeit ausgelöscht sei; es fror den Kandidaten Unwirrsch, und beinahe hätte er doch noch die Glocke gezogen, um das arme Fränzchen auf der Stelle dem dunkeln Gebäude und der Frau Tante abzuverlangen.

Er bezwang sich jedoch, und bald befand er sich mitten in dem Getümmel der Stadt, auf dem Wege nach seiner Wohnung in der Grinsegasse. Abermals setzte er durch sein plötzliches Erscheinen seine Wirtin in das größte Erstaunen, aber frei von Wäsche und Kindergeruch fand er dieses Mal seine Hungerbuchstube.

Da stand er in der Mitte des Gemaches. An den Fensterscheiben glitzerten die Eisblumen, die Lampe, die von der Wirtin angezündet war, erhellte kaum die Platte des Tisches, die gläserne Kugel hing dunkel an der Decke.

Es war so wunderlich, so über alle Maßen wunderlich, hier zu stehen nach der langen, kalten Fahrt und an das veränderte Leben und an das Fränzchen zu denken; es war so wunderlich, so über alle Maßen wunderlich, hier in dem kläglichen Raume wach und vollständig bei klaren Sinnen zu stehen und doch nicht zu wissen, ob die Ostsee da vor dem Fenster sich bewege, oder die große Stadt!

Aber nun kam der Augenblick, wo er sich ruhig hinsetzen und sich fassen sollte. Das vermochte er nicht. Es trieb ihn immer von neuem auf, es trieb ihn um, „als hätt' er wen erschlagen", und die Unruhe stieg von Minute zu Minute.

Weshalb war das Haus in der Parkstraße so ganz dunkel? Was konnte alles in den letzten Tagen darin vorgefallen sein?

Nun kam der Rückschlag nach den wonnigen Gefühlen, Gedanken und Bildern der Reise. Es zerbrach der Becher so oft dem Menschen vor den Lippen. Der Kranz zerriß so oft in dem Augenblick, in welchem ihn die Hand des Ringers berührte.

Dieses Bangen, diese dumpfe Furcht vor verborgenem Unheil war nicht zu ertragen — Hans Unwirrsch mußte wieder hinaus in die Gassen, um einen Menschen zu suchen, der ihm Nachricht von dem Hause des Geheimen Rates Götz, Nachricht von dem Fränzchen geben konnte.

Es fiel ihm ein, daß im Grünen Baum unter den Neuntötern Männer saßen, die in den Geschichten der Stadt nicht unerfahren waren; der Oberst von Bullau hatte ihm einen ganzen Sack voll Grüße an die Vögel mitgegeben — Hans eilte nach dem Grünen Baum. Es schlug gerade elf Uhr, als er von Lämmert und dem Nest mit dem gewohnten vergnügten Wohlwollen begrüßt wurde — ehe er aber fragen durfte, hatte er lange Zeit selber zu antworten. Was er dann in kurzen Worten erfuhr, reichte freilich hin, ihn zur harmlosen Teilnahme an der ferneren Unterhaltung der Neuntöter ganz und gar untauglich zu machen.

Franziska Götz befand sich nicht mehr in dem Hause ihrer Tante, sie hatte es am Begräbnistage ihres Onkels verlassen oder verlassen müssen.

Wohin sie sich gewendet habe, konnten die Neuntöter nicht sagen. Das Haus in der Parkstraße stehe übrigens augenblicklich verschlossen; die Witwe des Kollegen Götz habe sich für die erste Trauerzeit mit ihrem Söhnchen zu einer alten, sehr frommen Verwandten in einem andern entlegenen Stadtteil zurückgezogen und man murmele und munkele in der Stadt, daß sie — die Frau Geheime Rätin — sehr zerfallen mit der Welt und von nicht sehr angenehmer Laune sei. Der Kandidat Unwirrsch erregte an diesem Abende durch seinen kurzen Abschied und sein tolles Fortstürzen ein nicht geringes Aufsehen im Klub der Neuntöter. Sämtliche Vögel fragten ihn mit großem Geschrei, ob ihn die Tarantel gestochen habe, oder ob's in seinen Feldkessel regne, da er so mit dem Deckel laufe? Sie hätten aber noch viel lauter schreien müssen, um sich dem Kandidaten verständlich zu machen. Er rannte den Wirt Lämmert, der einen Präsentierteller mit vielen Flaschen und Gläsern ins Zimmer brachte, fast über den Haufen. Er befand sich vor der Haustür im Schnee, er rannte mit solcher Hast vorwärts, als ob er wirklich überzeugt sei, durch möglichst rasche Beinbewegung dem Schicksal den Vorsprung abgewinnen zu können. Er verlor aber nur den Atem und hielt keuchend an einer Straßenkreuzung an. Das Laufen half zu nichts, und Mitternacht war vorüber, und langsam langte Hans in der Grinsegasse wieder an, nachdem ihm noch von einem verwunderten Polizeimann, der von einem Straßenwinkel aus auf Nachtschwärmer, Betrunkene und Diebe vigilierte, die Versicherung gegeben worden war, daß es im Polizeigebäude ein Bureau gebe, von welchem man gegen Erlegung von zwei und einem halben Silbergroschen die Angabe der Adresse einer jeden in der Stadt sich aufhaltenden Person erwarten könne.

In welcher Weise der Kandidat den Rest dieser Nacht verbrachte, entzieht sich unserer Schilderung. Er warf sich auf das Bett, um wieder aufzuspringen; mit dem besten Willen konnte er keine Ordnung in seine toll gewordene Phantasie bringen, jeden Augenblick vernahm er ängstlichen kläglichen Hilferuf, und immer war's das Fränzchen, das von aller Welt verlassen, krank, hungrig und frierend in der Dunkelheit klagte.

Endlich, endlich dämmerte der Morgen; endlich, endlich rollte der erste Milchwagen, gezogen von zwei unmutigen Hunden, um die Ecke der Grinsegasse, endlich, endlich war der Tag soweit vorgeschritten, daß Hans sein Suchen nach dem Fränzchen beginnen konnte.

Eine frühe Droschke nahm den Kandidaten auf und führte ihn, viel zu langsam für seine qualvolle Aufregung, nach dem Polizeihause.

Nach mehrfachen Fragen und längerem Umherirren in den endlosen, labyrinthischen Gängen des Gebäudes fand Hans die gewünschte Tür und fand dazu, daß er nicht der einzige war, der den Aufenthaltsort eines Nebenmenschen ausfindig machen wollte.

Sehr viele Menschen wissen nicht, wo sehr viele Menschen wohnen. Gläubiger erkundigten sich mit unendlicher Zärtlichkeit nach den Schlupfwinkeln ihrer Schuldner; junge Mädchen mit verweinten Augen erkundigten sich nach jungen Männern, die plötzlich unerklärlicherweise ihre Wohnung gewechselt haben. Abgehärmte Weiber mit oder ohne Kinder erschienen auch; es kommen Lohndiener; es kommen Fremde — Volk aus allerlei Völkern! Tausenderlei Formen und Gestalten nimmt die Frage an, und es ist auch ganz und gar nicht selten, daß die hochlöbliche Polizei ihr Honorar einstreicht, ohne es zu verdienen. Selbst die Polizei weiß sehr oft nicht, wo sich der und der, die und die aufhalten. Es gibt viele Leute, die viele Kunst und viel Geschick darauf wenden, sich und ihren Aufenthaltsort allen polizoilichen und sonstigen Nachforschungen zu entziehen

Eine gute Stunde stand Hans und wartete, bis die Reihe an ihn kam, dann reichte er seinen Zettel mit seiner Frage in das Gitter des Beamten und erhielt nach fünfzehn weiteren Minuten den Zettel zurück mit der Antwort unter der Frage:

„Annenstraße Nr. 34, 4 Treppen, bei der Witwe Brandauer, Wäscherin."

Das Papier war grau, das Gekritzel der Polizeipfote im höchsten Grade unkalligraphisch, aber beides gab den glänzendsten Schein in der Hand des Kandidaten; still und warm wurde es ihm ums Herz, verschwunden war alle Angst und Unruhe, — da war Sicherheit, Gewißheit — da war das freie Fränzchen, das Fränzchen erlöst von den bedrückenden Banden des Hauses in der Parkstraße!

„Annenstraße Nummer Vierunddreißig, vier Treppen hoch!" Ein grimmiger Stoß seines Hintermannes weckte den Kandidaten aus seiner Verzückung; er wußte wieder, wo er sich befand, und eilte fort, da er den Zettel an dieser Stelle doch nicht küssen konnte. Wie ein Nachtwandler auf den Dächern, so fand sich Hans auf dem Wege nach der Annenstraße zurecht. Es war keine Zeit zwischen dem Augenblick, in welchem er das Gekritzel des Polizeibeamten las, und zwischen dem Augenblick, in welchem er an die Tür klopfte, hinter der Franziska Götz wohnen sollte. Ein Jahrhundert lag zwischen seinem ersten und seinem zweiten Klopfen, und eine Viertelstunde später saß er still neben dem Fränzchen, beide Hände des Fränzchens in den seinigen haltend, und — das Wichtigste war gesagt: er hatte sogar bereits das Mädchen geküßt! Die Erde stand noch, der Himmel war nicht eingefallen, aber die Sonne war auch nicht strahlend hinter dem winterlichen Gewölk hervorgebrochen, es war nicht auf der Stelle Frühling geworden, und des Fränzchens schwarzes Trauerkleid hatte sich in ein lichtblaues Gewand der Freude verwandelt.

Sie hatten einander so viel zu sagen, und wenn auch das Wichtigste in den flüchtigen Augenblicken ausgesprochen werden konnte, so blieb doch viel, viel zurück, was nicht an einem Tage, in einer Woche oder einem Monat erzählt werden konnte.

Was Hans zu berichten hatte, wissen wir; wir wollen jetzt versuchen, noch zu erzählen, was dem Fränzchen geschehen war, und wie es lebte, seit der Kandidat Unwirrsch das Haus des Geheimen Rates Götz verließ, und das ist um so schwieriger, da das Kind von sich selber eigentlich gar nicht sprach, sondern nur von den andern.

Die Lebendigkeit, welche Kleophea in dem Hause ihrer Eltern verbreitete, war eine unnatürliche gewesen; das Licht, welches ihr Dasein über die Umgebung ausstrahlte, war ein ungesundes, irrwischartiges gewesen. Als beides aber für immer verschwand, setzten sich Schweigen, Kälte und Dunkelheit an dem trostlosen Herde so dräuend nieder, daß der tolle Leichtsinn, all die buntschillernden, glänzenden Fehler des entflohenen Mädchens fast als Tugenden erschienen. Die frische Stimme, der leichte Fußtritt, das eilige Rauschen der seidenen Gewänder auf den Treppen und in den Gängen waren verhallt; aber der arme Vater und das Fränzchen saßen doch, horchten auf und senkten die Häupter, wenn sie irgendein anderes Geräusch für den Schritt der Verlorenen genommen hatten. Am dritten Tage nach der Flucht der Tochter trat die Mutter wieder aus ihren Gemächern hervor, und wenn sie früher noch einige bunte Zeichen weltlicher Eitelkeit an sich trug, so hatte sie solche jetzt vollständig abgelegt. Sie war ein wenig hagerer und gelblicher geworden, aber sie hatte auch ihre Seele ausgekehrt, kein Zug ihres Gesichtes bewegte sich. Ihre Stimme war ein wenig hohler, aber auch sie war von aller sündhaften Leidenschaftlichkeit gereinigt und konnte im Notfall tonlos der Welt den Anfang des jüngsten Gerichtes und das ewige Verderben von neun Zehntel aller Geschaffenen verkünden. Augenblicklich aber verkündigte die gnädige Frau ihrem Gemahl, ihrer Nichte und dem übrigen Hausstand nur, daß der Name ihrer Tochter nie mehr vor ihren Ohren genannt werden dürfe. Sie ließ sich von ihrem Gatten den Brief geben, den Kleophea gleich nach ihrer Flucht geschrieben hatte, und zerriß ihn vor ihrem Hausgesinde. Sie war sich keiner Schuld an der verderblichen Charakterentwicklung Kleopheas bewußt, sie konnte sich deshalb jetzt auch vollständig von ihr lossagen; der Gott, welchem sie, — Aurelie von Lichtenhahn — angehörte, sah es mit Wohlgefallen. Die Mutter zürnte dem Doktor Stein lange nicht so sehr wie ihrem Kinde; und in den Zorn gegen das letztere mischte sich sogar eine gewisse Befriedigung, ein gewisser schrecklicher Triumph. Die Mutter hatte recht behalten in ihrer Antipathie; alle Demütigungen und alles Elend, die der Tochter widerfahren mochten, konnten nur das geheime Gefühl der Befriedigung erhöhen. Die Geheime Rätin konnte hier mit der Welt in einer Weise abschließen, bei der sich ein erkleckliches Guthaben ihrerseits herausstellte, und so schloß sie ab.

Auch der Vater Kleopheas zog das Fazit seines Lebens, ihm

aber konnte niemand helfen, und er sich selber am wenigsten; er war bankerott geworden und leugnete es auch nicht. Viele nutzlose Arbeit hatte er in seinem mühseligen Leben gehabt, nun ging er kummervoll und hungrig dem Grabe entgegen, und sein einziger Halt war die sanfte, treue Hand des Fränzchens, die er jetzt hielt, wie sie auch der tolle Felix in seinen letzten Schmerzenstagen gehalten hatte. Das war eines der tragischen Wunder, welche auf dieser Erde geschehen, daß das Fränzchen an den Sterbebetten dieser beiden Männer saß, die so verschiedene Pfade gegangen waren, um am Ziel ihres Daseins in gleicher Weise verloren, bettelarm, mit leerer Hand und leerem Herzen, aufgegeben von sich selber und der Welt, anzulangen. Alles Licht, das in ihre letzten Stunden fiel, ging von diesem Kinde aus, es war der Engel, welcher den Dürstenden den letzten Tropfen kühlen Wassers in die Todesstunde trug, welcher den Hungernden die letzte Labung reichte. Sie hatten, ein jeder in seiner Art, soviel erstrebt, jeder hatte soviel gewinnen wollen, und als Almosen wurde ihnen das Herz dieses Kindes gegeben.

Kleophea hatte an das Fränzchen geschrieben, und Hans las den Brief. Noch sprach die alte Kleophea aus diesen flüchtigen Zeilen, aber stellenweise erschien bereits eine Gezwungenheit, eine Befangenheit in den Herzensergüssen und Schilderungen, mit welchem die frühere Kleophea nichts zu tun hatte.

Das Weib des Doktor Theophile Stein erinnerte sich inmitten ihres jetzigen bewegten Lebens an manche Einzelheiten ihres frühesten harmlosen Verkehrs mit der Cousine, daß dem Fränzchen darüber das Herz sehr schwer werden mußte. Kleophea Stein schrieb von „einsamen, herzweichen Stunden", in denen sie sich solcher „minutes" erinnere, und dann bat sie in dem nächsten Satz das Bäschen, den Papa zu küssen und ihm zu sagen, daß sie „so viel, so viel" an ihn denke, und daß sie ihn des Nachts im Traum in seiner Studierstube sehe und um ihn weine. Auf dieses folgte eine Beschreibung eines glänzenden Balles und eines Murillo im Louvre, dann kam eine Schilderung des kleinen Grafen von Paris, sowie des Bürgerkönigs Louis Philipp samt seinem Regenschirm, und in Verbindung damit die Frage: wie Aimé den Verlust seiner Schwester ertrage. Von der Mutter war in dem ganzen Briefe nicht die Rede, und der Doktor Stein erschien erst ganz gegen den Schluß darin. Es wurde von ihm gesagt, daß er einen großen Kreis von Bekannten und Freunden in Paris habe, daß er dadurch oft länger vom Hause ferngehalten werde, als einer jungen Frau lieb sein könne, daß sie — Kleophea — es aber begreiflich fände und glücklich sei. Noch sprach die Schreiberin von den Erfolgen des Doktors in der deutschen Stadt und den Verbindungen daselbst. Sie sprach die feste Überzeugung aus, daß alle Verwirrungen sich bald durch gegenseitiges Entgegenkommen lösen würden, und daß man die Hoffnung auf eine „rosige Zukunft" nie aufgeben dürfe. In einem Postskript wurde der „liebenswürdige" Herr Johannes Unwirrsch bestens gegrüßt, und es wurde hinzugefügt, daß „man ihm mancherlei abzubitten habe", und daß „man dafür in Zukunft wohl ein ruhiges Stündchen finden werde". In sehr wehmütiger Stimmung schloß der Brief, und unter tausend und aber tausend Grüßen und Küssen wurde das Fränzchen gebeten, das „dumme, nichtsnutzige Gekritzel" zu zerreißen und in alle vier Winde zu zerstreuen, damit es ihm gehe, wie allem übrigen „Gedankenhirngespinst der armen Kleophea, das auch zerrissen, von allen vier Winden umgetrieben, durcheinander flattere". —

Franziska hatte ebenfalls wieder einen langen Brief an die Cousine geschrieben und in demselben mit Tränen treue Nachrichten von den Zuständen im Elternhause Kleopheas gegeben. Franziska Götz schrieb mit blutendem Herzen über den Vater und die Mutter, doch den Doktor Theophile konnte sie nicht erwähnen. Von der Zukunft aber schrieb das Fränzchen ebenfalls; es bat die Cousine, in keiner Not des Lebens zu vergessen, daß das Fränzchen immer da sei, um mitzufühlen und mitzuleiden, um zu trösten und womöglich zu helfen.

Diesen Brief hatte Franziska mit großem Bangen, ganz verstohlen geschrieben, und längere Zeit währte es, ehe sich eine Gelegenheit fand, ihn der Post zu übergeben, denn wenngleich die Tante mit der Welt abgeschlossen hatte, so war es doch nicht leicht, etwas gegen ihren Willen zu unternehmen und auszuführen, und die Geheime Rätin Götz wollte nicht, daß jemand aus ihrem Hause mit der entflohenen Tochter Briefe wechsele. —

Das Fränzchen erzählte nicht, wie schwer ihr von der Tante das Leben gemacht worden war, aber selbst die schwächsten Andeutungen genügten dem Kandidaten. Das Billet, das er nach Empfang des letzten Schreibens des Oheims Grünebaum an den Geheimen Rat richtete, hatte dieser nicht erhalten. Den Tod der Base Schlotterbeck und des Oheims Grünebaum hatte Fränzchen dagegen richtig durch die Zeitung erfahren.

„Ach, der Tod ist uns nichts Neues mehr!" sagte Fränzchen. „Beide haben wir oft den kalten Flügelschlag über und neben uns gehört, es ist mancher Platz leer geworden uns zur Seite. Es ist so traurig, o so traurig! Serrez les rangs, sagten die alten Soldaten, die in Paris meinen Vater besuchten, wenn sie hörten, daß wieder ein Kamerad gestorben sei. Es sei ein böses Kommandowort in der Schlacht, denn die kommenden Kugeln fahren immer wieder durch geschlossene Kolonnen, aber es ist doch ein gutes Wort im Leben — Serrez les rangs; wir sollen die Liebe, die wir den Toten mit ins Grab geben, nicht den Lebenden entziehen —"

„Nein, nein, nein!" rief Hans, „das sollen wir nicht. Was für eine trostlose Welt würde das geben, wenn die Toten alle Liebe mit sich hinabnähmen in die Gruft!"

Sie sprachen nun von dem Tode des Onkels Theodor. Franziska erzählte, wie seine Kräfte täglich abnahmen, wie er aber auch täglich mehr von seinem früheren förmlichen Wesen verlor, wie er so gern von seinem elterlichen Hause, seinen beiden Brüdern sprach, und wie er einen Brief an den Onkel Rudolf anfing, ihn aber nicht zu Ende bringen konnte. Franziska erzählte, wie der Onkel Theodor den Brief Kleopheas sich geben ließ und ihn bis zu seiner Todesstunde in der Brusttasche seines Frackes trug, nachdem jenes erste Schreiben, welches anlangte, als Henriette Trublet das Haus in der Parkstraße verließ, von der Gattin zerrissen worden war.

Am neunten Dezember, morgens acht Uhr, fand Jean seinen Herrn vollständig angekleidet, im schwarzen Frack und mit weißer Halsbinde, tot vor seinem Schreibtisch sitzend, und erfüllte das Haus mit seinem Geschrei. Die Frau Geheime Rätin kam und war sehr gefaßt; sie sandte zu dem Hausarzt, der auch nur sagen konnte, daß der Geheime Rat tot sei, und dann sandte sie zu ihrem Notar. Aimé schrie jämmerlich und schlug mit Händen und Füßen aus, als man ihm seinen Vater zum letzten Male zeigen wollte. Die Dienerschaft gehorchte zum erstenmal dem Fränzchen ohne Widerstreben, — das Fräulein war von der Tante Aurelie mit der Besorgung des Begräbnisses beauftragt worden, und die Dienerschaft scheute sich vor dem Toten in ähnlicher Weise, wie der arme Aimé.

Es war schade, daß das Fränzchen das Leichenbegängnis des Geheimen Rates nicht schilderte, denn es ging im höchsten Trauerstil vor sich. Die Spitzen der Gesellschaft und der Justiz erschienen in Person dazu, oder schickten doch wenigstens ihre Kutschen; aber das Fränzchen saß im Hause, in der Studierstube ihres Onkels und weinte. Sie allein weinte wirklich; alle anderen waren nur ein wenig betäubt durch den Duft von Königsräucherpulver und Chlorkalk.

Zweiunddreißigstes Kapitel

Das war ein Wunder über alle Wunder, so hoch oben in der Annenstraße bei Frau Brandauer zu sitzen — Hand in Hand — während es wieder anfing zu schneien, und von allen diesen Dingen und von dem, was kommen sollte, zu sprechen!

„Du armes Kind, was hast du alles erlitten", rief Hans, „aber nun sage mir auch, wie du in diesen Raum gekommen bist; wer dich hierhergeführt hat, — o Gott, wie du gelebt hast in den letzten Tagen? Es ist so kalter Winter, und der geringste Vogel hat sein Nest, das ihn vor der Kälte birgt, dich aber hat man hinausgejagt —"

Franziska schüttelte wehmütig den Kopf.

„Ich bin aus eigenem Willen gegangen", sagte sie. „Man hat nicht das Fenster geöffnet und gerufen: da flieg, Rotkehlchen. Ich bin freiwillig gegangen und niemand hätte mich in jenem Hause zurückhalten können. Ach, es ist nicht viel gewesen, was ich mit meinem Herzen und mit meinen Händen tun konnte, und als das Haus nach dem Begräbnis des guten Onkels wieder in Ordnung gebracht war, da konnte ich gar nichts mehr tun. Ich hatte kein Recht mehr in diesem Hause, seit der Onkel tot war, und ich bin fortgegangen."

„Und du hattest niemand, um dir zu raten, um dir zu helfen!" rief Hans; aber das Fränzchen lächlte zum erstenmal ganz fröhlich.

„O, bin ich nicht eine fast ebenso tapfere und gewandte Pariserin wie die arme Henriette Trublet? Ich war nicht ganz von Geld entblößt, und dann bin ich ja auch das Kind des Kapitäns Götz, die Tochter des abenteuernden Soldaten und Freiheitskämpfers. Es wäre nicht sehr ehrenvoll für mich gewesen, wenn ich meinen Weg nicht gefunden hätte. Ach Gott, trotz dem tiefen Schmerz um den Onkel fühlte ich mich ja frei — alle schweren Ketten waren von mir abgefallen! Und wahrlich, es war etwas von meines Vaters wildem Mut und Geist an dem Tage in mir, an dem ich unter meinem Regenschirm auszog, um mir ein Schlupfwinkelchen zu suchen. Ich habe dieses gefunden, und nun gesessen während der letzten Tage und habe der guten Frau Brandauer viele wunderliche Fragen über mein junges Dasein beantworten müssen; aber wir sind gut miteinander fertig geworden und haben einander ordentlich ins Herz geschlossen. Ich habe an Kleophea und an den Herzensonkel Rudolf geschrieben, jetzt werden sie die Briefe wohl erhalten haben; ach und ich wollte, ich wäre jetzt bei Kleophea!"

Sie sprachen mit leiser Stimme von dem Doktor Theophile Stein, und wie er auftreten werde, nun seine Frau von der reichen Mutter verstoßen und enterbt worden sei. Das Fränzchen weinte bitterlich über das Los der unglücklichen Kleophea; und draußen schneite es immer zu, es sollte ein harter, böser Winter über die Welt kommen. —

Sie standen jetzt am Fenster und sahen auf das Gestöber, — schweigend standen sie eine geraume Weile.

„Es ist ein weiter Weg nach Grunzenow", sagte Hans. „Es wird auch ein beschwerlicher Weg sein. Wie willst du die Mühen bestehen, mein Lieb? Jetzt wollte ich wohl, ich besäße den Zaubermantel, daß ich ihn um dich schlagen und dich warm darin über das weiße, winterliche Land forttragen könnte."

Fränzchen hob das Gesichtchen zu dem Freunde empor und lächelte durch die Tränen, welche es um Kleopha Stein geweint hatte:

„Deine Liebe ist ja der Mantel, in welchem du mich an dein Herz genommen hast! Wie könnte mich frieren an deinem Herzen, in deiner Liebe? Und dazu soll ich eine Heimat an jenem Orte finden, ich, die ich niemals eine rechte Heimat gehabt habe, ich, die ich vom Leben immer so barsch hin und her geschoben worden bin, durch Mangel und Überfluß, durch allen Wirrwarr und Zwiespalt! Wie könnt' ich den Schnee, den Winter fürchten, unter deinem Mantel, Johannes, an deinem Herzen?"

„O Liebe, Liebe", rief Hans, „ja du hast recht, wir sind gefeit gegen allen Erdenfrost und Sturm. Wir hören den Wind brausen, aber wir fühlen ihn nicht —"

„Und den Onkel Rudolf werde ich sehen — endlich, endlich werde ich ihn wiedersehen! Gottes Segen über ihn!" fuhr das Fränzchen fort. „Und den guten Oberst und den guten, alten Pastor werde ich sehen. O Johannes, wie großen Dank sind wir denen schuldig! Es ist so märchenhaft-schön; o Gott und das Schönste ist, daß aller Kinderlebensmut dazu wieder herabgekommen ist vom Himmel. Ach, wäre nicht Kleophea, die helle, reine Kinderfreude käme auch wieder herab, — o Johannes, Johannes, habe mich recht lieb, recht, recht lieb!"

Johannes Unwirrsch antwortete nicht auf diese letzten Worte des Fränzchens, aus dem einfachen Grunde, weil er es nicht konnte. Er nahm die Braut nur fester in die Arme, und sie barg ihr Gesicht an seiner Brust.

Erst nach einiger Zeit sprachen sie weiter von dem Weihnachtsschnee und davon, daß es ganz und gar nicht recht sei, sich vor ihm zu fürchten. Sie sprachen von dem Onkel Rudolf, dem Obersten von Bullau samt seinem Grips und seinen Hunden; sie sprachen von dem trefflichen Pfarrherrn Josias Tillenius, und bis ins einzelnste beschrieb Hans nach besten Kräften Land und Leute zu Grunzenow an der Ostsee. Er beschrieb das Dorf, den Gutshof und das Pastorenhaus; vor allem aber suchte er den Eindruck zu beschreiben, welchen das Meer auf ihn gemacht hatte.

„Ich fürchte mich nicht vor dem Meer", sagte Franziska. „Manchmal kommt es mir ganz traumhaft vor; dann bin ich ein ganz kleines Mädchen in den Armen meiner Mutter, dann sehe ich den Mond aufsteigen über den schwarzen Wassern und eine lebendige, tanzende Lichtstraße wird bis zum Horizont. Es ist wunderlich, des Meeres im Sonnenlicht kann ich mich nicht mehr entsinnen, obgleich ich es oft gesehen haben muß auf der langen Fahrt von Montevideo bis Havre de Grace. Ich entsinne mich auch keines Sturms, obwohl wir einen sehr grimmigen auszuhalten hatten, wie mir mein Vater nachmals erzählt hat. Das Schiff hieß der Amphitryon, und im Jahr Achtundzwanzig oder Neunundzwanzig kamen wir nach Paris zurück. Ich freue mich so sehr auf das Meer, es hat mich gar sanft geschaukelt in meiner allerfrühesten Kindheit."

„Du hast so viel gesehen, so viel erfahren, mein Lieb", sagte Hans ganz kleinmütig. „Eine halbe Weltumseglerin bist du, und was ist alles in Paris vor den Fenstern deines Stübchens vorübergezogen. Du hast so reiches, buntes Leben kennen gelernt, und nun ziehe ich dich mit mir in die tiefste Armut und Einsamkeit, wo wir nur die alten Freunde, die armen Fischersleute, die See und uns selber haben!"

„O welch ein Reichtum, — welch eine weite, weite Welt!" rief das Fränzchen, die Hände faltend. „Wie hätte ich in meinen kühnsten Träumen hoffen können, so überschwenglich reich, so unsäglich glücklich in so weitem Wirkungskreis zu werden. Ach Johannes, wer hätte es gedacht, daß wir beide so glücklich werden könnten? Aber wir wollen auch glücklich machen; wir wollen nicht selbstsüchtig nur in uns allein leben, unsere Herzen sollen in unserer Liebe nicht enge werden; — wir wollen Liebe und Glück geben, und beide sollen nicht weniger werden."

„Das wollen wir!" sagte Hans, und in seinen Gedanken stand er wieder im nächtlichen Schneetreiben mit dem Pastor von Grunzenow an der Mauer der dunklen Hütte, in der kein Licht mehr brannte, auf deren Herde kein Feuer mehr glimmte, deren Leben erloschen war für alle Zeiten. —

Es schneite immer lustiger. Die Kinder in der Gasse sprangen und jauchzten in dem wirbelnden Gestöber. Ein schwarzer Rabe flatterte über die Dächer, setzte sich auf einen Schornstein, schüttelte den Schnee von den Fittichen und schrie mit heiserer Stimme sein Behagen in die Welt hinaus. Hans hielt sein Mädchen umschlungen, und immer tiefer und tiefer versanken alle die dunklen Zeichen und Merksteine auf ihren jüngst durchschrittenen Wegen. Trotz der frischen Gräber, trotz der armen Kleophea wurden Hans und Fränzchen immer mehr und mehr von der sicheren Ruhe des Glücks überkommen. Hans sah sich in dem Stübchen seiner Braut um und verglich es mit seinem Aufenthaltsort in der Grinsegasse; er zeigte sich als ein ungemein würdiger und aufmerksamer Haushalter und Beobachter, bis das Fränzchen zu seinem großen Unbehagen nach dem Hungerbuche fragte.

Er wehrte sich anfänglich so gut als möglich gegen die Fragen, bis er endlich zwischen Lachen und Erröten gestand, wie es mit dem Ding bestellt sei, und wie oft er das vortreffliche Schriftstück wieder zerrissen habe.

Nun war es sehr hübsch, wie das Fränzchen für das berühmte, aber leider noch nicht in die Erscheinung getretene Werk Partei nahm und das Wort ergriff.

Der Kandidat Unwirrsch konnte nur leise auf die Zeit der Muße zu Grunzenow hindeuten und mit Behagen auch in dieser Hinsicht herrliche und liebliche Dinge in Aussicht stellen, nachdem er wieder einmal alle Zweifel an der Möglichkeit der saubersten Vollendung der Handschrift niedergekämpft hatte.

Nun ließ sich ein nicht sehr leichter Schritt auf der Treppe vernehmen, es klopfte an der Tür, und eine martialische Frau trat, ohne den Hereinruf abzuwarten, ein, setzte den schweren Marktkorb nieder und verwunderte sich nicht wenig über den Besucher ihres „Fräuleins". Als sie aber mit dem Namen, Stand und sonstigen Eigenschaften und Würden des jungen Herrn bekannt gemacht worden war, erheiterte sich ihr Blick, sie reichte dem Kandidaten zum Gruß eine Hand, die ihn lebhaft an die arbeitsame Hand seiner Mutter erinnerte. Und der Geruch von Seife und frischer Wäsche, welchen die Frau Brandauer in das Zimmer mitbrachte, mußte ihn ebenfalls ganz und gar anheimeln. Hans erkannte zu seiner hohen Freude, daß das Fränzchen wirklich hier in gute Hände gefallen sei, und daß das Geschick freundlich über sie gewacht habe.

Er stattete der Frau Brandauer seinen und des Herrn Leutnants Götz besten Dank ab, wurde aber grob angeschnauzt und gefragt: was er sich denke, ob solch ein liebes Fräulein einem nicht vom Himmel auf die Seele gebunden würde wie ein verlorenes Königskind!

Die Frau Brandauer verlangte den Dank des Herrn Leutnants Götz und des Herrn Kandidaten Unwirrsch nicht; aber sie ließ den ersteren Herrn bestens grüßen, empfahl sich seinem „gnädigen Wohlgefallen" und ließ ihm sagen, daß sie erhoffe, er werde dankbar für den Schatz sein, den ihm der liebe Gott in dem lieben Fräulein verliehen habe.

Darauf hätte sie den Kandidaten sehr entrüstet fast beim Kragen genommen, weil er „sich nicht schämte, in solcher Jahreszeit und bei solchem Wetter solch eine arme, herzige junge Dame zu den Mongolen, Tataren und Lappländern wollens und nollens zu schleppen". Sie bat das Fränzchen, ja die Sache dreimal zu überlegen; hier sei der Ofen warm, und jede Hyazinthe besehe sich bei solchem Wetter den Schnee am besten durchs Fenster, und nur die Frage, ob es möglich sei, den Herrn Johannes zum Mittag einzuladen, konnte sie wieder zum Bewußtsein und auf die Füße bringen.

Es mußte möglich sein, und es war möglich. Ein köstlicheres, seligeres Mahl hatte man dem armen, hungrigen Kandidaten noch niemals in seinem Leben bereitet. Immer märchenhafter wurde die Welt — immer märchenhafter.

Daß er — Hans Unwirrsch — dabei unaufhörlich an jene Zeit denken mußte, in welcher er ebenfalls an des Fränzchens Seite, aber an dem Tische der Frau Geheimen Rätin Götz gesessen hatte, vermehrte nur noch den Zauber des Augenblicks.

Es wurde nun das Nähere über die Reise nach Grunzenow verabredet, und die Frau Brandauer gab auch ihren besten Rat dazu. Es war jedoch nicht viel zu bereden, nachdem die Stunde der Abfahrt festgesetzt worden war. Fränzchens Habseligkeiten hatten in einem winzigen Koffer Raum; sie war mit noch weniger Gepäck belastet, als Hans, da sie keine Bibliothek mit sich herumschleppte, wie dieser gelehrte Thebaner. Auf den kürzesten Wink konnte sie, ein echtes Soldatenkind, zu jedem Marsch bereit sein.

O über diesen kleinen Koffer! Er wurde dem Kandidaten Unwirrsch gezeigt, und der Kandidat Unwirrsch stand daneben und sah auf ihn und das Fränzchen, welches kniend den Deckel abhob, um dem Freunde das Miniaturbild ihrer Mutter und den polnischen Orden des weißen Adlers ihres Vaters zu zeigen. O über diesen armen, kleinen Koffer! so zierlich geglättet und gefältelt, so sorglich eingeschachtelt und künstlich an seinen Ort gelegt erschien alles darin! Wie die Zaubernuß, die drei Ballkleider und eine sechsspännige Kutsche mit Kutscher, Läufer und Lakaien barg, war dieser Koffer; — eine ganz behagliche und wohleingerichtete, stille und friedliche Haushaltung stieg in der Phantasie des Kandidaten daraus hervor, und hundert freundliche Geisterchen flogen empor, summten um des Kandidaten Haupt und flüsterten ihm von dem Meer, dem Gutshof und dem Pfarrhof von Grunzenow, vom knisternden Feuer am Winternachmittag, von diesem und jenem so vielerlei, so bunt durcheinander ins Ohr, daß er sich — auf den nächsten Stuhl setzen mußte, weil ihm Kopf und Herz zu sehr aus dem Gleichgewicht gerieten.

Nicht das geringste fand sich, was das Fränzchen hätte hindern können, schon am folgenden Tage mit dem Mittagszug dem Kandidaten nach Grunzenow zu folgen; — immer märchenhafter, immer märchenhafter wurde das Leben, je klarer und einfacher es sich gestaltete. Nun waren gar die Stunden zu zählen, bis zu dem Augenblick, in welchem Hans die Braut aus dieser Stadt, die ihnen beiden so wenig freundliche, freudige Tage, aber dabei das höchste Glück ihres Lebens gegeben hatte, fortführen konnte. Nun kam der Abend, und die Lichter flammten auf in der Annenstraße, und es leuchteten alle Fenster hinaus auf den weißen Schnee, der keinen Schritt und kein Geroll der Räder laut werden ließ. Die Frau Brandauer zündete ebenfalls ihre kleine Lampe an, und der Tag, der für den Kandidaten Hans Unwirrsch in so großer Unruhe, Verwirrung und Angst begonnen hatte, neigte sich in Seligkeit und im süßesten Frieden seinem Ende zu.

„Ja, ja", seufzte die Frau Brandauer, „junges Volk will seinen Weg gehen; es liegt einmal so in der Natur. Wer hätte gedacht, Herzensfräulein, als Sie neulich so leise, leise an meine Tür klopften, und fragten, ob hier das Stübchen wäre, das in der Zeitung stände, wer hätte gedacht, daß Sie dem Stübchen und der alten dummen Witwe Brandauer so bald wieder untreu werden würden. O je, o je, Herr Kandidate — da in der Tür stand das Fräulein in ihrem schwarzen Kleide, wie ein Engel, und die Händchen waren so kalt und die Füße; und wir alle zwei beide standen und sahen uns an, und dann gab es mir einen Knuff in den Rücken wie von oben, und ich knixte und sagte: Ja, und der Nachbar Grillmann auf der andern Seite des Ganges hintenheraus habe mir geholfen, es in die Zeitung zu bringen. Da haben wir denn diese Wochen zusammengehalten wie zwei gute Leute. Ach Gott, das Beste vergeht immer am schnellsten und der Sommer dauert einem lange nicht so lange als der Winter, und so ist denn keine Hilfe, morgen sitze ich wieder allein, und diese Stube ist wie ein alter, leerer Scherben, in dem das Winterröschen ausblühte."

„Wir wollen einander nicht vergessen", rief Franziska, die Hand der guten Frau gerührt drückend. „Der liebe Gott hat mich zu Ihnen geführt, und Sie haben die Fremde empfangen, wie eine Mutter ihre Tochter in der Verlassenheit aufnehmen würde. Ich will auch immer wie eine Tochter an Sie denken, liebe, liebe Frau Brandauer."

Die gute Witwe lachte und weinte und küßte das Fränzchen:

„Herzchen, es wäre ja das größte Unrecht, wenn ich Ihnen das Glück mißgönnte; — so einem kleinen, ängstlichen, abgejagten Vögelchen! Herr Kandidate, Gott hat Ihnen ein gutes Gesicht gegeben, und so hoffe ich, daß er Ihnen ein gutes Herz dazu geschenkt hat; — in Gottes Namen denn, nehmen Sie das Fräulein mit sich fort, und Gott helfe Ihnen beiden weiter, anjetzt durch den Schnee und dann durchs liebe lange Leben bis in die ewige Seligkeit, und ich will an diese Tage und Wochen denken, als ob ich ein Zeichen in mein Leben gelegt hätte wie ins Gesangbuch."

Hans dankte der guten Frau aus vollem Herzen für ihr Vertrauen und ihre guten Wünsche; dann aber mußte er der Nachbarn wegen, und vorzüglich des Nachbars Grillmann wegen, für diesen Abend Abschied nehmen. Wie schwer er sich von dem Stübchen im vierten Stockwerk der Nummer Vierunddreißig in der Annenstraße trennte, wollen wir nicht beschreiben; wie er dann unten im Schnee stand, die Hand auf das jubelnde Herz drückte und nach dem Lichte in die Höhe starrte, wollen wir der Einbildungskraft der Leser überlassen. Wie er, berauscht vom

Glück, es möglich machte, die Grinsegasse zu finden, wie er seiner tauben Wirtin die Wohnung kündigte, wie er seinerseits seine Sachen zusammenpackte und die Glaskugel des Vaters vorsichtig von der Decke nahm, wie er die letzte Nacht in der Grinsegasse schlief, — das alles mag der Leser sich ebenfalls ausmalen. Der Morgen fand ihn wach, aufgeregt und reisefertig; der Mittag fand ihn an des Fränzchens Seite im Eisenbahnwagen.

Und die Sonne schien auf den Schnee; es war sehr kalt, und die Schaffner und die Reisenden hatten sehr rote Nasen. Rotgeweinte Augen hatte die Frau Brandauer, die mit dem Taschentuch zum Abschied winkte.

Ja, junges Volk will seinen Weg gehen! Ein letzter Gruß für die brave Frau aus der Annenstraße, — ein letzter Blick auf das zurückbleibende Menschengedränge. — „Alles fertig, — vorwärts!"

Dreiunddreißigstes Kapitel

Es war der vierundzwanzigste Dezember, und alle die jungen Damen, welche Pantoffeln und Zigarettentaschen und Polster und Kissen für den Rücken gestickt hatten, — die Seelen der Männer, der jungen und alten, zu fangen, waren fertig mit ihrer Arbeit und erwarteten ihrerseits die Dinge, die da kommen sollten. Es warteten sehr viele Leute — große und kleine — auf kommende gute Dinge, — der Himmel war am Morgen und Mittag so blau, wie man es sich nur wünschen mochte, die Sonne bestrahlte glitzernd die weiße Weihnachtswelt und färbte sich erst am Nachmittag blutrot, als sie in den aufsteigenden Nebel hinabsank. Es schien, als ob die Sonne es wisse, daß hunderttausend Christbäume auf ihren Niedergang warteten, und es schien, als ob sie gutmütigfroh ihren Lauf beschleunige. Um fünf Minuten nach vier Uhr war das letzte Stückchen feuriges Gold hinter dem Horizont versunken, — der heilige Abend war da, war endlich gekommen, nachdem sich Millionen Kinderherzen solange nach ihm gesehnt hatten. Um fünf Uhr läuteten alle Glocken im Lande den morgigen Festtag ein, und die Kuchen waren fertig; es wurde Friede in der Brust auch der scheuereifrigsten Hausfrau. Um sechs Uhr stand jeder festlich geschmückte Tannenbaum in vollem Lichterglanz, und wer noch froh und glücklich sein konnte, der war es gewißlich um diese Stunde, in welcher sich das Himmelreich derer, die da sind wie die Kinder, auch dem trübsten Blick öffnet und das dunkelste Herz hell macht.

Das war ein Reisetag! Das war ein Tag, um der Heimat zuzueilen! Hans Unwirrsch und Fränzchen Götz bedurften keines Zaubermantels, keines übernatürlichen Beförderungsmittels mehr; der Postwagen oder vielmehr Postschlitten, der sie gen Freudenstadt führte, war selber ein zauberhaftes Vehikel, das dreist mit Oberons fliegender Muschel, mit dem fliegenden Koffer der arabischen Märchen, mit dem hölzernen Gaul, auf welchem der Ritter Peter mit dem silbernen Schlüssel und die schöne Magelone ritten, es aufnehmen konnte. Hans hatte sich als der trefflichste Reisemarschall erwiesen, sowohl während der Eisenbahnfahrt, als auch am vergangenen Abend im Gasthof zu ***, wo er das Fränzchen unter den besondersten Schutz der vornehmen Frau Wirtin stellte und die freundliche Versicherung erhielt, daß das Fräulein unter keinem Dach in der Welt sicherer und behaglicher schlafen solle. Richtig wurde es ihm am andern Morgen vergnüglich und wohlbehalten überliefert; sie nahmen Abschied von der wackeren Frau Wirtin, sie fanden ihre Plätze auf dem Postschlitten und fuhren hinein in den vierundzwanzigsten Dezember, ohne die Lerchen am klaren, hellblauen Himmel zu vermissen.

Wahrlich war die Post und der Weg nach Freudenstadt verzaubert. Hans Unwirrsch, der doch beides ziemlich genau kennen gelernt hatte, erkannte beides nicht wieder. Die Juden schienen bei solcher Kälte nicht zu reisen, und die Passagiere, die unterwegs ein- und ausstiegen, waren mit ihren mannigfaltigen Paketen, Schachteln und Körben in heiterster Weihnachtsstimmung.

Der Weg war vortrefflich, und kein grober Bauer brauchte mit seinen Gäulen Vorspann zu leisten. Auf der glatten Bahn flog der Schlitten pfeilschnell dahin, und die Postillone wurden nicht müde, ihre Weihnachtsstimmung durch Peitschenknall und wohlgemeinte Hornmusik kund zu geben. Durch alle Orte, durch welche die Post fuhr, war vor ihr der Weihnachtsmann geschritten, und jedermann sah aus, als ob er ihm so lange als möglich nachgesehen habe. Auch der bösartigste Stallknecht vor den Posthaltereien hatte sein Gesicht zu einem Grinsen verzogen, dessen letzte Ursache nicht etwa in einem extra-ordinär noblen Trinkgeld zu suchen war.

An solchem Tage mußten die letzten Gedanken an die trübe Vergangenheit mit ihren Kirchhofskreuzen aus der Brust entweichen. Die reine weiße Decke des Schnees hatte sich über die Gräber gebreitet, und der Sonnenschein glitzerte darauf; — die Toten feierten die ewige Weihnacht jenseits der niederen Hügel und auch jenseits des Sonnenscheins. Anton und Christine Unwirrsch, die Base Schlotterbeck, der Oheim Grünebaum, der Geheime Rat Theodor Götz, Felix Götz und des Fränzchens Mutter hatten nichts dagegen, daß Hans und Fränzchen am Fest der Kinder, froh und selig wie Kinder, der irdischen Weihnachtsfreude ihre Herzen öffneten.

Da waren die großen Nadelholzwälder und sahen heute ganz anders aus, als an jenem dunkeln Tag, an welchem der Kandidat sie zum erstenmal durchfuhr. Das wilde Schwein, das vom Rande des Forstes grunzend in den Schatten zurücktrabte; die Hasen, die komisch-eilig über den Schnee hüpften, der Zug Schneegänse, der mit Geschrei über den Wald zog, — alles machte einen angenehmen Eindruck auf das Gemüt.

Welch ein ander Ding war die Heide im sonnbeglänzten Weihnachtsschnee, als die Heide, über welcher der Novembernebel lag! Welch ein ander Ding war die Stadt Freudenstadt am vierundzwanzigsten Dezember, als am trüben Tage des Wind- und Reifmonats, an dem der Kandidat Unwirrsch zum erstenmal das Vergnügen hatte, ihren Kirchturm am Horizont auftauchen zu sehen!

Ja, da war die Stadt Freudenstadt wieder, und vor dem Tor stand wachehaltend ein mächtiger Schneemann, und sämtliche versammelte Jugend begrüßte die heranklingelnde Post mit langhallendem Jubelgeschrei. Auch durch das Tor von Freudenstadt war der Weihnachtsmann den Reisenden vorangeschritten, und jedes Gesicht, das hinter den Fenstern der Gasse, durch welche das königliche Posthorn erschallte, erschien und neugierig der Post nachsah, mußte ihn gesehen haben. Da war der Marktplatz von Freudenstadt; — Frisch auf, Kameraden, aufs Pferd, aufs Pferd! blies der Schwager, und — hielt mit einem Ruck die Gäule zehn Minuten vor der durch den Postzettel dem Publikum kundgemachten Zeit an; — es war der vierundzwanzigste Dezember.

Wer stand im Schnee vor der Tür der Posthalterei?

Ein Mann, der ganz und gar aussah wie der Weihnachtsmann, und jedenfalls ein Vetter oder sonst ein naher Verwandter von ihm war! Ein Mann in hohen Wasserstiefeln, Pelzrock und Pelzmütze. Ein Mann mit Pelzhandschuhen und einer qualmenden kurzen Tabakspfeife; ein Mann, der beim Anblick des Kandidaten Unwirrsch unzweifelhafte Zeichen ungemeiner Befriedigung und hohen Vergnügens zu erkennen gab; ein Mann, bei dessen Anblick der Kandidat Unwirrsch, die Hand Franziskas fassend, rief:

„Der Herr Oberst von Bullau!"

„Ja, er selbsten! Hurra, wo ist mich das Wurm? Das ist es? komm 'raus, Herzenskind! komm her, Liebchen! Dies ist unser Fränzchen Götz? Vivat, nochmals und abermals! Gott grüß dir, Liebchen, und sei tausendmal willkommen und — tausend Schwerenot, vom Erdboden stammst du wohl nicht?"

Die letzte Frage war sehr erklärlich; — der Oberst hatte den Schlag des Postschlittens aufgerissen, hatte die junge Dame in die Arme gefaßt, um ihr einen Schmatz zu geben und ihr das Aussteigen zu ersparen. Nun hielt er die leichte Last hoch in den Lüften und verwunderte sich, ehe er sie auf den Boden absetzte, und das Fränzchen sträubte sich gar nicht gegen seine rauhen Liebesbezeugungen.

„Schätzchen, Schätzchen, haben wir dir!" rief der Oberst von Bullau. „Das ist mir mein Christkind. Ein Hurra für den Leutnant Rudolf Götz und sein Fräulein! Schreit mit, ihr Dickköpfe!"

An das versammelte Volk von Freudenstadt war die Aufforderung gerichtet, und das Volk schrie mit.

Der Oberst drückte nun auch dem Kandidaten die Hand, gab ihm einige wohlmeinende, vielsagende Ellenbogenstöße und verkündete, daß der Onkel Rudolf „wohl bis aufs Pedal!" sei und mit Grips das Haus Grunzenow auf den Kopf stellte. Er verkündete, daß das Frühstück bereit sei im Polnischen Bock, und daß der Schlitten von Grunzenow eben daselbst warte. Mit ritterlichem Anstand führte er das Fränzchen über den Marktplatz von Freudenstadt, und alle Honoratioren von Freudenstadt gerieten in die größtmögliche Aufregung über den alten Krieger und das fremde Fräulein. Die seltsamsten Vermutungen wurden darüber angestellt; alle Damen einigten sich jedoch sehr bald dahin, daß der Oberst des ehelosen Lebens müde geworden, und daß die arme, junge Braut gekommen sei, „sich die Heidenwirtschaft in Grunzenow anzusehen". Die guten Seelen bedauerten das Fränzchen sehr; und hätten ihre Meinungen dem Oberst im Polnischen Bock den Appetit verderben können, so würde der wackere Kriegsmann gewiß nicht so seelenvergnügt von Freudenstadt abgefahren sein, wie er daselbst ankam.

Nun aber zeigte es sich, weshalb der Wirt zum Polnischen Bock einen solchen Respekt vor dem Namen des Obersten von Bullau hatte. Ein solcher Gast mußte ein Segen für jedes Wirtshaus in der Welt sein, ein solcher Gast fuhr nicht alle Tage vor, um Küche und Keller zu revidieren.

Der Polnische Bock fand sich in einer Aufregung, wie ein Ameisenhaufen, den ein Stockschlag oder Fußtritt traf. Es roch gut und nahrhaft im Polnischen Bock; es war aber kein Wunder, wenn Hans und Franziska über das Frühstück des Obersten von Bullau ein wenig erschraken: der Oberst hatte ihren Hunger sehr überschätzt.

Weihnacht! Weihnacht! Wir lassen das Fränzchen und den Obersten genauere Bekanntschaft machen bei diesem trefflichen Frühstück, um ihnen und dem Kandidaten vorauszueilen nach Grunzenow an der See, wo der Leutnant Rudolf vor Ungeduld vergehen will und dem treuen Grips das Leben sauer macht.

Das Meer im Weihnachtssonnenschein ist auch eine Vorstellung, die das Herz weiter machen kann. Auch durch das Dorf Grunzenow war der Weichnachtsmann geschritten und hatte grüne Tannenzweige vor den Hütten des seefahrenden Volkes verloren. Der Rauch, der aus den Schornsteinen in die kalte Luft stieg, sah aus, als ob er mehr als an andern Tagen zu bedeuten habe; die Seevögel, die Kinder, die Alten und Pastor Ehrn Josias Tillenius, der, durch das Dorf humpelnd, fast vor jeder Tür stehen blieb, wußten, was sie von diesem Tage zu halten hatten.

Wenn wir, das Dorf verlassend, und hinter dem Pfarrherrn her zu dem Herrenhaus emporsteigend, den Hof daselbst betreten, so dürfen wir — starr stehen bleiben vor Verwunderung.

Auch auf dem Hofe von Grunzenow stand ein riesenhafter Schneemann und hielt Wacht vor einer aus grünen Tannenbäumen und Tannenzweigen künstlich errichteten Ehrenpforte, über der ein noch dunkles Transparent das Fränzchen und den Kandidaten Unwirrsch willkommen hieß. Das Hausgesinde schien das Fieber zu haben, die Hunde wußten augenscheinlich, daß etwas Außergewöhnliches im Werke sei; die Aufregung des Leutnants Götz aber kannte keine Grenzen und mußte jedem mit den Verhältnissen Unbekannten nicht wenig bedenklich erscheinen.

Der körperliche Zustand des Leutnants hatte sich soweit gebessert, daß der biedere Krieger mit Hilfe eines Krückstockes in wohlwattierten Pelzstiefeln umherhinken konnte, und das war ein großes Glück, denn in seinem Rollsessel hätte er es an dem heutigen Tage nicht ausgehalten. Seit vier Uhr morgens war er auf den Beinen, um das, was in dem Kastell noch auf dem Kopfe stand, auf die Füße zu stellen, wobei ihm Grips an der Spitze des verwilderten Hausvolks hilfreich zur Hand ging, während der Oberst sich zur Fahrt nach Freudenstadt rüstete.

Haus Grunzenow war nicht wieder zu erkennen seit dem Tage, an welchem Hans Unwirrsch es verlassen hatte, um das Fränzchen zu holen. Man hatte „das Weibervolk hereingelassen", und es war gekommen mit Besen und Bürsten, mit Lauge und Seife, mit warmem und kaltem Wasser, und mit dem besten Willen, dem Greuel, der Sünde und der Schande ein Ende zu machen.

Es war keine Kleinigkeit, das Haus Grunzenow zu scheuern! — Wenn das Alter ehrwürdig macht, so waren der Schmutz, der Staub, der Schimmel, das Wurmmehl und die Spinnengewebe gewiß im höchsten Grade ehrwürdig, sie wichen aber auch nur den hartnäckigsten Angriffen. Von allen Treppen rauschten die Wasserströme, in allen Gemächern wirbelte der Staub; die Hunde verkrochen sich heulend in die entlegensten Winkel, um den Besenstielen zu entgehen, das Hausgesinde kroch fluchend in den Ställen zusammen, und der Oberst und der Leutnant, die sich „die Sache doch nicht so vorgestellt hatten", retteten sich mit einem wohlgefüllten Flaschenkorb und einem entsprechenden Knastervorrat in das Pfarrhaus und ließen Grips wie den grimmigsten aller Tritonen unter den Wasserweibern zurück, mit dem Auftrag, „Meldung zu tun", wenn die „Arche wieder auf dem Trockenen sitze"! Zwei Tage hindurch saß Grips auf dem Treppengeländer, seinen Trost in diesem Jammer weniger an einem Muschelhorn als an einer dickbäuchigen Flasche echten alten Wacholders findend. Am Ende des zweiten Tages sanken die Wasser, und gegen den Mittag des dritten Tages meldete sich der „Faktotus" auf der Pfarre und zeigte an, „daß das Haus rein, die Bestialität zu Ende und das Frauenzimmer wieder abgezogen sei".

„Gott straf mir, meine Herrens", sagte Grips, „schön ist's, aber besser roch es doch sonst! Grüne Seife, Herr Oberst, allgemeiner Rasiertag — Regimentswäsche, Herr Leutnant! Sehr schöne, meine Herren, — kein Hund wagt mehr feste aufzutreten."

„Grips", sagte der Oberst von Bullau, „Grips, der Herrgott

weiß am besten, was 'nem Menschen und 'nem alten Soldaten gut ist. Propperté ist 'ne angenehme Tugend."

„Mit Maß, — zu Befehl, Herr Oberst!" erwiderte Grips gebrochen. Der Leutnant wurde samt dem leeren Flaschenkorb wieder in den Schlitten gehoben; die beiden alten Herren zogen in Begleitung des Pastors wieder in das alte Kastell ein, alle zwei- und vierfüßigen Hausbewohner krochen mit Graus und Gewinsel aus ihren Schlupflöchern hervor.

„Alle Hagel! alle Hagel!" rief der Oberst einmal über das andere, als er aus einem Gemache in das andere schritt.

„Alle alten Herrens möchten sich an der Wand umdrehen!" seufzte Grips, wehmütig zu den Ahnenbildern des Hauses Bullau emporblickend.

„Aber die Damen, Grips! aber die Damen!" lachte Ehrn Josias Tillenius fröhlich und rieb sich die Hände. „Seht die Damen, Grips! sie haben noch nie, seit ich die Ehre habe, sie zu kennen, so frisch und vergnügt ausgesehen. Wahrlich, Bullau, es tat Eurem Bau not, daß einmal in solcher Art Kehraus gemacht wurde!"

„An der Hofmauer liegt's", seufzte Grips. „Viertelhalb Fuder — sechs Scheffel Pröppe und drei Sack Tabaksasche darbei; — ist'n Elend und Jammer, aber eine Merkwürdigkeit ist's auch!"

„Eine Prinzessin könnte auf dem Fußboden niedersitzen", schrie der Oberst, plötzlich in Ekstase geratend. „Hurra, Rudolf, jetzt kann das Mädel mit dem Schwarzrock einrücken! Hurra, jetzt wird's mich aber Tag auf Grunzenow!"

Der Leutnant stand auf den Füßen, als kenne er das Podagra noch nicht einmal dem Namen nach; er schwang den Krückstock und die Kappe und schrie ebenfalls Hurra aus vollem Halse; aber die Tränen standen ihm in den Augen. Der Pastor sah auch mit glänzenden Augen von dem Boden zur Decke und von einem der beiden greisen Kriegsgefährten auf den andern.

„Es ist uns eine gute Stätte bereitet für unsere alten Tage", sagte er leise. „Schlagt ein, Kameraden! wir haben gut zusammengehalten, und es soll so bleiben bis zum letzten."

Die drei alten Hähne schüttelten sich energisch die Hände, und dann erkundigte sich der Oberst besorglich, ob die Weiber auch nicht über den Keller geraten seien, und erhielt von Grips die beruhigende Versicherung, daß dieser Schlüssel nicht aus seiner Tasche gekommen sei. Bei einer dampfenden Bowle Punsch wurde die Reinigung des Hauses Grunzenow gefeiert, und bei ebenderselben ein Kriegsrat gehalten über die Frage, was nunmehr weiter zu beginnen sei, um dem Kind den Aufenthalt in der Wüste behaglich zu machen. Jetzt war der Pastor der Mann, dessen Meinung den Ausschlag gab. Er bezeichnete das Eckzimmer, von welchem aus man den weitesten Blick über Land und Meer hatte, als das Gemach, in dem sich das Fränzchen am heimischsten fühlen werde. Er bezeichnete die Möbel, mit welchen dieses Zimmer auszufüllen sei, und versprach, aus seinem Pfarrhause einen Beitrag dazu zu liefern.

Des Leutnants Hirn siedete und kochte; auch er brachte mancherlei Vorschläge zur Verschönerung und Wohnlichmachung des Kastells an den Tag; aber gleich den Plänen des Obersten litten diese Vorschläge meistenteils an einer Abenteuerlichkeit, die dem Pfarrherrn ein höchst behagliches, doch kopfschüttelndes Lächeln entlockte.

Grips wurde nach Freudenstadt gesendet, um allerlei notwendige Dinge zu holen. Mit hochbepacktem Schlitten kam er zurück und bewies, daß er ein Mann von Geschmack, wenn auch vielleicht ein wenig zu sehr „für das Bunte" sei. Es wurde viel geklopft und gehämmert auf Haus Grunzenow; der weibliche Hausstand wurde vermehrt und verbessert. Am zweiundzwanzigsten Dezember war alles zum Empfang des jungen Gastes bereit, und das Stübchen, welches der Kandidat und demnächstige Adjunktus, Hans Unwirrsch, auf der Hungerpfarre bewohnen sollte, war ebenfalls aufs beste ausgekehrt und eingerichtet.

Am Morgen des vierundzwanzigsten Dezember fuhr der Oberst nach Freudenstadt, das ankommende Paar daselbst in Empfang zu nehmen, während der Leutnant, der Pastor und Grips die Errichtung des Schneemanns und der Ehrenpforte beaufsichtigten und noch andere wichtige Vorbereitungen trafen.

In zappelnder Ungeduld, Hast und Aufregung verbrachte der Leutnant Götz den Tag. Die Vorstellung, daß nunmehr sein Fränzchen ihm wiedergegeben werden solle, der Gedanke, daß sich nun niemand mehr trennend zwischen ihn und das arme Kind drängen dürfe, trieben ihn alle Augenblick von seinem Sessel in die Höhe, jagten ihn alle Augenblick ans Fenster, oder vor die Tür. Der Rollsessel war ein überwundener Standpunkt oder vielmehr Sitzpunkt; es zeigte sich wieder, daß die Hoffnung und die Freude die besten Ärzte sind. Der Leutnant Rudolf Götz war einfach außer sich, und seine Unruhe brachte nicht nur den Pastor Tillenius, sondern sogar den praktischen, unbeweglichen Grips aus dem Gleichgewichte.

Vergeblich zitierte der Pfarrer aus der Pfarrbibliothek und ermahnte zur Selbstbeherrschung, Fassung und Geduld; — vergeblich erklärte Grips, daß sich die Zeit nicht vorschieben lasse, daß die Laterne im Kopfe des Schneemanns, die Lampen hinter dem Transparent, die Lichter an der Weihnachtstanne im großen Saal zum Anzünden bereit, daß die Böller geladen und Petersen und Gerd Classen zum Losbrennen gerüstet seien. Weder die Ermahnungen des Pastors, noch die Versicherungen des Hausmeiers von Grunzenow brachten den Leutnant zur Ruhe, und als ihm gar noch um drei Uhr des Nachmittags einfiel, daß das Fränzchen den jungen Popen habe „ablaufen" lassen, und daß der Oberst von Bullau „solus" von Freudenstadt heimkehren werde, da bedurfte Ehrn Josias Tillenius seiner ganzen Beredsamkeit und Überzeugungskraft, um den Onkel Rudolf vom Haarausraufen zurückzuhalten.

Hussa! Die Rappen des Oberst von Bullau wurden im Polnischen Bock mit derselben Aufmerksamkeit behandelt, wie ihr Herr, der noch dazu gewohnt war, selbst im Stall ihre Verpflegung zu überwachen. Hussa! mit freudigem Wiehern galoppierten sie über die glatte Bahn, ohne das Geknall der Schlittenpeitsche und das Hallo des Obersten für eine Drohung zu nehmen. Das war eine andere Fahrt, als jene auf dem elenden Marterfuhrwerk des Wirtes zum Polnischen Bock. Der Oberst befand sich in der allerbesten Stimmung; auch seine ganze Seele hatte das Fränzchen bereits gewonnen; er nannte es: sein Kind, sein Liebchen, sein Lamm; er fragte es einmal über das andere, ob es es auch niemals gereuen werde, ihm und dem Onkel Rudolf und „dem da" in ein so wildes, wüstes Nest zu folgen — er schalt es, daß es ihn, den Oberst, und den Onkel Rudolf und den Pastor Tillenius so lange bei den Seelöwen und Klabautermännern allein habe sitzen lassen. Er stieß alle fünf Minuten den Herrn Kandidaten Unwirrsch in die Rippen und nannte ihn einen „ganz merkwürdigen Burschen"; er zog ihn am Ohr, und erinnerte ihn grinsend an die Rede, die er neulich dem Leutnant gehalten habe; — es war ein Wunder, daß der Oberst von Bullau den Schlitten nicht um und den Kandidaten und das Fräulein in den Schnee warf.

Nun war der Augenblick da, in welchem die rote Sonnenscheibe hinter der weißen Heide versank.

„O sieh, sieh, Johannes, wie schön!" rief Franziska. Es stieg der Mond hinter dem Hünengrabe empor, und wie im Traum sprach Hans Unwirrsch:

„Viele Menschen und Könige sind da geschlachtet worden — in der Riesenzeit, von den Riesen."

Und wieder erscholl durch die Dämmerung die große Stimme des Meeres; erst dumpf in weiter Ferne, dann immer näher und lauter.

Nun war die Stunde, in der alle Christbäume im deutschen Lande aufflammten, — die rechte Stunde, um in ein neues, glückliches Dasein mit freudig-vollem, dankbarbewegtem Herzen einzuziehen. Nun saß die Freude nieder an jedem Herd, an welchem sie nicht bereits die Sorge, die Krankheit, den Haß, den Neid und den Tod sitzend fand: wahrlich, es war die Zeit, um hungernd nach Frieden und Liebe die Heimat zu erreichen!

Das böse Moor lag hinter den Reisenden, schnaufend arbeiteten sich die Pferde die letzten Hügelreihen hinan. Hans hatte den Arm um seine Braut gelegt, es war allmählich sehr kalt geworden, und die Luft war so rein, der Mond schien so hell, daß weithin jeder Gegenstand sich aufs schärfste von der schneebedeckten Erde abhob.

Auf dem letzten Dünenhügel, dicht am Wege, stand eine dunkle Gestalt und —

„Kreuzhimmeldonnerwetter!" schrie der Oberst von Bullau, die Zügel mit aller Kraft fassend. Ein Blitz und ein Knall! Das war einer der Böller des Hauses Grunzenow, und die dunkle Gestalt war der Posten, den Grips aufgestellt hatte, das Nahen des Schlittens zu verkünden.

Die Gäule bäumten sich und schlugen aus; es bedurfte aller Geschicklichkeit des rossekundigen Obersten, um sie zu beruhigen.

„Hier mal 'ran! wer war mich denn dieser knallende Satan?" rief der Oberst, und die dunkle Gestalt kam im kurzen Trab an den Schlitten, um sich zu melden.

„Hurra Grunzenow!" schrie der Oberst; eine Rakete stieg jenseits des Hügelrückens auf; Grips mit den Seinigen meldete sich ebenfalls; — der Schlitten erreichte die Höhe des Weges, und das weiße Ufer, das Meer im Mondenschein und die hellen Hüttenfenster von Grunzenow lagen vor den Blicken des Fränzchens.

„Da sind wir! willkommen zu Hause, mein Liebling!" rief der Oberst, und gab dem jungen Mädchen wiederum einen herzhaften Kuß, gegen welchen es sich wiederum nicht wehrte. Hügelabwärts ging's; — durch das Dorf klingelte der Schlitten; — Weihnacht, Weihnacht! — Glanz und Lichter der Weihnacht aus allen Fenstern.

Weitauf stand das Hoftor von Grunzenow, an welchem Hans Unwirrsch einst so lange hämmern mußte. Grimmig leuchtete die Laterne aus Augen und Maul des Schneemanns. — Willkommen! rief mit feurigen Lettern der Triumphbogen des Tausendkünstlers Grips; — Willkommen! brüllte aus rauhen Kehlen das Hofgesinde. Die Böller krachten, die Hunde bellten, — der Leutnant Rudolf Götz hielt sein Kind in den Armen, und hätte es fast erdrückt und erstickt; Ehrn Josias Tillenius hatte sich des Kandidaten Unwirrsch bemächtigt und flüsterte ihm ins Ohr:

„Ei, ei, — ei, ei, das ist sie? Gott segne dich, Hans, — das ist sie?"

„Ja, ja, das ist sie!" rief Hans Unwirrsch, und der Leutnant Rudolf wiederholte dasselbe und legte das Fränzchen in die Arme des alten Pfarrherrn von Grunzenow. —

Der Oberst schritt von einem zum andern und schüttelte sich und den Freunden fast die Hand ab. Grips zog grinsend den Mund bis zu beiden Ohren auseinander und beleuchtete die Gruppe als gerührter Statist. —

Da war der große, alte Saal des Hauses Grunzenow! Die beiden riesenhaften holländischen Kachelöfen glühten, — ein riesenhafter Christbaum glänzte im Schein von hundert Wachslichtern — Weihnacht, Weihnacht! ein solches Weihnachtsfest hatte das Haus Grunzenow seit hundert Jahren nicht erlebt.

Unter der Weihnachtstanne saß Fränzchen Götz, umgeben von den drei greisen Männern, und ein liebliches Bild war's. Die altersschwarzen Jägerbilder auf den Tapeten schienen zu lächeln, es lächelten aus ihren dunkeln Rahmen die grimmigen Herren und die zierlichen Frauen von Bullau, und Hans Unwirrsch lächelte auch, aber durch Tränen.

Viel war nun zu bereden, — Vergangenes und Zukünftiges, — doch jetzt mußte sich ja eine Zeit für alles finden, für Leben und Tod, wie der Oberst von Bullau sagte! Weihnacht, Weihnacht, — das Fränzchen unter dem Christbaum zu Grunzenow an der Ostsee! Wenn der Kandidat Unwirrsch am nächsten Morgen nicht in der Grinsegasse, vier Treppen hoch, unter dem Dach, erwachte, so hatte sich der Ring seines Glückes geschlossen. —

Vierunddreißigstes Kapitel

Das Meer und nicht die große Stadt bewegte sich rauschend am andern Morgen vor den Fenstern Hans Unwirrschs; doch wollte er es anfangs nicht glauben. Lange vor seinem Erwachen redete das Meer in seine Träume hinein, und ihm träumten wunderliche Dinge. Die ganze Nacht hindurch hatte er sich gegen das rätselhafte Sausen und Brausen zu wehren, das in der Ferne sich erhob und heran- und heraufschwellend ihn zu ersticken drohte. Die ganze Nacht hindurch kämpfte er gegen dieses geheimnisvolle Etwas, dieses Gewirr von tausend und abertausend Stimmen, in dem seine eigene Stimme so machtlos verklang, wie der Hilferuf eines Kindes im wildesten Orkan. Es war wie eine Erlösung, als er endlich erwachte, und nicht mehr zweifeln durfte, daß er die See höre und nicht das Geräusch der Welt, durch die ihn sein Lebensweg geführt hatte.

Nachdem es ihm zur Gewißheit geworden war, daß er sich unter dem Dach der Hungerpfarre zu Grunzenow und nicht in der Grinsegasse oder gar in dem Hause in der Parkstraße befinde, lag er noch eine geraume Zeit mit halbgeschlossenen Augen und überließ sich dem wonnigen Gefühl des sichern Glückes und den süß-wehmütigen Gedanken und Erinnerungen, die immer und immer so unauflöslich mit diesem Gefühl verbunden sind. Der Augenblick, der dem Menschen seinen Gewinn zeigt, lehrt ihn auch seinen Verlust am deutlichsten erkennen. Wie viele treue Herzen und warme Hände fehlen uns immer in der besten Stunde!

Es war noch ganz dunkel, als Hans erwachte, nur der Schnee erhellte ein wenig die Nacht; Hans brauchte nicht die Schatten der Toten mit Blut zu tränken, um ihnen Stimme zu geben; er brauchte sie nicht zu rufen, sie kamen freiwillig; — er aber legte ihnen Rechenschaft ab an diesem Christmorgen.

Ein gebeugter, hagerer Mann mit mildem, ernst-heiterem Gesicht stand vor seinem geistigen Auge, — der Meister Anton Unwirrsch, der so großen Hunger nach dem Licht gehabt hatte, und der in seinem Sohne sein Dasein, seine Wünsche und Hoffnungen vollenden wollte. „O Vater", sagte Johannes, „ich bin den Weg gegangen, den du mir gewiesen hast, und habe mich in harter Arbeit abgemüht, die Wahrheit zu erfassen. Viel habe ich geirrt, und Ratlosigkeit und Kleinmut haben mich oft erfaßt, — ich habe nicht mit stetigem Schritte vorwärts schreiten können. Die Welt war mir ein zu großes Wunder, als daß ich so keck und kühn wie andere nach ihren Schleiern und Hüllen greifen konnte; — sie erschien mir zu ernst und feierlich, als daß ich ihr gleich andern mit Lächeln entgegentreten konnte. Vater, wer aus so armen, niedern Häusern kommt, wie wir, dem darf man es nicht vorwerfen, wenn er die erste Strecke seines Weges nur scheu und zögernd zurücklegt, wenn ihn Nichtigkeiten blenden, wenn ihn falsche Trugbilder verwirren, wenn ihn Irrlichter verlocken. Vater, wer unter so niederm Dach hevortritt, wie wir, der muß im Guten oder im Bösen ein starkes Herz haben, um nicht, nach den ersten Schritten aufwärts, wieder umzukehren und in der Tiefe sein dunkles Leben weiter zu führen. Selbst die ersten Kenntnisse und Erfahrungen, die er erwirbt, dienen nur dazu, den Einklang seines Wesens zu zerstören; sie machen ihn nicht glücklich. Zu allen andern Zweifeln erwecken sie ihm noch den Zweifel an sich selber. O Vater, Vater, es ist schwer, ein rechter Mensch zu sein und jedem Dinge sein rechtes Maß zu geben; wer aber mit der Sehnsucht danach in der Tiefe geboren wird, der wird doch eher dazu kommen, als jene, die zwischen Gipfel und Niederung erwachen, und denen das Oben wie das Unten gleich unbekannt und gleichgültig bleibt. Aus der Tiefe steigen die Befreier der Menschheit; und wie die Quellen aus der Tiefe kommen, das Land fruchtbar zu machen, so wird der Acker der Menschheit ewig aus der Tiefe erfrischt. O Vater, der Mensch hat doch nichts Besseres, als dies schmerzliche Streben nach oben! Ohne es bleibt er immerdar Erde von Erde genommen, in ihm und durch es richtet er sich aus aller Leibeigenschaft des Staubes auf, in ihm reicht er, wie wenig es auch sei, was er erlange, allen himmlischen Mächten die Hand; in ihm steht er auf der winzigsten Scholle, in dem engsten Kreise als Herrscher des unendlichsten Gebietes da, als Herrscher seiner selbst. Auch der Zweifel ist ja Gewinn in seinem Leben, und der Schmerz ist so edel — oft edler als das Glück, die Freude. Vater, ich bin meinen Weg in Unruhe gegangen; aber ich habe die Wahrheit gefunden; ich habe gelernt, das Nichtige von dem Echten, den Schein von der Wirklichkeit zu unterscheiden. Ich fürchte mich nicht mehr vor den Dingen, denn die Liebe steht mir zur Seite; — Vater, segne deinen Sohn für seinen künftigen Weg und bitte für ihn, daß der Hunger, der ihn bis hierher geleitet hat, ihn nicht verlasse, solange er lebt."

Mit allen seinen Gestorbenen verkehrte Hans an diesem dunkeln Christmorgen, ehe die Dämmerung kam. Sie schritten im langen Zuge vorüber, und er dankte jedem für das, was er von ihm als Mitgabe für den Lebensweg erhalten hatte. Daß die Mutter, die kleine Sophie, der Armenlehrer Karl Silberlöffel, die Base Schlotterbeck und der Oheim Nikolaus Grünebaum vorübergingen und ihm lächelnd zunickten, das war kein Wunder; aber es war fast ein Wunder, wie viele andere Leute aus dem Dunkel hervortraten, um ihr Teil an seinem Werden und Wachsen in Anspruch zu nehmen. Es war ein Wunder, an wie vielen Stätten die Geschichte seiner Bildung haftete, wie weit zurück oft der Ausgangspunkt jeder Seelenregung lag. Erst in diesen Augenblicken sah Hans so recht ein, wie reich sein bisheriges Leben gewesen war, welchen Reichtum er aus der versunkenen Welt seiner Jugend mit hinüber nahm in das neue Leben zu Grunzenow an der Ostsee. Immer neue, immer wechselnde Bilder und Gestalten zogen vorüber und stiegen herauf, als die Kirchenglocke von Grunzenow anfing zu läuten.

Die Glocke von Grunzenow, der neuen Heimat! Die Glocke der Weihnachtskirche! Aufrecht saß Hans Unwirrsch auf seinem Lager und horchte; — sein Herz klopfte, und alle Pulse schlugen! nach Herz und Hirn drängte sich alles Blut — — o Fränzchen, Fränzchen!

Alle Kindheitsgefühle waren in der Brust des Mannes wach geworden. Ehe er die Treppe hinabstieg, kniete er nieder und barg minutenlang stumm das Gesicht in den Händen; er hörte es nicht, daß die Tür hinter ihm sich öffnete.

In seinem schwarzen Predigerrock trat der alte Josias in die Kammer und setzte leise das Licht, das er trug, neben die Lampe des Kandidaten. Regungslos stand er, solange die kleine Glocke läutete, solange Johannes Unwirrsch neben seinem Bette kniete. Als die Glocke schwieg und der junge Hausgenosse das Haupt wieder erhob, legte er ihm die Hand auf die Schulter und sagte gerührt, indem er sich zu ihm niederbeugte:

„Es ist ein glückliches Zeichen, mit solchem Geläut zu neuer Arbeit, neuen Sorgen, neuem Leben zu erwachen. Mein lieber, lieber Sohn, sei mir willkommen in diesem armen und doch so reichen, diesem so begrenzten und doch so grenzenlosen Wirkungskreise. Gott gebe dir Kraft und Segen an diesem Strand, unter diesen Hütten, unter diesem Dache. Gott behüte dich in deinem Glücke und segne dich in deinem Leid!" —

Zum zweitenmal läutete die Glocke, als Hans an der Seite des greisen Pfarrherrn die Stufen emporstieg, die hinter dem Pastorenhause auf den Kirchhof des Dorfes führten. Quer über den Kirchhof ging der Weg zur Kirche, und zwischen den weißen Gräbern und den schwarzen Kreuzen, welche auch alle Schneehauben trugen, blieben die beiden geistlichen Herren stehen, um auf das Dorf zurück zu schauen. Das Meer rauschte in der Finsternis, aber im Dorf war fast jedes Fenster erleuchtet, und reges Leben herrschte auf dem Kirchwege. Aus seinen Hütten stieg das Volk der Fischerleute zu seiner Kirche empor, — Greise, Männer, Weiber, Kinder! Sie kamen mit Laternen und Lichtern, und wenn die Erwachsenen, die Ältern im Vorüberschreiten mit vertraulicher Ehrerbietung ihren Pfarrherrn grüßten, so kam fast jedes Kind zu ihm heran, um ihm die Hand zu geben; er aber kannte sie alle bei ihrem Namen, kannte ihre kleine, kurze Lebensgeschichte und hatte fast für jedes ein anderes Liebkosungswort.

Zum drittenmal zog der Küster von Grunzenow den Glockenstrang, als wieder eine größere Gruppe in die Kirchhofspforte trat, und Grips war's, der hier die Laterne vortrug. Ritterlich führte der Oberst von Bullau das Fränzchen an der Spitze seiner Hofleute und sagte, als Hans Unwirrsch vor ihm stand, und Grips seine Laterne erhob, um die Begrüßung zu beleuchten:

„Also pflegt der Mensch auszusehen, der nicht sagen kann, wie wohl ihm zumute ist. Da, Herr Kandidatus, da habt Ihr Euer Mädchen; ich wünsche Euch fröhliche Feiertage und viel Pläsier damit."

Hand in Hand gingen Hans und Fränzchen mit den andern Leuten von Grunzenow in die kleine Kirche, wo der Küster bereits vor der Orgel saß. Auf dem kurzen Wege konnte Franziska dem Verlobten und Hans der Braut wirklich nicht sagen, wie ihnen zumute sei; aber beide wußten es doch. Den schönsten Gruß vom Onkel Rudolf bestellte jedoch das Fränzchen; unter dem Christbaum im Kastell saß der Onkel mit seiner Pfeife und hatte seine Weihnachtsgedanken so gut wie alle andern.

Wohl hundert Lichter erhellten die kleine Kirche; niemand hatte sein Lämpchen beim Eintritt ausgeblasen, und wunderbar feierlich erschien die Versammlung dieser Gemeinde am Ufer der See.

Auf einer der vordersten Bänke, dicht vor dem Altar und der Kanzel, saß der Kandidat Unwirrsch neben seiner Braut und dem Obersten von Bullau nieder und sang im rauhen Chor der Fischer das alte Weihnachtslied mit bis zu Ende; bis unter den letzten Klängen der Orgel und des Gesanges Ehrn Josias Tillenius auf seine Kanzel trat, um seine Weihnachtspredigt zu halten; bis alle die von der Sonne gebräunten, vom Sturme und

Wetter zerbissenen Gesichter der Männer, bis alle die ernsten Gesichter der Frauen, bis alle Kinderaugen sich zu dem alten, treuen Berater und Tröster emporhoben. Und keiner der berühmten und beliebten Redner, die Hans in der großen Stadt gehört hatte, keiner der berühmten Professoren, die ihm auf der Universität so viele guten Lehren gaben, hätte eine trefflichere Rede halten können, als der Greis von der Hungerpfarre zu Grunzenow.

Mit jenem Gruß der Engel, über welchen kein anderer in der Welt geht, grüßte er seine Gemeinde: „Ehre sei Gott in der Höhe, und Friede auf Erden und den Menschen ein Wohlgefallen!" Dann wünschte er allen Glück zu dem hohen Feste, den Jungen wie den Alten, den Greisen wie den Kindern; und er hatte es recht, als er einst zu Hans Unwirrsch sagte, daß es ein seltsam Ding sei, wenn einem Pastor das Meer in seine Worte klinge. Er sprach von dem Guten und Bösen, was geschehen sei, seit man vor einem Jahre diesen Tag feierte; er sprach von dem, was werden könne bis zu dem nächsten Weihnachtsglockenklang. Er hatte ein Wort für die Trauernden, und für die, welchen Freude gegeben worden war. Seine Vergleiche konnte er nicht, wie seine Amtsbrüder weiter im Lande, die jetzt auch auf ihren Kanzeln standen, der Arbeit des Ackermanns entnehmen; er konnte nicht sprechen vom Säen, Blühen, Fruchtbringen und Verwelken; — das Meer rauschte in seine Worte.

Er sprach von den Angehörigen seiner Gemeinde, die jetzt in der Fremde schifften, von denen man nicht wußte, ob sie lebten oder ob sie tot seien: die Erde vom Nordpol bis zum Südpol mußte Raum finden in seiner Predigt. Er sprach von den Verschollenen, deren Platz am Herde seit Jahren leer war, nannte zwei weinende Mütter bei ihren Namen und tröstete sie mit der Verheißung, daß niemand, niemand verloren gehen könne, so weit die Welt auch sei, da geschrieben stehe, daß Gott die Meere in der hohlen Hand halte. Er sprach von dem großen Weihnachtsbaum der Ewigkeit, unter welchem einst alle, alle versammelt sein würden.

Hans Unwirrsch dachte an die Hungerpredigten, welche er in der Grinsegasse hatte schreiben wollen, um durch ihren Druck einen Namen zu erwerben und Tausende dadurch zu rühren und zu erheben. Er ließ das Haupt sinken vor der Rede dieses Greises, die gewiß nicht druckfähig war und doch den Hörern bis ins tiefste Herz drang. Das Fränzchen weinte ihm zur Seite, der Oberst von Bullau räusperte sich von Zeit zu Zeit sehr vernehmlich und murrte in den grauen Bart; das Volk der Fischer seufzte und schluchzte.

Ehrn Josias Tillenius war an den Weihnachtsbaum jeder Hütte seines Dorfes getreten; nun stand er plötzlich im Schatten des Baumes der Weltgeschichte, durch dessen Gezweig der Stern der Verkündigung auf die Krippe zu Bethlehem niederleuchtete. In einfach ergreifender Art erzählte er seiner Gemeinde, wie es aussah auf Erden, als die Engel ihren Gruß vom Himmel niederbrachten. Von der Stadt Rom erzählte er und von dem römischen Kaiser Augustus, von den stolzen Tempeln, den stolzen Weisen, Kriegern und Poeten. Er sprach davon, wie die Sonne, der Mond und alle Gestirne damals so segensreich ihren Weg gingen, wie heute, wie die Erde ihre Früchte trug, wie das Meer seine Schätze ebenso gutwillig hergab, wie jetzt. Er erzählte, wie die Menschen sich damals in ihrer Zeit eingerichtet hatten: wie Zoll gefordert und gegeben wurde, wie die Seen und Flüsse und das Meer voll Schiffe, wie die Landstraßen voll Wanderer und die Märkte voll Kaufleute waren. Er berichtete, wie die Schätze der Nationen wie heute hin und her getragen wurden, und dann — dann sprach er von dem großen Hunger der Welt.

Die schönsten Götterbilder in den herrlichen Tempeln waren Masken, die kein Leben hatten. Die Priester, welche ihnen dienten, spotteten ihrer und des Volkes, das vor ihnen kniete; die Weisen und Klugen aber schämten sich der Götter und der Priester. Die Welt war zu einem Durcheinander geworden, in dem es keinen Halt mehr gab. Frieden fand der Mensch weder in seinem Herzen, noch in seinem Hause, noch draußen auf dem Markte. In dem römischen Kaiserreich hatte die Menschheit sich an sich selber verloren, sie lag in Ketten unter dem Purpurmantel, der ihre blutenden, zerschlagenen Glieder deckte; der Himmel war dunkel über ihr, und das Licht, das von ihrem goldenen Diadem ausging, war nur das falsche Leuchten in der Nacht des Todes. Trotz aller Pracht und Bewegung des Lebens war die Erde wüst und leer geworden, wie vor dem Erschaffungswort. Ehrn Josias Tillenius sagte das in Worten, die seine Gemeinde verstand. Es wagte niemand sich zu regen; man hörte nur das schnellere Atmen der Zuhörer, und als der fast hundertjährigen Urgroßmutter Margarete Jörensen, die allein schlummerte in der Versammlung, und nach einem früheren Gebot des Predigers unter keiner Bedingung geweckt werden durfte, das große Gesangbuch vom Schoß rutschte und zu Boden fiel, ging es wie ein jäher Schrecken durch jedes Herz, und die abgehärtetsten Seeleute fuhren zusammen.

„Ehre sei Gott in der Höhe und Friede auf Erden und den Menschen ein Wohlgefallen!" Es war, als ob das Wort den Bann, der auf dem Volk von Grunzenow lag, löste, wie einst die Fesseln der ganzen Menschheit.

Über der Hütte zu Bethlehem stand der Stern der Erlösung; der Heiland war in die Welt des Hungers geboren worden; der Schmerzenssohn der Menschheit, der Sohn Gottes, der die Sünde seiner Mutter auf sich nehmen sollte, war erschienen, und vom Felde kamen die armen Hirten, denen die Könige und Weisen erst später folgten, hergelaufen, um das Kind in der Krippe zu begrüßen, dieses Kind, das nun noch mit in die Register der Bevölkerung des römischen Reiches, die der Kaiser Augustus anfertigen ließ, aufgenommen werden konnte. Nun war die Zeit erfüllt und das Reich Gottes erschienen. Die hungrige Menschheit aber reckte die Hände auf nach dem „Brot, das vom Himmel kommt und der Welt das Leben gibt". Der Himmel, der so finster und leer gewesen war, öffnete sich über den Kindern der Erde: alle Völker sahen das große Licht, — die Menschheit riß die Krone von dem gedemütigten Haupt und warf den Purpurmantel von den Schultern. Sie schämte sich ihrer blutenden Wunden, ihrer gefesselten, zerschlagenen Glieder nicht mehr, — sie kniete und horchte. Wahrheit! jauchzte es vom Aufgang; Freiheit! jauchzte es vom Niedergang, — Liebe! sangen die Engel um die Hütte, in welcher die Erbtochter des Stammes David und Joseph der Zimmermann von Nazareth den Hirten das Kind zeigten, das in der Nacht geboren worden war. Ehrn Josias Tillenius aber zeigte es jetzt den Kindern seines Dorfes; denn das Weihnachtsfest ist das Fest des Kindes, welchem die erhabenen Ostern fremd bleiben, bis es über den ersten wahren Schmerz nachdenken muß. In die Weihnachtsworte aber, die der alte Prediger zu den Kindern sprach, dämmerte der neue Tag. Es wurde Dämmerung vor den Fenstern der kleinen Kirche, und das Licht der Lampen und Wachskerzen erbleichte vor dem rosigen Schimmer, der den Winterhimmel überzog. Wieder erklang die Orgel, die Gemeinde von Grunzenow sang den Schlußvers des Weihnachtsliedes, die Kirche war zu Ende.

Hans und Fränzchen standen auf dem Kirchhofe neben dem Prediger und dem alten Oberst, und alle Grunzenower, die an ihnen vorübergingen, um wieder in das Dorf hinabzusteigen, nickten ihnen zu, oder kamen auch wohl heran, um ihnen die

Hand zu geben und sie in ihrer Mitte willkommen zu heißen. Röter und röter färbte sich der Himmel, die Lichter des Dorfes erloschen in der Dämmerung, wie die Lichter in der Kirche. Die Orgel schwieg, der Küster kam auch lächelnd-scheu, den Kandidaten Unwirrsch zu beglückwünschen. Es wurde Tag, aber die Stimme des Meeres verklang nicht.

Die letzten Bewohner des Dorfes hatten sich entfernt; Ehrn Josias Tillenius sah auf das Brautpaar und sagte dann:

„Kommt, Oberst! Ihr müßt mir wie gewöhnlich Euren Arm leihen. Die jungen Leute werden schon ihren Weg allein finden."

Der Oberst von Bullau sah auf Hans und Fränzchen, und zog die Hand des alten Freundes unter seinen Arm.

Auch der Pastor und der Herr von Bullau stiegen herab von dem Kirchhofe; — Hans und seine Braut standen allein unter den schneebedeckten Gräbern. Sie standen und hielten einander fest umschlungen. Zu gleicher Zeit kam beiden derselbe Gedanke, daß sie dereinst auch auf diesem kleinen Kirchhof liegen und schlafen würden; aber sie lächelten und sehnten sich nicht fort.

Über den Gräbern des armen Dorfes Grunzenow standen Johannes und Franziska und fürchteten in der Liebe weder das Leben noch den Tod.

Fünfunddreißigstes Kapitel

Herbst!

Auf alle Höhen
Da wollt' ich steigen,
Zu allen Tiefen
Mich niederneigen.
Das Nah und Ferne
Wollt' ich erkünden,
Geheimste Wunder
Wollt' ich ergründen.
Gewaltig Sehnen,
Unendlich Schweifen,
Im ewgen Streben
Ein Nieergreifen —
Das war mein Leben.

Nun ist's geschehen; —
Aus allen Räumen
Hab' ich gewonnen
Ein holdes Träumen.
Nun sind umschlossen
Im engsten Ringe,
Im stillsten Herzen
Weltweite Dinge.
Lichtblauer Schleier
Sank nieder leise;
In Liebesweben,
Goldzauberkreise —
Ist nun mein Leben.

Die Reime standen mit abgebrochenen Sätzen in Prosa, Gedankenbruchstücken aller Art, griechischen und hebräischen Schriftschnitzeln und sonstigem Federwirrwarr auf ein und demselben Blatte. Dieses Blatt aber lag auf dem Schreibtische des Pastor-Adjunkt Unwirrsch, und der Pastor-Adjunkt saß davor, stützte die Stirn mit der Hand und blickte durch das offene Fenster auf die im verschleierten Sonnenlicht glitzernde See, auf der weiße Pünktchen — die Segel der Fischerboote von Grunzenow — hin und her glitten.

Herbst!

Von dem verschleierten Kirchhof waren Hans und Fränzchen am Christmorgen des vergangenen Jahres niedergestiegen in eine stille, glückliche Zeit der Arbeit und der Liebe. Auf dem Haus Grunzenow veränderte sich unter dem lieblichen Wirken des jungen Mädchens das Leben sehr zu seinem Vorteile, und das wilde Volk wäre bald für sein Fräulein durch Wasser und Feuer gegangen. Die alten Herren in den Bilderrahmen drehten nicht ihre verdunkelten Visagen der Wand zu; es fehlte wenig, daß Grips jetzt behauptet hätte, sie lachten, als hingen ihre Damen nicht neben ihnen. Grips war in die Bande des Fränzchens gefallen, wie jeder Bewohner des Dorfes und Kastells; es war ihm angetan, wie er sagte, und wir müssen zu seinem Lobe melden, daß er den Zauber mit grimmiger Vergnüglichkeit trug, und daß er niemals mehr von seiner martialischen Gravität verlor, als wenn des Fräuleins Stimme bittend oder dankend erklang, oder ihre kleine Hand winkte.

Wenn in dieser Weise die Dienerschaft dem magischen Einfluß unterlegen war, so kann sich jedermann leicht vorstellen, wie leicht das Dasein dem Obersten und dem Oheim durch „das Kind" gemacht wurde. Der Oberst von Bullau hatte wiederum „sich das so nicht gedacht"; er war glücklich und nur ein wenig eifersüchtig auf den Leutnant, der überglücklich war. Es war rührend zu sehen und zu fühlen, wie zart die beiden alten Kriegsleute mit dem Mädchen umgingen, wie einer den andern in Sorglichkeit und Aufmerksamkeit zu überbieten trachtete, und wie sich der „Liebling" wehren mußte, daß sie das Haus Grunzenow seinetwegen nicht auf eine andere Stelle trugen. Des Obersten Kopf summte und brummte von den wunderlichsten Plänen und Vorschlägen, wie man das wüste Nest zum Paradies machen könne; in jeder Nacht fiel ihm „etwas" ein, und an jedem Morgen rückte er mit „etwas" heraus, was nicht immer so höchst praktisch, angenehm und leicht ausführbar war, wie er es sich vorstellte. Grips, der künstliche Mann und „Faktotus", hatte niemals so hoch in der Achtung seines Herrn gestanden, als jetzt. Seine Talente für Malerei, Schreinerei, Gärtnerei und höhere Dekorationskunst wurden alle Augenblicke in Anspruch genommen; der Oberst von Bullau entwickelte selber Farbensinn und strich die unmöglichsten Dinge so bunt als möglich an. Noch niemals war seine Burg so sehr wie jetzt sein Haus gewesen; er vergaß nicht nur den Polnischen Bock zu Freudenstadt, er vergaß sogar die Neuntöter in ihrem Neste darüber.

Die Pelzstiefel des Leutnants Rudolf wurden auf die Rauchkammer gebracht, um sie gegen die Motten zu schützen, der Rollsessel wurde in die Polterkammer gerollt, das Podagra wanderte aus und zog zu Leuten, die seines Besuches würdiger waren. Der Leutnant marschierte frisch wie ein Jüngling umher und freute sich seines Fränzchens und seines Lebens; die heitere Gegenwart ließ ihn alle Trübnisse der Vergangenheit leicht vergessen. Er hatte seinen Bruder zugleich betrauert und wegen seiner Erlösung beglückwünscht; von Kleophea sprach er wenig, doch wenn es geschah, nie gehässig, sondern bedauernd und mild entschuldigend. Nur wenn der Name seiner Schwägerin und Theophiles genannt wurde, fuhr er auf und schnaubte Grimm, Zorn und Verachtung; aber es wurde auf Grunzenow von der verwitweten Geheimen Rätin Götz, geborener von Lichtenhahn, sowie von dem Doktor Stein wenig gesprochen. Die Gefühle und Auslassungen des alten Herrn gegen den Verlobten seiner Nichte waren anfangs sehr wechselnder Natur und verfestigten sich erst um die Zeit des längsten Tages in gleichmäßiger Gemütlichkeit. Wenn er ein wenig eifersüchtig auf den Obersten war, so war er auf den armen Hans sehr eifersüchtig. Der lächelnde Gott, welcher die Karte, die der schlaue Alte so fein in das Spiel schob, so glänzend bedient hatte, lächelte gewiß wieder über den Seelenprozeß, dem der Leutnant Rudolf anheimfiel. Auf das grenzenloseste Erstaunen folgte die langatmige, zweifelnde Verwunderung über sich selbst und die Welt; der weisen Betrachtung, daß Geschehens sich schwer ändern lasse, folgten die bekannten philosophischen Versuche, das Ding im rechten und besten Lichte zu betrachten. Erst um die Zeit der ersten Tag- und Nachtgleiche war der Onkel Rudolf soweit in seinen Beweisführungen gekommen wie der Oheim Grünebaum in ähnlichen Fällen, nämlich, daß er frisch weg gegen sich und die Welt behaupten konnte, er habe den Kandidaten Hans Unwirrsch nur deshalb von Kohlenau geholt und in das Haus des Bruders geführt, damit er sich in das Fränzchen und das Fränzchen sich in ihn verliebe. Indem er auf diese Weise die Leiter der Selbstüberwindung hinaufstieg, wuchsen mit den wachsenden Tagen des jungen Jahres seine Heiterkeit und Selbstzufriedenheit so sehr, daß sie am längsten Tage ebenfalls unmöglich mehr zunehmen konnten.

Herbst! — In den Versen, die zu Anfang dieses Kapitels stehen, hat Hans eigentlich alles gesagt, was wir über seine vita nuova am Strande der Ostsee berichten können; aber wenn sich auch sein Leben „im engsten Ringe" zusammengezogen hatte, so war es doch kein enges Leben. Er hatte sich so sehr nach der rechten, tüchtigen Arbeit gesehnt; nun hatte er sein gutes, volles Teil davon erlangt, und tat seine Pflicht, wie ein echter Mann sie tun soll. Nachdem ein hochehrwürdiges Oberkonsistorium und die Regierung sein Adjunktentum bestätigt hatten, lud ihm der greise Tillenius lächelnd ein gut Teil seiner Amtsbürde auf den Rücken, und bereitwilliger hatte Hans Unwirrsch noch niemals eine Last auf sich genommen. Obwohl er ein Mann aus dem Binnenlande war, war das seefahrende Volk mit seinen Predigten zufrieden und gewann ihn lieb. Er taufte das erste Kind und legte die erste Leiche in die Erde, er gab das erste Paar zusammen und hatte sich nur selten von Ehrn Josias Tillenius sagen zu lassen, daß weder er — Ehrn Josias — noch die Leute von Grunzenow, ihn — den Herrn Pastor-Adjunkt, verstanden hätten.

Solch einen Frühling und solch einen Sommer, wie im ersten gesegneten Jahre seines Wohnens in Grunzenow, hatte er noch nicht erlebt. Alle Herrlichkeiten des Traumes reichten nicht an die Wirklichkeit dieser goldenen Tage seines Bräutigamsstandes am Ufer der Ostsee. Klar und mutig sah er in das Leben; alles Unbestimmte und Schwankende, welches Natur und Schicksal in seinen Charakter gelegt hatten, suchte er mit männlichem Willen von sich zu weisen. Soviel er dem Glücke zu verdanken hatte, soviel und mehr suchte er durch treues Bemühen und ernstestes Streben zu verdienen. Der unbestimmte Hunger seiner Jugend war nun zu dem ruhigen, überlegten, still anhaltenden Streben geworden, das, in den Millionen wirkend, die Menschheit auf ihrer Bahn erhält und weiterführt. Johannes Unwirrsch hatte das Leben wohl kennen gelernt im Guten wie im Bösen. Nun waren die Kreise, die er durchwandert hatte, mit allen ihren Gestalten, lieblichen wie schreckhaften, versunken; er stand nun inmitten des Ringes, den sein Wirken ausfüllen sollte. Es war ihm nicht gleichgültig, daß ihn kein Band mehr an die Heimatstadt fesselte, daß er aus der Kröppelstraße in das neue Leben nichts mit hinübernehmen konnte, als die süße, wehmütige Erinnerung und die glänzende Glaskugel, welche vordem über seines Vaters Tische hing. Diese Glaskugel warf ihren Schein jetzt über das Leben, welches der Meister Anton Unwirrsch in seinen Träumen vom wahren Dasein auf Erden aufbaute; aber kein Geschlecht der Menschen reicht weit genug in die kommenden Geschlechter, daß es seine Ideale, die dann selten noch die ganzen Ideale sind, erfüllt sähe. —

Herbst!

Die Tage des Frühlings und des Sommers waren vorüber; aber die Sonne des Herbstes leuchtete, so lieblich wie je, und Land und Meer freuten sich ihrer. Der Adjunktus am offenen Fenster jedoch hatte das Recht, ihrer trotz aller Holdseligkeit nicht zu achten; man schrieb den siebenten September, und morgen am achten September, einem Sonntag, sollte seine Hochzeit sein.

Der Pastor Tillenius hatte den Hochzeitstag ausgewählt und bestimmt; der Pastor Tillenius hatte dem Onkel Rudolf und dem Oberst von Bullau die Einwilligung künstlich und diplomatisch abgelockt, und sie festgehalten, als die beiden alten Herren sie zurücknehmen und „ihr Mädchen" aus ihrem Kastell nicht herausgeben wollten. Der Pastor Tillenius, gestützt auf den apostolischen Satz: Ein Bischof soll sein eines Weibes Mann, — hatte das Feld gegen die beiden hartnäckigen, eigensinnigen Kriegsmänner behauptet. Es stand fest, daß das Fränzchen das Haus Grunzenow verlassen und auf die Hungerpfarre ziehen müsse;

— das Fränzchen hatte ja ebenfalls seine Einwilligung dazu gegeben, und dies war im Grunde ja doch das Wichtigste.

Herbst! Was war alle Wonne des Frühlings und des Sommers gegen die Seligkeit, die der Herbst zu geben versprach! Es war, als ob alle Zugvögel im Lande bleiben müßten, um die Hochzeit mitzufeiern.

Nachdem sich Haus Grunzenow in das Unabänderliche gefunden hatte, zog es unendliches Vergnügen aus der Notwendigkeit, und stürzte sich wieder mit einem Eifer, der alles hinter sich zurückließ, in die Vorbereitungen zu dem festlichen Tage. Der Oberst befand sich Tag und Nacht in einem gelinden Fieber, der Leutnant in einem ähnlichen Zustand; aber wahrhaft groß war Grips, der Mann für alles.

„Wer preist genug des Mannes kluge Hand?" Hier schlug sie einen allzu „unbegrifflichen" Hofjungen „hinter den Löffel"; dort schlug sie wohlüberlegt einen Nagel ein, um zierlich eine selbstgewundene Girlande daran aufzuhängen.

Im Dorfe regte es sich ebenfalls. Alt und jung wollten das ihrige dazu tun, den achten September zu einem Gedenktag in der Chronik von Grunzenow zu machen; — wochenlang vorher waren die Frauen und Mädchen in Bewegung, wochenlang vorher schlief der Küster, welcher der lieben Jugend die Hochzeitskantate einstudierte, sehr schlecht vor innerer Aufregung und allzu lebendigen Träumen von Gelingen und Glorie, von Mißlingen, Schmach und Jammer.

Ehrn Josias Tillenius verfertigte seine Hochzeitsrede, und da er die schönsten, wenn auch traurigsten Erinnerungen seines eigenen Lebens, sein ganzes, gutes, altes, volles Herz dazu gab, so geriet sie vortrefflich, ohne niedergeschrieben oder auswendig gelernt zu werden.

Am siebenten September waren alle Vorbereitungen beendigt: es mangelte auf Haus Grunzenow weder an Speisen noch an Getränk; die Pfosten und Säulen waren bekränzt, die Türen standen offen, den Hochzeitsjubel herein und die Braut heraus zu lassen. —

„Lichtblauer Schleier
Sank nieder leise;
In Liebesweben,
Goldzauberkreise —
Ist nun mein Leben",

hatte der Bräutigam in seinem Studierstübchen auf der Hungerpfarre auf das bekritzelte Blatt geschrieben. Es war alles bereit, und das Fränzchen legte leise dem Verlobten die Hand auf die Schulter, sah lächelnd auf das Papier vor ihm und führte ihn aus dem Hause zu ihrem Lieblingsplätzchen am Ufer der See

Das war eine Höhe, wo zwischen Gestein und leichtbeweglichem Dünensand niederes Gesträuch und einige vom Wind wunderlich zerrissene höhere Bäume in mühseliger Zähigkeit ihr Dasein dem harten Boden, dem wehenden Sand und den Stürmen abkämpften. Ein einsames Fleckchen, wo sich gut mit Land und Meer, mit den Wolken und Möwen, mit den eigensten Gedanken Zwiegespräch halten ließ. Hier hatte Grips dem Fräulein einen einfachen Sitz gebaut, und hier saßen am Abend vor ihrer Hochzeit Hans Unwirrsch und Franziska Götz, sprachen von ihrem eigenen Schicksal und von Kleophea, und sahen die Sonne untergehen.

Sie sprachen viel von Kleophea, während sie auf das Meer blickten, über welchem sich nach dem schönen, glänzenden Tage die Nebel zusammenzogen. Die arme Kleophea war verschollen; auf keinen der Briefe, die Fränzchen im Laufe des Jahres geschrieben hatte, war eine Antwort gekommen. Die Verlobten wußten nichts von ihr — es war so seltsam, daß sie gerade an diesem Abend immer von neuem ihr Bild vor sich auftauchen sahen, daß ihre Gedanken nicht in dem eigenen Glück haften wollten. Hans und Franziska wußten nicht, daß das Schiff, welches Kleophea Stein trug, hinter dem grauen Nebel schwebe, der sich über die Wellen legte! Sie wußten nicht, daß Kleophea auf dem Meere fuhr, während Ehrn Josias Tillenius am folgenden Tage ihre Hände für Zeit und Ewigkeit ineinander legte! —

Am achten September wollte die Sonne den ganzen Tag über nicht hervorkommen. Sie war, wie die Seeleute sagten, am Abend vorher in einem Sack untergegangen, und das bedeutete trübes Wetter für die nächste Zeit. Es wurde ein schwüler Tag, an welchem sich kein Lüftchen regte, an welchem dasselbe traurige Grau Himmel und Erde überzog, an welchem man sich nach einem tüchtigen Regenschauer hätte sehnen mögen, wenn es nicht Hochzeitstag gewesen wäre.

Es regnete nicht in des Fränzchens Brautkrone, es regnete nicht in die treffliche Rede des Pastors Tillenius, es regnete nicht in die grimmige Rührung des Onkels Rudolf und des Obersten von Bullau, es regnete auch nicht in den Jubellärm des

Hauses und Dorfes Grunzenow. Johannes Unwirrsch und Franziska Götz gaben sich die Hände, wie sie sich die Herzen gegeben hatten; nach der Traurede des Pastors hielt der Leutnant Götz eine Tischrede, und auf den Orgelklang und die Kantate des Küsters folgte lustig die Tanzmusik von Freudenstadt, welche der Oberst von Bullau auf einem Leiterwagen hatte holen lassen. In seinem Kastell bewirtete der Oberst das ganze Dorf, und Grips als „Major domus und arbiter elegantiarum" zeigte sich nicht als das, was er war, sondern als das, was er sein konnte: liebenswürdig, zuvorkommend, zärtlich gegen das schöne, höflich gegen das starke Geschlecht.

In dem großen Saale wurde getanzt, und unendlicher Beifall wurde laut, als der Oberst mit der jungen Frau den Ball eröffnete. Es war ein Vergnügen, jetzt dem Leutnant in die strahlenden Augen zu blicken; es war ein Vergnügen, den Pastor Josias Tillenius im Gespräch mit der Mutter Jörensen zu beobachten; und ein Hauptvergnügen war's, zu sehen, wie der Pastor-Adjunkt und Bräutigam Hans Unwirrsch der schwindelerregenden Göttin Terpsichore verfiel, und, um einen Ausdruck der anwesenden befahrenen Seeleute zu gebrauchen, durch den Saal „schlingerte". Die ältesten Leute, selbst die Urgroßmutter Margarete Jörensen, wußten sich eines solchen Tages nicht zu erinnern; die Lust stieg von Augenblick zu Augenblick und riß alt und jung fort; halb betäubt blickte das Brautpaar, das sich mit Mühe in einen stillen Winkel gerettet hatte, auf das Getümmel.

„Feuer auf See!" wer rief das? wer hatte das gerufen?

„Feuer auf See! Feuer auf See!" — Wie ein elektrischer Schlag fuhr es durch das Fest. Die Musik brach ab, die Tanzenden hielten an, wie gebannt; die Zechenden sprangen von den Sitzen empor, und dem alten, einarmigen Hochbootsmann Steffen Groote blieb das malaiische Lied, das er eben einem kleineren Zirkel von Kennern zum besten gab, zur Hälfte in der Kehle stecken.

Auch Hans und Fränzchen waren emporgesprungen, obgleich sie anfangs den Grund des panischen Schreckens nicht begriffen. Der Oberst drängte sich durch den Saal nach der Tür, und ihm nach stürzte der größte Teil seiner männlichen Gäste. Die Zurückbleibenden liefen aufgeregt durcheinander oder zu den Fenstern, welche auf das Meer gingen. Franziska faßte den Arm des Pastors Tillenius:

„O mein Gott, was ist denn? was ist geschehen?"

„Dort, dort! wahrhaftig! o Gott, erbarme dich ihrer!" rief der Greis, der das Fenster aufgerissen hatte und auf die See deutete. „Ein Schiff im Brande — dort, dort!"

Die Blicke des jungen Paares folgten der zitternden Hand; im tödlichen Schrecken stockte das Herzblut —

„Dort! Dort!"

Es war halbe Abenddämmerung geworden, und der Übergang aus dem grauen Tage war so unmerklich geschehen, daß keiner der fröhlichen Hochzeitsleute darauf geachtet hatte. Noch immer bewegte kein Luftzug den Dunst, der über Land und Meer lag und den Horizont vollständig verschleierte; nur die Bewohner des Strandes konnten wissen, was seewärts der rote Schein bedeutete; den beiden Kindern des Binnenlandes aber mußte bei dem unbekannten Schrecknis das Herz um so wilder schlagen.

Ein brennend Schiff! Hunderte von Menschen in Todesnot! Die Sinne verwirrten sich bei dem Gedanken, bei den furchtbaren Bildern, die sich durch das Gehirn drängten.

Das Haus Grunzenow wurde leer von seinen Gästen; auch die Weiber stürzten durch die Gänge und eilten nach dem Strande hinunter! Als Ehrn Josias Tillenius, Hans und Fränzchen an dem Landungsplatz der Boote anlangten, fanden sie die Fischer, sowie den Oberst von Bullau, den Leutnant und die Hofleute in harter Arbeit beschäftigt, alles zur Abfahrt fertig zu machen, während die Frauen in fieberhafter Aufregung durcheinander liefen und schrien, und nach dem Schein in Nordwest winkten und deuteten. Unter die Männer mischte sich Hans Unwirrsch und zog und schob mit den andern; die Weiber suchte der Pastor zur Vernunft oder doch wenigstens zur Ruhe zu bringen, wobei ihm Franziska nach besten Kräften half. Zur glücklichsten Stunde entfaltete der Wind vom Süden, ein wahrer Engel Gottes, seine Schwingen, und griff in die Segel der Boote von Grunzenow; nur die ältesten Männer, die Frauen und die Kinder blieben am Ufer zurück, während die jüngeren Männer hilfebringend ausfuhren. In dem ersten Boot, welches vom Strande sich losmachte, befanden sich der Oberst und der Pastor-Adjunkt; der Leutnant Rudolf Götz war bis zum Tode erschöpft hingesunken, und seine Nichte kniete neben ihm und hielt sein weißes Haupt im Schoß; — das furchtbare Leuchten in der Ferne aber schien deutlicher und deutlicher.

„Es ist ein Dampfer, sie könnten sonst nicht so gegen den Wind arbeiten!" riefen einige der alten Seeleute, die zurückbleiben mußten.

„Sie wollen den Strand anlaufen!" meinte ein anderer.

Allerlei Vermutungen über den Kurs des Schiffes wurden angestellt. Die einen hielten es für ein Stettiner Schiff auf dem Wege nach Stockholm, aber dagegen erhoben sich viele Einwendungen. Andere meinten, es sei das Petersburger Paketboot auf der Fahrt von Lübeck nach Kronstadt. Dieser Ansicht fielen die meisten, und unter ihnen der Pastor Tillenius, bei.

Die Boote von Grunzenow waren längst in der zunehmenden Dunkelheit verschwunden. Man schleppte Brennmaterial am Strande zusammen und zündete ein mächtiges Feuer an, und traf sowohl am Ufer, wie in den Hütten andere Vorbereitungen für den Fall, daß das Volk des brennenden Schiffes von den Männern von Grunzenow heimgebracht werde.

„Gott segne dich, mein Kind, mein ruhiges Herz", sagte Ehrn Josias, dem Fränzchen die Hand drückend, „dein Hochzeitstag geht bös zu Ende, aber du bist recht zur Frau eines Fischerpastors geschaffen. Du trittst dein Amt in Ehren an; Gott segne dich für ein langes, hilfreiches, tapferes Leben!"

Der Leutnant Götz saß auf einem umgestürzten Kahn; die alte Plage meldete sich wieder, er hielt den Fuß in beiden Händen und biß die Zähne zusammen vor Schmerz.

„Ja, ja, Alter", rief er. „Da sitzen wir Krüppel im Sande und halten Maulaffen feil. Nimm mich in den Mantel, Fränzel, trag mich nach Haus und koch mir ein Süppchen! Sapperment, und Bullau ist zwei Jahre älter als ich!"

Ein Schrei der Menge unterbrach die kläglichen Betrachtungen des Leutnants. Der Feuerschein auf dem Meer verlor ziemlich schnell an Helligkeit und erlosch plötzlich ganz. Ein tiefes Schweigen folgte auf das schreckhafte Rufen; die Bemerkungen, die jetzt noch gemacht wurden, geschahen im leisesten Flüsterton. Es war, als ob niemand mehr laut zu atmen wage.

„Sie sind gerettet oder — verloren!" sagte endlich der alte Pastor, nahm das Käppchen ab und faltete die Hände. Er sprach das Gebet für die Schiffbrüchigen, und Männer, Weiber und Kinder beteten inbrünstig mit; die Väter der betenden Greise aber hatten noch das Strandrecht in seiner ganzen Scheußlichkeit für Recht erkannt und ausgeübt.

Eine tödlich bange Stunde verfloß, dann tauchten wieder Lichter in der Finsternis seewärts auf. Es waren die Fackeln der heimkehrenden Boote, und nun schrie wieder alles auf, was noch der Stimme irgendwie mächtig war. Nach einer halben Stunde peinlichster Erwartung lief der erste übervolle Kahn an den Landungsplatz.

„Rettung, Rettung! sauvé! sauvé!" schallte es durcheinander in deutscher und französischer Sprache. In halb wahnsinniger Entzückung sanken die ersten der Geretteten nieder, küßten unter krankhaftem Lachen und Weinen den festen Boden der Erde, umarmten und küßten die Leute von Grunzenow, die sich geschäftig, alle mögliche Stärkung und Hilfe bietend, an sie drängten.

Der Oberst von Bullau und der Pastor-Adjunkt befanden sich nicht in diesem ersten Boot; man vernahm aber jetzt, daß das verbrannte Schiff die „Adelaide" von Havre de Grace sei, welche eine Ladung französischer Weine und einige Passagiere nach Petersburg führen sollte. Die Aufregung war jedoch noch zu groß, um über die Einzelheiten des Brandes Näheres zu erfragen und zu erfahren.

Vierundsechzig unglückliche, zum Teil verwundete Menschen hatten die Grunzenower an das Land gebracht; es fehlte nur noch der letzte Fischerkahn mit dem Oberst und Hans Unwirrsch.

„Sie bringen den Kapitän und die Frauen", lautete die Antwort auf die ängstlichen Fragen des Fränzchens. „Sie müssen gleich da sein; es ist ihnen nichts passiert."

Franziska Unwirrsch drückte die Hand auf das Herz und wandte sich wieder zu ihrem Amt zurück. Sie mußte die Dolmetscherin zwischen der französischen Schiffsmannschaft und dem Dorfe Grunzenow sein. Gleich einem Hilfe und Trost bringenden Engel schritt sie in dem wirren, wilden Getümmel einher; der Onkel Rudolf, der sein Französisch ebenfalls noch nicht gänzlich vergessen hatte, hatte den Kopf viel mehr verloren als seine Nichte.

Eben kniete sie neben einem bärtigen, halbnackten provenzalischen Matrosen, welcher beide Füße gebrochen hatte, als ein erneutes Rufen die Ankunft des letzten Kahnes ankündete. Der Provenzale hielt in seinem Schmerz ihre Hände so fest, daß sie sich nicht losmachen konnte, wenn sie es auch gewollt hätte. Sie konnte sich nicht einmal nach ihrem Gatten umwenden; aber zwischen den Trostesworten, welche sie zu dem armen Verwundeten sprach, drängten sich doch alle ihre Gedanken nach dem Landungsplatze, wo es plötzlich still geworden war.

Sie horchte mit ganzer Seele, als eine Bewegung unter das

Volk kam. Eine helle Frauenstimme rief mit fremdartigem Akzent:

„Wo ist sie? o ciel, wo ist sie?"

Der Provenzale ließ die barmherzige, milde Hand, die er bis jetzt so festgehalten hatte, frei; — ein Weib warf sich neben dem Fränzchen auf die Knie, faßte sie wild um den Leib, küßte ihr Kleid, ihre Hand, schuchzte und schrie. Der brennende Holzstoß und die Fackeln warfen ihr flackernd Licht auf die aufgeregte Fremde; auch Hans beugte sich zu der Gattin herab, — es war ein Traum, nur ein Traum! — wie kam Henriette Trublet an den Strand von Grunzenow?

„Sie ist's! sie ist's! o alle Heiligen! o Mademoiselle! o Madame! ma mignonne, gesegnet sei das süße Gesicht! gelobt sei Gott! o Wunder! Wunder, sie ist's!"

„Henriette! Henriette Trublet!" murmelte das Fränzchen, mit starren, zweifelnden Augen auf die Französin sehend.

„Ja, ja, la pauvre Henriette! und die andere! die andere!"

Hans Unwirrsch hielt seine Frau im Arme und zog ihr Haupt an seine Brust:

„O Liebe, Liebe, wen haben wir mitgebracht an das Land, aus dem Feuer und von der wilden See?!"

Er führte sie sanft zu dem Ufer hinab; sie zitterte heftig; sprachlos schwankte sie zwischen dem Gatten und dem französischen Mädchen durch das einheimische und fremde Volk, das ihr ehrerbietig Platz machte.

Auf einem Steine saß der Kapitän der „Adelaide" und stützte den Kopf mit beiden Händen. Neben ihm stand, wie auf einem seiner Schlachtfelder, der Oberst von Bullau. Der Leutnant Rudolf Götz aber kniete im Sande und hielt in seinem Schoß das Haupt eines bewußtlosen Weibes —

„Kleophea! Kleophea!" rief Franziska, mit gefalteten Händen neben der Ohnmächtigen niedersinkend.

„Ja, Kleophea!" rief der Leutnant, und mit den Zähnen knirschend setzte er hinzu:

„Und sie ist allein! Gottlob!"

Sechsunddreißigstes Kapitel

So hatte sich das Geschick erfüllt, und so unbegreiflich seltsam alles im Anfange erscheinen mußte, so einfach und natürlich war es zugegangen. Das Schicksal des Vogels, der plötzlich aus den Lüften tot zu unsern Füßen niederfällt, begreifen wir auch nicht eher, bis wir die kleine Leiche eine Weile in unserer Hand gehalten haben; — dann aber begreifen wir es.

Sie trugen die arme Kleophea in das Pfarrhaus und bereiteten ihr zuerst ein Lager in einem Zimmer, welches der See zu gelegen war; sie konnte jedoch die Stimme des Meeres nicht ertragen, schauernd verlangte sie in ihren Fieberträumen von dieser Stelle fort, und man mußte sie in ein anderes Gemach betten, wo der Wellenschlag nicht so vernehmbar war.

Da lag sie über eine Woche betäubt und bewußtlos, ohne zu ahnen, daß die Freunde, welche sie im Fieber rief, ihr so nahe waren. Nur ganz allmählich gelangte sie ins Bewußtsein zurück, und noch tagelang waren ihr Franziska, der Leutnant Rudolf und Hans Unwirrsch nur Traumgestalten, an deren Wirklichkeit sie nicht glauben konnte.

Franziska Unwirrsch wich nicht von dem Lager der Kranken, und ihr — ihr allein gelang es, die niedersinkende Lebensflamme der einst so lebensvollen, schönen, prächtigen Kleophea noch einmal, aber nur für kurze Zeit, vor dem Erlöschen zu bewahren. Die Zeit der Täuschung war abgelaufen, der Sand war verronnen, das nackte, hilflose Ich des einst so stolzen Wesens lag zitternd und blutend da, und im Erwarten der letzten dunkeln Stunde befreite Kleophea Stein ihr Herz nach Möglichkeit von allem Irdischen. Sie hatte nichts mehr zu verschweigen. Alle die buntfarbigen Schleier, die sie sonst über ihr anmutiges Haupt, ihr lachendes Leben gezogen hatte, alle die Schleier, unter denen sie so neckisch, so leichtsinnig hervorlugte, waren zerrissen und zerfetzt; der erbarmungslose Sturm des Lebens hatte sie wirbelnd entführt. Kleophea erzählte von dem Jahre, welches verging, seit sie ihr elterliches Haus verließ, so tonlos, hoffnungslos, müde, daß es ein Grauen war. Ihr Haupt aber lag an der Brust des Fränzchens, während sie sprach, und ihre Hand hatte sie dem Pastor-Adjunkt gegeben; — nur Hans und seinem Weibe erzählte sie alles.

„Ach, es war nur die wildeste Selbstsucht, die mich aus dem Hause meiner Eltern trieb; ich habe keine, keine Entschuldigung für mich. Mein Herz war so kalt, so öde; mich schaudert, wenn ich daran denke, in welcher schlechten, bösen Stimmung ich jenem — jenem Manne folgte. O, was bin ich gewesen, und wie sterbe ich! Ihr Guten wißt es ja, was ich in dem Hause meiner Mutter war. Wußte ich von der Liebe? Ich bin nicht um der Liebe willen fortgegangen! — seht, seht, ich habe nur allzu gut zu dem Doktor Theophile Stein gepaßt, — ich habe ihm auch nichts, nichts vorzuwerfen. Es mußte so kommen, ich habe es ja so gewollt. Der Dämon, der in mir war, suchte in seinem wüsten Hunger nach seinesgleichen, und als er fand, was er suchte, da faßten sich die Bestien mit den Zähnen, — ah, poverina, ich bin doch am schlimmsten dabei weggekommen!"

Hans und Franziska schauderten über diese schreckliche Art der Klage; aber in demselben Augenblick war's, als ob ein Teil der früheren lebendigen Grazie der armen Kranken zurückkehre. Sie richtete sich lächelnd auf, faßte aber die Hand des Adjunkten fester und sagte:

„Wie ich euch gequält habe, wie ich über euch gelacht habe! O Fränzchen, Fränzchen, es war gestern, als wir in der Parkstraße zusammensaßen — l'eau dormante — der Hungerpastor — der arme kleine Aimé. Wie habe ich euch gequält, wie habe ich mich an euch versündigt, — es war so komisch, und jedermann schnitt solche Gesichter, ein Leichenstein hätte lachen müssen."

Das Lächeln verschwand von dem Gesicht Kleopheas, sie barg ihr Gesicht in die Kissen und schluchzte leise. Als Franziska sich mit sanften, beruhigenden Worten zu ihr niederbeugte, stieß sie sie von sich und rief:

„Laßt mich, geht weg! laßt mich allein sterben, ich habe von niemand, niemand Liebe verdient, und meinen Vater habe ich getötet! Wißt ihr es nicht, daß ich meinen Vater getötet habe? Weshalb laßt ihr mich nicht allein mit meinen Gedanken? Ich habe genug daran bis zum Ende —"

An einem andern Tage erfuhren Hans und Fränzchen mehr von dem Pariser Leben der unglücklichen Frau. Je klarer es dem Doktor Theophile Stein wurde, daß er sich in seinen Voraussetzungen geirrt hatte, desto erbärmlicher wurde die Art und Weise, in welcher er sein Weib behandelte. Die Gewißheit, daß die Geheime Rätin Götz nie den Schritt ihrer Tochter verzeihen werde, entledigte einen Charakter, wie den Doktor Stein, jeder Verpflichtung, die lächelnde Maske vorzuhalten. Er hatte Geld, viel Geld haben wollen, und hatte es nicht erhalten, sondern sich nur eine Last aufgebürdet, die ihm jeden Schritt durch das Leben, wie er es verstand, unendlich erschweren mußte. Den Grund und Boden, den er so fein in der großen deutschen Stadt gewann, auf dem sich so gut und fest bauen ließ, hatte er durch diesen falsch berechneten Zug gänzlich verloren. Er knirschte mit den Zähnen, wenn er seinen Gewinn überdachte. Und er hatte doch alle Wahrscheinlichkeiten so gut berechnet, er verstand doch so trefflich das „calculer les chances!" Nichts, nichts! Nun saß er in Paris, und sein Weib hatte ihm nichts zu geben, als den Brief ihres Vaters, der ihr seine Verzeihung ankündigte. Es war lächerlich, aber es war auch zum Tollwerden.

„Er hat den Brief zerrissen und mir die Stücke vor die Füße geworfen", erzählte Kleophea in dem Pfarrhause, zu Grunzenow, „und ich — ich hatte gedacht, ich wäre seine Herrin, ich hätte die Stärke, ich hätte den Willen, ich hätte den Geist! Weil ich daheim ungestraft ausging, weil daheim keiner die Macht hatte, mich zu bändigen, meinte ich, die Welt sei wie das Haus meiner Mutter und zu bewegen durch ein Lachen, ein Lippenverziehen, ein Achselzucken. Ich habe es versuchen müssen, sie durch Tränen zu bewegen, und habe den besten Willen dazu gehabt, ihr könnt es mir glauben; es ist aber auch nicht gelungen, und ich habe mir oft vorgestellt, solch ein elend, närrisch, dumm und einfältig Ding, wie ich, habe noch niemals fünf Stockwerk hoch im „quartier du Marais" gewesen, und seinen Jammer im Spiegel besehen. Ich habe viel, viel gelernt, Frau Fränzchen Unwirrsch, aber das hätte ich in meiner Mutter Haus doch nicht geglaubt, daß ich das Gähnen verlernen würde. Langeweile habe ich nicht gehabt in Paris, ich mußte mir mein schwarzes Trauerkleid für den toten Vater nähen und mußte es gegen — gegen meinen Gatten verteidigen. O, mein Gatte hatte einen großen Umgang, es kamen viele Leute, die alle die schwarze Farbe nicht leiden konnten. Es war ein tolles Leben, und wenn mein dummer, wirrer, schmerzender Kopf nicht gewesen wäre, ich glaube, ich hätte eine allerliebste Rolle spielen können. Ich glaube, wir nahmen es nicht allzu genau mit unserer Ehre, wir hatten zu viel Geld nötig, um uns mit lächerlichen Vorurteilen zu befassen. Wir knüpften Korrespondenzen mit allerlei merkwürdigen hochgestellten Personen in Deutschland an und schrieben Briefe, die uns sehr gut bezahlt wurden. Ich glaube, wir achteten im Auftrage verschiedener Regierungen auf des Befinden mancher Landsleute, denen man daheim nicht traute. Wir machten uns sehr nützlich, denn wir waren sehr hungrig; — ich hatte mich für zwei zu schämen. Gesellschaften gaben wir auch, es wurde hoch gespielt, und man kam sehr gern zu uns, — die Schande stieg uns an den Hals, und es war nur schade, daß ich nicht so gut zu schwimmen verstand, wie „monsieur mon époux". — Laßt mich allein, o laßt mich allein!"

Die Mannschaft der verbrannten „Adelaide" hatte nun allmählich das Dorf Grunzenow verlassen und sich über Land nach der nächsten Hafenstadt begeben. Die Verwundeten waren geheilt, und der letzte, welcher unter tausend Segenswünschen von dem Obersten von Bullau Abschied nahm, war der Provenzale, der die Füße gebrochen hatte. Grips fuhr ihn nach Freudenstadt, um ihn daselbst mit einem gefüllten Geldbeutel auf die Post zu setzen. Nur das Pfarrhaus behielt seine Gäste — noch für eine kurze Zeit, und während derselben hatte auch Henriette Trublet viel, viel zu erzählen. Sie hatte ihr Wort gehalten, sie hatte den Doktor Theophile Stein und Kleophea gesucht und hatte sie gefunden.

„Voyez", sagte sie „ick wär' ihnen nachgegangen bis zu der End' von der Welt; aber sie waren nur gelauf' bis Paris. Oh, monsieur le curé, o mademoi — madame, der gute Gott, der mick zu Euch führt in jener Nacht, der hat mick auch geführt in der Not zu der pauvre enfant und dem sleckt' Mann, daß ick hab' könn' tun das meinige für sie und gehalten gekonnt ma parole — voyez-vous. Und wenn ick alt würde tausend Jahr, wollt ick nick vergeß' der Nacht, in welcher Ihr mick zudecktet mit Euer Mantel und mir gabet Euer Hand und mir sprachet aus Euer Herz in das meinige. Da bin ick gekommen mit Euer Geld in ma patrie und nach Paris und hab' gedacht, ick hab' geträumt ein' Traum von der slimm' Allemagne, — vraiment un très mauvais songe! Da sind meine Bekannten gewesen et le Palais royal et les Tuileries et Minette, et Loulou, et les Champs, et Arthur, Albert et les autres, und ick wie die Fisch in der Wasser. Aber ick haben gedacht an der cigale und der fourmi und an der Allemagne, an monsieur le curé und mademoiselle l'ange, und habe still gesessen wie ein' Maus, und hab' gemacht der modes und nur gesucht den Halunk monsieur Théophile und die arm' Dame. Das war nicht schwer, die zu find'. Da ist gewesen Albert und Cölestin, Armand, der Vicomte de la Dératerie, dann mon petit agent de change, die kann ick fragen in der Gass', und ick hab' bald gewußt, was ick wissen wollt'. O mon Dieu, voilà la petite in schwarzer robe, und so bleich, so bleich, und solch' Augen! Mein Herz hat mir geblutet; aber courage hab' ick gesagt und hab' den Concierge ausgefragt und seine Frau, und dann hab' ick gewußt, was ick muß tun. Me voilà en robe bleue bei Armand. Mon cher, sage ick, da bin ick zurück aus der vilaine Allemagne. Vive Paris, mon petit coeur, wie geht's? Was fangen wir an? Comment vont les plaisirs? Theophile ist auch zurück, und gar mit einer Frau. Du weißt, wie wir haben gestanden zusammen, er und ick, je m'en vengerai; ick gehöre wie früher zu euch, führe mick zu ihm! Armand lackt wie ein enragé und wir schütteln uns die Hand. An die folgend' Abend komm' ick wie der Commandeur in die festin de pierre, und Armand weiß gewißlich nicht, wie mein arm Herz schlägt auf der Trepp'. Monsieur Armand! Mademoiselle Henriette Trublet — Voilà les autres und die kleine, bleiche Dame en deuil und — Théophile! Ah, monsieur le curé, j'ai fait une scène à cet homme! ick hab' diesen Menschen gut in Szene gesetzt."

Fränzchen und Hans sahen erschreckt auf Kleophea; aber diese nickte nur, lächelte matt und sagte:

„Es war wohlgetan. Gott segne sie für ihr gutes Herz. Sie kam zur rechten Zeit — doch es war wirklich eine recht komische Szene, und die Gesellschaft lachte sehr über uns. Ich kann freilich nicht leugnen, daß ich im Anfang ein wenig den Kopf verlor und sehr daran zweifelte, ob ich meinen gesunden Verstand wohl über die Nacht hinaus retten würde; aber als ich aus der dummen Betäubung in den Armen Henriettes erwachte und sie mir zurief: das Fränzchen habe sie geschickt, — als sie mich ihr armes, liebes Lamm nannte und mit den Fingernägeln gegen meinen Herrn Gemahl anfuhr, da orientierte ich mich, o es war so lustig, so lustig! war es nicht, Henriette?"

Henriette weinte zu sehr, um die Frage beantworten zu können. Sie schüttelte nur den Kopf und warf sich dann leidenschaftlich aufgeregt neben dem Lager der Kranken auf die Knie, um ihr wieder und immer wieder Mund und Hände zu küssen.

Nun erzählte Kleophea in ihrer Weise, wie von diesem Abend an Theophile ihr das Leben noch mehr zur Hölle gemacht habe, wie sie die Tage im tatlosen, unbeschäftigten Abquälen verbracht habe, wie sie zitternd die Minuten in der Nacht gezählt und auf den gefürchteten Schritt auf der Treppe gehorcht habe. Sie erzählte von geheimen, scheuen Zusammenkünften mit Henriette, von unsinnigen Plänen, sich diesem unerträglichen, gräßlichen Dasein zu entziehen, von Todesgedanken und Todeshoffnungen, und endlich, wie der Gedanke der

Flucht aufgetaucht sei, sich festgesetzt habe und zum Entschluß geworden sei. Es traf sich, daß aus Petersburg ein sehr schlecht stilisierter und sehr unorthographischer Brief von Mademoiselle Euphrosine Lechargeon, einer Jugendfreundin von Henriette, anlangte. Diese Freundin schrieb begeistert von dem Glück, das die Pariser putzverständigen Demoiselles unter den „Mongolen" machten, und meldete, daß sie, Euphrosine Lechargeon, Herrin eines großartigen Etablissements und enfant gatée aller möglichen Herrschaften auf off, ow, sky, eff, iew usw. sei, und daß es Eulalie, Véronique, Valérie und Georgette auch nicht übel gehe, und daß Philippine eine glänzende Partie gemacht und den Obersten Timotheus Trichinowitsch Resonowsky geheiratet habe.

„Partons pour la Tatarie!" habe Henriette gerufen. „Madame Kleophea hat ihre Juwelen, ick habe fünfunddreißig Francs Ersparnisse. Allons au bout du monde! Retten wir uns vor diesem Verräter, filou und sleckten juif. Es ist besser zu betteln bei messieurs les Esquimaux, als mit dieser Fratz' ebendaselb' Luft zu atmen. Wir wollen gehn wie swei Swestern, wir woll' mach' ein Geschäft en compagnie, wir woll' setzen in Verwunderung die Eisbär', wir woll' bau' ein chateau d'Espagne en Russie. Allons, allons, vive l'aventure!"

Kleophea hatte den Fluchtgedanken lange, böse Wochen hindurch mit sich herumgetragen; sie hatte ihn vergeblich zu bekämpfen gesucht, er kam immer wieder von neuem, und immer unerträglicher wurden die Ketten, welche die unglückselige Frau an diesen Mann fesselten. Es kam der Tag, an welchem der Doktor Theophile aus der Kröppelstraße die Hand gegen sein Weib erhob und es schlug; in der folgenden Nacht floh Kleophea und verbarg sich in dem Dachstübchen Henriettes, bis die Vorbereitungen zu der weiten Reise vollendet waren.

„Man wird mich nur in der Morgue gesucht haben!" sagte die Gattin Moses Freudensteins in dem Pfarrhause zu Grunzenow.

Von Paris nach Havre de Grace, dann das Meer, das Schiff, die Seefahrt! Alles unbestimmt, verschwommen, ungreifbar und unbegreiflich!

„Les côtes de l'Allemagne!"

Der Ruf geht durch Mark und Bein. Arme heimatlose, wandernde Seele! — Wer doch still in seinem Grabe läge, dort, wo der dunkle, nebelhafte Strich, die deutsche Küste, auf dem Horizont liegt. Es ist, als habe man einmal von festem, grünem Boden, grünen Bäumen, von einem stillen, friedlichen Kirchhof im

Grün ein Lied gehört, und könne sich auf diese Weise nicht recht mehr besinnen und müsse sich doch immerdar mühen, sie wieder zu finden. Das Schiff geht seinen Weg ächzend und keuchend; wieder kommt der Abend, und die Küste der Heimat verschwindet in der Dämmerung; — die alte traurige Weise ist noch immer nicht gefunden, und das Schiff ächzt und keucht die ganze Nacht durch, und weiter durch den neuen Tag, den grauen, verschleierten Tag.

Am Rande des Schiffes lehnt Kleophea unbeweglich und blickt in den Dunst über den Wassern und sucht die alte Weise. Sie haben ihr gesagt, die deutsche Küste sei wiederum ganz nahe, und ohne den Nebel würde man sie längst erblickt haben!

Henriette Trublet erzählte, wie sie eine Viertelstunde vor dem Ausbruch des Feuers Kleophea mit geschlossenen Augen bewußtlos am Schiffsrand lehnend gefunden habe, und wie dieselbe in diesem Zustande während aller Schrecknisse, die nun folgten, blieb. Erst in dem Pfarrhause zu Grunzenow, in den Armen Fränzchens sollte Kleophea erwachen! — — — — — —

Wie die Wogen heranrollen gegen das Pfarrhaus, das von seinem Hügel hinausblickt auf den Spiegel der Ostsee! Die Wogen der See erreichen das ärmliche, kleine Gebäude nicht; sie vermögen ihm auch nichts zuleide zu tun, wie grimmig sie sich manchmal stellen. Sie können Inseln verschlingen, Dörfer, Städte, Leuchttürme, Kirchen und Kirchhöfe. Sie können die morschen Särge längst befriedeter Geschlechter hervorwühlen und sie der schaudernden Gegenwart, umwunden mit Seetang, bedeckt mit Schlamm, vor die Füße werfen. Grimmig, recht grimmig können die Wellen des großen Meeres sein; aber das kleine Haus am Kirchhügel des armen Dorfes Grunzenow ist gefeit, es steht auf einem sichern Grunde, und wer unter dem niedern Dache seine Zuflucht gefunden hat, der ist wohl geborgen. Aber vor allem wohlgeborgen war das arme, irrende Herz Kleopheas; — es vor allem durfte ausruhen!

Bis in die Mitte des Winters lag das Weib Moses Freudensteins still und friedlich und fürchtete sich nicht mehr. Die grausamen Bilder der letzten Vergangenheit verblaßten, Gott schenkte der schönen Kleophea einen guten Tod.

Wenn man sich an die Stimme des Meeres gewöhnt hat, so läßt es sich gar sanft dabei einschlummern. Es ist, als ob die Ewigkeit eine Zunge bekommen habe, die Kinder der Erde in den Schlaf zu singen.

Rührend war es, wie der alte Onkel Rudolf nicht von dem Lager seiner Nichte weichen wollte, wie er ihr Haupt an seiner Brust hielt, wie er mit ihr sprach — wie er vor der Tür weinte. Sie weinten alle um die arme, schöne Kleophea: der Pastor Tillenius, der Adjunkt Hans Unwirrsch, Fränzchen Unwirrsch, Henriette Trublet, der Oberst von Bullau — alle, alle!

Noch einmal schrieb Kleophea an ihre Mutter, aber auch dieser Brief wurde ungeöffnet zurückgeschickt; das war die letzte Wunde, welche dieses abgejagte Herz empfing. An den Doktor Theophile Stein hatte Hans Unwirrsch geschrieben, und wenn dieses Schreiben auch nicht zurückkam, so kam doch keine Antwort darauf. Man vernahm in Grunzenow nicht eher wieder etwas von dem Doktor Theophile Stein, der in der Kröppelstraße Moses Freudenstein hieß, als im Jahre Achtzehnhundertzweiundfünfzig, wo er, verachtet von denen, welche ihn gebrauchten, verachtet von denen, gegen welche er gebraucht wurde, den Titel Geheimer Hofrat erhalten hatte, bürgerlich tot im furchtbarsten Sinne des Wortes.

Auf dem kleinen Kirchhofe zu Grunzenow befand sich ein halbversunkener Grabhügel, unter dem ein unbekanntes Weib schlief, dessen Leichnam vor langen, langen Jahren die Wellen hier an den Strand getrieben hatten. Neben diesem Hügel wurde Kleophea begraben, von einem wilderen Meer als der Ostsee hierher geworfen. Fränzchen hatte den Platz ausgesucht für die arme Schiffbrüchige, und ein passenderer mochte in der ganzen weiten Welt nicht zu finden sein. Die Grabrede sprach Johannes Unwirrsch; aber so viel er auch zu sagen hatte, so wenig vermochte er in Worte zu fassen; doch die, welche zunächst um den Sarg und die offene Grube standen, verstanden ihn alle.

Eine gute Wärterin und Gärtnerin am Grabe Kleopheas war Franziska Unwirrsch, und manche Blume, die sonst an dem öden Ufer nicht fortkommen wollte, von deren Dasein das Dorf Grunzenow bis jetzt nichts gewußt, blühte unter ihrer glücklichen Hand hinter der Kirchhofsmauer, welche den Hügel vor dem Seewind schützte.

Eine glückliche Hand hatte das Fränzchen, es gedieh alles unter ihr, — die Hungerpfarre, das Schloß, das Dorf.

Der Leutnant Rudolf Götz erholte sich nur langsam von der tiefen Erschütterung, die in ihm durch den Tod seiner Nichte hervorgerufen war. Lange Zeit wurde er wieder an seinen Lehnstuhl gefesselt, und nicht jeden Fluch, den er dem Doktor Theophile Stein sandte, konnte das Fränzchen von seinen Lippen wegküssen. Der Oberst wurde immer galanter, seine Burg immer wohnlicher, er sah immer mehr ein, daß „die Welt ohne das Weibervolk keinen Schuß Pulver wert sei". Ihm nicht weniger als dem Leutnant Rudolf hatte das Schicksal noch manch gutes Jahr aufgehoben.

Henriette Trublet hielt es nur bis zum nächsten Frühling in Grunzenow aus. Als die ersten Schwalben ankamen, regte sich das Pariser Blut. Sie wäre kümmerlich vergangen, wenn man ihr nicht die Mittel gegeben hätte, ihre Sehnsucht nach „der Welt" zu befriedigen. Sie weinte bitterlich beim Abschied und glaubte ihn nicht überleben zu können; flatterte aber lustig fort, langte glücklich auf dem Landwege bei Mademoiselle Euphrosine in Petersburg an und heiratete daselbst im folgenden Jahre einen sehr reichen deutschen Bäcker, den sie so glücklich machte, als sie es vermochte.

In dem Frühling des folgenden Jahres entschlief sanft ohne Krankheit, der alte Josias Tillenius nach einem langen, schönen, segensreichen Dasein, und wenn das harte, wetterfeste seefahrende Volk dereinst ebenso an dem Sarge des Pastors Unwirrsch weint, wie an dem Sarge dieses Greises, so hat er sein Amt am Ufer des Meeres wohl geführt. —

Über des Hungerpastors Arbeitstisch hängt die Glaskugel, durch die so wundersames Licht auf den Arbeitstisch des Meisters Anton Unwirrsch fiel, bei deren Leuchten der arme Handwerksmann in der Kröppelstraße gleich seinem Handwerksgenossen Jakob Böhme des Lebens Anfang und Ende „entsann". Johannes hat die Feder weggelegt, mit der er sein Leben und seinen Hunger nicht für den Druck und die Welt, sondern für seinen Sohn beschreibt; er horcht in tiefen Gedanken auf das Wiegenlied, welches sein Weib ihrem Bübchen singt. Der Schein der glänzenden Kugel trifft auch das Köpfchen des Knaben; mit großen, verwunderten Augen sieht das Kind empor zu ihr; es wundert sich über das Licht!

Draußen in der Nacht braust das Meer zornig und wild, und Vater und Mutter horchen von Zeit zu Zeit ängstlich. Es gehen böse Geister um, draußen in der Finsternis, Geister, die keinen Platz in dem Lichtkreis der glänzenden Kugel finden. Vater und Mutter denken an die Zeit, wo auch ihr Kind hinaustreten muß in den Streit mit den Dämonen. Bald wird die Stimme des Meeres der Mutter Lied übertönen, — dann ist der Anfang des Kampfes gekommen.

Wie die Augen des Kindes an der leuchtenden Kugel hangen! Regt sich schon der Hunger, der die Welt zertrümmert und wieder aufbaut?

Ein Geschlecht der Menschen vergeht nach dem andern, ein Geschlecht gibt die Waffen des Lebens weiter an das andere; erst wenn der Ruf: „Kommet wieder, Menschenkinder!" zum letztenmal erklungen ist, wird mit ihm zum letztenmal der Hunger geboren werden, welcher die beiden Knaben aus der Kröppelstraße durch die Welt führte.

Gib deine Waffen weiter, Hans Unwirrsch!